El ancho mundo

Pierre Lemaitre (París, 1951) estudió Psicología, creó una empresa de formación pedagógica y ha impartido clases de literatura. Autor tardío, en 2006 ganó el Premio a la Primera Novela Policiaca en el festival de Cognac con *Irène*, primera entrega de una serie protagonizada por el comandante Camille Verhoeven que también incluye *Alex* (2011, CWA Dagger 2013, entre muchos galardones), *Rosy & John* (2011) y *Camille* (2012, CWA Dagger 2015, entre otros honores). Su carrera literaria dio un vuelco con la aparición de *Nos vemos allá arriba* (Premio Goncourt 2013, entre una retahíla de distinciones, y llevada al cine con éxito), primer volumen de su aclamada trilogía sobre el periodo de entreguerras titulada Los Hijos del Desastre, que sigue con *Los colores del incendio* (2018), estrenada en cines en 2022, y *El espejo de nuestras penas* (2020). Completan su obra, traducida a más de cuarenta idiomas, las novelas *Vestido de novia* (2014), *Tres días y una vida* (2016), *Recursos inhumanos* (2017), *La gran serpiente* (2022), *El ancho mundo* (2023) y *El silencio y la cólera* (2024), así como el ensayo *Diccionario apasionado de la novela negra* (2022). Su último libro es *Un futuro prometedor* (2025).

PIERRE LEMAITRE

El ancho mundo

Los años gloriosos

Traducción de
José Antonio Soriano Marco

DEBOLS!LLO

Papel certificado por el Forest Stewardship Council®

Título original: *Le Grand Monde*

Primera edición en Debolsillo: febrero de 2026

© 2022, Calmann-Lévy
© 2023, 2026, Penguin Random House Grupo Editorial, S.A.U.
Travessera de Gràcia, 47-49. 08021 Barcelona
© 2023, José Antonio Soriano Marco, por la traducción
Diseño de la cubierta: Penguin Random House Grupo Editorial / Marta Pardina
Imagen de la cubierta: © José David Morales

Printed in Spain – Impreso en España

ISBN: 978-84-663-7684-6
Depósito legal: B-21.569-2025

Impreso en Black Print CPI Ibérica
Sant Andreu de la Barca (Barcelona)

P 3 7 6 8 4 6

A Pierre Assouline,
con mi amistad

Para Pascaline

Daría para varias novelas.

Lucien Bodard,
La guerre d'Indochine

Si de algo se puede estar seguro es de que ninguna historia termina realmente.

Robert Penn Warren,
Todos los hombres del rey

PRIMERA PARTE

Beirut, marzo de 1948

1

Ya que has decidido irte

A lo largo del tiempo, la procesión familiar que recorría la avenue des Français había adoptado una variedad de formas, pero nunca la de un cortejo fúnebre. Ese año, sin embargo, parecía acompañar a su última morada a la señora Pelletier, pese al pequeño detalle de que estaba viva y bien viva. Como era habitual, su marido encabezaba la marcha con paso solemne y ella lo seguía a duras penas, deteniéndose cada dos por tres para dirigir a su hijo Étienne la mirada de una moribunda que suplica que abrevien su sufrimiento. Tras ellos caminaba Jean, alias *el Gordito*, envarado como buen primogénito, del brazo de su esposa Geneviève, que, bajita como era, se veía obligada a trotar. Cerraban la marcha François y Hélène, los menores, codo con codo.

En la cabecera del cortejo, el señor Pelletier sonreía a los vendedores ambulantes de sandías y pepinos y saludaba con la mano a los limpiabotas como si se dirigiera a su coronación, lo que no estaba muy lejos de la realidad.

La «peregrinación de los Pelletier» se celebraba el primer domingo de marzo hiciera el tiempo que hiciese. Los hijos no habían faltado nunca: te podías librar de la boda de un vecino, la cena de Nochevieja, el cordero de Pascua, pero faltar al aniversario de la jabonería era impensable. Ese año el señor Pelletier incluso les había pagado los billetes de ida y vuelta desde París a François, a Jean y a la esposa de este último para asegurarse de que estuvieran presentes.

El ritual se dividía en cuatro actos:

Acto I. El lento desfile hasta la fábrica, dirigido principalmente a vecinos y conocidos.

Acto II. La visita a las dependencias, que todos conocían como la palma de su mano.

Acto III. El regreso por la avenue des Français con un alto en el Café des Colonnes para tomar el aperitivo.

Acto IV. La comida familiar.

—Así nos aburrimos cuatro veces en vez de una —decía François.

Y hay que reconocer que, tras volver de la fábrica y sentarse en el café, resultaba bastante tedioso oír al señor Pelletier rememorando ante sus oyentes —que sólo lo escuchaban porque pagaba las rondas— los principales hitos de la saga familiar, una historia edificante que iba del primer Pelletier conocido (cuya presencia junto al mariscal Ney estaba, al parecer, avalada por testigos) hasta él mismo y la Casa Pelletier e Hijo, que, a su modo de ver, eran el culmen de la dinastía.

Louis Pelletier era un hombre tranquilo, de esos a los que no se les calienta la sangre con facilidad. Su bigotillo entrecano, sobre una boca perfectamente delineada que había legado a todos sus hijos, parecía una muestra de su cabellera, que llevaba siempre bien recortada y de la que estaba muy orgulloso («¡Todos los hombres de la familia estaban calvos a los cuarenta!», recordaba con altivez, como si conservar el pelo confirmara que, con él mismo, su linaje había alcanzado el acmé)... Sus estrechos hombros contrastaban con unas caderas ensanchadas por los años («Podría ser modelo de Saint-Galmier», bromeaba a veces, aludiendo a aquellas botellas de agua con gas de cuello fino que se engrosaban irresistiblemente hacia la base). Todo en él emanaba una energía serena y una especie de discreta satisfacción: había triunfado. Era cierto: en la década de 1920 había adquirido una modesta jabonería que hizo crecer «combinando la calidad artesanal y la eficacia industrial» (le encantaban los eslóganes). En su mente, aquella fábrica, situada a tiro de piedra de la place des Canons, estaba destinada a convertirse en la principal industria de la ciudad: en unos años los Pelletier serían para Beirut lo que los Wendel eran para Lorena, los Michelin para Clermont-Ferrand o los Schneider para Le Creusot. Luego había rebajado un poco sus pretensiones, pero se jactaba de estar «al mando de uno de los buques insignia de la industria libanesa», lo que nadie se habría atrevido a negar. A lo largo de los años siempre había innovado, añadiendo aceite de copra, de palma o de algodón a las fórmulas tradicionales, afinando las cantidades de ácidos oleicos, perfeccionando las condiciones de secado...

Los años treinta fueron provechosos para la Casa Pelletier, que compró varias fábricas pequeñas en Trípoli, Alepo y Damasco. Sin duda, la fortuna de la familia era mucho mayor de lo que su tren de vida, bastante modesto, permitía suponer.

Aunque había confiado la gestión de las filiales a distintos gerentes, Louis Pelletier no delegaba en nadie la tarea de velar por la calidad de la fabricación. Consideraba su deber visitar las sucursales, llegando a veces a presentarse sin avisar para tomar muestras, analizarlas y modificar los procesos de producción.

Aseguraba que no le gustaba demasiado viajar («Soy bastante casero», decía en tono de excusa) y, aunque ciertas responsabilidades en una federación de ex combatientes lo obligaban a desplazarse de vez en cuando a París, parecía evidente que aquello no tenía mucho peso en su existencia porque toda su energía, talento y orgullo estaban volcados en la fabricación y la calidad de «sus jabones». Nada lo hacía más feliz que ver humear las calderas —cuya temperatura se controlaba las veinticuatro horas del día— y admirar los conductos que llevaban el jabón líquido hasta los moldes. El proceso de corte en barras, bloques o pastillas le llenaba los ojos de lágrimas. «Voy a sustituirlo un rato», le decía a veces, inopinadamente, al empleado del final de la cadena, y entonces podía verse al mismísimo propietario de la fábrica empuñar un mazo delante de la máquina de corte que deslizaba hacia él las pastillas de verde jabón y, con un golpe ni demasiado suave ni demasiado fuerte, estampar en ellas el logo de la Casa Pelletier, con la silueta de la fábrica entre dos hojas de cedro. La señora Pelletier dirigía al personal, supervisaba la llegada de los productos y la salida de los camiones y llevaba las cuentas. Los dominios de su marido se centraban única y exclusivamente en el proceso de fabricación. No era raro que, en plena noche, cogiera la bicicleta (nunca había intentado siquiera conducir un automóvil) y se fuera a la fábrica para realizar muestreos que luego podía comentar con el maestro jabonero de guardia hasta primeras horas de la mañana.

Afirmaba que la Casa Pelletier había nacido en realidad el día en que se había encendido el primer «gran caldero», al que bautizó como «la Ninon» —según él por paronimia con la *Niña*, la primera de las tres carabelas de Colón— y cuyo nombre hizo grabar en una placa de bronce que se fijó en la base. La señora Pelletier frunció el ceño cuando, dos años después, llamó al segundo tanque «la Castiglione» porque no veía relación alguna con el descubrimiento de América. La instalación del tercero, bautizado como «la Palleva», la sumió en la más absoluta perplejidad, así que decidió preguntarle a François, considerado el intelectual de la familia porque había acabado el bachillerato antes de la edad habitual.

—Son nombres de mantenidas, mamá: «la Ninon» es por Ninon de Lenclos y «la Castiglione» por Virginia de Castiglione. La Palleva es el mote de una tal Esther Lachmann, por eso de: «Paga y llévatela.»

La señora Pelletier se quedó boquiabierta.

—¿Eso eran, nombres de mantenidas?

—Sí, mamá —confirmó François tranquilamente—, eso eran.

—¡Pues claro que no eran mis mantenidas! —protestó el señor Pelletier al ser preguntado—. Eran simples cortesanas, Angèle: les he puesto así a los calderos porque eran mis amiguitas, nada más...

—Y unas golfas...

—Sí, también... pero no tanto por eso...

A la señora Pelletier le gustaba contribuir a que su marido tuviera reputación de hombre infiel: debía de halagarla. Louis nunca la había engañado, en realidad, pero ella no perdía ocasión de condenar en público una mala conducta que sabía puramente imaginaria. Un ejemplo: cuando su marido viajaba a París se hospedaba siempre en el Hôtel de l'Europe, así que, al volver, a menudo elogiaba la cálida acogida de la propietaria, la señora Ducrau, a quien, en consecuencia, ella describía como «la amante de mi marido» o, si hablaba con sus hijos, «la amante de vuestro padre».

Louis siempre protestaba:

—¡Pero si la señora Ducrau debe de tener doscientos años, Angèle! —decía.

Y su mujer respondía con un gesto de la mano que significaba: «¡Eso cuéntaselo a otra!»

Durante la «peregrinación», sin embargo, la señora Pelletier estaba preocupada por algo que nada tenía que ver con las amantes de su marido o los nombres de los tres grandes tanques de jabón: sobrevivir.

Y, en su opinión, no estaba nada claro que pudiera conseguirlo.

Acababan de pasar la mezquita de Medjidié y la fábrica le parecía un horizonte inalcanzable.

—Déjame, Étienne, voy...

Había estado a punto de decir «voy a morirme aquí mismo», pero una brizna de lucidez y sentido del ridículo (no dejaban de encontrarse con gente conocida) se lo impidió, de modo que se limitó a aflojar el paso y a apretarse el pañuelo contra las sienes. La brisa marina envolvía la ciudad en una frescura primaveral, nadie sudaba, ni siquiera ella; sin embargo, le hizo señas a Étienne de que parara a un vendedor de bebidas frescas que hacía sonar sus campanillas para comprarle un vaso de agua de tamarindo que se bebió con cara de resignación, como si fuera cicuta. No tenía otra forma de mostrar su agotamiento; eso y levantarse el sombrero para pasarse un dedo por la frente. Se detuvo de nuevo boqueando y con una mano sobre el corazón. Étienne se volvió y le dirigió una mueca de resignación a Hélène: no había nada que hacer. Las sucesivas partidas de los hijos habían sido, cada una en su momento, como clavos en el corazón de su madre.

—Pero, Angèle, nuestros hijos ya son mayores... —había razonado el señor Pelletier—. Es normal que quieran irse de casa...

—No se van de casa, Louis, ¡huyen!

El señor Pelletier acababa rindiéndose siempre: su esposa disponía de un arsenal casuístico que él jamás conseguiría emular.

—Anda, anda, no te preocupes por mí, Étienne... —dijo la señora Pelletier entre jadeos.

Y Étienne, resignado, se contentó con apretarle ligeramente el brazo para animarla a seguir a pesar del agotamiento: paso a paso acabarían llegando. La tarea de apoyar a su madre le correspondía porque esta vez él era el infractor, el culpable de la situación.

Los precedentes aún estaban en el recuerdo de todos.

Dos años antes François había anunciado que quería marcharse a París para ingresar en la Escuela Normal Superior, y la señora Pelletier se había derrumbado cuan larga era en el suelo de la cocina.

—Es sorprendente... —se aventuró a decir el doctor Doueiri, que no había tratado más que insolaciones y bronquitis (era un hombre bastante memo y siempre se quedaba estupefacto ante los problemas de salud de sus pacientes; sólo brillaba jugando a la belote).

François tuvo que quedarse todo un día junto a la cama de su madre, oyéndola lamentarse hasta en sueños de tener un hijo tan ingrato y repitiendo una y otra vez que aquella familia iba a matarla.

—Y tú callado, como siempre... —le reprochó a su marido.

—Es que... la Escuela Normal... —alegó el señor Pelletier vagamente, pero no tardó en coger la bici y marcharse a la fábrica.

Cuando la señora Pelletier consintió finalmente en levantarse, François tuvo que soportar otra prueba tanto o más dolorosa que la anterior, consistente en ver a su madre «preparar sus baúles».

—Ya que has decidido irte... —rezongaba ella diez veces al día mientras juntaba, seleccionaba y apilaba ropa y provisiones para el viaje.

Pero la operación, que inició como la preparación de un ajuar de boda, se fue enquistando poco a poco y la madre empezó a enfadarse por nimiedades y a dejar las cosas de cualquier modo. Entonces la aflicción dio paso a la ira: François dejó de ser un adulto al que se veía partir con tristeza y pasó a ser un hijo indigno al que echaban de casa.

En realidad, la señora Pelletier estaba saldando una vieja cuenta con él: aún tenía atragantada la carta que le había dejado encima de la cómoda cierto día de mayo de 1941 cuando, con dieciocho años, había escapado de casa para reunirse con el general Legentilhomme en el campamento de Qastinah y enrolarse en la 1.ª División Ligera de la Francia Libre. En todo caso, a ella le había parecido más comprensible la primera partida: al fin y al cabo, el hijo se iba a la guerra, lo que en el fondo era honorable, no a emprender unos estudios que habría podido hacer en Beirut.

—No, mamá —le explicó François—, en Beirut no se puede...

—¡Claro, claro! Beirut no es lo bastante bueno para el señorito...

Sea como sea, cuando François finalmente abordó el barco con dos baúles llenos a reventar, su madre estaba tranquila y seria.

—Cuídate, ¿eh? —le susurró ella al oído.

Louis temía que se quedara en el muelle hasta que el barco desapareciera en el horizonte pero, en cuanto éste zarpó, su mujer lo cogió del brazo y le dijo:

—Esperemos que escriba...

Y volvió a sus tareas cotidianas.

Poco a poco, el asunto perdió peso y, cuando François aprobó el examen de ingreso en la Escuela Normal Superior, fue como si el delito hubiese prescrito: su madre volvió a sentirse orgullosa de él hasta tal punto que daba la impresión de que la máxima valedora de su partida y su éxito había sido ella misma.

Poco después, Jean, el mayor, anunció a su vez que dejaba Beirut con su mujer para irse a vivir a París. Tan sólo hacía dieciocho meses que François se había marchado.

—¿Ah, sí? ¿Tú también? —murmuró Angèle.

Se quedó en la cama: no quería ver a nadie, ni siquiera al propio Jean.

El doctor Doueiri, tan absurdo como siempre, aconsejó baños de pies con bicarbonato. «Doueiri es un memo», pensó Louis: algo que todo el mundo sabía de sobra.

Pero la partida del Gordito no hería tanto a la señora Pelletier como la de François: durante los meses precedentes Jean había sido muy infeliz; sólo intentaba ponerse a salvo y ella lo comprendía. Si se quedaba en su habitación era porque no quería que su hijo creyera que su marcha la apenaba menos que la de su hermano.

Mientras esperaba a que su mujer reapareciera, el marido se concedió una pausa en el Café des Colonnes para tomarse unos Cinzano al salir de la fábrica.

Como había poca gente, el camarero, que se pasaba el día oyendo a Oum Kalsoum, le propuso una partida de trictrac.

—¿Por qué no? —respondió Louis, y cuando el camarero le preguntó por la salud de Angèle contestó—: Está mucho mejor, a pesar del doctor Doueiri.

Nadie habría prescindido de los servicios de aquel médico, que era toda una institución, aunque fuera imposible decir qué resultaba más peligroso, si la enfermedad o el propio doctor.

—Es un memo —opinó el camarero.

—No, es un gilipollas.

—Viene a ser lo mismo, ¿no?

El señor Pelletier dejó de jugar.

—No, no es lo mismo: si le explicas algo a alguien tres veces y no lo entiende, es un memo, pero si al final está convencido de haberlo comprendido mejor que tú, entonces estás ante un gilipollas.

El camarero hizo una mueca de asentimiento.

—Bueno, en ese caso no hay duda: Doueiri es un verdadero gilipollas.

Cuando acabó la partida, Louis se terminó su Cinzano y se quedó pensativo. Conocía a Angèle mejor que nadie y sabía que necesitaba una excusa para levantarse de la cama. Volvió a pasar por la fábrica y regresó a casa con un fajo de facturas que aparentemente acababa de abonar. Angèle abrió el paquete.

—¡Louis! —exclamó alarmada—. ¡No me digas que has pagado esto!

—Voy... voy a intentar anular el pago —farfulló él confuso, y salió corriendo.

Volvió a la fábrica («¡Por amor de Dios, que acabe esto ya!», se decía mientras pedaleaba hacia allí) y rellenó un cheque que rompió de inmediato. Metió los pedazos en un sobre y los dejó sobre el escritorio de su mujer.

Al día siguiente la señora Pelletier ya había vuelto a la actividad.

Jean y Geneviève se embarcaron dos días después.

—Cuídate mucho —le susurró al oído al Gordito.

Cuando el barco zarpó, se cogió del brazo de Louis.

—Espero que Geneviève escriba... —murmuró.

Y ahora, Étienne...

La señora Pelletier volvió a detenerse.

—¡Indochina! ¡Pero si allí están en guerra!

Étienne se lo había explicado mil veces: sí, estaban en guerra, pero no era una guerra como tal, ¿cómo podía hacérselo entender?

—Es un conflicto, mamá.

—A un conflicto con muertos se lo llama «guerra».

La señora Pelletier se sonó la nariz varias veces y alzó los ojos hacia él. No lo habría admitido ni muerta, pero Étienne siempre le había parecido el más guapo de sus tres hijos. Las preguntas le quemaban en los labios, pero sus hombros caídos y su mirada perdida indicaban que no las haría: ya sabía las respuestas.

Indochina, su amigo Raymond, las cartas que llegaban desde hacía meses...

—Te comprendo, es un muchacho muy guapo —había dicho ella cuando Étienne lo había invitado a casa.

¡Ah, si la vida de Étienne hubiera sido tan fácil en todas partes como lo era con su madre! Pero no había sido el caso: desde la escuela hasta el banco había sufrido humillaciones, oído insinuaciones, soportado insultos...

Era un chico delgado con el pelo castaño tirando a rubio, unos ojos risueños y una cierta indolencia en los gestos y en los andares que delataba un carácter sensual, voluptuoso. Su facilidad para los números sólo le había servido para obtener un título de contable, porque no tenía la menor ambición profesional.

El centro de su vida era el amor, lo que resultaba un problema. La pequeña sociedad de Beirut, en la que la familia Pelletier vivía inmersa, era demasiado civilizada para rechazarlo por sus preferencias sexuales, pero también demasiado burguesa para aceptarlo sin reservas. De modo que Étienne siempre se había sentido en tierra de nadie, algo que, en cierta medida, le ocurría también dentro de su propia familia. Las mujeres (su madre, su hermana Hélène) lo adoraban; los hombres (François, Jean) lo querían, pero desde la distancia. Quedaba su padre, su mejor público, que se lo perdonaba todo, que lo quería con una brusquedad y una torpeza que se traducían en dolorosa impotencia. Étienne era un ser «flotante», Angèle no sabía expresarlo de otra forma. Parecía suspendido en el aire, nunca sabías hacia dónde iba a volar. Era un idealista, pero sin ideal. La vida no le bastaba. Probablemente por eso se veía dominado por esos arrebatos amorosos, por esa pasión, se decía su madre. A veces le cogía la cara con ambas manos y le preguntaba: «¿Cuándo te conformarás con lo que te da la vida, Étienne?» Y él se echaba a reír y contestaba: «Mañana, mamá. ¡Lo prometo, lo juro!»

Un año antes había conocido a Raymond, que en esa época estaba acuartelado cerca de Hadath. Durante seis meses habían vivido una apasionada aventura. Étienne siempre había sido un chico alegre, pero su madre nunca lo había visto tan feliz. Después, Raymond fue enviado a Indochina, donde terminaría su periodo de alistamiento. Era belga y no quería regresar a su país. Antes de alistarse en la Legión (por un motivo que nunca le había confiado a Étienne), había sido profesor. «Esto está a punto de terminar», le había escrito al cabo de unas semanas. «Mi periodo se acaba, pero me gustaría quedarme aquí, donde no faltan oportunidades...» Habían hablado mucho de esa posibilidad y esbozado todo tipo de proyectos, desde una empresa de transportes hasta una plantación. Étienne se puso a buscar trabajo, aunque sin muchas esperanzas. Para su sorpresa, cuatro semanas después le llegó una carta comunicándole que su solicitud de empleo en la Casa Indochina de la Moneda, en Saigón, había sido aceptada.

—¡Cogerás la fiebre amarilla, eso es lo que pasará!

—De eso nada, mamá: ¡el amarillo nunca me ha gustado!

—Sí, tú ríete de mí...

El señor Pelletier se había mostrado más entusiasmado que su esposa: mantenía excelentes relaciones con Lecoq & d'Arneville, una casa comercial de Saigón, y las ventas de los «Jabones del Levante» en Indochina, si bien modestas, tampoco eran despreciables. «Étienne será bien recibido allí», le dijo a su mujer, que no veía de qué iba a servirle Lecoq & d'Arneville a su hijo. «La solidaridad entre franceses en el extranjero es segura, Angèle. ¡Lecoq es un tipo estupendo!» A solas con su madre, Étienne se cachondeaba: «Claro, mamá, alguien que se apellida Lecoq no puede ser un mal francés...»

A trancas y barrancas, estirado como el pelotón en una etapa del Tour de Francia, el grupo acabó llegando a la fábrica.

Mientras los demás cruzaban el porche y entraban en el edificio, el señor Pelletier, con las manos sobre los pomos de las puertas del taller principal, a punto de abrir, empezó a gritar emocionado: «¡Atención, atención!», alargando un suspense que sólo existía para él. A Angèle, todo aquello le parecía una exageración; los cuatro jóvenes, acostumbrados a las cosas de su padre, se limitaron a esperar.

François se agarró a la barandilla de hierro: había bajado del barco el día anterior, tras dos días de continuos mareos; se sentía agotado, vacío, y el olor del jabón le revolvía el estómago.

—Si no se da prisa, voy a empezar la comida al revés —le susurró a Hélène.

Su hermana ahogó una risita que le valió una mirada fulminante de su madre.

Volviendo la cabeza por encima del hombro, el señor Pelletier miraba divertido al pequeño grupo.

—¿Qué? ¿Nadie lo adivina? ¡Tacháaán!

Era un nuevo tanque, el cuarto, de hierro fundido. La señora Pelletier se precipitó hacia la plaquita de cobre fijada en la base: «La Bella Otero.»

—¡Otra pelandusca, lo sabía! ¡Esto ya no es una jabonería, es un lupanar!

—Mamá... —la regañó Étienne.

Pero el señor Pelletier ya había pasado a la siguiente etapa de la visita, consistente en explicar con todo detalle el propósito del nuevo tanque, lo que suponía describir, desde el principio, el proceso de fabricación. Los jóvenes seguían al guía, pero ninguno lo escuchaba.

Jean no había podido impedir que su padre lo cogiera del brazo («¡Acompáñame, Gordito, ya verás qué maravilla!») para convertirlo en el destinatario principal de sus interminables explicaciones.

En cuanto había entrado en la fábrica se había sentido invadido por una angustia silenciosa.

Mirando el gran porche, Geneviève, su mujer, bajita y siempre empolvada como una marquesa, había comentado: «Este verde no es nada bonito, ¿verdad?»

Jean no había respondido, había tragado saliva y se había obligado a entrar en aquel lugar que simbolizaba el fracaso de su vida.

Que su padre lo tomara por testigo era un calvario que le recordaba otro: el que había sufrido allí, y al que sólo había acertado a poner fin con una huida sin gloria ni mérito.

Jean siempre había estado destinado a tomar el relevo en el negocio familiar. La leyenda estaba tejida desde su nacimiento: antes o después, la Casa Pelletier se transformaría en la Casa Pelletier e Hijo, y el hijo era él, el Gordito, que, por otra parte, nunca había protestado ante aquella perspectiva. En la pequeña colonia francesa de Beirut, era la regla: los hijos, a ser posible los mayores, como en las monarquías, continuaban el negocio de los padres.

Otra regla, poco más o menos, era matricular a los hijos en colegios religiosos: mandar a los chicos con los jesuitas y a las chicas (Hélène, en este caso) con las Damas de Nazareth, pero los Pelletier apoyaban la Misión Laica Francesa y sus cuatro retoños fueron al Liceo Franco-Libanés, donde el Gordito batalló como pocos. Aprobó los dos bachilleratos por los pelos, lo que no hizo mella en la confianza paterna en su destino jabonero: el director de una fábrica era un fabricante, opinaba, así que orientó al Gordito hacia los estudios técnicos (léase: la química). Fue en ese momento cuando las cosas empezaron a torcerse de verdad. Jean no era un alumno brillante, ni siquiera mediano, era más bien mediocre, y aun así sus resultados, calificados invariablemente como «flojos» o «insuficientes» por los profesores, no inquietaron lo más mínimo a su padre. En aquel centro privado, el coste de la enseñanza y el nivel social de los padres (es decir, de los clientes) impedían al cuerpo docente hacer comentarios más severos y realistas, pero daba lo mismo: igualmente no habrían hecho inmutarse al señor Pelletier. «Una cosa son los estudios y otra el jabón», afirmaba con una fe inquebrantable. Estaba convencido de que, al salir de la escuela técnica, su hijo sólo necesitaría pasar unos meses en las diferentes fases de la fabricación para convertirse en un experto en la materia.

Para medir el grado de ceguera paterna, bastaba con observar un momento a Jean.

Era un chico rellenito y torpe, aunque con una sorprendente fuerza física; reservado, soñador y un poco hosco, lo que se debía en gran parte a su timidez. Mofletudo ya de bebé, su padre lo encontraba parecido al Ribouldingue de *Les Pieds nickelés* (algo que su madre consideraba ofensivo) y lo llamaba el Gordito, mote que se le había quedado para siempre. Como no había nada que lo apasionara, y apenas nada que le gustara de veras, había aceptado seguir el camino que habían trazado para él, pero se le había hecho largo y decepcionante, y eso no era más que un anticipo de lo que le esperaba porque, tras obtener el título (nunca se supo cuánto había tenido que pagar su padre), lo metieron en la fábrica con el encargo de convertirse en el especialista de referencia.

—No estoy segura de que sea su sitio... —había aventurado Angèle—. Me da que las cuestiones técnicas podrían no ser lo suyo...

Pero su padre continuaba optimista:

—Cuando descubra lo que de verdad es esta empresa, le apasionará; lo contrario es imposible.

Sin embargo, mientras su padre, al llegar a la fábrica a primera hora de la mañana, aspiraba con delectación el aroma de los aceites y de la sosa («el olor del oficio»), Jean permanecía insensible a los encantos de esa industria: no retenía nada, no aprendía nada.

Corría el año 1946.

En los años treinta la Casa Pelletier había conseguido exportar sus productos a Europa. Los «Jabones del Levante» se habían convertido en una marca y la demanda era constante. Desde el final de la guerra la empresa, que había contratado a una enorme cantidad de trabajadores, estaba literalmente desbordada por los pedidos. Las instalaciones originales, situadas en la rue de la Marseillaise, frente a los depósitos de la aduana, se les quedaban pequeñas y, al quedar disponible un terreno limítrofe, el señor Pelletier se abalanzó sobre él.

—¿Estás seguro de que no te sale demasiado caro? —le preguntó preocupada su mujer.

—¡Es una inversión, Angèle! ¡La recuperaremos en menos de dos años!

Así que, al final de unas prácticas de varias semanas en las diferentes fases de la producción, durante las cuales no puede decirse que Jean se luciera, su padre lo puso al mando de esa ampliación crucial para el futuro de la empresa. Se arrancaron los setos que separaban la parcela recién adquirida del patio de la jabonería y se construyeron castillos en el aire.

Jean, nombrado director general, se sintió superado enseguida.

Tomó pocas decisiones equivocadas porque apenas tomaba ninguna: nunca sabía qué convenía hacer. Miraba los planos y los alzados bañado en sudor y con la boca entreabierta. No entendía los números, no se aclaraba con los gráficos. El encargado de obra hizo prácticamente lo que quiso y él nunca fue capaz de plantearle la menor duda ni de manifestar la menor exigencia.

Un día el señor Pelletier se dio cuenta de que las dimensiones de los talleres eran inadecuadas para las instalaciones que debían albergar. Hubo que demoler lo ya construido, ensanchar los cimientos y reedificar. Fue el primero de una larga serie de episodios: el muelle de descarga no era lo bastante profundo; las salas de secado, mal orientadas, no permitían aprovechar el viento para acelerar la operación... Los problemas se sucedían como las perlas de un collar. Cuando surgía una duda, Jean declaraba: «Déjenme que lo piense», y no volvía a hablar del asunto; cuando la duda se convertía en problema, exclamaba: «¡Luego lo hablamos!» con el azoramiento del hombre que debe atender asuntos más urgentes y se encerraba en su despacho, donde se pasaba el día entero retorciéndose las manos, consciente de que lo aguardaban en el pasillo. Paralizado, esperaba la llegada de una hora decente para marcharse, entonces abría la puerta de golpe, cogiendo desprevenido a todo el mundo, y avanzaba a grandes zancadas hacia la escalera y luego hacia el coche gritando para la galería: «¡Como ven, tengo prisa!» Sabía que debía tomar una decisión, pero, cuando finalmente se hacía cargo del problema (algo que podía considerarse casi un milagro), no se le ocurría ninguna manera de solucionarlo. Los equipos de trabajo no paraban de pedir instrucciones. A veces, apremiado por todo el mundo, solicitaba la opinión de varias personas, al estilo de un jefe democrático, y zanjaba la cuestión a lo bruto, eligiendo una solución que, invariablemente, acababa resultando la más desastrosa. A sus espaldas, su padre iba remediando lo más urgente, pero, inasequible al desaliento, la mayoría de las veces respondía con un orgullo casi vehemente: «¡Sabe usted perfectamente que eso hay que hablarlo con el señor Jean!» Entre bastidores, el personal repetía con resignación: «Dice que hay que hablarlo con el Gordito.»

Jean temblaba durante el día y se despertaba aterrorizado en mitad de la noche con una angustia que le apretaba el cuello. Se levantaba, iba corriendo hasta el váter y vomitaba. Se mordía el interior de las mejillas hasta hacerse sangre. Empezó a arañarse los antebrazos con las uñas... y finalmente pasó a la navaja de afeitar. Jamás se remangaba la camisa: todos creían que era friolero. Por la noche, cuando oía a su padre comentar su idea de un detergente para la colada, no conseguía odiarlo: su odio se había vuelto contra sí mismo, a menudo deseaba morir. Su incapacidad para hacer lo que se esperaba de él lo abrumaba al caer la noche. En cuanto se quedaba solo, empezaba a golpearse la cabeza contra la pared. Su habitación daba al patio; los dormitorios de sus padres, de sus hermanos y de su hermana estaban al otro lado del pasillo: nadie podía oírlo. No eran más que golpes sordos y regulares como los del pistón de una máquina desconocida y obstinada. Pasaba horas sentado en la cama, golpeándose la coronilla contra el tabique hasta que lo vencía el sueño.

El proyecto de ampliación se empantanó y, de rebote, perjudicó a la producción. La convivencia del personal de la fábrica con los obreros que construían el nuevo edificio empezó a dar problemas. Amontonaron vigas de hierro en el espacio destinado a los bidones de aceite y los camiones tenían que dar vueltas en busca de un sitio para descargar. Montones de serrín dispersados por el viento echaron a perder varias toneladas de jabón aromático que hubo que desechar... Tras constatar la impericia del hombre al que se presentaba en todas partes como el futuro patrón, los capataces maldecían entre dientes, los obreros se preocupaban, todos rezaban por sus empleos. La empresa empezó a renquear. La llegada del «señor Jean» no sólo no había permitido dar el gran paso adelante que esperaba su padre, sino que había provocado una situación que iba de mal en peor y parecía de difícil arreglo.

Ese estado de cosas duró cerca de un año: un año de angustias, de incertidumbres y miedos a los que se añadió la desafortunada boda con Geneviève.

De las cuatro hijas del jefe de Correos, sólo ella era poco agraciada. Nadie se lo explicaba: debía de haber sido un accidente genético. En realidad, no era fea, pero al lado de sus preciosas hermanas su insignificancia parecía fealdad. Tenía las facciones más bien toscas, una mirada inexpresiva y un cuerpo un tanto orondo cuyas diferentes partes resultaban difíciles de distinguir. Sonreía mucho, lo que habría podido salvarla, pero como lo hacía constantemente, pasara lo que pasase, fuera cual fuese la situación, esa sonrisa permanente, imperturbable, que parecía dar la razón a todo el mundo, producía cierta incomodidad.

Quizá como consecuencia de esa ingrata posición en su familia, Geneviève albergaba unas ambiciones absurdas: un día sería rica. Costaba imaginar cómo pensaba conseguirlo hasta que se casó con Jean, el futuro propietario de la Casa Pelletier, al que durante mucho tiempo se negó a llamar «Gordito», apodo cuya vulgaridad la salpicaba. Era empleada de Correos a las órdenes de su padre, su inteligencia se limitaba al horizonte de la vida cotidiana y, además, era bastante cruel, como suelen serlo los taimados, pero contaba con una ventaja competitiva ante las demás jóvenes de la comunidad francesa de Beirut: cierta pericia. Jean era virgen más allá de lo imaginable y, en la segunda cita, ella lo llevó detrás de un bosquecillo, le puso la mano en la bragueta e, ignorando su respingo de sorpresa, se puso de rodillas y le sorbió hasta la médula. El Gordito volvió a casa agotado y vencido.

Se casaron cuatro meses después. Sólo entonces Jean se enteró —era el único que no estaba al corriente— de que Genevième tenía una sólida reputación: había pocos chicos de su edad en su barrio que no hubieran pasado un buen rato detrás de aquel bosquecillo; varios acudían allí con regularidad y ninguno tenía reparo en dar el soplo.

El truco de Geneviève era la felación. Llegó virgen al matrimonio, igual que el Gordito, y a partir de ese momento su relación se complicó: entre embates torpes, penetraciones inciertas y orgasmos fingidos, nunca supieron exactamente en qué momento perdieron la virginidad. Les quedó el recuerdo de unas relaciones difíciles que se fueron espaciando cada vez más, pues Geneviève consideraba que, con su incapacidad para hacerse cargo del negocio familiar, su marido había incumplido su parte del contrato. De vez en cuando todavía se arrodillaba a sus pies, pero Jean dudaba que lo hiciera por gusto: se la chupaba como quien hojea un álbum de fotos. Al mes de haberse casado ya no tenían relaciones.

No volvieron a tenerlas nunca.

Casado, el señor Jean no tuvo más éxito en la jabonería que el Gordito soltero. La situación siguió deteriorándose. Debido a los retrasos en la fabricación y en las entregas, algunos clientes descontentos amenazaron con buscar otro proveedor y varios trabajadores antiguos se plantearon marcharse.

Finalmente la señora Pelletier se decidió a hablar claro con su marido.

Fue un alivio para todo el mundo.

El señor Pelletier adoptó un aire ofendido y un nuevo papel: el del marido al que su mujer impone decisiones deplorables. Se lanzó a solucionar los problemas pendientes y tardó más de un año en sacar a la empresa del atolladero y en conseguir que el nuevo edificio empezara a funcionar (como un árbol que crece torcido, conservaba ciertos defectos estructurales que recordaban a quienes lo habían vivido aquel negro periodo del delfinado durante el cual el señor Jean había estado al mando, por así decirlo). Convencido de que ni Étienne ni François estarían dispuestos a «recoger el testigo» (Hélène no contaba: era una chica), decidió no proponérselo para ahorrarse una negativa humillante. Se dedicó a meditar, mientras comprobaba los termómetros de los grandes tanques de cocción y realizaba otras tareas parecidas, sobre el destino de las empresas familiares en general y de la suya en particular.

Jean, liberado, pero también avergonzado, decidió que se marcharían a París. Geneviève estaba muy decepcionada con su marido, aunque se alegraba de irse. Su padre, el señor Cholet, jefe de Correos, aseguraba que harían valer los acuerdos bilaterales para que pudiera integrarse al funcionariado francés; sin embargo, eso en el mejor de los casos tardaría varios meses, lo cual era un golpe de suerte porque ella prefería no hacer nada. Dicho sea de paso, ni ella ni su esposo creían necesario que trabajase: ¿acaso un marido que se precie no debería ser capaz de mantener a su familia? Y estar ociosa en París era una fantasía excitante.

Por lo demás, el Gordito tenía otra razón por la que abandonar el país: dos semanas antes había matado a golpes con el mango de un pico a una chica de diecinueve años y temía que la policía llegara hasta él.

Con gran dolor de su corazón, el padre le encontró un trabajo como representante del señor Couderc, un viejo amigo de París. Era lo que había. El sueldo no era gran cosa y Geneviève se aburría de lo lindo: a falta de dinero, la vida parisina no se correspondía en absoluto con sus expectativas. Todo lo que le apetecía comprar sólo se encontraba en el mercado negro y estaba por encima de sus posibilidades. Aunque le encantaba no hacer nada, casi llegó a desear que la destinaran a una oficina de Correos de la capital con la esperanza de recuperar una vida social que se quejaba de haber perdido encerrada entre aquellas cuatro paredes: soñaba con infligirle esa vejación suplementaria al marido inepto que no era capaz de ganarse la vida por los dos.

Cuando se acercaba la fecha de la «peregrinación de los Pelletier», Jean, pese a que su padre les había enviado los pasajes de ida y vuelta a Beirut, se negó a regresar, «y menos para ese estúpido aniversario». No lo decía, pero aquella ciudad había empezado a darle miedo. No contaba con que Geneviève sí tenía ganas de volver:

—¡Pues yo quiero ver a mis padres!

—Pero... ¡si los odias! ¡En seis meses no les has escrito ni dos veces!

—¡Puede, pero son mis padres! Y además están mis hermanas...

—¡Ídem de ídem! Cuando tu hermana mayor dio a luz sugerí que le mandáramos algo y tú me contestaste: «¡Que reviente!»

—Aun así, son mis hermanas.

Jean fue el primero en sorprenderse de su propia firmeza:

—Me da igual —decidió—, nos quedamos en París.

Y asunto zanjado.

Geneviève se cruzó de brazos: su esposo acababa de declararle la guerra.

Para contratacar, contaba con una capacidad para amargarle la vida que lo dejó totalmente estupefacto. Fue una especie de huelga de brazos caídos: ni compras, ni limpieza, ni salidas. No regaba las plantas, no recogía el correo, ni siquiera abría las ventanas. Se pasaba todo el día sentada a la cabecera de la mesa, maquillada y emperifollada, callada y sonriente (posición que adoptaba en las más diversas circunstancias, hasta el punto de que Étienne había dicho una vez: «El Gordito debería haberse casado también con otra de las hermanas, así le servirían de sujetalibros»).

Por la mañana Jean se hacía el café él mismo mientras Geneviève lo veía atarearse con las manos diminutas y gorditas cruzadas sobre el mantel de hule. Por la tarde la encontraba en el mismo sitio. Pronto faltó de todo: la alacena estaba completamente vacía.

Agotado, se resignó a pedirle un permiso a su jefe.

· · ·

Jean nunca había dado crédito a los pretextos familiares que le había planteado su mujer. No tardó mucho en comprender por qué Geneviève había insistido tanto en hacer aquel viaje.

En Marsella se encontraron con François y los dos hermanos se dieron la mano casi protocolariamente (nunca habían tenido mucho que decirse). Geneviève le ofreció a su cuñado la mejilla derecha y luego la izquierda, y acto seguido siguió su camino, impaciente por llegar al muelle de embarque. En cuanto vieron el *Jean-Bart II*, la alegría de Geneviève se transformó en entusiasmo.

El señor Pelletier les había enviado billetes de primera clase. Al instante Geneviève empezó a comportarse como una millonaria, pero no como una de esas ricachonas caprichosas y volubles; no, como una «millonaria modesta» que, sin embargo, volvía loco al personal con sus exigencias: «¿Le importaría ir a buscarme un cóctel, querido?, me muero de calor», «Disculpe, me haría el favor de esto y de aquello», etcétera, etcétera. A las tres horas los mozos de cabina, las doncellas, los camareros, el personal de limpieza y hasta los marineros ya sabían a qué atenerse con aquella clienta regordeta y sonriente que les pedía hacer y deshacer mil cosas en un tono ligero y campechano: «Perdone que se lo pida, señorita, pero ¿podría cambiar las sábanas? Es por la transpiración, ¿sabe?» Como los verdaderos ricos, no daba propina: nunca llevaba dinero encima y siempre daba a entender que dejaba las gratificaciones para el final del viaje, lo que provocaba una media sonrisa entre los empleados, que conocían el percal.

Jean estaba irritado, pero no lo demostraba. Su mujer se paseaba por las cubiertas, pedía que le movieran una tumbona, que fueran a buscarle el sombrero al camarote, donde se lo había dejado sin querer: «No, no, éste no, el otro, si no le importa, señorita, gracias, es usted un sol, ¡ah!, y ya que está aquí, ¿podría...?»

La mañana del segundo día desapareció. Jean salió a buscarla a regañadientes: nadie la había visto.

En el vestíbulo de la primera cubierta, oyó un ruido como de pasos precipitados y la encontró detrás de un pilar con la cara roja.

—Geneviève, te estaba buscando...

—¿Ah, sí?

Con una mano se alisaba la parte delantera de la falda mientras se pasaba distraídamente el índice y el pulgar de la otra por las comisuras de los labios, como si reflexionara sobre algo muy preocupante.

Jean se quedó mudo.

François, que al principio se había tomado a risa los enredos de su cuñada, no tardó en encontrar lamentable la situación: una cosa era ver a Geneviève dárselas de mujer rica y otra muy distinta sorprender las miradas insistentes de los camareros, las sonrisas de los marineros... El barman la invitaba a cócteles; el primer oficial le enseñaba la sala de máquinas, las dependencias de los oficiales, el camarote del capitán... La última noche, cuando éste invitó a los pasajeros de primera a la tradicional cena, todo el mundo conocía a la señora Pelletier: fue ella quien le presentó a su marido a los oficiales de cubierta y los comisarios de a bordo, a varios de los cuales llamó por sus nombres de pila.

Si no hubiera estado tan indispuesto, es posible que François hubiera intervenido. En cuanto al Gordito, hizo casi toda la travesía en cubierta, mirando por la borda el mar infinito: por si fuera poco volver a la ciudad donde tanto había sufrido, también el viaje tenía que ser un infierno. Con el rostro tenso, se agarraba al pasamanos con tal fuerza que tenía los nudillos blancos.

Por mucho que lo intentaba, no recordaba un solo momento de su vida en el que no hubiera hecho el ridículo.

Cuando se reunían en cubierta, François, que siempre se había sentido lejos de él, experimentaba unas repentinas ganas de consolarlo.

Durante la infancia, sin que ninguno de los dos supiera el motivo exacto, había crecido entre ellos una silenciosa hostilidad que la adolescencia sólo había hecho crecer, y que había llegado a su culmen con el doloroso proceso de la sucesión en la jabonería, durante el cual François había envidiado en secreto la preferencia paterna por su hermano sin saber que éste se consideraba su injusta víctima. Viviendo aparte, la rivalidad se había atenuado, pero había dejado en ellos un malestar que volvía sus relaciones torpes e incómodas. Así que, cuando encontraba en cubierta a su hermano mayor, incapaz de decir nada, François se limitaba a ponerle una mano en el hombro, a lo que el Gordito respondía girando la cabeza, sonriéndole y murmurando:

—Cómo deben de aburrirse las gaviotas, ¿verdad?

El recorrido por los talleres en compañía de su entusiasmado padre había desmoralizado a Jean: aquella fábrica era el museo de su naufragio.

—Casi es mediodía, Loulou... —dijo Angèle.

—¡Ya vamos, ya vamos! —repuso el señor Pelletier desde la nave.

Reapareció junto a un Jean blanco como la cera y una Geneviève más pimpante que nunca, que se extasiaba con todo y no dejaba de comentar tonterías.

—Tu padre es maravilloso... —le dijo a su marido al salir, cogiéndose de su brazo—. ¡Y qué empuje tiene! ¡No me extraña que todo lo que toca se convierta en oro!

Aunque el pretexto para obligar a Jean a hacer el viaje había sido que quería ver a sus padres, no había pasado más de dos horas con ellos; en cambio, no se separaba del señor Pelletier, al que miraba con admiración como si viera en él a un sustituto de su propio padre.

A la vuelta, el orden de los participantes en la procesión cambió.

Cedieron la cabecera a la señora Pelletier y a Étienne porque eran los más lentos y podían quedarse descolgados; detrás iban François y Hélène, seguidos por el señor Pelletier, que respondía complacido a las incesantes preguntas de Geneviève; dos pasos más atrás, Jean cerraba la marcha.

Vio un coche de policía y se echó a temblar.

Tuvo que aflojar el paso.

Siguió al vehículo con la mirada hasta que desapareció en la esquina de la avenida. Suspiró aliviado, pero no se tranquilizó. Delante, Hélène y François mantenían una conversación bastante animada. Jean notaba que su hermana menor se excitaba al hablar, pero seguía haciéndolo en voz baja, entre dientes. En cuanto a François, se limitaba a asentir con la cabeza sin dejar de caminar, como si dijera: «Todo irá bien.»

—No podré soportarlo, te lo aseguro —decía Hélène—. Será superior a mis fuerzas. Cuando se marche Étienne y me quede sola con nuestros padres, voy a tirarme por la ventana.

—Pues haz como el Gordito: cásate —respondía François con una sonrisa—, así tendrás una excusa.

Hélène se volvió para mirar a su hermano y a su cuñada.

—Geneviève es realmente ridícula, no sé qué hace Jean con ella...

—Creo que él tampoco.

—En serio, François, ¿qué va a ser de mí?

—Acaba el bachillerato, luego ya se verá.

Hélène se echó a reír sin poder evitarlo: su padre les había soltado a todos la misma frase a la misma edad.

—Me voy a morir aquí...

A los dieciocho años, Hélène era tan guapa como lo había sido su madre: la clase de mujer que les gusta a todos los hombres, y destacaba en literatura (era una gran lectora) y en dibujo hasta tal punto que aún dudaba entre matricularse en la facultad de Letras o en una escuela de Bellas Artes.

Cuando se hablaba de las dotes de Hélène, su padre abría la boca como un pez fuera del agua y, tras una larga apnea, concluía: «Esta chica me deja sin palabras.»

En unas semanas conseguiría el título de bachiller superior «sin despeinarse», Louis Pelletier *dixit*. Después, ya eligiera la literatura o el arte, estaba destinada a convertirse en profesora: era lo mejor para las chicas, o eso o enfermera.

A ella le daba igual una cosa que otra; no sabía lo que quería, sólo tenía claro que no quería seguir viviendo así, atrapada entre sus padres. Eso no, de ninguna manera.

Se acostaba con su profesor de matemáticas, el señor Lhomond, que solía llevarla a una habitación del nuevo y lujoso Hotel Kassar, donde ella soñaba con otros horizontes.

Justo delante iba Étienne, al que veía casi como a un hermano gemelo, pese a los cinco años que los separaban. Por François sentía cierta admiración y por el Gordito una gran pena, pero con Étienne era distinto: entre ellos existía una especie de fusión. Eran inseparables. Ni siquiera a esas alturas era extraño que durmieran en la misma habitación. Se contaban historias, se hacían confidencias. ¡Y ahora resultaba que se iba! No podía reprochárselo, pero se sentía sola, abandonada. Marcharse con él a Indochina era impensable: Étienne tenía que vivir su vida. Raymond, un chico alto de mirada dulce y gestos resueltos, le había caído bien de inmediato. Cuando veía a su hermano contemplarlo con arrobo, le decía: «Cierra la boca, Étienne», y él se reía, pero no podía llevarla consigo, y lo comprendía. Sin embargo, quedarse allí, entre sus padres, era una perspectiva a la que no podía resignarse.

Como si hubiera percibido su angustia, Étienne se volvió hacia su hermana, alzó los ojos al cielo y luego señaló a la «reina madre» con un gesto: la señora Pelletier había reaccionado como era de esperar. «Mamá se morirá», había bromeado Étienne esa mañana, «pero antes servirá la comida y fregará los platos». Tenía razón: a la vuelta, la comitiva tardó la mitad que a la ida; a la una estarían sentados a la mesa.

Entretanto, los parroquianos del Café des Colonnes esperaban la llegada de los peregrinos. Ese día se juntaban los veladores de mármol blanco y las sillas de mimbre negro, se sacaban los narguilés, se servían tantos aperitivos como gente había y, mientras las bolas de billar entrechocaban alegremente en la sala interior, se oía contar a Louis, una vez más, la leyenda de los Pelletier.

Étienne y su madre continuaron solos hasta la casa, donde Angèle se derrumbó en un sillón.

—Vas a matarme... —dijo, aunque añadió sin transición—: ¿Puedes encender el fuego, por favor? Pero suave, ¿eh? Sólo faltaría que se me quemara la comida...

El día de la peregrinación siempre hacía un estofado de judías blancas.

La amplia vivienda estaba tranquila, las ventanas habían estado abiertas desde la mañana. Al cabo de unos instantes se oyó el silbido del gas y Étienne volvió al salón, donde la mesa estaba puesta desde antes de que partieran en procesión a la fábrica.

—Oye, mamuchi... —dijo—, ¿no te parece que esa Bella Otero está un poco maciza?

Angèle sonrió: aquel muchacho siempre la hacía reír. No se tomaba nada en serio. Aun así, ella era consciente de cuánto había sufrido, o al menos lo imaginaba. Lo había oído llorar en su habitación muchas veces, incluso de adulto.

Étienne se arrodilló junto al sillón y apoyó la cabeza en el regazo de su madre. *Joseph* aprovechó para deslizarse entre ellos. Era un gato atigrado de casi ocho meses, con patas tan largas que parecía que anduviera sobre zancos. Tenía la cabeza más triangular que los gatos callejeros («Es de raza noble», aseguraba Étienne) y su mirada era insondable. Raymond lo había encontrado en un solar y se lo había dado en herencia a Étienne. Hélène y él lo habían alimentado y mimado, y a la menor ocasión iba a acurrucarse junto a la una o el otro.

Mientras Étienne acariciaba el pelaje de *Joseph*, Angèle le acariciaba el pelo a su hijo.

—Ya sé que soy una vieja tonta...

—No, mamá, tú no eres vieja.

Ella le dio una colleja.

—Me da miedo que te pongas enfermo...

Étienne alzó los ojos.

—Eso dalo por sentado. Con la de arroz que papean, el estreñimiento está garantizado.

—Creo que se comen a los perros...

—Te confundes con los chinos.

—¡No, estoy segura de que en Indochina también!

—Mientras no se coman a *Joseph*...

Volvió a apoyar la cabeza en el regazo de su madre; ¡cuántas horas habían pasado en esa postura, que era su territorio privado, visible para todos, pero vedado a cualquier otro!

—¿Desde cuándo no tienes noticias de Raymond?

Hacía dieciocho días, ni más ni menos.

—Una semana —repuso Étienne.

Su madre fingió creérselo.

—Una semana no es nada.

Angèle se preguntaba si su hijo no haría el viaje en balde. ¿Y si, pese a parecer tan buen chico, el tal Raymond ya no quería saber nada de su Étienne? ¿Y si no contestaba a las cartas porque había cambiado de opinión? Sin atreverse a reconocerlo, esperaba que así fuera porque entonces su hijo volvería a casa. Se avergonzó de pensarlo. En aquella partida, sin embargo, entraban en juego tantos prejuicios... Indochina tenía fama de ser una tierra de libertinaje y fornicación, uno de los destinos predilectos de los aventureros, los fracasados y los pervertidos. Al anunciar la marcha de Étienne a aquel país entregado a la lujuria y el vicio, Angèle había notado las sonrisas de algunos miembros de su círculo de amistades, como los Cholet, a quienes no se les escapaba ni una; pero se preguntaba con inquietud si esa idea no había calado en la propia familia Pelletier, por ejemplo en Jean, lo que la llenaba de tristeza.

Finalmente el resto de la familia volvió del café.

Angèle se levantó con dificultad y rechazó la ayuda de Hélène y François: «No quiero a nadie en mi cocina.» Se veía que estaba mejor. Tras retocarse un poco el maquillaje, Geneviève se había sentado a la mesa antes que nadie: la presidía como si fuera ella quien invitaba a los demás a un banquete organizado en su honor.

Para paliar esa impresión, Jean se sentó a su lado. El señor Pelletier llevó las botellas y François y Hélène también tomaron asiento.

Era el momento del brindis.

En cuanto su mujer volviera de la cocina, el señor Pelletier se pondría en pie y alzaría su copa. La tradición era que pronunciara unas frases. Elegir el tema del año lo mantenía inquieto durante semanas: había que encontrar un asunto conciliador. Hacía listas de ideas, tachaba unas y añadía otras hasta el último minuto.

La señora Pelletier apareció al fin, quitándose el delantal. Étienne aplaudió y los demás se le unieron. Angèle no pudo evitar sonreír, pero lo justo: las circunstancias no eran como para mostrarse excesivamente alegre.

Con cara de modestia, se sentó, desplegó la servilleta, se la colocó sobre las rodillas, apoyó los codos a ambos lados de su plato y, como ya no tenía muchas oportunidades de verlos juntos, contempló a sus hijos. Todos se entendían bastante bien, salvo con el Gordito. «A él nadie lo ha comprendido nunca...», se dijo con la confusa e incómoda sensación de que ella tampoco lograba comprenderlo. Observó un instante su perfil, ya abotargado, pese a que aún no había cumplido los treinta. Sí, el Gordito también era un misterio para ella porque, aunque sabía lo que no le gustaba (la jabonería, su mujer, etcétera), nadie habría podido decir qué quería, qué deseaba, qué esperaba. Su mirada pasó por encima de la idiota de Geneviève y se posó en Hélène, que ahogaba la risa en el cuello de su hermano Étienne. Menuda pareja... ella encarnaba la rebeldía y él la insolencia. Al lado de Hélène estaba François, tan a menudo roído por la inquietud. Mientras el señor Pelletier descorchaba la botella y daba la vuelta a la mesa para servir a todos como si fuera un camarero con mucho estilo, Angèle se inclinó hacia François.

—¿Te has lavado las manos, grandullón?

—¡Mamá, por favor! —exclamó él riendo de buena gana.

La señora Pelletier asintió con escepticismo: aquellas uñas sucias y aquellos plieguecillos mugrientos no se correspondían con la idea que se hacía de un alumno de la Escuela Normal.

El señor Pelletier vertía lentamente el Château Musar, reteniendo la última gotita con un gesto rápido y preciso para que no manchara el mantel; François ponía a mal tiempo buena cara; Hélène parecía querer volcar la mesa; Étienne estaba absorto en sus pensamientos... «Una semana no es nada», le había dicho su madre, pero dieciocho días eran algo.

Normalmente Raymond escribía el domingo, aunque sólo fueran unas líneas, y el lunes echaba la carta que llegaba diez días después. La última era del 22 de febrero. «Mañana nos envían de misión», le había dicho. La puntualidad con la que escribía provocaba la risa de los demás soldados. «Los compañeros se burlan de mí: "¿Qué, escribiéndole a tu chavala?" Y yo les contesto que sí, no te ofendas.» En la Legión, siempre que no fueran muy evidentes, las relaciones entre hombres no se condenaban ni se reprimían como habría podido esperarse. En la compañía había varias parejas: todo el mundo lo sabía, pero nadie lo veía. La camaradería prevalecía sobre la moral porque, en Indochina —y era lo primero que le decían a uno cuando llegaba—, sin la solidaridad ningún Cuerpo Expedicionario podría aguantar más de unas semanas.

• • •

Era esa convicción lo que, en esos instantes, le permitía a Raymond, pese a la intensidad del dolor, mantener viva la esperanza de que acudieran en su auxilio.

«Sin duda, el comandante Lachaume habrá reunido ya a las tropas y los muchachos se hallarán motivados y en camino», se decía. Había oído pasar aviones... aunque, en un bosque como aquél, denso a más no poder, cómo demonios... Era el eterno problema: el Viet Minh podía instalar una ciudad entera en plena jungla y nadie veía nada a dos kilómetros de distancia. Desde el cielo no se divisaba más que un negro manto de follaje, tan espeso que la luz apenas llegaba abajo, y cuando, por puro milagro, dabas con la ciudad, todo el mundo había puesto ya tierra de por medio: sólo encontrabas pasadizos subterráneos desiertos y chozas abandonadas (se sabía que los viets eran capaces de permanecer sumergidos bajo el lodo respirando a través de una caña de bambú... podían pasarse horas tumbados así...).

Por supuesto que el batallón se habría puesto en marcha para buscarlos, se repetía Raymond. Ya debía de estar en la zona en que la columna había sido atacada unos días antes, el punto en que aquel enorme tronco de árbol había caído súbitamente sobre la carretera delante del camión que encabezaba el convoy. En cuanto los vehículos se detuvieron, empezaron a dispararles de todas partes a la vez: era como si el bosque mismo disparara, como si cada rama fuera el cañón de un fusil. En cuestión de segundos las ametralladoras francesas comenzaron a responder, rociando de balas los alrededores. Raymond dio un volantazo a la izquierda, hizo volcar su camión en la cuneta, cogió la metralleta y se lanzó fuera. Su compañero de cabina, que dudó unos segundos, recibió una bala en la garganta. Parapetado tras la carrocería, Raymond vio a su derecha a los demás conductores, que habían saltado a la cuneta igual que él.

Era una emboscada en toda regla.

De pronto los viets llegaron por su espalda y apuntaron a los nueve hombres apostados detrás de los vehículos.

La batalla se intensificaba al otro lado de la carretera: una perfecta maniobra de distracción. Los viets los desarmaron en cuestión de segundos encañonándolos en la nuca o en la espalda y no tardaron ni tres minutos en maniatarlos y hacerlos avanzar a culatazos hacia el bosque, en el que desaparecieron como piedras en un estanque. La vegetación era tan densa que los ruidos de la refriega se debilitaron rápidamente hasta apagarse por completo. Un poco más adelante los obligaron a arrodillarse y los amordazaron. El jefe era un tipo escuálido de edad indefinida, torso estrecho, rostro chupado y ojos ardientes. Cada rehén recibió una buena tunda y todos comprendieron de inmediato el mensaje: «No os paséis de listos, aquí no nos andamos con chiquitas.»

Se pusieron de pie y empezaron una larga marcha, una larguísima marcha.

Raymond sólo había reconocido a tres de sus camaradas entre los prisioneros, aún no sabía quiénes eran los demás. Justo delante tenía al gran Chabot, herido en una pierna. Ni siquiera le habían permitido que se hiciera un torniquete o un vendaje apretado.

Al cabo de una hora de tambalearse en medio del bochorno, de tropezar con raíces, de caer y volver a levantarse antes de que lo molieran a palos, Raymond empezó a acusar el cansancio. Caminaron todo el día, sudando a mares. A bastantes metros por delante de él, Chabot jadeaba, gemía, gritaba de vez en cuando. Reconocía su voz, pero nunca la oía mucho rato: en la cabeza de la columna debía de reinar la más absoluta brutalidad.

Cruzaron una ciénaga y sintió las sanguijuelas engancharse a sus piernas; por la tarde había contado más de cuarenta, que había aplastado a pisotones después de arrancárselas.

Y ahora, seis días después, allí estaban, cada uno encerrado en una minúscula choza de bambú, atados de manos y pies.

Por el día el calor, saturado de humedad, los dejaba empapados de sudor. De noche, sin manta, se helaban ovillados en un rincón del chamizo.

Dos compañeros habían muerto: Raymond había visto a los viets arrastrar los cuerpos, cuyos brazos iban dibujando dos raíles por el lodo. Había reconocido al cabo Vernoux; un buen tipo, siempre dispuesto a hacerte un favor. ¿Qué habían hecho con los cadáveres? Por la noche se oían los rugidos de las fieras. ¿Los habían dejado en alguna parte, entre la maleza, para que los devoraran?

Ya sólo eran siete.

Recibían un cuenco de arroz diario junto con una roñosa lata de conservas llena de agua.

Oía gemir a Chabot en otra choza a la izquierda de la suya, demasiado alejada como para poder hablar con él. Seguro que nadie lo había curado; estaría viendo, presa de la fiebre, cómo se le gangrenaba la pierna día tras día. A veces creía percibir un olor a carne putrefacta que procedía de esa dirección.

En el grupo también estaba Vertbois, un cabo primero famoso por sus «métodos de investigación». Debía de estar rezando para que los viets no lo reconocieran y le hicieran pasar un mal rato. Cuando caía prisionero un viet, se lo entregaban a él para que lo interrogara. Dos años de práctica le habían permitido probar muchos métodos que había acabado reduciendo a dos: el A y el B. Se plantaba delante del prisionero, lo miraba fijamente y, sin planteárselo mucho, decía «A» o «B». Los muchachos ya sabían qué hacer: si era A, colgaban al prisionero del techo por los dedos gordos de los pies y Vertbois se encargaba de la faena con la caña de bambú y las descargas eléctricas en sus partes, en el estómago y en los riñones. Si decía B, le ataban las manos a la espalda y lo tumbaban boca abajo; Vertbois se sentaba sobre su cabeza, le agarraba los codos y, con un fuerte y brusco tirón, se los colocaba a la altura de las orejas. La reacción muscular hacía que la víctima arrojara sangre por la nariz, la boca y el ano. Ese método también se conocía como «darle la vuelta a la molleja». Raymond, que nunca había querido asistir a esos interrogatorios, no podía ni imaginar lo que harían los viets con Vertbois si se enteraban de quién era. Se contaba que una vez habían atado a un hombre a un árbol, le habían rajado la tripa y habían atado los intestinos a la cola de un búfalo que se había alejado con su habitual parsimonia.

Sin duda, la esperanza de ver aparecer a la caballería confortaba a cada uno de los prisioneros.

En dos ocasiones habían oído un zumbido de aviones más al norte, pero al cabo de unos minutos se había apagado.

Todos habían comprendido ya la situación: habitualmente las emboscadas tendidas a una columna tenían como objetivo capturar soldados del «ejército colonial», pero esta vez se trataba de otra cosa.

No los intercambiarían por unos cuantos miles de piastras o por armas estadounidenses.

Una semana antes un nido de comunistas había sido incendiado con lanzallamas con algunos de sus habitantes encerrados en las chozas.

Como represalia, los viets iban a ofrecer a los asesinos un bonito espectáculo: los soldados del Cuerpo Expedicionario torturados.

Sin duda alguna querrían lanzar un mensaje contundente. Las imágenes, los rumores y las leyendas se atropellaban en la mente de Raymond, y lo llenaban de inquietud y de angustia.

Le habían arrancado tiras de piel tan anchas como el brazo de la parte anterior y posterior de los muslos; había aullado como un condenado y, de vuelta en la choza, sin nada para cauterizar las heridas, éstas habían empezado a supurar y le causaban un dolor indescriptible. Ahora la gangrena lo acechaba a él también. Los mosquitos pululaban a sus anchas durante toda la noche y sus picaduras provocaban picores que era imposible aliviar salvo rascándose las piernas hasta hacerse sangre. La noche anterior había sentido el roce de un insecto y, al levantarse de un salto, había visto a sus pies un ciempiés luminoso de unos veinte centímetros; un bicho que, si te picaba, te provocaba una fiebre de mil demonios.

Raymond intentaba localizar el emplazamiento de los demás, pero era imposible llamarse, hablar. No muy lejos, un poco a su derecha, en su jaula de bambú, el Holandés cantaba desde el primer día, en flamenco, lo que parecía una canción infantil. Era un hombre brutal que nunca había mostrado muchos sentimientos; sin embargo, entonaba la cancioncilla con una voz suave que contrastaba con su corpachón. Cuando los guardias viets se acercaban a golpear los barrotes se callaba, pero no por mucho tiempo; pronto retomaba la misma cantinela y la repetía sin cesar, día y noche. Al final los viets entraban en la choza y lo molían a palos, pero no servía de nada: al cabo de una hora volvía a las andadas. Dormía a intervalos de dos horas y podía reiniciar la canción, siempre la misma, veinte, treinta, cincuenta veces por noche. Los viets no eran los únicos a los que sacaba de quicio: de todas las chozas salían gritos y abucheos que tarde o temprano se transformaban en insultos. Incluso Raymond, agotado y enfermo, había acabado insultándolo. Al cabo de tres días con sus noches, los viets se hartaron de aquello. Tres de ellos entraron en la choza y, mientras dos le sujetaban las piernas y los brazos, el tercero lo estranguló con una cuerda, apretando, retorciéndola como quien escurre una bayeta. La voz del Holandés, que intentaba seguir cantando, se crispó y se convirtió en una serie de gorgoteos. Luego, nada.

Al sexto día, cuando Raymond regresó de su tortura diaria ensangrentado, resollando, molido a palos y afónico de tanto gritar (habían vuelto a arrancarle grandes jirones de piel, esta vez de la espalda), comprendió la profunda sabiduría del Holandés, que había elegido abandonar la partida antes de tener que lamentar su obstinación.

Raymond aún no estaba preparado para eso: era de los que no pierden la esperanza. Calculaba: los camaradas que los buscaban harían hablar a todos los viets que conocían, a todos los que encontraran, acabarían consiguiendo una pista y, a partir de ahí... Era imposible que no los encontraran, apenas habían caminado una jornada después de ser capturados. No podían estar muy lejos...

Entró en un delirio febril. Ya no distinguía el día de la noche, ya no sabía con exactitud si los gemidos que oía eran los suyos o los de los camaradas de las chozas más próximas.

Luego, por primera vez, los hicieron salir a todos.

Ellos se miraron atónitos. Cada cual había sufrido una tortura distinta: los compañeros que lograran encontrarlos asistirían a un espectáculo muy logrado. Raymond sería el desollado vivo; Vertbois, el de las dos manos amputadas; Chabot, al que llevaban en una camilla de bambú y hojas de plátano, y que emitía un largo grito continuo, sería el que tenía rotas todas las articulaciones...

Ninguno se tenía en pie. Los amontonaron en la plataforma de un camión. Intentaron hablar entre sí, pero necesitaban todas sus fuerzas para poder sujetarse cuando el vehículo rebotaba sobre las raíces aéreas de los banianos o caía en un bache. Raymond se pasó el viaje tratando de mantener a Chabot en la camilla.

Se hizo la luz y los camiones pararon en seco.

Era un claro minúsculo. Con el hocico pegado al suelo, dos búfalos tiraban lentamente de un rastrillo con largos dientes.

Los hicieron bajar a culatazos y los lanzaron al suelo.

Y en ese instante todo el mundo se quedó inmóvil con los ojos clavados en el cielo.

Esta vez los zumbidos de los aviones no sonaban en la lejanía, sino allí mismo, casi encima de ellos.

De pronto vieron un Morane, una «langosta», como solían llamarlos, volando a poca altura. El corazón de Raymond enloqueció. Era imposible que el piloto no hubiera visto aquel claro ni a aquella cincuentena de hombres. De hecho, ejecutó un amplio viraje para volver a sobrevolar la zona...

Los soldados franceses se volvieron con ansiedad hacia los soldados del Viet Minh. ¿Estaban sorprendidos? Ahora que sabían que el tiempo apremiaba, que el Morane habría transmitido su posición, que una unidad de paracaidistas despegaría rápidamente para intervenir, ¿qué harían?

También los viets miraban al cielo, pero sin miedo ni prisa alguna, como si aquella aparición estuviera prevista.

Cuando el aparato se alejó y el ruido de los motores empezó a apagarse, el pequeño comandante ladró unas órdenes.

Sus hombres avanzaron con decisión hacia el grupo de prisioneros y los obligaron a levantarse a patadas y bayonetazos.

Sólo dos consiguieron caminar por sí solos; a los demás, jadeantes, tuvieron que arrastrarlos soldados del Viet Minh que no tuvieron ningún miramiento con sus heridas.

En el suelo, excavados a unos metros unos de otros, había nueve hoyos en los que cabía un hombre de pie. Tres de ellos ya estaban ocupados por cuerpos inertes en proceso de putrefacción. Raymond reconoció la nuca tatuada del cabo Vernoux, ejecutado unos días antes, y la del Holandés, que había elegido morir.

Introdujeron a cada prisionero en un hoyo con las manos atadas a la espalda.

Raymond era ancho de hombros y, como no se deslizaba hasta el fondo, tuvieron que hundirlo a culatazos. Sintió cómo la clavícula izquierda se le partía en dos.

Después, dos o tres viets empezaron a arrojar paladas de tierra sobre cada uno de ellos. Ahora, sólo sus cabezas sobresalían del suelo. De lejos debían de parecer un bancal de calabazas.

El avión de reconocimiento apareció de nuevo, esta vez volando bastante bajo. A Raymond le costó localizarlo porque el sudor se le metía en los ojos.

¿Precedía a una unidad de paracaidistas que en esos momentos se preparaba para saltar?

Vertbois empezó a gemir.

Raymond se olvidó del cielo y, al ver a los búfalos avanzando lentamente hacia ellos, fue presa del pánico.

Sobre su cabeza, el avión volvía a pasar, más bajo aún...

Frente a él, los búfalos tiraban del rastrillo, cada vez más cerca...

La imagen que acudió a su mente fue el rostro de Étienne, que en esos instantes le sonreía a su madre en Beirut.

Angèle había consentido en coger su copa y alzarla, como los demás.

También aceptó sonreír para la ocasión.

El señor Pelletier ya había elegido su tema.

Extendió alegremente el brazo hacia Étienne.

—¡Por Saigón! —exclamó.

Todos levantaron sus copas y repitieron:

—¡Por Saigón!

2

Las autorizaciones las da la Casa

Un mes más tarde Étienne seguía sin noticias y, con la lejanía y el paso del tiempo, la sencilla fórmula «nos envían de misión», que Raymond había utilizado en su última carta como si se tratara de una mera formalidad, adquiría tintes amenazadores, a ratos dramáticos. Se imaginaba cualquier cosa. Unas veces Raymond, cumplida la misión y ya licenciado, se reunía con él en la terraza de un café vestido de paisano y le explicaba su proyecto: una serrería, una plantación de caucho, una explotación de arrozales... Él aprobaba sus planes y se ofrecía a llevar las cuentas y Asia adquiría visos de paraíso terrenal. Otras, el silencio duraba meses hasta que finalmente llegaba alguien, un compañero de armas de Raymond, llamaba a la puerta y le comunicaba su muerte haciendo girar su quepis blanco entre las manos. La silueta un poco borrosa de ese camarada, cuyos rasgos no distinguía, se recortaba sobre un fondo azul que le daba un aspecto espectral.

Había consultado mapas. Raymond le había escrito que su unidad se dirigía «a la zona de Hien Giang, si lo he entendido bien». Estaba situada en algún punto al noroeste de Saigón. ¿Era un pueblo? ¿Una región? A saber: en el mapa, todos los nombres se parecían. En cualquier caso, para él, inexplicablemente, el nombre de Hien Giang encerraba la promesa de una desgracia.

Su angustia era proporcional a la revelación que había supuesto su primer encuentro con Raymond: un momento luminoso que lo había resarcido de todos los encuentros decepcionantes o sórdidos que habían sido su sino desde la adolescencia. Quizá por falta de suerte, nunca había experimentado el fervor amoroso. El amor y el deseo sí, pero no la pasión. Así que el esbelto legionario belga, sonriente y seguro de sí mismo, había aparecido ante él envuelto en una especie de aura gloriosa.

Cuando no estaba obsesionado por aquella ausencia inexplicable, Étienne se recreaba en una imagen suspendida en el tiempo: la de un Raymond barbudo, tocado con un sombrero con las alas levantadas y sujeto con un cordón, avanzando en fila india con otros soldados por una especie de jungla. Era una imagen fija, como una amenaza silenciosa.

Entre los gemidos de *Joseph* en su cesta y las voces de los pasajeros que se quejaban de él, no pegó ojo en todo el viaje.

En cuanto se abrió la puerta del avión y bajó la escalerilla, el húmedo y pegajoso calor de Saigón lo envolvió como si acabara de entrar en una sauna a cielo abierto. No había dado más que unos pasos y ya tenía la espalda empapada. Las mujeres agitaban los abanicos, los hombres azotaban el aire con los sombreros; con la cara cubierta de sudor y grandes manchas de transpiración en las axilas, los familiares que esperaban a los suyos extendían las manos por los costados de quienes tenían el encargo de mantenerlos a distancia.

Luego, agobiados ya por el clima, viajeros y parientes avanzaban pesadamente hacia los coches mirando con una mezcla de temor y alivio un cielo blanco por el que se deslizaban con lentitud gruesas nubes.

—¿El señor Pelletier? Maurice Jeantet, director de la Casa de la Moneda.

Era un individuo alto de rostro cansado y con el pelo casi completamente blanco. Iba vestido con un traje de color crema y todo en él producía una sensación de fatiga: la voz, la mirada, incluso su apretón de manos. Miró con incredulidad el cesto que Étienne llevaba en una mano.

—¿Qué es?

—Mi gato.

Jeantet soltó un suspiro de consternación.

—Bueno, venga, es por aquí...

Lo dijo como si estuviera impaciente por acabar con una tarea ingrata.

—También tengo un baúl... —se atrevió a decir Étienne.

Jeantet hizo un gesto vago, como si eso no tuviera ninguna importancia. Étienne apretó el paso para alcanzarlo. Los esperaba un taxi al que subieron a toda prisa.

—Dejaremos su equipaje en la rue Grivelle, en la vivienda que se pone a disposición de los recién llegados. Le advierto que nadie se ha quedado allí más de unos días...

—¿Y por qué?

Jeantet barrió el aire con la mano, como si espantara una mosca.

—Ya lo verá usted mismo. ¡Qué mal huele su gato!

—Es por el viaje...

—Sí, claro...

Étienne comprendió enseguida que la actitud de aquel hombre no tenía nada que ver con el cansancio: era puro fatalismo. Pudo confirmarlo cuando, tanto por educación como por curiosidad, dijo sentirse halagado por el hecho de que el propio director de la Casa hubiera ido a recibirlo al aeropuerto.

—¡Bah, así he podido salir un rato! Por cierto, ¿de dónde viene usted?

—De Beirut.

Jeantet abrió los ojos como platos.

—¡No! ¿De Beirut? ¡Ésa sí que es buena! ¿No podría haberlo dicho antes? A mí nunca me cuentan nada...

—Está en mi expediente, ¿no?

—Yo los expedientes ni los abro. De todas maneras, no puedo hacer nada: no soy yo quien decide los nombramientos, ¿sabe? —Tomaba por testigo a Étienne, que no sabía qué decir, pero enseguida volvió al tema que le interesaba—: ¡Con la de recuerdos que tengo de allí!

Con la mirada perdida, rememoró su servicio militar: camino de África, había hecho un alto de un día y medio en Beirut, pero la visita le había dejado un recuerdo imborrable, a saber por qué. Tras repetir en bucle: «¡Ay, Beirut, Beirut!», se quedó callado. Luego, de repente, preguntó:

—¿Hace buen tiempo allí? —Era una pregunta extraña, relacionada quizá con el clima de Saigón. De hecho, acababa de sacar la cabeza por la ventanilla para mirar el cielo, que se había llenado de negros nubarrones, y había añadido—: Éstos, cuando descarguen... ¡uf!

Cuando el taxi llegó a lo que parecía ser el centro, se desató un auténtico diluvio.

—¿Qué le decía?

Su certero pronóstico le iluminó el rostro brevemente; luego, con la misma rapidez, sus facciones volvieron a expresar la consternación, la pena y la amargura que emanaban de todo su ser.

Las enormes gotas crepitaban como granizo sobre la carrocería, la calle ya no era más que un muro líquido arañado por una lluvia absolutamente vertical. Era imposible circular. Más que verse, los otros coches se adivinaban, y sus borrosos bultos, sumergidos hasta media altura de las ruedas, parecían danzar sobre la calzada. Instintivamente, Étienne encogía los hombros por miedo a que el techo del taxi cediera de repente.

Entristecido por el espectáculo, Jeantet negaba con la cabeza.

—¡Y esto no es nada! Cuando llegue la estación de las lluvias, ya verá... —De repente se volvió hacia Étienne—. Tengo tres hijos.

Era difícil saber si se alegraba de ello o si lo lamentaba, pero aún resultaba más difícil entender por qué lo decía precisamente en ese momento, porque acto seguido se puso a dar instrucciones en vietnamita al taxista.

Quizá tenía problemas de concentración...

El coche no tardó en alejarse de las arterias principales y el decorado empezó a ser cada vez más popular. Finalmente, se detuvo junto al bordillo de una acera, derivando como un barco que aborda un pontón, y Étienne y el director corrieron hasta la entrada de un edificio chapoteando en charcos de un metro de ancho.

La breve carrera bajo el chaparrón había bastado para dejarlos totalmente calados. Étienne se sacudió, Jeantet se aplastó el pelo descuidadamente con la palma de la mano.

El portal era bastante humilde, las paredes se desmigajaban bajo la pintura descascarillada.

—Está en el segundo.

Era una habitación bastante grande, triste e impersonal, amueblada con una cama de hierro y una cómoda un poco vencida a la derecha que descansaba sobre una raída alfombra de esparto. Lo que más llamaba la atención era el vapor que penetraba por la ventana entreabierta: olía a almidón y a detergente.

—Bueno, ya se lo he advertido... —Jeantet negó con la cabeza como si estuviera ante un nuevo desastre—. No tengo presupuesto, esto es todo lo que puedo ofrecerle... —Señaló la ventana—. El olor es de la lavandería que hay en el patio... el vapor sube hasta aquí. No se puede hacer nada salvo cerrarlo todo, aunque entonces te mueres de calor.

Étienne había dejado la cesta en el suelo y la había abierto, y *Joseph*, que había perdido al menos un kilo, corrió a esconderse. Su dueño sacó una escudilla en la que vertió agua y una bolsita de galletas: era todo lo que tenía. Dejó la escudilla en la cocina, al pie del fregadero.

Todavía no se había incorporado del todo cuando se oyeron unas voces chillonas en la escalera y unos golpes sordos que ascendían hacia el rellano de su vivienda. No tardaron en aparecer dos individuos flacos que subían el baúl de Étienne golpeándolo contra todo: la barandilla, las esquinas del pasillo, las puertas... Sonreían de oreja a oreja. Lo dejaron caer a plomo, visiblemente satisfechos de su trabajo, y se quedaron allí plantados, en posición de firmes, mirando fijamente a Étienne como si esperaran algo. Él buscó un par de monedas en sus bolsillos, pero fue en vano, y cuando ya estaba a punto de disculparse, Jeantet empezó a insultar a los porteadores, que se precipitaron al rellano y echaron a correr escaleras abajo.

—Ya les han pagado —explicó el director—, pero siempre quieren más.

—¿La Casa de la Moneda? —preguntó Étienne.

Pero Jeantet no respondió.

—Bueno, las dos primeras noches ya están abonadas. Me sorprendería que quisiera quedarse más tiempo. Le pediré a Diêm que le busque otra cosa.

Y como si de pronto sintiera un repentino ataque de impaciencia, dio media vuelta, cruzó la puerta y le hizo un gesto para que lo siguiera. Étienne se precipitó tras él y cerró con llave. El director bajaba la escalera refunfuñando:

—Poner un piso encima de una lavandería... ¡Menuda idea de bombero!

Cuando llegaron a la calle, las nubes se habían alejado. El sol del atardecer proyectaba grandes sombras sobre el suelo y un delicioso olor a tierra mojada, especias, carne asada y plantas aromáticas envolvió a Étienne. El cielo se aclaraba, la lluvia había refrescado la atmósfera...

El taxi seguía allí. Subieron. La caja de cambios chirrió.

Volvieron hacia el centro, con sus grandes edificios de arquitectura pretenciosa, sus anchas aceras llenas de gente y aquel tráfico incomprensible de automóviles mezclados con bicicletas y bicitaxis entre los que zigzagueaba todo tipo de peatones anamitas y europeos. El taxi se detuvo ante un edificio. En una placa de cobre junto a la puerta de entrada podía leerse: CASA INDOCHINA DE LA MONEDA.

Jeantet no se movió.

—Bueno, aquí es...

Casi parecía que él mismo fuera el nuevo empleado y que, antes de apearse, le hubieran entrado dudas. Étienne no sabía bien qué hacer.

—Le he pedido a Gaston que le haga de guía. —Y al notar que Étienne no tenía ni idea de a quién se refería, añadió exasperado—: ¡Gaston Paumelle! —Entonces abrió la puerta del taxi y dijo para sí mismo—: Como si uno no tuviera otras cosas que hacer...

Bajaron y Étienne corrió detrás del director, que entró en el edificio a grandes zancadas.

Llegaron a una enorme sala de espera. Tras un largo mostrador enrejado, una docena de empleados europeos se afanaba en atender a los clientes. El eco de sus conversaciones producía un ruido de fondo permanente, sordo y salpicado de exclamaciones.

—Pero ayer dijo usted que... —protestaba alguien.

—¡De eso ni hablar, es una factura *pro forma*! —replicaba otro.

Frente a las ventanillas, unas treinta personas ocupaban todas las sillas disponibles: hombres trajeados, mujeres maquilladas, anamitas con gafas de carey, comerciantes asiáticos, matronas con vestidos de seda... Todos sostenían entre los dedos unos tiques amarillo pálido que un viejo empleado obeso repartía en la entrada. A lo lejos, detrás del mostrador, se veían escritorios atestados de papeles y empleados medio ocultos, y delante, en sus sillas, los clientes, que sólo accedían al sancta sanctórum si conseguían franquear la barrera del mostrador.

—¡Vamos, sígame!

El director parecía permanentemente exasperado: era mejor seguirle la corriente.

Entraron en su despacho. En el escritorio, cubierto de carpetas y expedientes, había una cantidad impresionante de fotografías enmarcadas que no mostraban al visitante más que su anónimo y obstinado reverso.

Étienne permaneció de pie mientras Jeantet rodeaba la mesa y tomaba asiento en su sillón de director. Tenía el expediente de Étienne delante de él. Lo abrió y se caló las gafas.

—Banco Franco-Libanés, perfecto... Servicios contenciosos, muy bien. —Cerró el expediente, se inclinó hacia delante, cogió una pequeña fotografía enmarcada y la hizo girar hacia Étienne—. *Itsou*. —Era la imagen de un pastor alemán—. Murió el año pasado. El clima, claro... Bueno, necesito a alguien en transferencias, lo pondré a usted ahí. ¡Hombre, aquí está Gaston! Él es quien va a... En fin, ya sabe, ¿no?

Paradójicamente, ya en Indochina, Étienne, en medio del torbellino de su llegada, tenía la sensación de encontrarse más lejos que nunca de Raymond. Todo lo que veía lo apartaba de él: el viaje; aquel director; su vivienda, que apestaba a trementina; aquella ciudad estruendosa y sus olores; el sopor que había vuelto a apoderarse de él después de la lluvia...

Y aquel chico narigudo que se las daba de hombre importante.

Gaston Paumelle tenía unos treinta años, más o menos la misma edad que él, pero su aspecto era muy distinto, con su camisa llamativa, un pañuelo de bolsillo a juego y un grueso sello en el meñique de la mano derecha. Era presuntuoso y seguro de sí mismo, y sin duda tenía vocación de especulador: la clase de hombre que siempre prefiere las soluciones torcidas. Le había rodeado los hombros con el brazo y se había inclinado hacia él como para contarle un secreto.

—Nos tuteamos, ¿no? Entre compañeros...

Y sin esperar la respuesta, había cogido del brazo a su nuevo colega como si se tratara de un viejo amigo al que estaba encantado de volver a ver.

—¡Primero visitamos todo el castillo y luego te llevo a tus aposentos! —dijo en tono burlón, y soltó una risotada ruidosa y entrecortada. El chiste, que debía de utilizar a menudo, siempre le parecería igual de ingenioso—. Bueno, ¿y tú de dónde vienes?

—De Beirut. —Y ante la mirada interrogativa de Gaston, Étienne tuvo que añadir—: Está en el Líbano.

—¡Ah! ¿Donde los moros? ¿Y quién te ha enchufado?

Étienne nunca habría imaginado que las plazas de aquella oscura administración fueran tan codiciadas como para necesitar un padrino.

—La suerte: no conozco a nadie.

Gaston frunció el ceño y los labios. En su mundo sólo existían los contactos, los intereses, los favores, las deudas y los cambalaches; el azar no tenía cabida.

—Lo que tú digas... —murmuró encendiendo un cigarrillo.

—Te lo aseguro... —insistió Étienne.

Gaston se lo quedó mirando unos instantes y pareció llegar a la conclusión de que era sincero. Eso sí: la información resultaba desconcertante.

—Sígueme... —dijo finalmente, y lo llevó hacia la ancha escalera de piedra que unía las tres plantas, distribuidas en una multitud de salas absolutamente idénticas, todas enormes y de altos techos en los que giraban los pocos ventiladores que no estaban averiados, todas provistas de grandes ventanas con las dos hojas abiertas para que corriera el aire.

—Aquí, el cambio de moneda...

—¿Puedo cambiar mis francos, comprar piastras?

Gaston extendió las manos con las palmas hacia el cielo, como un apóstol. Étienne sacó de su cartera varios billetes de mil francos y los dos se acercaron a una ventanilla en la que una mujer muy miope parecía fundirse con el decorado.

—Es Étienne Pelletier, un compañero nuevo —anunció Gaston con voz chillona.

La mujer asintió entornando los ojos. Étienne le tendió los billetes y ella los contó lentamente y luego los alineó con cuidado uno al lado del otro. Tal vez fuera por la novedad, por el clima o por aquel extraño director que lo había dejado sin aliento... el hecho es que, justo en ese momento, el cansancio se apoderó repentinamente de él. Preguntó por el lavabo y, una vez allí, se echó agua fría en la cara, se miró en el espejo y encontró descorazonadora su imagen.

Debido seguramente al grosor de los muros y a la orientación del edificio, en aquellas salas reinaba una atmósfera menos pesada que en la calle, pero estaba saturada de una mezcla de distintos olores: a sudor, a lustrina, a tinta, a archivos, a papeles viejos, a decrepitud...

Allí trabajaban unos sesenta hombres y muy pocas mujeres, todos sentados ante mesas y escritorios y rodeados por pilas de carpetas que se sostenían en pie de milagro. En aquel lugar, un documento extraviado debía de considerarse una pérdida irreparable. Acompañado por Gaston, Étienne estrechaba manos, sonreía, respondía aquí y allá a preguntas que no eran tales, olvidaba de inmediato los nombres que le decían, los cargos, los cometidos... La Casa de la Moneda le parecía una especie de hormiguero dedicado por completo a una actividad tan escrupulosa como inútil y oscura.

Subieron al ático y entraron en el archivo, un polvoriento horno por el que deambulaba en silencio una anciana asiática de rostro apergaminado con una curiosa visera de plástico azul.

—Es Annie... —susurró Gaston ahogando la risa en la palma de la mano—. Bueno, Annie, ¿cuándo te jubilas por fin?

—¡Váyase al cuerno! —rugió la archivista dándoles la espalda.

—Se marchará en otoño —comentó Gaston mientras bajaban las escaleras—. Creo que lleva cuarenta y cinco años en la administración francesa, siempre como archivista. Increíble, ¿no?

Étienne no veía qué tenía eso de sorprendente. Gaston negaba con la cabeza, como diciendo: «No lo comprendo...» Era bastante posible que, al cabo de cierto tiempo, las maneras del director se contagiaran a los empleados.

—Y esto es la cámara de compensación...

Étienne sintió que volvía a desfallecer: acababa de poner los pies en un mundo nuevo que le producía vértigo.

—¿Estás bien? —preguntó el narigudo inclinando el afilado rostro hacia Étienne, quien, apoyado en una mesa, se secaba la sudorosa frente con un pañuelo ya empapado.

—¡Sí, sí! Es el viaje...

Trató de sonreír. «Vamos, aguanta», se dijo.

Gaston consultó su reloj.

—De todas formas, casi es la hora...

Bajaron. Era la hora, efectivamente: los empleados se ponían la chaqueta y dejaban sobre el mostrador los letreros de CERRADO dirigidos a la veintena de clientes a los que no habían podido atender. Ninguno de ellos se quejó. Salieron con paso tranquilo: sin duda al día siguiente, en cuanto la Casa se abriera al público, estarían de nuevo allí para retomar su puesto en la cola.

—Oye, ¿qué haces esta tarde? —preguntó Gaston.

Étienne buscó una excusa, pero estaba desorientado y no se le ocurrió ninguna.

—¡Entonces, cenamos juntos! Nos vemos en La Roca del Dragón. Sólo tienes que preguntar, todo el mundo lo conoce. Y después... —Le lanzó un guiño de complicidad—una sorpresa. Te gustará.

Étienne no fue capaz de reaccionar. En medio de aquel guirigay en el que se mezclaban el francés y el vietnamita a partes iguales, los empleados se apresuraban a alcanzar la salida. Gaston se había ladeado el sombrero de paja como para acentuar su elegancia.

—¿Sabrás orientarte, muchacho?

Étienne hizo un gesto con la mano y sonrió: «Tranquilo, todo bien.» Gaston se alejó con paso saltarín...

Y Étienne se quedó solo en la ancha acera.

A su alrededor, el tráfico estaba en su máximo apogeo. Los bicitaxis surcaban la calzada entre insultos y los pesados tranvías multicolores tocaban el claxon. De alguna parte le llegó la música de un acordeón, pero enseguida la ahogaron el ruido de los motores y los gritos de los vendedores ambulantes. Mientras recorría la Casa de la Moneda había vuelto a caer un chaparrón. La calle y las aceras relucían, muchos viandantes aún llevaban las capas impermeables y había todo un desfile de colores vivos que se movían como en un caleidoscopio. El espectáculo no cesaba. Tenderetes de quincallería; vendedores de sopas humeantes, buñuelos de shiso o cigarrillos al por menor... En un momento dado el neumático de un coche estalló a lo lejos, en algún punto del bulevar. Se formó una aglomeración y, mientras Étienne reanudaba la marcha, se oyeron sirenas de bomberos.

Torció a la derecha, al azar, buscando algún rostro europeo. Encontró a un hombre de unos sesenta años que caminaba lentamente apoyado en un grueso bastón de bambú.

—Lo mejor es subir por la rue Mac-Mahon, lo encontrará a su izquierda.

Tenía acento marsellés. Étienne enfiló por donde le señalaba el bastón. Volvía a tener la ropa pegada a la piel. Mientras caminaba, sentía moverse en su bolsillo la pesada llave de su habitación. Recordó que el anciano había añadido: «Desde aquí hay un buen trecho...»

Un poco más adelante había unos bicitaxis estacionados en desorden a lo largo de la acera. Los conductores fumaban cigarrillos y se interrumpían riendo.

—¿Hablan ustedes francés?

Ya había cuatro a su alrededor. Eligió a uno al azar.

—¿Sabe dónde está la Oficina del Alto Comisionado?

—¡Sí, sí, palacio Norodom!

El hombre saltó al sillín. Étienne se acomodó en el remolque desde el que vio desfilar la ciudad mientras las nubes volvían a cerrarse sobre su cabeza, grises y densas.

Diez minutos después el taxista lo dejaba ante el edificio que albergaba las oficinas de la administración francesa y el cuartel general del Cuerpo Expedicionario. Le pidió una suma astronómica, Étienne le dio la tercera parte y el hombre sonrió satisfecho y se marchó.

El edificio que se distinguía a través de la verja cerrada era una construcción enorme, más ancha que alta, con un pórtico de grandes arcos, un frontón romano y una gran cúpula azulada. Delante de la verja sólo había una garita, pero estaba vacía: no había nadie a quien preguntar.

El aguacero llegó de repente, sin ningún signo precursor, recto, crepitante y tan denso que la Oficina del Alto Comisionado desapareció detrás de la cortina de agua.

Étienne no hizo el menor movimiento, se quedó allí, plantado en la acera como una farola. Se sentía terriblemente solo sin Raymond.

La lluvia arrastró consigo las lágrimas que le resbalaban por la cara.

La fama del Mahjong se fundamentaba en su ambivalencia. La clientela era la burguesía de Saigón y parejas de franceses que caían el uno en brazos del otro. Las mujeres llevaban collares, pendientes, chales de seda, abanicos anticuados y reían a carcajadas; los hombres, vestidos con arrugados trajes de lino, les rodeaban los hombros con el brazo y fumaban cigarrillos con boquilla de cartón, y todos bebían Martinis y coñac con soda mientras hablaban a voces. Había una orquesta con dos acordeones, una cantante con vestido de lamé... y, en las mesas, grupos de dos o tres hombres sentados con la despreocupación de los amigos que han acabado allí casi por casualidad, para coronar la noche con una última copa. En la barra, las *taxi-girls* asiáticas miraban la sala e intercambiaban comentarios en voz baja. Era como estar en un local parisino.

Pero en el extremo opuesto todo era muy distinto.

Allí, en las mesas apiñadas junto al guardarropa, las chicas estaban para otro tipo de baile.

Siempre había al menos cinco o seis: anamitas con túnicas cortas que se les subían escandalosamente cuando se sentaban frente a la sala, chinas altivas con vestidos abiertos por encima del muslo que miraban a su alrededor con condescendencia... El baile era constante: ellos, con el cigarrillo entre los labios, se acercaban al guardarropa con el aire desinteresado de quien tan sólo quiere preguntar algo y ellas aceptaban sentarse a una mesa para tomar una copa y se reían tapándose la boca con la mano como si fueran colegialas. De vez en cuando podía verse la digna salida de una oriental seguida por un hombre con la chaqueta del traje abombada por los michelines.

Esas idas y venidas codificadas, silenciosas y falsamente discretas eran lo que en realidad constituía el centro del espectáculo, el atractivo del local. En las exageradas risas de las mujeres de la buena sociedad, uno podía adivinar que la proximidad del vicio tarifado les producía sensaciones deliciosas. Los ventiladores no daban abasto para despejar el humo de los puros y los cigarrillos, que daba al club la apariencia de un acuario. En las mesitas redondas había lámparas con tulipas de tela roja, se suponía que para acentuar el ambiente íntimo del local.

Gaston había llevado a Étienne a una mesa que resultó estar estratégicamente situada para ofrecer una vista inmejorable del guardarropa y de las chicas sentadas en sus proximidades.

Étienne se pasó el resto de la velada aguardando la ocasión de dirigir la conversación hacia el único tema que le interesaba, Raymond, pero, viendo a Gaston comerse con los ojos a las chicas, comprendió que la noche podía acabar sin que él hubiera obtenido la menor información sobre los movimientos militares.

• • •

No había tenido más suerte en La Roca del Dragón («¡Todo el mundo lo conoce!», repetía Gaston), un ruidoso restaurante donde la gente no paraba de entrar y salir, llamarse a gritos, sentarse y levantarse. No acababas de saber quién servía: todo el mundo parecía transportar una bandeja o un plato y el dinero pasaba de mano en mano hasta un individuo con la cara reluciente de sudor y una barriga que rebosaba sobre su delantal increíblemente sucio. Sin consultarle nada, Gaston le hizo el pedido a una mujer que estaba pasándole el trapo a una mesa y ella desapareció entre la gente y volvió minutos después con una bandeja llena de cosas que Étienne no había visto jamás: un infiernillo de alcohol sobre el que colocó una gran sartén llena de aceite hirviendo, un plato de carne laqueada, fideos crujientes, piñas, mangos... Todo estaba delicioso y, por primera vez desde su llegada, Étienne vivió unos instantes de auténtica felicidad, aguada enseguida por la idea de que a Raymond le habría encantado estar allí, porque era una de esas situaciones con las que fantaseaba en Beirut.

Sin embargo, llegado el momento frente a él sólo estaba Gaston Paumelle, que inclinaba su gran nariz sobre la sartén y se chupaba los dedos, dándose importancia porque sabía dos o tres cosas que el recién llegado aún ignoraba.

Étienne recordó el escepticismo de su colega cuando le había asegurado que nadie lo había ayudado a conseguir el empleo.

—¿Y tú? —le preguntó—. ¿Cómo llegaste aquí?

Cuando se le presentaba la oportunidad de hablar de sí mismo, Gaston solía soltar un suspiro como si la perspectiva le desagradara y sólo aceptara hacerlo para complacer a su interlocutor.

—Mi abuelo pasó toda su vida aquí. ¿Has oído hablar de las plantaciones Paumelle? —Planteó la pregunta, pero no esperó la respuesta porque la daba por sentada—. Pertenezco a una de las familias que construyeron este país. Cuando llegaron, y te estoy hablando... ¡bueno, de hace muchísimo!, los amarillos no sabían hacer la «o» con un canuto. Ni siquiera se les había ocurrido cultivar el arroz a gran escala. Mi abuelo decía: «Esta gente necesita que les digan qué hacer y les enseñen cómo hacerlo»... ¿Por dónde iba?

—Tu enchufe...

—¡Ah, sí! Mi padre... Está bien situado en el Ministerio de Transportes: para él, colocarme aquí era... bueno, ya sabes, y además... —Gaston bajó la voz y esbozó una sonrisa de complicidad—. Había una chica... en estado interesante. Era mejor que pusiera tierra de por medio, ¿comprendes?

Étienne lo comprendía perfectamente.

—Así que venir aquí... en fin, fue como tomar el testigo de la familia.

—Es curioso el señor Jeantet... —se aventuró a decir Étienne, que buscaba un tema de conversación.

—Jeantet es un buen tipo. No muy espabilado, pero un buen tipo.

Hablaba de él como si se tratara de un subordinado.

—No parece que le encante estar aquí... —le comentó Étienne.

—Hace mucho tiempo que dirige el chiringuito, quizá esté un poco cansado. Pero ¿qué quieres?, ¡a su mujer le encanta esto! —Gaston había estado devorando impresionantes cantidades de fideos, pero, al evocar a la mujer del director, se interrumpió un momento—. Es veinte años más joven que él y todavía está de muy buen ver, créeme. —Se quedó pensativo manteniendo los palillos en el aire. Si en ese momento hubiera visto entrar a la mujer del director, no se habría quedado más embobado. Finalmente reaccionó—: Tienen tres hijos, ¿comprendes?

Étienne se preguntó qué había que comprender.

—Pero ya son mayores —continuó Gaston—, así que ella tiene libertad para ir y venir. —Le guiñó un ojo—. Siempre está en Tam Dao o en Bokor, no sé si me entiendes...

—No muy bien, la verdad.

—Estaciones de montaña: pinos, cascadas y demás... Ella dice que eso le recuerda a los Alpes. Es de Combloux. Pero yo sospecho que hay algo más...

Gaston, pensativo, se pasó lentamente la lengua por los labios; luego volvió a concentrarse en su plato y, como el tema parecía zanjado, Étienne aprovechó la pausa para lanzarse:

—Tengo un primo legionario aquí, en Saigón... —empezó a decir.

Étienne había dejado de servirse, así que ahora Gaston comía directamente de las bandejas. No iba a sobrar nada. Aunque no estaba gordo, podía engullir una cantidad asombrosa de comida. Se zampó un último puñado de fideos, se limpió los labios con una esquina de la servilleta y se recostó en el respaldo de la silla.

—La verdad, es extraño... —añadió Étienne.

—¿El qué?

—Su última carta es de hace más de un mes. Desde entonces no hemos vuelto a saber de él.

—A lo mejor no le gusta escribir...

Étienne no tuvo tiempo de responder porque Gaston se dio una palmadita en el estómago, se inclinó sobre la mesa y, con voz sorda, agregó:

—¡Y ahora, muchacho, la sorpresa! Ya me dirás qué te parece...

Y se levantó.

Y así habían ido a parar al Mahjong: la «sorpresa» consistía en engrosar las filas de los hombres que habían ido a comerse a las mujeres con los ojos, a bailar con las *taxi-girls* y a marcharse con una prostituta.

Pero Gaston, que hasta ese momento se había comportado con desenfado y *savoir-faire*, se había transformado, con sólo entrar, en un hombre febril y agitado cuya existencia tiende a un solo fin y que, de pronto, se enfrenta al momento de la verdad.

Miraba a las chicas con una avidez irritante.

—Las tarifas van de las trescientas piastras a cerca de mil...

No paraba de mirar hacia el guardarropa, donde dos vietnamitas se contoneaban pegadas entre sí pretendiendo ser una pareja de lesbianas desinhibidas, espectáculo que, por supuesto, nadie se tomaba en serio.

—A esas dos podemos tenerlas por mil piastras. Las dos a la vez. ¿Te apetece?

—Otra noche, quizá... —se atrevió a decir Étienne—. El cansancio del viaje...

Gaston se lo quedó mirando: era la segunda vez que Étienne lo defraudaba como compañero. Sin embargo, la atracción que ejercían sobre él aquellas dos chicas se sobreponía a todo lo demás.

—Aquí —cuchicheó sin mirar a Étienne— no son unas guarras, como en nuestro país... De todas formas, si eliges a la adecuada puedes hacerlo todo con ella, así que en el fondo es lo mismo. Las más caras son las chinas. Aquella de la derecha, la del vestido amarillo, ochocientas piastras; pero francamente con las chinas es tirar el dinero: no saben hacer nada, no quieren hacer nada... Son unas zánganas. —La camarera se acercó a servirles los coñacs con soda, Gaston se arrellanó en el asiento con aires de gran señor y añadió—: Desde que estoy aquí me he tirado a las mejores putas de Saigón. Siempre van llegando chicas nuevas y tengo buen ojo. Mira aquella de la izquierda, la que enseña el ombligo por debajo de la blusa. Te apuesto...

Étienne había dejado de escucharlo y se limitaba a observar su sello, su reloj, su traje... Nada de todo aquello se correspondía con el salario de un modesto empleado de la Casa de la Moneda.

—¿No bebes?

—¡Sí, sí! —Étienne alzó la copa sonriendo—. Gracias por la sorpresa...

Gaston se sintió halagado: el nuevo volvía a subir en su escala de valoración.

—Pero, aunque no estuviera tan cansado, estas chicas son demasiado caras para mí —añadió Étienne.

—Puedo hacerte un préstamo, chaval. Si eres espabilado no tardarás en poder devolvérmelo.

Era la segunda vez que le recomendaba espabilar.

—¿Y cómo podría hacerlo?

La mirada de Gaston se resistía a apartarse de dos chicas recién llegadas.

—Basta con hacer como los demás. Mira, yo... —Al mencionarse a sí mismo acababa de encontrar el único tema de conversación que, para él, era más interesante que las prostitutas vietnamitas. Le enseñó el anillo—. Mira qué pedazo de sello...

—Impresionante.

—En cuanto junto diez mil francos, lo cambio por otro más grande. Cuando vuelva a Francia viajaré ligero, ¿comprendes?

Étienne había entrado en la Casa de la Moneda con un sueldo de quince mil francos. Incluso con uno o dos años de antigüedad y un puesto mejor pagado, Gaston no debía de ganar mucho más que él...

—¡Eh! —exclamó como si Étienne le hubiera afeado algo—. Aquí todo el mundo se lucra con las transferencias, no soy el único, ¡cuidado! —Se echó a reír. El nuevo no se enteraba de nada, pero ya se lo explicaría. Para él, esa perspectiva era tan excitante como llevar a un chico virgen a un burdel: disfrutaba por adelantado—. Una piastra equivale a ocho francos, pero Francia decidió en 1945 que no valdría ocho, sino... ¡diecisiete! Desde aquí compras algo en Francia, cualquier cosa, y resulta que la piastra que has utilizado, cuando llega a París, ¡vale el doble! El Estado paga la diferencia. Envías cien mil francos en piastras y a la llegada se convierten en doscientos mil. Gastas un millón de francos y vale dos. Diez millones se transforman en veinte. No hay ningún otro sitio en el mundo donde puedas doblar tu dinero en una semana, sea cual sea la cantidad.

—¿Y quién solicita esas transferencias?

—Funcionarios, particulares, compradores...

No era la primera vez que Étienne oía ese término. Un «comprador» era un intermediario local que representaba a empresas extranjeras ante los autóctonos o ante la administración.

—Ya, pero ¡no es tan sencillo! —objetó Étienne—. Esas transferencias no son automáticas, hay normas, ¿no?

Gaston bajó la mirada pudorosamente, como si acabaran de pedirle matrimonio.

—Sí, claro... Si quieres hacer una transferencia, se necesita una autorización en regla.

Se incorporó un poco, atento y tenso, y esperó la pregunta con la misma cara que debía de tener en el momento del orgasmo. Étienne acabó cediendo.

—¿Y quién autoriza las transferencias?

Mientras miraba a las prostitutas que se contoneaban delante del guardarropa, Gaston iba haciendo girar el sello en su meñique.

—La Casa Indochina de la Moneda, querido amigo: las autorizaciones las da la Casa.

3

Olía a periódico

Al acabar su turno, François sólo tenía ganas de una cosa: bajar los brazos y dejarlos caer como si fueran de piedra. Le dolían los hombros y los codos, sentía la espalda rígida y las piernas temblorosas... Los últimos paquetes se deslizaban más despacio y el ruido infernal de las rotativas disminuía poco a poco, como el de un tren al entrar en la estación. Cuando por fin se detenían, se hacía un silencio vibrante que resultaba casi inverosímil. Al principio todos permanecían callados, se limitaban a mirarse las manos, negras como las de los mineros de las profundidades; luego se veían obligados a reaccionar. En ese lugar, cuando aún no había acabado una tarea, ya empezaba otra: el personal se sucedía sin descanso. En cuanto se dormían las máquinas aparecían los limpiadores, frescos como rosas, casi empujándote; dejaban sus aceiteras en el suelo con un tintineo, abrían los bidones, que despedían vapores de gasolina, y empapaban en ellos sus grasientos trapos. Cuando el aire ya no estaba saturado por el ruido ensordecedor de las prensas, los ecos de la vida normal regresaban, la gente volvía a comunicarse y a bromear. François miró los últimos paquetes de periódicos que había atado, amontonados en el carro que un empleado empujaba hacia el montacargas que los subiría al muelle. Allí arriba, los camiones esperaban con los motores en marcha, y los conductores, impacientes, daban gas una y otra vez: no les gustaba tener la sensación de empezar con retraso cuando aún no habían iniciado el recorrido.

A las siete de la mañana, la tercera edición del *Populaire* se ponía en camino.

François fue a lavarse las manos y los antebrazos, aunque nunca conseguía quitarse del todo la tinta que se incrustaba en los pliegues de la piel y bajo las uñas. No había manera de limpiarse bien, ni siquiera echando mano de la piedra pómez. Las palabras de su madre dos semanas atrás seguían resonando en su cabeza: «Pero ¿te has lavado las manos, grandullón?» Volvió a ver sus redondos ojos de ave de corral clavados en el vacío, mirándolo solamente de soslayo; la vio escéptica y preocupada... Aquella forma suya de expresar las cosas sin decirlas siempre lo había horripilado.

Estaba enfadado con ella porque, en gran medida, la consideraba responsable de la enrevesada situación en la que se encontraba.

La señora Pelletier siempre había incluido el periodismo en la categoría de los oficios vergonzosos e infames, al lado de la prostitución y la mecánica de automóviles. El motivo se remontaba a un suceso tan remoto como ridículo: estando embarazada, el señor Chamoun, que trabajaba como redactor y periodista —según él— en *L'Orient*, el principal diario beirutí, había estado a punto de hacerla caer al suelo al salir del café. El incidente no habría pasado a mayores, sin embargo Chamoun apestaba a alcohol, así que, a partir de entonces, fiel a su gusto por las generalizaciones, la señora Pelletier había decidido que el periodismo era una profesión de borrachos.

Lo malo era que se trataba del único oficio por el que François sentía inclinación.

François lo había descubierto precisamente con *L'Orient*, que su padre llevaba a casa todas las tardes: ver impresas y difundidas por toda la ciudad, mejor dicho por todo el país, las descripciones de cosas que habían pasado en su barrio, prácticamente en su calle, lo dejaba pasmado. En una ocasión, a raíz de un conato de incendio del que ni siquiera se había enterado, reconoció con asombro una foto de su edificio. En la página de deportes leía reportajes sobre las carreras ciclistas y los combates de boxeo de los que se hablaba en su escuela. El señor Pelletier había enmarcado un artículo sobre la jabonería publicado en 1937, aunque su esposa sólo se avino a que lo colgara en un lugar bastante apartado del pasillo porque lo había escrito «el borracho de Chamoun. En casa de los Pelletier, *L'Orient* era una especie de institución vergonzosa. Por las noches, a escondidas, François leía el folletín diario, *Tendre Corinne*, y terminaba el crucigrama sobre el que su padre invariablemente se dormía.

Cuando llegó el momento de elegir una carrera, es decir, una profesión, François insinuó vagamente que quería dedicarse al periodismo, pero enseguida comprendió que sus expectativas eran vanas. Buscó una actividad que sus padres aprobaran y decidió que sería profesor, posibilidad que cosechó votos entusiastas: «Transmitir el conocimiento es una hermosa tarea», dijo su padre; «Bueno, funcionario no está tan mal», concedió su madre.

Y como era un estudiante sobresaliente, optó por la Escuela Normal Superior, que no tenía equivalente en Beirut: ése era su billete a París.

En el último año de bachillerato superior, viajó allí para presentarse al examen de ingreso, pero se limitó a recoger de labios de algunos alumnos información sobre las pruebas, lo que le permitió explayarse por carta sobre las dificultades a las que se suponía que se había enfrentado. Pero su padre, que ya proclamaba en el Café des Colonnes que su hijo no tardaría en dar a la dinastía Pelletier una celebridad que dejaría pasmado a más de uno, quería saber más detalles. A François, que no tenía más que una vaga idea de unas pruebas a las que ni siquiera se había inscrito, le daba apuro llenar las cartas de mentiras, pero se animó al pensar que, en el fondo, se trataba de un entrenamiento para el periodismo.

Tres semanas después les envió a sus padres un telegrama entusiasta anunciándoles que había superado las pruebas con notas excepcionales. Louis, exultante, invitó a dos rondas.

En ese momento François pensaba que tenía cuatro años por delante para convertirse en un periodista de primera categoría y, a ser posible, en un columnista famoso. Después de eso, sus padres se tomarían a risa aquella mentira que pasaría a engrosar la leyenda familiar de la que su padre era el incansable cronista.

Pasados dieciocho meses, sin embargo, veía las cosas de una forma muy distinta: se había presentado a todos los periódicos de París (y a varias revistas) y ninguno había querido saber nada de él salvo el *Populaire*, donde, aprovechando un malentendido, había conseguido un puesto de «receptor»; es decir, que se pasaba la noche apilando periódicos, atándolos y cargándolos en carros. Seguro que estudiar en la Normal no ensuciaba tanto.

François emergió a la superficie y se quedó en la acera fumándose un cigarrillo y estrechando la mano de los compañeros que tenían prisa por volver a casa. Luego se sacó del bolsillo la arrugada nota que su portera, la señora Moreau, a la que todo el mundo llamaba Léontine (una auténtica cotorra: cuando te cogía despistado ya podías prepararte), le había dejado en el felpudo y que él había encontrado poco antes de medianoche, cuando salía de casa. Era la letra de Gilbert: «¿Puedes pasar cuando acabes el turno?» Consultó su reloj. Gilbert no terminaba hasta las diez, le sobraba tiempo para ir a Rambuteau.

El vagón de metro estaba abarrotado; las caras, sombrías. A su llegada, en septiembre de 1946, París le había parecido una ciudad gris y exhausta. La euforia de la Liberación, henchida de esperanza y entusiasmo, se había desinflado como un suflé. La ciudad parecía haber envejecido. El optimismo de la victoria, enfrentado a las privaciones, al racionamiento, a las dificultades de transporte, al desempleo y al alojamiento precario, cuando no a la miseria, había dado paso a la inquietud, la precariedad y a los mismos chanchullos que en tiempos de guerra. «Haber sobrevivido a la Ocupación para llegar a esto...», leía François en las caras de la gente. No había conocido más que huelgas, incluso de policías. Y 1947 fue cien veces peor que su predecesor: de un día para otro el pan pasó de siete francos a once y medio, y encima era incomible, indigesto, más amarillo que el maíz de Truman. Se le hacían bolsas en las rodillas del pantalón; por suerte, la cazadora, a la que le faltaban dos botones, disimulaba los remiendos del jersey, pero lo cierto era que, cuando miraba a su alrededor, veía a todo el mundo con un aspecto parecido. Las chicas lo tenían crudo para ponerse guapas: todas parecían llevar ropa provinciana de hacía una década. Y a eso se añadía que un invierno espantosamente frío dio paso a un verano de calor insoportable...

La inflación alcanzó el cuarenta por ciento y la ración individual de pan bajó de trescientos gramos a doscientos cincuenta y luego a doscientos. Los obreros de la Renault se declararon en huelga, igual que los gasolineros, los ferroviarios, los basureros y los funcionarios; los transportes públicos pararon completamente en octubre, justo antes de la huelga de los profesores... La sociedad francesa vivió ese año en una tensión permanente y la psicosis estalló en diciembre, cuando se atribuyó el descarrilamiento del tren que cubría el trayecto París-Lille a un sabotaje sindical.

Ya era 1948, y nada parecía ir mejor: una devaluación del cuarenta y cinco por ciento había agravado la situación de todo el mundo y, cuando los mineros se habían declarado en huelga, el gobierno había enviado al ejército alegando un complot comunista.

Originalmente François se había prometido no tocar los doce mil francos que sus padres le enviaban cada mes, con la idea de devolvérselos tarde o temprano, pero el coste de la vida y su modesto salario hacían que fuera imposible. Por mucho que intentara gastar lo mínimo seguía comiéndose los ahorros: no veía otra forma de salir del paso.

Se apeó en la rue Rambuteau, caminó hasta Quincampoix y, como todos los días, entró con paso decidido en el vestíbulo de *Le Journal du Soir* (a fuerza de cruzarse con él, los empleados estaban convencidos de que trabajaba allí). El periódico estaba situado en un gran edificio, antigua sede de varias cabeceras colaboracionistas, y su futuro nuevo dueño, Adrien Denissov, le había echado el ojo precisamente porque disponía de linotipias y rotativas modernas. Aprovechando el caos de los primeros días de la Liberación, lo había tomado por asalto en compañía de dos diarios hermanos surgidos de la Resistencia. Casi fue un acto de piratería. Con el impulso de Denissov, el *Journal*, vieja cabecera parisina que ya no interesaba al gran público, se había transformado (nueva maqueta, nuevo enfoque), y había conseguido atraer a los lectores porque no se parecía en nada a lo que se veía habitualmente. Cuando los poderes públicos se percataron de la ocupación ilícita del *Journal* ya era demasiado tarde: las rotativas trabajaban a toda máquina.

Y era justo allí donde François soñaba con trabajar.

Adrien Denissov era un periodista de treinta y ocho años que había combatido al otro lado del Atlántico y había vuelto a París con una energía asombrosa, la cabeza llena de ideas y proyectos, y un eslogan que había hecho fortuna entre los franceses: «Los grandes periódicos deben ser independientes de los partidos políticos.» Aquello era ir totalmente a contracorriente. En su gran mayoría, los órganos de prensa más importantes estaban vinculados a movimientos partidistas, pero él quería periódicos financiados con la venta de ejemplares y la publicidad, para que fueran independientes. En una época en la que no era extraño que los gobiernos no sobrevivieran al primer trimestre, Denissov declaraba que quería «diarios que permanecieran en un mundo cambiante», y François, atento a la actualidad de Indochina desde que su hermano estaba allí, comprobaba con frecuencia hasta qué punto sabía desmarcarse de sus competidores. Cuando *L'Intransigeant* titulaba: «El empuje comunista amenaza la posición de Francia» y *L'Aurore* subrayaba «la necesidad del mantenimiento de las responsabilidades francesas», Denissov enviaba a corresponsales, mitad periodistas, mitad aventureros, y publicaba reportajes titulados: «¡Yo estuve con los legionarios en el infierno de Nam Dinh!»

Cosas como ésa habían convencido a François de presentarse allí. Tardó tres días en interceptar a Denissov, que de entrada lo asustó un poco. En aquel hombre todo era largo: las manos, la nariz, el cuerpo entero; parecía un niño al que hubieran estirado al nacer y que ya nunca hubiera recuperado las proporciones normales. Tras sus lentes redondas se agazapaban unos ojos penetrantes de un color gris claro. Llevaba el pelo peinado hacia atrás, pegado al elongado cráneo con una gomina reluciente como el pelaje de una nutria. Era de padre ruso, pero muy estadounidense por su cultura, y se le atribuía un pasado prestigioso en *The New York Times* y el *Chicago Tribune*, aunque nadie lo había verificado: en la prensa, igual que fuera de ella, se necesitaban héroes. Denissov defendía con convicción ideas que no eran suyas, pero que se le atribuían de buen grado porque eran nuevas y procedían de un Estados Unidos que estaba de moda.

—No necesito periodistas, muchacho; necesito... —Denissov se detuvo en mitad del vestíbulo y miró detenidamente a François con el ceño fruncido. Como era más alto que la media, siempre te miraba desde arriba, en picado, y para hablarle tenías que levantar la cabeza, lo que no facilitaba el contacto—. Bueno, de hecho necesito de todo salvo eso: papel, camiones, publicidad, incluso lectores...

Lo cierto era que François había elegido el peor momento para probar suerte como periodista: en cuestión de meses los costes del transporte habían aumentado un veinticinco por ciento, el precio del papel era dieciséis veces más elevado y la impresión de un periódico veinticinco veces más cara que cinco años atrás. Además, la publicidad no estaba funcionando, había sido necesario aumentar el precio del ejemplar, lo que disuadía a muchos lectores de pararse en el quiosco, era un círculo vicioso.

Denissov parecía sumido por un momento en negras cavilaciones, de las que salió de pronto, como asaltado por una trágica constatación.

—Sí, el auténtico problema es el papel... —Se volvió hacia François—. Al final, lo que menos necesito son periodistas.

—Yo soy un patriota...

—Peor: ¡los patriotas aún hacen menos falta que los periodistas!

—Estuve en Damasco en el cuarenta y uno... —Y viendo que esa información había hecho detenerse a Denissov, François añadió—: con el general Legentilhomme...

No era uno de los episodios más conocidos de la Segunda Guerra Mundial, pero Denissov recordaba que, en esa batalla, franceses de las Fuerzas Francesas Libres se habían enfrentado a franceses partidarios de Vichy.

—¿Y no recibió ninguna medalla?

—No —dijo François—: es como si no hubiéramos hecho nada.

En su tono había cierto rencor. Aquella batalla, en la que habían muerto más de mil hombres, había sido considerada una acción de guerra civil: no era cuestión de recompensar a unos franceses por disparar sobre compatriotas, así que no se habían concedido medallas ni honores a nadie.

Denissov miró al frente, hacia la recepción y la entrada, y volvió a hundirse en sus pensamientos durante unos instantes.

—¿Y por qué quiere trabajar aquí y no en otro sitio?

François había preparado esa respuesta: les había dado tantas vueltas a las frases que estaban pulidas como cubiertos de plata; sin embargo, ante aquel gigante que se inclinaba sobre él como un entomólogo no sabía por dónde empezar.

—Este periódico... no es como los demás.

—¿Ah, no?

Denissov esperaba que siguiera.

—Los otros hacen periódicos para los partidos políticos —se aventuró a decir François—. Usted... usted prefiere los lectores a los electores.

—No está mal.

Cuando Denissov sonreía, sus labios dibujaban una línea perfectamente horizontal que parecía cruzarle el rostro de un lado a otro. Su intensa energía resultaba seductora, irresistible. ¿Estaría casado? François se dio cuenta de que no llevaba alianza. «Es un donjuán», se decía de él, y entonces empezó a envidiarlo: era el tipo de hombre en que le habría gustado convertirse.

—¿Sabe escribir?

François asintió con la cabeza para acentuar la modestia de su respuesta:

—Parece que no lo hago mal...

Denissov cerró los ojos decepcionado.

—Si escribe bien, el periodismo no es lo suyo, dedíquese a la novela.

Y siguió su camino por el vestíbulo.

—¿Prefiere a gente que escriba mal?

Denissov se volvió y él tuvo la sensación de que iba a abofetearlo.

—Los periódicos están llenos de gente que hace frases, aquí hacemos artículos.

—¿Y no es lo mismo? —se atrevió a replicar François.

—No: en el *Journal* no se hacen frases, se cuentan historias.

La conversación había acabado, Denissov se alejó en dirección al ascensor. Aunque se sentía derrotado, François se obligó a seguirlo, pero todos esperaban la llegada del jefe y una pequeña corte lo rodeó y empezó a acribillarlo con preguntas que él respondía con rapidez: «Sí», «No», «De acuerdo». De vez en cuando cogía el documento que le tendían, se calaba las gafas, lo recorría con una mirada concentrada y luego lo devolvía junto con su veredicto. Siempre escuchaba con atención, pero no toleraba que le repitieran las cosas: «Eso ya me lo ha dicho.» Tratando de imitar su viveza y su eficacia, algunos eran expeditivos: «Debería volver a reflexionar sobre eso», respondía lacónicamente Denissov. En el *Journal*, ese consejo era equivalente a una bofetada.

El ascensor se abrió por fin y el ascensorista lanzó un cordial «Buenos días, jefe». Entonces Denissov desapareció sin dedicarle una sola mirada más a François.

Desde entonces todos los días, al acabar su turno, se presentaba en el *Journal*.

Al principio se había apostado delante de la pared de los anuncios por palabras, luego se había animado y había subido por la escalera a la redacción, y finalmente había bajado a las rotativas. En la platina lo tomaban por un plumilla, en la redacción lo creían linotipista, en la composición daban por sentado que era corrector.

Por primera vez comprendía el entusiasmo de su padre por «el olor del oficio». Allí no era el de los aceites y la sosa, sino el del plomo de la imprenta, la ebonita de los teléfonos y el olor a sudor mezclado con los efluvios del vino de bodega. Olía a periódico. François nunca había estado tan seguro de que su sitio estaba allí, y mientras saludaba de forma discreta a hombres y mujeres atareados que corrían, se llamaban, reían, se insultaban y le respondían distraídamente creyendo conocerlo, vivía una segunda injusticia (lo que era mucho teniendo en cuenta su juventud): después de que su guerra hubiera caído en el olvido, la puerta del único lugar en el que tenía ganas de vivir permanecía cerrada para él. Debían de creer que era un hombre tímido porque siempre doblaba las esquinas de los pasillos como quien entra en la habitación de un enfermo; en realidad, tenía miedo de encontrarse con Denissov. Por suerte, su voz se oía desde lejos: las broncas que echaba eran increíbles.

François dio una vuelta por los distintos departamentos y echó un vistazo a las noticias de la mañana, incapaz de resistirse a la tentación de buscar un titular para cada suceso y cada información. Bajó a olisquear la atmósfera de la sala de las máquinas y miró de lejos la platina, donde, de todas las siluetas encorvadas sobre las pruebas, ascendían volutas azuladas del humo de las pipas y los cigarrillos.

Y entonces vio la hora en el gran reloj redondo de pared: las nueve y media. Tenía que marcharse.

Volvió a coger el metro. Gilbert era reportero en *La Semaine des Sports*, en la rue de la Grange-aux-Belles, aunque soñaba con entrar en *L'Intransigeant*. «¡Eso sí que es un periódico!» No entendía que François prefiriera *Le Journal du Soir*, aquel «papelucho».

Se habían conocido un año antes, cuando François recorría los periódicos buscando trabajo, y habían tomado alguna que otra copa juntos, pero no se habrían hecho amigos de no ser porque Gilbert tenía una hermana, Mathilde, con la que François se había liado con relativa rapidez. Era una chica muy despierta, y su relación, tan tranquila que empezaba a resultar inquietante: iban al cine y a remar al Bois de Boulogne, incluso se acostaban juntos cuando «le apetecía» a él y se iba por la mañana sin prometer ni pedir nada, una situación muy conveniente para François, que no obstante se preguntaba si hacía lo mismo con otros, lo que ya no le gustaba tanto.

La jornada acababa de terminar en *La Semaine* y François, que era conocido allí, saludó a algunos amigos. Luego pasó por el gran almacén en el que se guardaban, unas encima de otras, las colosales bobinas de papel de seis toneladas destinadas a las rotativas y, al entrar en el vestuario, encontró a un Gilbert de rostro cansado que lo agarró febrilmente del hombro. «¡Sígueme, sígueme!» Parecía algo urgente. En lugar de cruzar la calle para ir al bar de enfrente, Gilbert apoyó la espalda en la puerta metálica de la salida de emergencia.

—Ay, amigo mío... —murmuró—. Ni una palabra a nadie, ¡eh! ¿Me lo prometes? —Parecía trastornado—. *La Semaine des Sports* se acabó: van a echar el cierre... —Gilbert estaba siempre muy bien informado—. Es confidencial, ¿comprendes? Será oficial en unos ocho días, no antes, porque temen actos de protesta...

Gilbert iba a perder el trabajo. François casi se avergonzó de tener el suyo.

—¿Podrías enterarte de si necesitan gente en el *Populaire*?

Los dos sabían la respuesta, era un poco hablar por hablar.

—Claro que sí, lo preguntaré.

Hecha la confidencia y revelado el secreto, Gilbert parecía agotado. Era un chico rubio, bastante corpulento, al que varios años de boxeo le habían dejado una nariz torcida hacia la derecha que le daba un aire un poco perdido, enternecedor. François miraba al suelo, pensativo.

—Venga, vámonos —le propuso Gilbert—, tomaremos algo en...

—No, perdona, tengo... tengo que hacer una cosa. ¿Nos vemos más tarde?

Gilbert abrió los brazos, impotente, pero François ya se había alejado: corría hacia el metro... Volvió a Rambuteau y entró en el *Journal* con más decisión que nunca. El ascensor acababa de llegar. Se apresuró a montarse.

—¿Trabaja abajo? —le preguntó el ascensorista en tono de complicidad.

—Sí. Bueno...

La doble puerta de vaivén del ancho pasillo separaba la secretaría de dirección de la sala de redacción, en la que siempre había gente trabajando. François avanzó, impresionado por aquel ambiente sin parangón. Para él, el *Journal* no era una empresa, sino una aventura, y los individuos que se afanaban allí no eran empleados, sino pioneros.

—¿Qué narices hace usted aquí?

Siempre había conseguido evitarlo, pero esa vez se había dado de bruces con Denissov.

François sonrió y miró a su alrededor.

—Treinta bobinas de papel disponibles —dijo bajando la voz—. A buen precio, ¿le interesan?

Denissov inclinó la cabeza hacia él.

—*La Semaine des Sports* cierra. Es confidencial, no será oficial hasta dentro de unos días. A mi modo de ver, vender su reserva de papel antes de la quiebra beneficiaría a todo el mundo...

Denissov soltó una risita seca y asintió.

—¡Eh, Malevitz, ven aquí!

Había agarrado del brazo a un individuo de unos cuarenta años, entrado en carnes y con el pelo y la barba blancos, pero cuyas cejas gruesas y muy negras le daban a su mirada un aire inquietante.

—Llévate a...

Denissov se volvió hacia François.

—François Pelletier.

—¡Pues adelante con François Pelletier! Colócalo en la crónica de sucesos. Si en dos semanas no encaja, lo pones de patitas en la calle. —Malevitz abrió la boca para replicar, pero Denissov no le dio tiempo; desde el umbral de su despacho, se volvió hacia ellos y le gritó a François—: ¡Son nueve mil francos!

El chico alzó la mano en señal de agradecimiento: su sueldo mensual acababa de bajar trescientos francos.

4

A pesar de todo, habrá un final

A pesar del desajuste horario, o quizá a causa de él, Étienne no conseguía dormir. Tras apenas unas horas de sueño ya estaba sentado en la cama, y aún tenía que pasar la mitad de la noche. *Joseph* había abierto un ojo, se había dado la vuelta y se había dormido de nuevo.

Como hacía con frecuencia desde la desaparición de Raymond, encendió un cigarrillo y se puso sobre las rodillas la funda de cuero flexible en la que guardaba las cartas. Raymond siempre las empezaba con un nada íntimo: «Mi querido Étienne» porque temía que la censura militar las interceptara. «Me escribes como si fuera tu primo de Bretaña», le había reprochado él, que aun así se abstenía de cualquier provocación epistolar porque no quería poner a su amigo en un aprieto.

«El clima es insoportable», escribía Raymond, y no lo decía sólo por la meteorología. Sí, también estaban el calor, la humedad y los aguaceros repentinos, pero él se refería sobre todo a cierto ambiente de sospecha: «Esta gente es imprevisible e inquietante. El cocinero o el explorador reclutado hace una semana puede arrojar de pronto una granada en mitad del grupo y salir corriendo a toda velocidad...»

Sin embargo, a medida que las cartas iban llegando, Raymond hablaba cada vez menos de su día a día, seguramente para evitar que él se angustiara. Y, claro, si no hablas de lo que te rodea no te queda más remedio que hablar de ti. Él lo hacía siempre con moderación. Étienne había vuelto a sacar el tema de su alistamiento un par de veces —que un profesor se enrolara en la Legión no era algo muy habitual—, pero Raymond siempre se resistía a explicarse, se escabullía: «Ya te contaré todo eso a su debido tiempo...» Étienne no insistía, pero se montaba películas: que si Raymond había matado a alguien y había tenido que huir, que si era un hombre fuerte y alguna vez había mencionado peleas en la escuela... pero de ahí a convertirse en un asesino...

El Raymond militar seguía teniendo letra de profesor. Dejaba un margen izquierdo de cinco centímetros, alternaba trazos gruesos y finos, no cometía una sola falta de ortografía. Era muy culto (eso, entre otras cosas, le había encantado de él cuando lo conoció); si tenía que volver al cuartel e iba con retraso, exclamaba: «¡Tú, Hermes, puedes permitírtelo todo, pero yo debo guardarme de irritar a los dioses!», y lo decía muy serio, no había forma de saber si bromeaba. Como se veían varias tardes a la semana (siempre que sus obligaciones en el cuartel se lo permitían), cuando se enteró de que no había leído la *Odisea* se dedicó a contársela. ¿Qué narices hacía un hombre como él en la Legión? Aquella pregunta lo obsesionaba. Un amante que te cuenta el periplo de Ulises... era tan desconcertante, y Raymond tan inesperado, tan respetuoso... Para él era como una revelación. No se creía su suerte: que lo hubiera elegido un hombre como él.

«Nunca volveré a Bruselas», le había escrito Raymond en fecha más reciente. «¿Te vendrías aquí, conmigo?» A esas alturas, esas cuatro palabras hacían que los ojos se le llenaran de lágrimas... porque, como Ulises, deseaba reencontrarse con su amor, del que llevaba separado tanto tiempo, y había emprendido aquel viaje sólo para estar a su lado.

¿Le serían favorables los dioses? Las dudas lo atenazaban.

* * *

De no ser por la letargia tropical y el acento asiático que se oía por doquier, la Casa Indochina de la Moneda de Saigón, con sus vetustos pasillos, su crujiente entarimado, sus puertas cerradas, sus ventiladores caóticos y chirriantes, sus escritorios atestados y sus funcionarios desbordados, se habría parecido a cualquier otro organismo de la administración francesa. Incapaz de reconocer a los compañeros que le habían presentado el día anterior, Étienne se limitó a asentir y esbozar una sonrisa cuando alguien le hacía un gesto.

Lo condujeron a la gran sala situada detrás del mostrador enrejado para que conociera a los compañeros franceses y asiáticos que trabajaban allí, pero tuvo que hacerlo rápidamente porque todos estaban atendiendo a algún cliente. Los solicitantes de una «transferencia a Francia», es decir: de una compra en Francia, tenían que pasar primero por la ventanilla para comprobar que sus solicitudes estaban completas. Después le correspondería precisamente a él estudiar esos expedientes y recibir a los solicitantes para completar la información o comunicarles la decisión de la Casa.

Antes que nada decidió limpiar el lamentable escritorio que le había correspondido. Luego volvió a colocar encima la pila de carpetas que había dejado en el suelo, se sentó en su silla, que crujía al menor movimiento, y finalmente se puso manos a la obra.

En su mayor parte, los asuntos pendientes consistían en compras de mercancías en Francia por parte de empresas de la colonia. Cada solicitud iba acompañada de una larga explicación destinada a mostrar los beneficios de esas adquisiciones para la economía indochina. Las compras en Francia abarcaban todo tipo de artículos y materiales: motores, herramientas, semillas, películas, chapas de acero, sacos de cemento, lavabos, paraguas, fertilizantes, linternas, material de escritorio... una cantidad increíble de cosas que Indochina necesitaba para funcionar o desarrollarse con normalidad. Étienne pasó esa primera mañana comprobando presupuestos y facturas; era un trabajo muy latoso y el calor no ayudaba, y tampoco el humo de los cigarrillos.

Tras revisar las solicitudes, Étienne colocaba a su derecha las que parecían estar en regla y a su izquierda las que parecían sospechosas (en algunos casos, se olía sobrefacturaciones).

El montón situado a su izquierda no tardó en ser el doble de alto.

¿Cómo debía proceder?

El director todavía no le había dado ninguna instrucción.

A media mañana vio que uno de sus compañeros (un tal Maurice Belloir, uno de los pocos cuyo nombre se le había quedado) se alejaba con las manos apoyadas en los riñones. Era un tipo grueso, con facciones toscas, pelo ceniciento y cejas gruesas y prominentes como las de los leones del zoológico y los samuráis furiosos de las estampas japonesas. Tenía los dedos amarillentos por la nicotina. Su mujer, le había explicado Gaston en un aparte, elegía a sus amantes entre los oficiales de más alto rango, y como parecía estar siempre pronta a tomar la ofensiva la apodaban «el Cuerpo Expedicionario». Por su parte, Belloir tenía a su amante anamita instalada en un piso de la rue Catinat, donde ella, con ayuda de varios sirvientes, se ocupaba de criar a los dos hijos que él le había hecho en cuatro años.

Étienne se levantó a su vez y, con la excusa de que también él necesitaba desentumecerse un poco, se unió a Belloir en la terraza.

Hablaron del calor («Te acabas acostumbrando, ya lo verás»), de la estación de las lluvias («En este país llueve de verdad, ya lo verás»), del trabajo («Aquí sólo hay dos tareas posibles: las que aburren y las que traen problemas, yo prefiero las primeras...»), y sólo cuando, casi acabado el cigarrillo, estaban a punto de volver a sus puestos se atrevió por fin a soltarle:

—Tengo un primo en la Legión Extranjera...

—¿Ah, sí? ¿Aquí, en Saigón?

—Sí, y no tenemos noticias de él desde hace un mes...

Belloir alzó los ojos hacia el techo y adoptó el aire serio del hombre perfectamente informado.

—Lo habrán mandado a poner orden en el territorio de alguna secta: hay rumores de que últimamente los Binh Xuyen están bastante revoltosos.

A Étienne se le hacía raro oír hablar de «sectas» en Asia: el Cuerpo Expedicionario no estaba allí para una guerra de religión... ¿o sí? La sorpresa se traslucía en su rostro. En sus cartas, Raymond nunca había mencionado ninguna secta; al Viet Minh sí, y por supuesto a los comunistas, pero ¿sectas? De eso no le había hablado nunca.

Belloir acentuó todavía más su aire de iluminado: era una pose que le encantaba. En su opinión, le daba distinción y prestancia.

—No se trata sólo de religión, ¿sabes? Lo de las sectas es... —Parecía costarle explicar ese tipo de cosas, como si se dirigiera a un no iniciado al que dudaba en revelarle verdades superiores—. Los amarillos, ya lo verás, son una raza muy especial, supersticiosos como ellos solos, necesitados de creencias desde siempre. Así que hay sectas por todas partes, en todas las regiones de Indochina. Una secta es un culto, un grupo armado, una mafia, una hermandad... y de repente lo abarca todo y se convierte en un verdadero poder.

—Pero la gente... ¿en qué cree?

Belloir soltó una risita de suficiencia.

—¡Creen en la secta! Porque, entre Francia, que coloniza, y el Viet Minh, que aterroriza, la secta es la única salida para tener un poco de paz. Suele empezar como un simple culto, pero luego, con el fin de proteger a los miembros, se constituye en un ejército pagado con el tráfico de opio, que también permite cubrir las demás necesidades. Y entonces empieza a crecer, y cuanto más crece más protegidos se sienten los adeptos: es una especie de seguro de vida... con el añadido del fervor.

—¿Y Francia está en guerra con ellas?

—Bueno, eso depende: hay sectas en ambos lados del espectro político.

—En su última carta, mi primo hablaba de Hien Giang.

—Eso debe de estar al norte...

—Según la carta, está más bien por aquí, al noroeste...

—Si está por aquí, no tienes más que ir a ver.

Belloir parecía molesto: acababa de impartir una auténtica lección práctica y lo corregían por un mero detalle geográfico. Era indignante.

Apagó el cigarrillo y volvió a su sitio.

Étienne también regresó a su escritorio, se sumergió en sus expedientes y cuando se dio cuenta ya era la hora de comer.

—¿Qué tal te las apañas, muchacho? —le preguntó Gaston.

Caminaban hacia la salida con otros compañeros. Los clientes que habían ido a solicitar transferencias no se movían de su sitio: esperarían su regreso. Étienne se disponía a sacar de nuevo a colación el único tema que le interesaba cuando se les acercó un individuo bajo y regordete de ojos risueños y maliciosos, boca infantil y pómulos redondos y relucientes. Llevaba en la mollera un mechón de pelo negro y tupido orgullosamente alzado hacia el cielo que recordaba el penacho de una cacatúa: parecía un personaje de tira cómica al que acabaran de dar un susto.

—Me llamo Duong Khac Diem, sí, sí, sí —dijo—, y vengo de parte del señor director Jeantet.

Tenía una voz aguda y algo nasal. Étienne, que tenía la mano caliente y húmeda, se limitó a tenderle la punta de los dedos y el hombre se la cogió soltando una risita, «ji, ji, ji», y mostrando unos dientes muy blancos.

—Tengo algo para usted, señor Étienne: un bonito apartamento. ¿Quiere verlo...? Muy bien situado, muy muy bien situado. —Casi siempre pronunciaba las últimas sílabas de las frases alzando un poco la voz y dándoles entonación de pregunta—. Estará muy bien instalado, sí, sí, sí.

Más allá de ese tic lingüístico, hablaba un buen francés. Todo el mundo debía de preguntarle dónde lo había aprendido, así que él resistió la tentación de hacerlo y se limitó a seguirlo.

Y como nunca había tenido el más mínimo sentido de la orientación, poco después ya no sabía dónde estaba. La ciudad, con sus tiendas invadiendo las aceras, sus vendedores ambulantes, sus gritos, sus viandantes portando fardos y cestas y sus niños corriendo aquí y allá, semejaba un hormiguero, y todas las calles se parecían.

—Ya verá, no está lejos de la Casa, no, no, no. Muy práctico.

Y efectivamente, apenas unos minutos después se detuvieron ante un edificio burgués provisto de un ascensor que era poco más que un pequeño montacargas, pero que cumplía perfectamente su función, lo que era una suerte porque había que subir al cuarto piso.

La vivienda prometida era sencilla y limpia, tenía vistas a la ciudad y dos habitaciones amuebladas con corrección. El cuarto de baño estaba en el rellano, pero era de uso exclusivo.

—Vale seiscientas piastras... —empezó a decir Diem, pero al ver la reacción de Étienne, añadió—: ¡Pero lo he conseguido por cuatrocientas cincuenta!

Étienne sonrió.

—¿Y a qué debo esa rebaja, señor Duong?

—Duong Khac Diem, pero llámeme Diem.

—Señor Diem...

—¡Diem! Señor Duong, si quiere, pero mejor sólo Diem.

—De acuerdo, Diem. ¿Y en cuanto a la rebaja...?

—El propietario me debía un favorcillo y yo lo he aprovechado en su beneficio, sí, sí, sí.

Étienne continuó la visita. La cama era aceptable, habían quitado el polvo del interior del armario y el cuarto que hacía las veces de cocina estaba limpio... El conjunto emanaba una sobriedad casi monacal.

—¿Siempre hace tanto calor?

—Es la estación, hace mucho calor, sí, sí, sí.

Étienne estaba ya preguntándose si podría crear una corriente de aire abriendo la puerta de entrada y la ventana del salón cuando unas voces en la escalera, acompañadas de unos golpes sordos, interrumpieron sus pensamientos. Diem fue a abrir y los dos esmirriados mozos de mudanzas del día anterior hicieron su aparición, todo sonrisas, y finalizaron su tarea de la forma que consideraban más profesional, es decir, dejando caer a plomo el baúl que llevaban en las manos. El porteador de la derecha, que también llevaba colgando del brazo el cesto de *Joseph*, se disponía a soltarlo del mismo modo, pero Étienne se abalanzó sobre él para impedírselo en el último segundo. En cuanto lo liberaron, el gato corrió a esconderse bajo la cama.

—Bueno... —dijo Étienne observando su baúl, abollado como si se hubiera caído de un camión—. Me quedo con el apartamento...

Al pronunciar esas palabras, los diligentes porteadores y Diem empezaron a discutir acaloradamente hasta que, por fin, este último se volvió hacia él y le dijo con cara de pena:

—No consigo bajar de las doce piastras por el transporte del baúl, señor Étienne...

Étienne buscó las monedas en su bolsillo preguntándose qué porcentaje de la transacción se quedaría Diem en concepto de comisión.

En cuanto les pagaron, los porteadores desaparecieron de su vista. Mientras oía sus pasos precipitados en la escalera, Étienne recorrió la estancia con la vista.

Efectivamente, aquel sitio parecía más la celda de un monje que el estudio de un soltero, Raymond se partiría de risa cuando viera dónde vivía.

Momentos después bajaron a la calle y se encaminaron hacia a la Casa de la Moneda.

—Si me permite la pregunta —dijo Étienne—, ¿qué hace usted en la vida, aparte de enseñar apartamentos?

Diem se llevó la mano a la boca, «ji, ji, ji», y luego respondió levantando las manos al cielo:

—La mayor parte del tiempo soy comprador, sí, sí, sí. —Étienne se acordó de lo que le había explicado Gaston sobre las transferencias—. Pero en estos momentos los negocios no van bien, no, no, no —añadió haciendo una mueca.

—Por eso tantas atenciones conmigo...

El rostro de Diem se tiñó de rojo.

—No, no, señor Étienne... usted es un amigo.

Étienne se echó a reír: apenas hacía unos minutos que se conocían.

Aprovechando ese momento de distensión, y como si se hubiera acordado del asunto de repente, preguntó por los movimientos de los legionarios y mencionó a su «primo» Raymond.

—¿Hien Giang, dice usted? —Diem aflojó un poco el paso—. Los desplazamientos de los militares, señor Étienne, son lo más confidencial que hay, sí, sí, sí. Porque el Viet Minh tiene oídos en todas partes, ¿sabe? ¡Espías! Nadie dice nada sobre lo que hacen los militares.

Se detuvieron ante un puesto de fruta y compraron unas rodajas de piña que se comieron en la misma acera.

—¿Un primo, ha dicho? —preguntó Diem—. ¿El soldado Pelletier?

—Mmm... no, es primo por parte de madre, de la rama belga. Se llama Raymond Van Meulen. Está en el Tercer Regimiento Extranjero de Infantería.

Estaban llegando a la Casa de la Moneda.

—Lo preguntaré. Quizá consiga enterarme de algo, pero no le prometo nada, no, no, no.

—Claro, si no lo averigua no importa...

—Deme un día, sí, sí, sí.

Diem se dio la vuelta dispuesto a marcharse, pero Étienne lo detuvo.

—No soy un turista, ¿sabe?

Diem inclinó la cabeza y su cresta se sacudió bruscamente. Al oírlo hablar con los porteadores, Étienne había percibido ciertos matices en su entonación y creyó oportuno dejar las cosas claras:

—Le estoy muy agradecido por haberme ofrecido un poco de color local —dijo con una sonrisa—. Es muy amable por su parte, pero conmigo no es necesario caricaturizar el acento vietnamita: puede ahorrarse los «sí, sí, sí» y «no, no, no»...

Diem sonrió mientras asentía con la cabeza: «De acuerdo.»

Aunque sospechaba que Diem se cobraba sobradamente cada uno de los favores que le hacía, a Étienne no le apetecía deberle cosas a aquel hombre sin saber quién era, así que decidió informarse.

—El bueno de Diem hace de todo... —respondió Gaston—. Se apunta a cualquier cosa: con ocho hijos, no le queda más remedio... y si sumamos a sus padres y suegros, que viven con él, ¡son muchas bocas que alimentar! —Jugueteó con su sello unos momentos, como si quisiera subrayar su distancia con él—: Evidentemente se le hace la boca agua con las transferencias... pero juega en el patio de los pequeños. Negocios pequeños, contratos pequeños... trapicheos, vaya. Nada que ver con las grandes empresas. Es un artesano, digámoslo así... un pelagatos...

Hizo una mueca desdeñosa. Nada que ver con la cara con la que recibía a sus clientes.

Su escritorio estaba a sólo unos metros del de Étienne, y por él desfilaban, más o menos cada cuarenta y cinco minutos, los clientes más heterogéneos, desde asiáticos con traje europeo, zapatos relucientes, pulsera de oro y gafas de carey a esposas de militares del Cuerpo Expedicionario o propietarios de plantación.

Étienne se pasó la tarde revisando los expedientes que habían parecido sospechosos por la mañana.

En espera de las instrucciones del director, eligió, sólo para ver de qué se trataba, la solicitud de transferencia más elevada: un pedido de manuales escolares por valor de ciento cincuenta mil piastras hecho a Francia por la empresa Leroux Frères, «libros destinados al desarrollo de la lengua y la cultura francesas en Indochina y a la alfabetización de la población autóctona». Subió al archivo, donde la vieja Annie, tan apergaminada y silenciosa como siempre, lo recibió sin decir palabra y luego desapareció en el laberinto de estanterías grises llenas de archivadores y carpetas atadas con cordeles.

—Leroux Frères, aquí está.

Étienne firmó la entrega y volvió a su escritorio para leer el expediente.

En los últimos cuatro años aquella compañía de importación-exportación, con sede en el número 12 de la rue Filippini, había solicitado una docena de transferencias relacionadas con importaciones de lo más diversas: accesorios de peluquería (tijeras, navajas de afeitar, secadores y bigudíes), herramientas agrícolas (arados, rejas, azadas y rastrillos) e incluso motores de barcos «para equipar los juncos que se utilizan como cargueros de arroz en todos los puertos de Indochina». La empresa francesa que vendía los motores había facturado una suma astronómica precisando que se trataba de prototipos llamados RN-P1. Aparte de no entender para qué podían necesitar motores especiales unos juncos que transportaban arroz, Étienne no comprendía por qué necesitaban importar tantos: sesenta unidades le parecían muchísimas...

Calculó que el total de las transferencias obtenidas por la compañía Leroux ascendía a más de dos millones de piastras, en torno a los diecisiete millones de francos en Saigón... convertidos en treinta y cuatro al llegar a Francia.

—Perdone que lo interrumpa... —Era el señor Jeantet, el director—. ¿Tiene un minuto? Gracias.

Étienne confiaba en que le dijera al fin lo que se esperaba de él, pero Jeantet se limitó a señalarle, al otro lado del mostrador enrejado, a un individuo de unos cincuenta años que le hizo un gesto con la mano como si existiera alguna clase de complicidad entre ellos.

—Es el señor Michoux, ya vino ayer y hoy ha tenido que volver de nuevo... —Jeantet hizo un gesto irritado en dirección al mostrador—. ¡Éstos no avanzan! En fin, hay que recibirlo antes del cierre de las oficinas porque mañana tiene que coger el barco... —Étienne parecía desconcertado y el señor Jeantet se impacientó—: Cuando se abandona definitivamente el territorio —explicó con vehemencia—, uno tiene derecho a repatriar a Francia todo lo que posee. ¡Es lógico! —La fogosidad con la que había iniciado su explicación desapareció de golpe y prosiguió en un tono indiferente, como si quisiera subrayar la trivialidad de la situación—. Si su expediente está completo, basta con autorizar la transferencia... —Hizo además de llamar al tal Michoux y empezó a alejarse, pero entonces volvió sobre sus pasos y añadió—: ¡Ah, me olvidaba del Métropole! Es toda una institución, tiene que conocerlo. Tomaremos una copa y hablaremos de Beirut, ¡aquí se aburre uno tanto!... Nos servirá de distracción. Nos vemos allí a las diecinueve horas; en punto, ¿eh? Porque después... en fin, ya sabe...

Se cruzó, sin saludarlo, con el señor Michoux, que se dejó caer en la silla frente a Étienne con un resoplido de alivio.

Jeantet había regresado a su despacho: el asunto ya no le interesaba.

El señor Michoux se secaba la frente con un gran pañuelo a cuadros.

—Este clima... jamás he conseguido acostumbrarme —dijo tendiéndole a Étienne una carpeta bastante gruesa que sus manos sudorosas habían humedecido.

Étienne inició la lenta comprobación de los documentos que componían el dosier.

—¿Se va usted por el clima? —preguntó mientras examinaba los papeles uno tras otro.

—Principalmente: se ha vuelto superior a mis fuerzas. La humedad, el calor, la lluvia que cae a cántaros durante semanas... ¡Vaya porquería de país! Yo soy de Longué-Jumelles, ¿comprende?

—No muy bien...

—La «suavidad angevina», ¿no le suena?

El señor Michoux había hecho toda su carrera en Saigón como empleado de una casa comercial llamada Marton & Xavier y se marchaba de Indochina con un capital de más de un millón de piastras.

—Veo que su sueldo era de unas dos mil piastras mensuales, ¿no es así?

—Sí, ¿por qué?

—Porque, aunque hubiera ahorrado la totalidad de sus ingresos durante diez años, no llegaría a la cuarta parte de lo que tiene...

—Sí, pero no entiendo...

—Bueno, me pregunto a qué se debe la diferencia.

El señor Michoux puso cara de pena.

—Mi mujer, mi querido señor... —Y como Étienne se quedó esperando la continuación, añadió—: Juega... —Una vez hecha la confesión de ese espantoso vicio, el rostro del señor Michoux se iluminó—. ¡Gracias a Dios tiene mucha suerte!

—Ya lo veo...

El señor Michoux abandonaba Indochina con cuatro veces más dinero que la totalidad del que había ganado en diez años: ocho millones de francos, que se convertirían en dieciséis en cuanto pusiera los pies en el muelle de Marsella.

En una palabra, era un testaferro.

Se marchaba con dinero que le habían confiado otros a los que cobraría una comisión sin duda sustanciosa. Pero, como el señor Michoux abandonaba definitivamente el país, Étienne no veía cómo podía rechazar la solicitud, así que selló la autorización de transferencia de fondos.

El señor Michoux parecía un hombre muy feliz de volver a su país.

Con la excusa de la mudanza a su nueva vivienda, Étienne se marchó de la Casa de la Moneda bastante temprano, cogió un bicitaxi y pidió al conductor que lo llevara al palacio Norodom, sede del cuartel general de las fuerzas francesas en Indochina. Visto de cerca, el enorme edificio le resultó aún más imponente que la tarde anterior. Subió la majestuosa escalera y explicó el motivo de su visita en recepción. Lo mandaron de un despacho a otro hasta que dio con un cabo primero que se enorgullecía hasta tal punto de su rango que corrigió a Étienne cuando éste lo llamó «señor».

—Es frecuente que los soldados no den noticias durante un tiempo —explicó.

—Algunos las dan de forma regular, y ése es precisamente el caso de mi primo...

El cabo primero apoyó la espalda en el respaldo del sillón y se encogió de hombros como si se dispusiera a hibernar.

—Usted lleva poco tiempo aquí, ¿verdad?

Aquello no parecía una pregunta.

—Apenas unos días...

El cabo hizo un ruidito con la boca, no parecía sorprendido en absoluto.

—Aquí, una misión de un mes es muy normal.

—¿Sin dar noticias?

—En los arrozales no hay muchos buzones.

—¿Las unidades salen sin radio, los mandos no informan de su posición?

—¿Qué ocurre aquí?

Étienne se volvió y descubrió en el umbral a un legionario uniformado de unos cincuenta años con aspecto bastante autoritario.

—El señor pregunta por un primo suyo —farfulló el cabo primero—, el legionario de primera clase Meulen.

—Raymond Van Meulen —lo corrigió Étienne.

El legionario cincuentón se lo quedó mirando durante unos segundos que se hicieron larguísimos.

—Así que un primo... —dijo al fin—. ¿Primo de usted?

¡Ah, qué bien conocía Étienne ese tono, esa expresión cargada de sobreentendidos! Prefirió no responder y le sostuvo la mirada.

—Tercer Regimiento, mi coronel —repuso en su lugar el cabo primero—, Segunda Compañía.

La precisión hizo enarcar las cejas al oficial, que se volvió de nuevo hacia Étienne.

—No podemos revelar los movimientos de unidades operativas; debe comprenderlo, señor...

—Pelletier.

El coronel asintió con la cabeza: «Así que un primo...»

—El Viet Minh está siempre al acecho, señor Pelletier. Busca información sobre nuestros movimientos en todas partes. La menor filtración puede poner en peligro a unidades enteras.

—El caballero sólo lleva unos días en Saigón, mi coronel... —precisó el cabo primero como si eso lo explicara todo.

—En su última carta —insistió Étienne—, mi primo mencionó una misión en la zona de Hien Giang.

La respuesta por parte del coronel, que le sacaba a Étienne más de una cabeza, fue fulminante:

—No hay ninguna acción en la zona de Hien Giang...

—Y sin embargo...

—Si hubiera ocurrido algo —continuó el coronel irritado por la interrupción—, se habría avisado a la familia, y puesto que usted es de la familia... —Giró sobre los talones para volver al pasillo y, antes de salir, añadió—: Cabo primero, acompañe al caballero a...

No hizo falta que acabara la frase, Étienne ya estaba en el pasillo. Cuando empezó a bajar por la escalera vio al oficial entrando en su despacho. En la puerta, un letrero indicaba TENIENTE CORONEL BIRARD.

Salió del palacio Norodom muy deprimido: si los propios militares bloqueaban la información de esa forma, sus probabilidades de averiguar la verdad eran escasas.

«La menor filtración puede poner en peligro a unidades enteras», había dicho el coronel. ¿Qué era Hien Giang exactamente, un pueblo, una base militar? Seguía dándole vueltas a esa pregunta cuando se percató de que estaba en la rue Filippini.

Por curiosidad buscó el número 12, sede de Leroux Frères, que pretendía importar manuales escolares por valor de ciento cincuenta mil piastras. Era un bar corso: A Volta.

El Métropole ocupaba un local inmenso situado entre la rue Catinat y la place du Théâtre: dos plantas con grandes ventanales más una tercera con techo abuhardillado y una gran terraza. Al verlo de lejos completamente iluminado, a Étienne se le figuró un árbol de Navidad. Era la sacrosanta hora del cóctel, en la que todo Saigón alternaba en medio de un guirigay que no conseguía ahogar la música de la orquesta, cuyos ecos confusos, indistintos, llegaban en oleadas cuando, por una extraordinaria casualidad, se hacía un silencio. Encontrar al señor Jeantet fue toda una aventura, Étienne navegó entre las mesas, aguantando al pasar las miradas de los hombres que se llamaban a voces y de las mujeres que reían, y evitando a los camareros asiáticos vestidos con chaquetilla blanca y cargados con enormes bandejas llenas de consumiciones. Las bebidas teñían de vivos colores las grandes copas cubiertas de escarcha, los golletes rojos y dorados asomaban de las cubiteras, las flautas de cristal entrechocaban y, cuando una de ellas caía al suelo, las risas se extendían a las mesas de alrededor como en un cumpleaños.

Jeantet estaba en un extremo de la terraza, sentado de espaldas a una enorme planta verde de hojas anchas. Cuando Étienne llegó junto a él, el director hizo un gesto de sorpresa, como si no recordara que lo había invitado, pero le señaló el sillón de mimbre que tenía enfrente.

—Siéntese, todo el mundo lo está mirando —dijo exasperado.

—Dudo que yo le interese mucho a esta gente —respondió Étienne volviéndose hacia la enorme y animada terraza.

—No lo crea. Trabaja en la Casa, que aquí es muy importante. En unos días, en unas horas, todo el mundo sabrá quién es usted, si es que no lo sabe ya.

Parecía sentir el desprecio más absoluto por la ruidosa muchedumbre que los rodeaba.

—Esto es Radio Catinat. Esta terraza es el invernadero de Saigón, aquí todo crece y se embellece: las confidencias, los secretos, las amenazas, los tratos, todo, por no hablar de las plantas venenosas. Aquí es donde las mujeres reclutan a sus amantes y los hombres exhiben a sus queridas. Saigón es una familia incestuosa.

Étienne comprendió de inmediato que aquella invitación a tomar una copa no serviría para evocar Beirut y el famoso y paradisíaco día y medio que Jeantet había pasado allí, ni siquiera para definir sus tareas: el director de la Casa de la Moneda era un depresivo en busca de compañía. Gaston había mencionado a su hermosa mujer y a sus hijos, pero Maurice Jeantet necesitaba otra cosa: un público. Ese día lo sería Étienne; el día siguiente, algún otro.

De vez en cuando el director alzaba la mano o asentía en dirección a alguien, pero sus saludos eran vagos y distantes, como si se tratara de concesiones que lamentaba tener que hacer. Había pedido con autoridad dos copas de calvados y una botella de soda. A Étienne, que no estaba acostumbrado a beber alcohol, le hizo efecto enseguida. No era el único que estaba un poco achispado: la ruidosa y alegre multitud no parecía la población de un país en guerra; ni siquiera el teniente coronel Birard, al que Étienne distinguió a lo lejos en buena compañía, embutido en su elegante uniforme recién planchado, tenía el aspecto de un militar en campaña.

—Aquí no decimos «la guerra», sino «la pacificación», ¡es un matiz importantísimo! —Jeantet soltó una risita breve y seca, una especie de cloqueo. Al hablar, acentuaba determinadas sílabas, lo que hacía que sus frases sonaran entrecortadas e imprevisibles, y que parecieran decir lo contrario de lo que uno oía—. El gobierno francés ha renunciado a exterminar a los viets, y en el fondo ha hecho bien porque es imposible: los comunistas son como las ladillas, crees que te has deshecho de ellas, pero siempre quedan unas cuantas y eso basta para que vuelvan a pulular. Así que el nuevo plan del gobierno es aislarlos. Eso le vendría bien a todo el mundo, los viets tendrían su territorio y los franceses todo lo demás. Seguiría habiendo tensiones, escaramuzas aquí y allá, porque a todo el mundo le interesa que eso continúe: esta guerra es demasiado importante para ponerle fin.

—Pero la paz siempre es mejor que la guerra...

—Eso depende. Porque hay guerras y guerras. En todo caso, a la gente en Francia lo que pasa aquí le resulta totalmente indiferente porque sólo hay militares de carrera: mientras los soldados de reemplazo no vengan a palmarla en los arrozales, la guerra no significará nada para ellos, puesto que no cambia en nada lo que pueden echarse al plato.

Jeantet había abordado la situación militar, así que Étienne, cuya mente no se apartaba mucho tiempo de Raymond, probó suerte:

—Los militares... me refiero a los legionarios y demás... ¿qué hacen exactamente?

—Operaciones. Los viets arrojan granadas a las terrazas de los cafés y los legionarios queman sus poblados... cuando los encuentran. Es una especie de *quid pro quo*: el Cuerpo Expedicionario hace la guerra, los viets hacen la guerrilla y Saigón se da la gran vida. —Apuró la copa de un trago—. Saigón es un mundo aparte, como habrá podido comprobar.

Étienne se acordó de la explosión que había oído un par de días atrás: le había parecido el reventón de un neumático, ¿no habría sido una granada?

—Por supuesto, hay riesgos —continuó Jeantet, y recorrió toda la terraza con la mirada—. Pero mírelos... no parecen asustados, ¿verdad? ¿Sabe por qué?

Étienne negó con la cabeza y Jeantet se acabó la copa.

—Porque merece la pena, por eso.

Étienne cogió la ocasión por los pelos:

—Es verdad que la gente no parece preocupada. Voy a aprovechar mi tiempo libre para visitar un poco el país. Pensaba ir por la parte de Hien Giang...

Jeantet cerró los ojos con expresión apenada, como un profesor desmoralizado por la mediocridad de uno de sus alumnos.

—¿Quiere visitar el país? ¿Hacer turismo? ¿Aquí, en Indochina?

—En realidad, tengo un primo que...

—Usted no ha entendido bien dónde está... —Jeantet miró su reloj y chasqueo la boca para subrayar su hastío. Pareció dudar, pero de pronto se decidió—. Voy a mostrarle algo...

Ya se había levantado. Mientras volvía a cruzar la larga terraza, Étienne advirtió que todo el mundo saludaba al director, y que éste respondía a todos con un gesto evasivo y huraño, en el límite de la mala educación. Sin aflojar el paso, puso unos cuantos billetes arrugados en la mano de un camarero.

Bajaron por la rue Catinat, llena de heladerías y lujosos cafés. Era una arteria agitada, bulliciosa, en la que te cruzabas con europeos que iban a bailar, vendedores de cerdo laqueado, militares y chicas vietnamitas, delgadas como palillos y gráciles como gatas, que caminaban cogiéndose del brazo... Jeantet avanzaba con sus grandes y coléricas zancadas, apartando con la mano a los niños que pedían limosna y a los vendedores que ofrecían comida.

Desembocaron en el Quai de Belgique. En la esquina se alzaba el imponente Cristal Palace, una especie de merengue de formas blandas, lánguidas y como perezosas. Daba la sensación de que las ventanas y balcones iban a derretirse y derramarse sobre la acera.

Jeantet entró sin dudarlo en el vestíbulo, tan lleno de plantas que parecía un invernadero tropical, y fue hasta el ascensor. Un muchacho vietnamita disfrazado de portero del Maxim's, los llevó sin preguntar a la quinta planta, donde se hallaba la terraza. Allí, bajo las vidrieras, las estadounidenses conversaban con una copa de champán en la mano, y alemanes, franceses e ingleses, ellos con esmoquin, ellas con vestido de noche, fumaban cigarrillos mientras charlaban.

Ya había oscurecido y la terraza iluminada parecía un transatlántico en medio del mar.

Jeantet cogió una copa de champán de una bandeja sin pensar en coger otra para Étienne; luego, con el trasero apoyado en una enorme maceta de cerámica en la que una especie de platanero desplegaba sus gigantescas hojas, hizo un gesto con la barbilla hacia el bullicioso y abigarrado gentío.

—Entre la terraza del Métropole y la del Cristal Palace tiene usted todo lo que cuenta en Saigón: viejos diplomáticos, aventureros, donjuanes, banqueros corruptos, periodistas alcohólicos, prostitutas y cortesanas, aristócratas franceses, comunistas de incógnito, latifundistas ricos... todos están aquí. El error sería creer que Saigón es sólo una ciudad cuando es un mundo de pleno derecho. La corrupción, el sexo, el alcohol, el poder... aquí todo florece bajo la autoridad de la diosa absoluta a la que todo el mundo adora, ¡su majestad la piastra!

Se volvió y vació su copa en una maceta, luego cruzó la terraza. Étienne lo siguió al trote hasta la balaustrada, lo vio buscar un lugar donde la luz era más tenue y posar las grandes manos sobre la barandilla.

Imitándolo, Étienne escrutó la oscuridad y lo invadió una extraña emoción al contemplar aquel enorme agujero negro tachonado por las innumerables luces de los barcos fondeados.

—¿Lo huele? —le preguntó Jeantet—. Es el río... —El runrún de las conversaciones en inglés había disminuido hasta apagarse, como al final de una película, para dar paso al profundo y opresivo silencio de las orillas de aquel río negro e inquietante en el que, una vez habituados los ojos a la oscuridad, se distinguían las hierbas altas de los pantanos o los arrozales—. Al otro lado está el Viet Minh, rodeando la ciudad. —Se volvió hacia la pequeña multitud de los clientes del Palace, que charlaban y reían—. Lo que tiene usted ante sus ojos es todo lo que queda de Francia en Indochina. En realidad, Saigón ya no es más que un fuerte aislado y sitiado. —Se volvió de nuevo hacia el río y Étienne lo imitó—. Ahí, en el campo, Francia ha construido cientos de fortines que no sirven para nada. El Cuerpo Expedicionario trata de defenderlos. Cuando puede, incluso intenta ganar un poco de terreno apoderándose de algunos pueblos, como su Hien Giang, quizá; pero vistos desde el cielo esos cientos de fortines también son puestos asediados, o lo serán mañana...

Étienne sintió que el vértigo lo embargaba: en aquel agujero negro, húmedo y vibrante se encontraban los legionarios, incluido Raymond, cuya presencia física, cuyo cálido y familiar aliento, creyó sentir por un instante.

—Tratar de recorrer el país sería suicida: no conseguiría alejarse ni dos kilómetros de Saigón. Sólo se puede salir de la ciudad armado y con escoltas, y aun así uno no puede saber si llegará a su destino... Saigón se ha convertido en una isla. —La voz de Jeantet ya no parecía la misma: era un murmullo, un pensamiento que se desarrollaba tan lenta, sinuosa e inexorablemente como un alga—. Ahora, su último lazo con el resto del mundo es la piastra. —La palabra pareció despertarlo; se volvió hacia Étienne—. Cierto que su valor no es real, puesto que se sostiene tan sólo en un decreto, pero para el Viet Minh, que conquista poco a poco los arrozales, las plantaciones, los arrabales mediante el convencimiento o el temor, ganar Saigón sigue siendo harina de otro costal —concluyó alzando el índice hacia el cielo— porque en Saigón está la piastra...

De pronto una explosión lejana interrumpió las conversaciones de la terraza y un resplandor rojo en la otra orilla, a varios kilómetros de distancia, anunció que se había declarado un incendio.

—Es un fortín francés que se defiende —explicó tranquilamente Jeantet—. El Viet Minh suele atacar por la noche. Si los del fuerte consiguen resistir hasta la mañana, habrán ganado unas semanas; si no, el Cuerpo Expedicionario construirá otro unos kilómetros más cerca.

En la imaginación de Étienne, de nuevo era Raymond quien se hallaba en esa torrecilla de bambú asediada por todas partes por los soldados del Viet Minh, invisibles en la oscuridad hasta que se hallaban justo delante.

—Es algo que parece no tener fin, pero lo tendrá —observó Jeantet—: esta guerra no se puede ganar. El gobierno lo sabe, todo el mundo lo sabe, aunque hagan como si nada. —Se volvió hacia la terraza una vez más—. Mire... —La breve sorpresa que había silenciado a los clientes del Palace se había evaporado y las conversaciones habían recuperado su vivacidad. Jeantet miró a los ojos a Étienne y le puso la mano en el hombro—. Bienvenido al *Titanic*.

5

Enseguida se ve la clase de hombre...

Hélène no odiaba a sus padres, pero desde que Étienne se había ido se sentía tan sola que los había convertido en el objeto de su rabia. No sólo tenía un carácter fuerte y era increíblemente obstinada, sino que, cuando se sentía confundida o indecisa, tendía a la provocación. La transgresión les daba a sus actos un aparente sentido, de modo que recurría al desorden moral como solución a sus dudas y a la inestabilidad de sus deseos. Por eso había acabado acostándose con Xavier Lhomond, su profesor de matemáticas, pese a la abierta oposición de su hermano, experto en decepciones amorosas (él, que tantos motivos objetivos tenía para sufrir, no veía motivo alguno para sufrir sin necesidad).

Un día le había preguntado:

—¿Qué piensas de los hombres de cuarenta años?

Y él le había respondido:

—Que tienen veinte años más que tú.

De todas formas, ni siquiera Étienne había conseguido disuadirla de continuar una relación de la que no cabía esperar nada y que, según su hermano, la haría infeliz inevitablemente.

Lhomond parecía el prototipo mismo del galán maduro: pelo ya canoso, liso y tupido, peinado hacia atrás; rostro viril, ojos azul claro y una estatura que lo convertía en el compañero ideal en el tenis... Sus gestos y tono de voz delataban a un hombre satisfecho de sí mismo. Una vida alegre y un número considerable de amoríos lo habían hecho creerse irresistible y, como la duda no lo rozaba jamás, se lanzaba a la conquista de casi cualquier mujer. Sus éxitos eran notables, si bien por razones puramente estadísticas.

No había tardado mucho en fijarse en ella, que al fin y al cabo era una de las alumnas más encantadoras del centro, y ella se sintió más halagada que seducida: le producía un agradable vértigo ser capaz de engatusar —o al menos eso creía ella— a un hombre que tenía casi los mismos años que su padre, aunque sin duda mejor llevados.

Ciertamente la relación no había resultado tan inmediatamente disfrutable como le habría gustado: no tenía más que una vaga idea de lo que hacen un hombre y una mujer cuando se acuestan juntos, y la anatomía de sus hermanos, que había entrevisto varias veces, más que animarla la había inquietado. En cuanto a su madre, que se refería con frecuencia a «esas chicas que pierden la virginidad», jamás le había explicado en qué consistía eso exactamente, así que no le era de mucha ayuda.

Si al final se decidió a hacer con un profesor lo que no habría hecho con un compañero de clase fue porque esa transgresión olía directamente a azufre y porque un hombre de esa edad debía de saber de esas cosas. Lhomond, además, se mostraba muy tranquilizador sobre los riesgos de embarazo que angustiaban a todas las chicas, incluidas las vírgenes, porque disponía de unos preservativos estadounidenses de los que hablaba en voz baja como si formara parte de un cofradía perversa, poderosa y secreta.

Aun así, al inicio sentía un nudo en el estómago (algo que a él le encantaba: era uno de esos hombres a los que hace felices darles miedo a las mujeres porque saben que acabarán haciéndoles daño), y sólo había aceptado continuar porque entendía esas primeras relaciones como una especie de novatada reservada a las chicas y veía la sexualidad como una práctica a la que hay que prestarse para ser considerada normal.

Se acostaban todos los lunes por la mañana porque ese día las clases no empezaban hasta la tres de la tarde y porque él opinaba que «así se ponía en forma para la semana».

Como consideraba comprometedor recibir regularmente en su casa a una de sus alumnas, alquilaba una suite en el nuevo Hotel Kassar, propiedad de un amigo con el que compartía numerosas vilezas y que le hacía un precio especial. Para Hélène, al delicioso escalofrío de lo prohibido se le unía la ilusión del lujo: el cuarto de baño tan grande como un dormitorio, el dormitorio del tamaño de un salón, el salón con vistas al mar, la bandeja con fruta encima de la mesa y los albornoces de rizo... Y para no dejarnos nada en el tintero, añadamos que Hélène estaba descubriendo el placer, lo que no es poco, y que sospechaba, por ciertos desfallecimientos de los que él se disculpaba distraídamente, que no era su única amante. Sólo la habría ofendido que reclutara a las otras entre las demás alumnas: defendía tontamente su estatus, cuya exclusividad reclamaba, y Lhomond, que no era avaro en promesas, se lo juraba de buen grado.

La excusa que había ideado para acercarse a sus alumnas era el «club de fotografía»: aprovechaba una afición auténtica, aunque también esporádica, para reunir a un puñado de alumnos a los que enseñaba las bases del encuadre y los secretos del revelado argéntico.

El caso es que el famoso club no le gustaba nada a la señora Pelletier, ni tampoco el propio Lhomond, a quien, como mujer con experiencia, consideraba un fanfarrón, un vanidoso y un engreído, tres características que ella solía resumir en un vago: «Enseguida se ve la clase de...» Hélène respondía a las advertencias de su madre con un rotundo: «¡Que me ponga un dedo encima y ya verá!»: le encantaba ese doble juego, pero el señor Pelletier se limitaba a contestar soltando una risita:

«¡Pero, Angèle, son jóvenes! ¡Hacen fotografías como yo hago jabón: porque les apasiona! ¡Además, no hay nada de malo en aprender cosas!», argumentos que Hélène, si estaba por allí, avalaba con la mirada teñida de un ligero cinismo: «¡Claro que no hay nada malo en aprender cosas!»

Louis Pelletier era presidente, desde hacía diez años, del patronato del centro privado donde Hélène estudiaba, al igual que antes lo habían hecho sus hermanos, de modo que conocía a todo el personal, incluidos los profesores. Apelaba a ese conocimiento para tranquilizar a su mujer: estaba convencido de que las preocupaciones eran malas para su salud.

Además, ese año tenía una importancia especial para él porque era el último de su presidencia. Sin informar a su mujer, había donado veinte mil francos a la escuela, y cuando el director había puesto cara de sentirse abrumado ante la exorbitante cantidad le había dicho: «¡Es el último año de mi última hija, qué menos!» Esa clase de donaciones se guardaban, en efectivo, en la caja destinada al pago de los viajes al extranjero de los alumnos, los actos de fin de curso y otras actividades. Estaban a mediados de marzo, pero al señor Pelletier le pareció buen momento para revisar las cuentas, aunque no fuera lo habitual, dado que aún faltaban dos meses para el fin del año escolar. La decisión sorprendió a todo el mundo, empezando por el tesorero, el señor Chakir, un indio cincuentón y aprensivo, de un formalismo casi molesto y una escrupulosidad rayana en lo irracional, que no dudó en achacar la petición del «presidente Pelletier» a la desconfianza.

Para convencerlo de que no era el caso, sino una simple obligación estipulada por los estatutos de la escuela que quería sacarse de encima lo antes posible, el señor Pelletier se vio forzado a soltarle un torrente de cumplidos y a jurarle por sus hijos que su intención era ajena a toda sospecha.

Para disipar los recelos del tesorero, se animó incluso a invitarlo al restaurante del nuevo Hotel Kassar.

—¿Qué le parece el lunes que viene a última hora de la mañana? Dicen que está muy bien. Ya hace un año que abrió y aún no he podido comer allí...

Le propuso que trabajaran tranquilamente en uno de los saloncitos puestos a disposición de los clientes y, una vez acabada la formalidad, comieran frente al mar. Bastaba ver la barriga del tesorero para comprender que el argumento de la comida sería convincente. Eso sí, aceptó a condición de pagar su parte: no quería que pensara que...

—De acuerdo —respondió el señor Pelletier—. Entonces, hasta el lunes.

Sólo un ingenuo habría visto una coincidencia en el hecho de que el Hotel Kassar acogiera el mismo día y a la misma hora al padre en el restaurante y a la hija en la suite nupcial.

6

La chica del puente ya estaba lejos

Hacía mucho tiempo que el Gordito esperaba el día en que podría dejar de mirar al mundo con rencor. Desde quince días antes sentía acercarse el plazo, que se cumplía precisamente en aquella fecha, pero las horas pasaban y no ocurría nada.

Había entrado en el restaurante hacia las seis y media de la tarde y ya eran las siete y cuarto. Había llamado tres veces por teléfono, pero no podía volver a hacerlo: el señor Couderc se molestaría... Pronto cerrarían la oficina y sería demasiado tarde.

La camarera dejó los puerros a la vinagreta en su mesa. Era una pelirroja de veintipocos años con una expresión hosca y la cara cubierta de pecas como los huevos de pava, pero con pechos hermosos. Él adoraba los pechos... salvo los de Geneviève, que habían cogido demasiado volumen...

Ésos eran otra cosa... «Qué vida, Dios mío...», pensó.

Era un restaurante de provincias en... Ni siquiera lograba acordarse del nombre del pueblo, sólo que se hallaba en algún lugar del Loiret, del Eure-et-Loir o quizá del Loir-et-Cher, ya no estaba seguro. El teléfono seguía mudo. ¿Había dado bien el número? De todas formas, no iba a llamar al despacho para comprobar que el número al que no lo llamaban era el correcto...

«Sí, qué vida...»

Con los ojos clavados en las tres mitades del puerro que yacían en el plato, se preguntó si ya habría tocado fondo o aún habría más escalones que bajar. Estaba bastante deprimido, aunque no se le notaba: habría sido necesario conocerlo bien para adivinar que dentro de aquel hombre al que todos consideraban apático se estaba formando una auténtica tempestad.

Miró su reloj: las siete y media.

—¿No los quiere?

La camarera no se esforzaba en ser amable: había tan pocos clientes como cosas que comer, así que mejor dejar los esfuerzos para los buenos tiempos, cuando en las tiendas y comercios las cartillas de racionamiento dejaran paso a los alimentos de calidad. Jean apartó el plato: no, no los quería. La chica cogió los puerros con un suspiro que sonó a falso; seguro que tarde o temprano irían a parar a otra mesa.

Pasaron los minutos. Obligado por las restricciones, economizaba la jarrita de vino.

Si aquello tampoco funcionaba, ¿qué sería de él?

Acababa de regresar de Beirut. Pensar en ese viaje, en esos días, le crispaba los nervios. Geneviève se había colgado del brazo de su padre y se había pasado todo el tiempo elogiándolo tan sólo para subrayar la diferencia de carácter entre él y su hijo. «¡Qué audaz es tu padre!», exclamaba. No había frase de su suegro que no convirtiera en un adagio. Jean hundía la cara en el plato y volvía a servirse carne y verdura. «¡Vas a engordar más, Jean!», le decía ella. «¡Acabarás mereciéndote el apodo!»

Y no le había bastado con ponerlo a prueba en el viaje de ida y convertir su estancia en una permanente humillación, también el regreso tenía que ser un martirio. Sólo lo consolaba que su padre no hubiera encontrado billetes para ambos hermanos en el mismo barco; así, nadie cercano fue testigo de su deshonra. Geneviève, que durante la ida había aprendido los usos y costumbres de esas travesías, subió a bordo con paso firme e imperioso (cualquiera habría dicho que el barco le pertenecía) y al día siguiente ya era la favorita de los oficiales y la pesadilla de las doncellas. Jean sentía las miradas de todos los pasajeros sobre él. Le hablaban como a un enfermo. Geneviève, en cambio, nunca había parecido tan feliz, quién sabe qué hacía.

Jean apenas se había recuperado de esa dolorosa prueba cuando el señor Couderc anunció que quería un representante exclusivo para París y su extrarradio. Eso supondría poder volver a casa todas las noches. No es que le importara mucho: hacía tiempo que le había perdido el gusto a volver junto a Geneviève... no, lo que le agradaba era la perspectiva de dejar de hospedarse en aquellos hoteles. Los kilómetros y kilómetros por carreteras de provincia lo deprimían; aquella vida era aburrida y agotadora... Si al menos los negocios hubieran marchado bien... pero todo iba de pena. Si tenías medios, podías conseguir de todo en el mercado negro, así que ponte tú a vender algo legalmente... Representaba a seis empresas distintas: seis catálogos con los que cargar; productos de limpieza, artículos para la casa, cosas de París... Aparte, tenía que transportar una maleta llena de utensilios de cocina (aquellos que el señor Couderc intuía que se iban a vender mejor que los demás, ¡como si a alguien le importaran un carajo!) y visitar todas las ferreterías, tiendas de ultramarinos y droguerías de la lista, donde le compraban las velas domésticas a puñados, las bayetas de cuatro en cuatro, los cucharones por pares, las palanganas por unidad... Se ganaba la vida pellizco a pellizco.

Jean odiaba la provincia. No había más que papel pintado con bolsas, aseos de porcelana desportillada, huéspedes que roncaban, sábanas húmedas y alfombras raídas. Así que, cuando se enteró de aquel puesto en París, corrió a ver al señor Couderc. «Pensaré en ello, hijo...» Eso podía significar cualquier cosa. Jean no ignoraba que había otros representantes, pero no veía cuál podía llevarle ventaja: sus resultados no eran muy inferiores a los de los demás, y contaba con el apoyo de su padre, que conocía personalmente al señor Couderc... De hecho, lo habían contratado gracias a esa relación, y lo que había valido para que lo cogieran, se decía, también debía de valer para un ascenso. Jean olvidaba a menudo que disponía de un flamante Renault 4/4 pagado por sus padres, y que esa ventaja había pesado bastante en su contratación.

Llegó la blanqueta de ternera: dos trozos de carne archicocidos en una salsa traslúcida. Se puso a masticar. Ese puesto de representante exclusivo en París, se decía, pondría fin a su larga serie de fracasos, que no dejaba de atormentarlo. Era martes: dos días más y volvería a París; luego, el domingo, llegaría la inexorable «comida en familia» con François (seguro que iría con alguna chica; quizá la de la última vez, una morena con los pechos muy pequeños). Geneviève tenía mucho empeño en mantener esa costumbre. «¡La familia es sagrada!», decía, como si la suya le importara mucho. François, que no todas las semanas encontraba una excusa para librarse de ese latoso encuentro, se aburría; de hecho, ninguno disfrutaba de esas reuniones, pero bueno. El caso es que, para Geneviève, suponían una oportunidad de oro: François y su amiga eran el único público del que disponía para expresar lo que pensaba de su existencia y, sobre todo, de su marido (no es que se quejara de manera abierta; en realidad, hablaba casi distraídamente de las dificultades de la vida, pero al cabo todo iba a dar al mismo sitio: por culpa de su marido no tenían dinero y su vida era de lo más mediocre), así que le encantaba invitar a François y le importaba bien poco que su pequeño apartamento apenas lo permitiera.

Consistía en un solo espacio que servía como dormitorio y comedor; la cocina era un armario con un fregadero y una banqueta donde habían puesto una placa de cocina conectada a una bombona de gas; el lavabo, una jofaina de porcelana; el retrete estaba en el rellano... Para que cupieran cuatro comensales había que apartarlo todo y aun así las sillas chocaban contra la cama. Jean alegaba que debían sentirse afortunados: al fin y al cabo, medio millón de personas vivían hacinadas en habitaciones de pensión, pero el argumento no tenía el menor efecto en Geneviève, que cerraba los ojos y, entre suspiros, le decía a François en un tono de aparente resignación: «Sí, es un poco pequeño; cuando Jean tenga un trabajo mejor nos mudaremos, pero por ahora...», con lo que daba a entender que su situación no podía achacarse a la crisis de la vivienda, sino al hecho de que Jean no se ganara la vida como era debido.

En realidad, la cocinucha bien podría haber seguido siendo un armario porque Geneviève no cocinaba jamás. Era la señora Faure, la vecina de rellano, quien hacía las comidas tres veces por semana. Las dos mujeres tenían un acuerdo: como la señora Faure tenía dificultades para desplazarse y vivían en un cuarto sin ascensor, Geneviève hacía la compra y, a cambio, la vecina, que era una estupenda cocinera, preparaba con un talento poco habitual los variopintos productos que ella conseguía en las tiendas, donde prácticamente no había de nada, o en el mercado negro, donde todo era muy caro.

El día que iba François, sobre todo si lo hacía acompañado, Geneviève siempre encontraba una excusa para que la señora Faure les llevara los platos ella misma. Gruesa como era, daba bastante pena verla caminar con pasitos cortos sujetando la bandeja con las dos manos y pasando de lado entre las sillas.

—¡Eso parece delicioso! —exclamaba Geneviève—. ¿Sería tan amable de servir, señora Faure?

De ese modo, en un apartamento demasiado pequeño como para invitar a nadie y sin gran cosa para comer, Geneviève conseguía que la sirvieran como si tuviera criada y los medios correspondientes.

—Cuando Jean encuentre un trabajo mejor —aseguraba— cogeremos a alguien para la casa: yo sola no me las apaño demasiado bien...

François, quien solía defender a su hermano, cada vez lo hacía menos, hecho que Jean atribuía al reciente viaje a Beirut y a sus encuentros en la cubierta: aquellas palmaditas en el hombro, más que darle ánimo, parecían darle el pésame, como si su situación no tuviera remedio.

En todo caso, tras los lujos del buque, el Gordito había sentido auténtico terror de que volvieran a reunirse en el pequeño apartamento de la Porte de la Villette precisamente porque el estilo de Geneviève no era el reproche, sino el escarnio. En vez de reproches, tenía que soportar en silencio insinuaciones e indirectas: «Perdona, François, qué vergüenza recibirte con estos pelos, pero ¿qué quieres?, a tu hermano no le alcanza para que pueda ir a peinarme», o bien: «En fin, voy a servirme más vino. No todos los días tenemos la suerte de poder hacerlo...»

Aquel trabajo en París era la oportunidad que esperaba desde hacía mucho tiempo: la puerta a un futuro mejor, la ocasión de levantar cabeza por fin. También Geneviève aguardaba la decisión con grandes expectativas: «Ya era hora de que te hicieran sitio de verdad en esa casa.» Jean no se atrevía a pensar en cómo sería la comida con François si por desgracia... Porque encima habría que hablar del asunto de Hélène, y esa perspectiva le agotaba por anticipado. Su hermana les había escrito: quería irse a París como ellos. «La vida aquí se ha vuelto imposible...»

«¡Como si aquí no lo fuera!», pensaba Jean.

Se terminó la jarrita de vino. Se había comido el postre (una especie de tarta, algo bastante difícil de definir) sin mirarlo siquiera. No eran más que las ocho y cuarenta y cinco, y el restaurante ya estaba vacío. La camarera suspiraba detrás de la barra. Tendría que irse muy pronto.

Llevaba allí más de dos horas...

Esa repentina constatación hizo que el corazón le diera un vuelco. Se levantó, caminó pesadamente hasta el teléfono, descolgó y pidió que lo pusieran con París. La camarera aprovechó para recoger la mesa, pasar la bayeta y mostrarle sin tapujos que sólo estaban esperando a que se fuera para cerrar.

El señor Couderc se puso al aparato.

—¡Ah, eres tú, muchacho!

—Es por... —No consiguió articular el comienzo de su pregunta—. Bueno, por lo de ese puesto en París, quisiera... —consiguió decir con voz pesarosa.

El señor Couderc era un hombre amable, un poco temperamental, pero de buen corazón.

—Mira, Jean, voy a serte sincero... —Asunto concluido. Jean habría podido colgar en ese mismo momento, pero no fue capaz—. Voy a coger a alguien de fuera, ¿sabes? Te aseguro que no tengo nada contra ti. Es para... cómo decirlo... para que entre savia nueva en la empresa. —Y eso se lo decía a él, que aún no había cumplido los treinta...—. Pero volveremos a hablar de tu situación, ¿te parece?

—Dimito.

Le había salido así, el primer sorprendido era él.

Hubo un silencio.

—Pero, por Dios, Jean... Mejor lo hablamos cuando vuelvas, ¿te parece?

—Dimito —repitió Jean mecánicamente.

Luego colgó, cogió la cuenta, pagó con mano temblorosa, volvió a coger la nota, que plegó despacio y guardó en su cartera, como hacía siempre, dio vagamente las buenas noches, se puso el abrigo y salió.

Media hora después, desde el coche, vio a la camarera salir del restaurante y coger la calle principal en dirección al puente. Arrancó, la adelantó, estacionó un centenar de metros más allá, bajó y caminó a su encuentro.

El pueblo se había dejado vencer por el sueño. Al caer la noche había llovido y las aceras relucían. Temió que la chica torciera a la derecha, pero siguió avanzando hacia él. Al llegar a su altura, lo reconoció y frunció el ceño. Él se limitó a mirarla. Se cruzaron. Por un instante, cuando ella se volvió, Jean sintió su mirada en la espalda; luego, cuando estuvo seguro de que había seguido su camino, volvió sobre sus pasos y, sujetando con ambas manos la manivela del coche, que llevaba escondida debajo del impermeable, le dio un golpe en la nuca con todas sus fuerzas. La chica se desplomó. El impacto había sido tan súbito, tan violento, que sin duda no sufrió: murió en el mismo instante en que la barra de hierro le partió el cráneo aplastándole el cerebro. Jean pasó por encima del cadáver, volvió a subir al coche, dejó caer el arma, que llevaba un puñado de pelos adherido en un extremo, y arrancó.

Para volver a su hotel pasó de nuevo por el puente desierto donde la chica seguía tendida. Se había formado un charco de sangre. Recogió la manivela y, unos diez kilómetros más adelante, en un recodo del río, la arrojó por encima del pretil.

Debido al asunto de la dimisión, durmió bastante mal. ¿Qué iba a hacer? ¿Cómo se lo diría a Geneviève? ¿Qué pensarían sus padres, su padre? Se pasó buena parte de la noche dándole vueltas a todo eso.

La chica del puente ya estaba lejos.

Era la segunda que mataba desde su llegada a Francia. Sin contar la de Beirut.

7

Burlarse no es muy caritativo

—¡Vaya, así que trabaja usted en la Casa de la Moneda...! —El funcionario francés, de rostro curtido, nariz esponjosa y tez violácea, que hasta ese momento apenas había mostrado interés por la consulta de Étienne salió de su sopor de inmediato. Probablemente no tanto porque esperara aprovechar aquel contacto para beneficiarse de una «transferencia a Francia» (aunque nunca se sabía), sino por deferencia hacia un colega que debía de recibir sobornos incomparables con los que recibía él—. El nombre de su primo era...

—Raymond Van Meulen, Tercer Regimiento Extranjero de Infantería.

—Déjeme anotarlo.

Tenía una letra tan temblona que cabía preguntarse si él mismo la entendería luego. En el escritorio, un pequeño tablero indicaba a los visitantes: GEORGES VAILLANT, FUNCIONARIO DE SEGUNDA CLASE.

La Oficina del Alto Comisionado de Francia en Indochina era una mezcla de embajada y prefectura que reunía los defectos de la una y de la otra. Allí no se iba de ventanilla en ventanilla sin más: los distintos departamentos estaban perfectamente indicados con flechas... pero éstas no llevaban a ninguna parte.

—¡Pero eso es competencia del Cuerpo Expedicionario! —había exclamado el funcionario de tez violácea cuando había comprendido la consulta de Étienne.

—Sí, pero los militares se niegan a darme información...

—Tendrán sus motivos, ¿no?

—¿Y cuáles son los suyos?

Así estaban las cosas cuando el funcionario descubrió que Étienne trabajaba en la Casa Indochina de la Moneda.

Se inclinó hacia él (aliento alcohólico: aquel hombre sólo carburaba con anís):

—Para serle franco, a nosotros tampoco nos cuentan nada, con ellos todo son secretos... pero... —Miró a su alrededor para comprobar que no había oídos indiscretos en las proximidades—. Intentaré informarme.

Y se levantó sonriendo de oreja a oreja. Había sido tremendamente eficaz, estaba muy orgulloso de su servicio.

—¿Informarse? Pero ¿dónde? ¿Cuándo? —le preguntó Étienne.

Hasta ese momento el funcionario se había mostrado comprensivo, incluso propositivo pero, francamente, aquel chico estaba empezando a tocarle las narices.

—¿Dónde? En las altas instancias. ¿Cuándo? Lo antes posible. Pero me llevará una semana como mínimo, antes no hay nada que hacer.

Al salir de la Oficina del Alto Comisionado, Étienne sentía palpitaciones.

Y ganas de derribarlo todo a su paso.

En el Cuerpo Expedicionario había topado con el silencio, allí con la incompetencia. Ya no sabía adónde acudir.

Llevaba cuatro días en Saigón y no había avanzado ni un milímetro.

Poco a poco su preocupación se había ido transformando en un sentimiento de culpa, como si se hubiera iniciado una carrera contrarreloj y sólo de él dependiera que Raymond reapareciera sano y salvo.

Diem le había prometido recabar información. Le había pedido un día para investigar, pero desde entonces no le había vuelto a ver el pelo.

Por la tarde, cuando salió del trabajo, fue en taxi hasta el canal de derivación. «Vive cerca del transbordador», le había dicho Gaston con un deje despectivo. Entendió por qué en cuanto llegó a la zona: en la confluencia del río y el canal, detrás de las casas burguesas con jardincito y escalinata, se hacinaban viviendas rudimentarias con señales de haberse reparado mil veces, patios intercomunicados y niños que correteaban por el barro entre cerdos y gallinas. Reinaba una atmósfera de trabajo. Aquí, unas mujeres tejían, cocinaban, cosían, remendaban o confeccionaban cestas de mimbre; más allá, unos hombres en camiseta de tirantes arreglaban coches, motocicletas, máquinas de coser...

Su llegada causó sensación entre los niños. Les dio unas monedas, pero fue un error mayúsculo porque enseguida se multiplicaron. Se vació los bolsillos sin parar de preguntar por «Duong Khac», «Khac Diem», «el señor Duong», y así sucesivamente hasta agotar la totalidad de las variaciones posibles. El enjambre de niños le impedía avanzar y él miraba a un lado y a otro sin saber qué hacer: todas las viviendas se parecían... Cuando estaba a punto de desistir, vio a un anciano con barbas de chivo que examinaba unos papeles sentado en un neumático de camión a la sombra de un arbusto raquítico. Los niños renunciaron a seguirlo cuando avanzó hacia él; quizá le tenían miedo. Cuando se acercó, vio que estaba comprobando unos billetes de esa especie de lotería llamada el Juego de los Treinta y seis Animales y los Cuatro Genios que se vendía en todas las calles de Saigón.

Hablaba francés.

—Sí, creo que sé dónde vive Diem...

El mensaje estaba claro: Étienne sacó un billete y, luego, otro. Cada vez que cogía uno, el anciano se lo quedaba mirando y él sacaba el siguiente y se lo tendía. Cuando consideró que ya había pagado bastante negó con la cabeza. El anciano se guardó las ganancias con filosofía, se levantó trabajosamente, cruzó el gran patio, avanzó junto a una hilera de casas y señaló la parte posterior de una de ellas, que parecía haber sido reconstruida tras el paso de un ciclón.

Las noticias corrían deprisa o, en todo caso, más deprisa que él, porque, cuando llegó a la casa señalada, Diem, con el pelo levantado hacia el cielo blanquecino, ya estaba en la puerta diciendo: «¡Ah, señor Étienne!», pero sin moverse, como si quisiera bloquearle el paso.

Detrás de él, varios niños y dos mujeres de edad avanzada se mantenían a distancia, observando al recién llegado con desconfianza.

—Señor Étienne... —repitió Diem.

—Iba usted a buscar información sobre mi primo... y como no he vuelto a saber de usted... me he permitido...

Era difícil saber cuál de los dos se sentía más incómodo. Diem, que temía la pregunta, avanzó unos pasos y le tendió la regordeta mano, que él estrechó.

—Es que... no he averiguado nada, no, no, no... —Y recordando el comentario de Étienne, sonrió apurado—. No hay información sobre los movimientos de tropas... —añadió con una voz menos aguda y más firme, de la que el forzado acento vietnamita casi había desaparecido.

—Para eso no necesitaba su ayuda. Ya lo sabía: es lo que me dice todo el mundo.

Sin dejar de sonreír, Diem se mordió el labio y negó con la cabeza haciendo oscilar la cresta.

—Lo siento...

En ese instante comprendió que le mentía: aquel hombre al que apenas conocía, y cuya única función había sido conseguirle un alojamiento, acababa de frustrar con esa mentira u omisión su última esperanza de encontrar a Raymond.

Porque el silencio de Diem no se debía a la ignorancia.

Era la consecuencia de una orden, quizá de una amenaza.

¿Qué se pretendía ocultar sobre la misión de la unidad de Raymond para que alguien como Diem, en lugar de ganar cien piastras vendiéndole la información, prefiriera fingir que no sabía nada?

Para Étienne, habían sido cuatro días de angustia y de gestiones inútiles, cuatro días en los que había vivido atormentado por la posible muerte del hombre al que amaba, del hombre por el que había cruzado medio planeta, por el que estaba dispuesto... a todo. Sí: a todo...

Se echó a llorar.

Era un extraño espectáculo: un joven europeo sollozando en mitad de un patio de tierra batida frente a una familia vietnamita prudente hasta el recelo.

Diem seguía sonriendo, pero con una sonrisa triste, forzada; incluso su cresta había perdido su fuerza y ahora caía, lacia. Detrás de él nadie se movía; era una situación insólita. Étienne se dio la vuelta para seguir llamando la atención y sacó el pañuelo, pero allí, en aquel lugar y en aquel momento, todo parecía converger en aquella pena inesperada: la inquietud que había sentido desde su llegada, la sensación de dar vueltas en círculo, la pérdida de la esperanza, los malos presentimientos, la perspectiva del fracaso... Oyó a Diem dar órdenes en vietnamita con una voz repentinamente autoritaria y estridente. Luego notó una mano en el hombro.

—Venga conmigo, señor Étienne, no se quede ahí...

Los dos hombres avanzaron hacia la puerta. «Cualquiera diría que estoy de luto», pensó Étienne, y para ahuyentar, por superstición, esa idea que resonaba dolorosamente en su interior, sacó fuerzas de flaqueza y avivó el paso.

Entraron en una amplia habitación sumida en la semioscuridad por los sacos de yute que colgaban de las ventanas. La penumbra, aún más intensa cuando venías del exterior, daba a los rostros de los ancianos y los niños sentados en la sala el aire misterioso de un grupo de conjurados o de fieles reunidos para una misa secreta. La larga mesa que ocupaba el centro estaba asombrosamente vacía, como si acabaran de recogerla, pero en la superficie quedaba un polvo negro que una anciana quitaba con una escobilla de paja de arroz.

—Entre, señor Étienne, siéntese...

Diem dio una serie de órdenes; un niño se levantó y llevó un vaso de agua, una mujer dejó un cesto de fruta en la mesa... El olor de la habitación era difícil de identificar: una mezcla de incienso, pescado fermentado y algo más acre, casi irritante, que Étienne no reconocía. Cuando sus ojos se acostumbraron a la penumbra, descubrió con gran sorpresa que las paredes estaban llenas de estanterías y que éstas contenían una impresionante cantidad de estatuillas de yeso pintado que representaban a distintos personajes. También las había en el suelo y en cajas llenas de paja, listas para el transporte. Un poco más lejos se veían otras cajas cerradas. La habitación parecía más un almacén que el comedor de una casa.

Se sentó en una silla ante la silenciosa mirada de la familia, que Diem no se tomó la molestia de presentarle. El silencio resultaba incómodo y el anfitrión, que debió de haberlo percibido enseguida, empezó a hablar deprisa y en voz más alta de lo normal:

—Pintamos estatuillas para el culto de los muertos, sí, sí, sí. Ése es Confucio, y ese otro, Buda.

Étienne advirtió que, efectivamente, todas las estatuillas, idénticas entre sí según el caso, representaban a esos dos personajes, pero ¿dónde estaban las pinturas, los pinceles, los trapos?

—Es el trabajo de la familia. Trabajo pequeño, sueldo pequeño —añadió Diem como disculpándose por la modestia de la tarea.

De pronto Étienne sintió la necesidad de respirar. Se levantó para irse. No había tocado el vaso de agua.

—Gracias —dijo sin dirigirse a nadie en particular.

Se volvió hacia la puerta, dio un paso, tropezó con una esterilla de paja, se agarró a una estantería... y una estatuilla cayó al suelo acompañada de un grito colectivo... Entre los pedazos de Confucio apareció un cilindro de papel de periódico que se desenrolló lentamente hasta topar con el zapato de Étienne y dejó al descubierto un rollito de una materia ocre, mate, quizá viscosa...

Nadie se movió. Étienne miraba el suelo a sus pies, no tenía la menor idea de qué era aquella sustancia, pero dudaba mucho que estuviera aprobada por la facultad de Medicina.

Finalmente una de las ancianas se acercó a él y barrió los restos de Confucio.

Diem, que había recogido la sustancia marrón del suelo, la sostuvo en la palma de la mano con una sonrisa, como si se dispusiera a ofrecérsela a su invitado.

—Es un trabajo modesto, ¿sabe? No se gana mucho, y somos una familia numerosa...

Étienne lo contuvo con un gesto de la mano.

—No es asunto mío, Diem... —dijo en un susurro.

Aun así, paseó la mirada por los rostros de sus familiares, en su mayoría niños entre los cuatro y los quince años, quizá. Comprendió por qué tenían colgadas aquellas telas de saco de las ventanas: si se descubría lo que hacían allí, todos serían detenidos e irían a la cárcel.

—¿Qué es? —preguntó llevado por la curiosidad—. ¿Opio?

Al instante Diem se puso a reír regocijado.

—¡Oh, no, no, no, señor Étienne! El opio es para quienes tienen dinero. No, esto es *dross*, lo que queda después de fumarse el opio, los desechos. Muy malos, sólo para los pobres, muy malos.

Étienne miraba las estanterías y las decenas de figurillas.

—Nosotros sólo las manipulamos —explicó Diem—: metemos las barras de *dross* por el culo de los Confucios y los Budas y, cuando las cajas están llenas, salen hacia algún lugar del país. —Cogió una estatuilla de Buda y se la tendió—. Tenga, señor Étienne, en recuerdo de su visita. Está vacía, ¿eh? —Étienne la aceptó con una sonrisa de agradecimiento—.

Hicimos muchos Confucios —continuó Diem—, pero luego hemos cambiado: Buda es mejor.

—¿Ah, sí?

—Sí, Buda tiene el culo más grande que Confucio; es más práctico.

Acompañó a Étienne hasta el patio.

—Puedo pedirle a un vecino que lo lleve en bicicleta hasta la estación...

—Gracias, prefiero ir andando.

—Está bastante lejos...

Étienne señaló al Buda.

—Iré charlando con él...

Cuando se disponía a alejarse, Diem le cogió el brazo.

—Señor Étienne... —Su cresta había vuelto a erguirse y oscilaba virilmente con cada movimiento de su cabeza—. Con la guerra, con el Viet Minh extorsionándonos y Francia explotando a todo el mundo, es difícil vivir, ¿sabe? Siempre estoy buscando algún negocio. Le doy muchas vueltas, pero al final cojo lo que encuentro... —Señaló su casa con un gesto vago—. Esto no es bueno para los niños, pero es lo único que he encontrado: este año está siendo más duro que el anterior... Para dejar lo de los Budas, necesitaría dinero; para los niños, para la familia. Tengo un dosier...

—¿Una transferencia?

—Sí, es muy pequeña, pequeñísima, una transferencia de nada. Si pudiera usted...

—¿Cuánto?

—¡Oh, sólo cincuenta mil piastras!

—No puedo garantizárselo, Diem... No sé... —Dos de los niños más pequeños acababan de salir de la casa y observaban a los dos hombres con curiosidad—. Lléveme su dosier y ya veremos.

· · ·

Volvió muy tocado. No confiaba en absoluto en el funcionario de la Oficina del Alto Comisionado que le había prometido «informarse», y el recuerdo de los hijos de Diem, obligados a participar en aquel contrabando despreciable, le encogía el corazón.

En su escritorio volvió a encontrar la pila de expedientes por resolver que apestaban a fraude administrativo.

La Casa recibía unas sesenta solicitudes diarias. Sólo sumas importantes, porque los envíos más modestos, realizados por funcionarios que mandaban a Francia parte de su sueldo o por padres que enviaban una cantidad a sus hijos para pagar sus estudios en la metrópoli, se solventaban con simples giros postales.

Lo que se amontonaba en su escritorio eran miles de piastras destinadas a pagar importaciones por valor de millones de francos, y nadie le había dicho nada todavía sobre cómo debía proceder.

Decidió coger el toro por los cuernos y fue a llamar a la puerta del director.

—Necesito instrucciones.

El señor Jeantet alzó la cabeza.

—¿Ha visto esto? —le preguntó como si no lo hubiera oído. Volvió a doblar el periódico, se quitó las gafas y se frotó los ojos unos instantes—. Yo creo que están obsesionados con eso de trocear...

Étienne empezaba a conocerlo: interrumpir al director de la Casa de la Moneda no servía de nada, era mejor esperar tranquilamente hasta comprender qué tenía en la cabeza y luego buscar la forma de llevarlo a tu terreno, como a un pez al que se echa el anzuelo y al que hay que acercar lentamente a la orilla sin que se rompa el sedal.

—Los viets... han despedazado a cuatro gendarmes franceses a machetazos en la zona de Nam Khai, cerca de la Ruta Colonial 4. Los troncos han aparecido apilados en el borde de la carretera con las cuatro cabezas en lo alto, como guindas sobre un pastel... y al lado, los brazos y las piernas mezclados. Por lo visto, es imposible saber qué extremidades corresponden a cada cabeza...

Étienne se sintió palidecer, ¿seguro que se trataría de gendarmes y no de legionarios?

—Los viets son así —continuó Jeantet—, tienen que cortarlo todo, es más fuerte que ellos. Fíjese, hasta su comida consiste en trocitos. Es una obsesión, no pueden matar a un individuo sin hacerlo picadillo. Esa manía debe de venir de lejos... —Se levantó, rodeó el escritorio y volvió hacia Étienne una foto pequeña con marco de cuero negro—. ¿Se la he enseñado ya? Es mi perro... —Sin esperar la reacción de su visitante, volvió a dejarla en su sitio—. Nosotros usamos más la psicología. En una ocasión, para conseguir información de unos viets los subieron a un avión y, una vez en el aire, arrojaron a tres al vacío. Los demás confesaron todo lo que sabían, se lo garantizo. Eso es más elegante, ¿no le parece...? Ay, ¿lo he escandalizado?

Étienne estaba blanco como la cera. Su mente seguía en el borde de la carretera, en el lugar donde estaban amontonados los pedazos de los cuatro gendarmes. ¿Sería así como aparecería Raymond?

—En fin, es la guerra, ya sabe... Bueno, a ver, quería usted instrucciones... —La mirada del director se perdió en algún punto por encima de la cabeza de Étienne—. Sí, me lo imaginaba... —dijo pensativo—. Instrucciones, claro...

Étienne pensó que lo mejor era concentrarse en algo que no fuera aquella carretera en medio de la jungla. Se lanzó:

—Desde que llegué, he estado estudiando los expedientes. Ahora tengo que recibir a los solicitantes. Varios de ellos presentan solicitudes un tanto sospechosas.

—Sospechosas...

—Hay sobrefacturaciones, hay...

No pudo acabar: Jeantet se acercaba a él como si quisiera partirle la cara.

—¡Eso ya lo sé, señor Pelletier! ¿Acaso cree que ha descubierto el tráfico de la piastra? Pero ¿quién se ha creído que es, muchacho?

Como la tensión le bajaba tan pronto como le subía, Jeantet volvió al escritorio y se pasó la mano por la cara... «Qué fatiga...» Extendió el brazo, volvió otro marco y se lo mostró a Étienne.

—Mi primera mujer, Myriam. Una zorra. ¡Si yo le contara...! —Volvió a dejar la foto en su sitio—. No se puede hacer nada, ¿comprende? —se lamentó—. No hay nada que hacer...

—Bueno, nosotros damos las autorizaciones y...

—¡No las necesitan!

Étienne esperó en silencio.

Jeantet, que creía haber zanjado la cuestión, pareció desesperarse por tener que seguir dando más explicaciones.

—La piastra pertenece a la «zona franco», ¡si quieren transferir piastras a Francia, no tenemos ningún derecho a oponernos! Teóricamente, ni siquiera necesitan pedir autorización.

—Entonces, ¿de qué servimos?

—Ganamos tiempo. —Jeantet acababa de llegar al fondo del asunto. Le indicó a Étienne que se sentara en el sillón reservado a las visitas—. La paridad entre la piastra y el franco es automática; en teoría, no hay que cumplir ninguna condición para transferir dinero. Aquí nos dedicamos a ponerles palos en las ruedas, nada más. Porque... —Su cara mostraba hasta qué punto estaba asombrado por la magnitud de la catástrofe— este asunto ya le ha costado a Francia ciento ochenta mil millones de francos, ¿sabe usted? —Étienne procuró asimilar la cantidad: era astronómica—. Si nadie lo remedia, en unos años más Indochina podrá comprar Francia... con su propio dinero...

—¿Y no se puede hacer nada?

—Sí. Actuar como un funcionario: tocar las narices. Regatear, buscarle tres pies al gato, poner peros, fastidiar... Ganar tiempo, ya se lo he dicho.

—¿Con qué derecho?

—Con ninguno. Tarde o temprano acabamos firmando, pero presentar expedientes es muy latoso... disuade un poco.

Étienne no sabía cómo tomárselo. Entonces, ¿qué debo hacer...?

—Todo esto queda a la imaginación de cada uno. Aquí, muchos se limitan a pedir gratificaciones cada vez más altas por poner el sello, eso depende de cada cual. Los demás...

Jeantet hizo un gesto evasivo: «Los demás...»

El primer fin de semana en Saigón, que en otras circunstancias Étienne habría esperado con impaciencia, no tardó mucho en llegar, pero presentándose como un vasto desierto sin más accidentes que los ataques de angustia que lo acometían de vez en cuando. Diez veces estuvo a punto de alquilar un vehículo para dirigirse a Hien Giang, pero las palabras de Jeantet volvían a resonar en su cabeza: «Sólo se puede salir de la ciudad armado y con escoltas...»

Todas las tardes compraba pescado fresco para *Joseph*, que se había recuperado desde su llegada y acampaba al pie de la cama cuando no vigilaba los alrededores tumbado en el alféizar de la ventana como una esfinge.

El sábado por la mañana Étienne se despertó al oír en la escalera un alboroto similar al del día que le habían llevado el baúl.

—Dijo que tenía calor, ¿no?

Diem sacudía el penacho de su cabeza, sonreía de oreja a oreja y señalaba a dos hombres que estaban dejando en el rellano un frigorífico bastante abollado y del tamaño de un armario ropero.

—¡Estadounidense!

Con eso estaba todo dicho.

Étienne intentó rechazarlo, pero el aparato ya estaba allí. Diem parecía convencido de que Étienne le agradecería la iniciativa. Él retrocedió un poco: arrimado a la pared, el frigorífico ocupaba la tercera parte del espacio. Diem lo enchufó a la toma.

—¿Funciona con gasóleo? —preguntó Étienne.

—Sí. Al principio hace un poco de ruido, pero parará enseguida, ya lo verá. Por setecientas piastras es una ganga, casi un regalo... —Étienne frunció la boca—, pero por cuatrocientas es un auténtico milagro, señor Étienne...

Era grotesco, caro, desmesurado... Raymond se burlaría: «Vaya, ¿duermes en el frigorífico o qué?», diría.

Joseph se acercó con precaución para oler a la bestia, luego se subió encima de un salto y se sentó tranquilamente.

—De acuerdo —dijo Étienne, y sacó ciento cincuenta piastras.

Diem torció el gesto, pero su rostro no tardó en recuperar la expresión sonriente y obsequiosa.

Étienne esperaba que volviera a hablarle de su solicitud de transferencia, pero no lo hizo.

—¡Que pase un buen domingo! Imagino que irá a visitar la ciudad...

Diem siempre estaba al acecho de cualquier ganancia, por pequeña que fuera. Étienne temió que se ofreciera a hacerle de guía: tenía ganas de estar solo.

—Sí, daré algún paseo, pero sobre todo tengo intención de descansar; estos primeros días en Saigón me han dejado bastante exhausto...

—Lo comprendo.

El ruido del frigorífico no cesó. El aparato se callaba durante una hora, pero luego se sacudía, soltaba un gruñido, empezaba a silbar como una locomotora a punto de coger su velocidad de crucero y finalmente emitía una especie de ronroneo que te hacía tener la sensación de estar durmiendo al lado de alguien que roncaba. A Étienne le gustaba, Raymond también roncaba bastante. Curiosamente, a *Joseph* no parecían importarle las sacudidas del aparato, sobre el que se pasaba las horas muertas, al lado del Buda pintado que le había regalado Diem.

Étienne se pasó el domingo bebiendo jarras de cerveza en las terrazas, comiendo cerdo asado y rodajas de piña fresca y curioseando en tiendas en las que se amontonaban bicicletas, aparatos de radio, utensilios de cocina, libros de segunda mano, enseres para la casa... Era increíble: no había nada que no pudieras comprar en esas calles donde tenderos de rostro impasible se hurgaban los dientes en la puerta de sus establecimientos, utilizaban largas pértigas para coger los artículos fuera de su alcance y, pese a su aspecto afable, se revelaban como temibles regateadores cuando de acordar un precio se trataba. Delante de una tienda de radios y aparatos fotográficos, Étienne tuvo la idea de comprar una cámara para captar aquellas escenas y conservarlas para Raymond y Hélène. Al principio la idea le pareció divertida: en alguna ocasión había utilizado la cámara que Hélène empleaba en su club del instituto, pero estaba claro que no tenía mucha mano; de hecho, era incapaz de encuadrar al modelo, que siempre aparecía en un extremo de la toma o partido por la mitad. A su madre y su hermana, que se partían de risa al ver el resultado, les decía fingiéndose herido: «Es un pequeño defecto que tengo en el ojo derecho, burlarse no es muy caritativo.»

Fiel a su carácter, que siempre lo empujaba a soluciones desfavorables, excéntricas o peligrosas, derrochó el dinero en una Leica cuyo funcionamiento tuvo que explicarle el vendedor, que le aconsejó llevarla colgada del cuello para evitar que se la robaran de un tirón.

A media tarde decidió acercarse al puerto y, fascinado por el espectáculo, tomó numerosas fotos de los capataces con silbato y de los coolies, hombres delgados, ágiles e inexpresivos que descargaban sacos de arroz más pesados que ellos.

Todo el puerto se agitaba al paso de los camiones y cuando arribaban los sampanes a los muelles de las mensajerías marítimas. Por todas partes había sacos de arroz, caucho y troncos de gomeros, productos de las plantaciones... y los trabajadores zigzagueaban entre los automóviles de los consignatarios que habían ido a supervisar la descarga o firmaban albaranes sobre la espalda de un secretario mientras el dinero pasaba de mano en mano y las voces chillonas quedaban ahogadas por las impacientes sirenas de los barcos que llamaban al pasaje. Aturdido, Étienne se alejó bordeando las empalizadas de los Almacenes Generales. Había comprado unos mangos y, buscando un sitio en el que acomodarse, encontró un solar un poco apartado y se sentó en un bolardo de cemento. El cielo de Saigón estaba uniformemente blanco. Había escrito dos breves cartas a sus padres y otra más larga a Hélène. A su madre le había revelado que aún no encontraba a Raymond, pero explicándoselo como un contratiempo normal y sobre todo previsible; a Hélène, en cambio, le había contado la verdad: «Vaya adonde vaya, todo el mundo se niega a decirme nada...» Si no encontraba a Raymond, ¿qué iba a hacer? ¿Debía quedarse o volver a Beirut? Las quejas de Hélène, condenada a vivir sola con sus padres, acudieron a su mente. Las comprendía, las compartía; sin embargo, ahora que se había ido de allí, Beirut pertenecía al pasase, su vida había cambiado pasara lo que pasara, con o sin Raymond.

La mera idea le encogió el corazón.

Ése era su estado de ánimo cuando, a punto ya de irse, se volvió hacia el solar y se dio cuenta de que era un vertedero. Allí, entre cajas y embalajes, la gente había arrojado aparatos de todo tipo, incluso la carrocería de un coche carbonizado... Entonces vio una serie de palés sobre los que se habían lanzado algunos motores rotos. Parecían viejos modelos anticuados y herrumbrosos; varios estaban desmontados, seguramente para aprovechar piezas sueltas, el resto tan sólo abandonados. Se acercó y, grabado en el cárter de un motor, leyó: RN-P1.

Eran los supuestos prototipos importados unos meses antes por Leroux Frères, presuntamente destinados a las pequeñas embarcaciones que llevaban a cabo la carga y descarga.

Experimentó ese descubrimiento como una ofensa personal: aquel tráfico de la piastra alimentaba y fomentaba aquella absurda guerra en la que Raymond había desaparecido, aunque fuera de momento.

Un insidioso arrebato de ira se apoderó de él.

Al volver a casa, siguió un tortuoso itinerario que ni él mismo era capaz de explicarse. Todo se aclaró cuando advirtió que sus pasos lo habían llevado a un barrio de dudosa categoría, a una calle en la que se sucedían los bares y se paseaban las prostitutas mientras asiáticos de rostro ceroso fumaban silenciosamente observando a los viandantes con atención de profesionales. Aquella calle, sin embargo, no era su destino; de hecho, tras dar vueltas y más vueltas por el minúsculo barrio, su inconsciente lo condujo a un punto concreto frente a un bar con una terraza muy pequeña. Toda la clientela estaba apretujada en el interior, ruidosa, alegre, vital, agitada por gritos y grandes risas sonoras. El bar se llamaba Camerone, y era el lugar de encuentro de los legionarios.

Aflojó el paso.

Tres hombres de uniforme salieron para ocupar una de las pocas mesas libres de la acera. Lo miraron. En su silencio sonriente, en su forma de levantar el vaso de cerveza como para brindar a su salud, había algo turbio, violento...

Étienne se asustó y se alejó al instante apretando el paso.

No dejó de oír sus risas hasta que encontró un taxi.

Tras lidiar con la rabia y la desesperación, al día siguiente, al llegar a la Casa, Étienne se sentía nervioso, irascible e invadido por un ansia destructiva. En cuanto puso los ojos en los primeros expedientes, las dudosas prácticas de la Casa le parecieron un insulto: la misma administración que se negaba a darle la menor información sobre la suerte de Raymond le exigía pasar la jornada sellando solicitudes fraudulentas y, de algún modo, fomentar aquella guerra.

Una especie de superstición lo incitaba a la resistencia; era su forma de luchar, de mantener la esperanza.

Dejó en el suelo, junto al escritorio, la pila de expedientes. Ya se ocuparía de ellos más tarde.

Necesitaba llegar al meollo del asunto. Se acercó al mostrador enrejado y se ofreció a recibir a los solicitantes que aguardaban su turno.

El primero fue un comprador chino con un curioso rostro en el que todos los rasgos parecían resbalar inexorablemente hacia abajo, como si fuera de cera.

—Sí, obras en una casa de campo en Rambouillet... —dijo Étienne consultando la documentación.

La pequeña nariz de su interlocutor y sus labios casi inexistentes le daban el aspecto de una tortuga. De hecho, se movía con mucha lentitud y hablaba un francés escolar, esmerado y eficaz. Parecía muy seguro de sí mismo.

Étienne había visto su apellido en varios expedientes: el señor Qiao.

Actuaba en nombre de un funcionario de la Oficina del Alto Comisionado.

—Sí, Rambouillet está en la reg...

—Sé dónde está, gracias. Así que cuatrocientos mil francos en obras...

—Eso es.

Étienne hojeó los documentos: el funcionario pretendía abonar unas obras de rehabilitación en su segunda residencia. Adjuntaba presupuestos del tejado, la mampostería, las modificaciones de la estructura... Inverificable a no ser que estuvieras allí. Los quinientos mil francos que enviaría a Francia desde allí se convertirían en un milloncejo en cuanto él pusiera el sello.

—Falta una cosa.

—¿Cómo?

—Las fotos de la casa.

—Es un expediente de obras, no entiendo...

—Aunque debería decir las fotos de las ruinas porque, por esta cantidad, a su cliente le saldría más a cuenta comprarse una casa nueva, ¿no cree? —Cerró la carpeta y se la devolvió al comprador—. Tráigame una copia certificada del registro catastral, la escritura, el historial de la propiedad, informes de los arquitectos justificando las obras, dictamen o dispensa de Bâtiments de France y, por cada presupuesto, una fotografía del estado actual, para que se pueda comprobar la necesidad de las obras, y un dibujo a escala del resultado esperado.

El señor Qiao frunció los labios, se quedó quieto, se alejó, volvió sobre sus pasos y se inclinó hacia Étienne.

—Diez mil francos —susurró; Étienne entrecerró los ojos— en la moneda que prefiera.

El chino volvió a dejar la carpeta en el mostrador.

Étienne la cogió y se la tendió de nuevo.

—Con esos diez mil francos podrá usted hacer incluso fotos aéreas.

8

El fuego del deseo

Geneviève parecía una reina en su trono. Jean, que se pasaba el día buscando un nuevo empleo, la encontraba cada tarde en la misma posición: sentada de espaldas a la ventana en la cabecera de la mesa del minúsculo comedor, peripuesta, ociosa y sonriente. ¿Adoptaba esa pose cuando oía sus pasos en la escalera? Él habría jurado que se pasaba el día allí, preparada para recibirlo como a un peticionario cuyas demandas estaba dispuesta a escuchar con benevolencia y comprensión. Cuando no estaba fumando, tenía las manos cruzadas calmosamente sobre la mesa, con los gordezuelos dedos entrelazados y las uñas pintadas.

Su vida era un misterio para él.

¿Qué hacía todo el santo día? No se lo contaba nunca. «He ido a comprar», decía vagamente. «¿Con qué dinero?», se preguntaba Jean; tenían tan poco... Pero ese tema era un terreno resbaladizo en el que jamás se aventuraba.

—¿Ha ido bien? —le preguntaba ella.

Siempre la misma pregunta a la que él daba siempre la misma respuesta:

—No demasiado...

Esa mañana había intentado conseguir un puesto de representante de herramientas y utilería, pero había que saber de llaves de tubo, de palancas, de taladros... y la conversación no había durado mucho: «¡El siguiente!» Había hecho cola casi tres horas para una entrevista que no había durado ni cinco minutos.

Por la mañana bajaba a por el periódico y lo despellejaba igual que había despellejado el de la tarde del día anterior. Recortaba cuidadosamente las ofertas de empleo y las pegaba en un cuaderno con la fecha; luego escribía cartas, iba a telefonear cuando había un número o acudía para hacer cola con otros desempleados cuando el anuncio precisaba: «Dirigirse a...» seguido de la dirección y el horario de apertura. Pese a la enorme ventaja de disponer de coche, la falta de referencias serias y verificables suponía un hándicap para él. Se presentaba para puestos de representante de toda clase de productos (era el único terreno en el que podía aducir un poco de experiencia), pero el paro era elevado y el mercado de trabajo reducido: siempre había alguien con más méritos que él.

Quizá por caridad, Geneviève nunca le pedía detalles sobre las entrevistas; se limitaba a tomar nota de que el Gordito volvía de vacío.

—¿Y tú? —había replicado el día anterior Jean, llevado por un arrebato de ira.

Geneviève había arqueado una ceja interrogativa.

—¡Sí, tú! ¡Tampoco tienes trabajo!

—¡Yo soy funcionaria! —había declarado ella como alegando que estaba en su derecho.

Jean nunca había entendido muy bien aquel asunto del traslado. Su suegro parecía muy seguro: sería una mera formalidad. Entre el servicio postal del Líbano y el Ministerio de Correos y Telégrafos había un vínculo orgánico, y él aseguraba tener relaciones que permitirían a su hija incorporarse a la función pública francesa. Para Jean, sin embargo, se trataba de un asunto de lo más dudoso porque allí nadie encontraba trabajo, y no veía de qué misterioso modo iban a ofrecerle un empleo a su mujer si ni siquiera se molestaba en desplazarse.

Aun así, y aunque su economía doméstica estaba en su punto más bajo, confiaba en que ella no obtuviera un empleo antes que él: sostener la mirada condescendiente de su mujer en esas circunstancias sería más de lo que podía soportar.

La mesa estaba puesta para la «comida familiar»; o sea, para la visita de François (había avisado de que esa vez iría solo). El espectáculo de la lujosa vajilla y las servilletas de algodón estampado en aquel piso minúsculo le encogía a uno el corazón. Para su boda, Geneviève se había empeñado en que le regalaran una bandeja de plata y un servicio de mesa de porcelana de Limoges. «¡Es lo que toca!», había argüido. Y, aunque habían tenido que dejar en Beirut la mayoría de sus posesiones hasta que pudieran permitirse una vivienda más espaciosa, había insistido en llevarse esa bandeja y ese juego de mesa (junto con dos juegos de cama entre los que estaba el que habían estrenado en su noche de bodas, de infausto recuerdo, y que aún utilizaban cada dos meses). Adornada de ese modo, la mesa desentonaba como un oasis burgués en casa de un pelagatos, y para Jean simbolizaba todo el resentimiento que su mujer albergaba hacia él por la mediocre existencia a que la condenaba.

Del rellano llegaban los deliciosos aromas de los manjares que la señora Faure había elaborado para la ocasión.

François llamó a la puerta. Llevaba en las manos un ramo de claveles que su cuñada recibió con algo muy parecido a un ruidoso éxtasis.

—Le he pedido a la señora Faure que nos hiciera pollo al vino —mintió Geneviève, que no había podido elegir absolutamente nada.

—Maravilloso —dijo François, a quien nunca le había gustado ese plato.

Los dos hermanos se sentaron el uno frente al otro. Geneviève presidía la mesa, casi parecía que fuera a hacer sonar una campanilla para llamar al servicio.

—Entonces, ¿se acabó lo de Mathilde? —preguntó.

«Mathilde —recordó Jean—, eso es, Mathilde, con los pechos muy pequeños, pero tremendamente sexy.» Por educación, François no podía explicar que Mathilde había tenido suficiente con la última (y única) comida con ellos. «Tu cuñada está chalada, guapo, y tu hermano es un calzonazos. Verlos juntos es triste, conmigo no cuentes.»

François prefería hablar de cualquier otra cosa.

—Me han contratado como reportero en *Le Journal du Soir*...

Fue más fuerte que él, ¡y mira que se había prometido no hablar de su nuevo trabajo, no dar a su cuñada un hueso que roer, una nueva excusa para humillar al Gordito! Pero llevaba quince días viviendo una aventura sumamente excitante, únicamente comparable a la emoción que había sentido al estrechar la mano del general Legentilhomme en mayo de 1941. Vivía su relación con el *Journal* como se vive una pasión amorosa.

También había una razón oscura y embarazosa para ese anuncio: la proximidad de Geneviève y Jean en París le había impedido mantener ante ellos la ficción de sus estudios en la Escuela Normal, en la que sus padres aún creían. La obligación de compartir su secreto con el Gordito no le pesaba en absoluto, pero tenía la vaga sensación de que Geneviève podía aprovecharse de él, así que era urgente triunfar en su profesión y neutralizar la probable infidencia, quitarle su carácter familiarmente explosivo.

Era un asunto bastante viejo, pero que siempre había atormentado a François: el Gordito, hijo primogénito, se había mostrado incapaz de dirigir la empresa familiar, pero al menos había tenido su oportunidad. Desde luego, François nunca habría aceptado tomar el testigo tras la desastrosa experiencia de su hermano, pero que su padre no se lo hubiera pedido, privándolo así del placer de rehusar, le había resultado ofensivo: a él nunca le preguntaban nada. Como había sido un alumno brillante, todo el mundo aplaudía sus resultados, pero nadie se interesaba por sus estudios. En 1941 habían admirado su acto de valentía pero, como había vuelto sin gloria ni medallas, el hecho de armas había quedado relegado al rango de anécdota y sólo se mencionaba como curiosidad histórica. Luego, un día, el interés de sus padres había pasado directamente del Gordito a Hélène, la benjamina, sorteándolo a él... Sabía que lo querían, por supuesto, pero en el fondo pensaba que lo habían privado de algo esencial, así que el anuncio de su entrada en el *Journal*, del que en parte se arrepentía, había sido una especie de acto fallido: el tipo de cosa que uno se jura no hacer, pero que no consigue evitar.

Por suerte, la información quedó en segundo plano ante la entrada de la señora Faure con la bandeja de pollo al vino y patatas al vapor, que no habría conseguido llevar hasta la mesa si François no se hubiera apresurado a ayudarla. Geneviève presenciaba la escena con una satisfacción que le ponía sonrosadas las mejillas.

Por desgracia, el alivio de François duró poco porque, en cuanto la señora Faure acabó de servir y regresó a su casa, Geneviève volvió a la carga:

—Bueno, ¿y ese trabajo en el *Journal*? ¡Cuenta, cuenta! ¡Quiero saberlo todo!

Geneviève se bebía literalmente las palabras de su cuñado. Adoptaba, a ojos de Jean, la misma actitud ávida y apasionada que cuando, en Beirut, escuchaba las peroratas de su suegro sobre sus jabones aromáticos.

No es que a Jean le molestara que su hermano quisiera presumir de su nuevo trabajo; a fin de cuentas, era el hijo modelo que él no había conseguido ser para sus padres: estaba acostumbrado y no era envidioso. Tampoco culpaba a su mujer: ella era así y nunca cambiaría. Simplemente le habría gustado anunciar que él había encontrado algo también.

—Estoy en la sección de sucesos... —estaba diciendo François, que intentaba limitarse a lo esencial.

—Pero ¡eso es apasionante! —exclamó Geneviève con un churrete de salsa en la comisura de los labios.

François no pudo evitar adornar un poco su trabajo y mencionó, atribuyéndoselas en parte, varias noticias aparecidas en el *Journal*.

En realidad, Malevitz, el jefe de la sección, lo había recibido como se recibe a alguien a quien te han impuesto: era de la vieja escuela, de una época en la que las etapas no se quemaban y había que esperar mucho tiempo antes de que te confiaran una tarea de responsabilidad, así que lo había enviado a visitar las comisarías y los hospitales. François se pasaba el día leyendo las anotaciones de los registros, desesperándose con las mismas peleas conyugales y las mismas borracheras que acababan en riñas callejeras a las que había que buscar, para escribir un suelto de once líneas, un enfoque original, algo insólito que captara la atención del lector y justificara su publicación.

El puesto no era nada del otro mundo; sin embargo, el ambiente del periódico le encantaba: para él no había droga más fuerte. No perdía ocasión de bajar a la sala de compaginación para participar en el electrizante ambiente de los cierres, cuando todo el mundo se gritaba y se insultaba, cuando el crepitar de las linotipias precedía al runrún de las rotativas, o asomaba la cabeza tímidamente a la sala de los correctores, en la que unos individuos sentados codo con codo alrededor de una gran mesa, bajo el proyector de lámparas cuyos tirantes se entrecruzaban, releían y corregían los artículos entre el humo de los cigarrillos, rodeados de ceniceros rebosantes...

Y dondequiera encontraba a Denissov, tenso y concentrado, leyendo y releyendo incansablemente galeradas y últimas pruebas. ¡Ay, qué ganas tenía de ocupar un lugar en el consejo de redacción! Pero aún estaba muy lejos de eso.

Mientras hablaba observaba al Gordito, que comía con la nariz metida en el plato y no parecía escucharlo. Percibía en él a un hombre extenuado, desgastado por las mil pequeñas derrotas a las que ya se había resignado.

—¿Te das cuenta, Gordito? —decía Geneviève cada dos por tres.

El Gordito se daba perfecta cuenta.

—Tenemos que hablar de Hélène —dijo de pronto.

Los tres guardaron silencio unos instantes mientras cogían fuerzas para enfrentarse a una situación que a ninguno le agradaba.

François y Jean habían leído en las breves cartas de su hermana que, tras la marcha de Étienne, la vida de Hélène se le había vuelto insoportable.

En casa, Étienne y su hermana eran conocidos como «los gemelos»; Jean, por su parte, los llamaba «las chicas», aunque jamás en voz alta. No es que tuviera nada que objetar, pero cuando imaginaba a Étienne en el proceso de... Digamos que a él, que no tenía ninguna sexualidad, le daba un poco de asco la de su hermano.

La cuestión es que, tras la partida de Étienne, Hélène se sentía huérfana... o viuda.

Étienne les escribía muy poco: tanto François como Jean se lo imaginaban viviendo feliz con su legionario y teniendo mejores cosas que hacer que dar noticias suyas.

Jean se acordó del amigo de Étienne, aquel chico alto y fornido de una virilidad casi sonrojante... Ahuyentó las imágenes que le venían a la cabeza.

En su última carta, Hélène les preguntaba a sus hermanos si alguno de los dos podía acogerla.

—¡Eso matará a vuestra madre! —pronosticó Geneviève con una sonrisa impenetrable.

Pero François no podía pensar más que en su trabajo y Jean en su desempleo, así que aquella petición llegaba en muy mal momento.

—Para nosotros, alojar a vuestra hermana no supone ningún problema —comentó Geneviève con una sonrisa—: cambiaremos la mesa por una cama y, como ya no habrá sitio para comer, ¡comeremos acostados como los sultanes! —Estaba bastante orgullosa de su ocurrencia, de modo que añadió con ironía—: ¡Es la situación perfecta para la intimidad de una pareja!

No era inusual que aludiera de ese modo a su «intimidad de pareja», extraño concepto que englobaba su aspiración a la tranquilidad, su inclinación a la pereza y el derecho adquirido por matrimonio a mostrarse desagradable con su marido y privarlo de relaciones sexuales. En François, aquella palabra, «intimidad», reavivó los recuerdos de su viaje en el *Jean-Bart II*; se limitó a acabarse su patata.

—Es verdad que esto es demasiado pequeño —zanjó Jean.

—Yo tengo el mismo problema —concluyó François, que nunca los había invitado a su casa.

—¿Pero tan poco sitio tienes? —preguntó Geneviève—. Ahora, con tu nuevo trabajo, cambiarás de alojamiento, ¿no?

—Sigue siendo un sueldo de reportero, no da para hacer locuras.

En su carta, Hélène explicaba que quería continuar sus estudios en París.

—¿Qué estudios?

Nadie lo sabía. Hélène no hablaba de nada concreto, como si eso careciera de importancia porque podía plantearse lo que fuera. Jean, que siempre había tenido que aplicarse mucho como estudiante, encontraba indecente que alguien se beneficiara de tantas facilidades y no las aprovechara.

—De todas formas, vivir con nuestros padres en Beirut tampoco es tan terrible...

Jean se arrepintió de su frase apenas acabó de pronunciarla: si alguien podía entender que Hélène quisiera independizarse de sus padres era él.

—En cualquier caso, le he respondido a Hélène que nosotros no podemos —Sabía que no era cierto, pero se prometió escribirle al día siguiente.

—Yo haré lo mismo —concluyó François plegando su servilleta.

El asunto parecía cerrado, pero los dos hermanos percibían confusamente que quizá no lo estaba del todo.

—No os lo toméis a mal —dijo François—, pero tengo que irme...

—Una cita galante... —susurró Geneviève en un tono pretendidamente pícaro.

—La verdad es que no —respondió él riendo—. Ponen *El fuego del deseo* en el Régent; acaban de estrenarla, la sesión es a las cuatro...

Geneviève se irguió de pronto en la silla como si hubiera recibido una descarga eléctrica.

—¡A mí también me encantaría verla!

François se mordió el labio: ¿cómo podía haber sido tan imprudente?

—Cariño, ¿no te gustaría ver *El fuego del deseo*?

Mientras Jean pensaba qué responder, ella se levantó (se movía con la agilidad de una mujer delgada, como esos gordos que resultan ser excelentes bailarines).

—No te importa que vayamos contigo, ¿verdad? —le preguntó a François.

No le importaba «lo más mínimo».

Acordaron que Geneviève se tomaría un momento para «ponerse guapa».

—¡Y nos reunimos contigo en el Régent!

—La sesión es a las cuatro —insistió François mirando su reloj—, no vamos sobrados de tiempo...

—¡Nos damos prisa, nos damos prisa!

Los hermanos se miraron con incomodidad: a ambos les desagradaba el plan, pero ninguno de los dos sabía cómo eludirlo; era demasiado tarde.

François hizo una mueca y se dirigió a la puerta.

—Hasta ahora —murmuró, pero resultó inaudible.

9

Nada ni nadie habría podido detenerlo

El frigorífico soltó un largo y ronco gemido y luego una especie de suspiro seguido de un traqueteo; el Buda se sacudió, pero lentamente, como si eructara a cámara lenta; *Joseph* alzó la cabeza...

... y Étienne se despertó.

Era domingo y las nueve de la mañana. Había dormido como un tronco. Quería levantarse, pero no tenía fuerzas: no había conseguido conciliar el sueño hasta las dos o las tres de la madrugada por culpa del barullo de la calle. Dios mío, qué ruidoso era Saigón...

Odiaba aquella ciudad, aquel país... odiaba aquella guerra, lo único que quería era encontrar a Raymond y suplicarle que se fueran de allí. En el planeta tenía que haber sitios más saludables que Indochina, ¿no? No comprendía cómo podía haberse enamorado Raymond de aquel lugar... pensarlo le hacía daño.

El frigorífico soltó otro gemido, esta vez más ronco, y él se obligó a salir de la cama y a abrir la puerta del aparato, que emitió una serie de gruñidos a los que él puso fin con una patada en el lado izquierdo: normalmente eso bastaba para acallarlo. Así fue. Sobresaltado por el golpe, *Joseph* soltó un breve maullido de protesta, pero volvió a tumbarse, Étienne también.

Menuda semana...

En la Casa de la Moneda, la tensión había crecido rápidamente.

Al abrir una carpeta, había encontrado un sobre con dos mil piastras.

—Se ha dejado esto —le dijo al cliente sin mirarlo siquiera—. Cuando los sobres formen parte de los documentos requeridos, será el primero en saberlo.

Durante los tres primeros días de la semana había rechazado más de un expediente de cada dos: eso era muchísimo, el rumor corrió de departamento en departamento. «Parece que el novato bloquea las transferencias...»

Bloquear no era tan sencillo, se lo había dicho Jeantet, y varios compradores, perfectamente informados, no habían dudado en recordárselo.

—¡Las transferencias no son ningún delito, señor Pelletier! —le había soltado uno de ellos, un francés calvo con unas patillas anchas como una mano que se le comían la mitad de la cara.

Presentaba una solicitud para importar material de escritorio: cincuenta mil piastras en cuadernos, papel, plumas, etcétera.

—¿Y quién ha dicho que lo sean?

—Bueno, pues si no hay delito, ponga el sello ahí abajo y autorice la transferencia.

—No hay delito, pero sí cupos.

El cliente puso cara de asombro, nunca había oído hablar de semejante cosa...

—Para ciertas transferencias —le explicó Étienne devolviéndole la carpeta—, tenemos autorizado un máximo trimestral. Esta mañana hemos alcanzado el techo. Lástima, si hubiera venido usted ayer...

Étienne no gozaba de mucha popularidad entre sus compañeros. «¿Cómo que bloquea las transferencias?», se preguntaban unos a otros en los pasillos.

—La fecha de la comisión aún no se ha fijado...

Tenía ante él a un responsable de la empresa de importación y exportación Kaler & Valesco, que pretendía importar de Francia porcelana de Limoges por valor de ciento noventa mil piastras: un millón y medio de francos que se convertirían en tres por gentileza del gobierno francés.

—¿Qué comisión?

—La comisión de control. Orden del Ministerio de Economía. Tenemos que crear una comisión para examinar a fondo ciertos expedientes antes de autorizar las transferencias.

El cliente estaba estupefacto.

—¿«Ciertos expedientes»?... ¿Cuáles?

—Depende de los productos. La porcelana de Limoges es uno de ellos. Si hubiera encargado cristal de Baccarat sería coser y cantar, pero la porcelana...

—¡Espere, espere! ¿Puedo ver el texto oficial con la lista de productos?

—El ministerio se toma su tiempo... Tendremos la lista dentro de dos o tres meses, ya sabe cómo van estas cosas. Entretanto, cumplimos con la normativa.

El miércoles por la mañana Gaston había ido a verlo.

—Complicas el trabajo, Pelletier...

—Y el tuyo, ¿en qué consiste? ¿En cambiar de anillo dos veces al año?

El tono de Étienne se correspondía con su expresión severa, inflexible, dura: un tipo encolerizado que parecía estar que echaba chispas desde que había llegado a Saigón. Gaston puso cara de haber comprendido de pronto el error que cometía su compañero:

—Ya veo. Piensas que las transferencias de piastras a Francia son inmorales, ¿no es eso?

—Aquí están muriendo soldados para que unos sinvergüenzas se hagan de oro a costa de los fondos franceses...

—¡Al revés, muchacho! ¡La economía francesa necesita esta guerra! La guerra produce tres veces lo que cuesta. ¡La piastra es un arma! Gracias a ella conseguimos convencer a los que podrían ponerse del lado de los comunistas.

—No los convencemos, los compramos.

—Bueno, sí, los compramos... ¿Preferirías que nos los cargáramos? —Gaston le puso la mano en el hombro, como un camarada—. ¡Vamos, chico, relájate! Con este negocio todo el mundo gana, así que... En fin, no estás obligado a participar en él, pero piensa un poco en los demás...

Desde luego, los demás se habían movilizado rápidamente.

Las quejas habían llegado hasta Jeantet, que el jueves había llamado a Étienne a su despacho.

—Si me ordena que firme todas las transferencias, señor director, yo no...

—¡Pues claro que no, hombre de Dios! ¡Al contrario! Hay agentes que aceptan lo que otros rechazan: es la maravillosa incertidumbre administrativa.

Étienne estaba de pie frente a él y su impresionante colección de fotos enmarcadas.

—¡No, no, siga así, Pelletier! —Jeantet se levantó y se acercó a él. Al rodear el escritorio, cogió un pequeño marco de cuero—. ¿Le había enseñado ésta? Myriam, mi primera mujer... no se imagina... —Cerró los ojos. Su asombro rayaba en la admiración—. Bueno —añadió sin transición—, yo tenía que llamarlo y decirle que la gente se queja, conque se lo digo: la gente se queja. Ya está.

«La gente se queja...»

—¿Y...?

—¡Nadie podrá reprocharme que la Casa es demasiado laxa con las transferencias! La prueba es que hay denegaciones. ¡Así que deniegue, amigo mío, deniegue!

Eso significaba que Diem lo tenía difícil.

Étienne se lo había encontrado en la acera delante de la Casa, tan humilde que parecía querer fundirse con el muro del edificio.

Le tendió el expediente de su solicitud. No hacía falta abrirlo para saber que se trataba de una tapadera.

—¿Para qué es la transferencia, Diem?

—Arroz.

—¿Cómo? ¿Arroz? ¿Quiere importar arroz... a Indochina?

Diem hizo una mueca: era lo único que había encontrado.

—Pero, cuidado, señor Étienne, ¡es arroz de la Camarga! Aquí en Indochina no tenemos arroz de la Camarga. Para comerlo, hay que importarlo.

Habían ido caminando en dirección al puerto. ¿Podía Étienne, siendo razonable, autorizar una importación de arroz?

Soltó un profundo suspiro. En cualquier caso, lo que lo intrigaba no era tanto el pedido como el proceso.

—Oiga, Diem... hay algo que no entiendo: usted le paga en piastras a una empresa francesa que se supone que le enviará arroz. En realidad, lo que llegará aquí dentro de ocho meses serán tres sacos de arroz podrido para cerrar el expediente. Lo que me intriga son los francos...

—¿Qué francos?

—Bueno, las piastras que llegarán a Francia las convertirá usted en francos, ¿no?

—Ése es el plan, en efecto, señor Étienne.

—¿Y qué piensa hacer con esos francos en Francia, si usted vive en Saigón?

Tuvieron que apartarse porque habían llegado a los muelles y estorbaban a los pasajeros que bajaban de los barcos.

Diem parecía apurado.

—En Francia, con los francos, señor Étienne, se compra oro, un oro que vuelve aquí. Ese oro se transforma en piastras, y así puedo presentar una nueva solicitud de transferencia.

Étienne trataba de calibrar las consecuencias de ese tejemaneje. Diem comprendía su estupefacción.

—Sí, las cosas funcionan así, señor Étienne: la piastra sale hacia Francia, regresa y vuelve a partir... En cuestión de finanzas, Indochina ha inventado el movimiento perpetuo.

—¿Y cómo vuelve ese oro aquí?

A modo de respuesta, Diem hizo un gesto hacia uno de los transatlánticos, por cuya larga pasarela descendían los pasajeros con la maleta en la mano y una sonrisa en los labios.

Étienne siguió la mirada de Diem, quien, con la cresta oscilando de derecha a izquierda, se había puesto a observar a los aduaneros, que detenían a determinados pasajeros para examinar su equipaje y dejaban pasar a otros. Sobre la aduana, igual que en la Casa de la Moneda, debían de llover sobornos: el tráfico de piastras era una actividad artesanal de proporciones industriales.

—Veré qué puedo hacer, Diem, pero, la verdad, no quiero darle muchas esperanzas...

Negarse le encogía el corazón: aún recordaba a los niños en el patio de tierra batida que iban a pasarse la tarde llenando estatuillas de Buda con cilindros de droga...

Pero ¿cómo iba a rechazar tantas solicitudes y aceptar aquella que rayaba en lo absurdo?

En la segunda visita, el sábado por la mañana, el funcionario alcohólico de la Oficina del Alto Comisionado que había prometido informarse sobre el soldado Van Meulen ya no mostraba la misma consideración admirativa que la semana anterior por el colega de la Casa de la Moneda. La cantidad de anís ingerida desde primera hora no le permitía realizar muchas acrobacias verbales, así que optó por el método directo, consistente en describir los hechos escuetamente, por decirlo de alguna forma.

—Las autoridades francesas no proporcionan información.

Y convencido de que había cumplido con su deber, volvió a enfrascarse en sus papeles.

—¿Qué autoridades?

—Las francesas, acabo de decírselo.

—De acuerdo, pero ¿qué autoridades francesas?

En circunstancias normales, el funcionario ni siquiera habría respondido; no obstante, aquella pregunta rozaba la insolencia.

—¿No sabe usted qué es una autoridad?

—Tengo una ligera idea, pero la que me interesa es la que usted menciona, porque, cuando desaparecen unos soldados, me gustaría que me dijera qué «autoridad» puede decidir que las familias no sepan nada.

A continuación la ira y el anís se enzarzaron en una discusión, la cosa degeneró y se oyó un «borrachuzo» seguido de un «mariquita».

Intervino un ordenanza, que cogió del brazo a Étienne y lo obligó a descender por la escalera hacia la salida. La situación era un tanto irónica: ahora era él quien parecía un alcohólico obligado a abandonar la Oficina del Alto Comisionado como un borracho al que se echa de un bar.

Ese segundo domingo en Saigón prometía ser aún más deprimente que el primero.

Pasó la primera parte de la mañana releyendo las cartas de Raymond en la cama. «Qué bien me ha sentado verte...», le había escrito al día siguiente de su partida. Como Étienne prefería reírse de sus penas y transformar sus desgracias en burla, solían acusarlo de ligereza, de impertinencia (en la escuela), de frivolidad (François) o de superficialidad (el Gordito). Sin contar a Hélène (que se cocía aparte), Raymond había sido la primera y única persona en decirle que lo que él llamaba su «dulzura» lo tranquilizaba. «Soy un hombre que arrastra una carga —escribía—, tu dulzura me aligera y tranquiliza...»

¿En qué consistía esa pesada carga de la que Raymond hablaba? ¿Lo averiguaría algún día?

Desde lo alto del frigorífico, *Joseph* le lanzó una mirada de reproche: «¿No irás a pasarte todo el día holgazaneando y rompiéndote la cabeza?»

Se vistió y salió a la calle.

Se alejó del centro en dirección al barrio chino, un barrio turbio del que se decía que era «el día y la noche de Saigón»: tranquilo, cotidiano, casi anodino durante las horas de luz; volcánico, inquietante, sensual y peligroso al oscurecer. Recorrió durante un buen rato la rue des Marins con sus tenduchos enrejados, sus tiendas de especias, de flores, de jaulas para pájaros, de cestas, de sombreros y surcada por los tranvías. Todo el mundo comía en la calle, de pie o sentados en tenderetes desvencijados en los que oficiaban sudorosos cocineros a los que apenas se veía entre el vapor de los calderos de arroz y el humo de la carne a la brasa. Étienne se sentía espantosamente solo, no por ser un europeo entre la muchedumbre asiática, sino porque era un hombre desgraciado que no veía el final de su sufrimiento.

A primera hora de la tarde regresó al centro, a su barrio: aquel núcleo de Saigón por el que circulaban el poder y el dinero, las mujeres bonitas, los ricachones, los chinos gordos y los altos funcionarios; la gente que tomaba un refresco en La Pagode por la tarde y un cóctel en el Métropole por la noche; la misma gente a la que luego se veía en las salas de juego y en las terrazas flotantes donde el Martini y el coñac con soda corrían por las venas, donde las mil luces de las guirnaldas multicolores daban un brillo decadente a los trajes de esmoquin y un barniz parisino a las conversaciones coloniales de los residentes.

Sin embargo, cuando quiso volver a la rue Catinat, sus pies se negaron a obedecerlo.

Estaba otra vez ante la terraza del Camerone. Los clientes lo miraban con curiosidad, examinándolo, evaluándolo con una sonrisa en los labios. Étienne avanzó con paso firme, nada ni nadie habría podido detenerlo.

Se plantó ante una mesa en la que tres soldados bebían cerveza y dijo:

—Buenas tardes, estoy buscando a un compañero suyo, Raymond Van Meulen, Tercer Regimiento Extranjero de Infantería, Segunda Compañía. No hemos recibido noticias suyas desde el 22 de febrero y ni el cuartel general ni la Oficina del Alto Comisionado nos dan información...

Su voz se había apagado al final de la frase.

Nada fue como preveía, como temía. Tras un largo silencio, uno de los soldados se levantó y entró en el bar. Étienne lo oyó hablar alzando la voz, tenía acento nórdico. En lugar de observar a Étienne, sus acompañantes miraban a otro lado: a la calle, a su jarra, sumidos en uno de esos inquietantes silencios que anuncian catástrofes.

La catástrofe, en este caso, se encarnó en un individuo de unos cincuenta años y bastante más bajo que sus compañeros, pero con un atractivo rostro rectangular y unos ojos azules. El tipo se puso el quepis blanco al llegar, se detuvo ante Étienne y le espetó:

—¿Quién es usted?

En su tono no había la menor agresividad, ni siquiera recelo; se había limitado a hacer una pregunta y miraba fijamente a Étienne esperando la respuesta.

—Me llamo Étienne Pelletier... —Hizo una pausa y, en lugar de completar su presentación, se oyó decir—: He venido de Beirut para buscar a Raymond.

—¿Es usted su familiar?

En la pregunta no había ni rastro del tono malicioso del teniente coronel Birard.

—No.

El soldado veterano lo miraba tranquilamente, sopesando su decisión. Todo el mundo estaba callado.

—Venga conmigo.

Caminaron unos metros por la acera, el soldado se detuvo y se volvió hacia él.

Cuando comprendió a quién tenía delante, era demasiado tarde.

Estaba ante el mensajero con el que tantas veces había soñado.

A contraluz, era difícil distinguir sus facciones.

Su silueta se recortaba sobre un fondo de un azul intenso que le daba una apariencia espectral.

—Raymond Van Meulen ha muerto —dijo con voz tranquila—, lo siento...

10

Pronto sólo quedarán los peores sitios

El Régent estaba a unos minutos en metro; sin embargo, Geneviève había decidido, por uno de esos caprichos habituales en ella, que irían a pie.

—La sesión es a las cuatro —había objetado Jean.

Pero nada:

—Tenemos tiempo, además andar te irá bien; de hecho, apenas haces ejercicio.

«Como si no pudiera decirse lo mismo de ella, en fin...»

Liberada de la proximidad de los demás usuarios del metro, ante los cuales dar rienda suelta a su animosidad hubiera resultado violento, Geneviève aprovechó la caminata a paso ligero. Jean, que esperaba comentarios desagradables sobre el tema de su desempleo, se vio sorprendido por el cambio del ángulo de tiro:

—Tus padres podrían ayudarnos un poco más... —dejó caer su esposa.

Boquiabierto, aflojó el paso y miró a Geneviève, que seguía su camino con sus pasitos cortos, decididos y enrabietados. El señor y la señora Pelletier ya los ayudaban bastante: habían comprado el 4/4 para que pudiera encontrar trabajo más fácilmente, habían intercedido ante el señor Couderc para que lo contratara y todos los meses les enviaban una cantidad de dinero sin la cual no habrían podido apañárselas...

—Lo poco que nos dan sólo es para humillarnos... para recordarnos que ellos tienen dinero y nosotros, no.

La crítica de Geneviève, tan injusta como mezquina, sofocó a Jean, pero la sorpresa le impidió responder de inmediato.

Hasta entonces Geneviève nunca se había permitido un ataque tan frontal. Jean le dio alcance.

—Tus padres también podrían ayudar... —dijo.

Con la valentía de los cobardes, en lugar de defenderse había pasado al contraataque. Comprendió su error al instante. Como de costumbre, Geneviève iba sonriendo a todo el mundo, como si conociera personalmente a cada viandante, y contestó sin mirarlo siquiera:

—Mis padres están convencidos de que tengo todas las necesidades cubiertas: al fin y al cabo me casé con el primogénito de los Pelletier.

Bastante dura era ya aquella vida sin éxito ni dinero, siempre a expensas de sus padres; bastante penoso aquel matrimonio con una mujer a la que no amaba y que tampoco lo amaba a él, y aquella existencia mediocre, sin futuro, sin placer ni sexo, sin alegría, sin amor, sin gratitud, carente de todo, como para tener que soportar aquella nueva injusticia. A Jean, sin embargo, se le hizo tal nudo en la garganta que fue incapaz de responder.

Caminaba dos pasos por detrás de Geneviève, a remolque de ella. Su silencio equivalía a un asentimiento.

Geneviève seguía dirigiendo su mecánica y pueril sonrisa a su alrededor: a los escaparates, a los niños...

—Y en estos tiempos de dificultades, lo único que se le ocurre a mi marido es dejar su trabajo en Couderc...

A menudo hablaba de él en tercera persona, como si Jean no estuviera presente y se dirigiera a una amiga. De hecho, adoptaba el tono que habría cabido esperar en ese caso; un tono, según la situación, de sorna, de confidencia, de falso entusiasmo... Cada vez representaba una pequeña obra de teatro cuyo único espectador y destinatario era Jean y, al mismo tiempo, establecía entre ellos la distancia característica de un espectáculo en vivo: erigía entre los dos un muro invisible que le impedía a Jean expresarse, responder, y lo reducía a la impotencia.

La impotencia... Ah, ¡qué insoportable era esa palabra!

—Ya lo verás, dentro de un mes mi marido tendrá que vender nuestro coche para sobrevivir... Como si la vida no fuera ya lo bastante complicada.

Jean creyó que se moría.

Abrió la boca, pero ya habían llegado: apenas había articulado una sílaba cuando Geneviève, al ver a François paseándose nervioso ante la entrada del cine, empezó a gritar:

—¡Ya estamos aquí! ¡Venga, hombre! —exclamó volviéndose hacia Jean—. ¡Date prisa, que va a empezar la sesión!

François apretaba los dientes: aparte de que no tenía pensado ir al cine con ellos, la sala estaba casi llena. La acomodadora ya le había dicho dos veces: «Debería usted entrar, caballero, pronto sólo quedarán los peores sitios...», y la gente seguía entrando. Mientras escrutaba la boca del metro, los había visto a lo lejos, acercándose a pie. Geneviève iba delante, avanzando con su pasito corto y enérgico, y el Gordito un metro por detrás, siempre a remolque. Era insoportable, le estaban aguando la fiesta...

—He sacado las entradas... —anunció conduciéndolos al interior.

—¿Cuánto te debemos? —preguntó Geneviève abriendo el bolso.

—Luego lo arreglamos.

Sabía que su cuñada no volvería a ofrecerse a devolverle el dinero; sin embargo, a esas alturas lo único urgente era que no se perdieran el principio de la película.

Jean los seguía, pero su mente estaba en otro sitio.

Las quejas de Geneviève eran vejatorias, viles; estaban destinadas a herirlo y lo conseguían.

El desempleo era endémico; no obstante, cualquiera habría dicho, al oírla, que él era el único que no encontraba trabajo.

Sus padres los ayudaban, pero nunca era bastante.

Entraron justo cuando se apagaban las luces.

—Lo siento, ya no quedan tres butacas juntas —les susurró la acomodadora.

—No se preocupe —respondió François.

Geneviève y Jean se sentaron al fondo de la sala, justo al lado del pasillo. François siguió el haz de luz de la linterna hasta las primeras filas: iba a tocarle dar la propina.

La llegada a aquella sala oscura y llena de murmullos alteró bastante a Jean.

Le faltaba el aire, y, en cuanto se sentó, ya no paró de removerse en la butaca.

—Tranquilízate, Jean, vas a llamar la atención...

Eso era en ella una preocupación constante: los vecinos, la opinión del barrio. Cuando decidieron poner cortinas en la ventana del comedor, había elegido unas que estaban por encima de sus posibilidades. «Pareceremos ricos», había alegado.

Empezó la proyección y el público murmuró: «Oh...» Geneviève descruzó los brazos y se inclinó hacia la pantalla. La música de los créditos la había transportado desde los primeros compases, su sonrisa beatífica dejaba ver que había entrado en otra dimensión, romántica, amorosa: *El fuego del deseo* la abrasaba ya desde dentro.

Jean temió desmayarse, se levantó, cruzó el pasillo. Una lucecita verde indicaba los aseos, una puerta doble: a la derecha los hombres y a la izquierda las mujeres. Tropezó con una espectadora que se apresuraba a volver a la sala: la película había empezado y no quería perderse ni un solo fotograma. Cuando entró en los aseos, la luz cruda lo obligó a entrecerrar los ojos. Se acercó al urinario. No tenía ganas, pero el corazón le golpeaba el pecho; le temblaban las manos, creyó que iba a derrumbarse allí, de espaldas a las puertas entreabiertas de los cubículos, que no olían nada bien. Tenía ganas de morirse...

Y de pronto, alzó la cabeza.

Como movido por una energía repentina e inesperada, salió del aseo, recorrió el minúsculo pasillo y entró en el de señoras. Parecía vacío, pero su instinto no lo engañaba: una puerta, sólo una, estaba cerrada; al otro lado había alguien.

Jean se sentía perfectamente lúcido, su mente registraba cada detalle, cada ruido, su cerebro almacenaba todas las sensaciones que ofrecía la situación. Sin dudarlo un segundo, con tranquila certeza, se situó ante la puerta cerrada que se abrió justo en ese instante, dándole la razón. La chica era increíblemente guapa, Jean se quedó boquiabierto. Ella esbozó un «¡Oh!» de sorpresa, pero era demasiado tarde: Jean ya la había agarrado del pelo. Ella cayó al suelo de rodillas, con los brazos extendidos hacia lo alto, y Jean le sujetó la cabeza con ambas manos y, con todas sus fuerzas, se la estrelló contra la taza del inodoro. La chica volvió el rostro hacia él: sólo le había partido la nariz y abierto el pómulo, aunque ya sangraba en abundancia. Jean retrocedió de un salto para que no lo salpicara y, volviéndola a agarrar del pelo, le golpeó el cráneo varias veces, primero contra la porcelana de la taza y luego contra la pared. La chica se desplomó, la sangre manaba a chorros; él salió, volvió a cerrar la puerta del cubículo y se lavó las manos en el lavabo sin mirarse en el espejo.

Unos instantes después, de nuevo en la sala, forzando la vista en la oscuridad, avanzó a tientas hacia Geneviève y se sentó a su lado.

Su mujer ni siquiera se percató de su regreso, como tampoco se había dado cuenta de su marcha.

En la pantalla, un hombre le decía a una chica cosas que ella escuchaba y comprendía para luego contestarle. Debían de entenderse bien porque sus bocas se acercaban la una a la otra. La escena parecía mucho más real que la vida misma, al menos si la comparaba con la suya. En ese preciso instante un alarido heló la sala:

—¡Socorro! ¡Hay una mujer muerta! ¡Socorro!

Se oyó ruido de carreras, gritos; todo el mundo se volvió hacia los aseos. El proyector traqueteó y finalmente se detuvo.

—¡Socorro! —gritaba alguien presa del pánico—. ¡Al asesino!

Las luces se encendieron: fue la señal para la desbandada.

Todo el mundo se levantó y quiso salir a la vez, como si la cabina de proyección se hubiera incendiado y el fuego amenazara con extenderse a toda la sala. Las filas se vaciaron en cuestión de segundos, y Geneviève, que se había puesto de pie igual que los demás, intentó abrirse paso hacia la salida. Jean la cogió del brazo; llegaron a la puerta, la gente se empujaba, el pánico crecía. Un hombre que miraba a su alrededor despavorido, seguramente el propietario del cine, se interpuso e intentó decir algo, pero nadie lo escuchó. La multitud lo atropelló, salió y atravesó la calle. Una vez allí, los espectadores se detuvieron y, ya menos aterrorizados que curiosos, se volvieron hacia la fachada del cine con una especie de avidez.

Entretanto, François, había intentado abrirse paso hacia los aseos con los codos por delante. Fue el primero en levantarse y en lanzarse al pasillo de la derecha, pero poco antes de llegar al lugar del que procedían los gritos ya no pudo seguir avanzando. Pese a los esfuerzos del público por abandonar la sala, un denso grupo permanecía estacionado allí, estirando el cuello y retorciéndose para ver algo.

—¡Abran paso! —gritó—. Y como nadie se movía, añadió—: ¡Policía! ¡Abran paso!

Dicho y hecho: la gente se apartó.

Varios espectadores mantenían abierta la puerta de los aseos, pero ninguno de ellos se había atrevido a cruzarla. La acomodadora, apoyada contra uno de los lavabos, se tapaba la cara con las manos temblando y estremeciéndose.

Se hallaba delante de uno de los cubículos cuya puerta estaba entreabierta. Un charco de sangre se extendía por las baldosas y los mechones de pelo rubio esparcidos por el suelo.

François maldijo entre dientes, ¡mira que no llevar una cámara encima!

Avanzó un paso más, empujó lentamente la puerta del cubículo y vio a la mujer tendida en el suelo.

Se arrodilló y, conteniendo una arcada, extendió la mano y le tocó el hombro. Echó un rápido vistazo hacia atrás: nadie. Usando las dos manos, consiguió volver el cuerpo boca arriba y ver el rostro destrozado de la víctima. Oyó unos gemidos detrás de él y se dio la vuelta. La acomodadora estaba vomitando en el lavabo.

Se volvió de nuevo hacia el cuerpo inerte y sacó su libreta.

Jean y Geneviève se habían unido al grupo de la acera de enfrente. ¿Ya estaba avisada la policía?

—¿Han visto ustedes algo? —preguntó una espectadora con voz temblorosa.

—¡Hay una mujer muerta en los aseos!

Las versiones variaban de un espectador a otro, pero todos estaban más o menos de acuerdo.

—¡La han matado ahí mismo, en los aseos!

—Estrangulada —dijo alguien.

—Apuñalada —afirmó otra voz.

Tuvieron que hacer sitio: una señora mayor, justo a la derecha de Geneviève, acababa de sufrir una indisposición. Tenía el rostro petrificado y blanco como un sudario, y movía los labios en silencio, como si rezara.

Geneviève la ayudó a sentarse en el bordillo.

—¿Es ella quien ha descubierto el cadáver?

—No —dijo su marido en tono de disculpa—, sólo lo ha visto, pero parece que era horrible...

—La cabeza... —murmuraba la mujer—, ¡parecía como si se la hubieran golpeado contra el suelo!

Se oyeron muchos «¡ah!» y muchos «¡oh!», y se corrió la voz. Geneviève sujetaba a la mujer por los hombros.

—Tenía aplastada toda la parte superior... —decía—. Era espantoso, espantoso...

A François le había costado contener las náuseas al ver a la pobre chica, y el olor a vómito que le llegaba de los lavabos, mezclado con el de la sangre fresca, volvió a revolverle el estómago. Con todo, consiguió dominarse: «Espabila —se repetía—, date prisa.» Procuraba contener la respiración y no mirar los fragmentos de cerebro pegados a la pared. Sacó el pañuelo, se envolvió la mano con él y cogió el bolso de la víctima, un bolso con cierre dorado y adornado con perlas. Se levantó y, sujetando la libreta con los dientes, dio un paso atrás para acercarse a la luz.

Con un representante de la ley en los aseos, los espectadores apelotonados en la puerta se envalentonaron y empezaron a asomar la cabeza. El policía estaba ocupado registrando el bolso de la víctima, así que fueron avanzando un poco más y, como en un espectáculo de feria, uno tras otro contemplaron por turnos la macabra escena llevándose la mano a la boca a toda prisa y cediendo el sitio al siguiente hasta que todos y cada uno de ellos hubieron desfilado maravillosamente horrorizados, llenos de imágenes que podrían compartir y que ya habían empezado a llegar hasta la pequeña muchedumbre de la acera, entre la cual Geneviève seguía sosteniendo por los hombros a la mujer sentada en el suelo con la mirada extraviada.

Mientras tanto François no perdía un segundo.

Evitando posar la mirada en el cadáver, cuyo rostro se iba volviendo violáceo, había abierto el bolso y encontrado el carnet de identidad.

«Mary Lampson. Dios mío...»

···

Unos policías llegaron frente al cine y, tras abrirse paso, uno de ellos se inclinó hacia la mujer que se había sentido indispuesta:

—No se preocupe, señora, ahora vendrán a ayudarla... Los demás, ¡apártense! —ordenó.

La mujer se puso en pie agarrándose al brazo de su marido y se alejó. La muchedumbre también se había cansado: «Si la policía ya estaba allí...»

Geneviève dio un paso atrás y miró a Jean. Su marido tenía mal aspecto.

Se dirigieron hacia el metro, pero Jean se detuvo de repente.

—No hemos visto a François...

—Como para verlo con toda esa gente corriendo de aquí para allá... —En esos momentos Geneviève no tenía muchas ganas de volver a ver a François: quizá se verían obligados a pagarle las entradas. Continuó andando y Jean la siguió—. De todas formas es increíble... ¡en mitad de la película! —No parecía escandalizada, más bien asombrada de que se pudiera hacer algo así en un cine prácticamente lleno. Negaba con la cabeza como diciendo: «¡Qué valor!»—. Con todo el follón no nos han devuelto el importe de las entradas...

Mientras se sucedían las paradas lanzaba miradas de reojo a su marido.

Cuando llegaron a casa aún no eran las seis.

Empezó a recoger la mesa, que habían dejado tal cual. El comedor se veía triste, como al día siguiente de una fiesta.

—No estás muy fino, ¿eh?

—Sí, sí...

Colgaron la ropa junto a la cama, como hacían siempre.

—¿Qué es eso?

Geneviève miraba la chaqueta de Jean con el ceño fruncido. Él no respondió.

Geneviève tocó la tela con el índice. Iba a llevárselo a los labios...

—¿Sangre?

Se volvió hacia él.

Jean balbuceó un par de sílabas ininteligibles.

Y vencido de pronto, se derrumbó en la silla con las rodillas separadas.

Geneviève se acercó y le susurró algo con voz muy seria. No era la actitud de maestra de escuela enfadada que a veces adoptaba con él.

—Hay que ser más cuidadoso, ¿eh, Jean?

Él asintió: «Ser cuidadoso, sí...»

Ella se miraba los dedos mientras frotaba el índice con el pulgar y sonreía vagamente, como si estuviera contemplando un recuerdo, una vieja idea.

—Es que... eso mancha...

Lo había dicho como una simple constatación.

Jean estaba lívido.

Geneviève le pasó los dedos abiertos por el pelo, como si lo estuviera peinando.

—Estás en shock, Gordito mío; es normal... —Le cogió la cabeza y la apretó contra su propio vientre con las dos manos—. Todo irá bien... —murmuraba—. No es nada, no es nada...

Permanecieron así durante un buen rato.

Luego, Geneviève se arrodilló entre las piernas de Jean.

Sonriendo, le cogió el cinturón y se lo desabrochó a la primera.

11

Lo he comprobado, no falta ni un céntimo

El señor Pelletier podía fingir lo contrario, pero la partida de Étienne lo había afectado mucho. En su fuero interno, compartía la pena de su mujer: también él echaba de menos la simpatía y las intensas ganas de vivir de su hijo menor. En la casa había un vacío mayor aún que tras la marcha del Gordito o de François: para el primero, marcharse había sido una huida, casi un alivio; para el segundo, una victoria, con su admisión en la Escuela Normal. François llegaría lejos, sin duda. Cuando pensaba en sus dos hijos mayores, sentía pena por Jean. Tenía que reconocer que no tenía aptitudes para nada. Ni siquiera había conseguido casarse decentemente. Se limitaba a vegetar y su futuro sería como su juventud: limitado, mediocre y lleno de angustia. No había sabido guiar a su hijo, no lo había comprendido o lo había hecho demasiado tarde. El Gordito se habría merecido a otro padre. El fracaso del hijo era el del padre, y era un verdadero suplicio.

A veces hasta se reprochaba la satisfacción que sentía al ver lo bien que le iba a François: era demasiado fácil... En realidad, lo admiraba. Aquel chico se había alistado a los dieciocho años para luchar en una guerra perdida que había contribuido a ganar, pero que no le había aportado nada, ni siquiera el agradecimiento del país. Esa ingratitud le dolía como si él mismo fuera la víctima. Verlo triunfar en sus estudios no era una cosa menor.

Y ahora Étienne... él, que nunca dejaba que su natural sentimental sobrepasara el umbral de la jabonería, se reprochaba no haberle dicho antes de que se fuera cuánto lo quería.

Ya sólo quedaba Hélène, que también estaba deseando irse: bastaba con mirarla para ver que sólo esperaba que se abriera la puerta. Hélène, que era demasiado joven, demasiado inmadura para que la dejaran seguir el camino hacia el que la empujaba su volcánico temperamento; Hélène, a la que había que proteger de las tentaciones de su edad... Si la madre se sentía aliviada al ver que Étienne era capaz de arreglárselas por su cuenta, el padre se alegraba de que François (que cursaba estudios importantes) y Jean (al que perseguía la mala suerte) siguieran necesitando su ayuda económica. «¡Aún servimos para algo!», decía con orgullo y su esposa, mirando a Hélène, respondía que no estaba tan segura.

Eso era lo que estaba pensando Louis cuando el señor Chakir hizo su aparición en el vestíbulo del Hotel Kassar embutido en su traje y sujetando su gran cartera como si sus brazos fueran una correa.

Eran las once; el señor Pelletier apartó los ojos del mar, que a esa hora había adquirido una tonalidad violácea, «un mar color de vino», pensaba Hélène, que había leído a Homero y que, de pie frente a la puerta vidriera, miraba, como su padre pero tres pisos más arriba, el horizonte al tiempo que, detrás de ella, Xavier se la trajinaba susurrándole cochinadas que la aburrían. Esa faceta de la sexualidad de Lhomond nunca le había gustado. Se había amoldado a sus prácticas, pero algunas, por ejemplo ésa, le parecían artificiosas, innecesarias. Notó que Xavier se tensaba, lo oyó soltar su gruñido...

Había pasado buenos momentos con él, pero otros... Al principio todo iba bien: él la fotografiaba, la encontraba hermosa, la acariciaba maravillosamente bien, pero luego, con el paso de los meses, se había vuelto menos imaginativo, menos ávido, menos admirativo. Ella le había expresado su decepción:

—Si lo único que quieres es echar un polvo una vez a la semana dímelo, será más sencillo.

Xavier la abofeteó. Ella no podía creérselo: ni siquiera su propio padre le había puesto jamás la mano encima.

—¿Está más claro así? —le había espetado Lhomond.

Luego la había desnudado. Hélène aún estaba en shock y, cuando se le tumbó encima, se echó a llorar, hecho que lo excitó tremendamente. Iba y venía lamiendo sus lágrimas y diciendo: «Llora, llora, así estás muy guapa.» Hélène siguió llorando y después ya no supo qué hacer. Xavier la abofeteaba a menudo, le había cogido el gusto, y ella ya no sabía lo que quería. Fue entonces cuando él empezó con las palabras groseras, que no tardaron en convertirse en insultos, y ella los aceptaba porque Xavier era imprevisible: cuando le decía que quizá iba a dejarlo, él montaba en cólera mientras ella, instintivamente, se protegía la cabeza con las manos. Pero luego él la estrechaba entre sus brazos... y a ella le encantaban esos momentos: Xavier le acariciaba el pelo, la nuca, la espalda...

El señor Pelletier contó los billetes y se los devolvió al señor Chakir, que, con su pulcra letra, adornada y expresiva, firmó un «recibo por donación». Realmente era una cantidad considerable, una de las más importantes que la escuela había recibido nunca.

—Esto es histórico —dijo Chakir.

—No es más que dinero —respondió el señor Pelletier.

Durante una hora revisaron las cuentas, repasaron las sumas... Los libros se llevaban con una precisión y un lujo de detalles que Louis encontraba exagerados e inútiles. Tenía ganas de ir a comer.

Camino del comedor, dejaron las carteras en el guardarropa.

—¿No es un poco arriesgado? —preguntó el señor Chakir.

—¿En un hotel como éste? ¡Por favor!

Al llegar a su mesa, Louis se dio una palmada en la frente.

—¡He olvidado llamar a mi mujer! ¿Me permite?

El señor Chakir hizo un gesto solícito: «Claro que sí, faltaría más.»

Louis volvió al guardarropa. Allí, tras comprobar que también el señor Chakir admiraba el vinoso mar, abrió la cartera del tesorero, cogió el grueso portafolios con el dinero en efectivo y lo deslizó en su propia cartera.

Durante la comida estuvo un poco ausente. De todas formas, el señor Chakir no necesitaba interlocutor. Louis se limitaba a sonreír. Había llegado la primera carta de Étienne y le había parecido muy preocupante: ni rastro de la alegría que todos esperaban y, desde luego, nada sobre el reencuentro con Raymond, puesto que Étienne no lo había encontrado aún. «Debe de estar en una misión en alguna parte, será cuestión de días», les había escrito. A continuación había ocurrido algo que Louis procuraba ahuyentar de su memoria, pero que volvía a ella sin cesar, de forma obsesiva... Convencida de que Étienne le contaba más cosas a su hermana que a sus padres, Angèle había ido a... rebuscar entre las cosas de su hija. El señor Pelletier se ponía enfermo sólo de pensarlo: esas cosas no se hacían. Y encima, el resultado lo puso aún peor, porque, en la carta que Angèle había acabado descubriendo, Étienne decía: «¡Raymond no aparece! Vaya adonde vaya, todo el mundo se niega a decirme nada... no puedo dormir, temo lo peor. ¿Y si hubiera muerto?» Por supuesto, hacía unas cuantas bromas de las suyas (explicaba que *Joseph* se había vuelto homosexual y contaba una anécdota, que sus padres simplemente no habían entendido, sobre la intentona de *Joseph* de copular con Buda en lo alto de un frigorífico... Sin duda era una metáfora de otra cosa...), pero se notaba que la procesión iba por dentro. Étienne estaba preocupado: Raymond había desaparecido. Tampoco decía ni una palabra sobre su trabajo en la Casa de la Moneda. Louis se sentía terriblemente mal cuando se recordaba a sí mismo alzando su copa ante toda su familia: «¡Por Saigón!»

Se sentía retrospectivamente ridículo.

—¡Espera! —Hélène había plantado la mano en el pecho de Lhomond para impedirle dar otro paso—. Mira allí, en aquella mesa de la derecha... ¡Es mi padre!

Estaban al final del pasillo que daba a la terraza: la única salida. Lhomond se asomó al comedor con cautela. Era verdad, allí estaba el gilipollas de Pelletier con aquel indio gordo, el tesorero: Chapir, Chamir o algo así, nunca se acordaba; a él los morenos le parecían todos iguales.

—¡Mierda! —Consultó su reloj: se les había hecho tarde—. ¿Por dónde van?

Hélène echó otro vistazo.

—Por el café, pero puede que tarden, nunca se sabe...

Xavier estaba muy contrariado, se volvió hacia ella.

—Podrías haberte dado un poco de prisa, ¿no?

Eso era injusto: su padre y el señor Chakir debían de llevar allí una hora o dos, el error había sido ir allí ese día; deberían haber ido a otro sitio, pero...

—¡Qué estúpida! —Lhomond volvió a mirar su reloj—. ¡No puedo permitírmelo, joder! —Daba patadas en el suelo, Hélène había dejado de existir—. No puedo quedarme aquí esperando, tengo que pasar por casa a recoger mis apuntes, tengo que irme... —Se lo decía a sí mismo. Había otra salida, sin embargo se vería obligado a cruzar toda la terraza y sería más visible aún. Hélène se daba cuenta de que estaba a punto de irse—. ¡Mierda, mierda! —decía entre dientes. Y finalmente se decidió—: Caminaré muy deprisa, pasaré por detrás de ellos y a continuación torceré a la derecha. Con un poco de suerte...

—¿Y yo?

—Tú te quedas aquí, ¿vale? —Estaba furioso—. ¡Te pierdes la clase, eso es lo de menos! Tienes que esperar a que se vayan, tómate todo el tiempo que haga falta, ¿me oyes?

Si no hubiera temido llamar la atención, la habría abofeteado allí mismo, eso lo habría relajado un poco.

Y se lanzó.

Louis levantó la cabeza en el preciso instante en que Lhomond pasaba por detrás de ellos, rozando la mesa.

—Pero ¿no es Lhomond, el profesor de matemáticas? —exclamó.

—¡Desde luego! ¡Ya lo creo! —respondió al instante el señor Chakir, encantado con ese encuentro casual—. ¡Señor Lhomond! ¡Eh, señor Lhomond!

Todo el comedor se volvió, excepto el fugitivo, que, con la cabeza agachada, parecía querer derribarlo todo a su paso.

—Qué raro... —murmuró Louis.

El señor Chakir tampoco salía de su asombro.

Pero lo peor estaba por llegar porque, después de que el presidente fuera a pagar la cuenta, se reencontraron en el guardarropa. Para su sorpresa, Chakir notó que su cartera pesaba muy poco. Ante la duda, la abrió. El gran portafolios de cuero con los fondos de la escuela había desaparecido. Aquel descubrimiento habría sido un duro golpe para cualquiera.

Para él, fue el acabose. Si hubiera sido japonés, se habría hecho el haraquiri allí mismo.

—Madre mía, madre mía... —repetía tontamente.

Luego, recobrando la serenidad, se presentó en recepción y explicó la situación. Fue el momento que Hélène eligió para escabullirse hacia la salida.

El maître fue al guardarropa, buscaron el portafolios, llamaron al director a su casa.

—No puede haber pasado algo así, ¿cuánto dinero había?

—Una cartera así no se deja en un guardarropa —se aventuró a decir un miembro del personal...

Louis se puso como una fiera: ¿aquello era un hotel o una cueva de ladrones? Todo el mundo perdió los nervios. Lo que zanjó la discusión fue el grito del señor Chakir:

—¡El señor Lhomond!

—El señor Lhomond, ¿qué? —preguntó Louis.

El pobre tesorero estaba blanco como la tiza, temblando y muerto de angustia, y su capacidad para expresarse sin duda estaba mermada. Hubo que esperar largos minutos para comprender que, según él, Lhomond tenía que haber pasado forzosamente por delante del guardarropa donde se encontraba la cartera; que era extraño verlo allí, teniendo en cuenta que vivía en el centro; que, en la escuela, casi todo el mundo sabía que ellos estaban citados en aquel restaurante para hacer las cuentas y que, a todas luces, Lhomond había fingido no oírlos y había huido... ¡como un ladrón!

Una vez que se le metió eso en la cabeza, ya no hubo quien se lo sacara. Louis insistió:

—Eso está un poco cogido por los pelos —pero como el señor Chakir no daba su brazo a torcer, decidió ponerse conciliador—: Entonces, si le parece bien, vayamos a verlo educadamente y, si sus sospechas no se confirman, como creo que ocurrirá, entonces pondremos una denuncia, y listos: al fin y al cabo sólo es dinero, yo lo repondré...

—¡Eso nunca! —respondió el señor Chakir.

«Antes muerto.»

Cogieron un taxi delante del hotel e hicieron que los llevara a la rue du Commandant-Deligeard. El buzón indicaba el segundo piso, y subieron tan deprisa como se lo permitía el peso de sus respectivos cuerpos.

El señor Chakir llamó con los nudillos, Louis no paraba de decirle:

—Vamos, vamos, señor Chakir, está usted fuera de sí, cálmese, por favor...

Pero el indio ni siquiera lo oía.

—¡Abra, señor Lhomond!

Los vecinos asomaron la cabeza, Louis les hizo un gesto de disculpa.

La puerta se abrió.

El profesor tenía los apuntes bajo el brazo y el rostro tenso. El señor Chakir, sobreexcitado, lo agarró del brazo y, antes de que pudiera cerrar la puerta, lo empujó al interior del apartamento y entró tras él...

A continuación hubo un momento extraño.

Lhomond, que se había puesto muy pálido, miró al señor Pelletier sin moverse. Sus labios se entreabrieron y se quedaron así, anunciando una palabra que no llegaba. Muy despacio, sin apartar los ojos de él, Louis lo rodeó y entró en el apartamento.

El señor Chakir, más calmado, no había dado ni tres pasos. Miraba a su alrededor con los brazos caídos. Estaban en el salón.

Dos de las paredes estaban cubiertas del suelo al techo de grandes fotografías.

Eran chicas muy jóvenes, desnudas, posando en posturas lánguidas o lascivas, pero en la mayoría de los casos adoptaban poses provocativas, exhibiendo el trasero o el sexo, y siempre mirando a la cámara... Lo que más impresionaba era la extraordinaria juventud, la ingenuidad de las modelos, que contrastaba con las posturas en las que se encontraban: ese desajuste resultaba terriblemente inquietante.

Había una cincuentena larga de imágenes.

Una docena de promociones de la escuela.

Louis reconocía las caras: en aquella sala de estar había fotos de antiguas alumnas, hoy mujeres casadas y con hijos, y otras de alumnas más recientes... Allí, la hija del señor Chakir, un poco más allá, Hélène...

El señor Chakir estaba petrificado ante aquel muro lleno de imágenes.

Por su parte, Louis dio media vuelta, salió al rellano y bajó la escalera mientras el profesor, con voz monocorde y suplicante, farfullaba: «Dimitiré hoy mismo...»

Louis se marchó y se fue directamente a la fábrica. Una vez allí, se encerró en su despacho.

Era una victoria muy amarga.

De forma instintiva había desconfiado de Lhomond desde el primer momento, al inicio del curso escolar, cuando se había hecho cargo de la clase de Hélène. Simplemente no era el tipo de hombre al que uno confiaría a su hija. Esa sospecha se había reforzado cuando Hélène se había apuntado al taller de fotografía. Lo de las matemáticas tenía un pase, pero las actividades extraescolares... Como Angèle también estaba preocupada, había procurado tranquilizarla, ¡para qué iban a perder el sueño los dos! «Es una escuela muy buena, Angèle», le había dicho a su mujer. Aun así, durante una reunión con la administración del centro había consultado el horario de los docentes y lo había cotejado con el de la clase de su hija. Días después, al ver que Hélène salía en dirección al instituto pese a no tener clase una mañana en la que Lhomond también libraba, cogió la bicicleta y empezó a dar vueltas por la ciudad. Era absurdo, pero no se le ocurrió otra cosa. Al cabo resultó eficaz porque, en bici, se pueden hacer muchos kilómetros en una mañana, y él sólo necesitó tres para encontrar lo que buscaba: el coche del profesor, estacionado en el aparcamiento de aquel nuevo hotel de la zona oeste de la ciudad.

Hacia mediodía vio salir a su pequeña y, diez minutos después, al malnacido de Lhomond, quien, antes de arrancar, pasó un buen rato peinándose en el retrovisor. Su primer impulso fue ir a partirle la cara, pero eso lo habría convertido en un mártir a ojos de Hélène, lo que distaba mucho de ser el objetivo buscado, así que optó por una vía más tortuosa y, a la postre, inútil, puesto que había montado toda aquella historia de la verificación de las cuentas y la invitación al Hotel Kassar prácticamente para nada: al final no había hecho falta esconder el portafolios del señor Chakir en casa de Lhomond para luego fingir que lo encontraba allí y acusar de robo al profesor.

El descubrimiento de aquella colección de fotografías había sido más que suficiente para segarle la hierba bajo los pies.

Metió el portafolios en un sobre grande de papel Kraft y escribió una nota para el señor Chakir: «El hotel ha encontrado el portafolios. Lo he comprobado: no falta ni un céntimo. Queda suyo afectísimo, Louis Pelletier.»

Le pidió a un obrero joven que fuera a llevar el paquete, que llegó al mismo tiempo que su destinatario.

Louis se quedó en su despacho un buen rato, pensativo. Volvió a ver la silueta de Hélène, que había atravesado la sala del restaurante a toda prisa, esperando que nadie la descubriera.

Louis sufría intensamente.

Étienne, Hélène... ¿Qué pasaba de pronto con su familia? ¿Había fallado él en algo?

Por la noche estaba callado y taciturno.

—¿Hay algún problema en la fábrica? —le preguntó Angèle.

—No, no, todo va bien —respondió él sonriendo.

Hélène pensaba en el momento en que había visto a su padre sentado a aquella mesa del restaurante: parecía otro.

—Y a ti, hija mía, ¿te va todo bien? —le preguntó su madre.

—Sí. Este mediodía el señor Lhomond ha presentado su renuncia: ha encontrado un puesto mejor en Trípoli y tenía que empezar enseguida, así que no ha vuelto al instituto.

Se había enterado al llegar, no había habido clase. Sintió un extraño alivio y un dolor sordo: le habían robado algo, pero no sabría decir qué era exactamente.

—Mejor —respondió la señora Pelletier—, ese hombre no me acababa de gustar.

—No se le podía reprochar nada —dijo magnánimo su marido—. Era un profesor muy volcado en su trabajo...

Hélène miró a sus padres, le parecieron viejos.

En ese momento comprendió que no tardaría en irse de casa ella también.

12

Uno de esos raros momentos
en que una vida da un vuelco

Étienne pasó la tarde en su habitación con los dientes clavados en la almohada.

Desde que había llegado a Saigón presentía, en el fondo de su ser, que no volvería a ver a Raymond: aquel obstinado silencio no tenía explicación. Había esperado que estuviera herido, prisionero tal vez, pero estaba muerto.

La vida le parecía un inmenso páramo.

Poco a poco tomaba conciencia de que no volvería a verlo nunca más.

El legionario con el que había hablado no le había explicado mayor cosa; se había ceñido a lo esencial: Van Meulen, junto con otros compañeros de su unidad, había sido hallado muerto por la patrulla que había salido en su busca.

¿Cómo había fallecido? ¿Había sufrido? ¿Dónde estaba enterrado? ¿Alguien había contactado con su familia?

Ante su insistencia, el veterano había respondido guardando silencio y bajando la cabeza. ¿Qué sabía exactamente? Nadie habría podido decirlo. Le había hablado de aquella muerte por compasión y por solidaridad con el camarada caído en acto de servicio, pero no iría más allá.

Y como Étienne siguió acribillándolo a preguntas con una voz que delataba la deflagración que había provocado aquella noticia, dijo simplemente:

—El informe de la misión no se comunica a la tropa, ¿sabe? Nos cuentan lo que nos quieren contar... Hemos honrado a nuestros camaradas: puede estar seguro de que han sido vengados...

Amagó con hacer el saludo militar, pero, quizá considerándolo un tanto grandilocuente, renunció y se alejó en dirección al bar.

Cuando no se hundía en un vacío abismal ante la idea de no volver a ver a Raymond, Étienne, agotadas las lágrimas y extenuado por el dolor, oía aquella frase que daba vueltas, obsesiva y misteriosa, en su cabeza: «El informe de la misión no se comunica a la tropa.» ¿Había muerto Raymond de un disparo, de una herida de arma blanca? ¿Había sufrido una larga agonía?

El jefe de la unidad que había encontrado a Raymond y a sus compañeros había redactado un informe que sin duda quedaría enterrado para siempre en los archivos del Cuerpo Expedicionario. Étienne volvió a ver al teniente coronel Birard embutido en su uniforme, mirando al frente con el torso erguido mientras afirmaba, seco y tajante: «Ninguna acción en la zona de Hien Giang.» Para Étienne, aquel «informe de misión» era lo único que aún lo unía a Raymond, y aquel hombre lo conocía, quizá incluso lo había tenido bajo su mando.

A Étienne le entraron ganas de matarlo.

Pero cuando decidió ducharse con agua fría, vestirse e irse al Métropole no fue para eso. No iba armado, ni tampoco iba a hacer el ridículo abalanzándose sobre el cuello del oficial; no, lo que quería era... la verdad.

Armaría un escándalo.

Nadie podría detenerlo.

Encontró al público del domingo, el mismo que frecuentaba el local entre semana, pero ahíto de ociosidad y placeres.

Las mujeres y las hijas de los altos funcionarios, tras bañarse en las piscinas de las residencias de la meseta, se hacían servir cócteles mientras sus acompañantes saboreaban cigarros.

El teniente coronel Birard aún no había llegado, pero Jeantet estaba en la misma mesa que la vez anterior. Cuando vio a Étienne, le hizo un gesto con la mano: «Acérquese, acérquese.» Luego, viendo su rostro descompuesto, le preguntó:

—¿Qué le ocurre?

—No estoy muy fino, nada grave.

Étienne no dejaba de escrutar al público de la gran terraza. Jeantet lo observó con atención.

—Esta noche está usted raro... ¿Busca a alguien?

—No, perdone...

Pero su escrutinio no había sido en vano.

—Mierda...

—¿Qué? —preguntó Jeantet.

—Aquel tipo... ¿no es Michoux?

Jeantet puso cara de fastidio y, suspirando, miró a otra parte.

—Creía que se había ido definitivamente... —continuó Étienne—. ¡Transfirió a Francia todo lo que poseía!

—Y ha vuelto, sí, lo sé... Es la tercera vez que lo hace: se va cada dos años, más o menos, y luego dice que «tiene morriña», vuelve y se reincorpora a su puesto en Marton & Xavier.

En su mesa, Michoux, jovial como un recién casado, brindaba con sus amigos.

—Podría habérmelo dicho... —masculló Étienne.

—Si se lo hubiera dicho, lo habría puesto en una situación imposible porque, efectivamente, Michoux lo vendió todo y presentó su renuncia: no había ningún motivo para rechazar su solicitud. Las cosas son así, es la ley...

Pero Étienne ya no lo escuchaba.

De pronto, delante de ellos había aparecido el señor Qiao, el intermediario con cara de tortuga, que, enfundado en un elegante traje, se inclinó para saludarlos ceremoniosamente.

—¿Me permiten? —preguntó señalando las dos sillas vacías en su mesa.

Étienne tenía un nudo en la garganta y ganas de matar a aquel fulano allí mismo. De haber tenido una pistola, le habría pegado un tiro en la cabeza fríamente.

Porque el señor Qiao no estaba solo.

—Les presento a Vinh, uno de mis sobrinos.

Era un chico esbelto, delicado, muy guapo, y se había sentado al lado de Étienne.

—Vinh tiene diecinueve años. Estudia hostelería...

Étienne, desconcertado por la situación, no podía apartar la vista del chico, que le sonreía con torpeza y que, a buen seguro, no tenía más de dieciséis años.

—Me permito interrumpirlos unos instantes porque me gustaría volver a hablar sobre el expediente de mi cliente, ¿saben? Las obras en su casa de Rambouillet...

—A mí nunca me cuentan nada... ¿De qué se trata exactamente? —preguntó Jeantet, aunque le importaba un pito.

Mientras el señor Qiao exponía de nuevo los motivos de su solicitud, Étienne recobraba poco a poco el aliento.

Qiao, a cambio de su visto bueno para la transferencia, acudía a... ofrecerle un chico, era así de simple.

Lo que ocurrió se resumía en una mirada; no obstante, para Étienne quedaría como uno de esos raros momentos en que una vida da un vuelco y cambia de dirección irreversiblemente.

Y no era la mirada del muchacho sentado junto a él, ofrecido y consentidor, sino la del teniente coronel, que al final había llegado al Métropole sin que Étienne lo advirtiera.

Estaba sentado cuatro mesas más allá, y observaba alternativamente a Étienne y al muchacho vietnamita con una mirada que era a la vez lujuriosa, alborozada, condescendiente y burlona.

Una mirada humillante.

Las apariencias condenaban a Étienne. Habría podido traerlo sin cuidado, puesto que tenía la conciencia tranquila, pero la muerte de Raymond lo había agotado: su resistencia estaba al límite, así que se levantó repentinamente.

El señor Qiao se interrumpió, desconcertado y Étienne se volvió hacia su jefe.

—Hasta mañana.

Y sin más salió del Métropole, paró un taxi, pidió al conductor que lo llevara al canal de derivación, cerca del transbordador para vehículos, pagó el cuádruple de la carrera diciendo «espéreme aquí», cruzó el patio a grandes zancadas espantando a las gallinas a su paso, abrió la puerta de la casa de golpe y vio sentado a la mesa a Diem, que dio un respingo, y mientras todas las caras se volvían hacia él con el mismo movimiento mudo, asombrado e inquieto, dio dos pasos hacia el interior y dijo:

—Voy a aprobar su solicitud de transferencia.

—¡Oh, señor Ét...!

—Incluso voy a multiplicar el importe por diez.

—¿Pe... perdone?

—Consiga una factura por la cantidad que sea, quinientas mil piastras... En cuanto la reciba, se la firmo.

—Pero...

—A cambio, quiero que haga algo por mí. —Esa vez Diem no intentó interrumpirlo, esperó con el rostro tenso—. Consígame una copia de un informe que se encuentra en el cuartel general del Cuerpo Expedicionario, ¿le parece factible?

Diem cerró los ojos un instante.

Luego, tranquilamente, como aceptando a regañadientes, se limitó a asentir. «Sí, es factible.»

13

No hagas nada sin hablarlo conmigo

«Mary Lampson. Dios mío...»

François se volvió hacia la puerta del cubículo en el aseo de señoras.

Aquel cuerpo delgado y alto... aquel pelo rubio...

Se inclinó a la derecha para tratar de verle la cara, pero el cráneo hundido y la sangre negruzca no se lo ponían fácil. El olor a sangre y a vómitos le revolvía el estómago.

Examinó de nuevo el carnet de identidad.

Nacionalidad: francesa.

Dirección: rue Général-Lenizewski, 12, en Neuilly-sur-Seine.

Un metro setenta, cincuenta y tres kilos...

«Espabila.»

Tomaba notas a toda velocidad, procurando no tocar nada salvo con el pañuelo.

«Apresúrate.»

La cartera contenía billetes de cien francos, tarjetas de tiendas de París, una nota manuscrita: «Cariño, no hagas nada sin hablarlo conmigo. Decidámoslo juntos, ¿quieres? Te amo.» Estaba firmado: «M.»

Un estuche de maquillaje, chicles, llaves.

«Deprisa.»

Le llegaron voces de la sala.

—Apártense, vamos; señoras y señores, por favor...

François se levantó, pasó por encima del cadáver, dejó el bolso más o menos donde lo había encontrado, se metió el pañuelo en el bolsillo y, al salir, se cruzó con los policías que entraban.

Al volverse, vio que los espectadores habían pisado la sangre: el suelo estaba lleno de huellas.

La acomodadora estaba sentada en una de las butacas, junto al pasillo. La sala se había vaciado completamente, sólo se oían las voces de los policías en los aseos.

El proyeccionista, sentado en la butaca de al lado, le daba palmaditas en la mano a su compañera.

—Ginette... Ginette... —murmuraba.

François se arrodilló junto a la mujer y sacó la libreta.

—Es usted quien ha descubierto a la víctima...

Ginette tenía la cara blanca como el papel y surcada de lágrimas. A su lado, el proyeccionista tampoco estaba muy calmado que digamos.

—Es increíble... es increíble... —farfullaba.

—Soy de *Le Journal du Soir*... —explicó François y, como la acomodadora tenía la mirada perdida, se volvió hacia el proyeccionista.

—Ginette... —dijo el hombre—. Es para el *Journal*...

La acomodadora se pasó la mano por el pelo: «Debo de estar horrible.»

—¿Cómo se llama usted? —le preguntó François.

—¡A la rue Quincampoix, deprisa!

Se encontraba en un estado de excitación que rozaba el malestar. Releyó las notas y consultó su reloj: aún no eran las seis, la hora del cierre de la segunda edición. Tendría que apurar mucho, pero era factible.

¿Durante cuánto tiempo interesaría a la gente aquel suceso? Detendrían al asesino en dos o tres días. Con lo que había conseguido registrando el bolso de la víctima, estaba seguro de poder completar varios artículos... si es que se los confiaban a él.

Respiró hondo, garabateó varias ideas, las tachó nerviosamente, pensó en un titular...

Subió de tres en tres las escaleras que llevaban a la redacción.

Hay días así, en que todo va rodado. Seguramente la joven víctima del Régent no habría estado de acuerdo, pero para François aquello era casi un milagro: Malevitz, el jefe de la sección de sucesos, que no libraba ni tres domingos al año, estaba en la boda de su hija; el redactor jefe se había ausentado de su despacho.

François fue directo al de Denissov.

—Un asesinato en un cine...

—Página cuatro, un breve —respondió el director sin levantar la vista de las últimas pruebas, esparcidas por el escritorio.

—Una mujer joven, veintiséis años, con el cráneo destrozado contra la taza del váter.

—Página dos, una columna.

—Actriz de cine famosa.

Denissov alzó la cabeza como por un acto reflejo.

—¿Quién?

François dudaba; le costaba callarse, pero dar el nombre de la víctima sería como una hemorragia: no estaba claro hasta dónde llegaría el asunto.

—Mary Lampson.

—¡Dios mío! Primera página. Malevitz no está, dáselo a Chaussard, date prisa.

—Lo quiero yo...

Denissov sonrió.

—Ya llegará tu turno...

—Es una gran noticia, jefe; dará como mínimo para tres días, y esta tarde seremos los primeros...

—Razón de más para no fastidiarla, dáselo a Chaussard.

—He sido testigo directo, estaba allí: no sería un simple artículo, sería un testimonio.

Avanzó tres pasos y le tendió la libreta a Denissov, que la cogió y se la devolvió casi enseguida.

—Quiero tu artículo encima de mi escritorio en veinte minutos. Si no funciona, le pasas todo el material a Chaussard.

A las diecinueve treinta, la segunda edición de *Le Journal du Soir* se desmarcaba del resto de la prensa: mientras que *L'Intransigeant* informaba del «abominable asesinato del Régent» y *L'Aurore* hablaba de la «Trágica muerte de la actriz Mary Lampson», François titulaba a dos columnas:

La maravillosa actriz Mary Lampson,
salvajemente asesinada en un cine de París.
Nuestro reportero, presente en el momento del crimen:
«¡Ha sido horrible!»

14

Esperando a que pasara algo

Étienne creía ingenuamente que Diem le conseguiría el informe en un santiamén.

—Pero estas cosas no van así, señor Étienne —le cuchicheaba Diem cuando se encontraban; su cresta agitándose con frenesí—. Hay que conseguir contactos, dar con la persona adecuada, negociar el precio y encontrar la manera de hacer una copia sin llamar la atención. Es mucho trabajo...

Aquel día esperaba a Étienne en la acera sosteniendo un enorme artilugio de hierro con las dos manos.

—¿Qué es eso?

—Una bicicleta, señor Étienne; una bicicleta holandesa, sí, sí, sí...

Hizo un ruidito con la boca, enfadado consigo mismo por haber olvidado la advertencia de Étienne sobre los tics de lenguaje.

Efectivamente, después de que Diem hubiera precisado de qué se trataba, Étienne reconoció una bicicleta, pero tan monumental que había que mirarla dos veces para darte cuenta. El manillar estaba colocado a una altura de vértigo, igual que el sillín. Las ruedas parecían tener el doble del diámetro habitual, como si todos los holandeses midieran dos metros...

No tenía frenos: se reducía la velocidad y se paraba pedaleando hacia atrás.

—Es para usted, señor Étienne.

—Demonios...

—Por hacerlo esperar.

—Pero ¿lo conseguirá? ¿Me traerá el informe?

—Eso espero, sí... Dentro de unos días.

Mientras tanto Étienne practicaba con la bicicleta por Saigón. Ir a semejante altura sobre la calzada era toda una experiencia para él. No era muy hábil manejando aquel velocípedo y tuvo algún que otro incidente, incluso estuvo a punto de atropellar a un joven que se apartó de un salto en el último segundo. Era precisamente aquel chico que el señor Qiao, el intermediario chino, le había presentado (más bien, ofrecido) unas noches antes en el Métropole. Lo reconoció de inmediato; se miraron, pero él siguió su camino sin dirigirle la palabra.

En la Casa de la Moneda decidió suavizar su actitud habitual. Si Diem le conseguía el informe sobre la muerte de Raymond tendría que aprobarle una transferencia de aquí te espero, y la mejor manera de no llamar la atención era aprobando otras para disimular ésa.

Así pues, también él empezó a autorizar las transferencias.

—¡Muy bien, muchacho! —le dijo Gaston—. Es lo que tienes que hacer.

Étienne lo habría abofeteado, pero le respondió con una sonrisa.

Pasaba las veladas acariciando a *Joseph*, que sabía mostrarse comprensivo.

La muerte de Raymond seguía pareciéndole un hecho abstracto: sólo contaba con un puñado de frases pronunciadas por un legionario que ni siquiera era un testigo ocular y, por tanto, no sabía nada de primera mano. Al pensarlo, Étienne recuperaba un poco el ánimo, pero enseguida se decía que aquel legionario no tenía el menor interés en mentirle, y además le había asegurado que Raymond y sus compañeros habían sido vengados... Así que era cierto: Raymond había muerto...

En esos momentos *Joseph* se apretaba aún más contra él. Pasaban noches enteras así, acurrucados el uno contra el otro.

Recibió una carta de Hélène: «Estoy segura de que, a estas alturas, ya volvéis a estar juntos.» Le describía con detalle lo difícil que era «convivir con los Pelletier padre y madre». «No puedes imaginarte cómo me aburro...»

En realidad, Étienne se lo imaginaba perfectamente porque, en su día, él también había sentido el fastidio de vivir con personas a las que quieres, pero ya no soportas. «Estoy un poco harta de Lhomond —le escribía su hermana—, no siempre es amable conmigo, pero, como los chicos del insti son a cuál más idiota, pues me aguanto.» Étienne recordaba perfectamente a aquel profesor de matemáticas que dirigía el club de fotografía y ofrecía partidas de ajedrez, sobre todo a las chicas, fuera de las horas escolares... Se culpaba de no haber empujado a Hélène a romper esa relación antes de marcharse...

Aunque, en el fondo, su hermana hacía lo mismo que él: morirse de aburrimiento esperando a que pasara algo.

—¡Esto está tardando mucho! —le decía a Diem.

—Ya falta menos, señor Étienne, ya falta menos...

Como lo tenía en ascuas, Diem se mostraba muy atento con él.

—¿No necesita nada, señor Étienne?

—Con la nevera yanqui y la bici holandesa estoy servido, gracias.

En aquellos días que apenas avanzaban pese a sus anhelos, sólo tuvo una pequeña tregua: una mañana encontró el despacho de Jeantet vacío y abierto. Aunque no tenía la cabeza para eso, aquella inesperada ocasión de satisfacer su curiosidad lo llevó a entrar y rodear el escritorio. Por fin tenía ante él la colección completa de las fotografías enmarcadas del director.

En todas ellas sólo aparecían dos sujetos: *Itsou*, su pastor alemán, muerto hacía un año, y su primera mujer, Myriam, con fama de ser una verdadera golfa. El perro, a la izquierda; la esposa, a la derecha. Cada uno salía en una treintena larga de fotos y todas se parecían bastante: tanto si eran del chucho como si eran de la ex, siempre estaban de vacaciones, delante de montañas, a la orilla del mar, en la terraza de un restaurante, en una calle... También había algunos retratos muy estudiados, de intención decididamente artística y de una mediocridad espantosa.

Si no hubiera estado tan preocupado e impaciente, probablemente se habría preguntado si aquel hombre que coleccionaba en exclusiva fotos de la mujer de la que se había divorciado y del perro que se le había muerto estaba en sus cabales.

15

Están muy lejos de atrapar al Lobo Feroz

—¡Es formidable! —exclamó Geneviève—. ¿No crees, Jean?

Él no respondió: el entusiasmo de su mujer lo hacía sentirse incómodo. Geneviève había desplegado *Le Journal du Soir* sobre la mesa del comedor.

—¡Cuando se estrenaba una de sus películas —siguió diciendo Geneviève, pese a que Jean no había mostrado el menor interés—, a Mary Lampson le gustaba ir a verla de incógnito para comprobar la reacción del público! ¡Se ponía gafas oscuras y se encerraba en el lavabo hasta el comienzo del film para evitar que la reconocieran!

Le leyó en voz alta el artículo de François sobre la joven actriz, pero aderezándolo con comentarios personales.

Decir que la noticia de la tragedia había conmocionado al público era quedarse corto.

—¡Pues claro, menudo asunto!

Marie Legrand, que procedía de una familia trabajadora y había alcanzado la fama con el seudónimo de Mary Lampson, no sólo era una joven sumamente atractiva...

—Sí que era guapa, sí...

... sino también una persona particularmente encan-
tadora que en poco tiempo había sabido conquistar los co-
razones del gran público, tanto masculino como femenino.

—Muy cierto...

Era valiente y modesta. Recordemos, que nunca hizo
público su alistamiento en el Ejército Aliado como enfer-
mera en 1941, ¡con sólo diecinueve años!

—¿Te das cuenta? Una heroína, eso es lo que era.

De hecho, había sido necesario que un periodista saca-
ra a la luz su hoja de servicios para que ella, con una
sencillez desconcertante, comentara: «Hice lo mismo que
muchos otros... ¡y tengo mucho menos mérito que bastantes
de ellos!»

—Y tan sencilla...

Carácter firme, pues, y de una madurez poco habitual,
el de esta joven que se había convertido en actriz protagonis-
ta ya en su primera película, Una hora de gloria, *en 1946...*

—¡Cómo me gustó ésa!

... que contaba la conmovedora historia de una ciega
que partía sola en busca de su hermano desaparecido en la
otra punta del mundo. Toda Francia había seguido enter-
necida el noviazgo de Mary con el guapo actor Marcel
Servières y luego su glamurosa boda.

—Sí, recuerdo las fotos, ¡cuánta gente había!

Lógicamente, enterarse de su muerte en unas circuns-
tancias a la vez tan trágicas y tan misteriosas, que aseme-
jaban su trayectoria a la de una estrella fugaz, había lle-
nado de estupor al gran público.

—¡Hay que ver lo bien que escribe tu hermano, Jean!
Jean no dijo nada.

Sin concederse una pausa, Geneviève se lanzó sobre la siguiente edición, que había bajado a comprar al quiosco de la
avenida Jean-Jaurès. Jean nunca la había visto tan inquieta,
casi al borde del colapso.

—¿Sabes qué?
Jean no lo sabía.

—Parece que Mary Lampson se quería divorciar... circu-
lan rumores... Bueno, pues yo voy a decirte una cosa... ¿Me
estás escuchando?

—Sí, sí... —farfulló Jean.

—¡No parece que te interese mucho!

—Sí, sí, pero es que yo...

—Mira esto...

Geneviève plantó el *Journal* sobre la mesa. François había
sabido sacar partido de la ventaja que le había dado el azar.

En cuanto había acabado el artículo, mientras la policía
seguía discutiendo con el juez Lenoir, responsable de la instrucción, sobre la conveniencia o no de mantener el secreto de
sumario el mayor tiempo posible, había pescado a uno de los
fotógrafos del periódico y se había presentado en casa de Marcel Servières para informarlo de la muerte de su mujer.

El poder de seducción de aquel hombre era todo un misterio: podías pasarte un buen rato mirándolo y no verle un solo
rasgo destacable, pero en cuanto se ponía bajo los focos emanaba un encanto extraordinario al que era imposible resistirse.

El fotógrafo lo había captado en el momento en que, con
el rostro entre las manos, alzaba la cabeza como diciendo: «Tiene que ser mentira.»

El artículo de François llevaba el siguiente encabezado:

«¡¿Qué monstruo ha podido hacer esto?!»,
exclama Marcel Servières conmocionado.
Nuestro reportero acaba de comunicarle que su esposa,
la actriz Mary Lampson, ha sido salvajemente asesinada
hace unas horas en el cine Régent.

La sección de espectáculos del periódico le había proporcionado a François los datos de la breve biografía de la joven actriz y añadido aquel rumor de divorcio que corría entre los miembros del gremio y que el artículo presentaba con la máxima prudencia posible.

—¿Y bien? —preguntó Geneviève.

Jean no acababa de entender la pregunta.

—¡Fíjate! —insistió Geneviève posando un autoritario índice sobre la foto de Marcel Servières.

No, Jean seguía sin pillarlo.

—Muy bien, pues yo te digo que este fulano no es trigo limpio: es un hipócrita, ¿no te das cuenta?

Jean intentaba comprender adónde quería llegar su mujer.

—Es un actor de tercera... —dijo ella—. Le debe su carrera a su matrimonio, así que, si el rumor es cierto y Mary tenía intención de divorciarse, digo yo que eso explica muchas cosas... —Irritada por la cara de estupefacción de su marido, concluyó—: ¿No crees que sería un buen móvil para asesinarla? ¡Ella quiere dejarlo y él la mata!

Jean, hundido, balbuceó:

—Pero, Geneviève... No fue él quien... fu...

—¡Bah, bah, bah! ¡Eso no se sabe!

Geneviève sonreía; parecía tan alegre, tan segura de sí misma, que Jean se sumió en una profunda perplejidad. ¿Era posible que su mujer hubiera olvidado lo que había ocurrido? Si Geneviève creía sinceramente lo que decía, eso significaba que, de vez en cuando, perdía el contacto con la realidad.

Y si no lo creía, entonces era de una perversidad abismal.

Jean volvió a la realidad, Geneviève había llegado al final del artículo de François.

—¡Qué barbaridad! ¡Nada menos que una autopsia! ¿Qué te parece? ¡Imagínate lo que van a hacerle! Una muñequita como ella... ¡y van a cortarla en pedacitos! ¿Y para qué?, digo yo. ¡Ah, no, eso no! —Dobló el periódico negando con la cabeza y con el rostro descompuesto—. He leído en alguna parte que cortan la parte superior del cráneo con una sierra circular para sacar el cerebro y pesarlo. ¿Tú sabías eso? —Se puso un índice en la base del cuello y otro en el bajo vientre—. ¡Y te abren en canal desde aquí hasta aquí! Lo sacan todo: las tripas, ¡todo!

Jean no se encontraba bien.

—¡Le vaciarán el estómago para analizar lo que comió! A mí me parece algo asqueroso... ¿A ellos qué más les da, no? ¿Te pasa algo, Jean?

Jean acababa de derrumbarse en una silla.

Geneviève se acercó a él, le cogió la cabeza con las dos manos y, con voz soñadora, susurró:

—Eh, Gordito mío... están muy lejos de atrapar al Lobo Feroz...

Era la primera vez en toda su carrera que el juez Lenoir despertaba el interés de la prensa, y su satisfacción se reflejaba en una sonrisa de felicidad que a veces contrastaba con lo que decía. Fue lo que pasó cuando, dos días después del asesinato, quiso comunicar personalmente a los periódicos el resultado de la autopsia. Habló del «examen de las cavidades», de las «importantes lesiones traumáticas» y del «estallido de violencia» con una satisfacción cercana al regodeo reflejada en la cara.

François esperaba aquella autopsia con impaciencia, como todos sus colegas, pero en su caso había un motivo añadido.

Todos los reporteros volvieron a sus redacciones dispuestos a titular que, en el momento de su muerte, Mary Lampson estaba embarazada de dos meses.

Él fue el único que no lo hizo.

Él volvió a presentarse en casa de Marcel Servières.

Su agente, Michel Bourdet, un cuarentón que presumía de elegancia británica, rechazó educadamente su petición:

—Nada de entrevistas, lo siento. Marcel está muy afectado, como puede usted comprender...

—Dígale que en el bolso de su esposa había una carta... algo comprometedora.

El resultado no se hizo esperar. Marcel Servières bajó. Estaba muy pálido y demacrado, y tenía la voz ronca como si llevara varios días fumando sin parar. Había envejecido diez años.

Cuando François volvió al despacho, Malevitz y Denissov opinaron que había jugado sus cartas bastante bien: el *Journal* seguía llevándoles ventaja a todos los demás periódicos.

Esa tarde tituló:

«Cariño, no hagas nada
sin hablarlo conmigo, ¿quieres? Te amo»,
decía la carta hallada en el bolso de Mary Lampson.
«No sabía que Mary estaba esperando un hijo
—declara Marcel Servières—, creo que tenía un amante.»

«Esa carta no es mía», había asegurado Marcel Servières; en consecuencia, François había omitido la firma: «M.», que podría servir para el artículo siguiente.

El juez Lenoir no se esperaba eso. Al día siguiente del asesinato había encargado, con carácter confidencial, una comparación grafológica con la letra de Servières. Ver el contenido de la carta a disposición del público lo llenó de rabia. Era un individuo de unos treinta años, con poca experiencia en materia criminal y al que el complejo juego de los nombramientos, los turnos de guardia, la falta de personal y la carencia de medios había catapultado a la cabeza de aquel caso simplemente porque era el único juez que estaba presente en los juzgados el domingo del crimen. Detrás de su alegría había también temor, lo que se reflejaba en su relación de amor y odio hacia la prensa. El único que se salvaba era François porque él no sólo era periodista, sino testigo del caso. Habían cambiado impresiones un par de veces, y ante él no había tenido la sensación de menosprecio que sufría ante los demás reporteros, de modo que, sintiéndose traicionado, cogió el teléfono y llamó a Denissov:

—Su reportero ha...

—Periodista, no reportero.

—Como quiera... Su periodista ha utilizado una información confidencial. ¡Es una violación del secreto de sumario! ¡No puedo dejarlo pasar!

Sentado tranquilamente en un sillón frente al escritorio del director, François disfrutaba de lo lindo.

—Tiene usted razón, señor juez, es inadmisible —respondió Denissov—. De hecho, voy a encargar un artículo sobre esa cuestión. Aparecerá en la próxima edición.

—¿Cómo que un artículo? ¿Qué artículo?

—Pues un artículo sobre el hecho de que policías, ujieres y miembros de la judicatura compartan con los periódicos información confidencial violando el secreto de sumario. Y añadiremos que reciben un pago por ello; discreto, pero generoso. ¡Será un escándalo, se lo garantizo!

—¡Espere, espere!

—¡Y daremos nombres! ¡Y cantidades! Y nos remontaremos tan atrás como podamos porque esos funcionarios son la vergüenza de la República y...

—¡Eh, oiga! ¡Espere!

Denissov dejó planear un breve silencio.

—Señor juez, le propongo lo siguiente: mando escribir el artículo y espero a que vuelva a llamarme; si no lo hace, arrojo el texto a la papelera, ¿qué me dice?

16

Saluda a tu hermano

—Date prisa, Jean, no podemos llegar tarde...

—¿Eh? ¿Adónde?

Era una constante en él: siempre iba a remolque de su mujer.

—¿Adónde va a ser, hombre? ¡Al entierro de la pobre chica!

Jean abrió los ojos como platos.

—¿Y qué vamos a hacer allí?

Estaba aterrado.

—Por amor de Dios, Jean... ¿tú qué crees? —Geneviève estaba tan indignada que le costaba respirar—. Si no vamos al entierro, ¿qué dirá la gente?

Para Jean aquello era incomprensible: no entendía en absoluto a qué gente se refería, ni por qué motivo iban a...

—¡Te recuerdo que somos testigos, Jean! ¡Y como tales, tenemos deberes para con la pobre víctima!

Ah, sí, también estaba eso: cada vez que mencionaba a Mary Lampson, Geneviève se persignaba rápidamente con los ojos cerrados, era cosa de un segundo, y luego seguía con la conversación.

—¿Qué deberes?

—¡La compasión, Jean, el deber de la compasión!

Jean no recordaba que su mujer hubiera utilizado esa palabra en su vida.

—El día que murió estábamos prácticamente a su lado, ¡le debemos eso! ¡Venga, date prisa! Te he preparado el traje azul, es el más adecuado para un entierro.

Mientras Jean se vestía a regañadientes, Geneviève hablaba en el rellano con la vecina, la señora Faure:

—Estamos obligados a ir, ¿comprende? No es plato de gusto, pero, en fin, es nuestra obligación...

Jean tenía el estómago hecho papilla: ¿no iban a meterse en la boca del lobo? Geneviève no parecía darse cuenta del riesgo que asumían.

Ya se había mostrado entusiasmada después de que la policía hiciera un llamamiento a los testigos al día siguiente del asesinato.

A él, en cambio, no le hacía ni pizca de gracia.

—Tu hermano sabe que estábamos en el cine: ¡fuimos con él! —argumentó Geneviève—. ¿Cómo explicarás que no te hayas presentado? —Y añadió con su inquietante sonrisa—: Además, ¿acaso tenemos algo que ocultar? ¡Nadie puede reprocharnos nada!

De hecho, cuando fueron a la comisaria, iba más peripuesta que nunca.

—Fue espantoso —les dijo a los inspectores con el puño apretado contra los labios y los ojos desorbitados—. Espantoso, espantoso...

Jean encontraba sorprendentes el calificativo y la actitud: no recordaba que ella hubiera visto nada. Había corrido hacia la salida como todo el mundo, sin volver siquiera la cabeza hacia los lavabos...

—Yo seguí a mi mujer —dijo Jean, que se sentía especialmente orgulloso de haber tenido la ocurrencia de añadir—: Estaba muy asustada, ¿saben?

Era comprensible que, ocupado en proteger a su esposa del terrible espectáculo, él tampoco hubiera visto nada.

Geneviève sacaba provecho de esa insignificante circunstancia para considerarse testigo y, en consecuencia, alguien verdaderamente importante. En esa lógica, su presencia en el funeral de Mary Lampson era imprescindible.

Cuando llegaron a las inmediaciones de la iglesia de Saint-Germain-des-Prés, todas las calles estaban cerradas: el bulevar, la rue de Seine, la rue des Saints-Pères, la rue Bonaparte... En todas partes te topabas con barreras custodiadas por policías. Había un gentío enorme, cientos y cientos de personas.

Semejante afluencia se explicaba tanto por la fama de la joven difunta como por el escándalo que había causado la declaración de Marcel Servières respecto a la fidelidad de su mujer. El reguero de pólvora había provocado numerosas reacciones, aunque los padres de la joven, obreros ambos, habían sido incapaces de contestar a las preguntas del periodista radiofónico que los presionaba: en la entrevista que les había arrancado, sólo se oía la voz del señor Legrand, y ésta era casi inaudible. El periodista había tenido que responder por él.

En el drama familiar, la sorpresa la había dado Lola, la hermana menor de Mary, una chica apenas mayor de edad, alta y flaca, de mirada ardiente y febril, que había tomado partido apasionadamente a favor de Servières y contra sus padres, creando un gran desconcierto entre sus familiares. El público esperaba en vilo la reacción de Michel Bourdet, que era el agente tanto de Mary como de su marido: todo el mundo se preguntaba en qué bando se alinearía.

Geneviève, que avanzaba como una apisonadora entre la muchedumbre que se apelotonaba en la acera desde la rue Bonaparte, consiguió, a base de codazos, pisotones e improperios, llegar a una barrera policial seguida de su marido.

El acceso estaba vigilado por dos agentes de uniforme, uno joven y otro mayor. Este último, sin embargo, acababa de ausentarse unos instantes para ir a buscar refuerzos, dado que la multitud presionaba cada vez más.

—Déjenos pasar, por favor —dijo Geneviève en un tono que no admitía réplica.

El joven agente miró a aquella mujercilla regordeta, decidida y de mirada altanera que tenía muy claros sus derechos.

—Es que no se puede, señora...

—¡Somos los testigos, señor mío!

Cierto que en las bodas había testigos, pero el joven agente ignoraba si también los había en los entierros. Se notaba desconcertado.

Geneviève no desaprovechó la ocasión y le soltó:

—¡Si no deja pasar a los testigos lo degradarán, joven! ¡Lo degradarán!

A la derecha del agente, los transeúntes empezaban a empujar la barrera y él ya no sabía cómo impedirlo. Presa de la duda e impresionado por la seguridad que emanaba de aquella mujer, acabó cediendo.

—Pasen —dijo.

Cuando Jean, siguiendo a Geneviève, se deslizó al otro lado de la barrera, la gente empezó a protestar contra aquel trato de favor. Los refuerzos llegaban a la carrera, se barruntaba un motín.

—¡Cuánta gente, Dios mío! —iba diciendo Geneviève mientras caminaba a paso vivo—. Date prisa, Jean, vamos a llegar tarde.

François, que iba acompañado por un fotógrafo del *Journal* y no había conseguido entrar en la iglesia, los vio avanzar estupefacto.

—Saluda a tu hermano, Jean...

Pero Jean tenía otras cosas en la cabeza y sólo se miraron durante unos segundos antes de que la muchedumbre lo arrastrara, junto con su mujer, al interior del templo.

Y así fue como Geneviève Pelletier y su marido asistieron a la misa de cuerpo presente de Mary Lampson. Acabaron sentados en la cuarta fila, justo detrás de la familia, entre los amigos y los compañeros de profesión.

—Es Bachelin —le susurró Geneviève a su esposo señalando discretamente a un actor—. Y aquel de allí detrás, ¿no es Le Pommeret, el ministro?

Viendo a los presentes en la ceremonia, estaba claro que había dos bandos enfrentados.

El matrimonio Legrand se había situado en los bancos de la derecha. El padre, de riguroso luto, miraba al suelo sosteniendo a su tambaleante mujer, devastada por el dolor.

En el lado izquierdo, junto al joven viudo, que le sacaba media cabeza a todo el mundo, estaba Lola, más incandescente que nunca y mirando a todo el mundo con ojos de fuego, y Michel Bourdet, el agente artístico, de una dignidad anglicana.

Pertenecieran al bando que perteneciesen, todos parecían afectados por la tragedia. «Perder a un hijo es, en cualquier caso, una prueba terrible», había escrito François el día anterior. «Pero lo que quizá estemos dispuestos a aceptar de la enfermedad o de un accidente, no lo estamos cuando proviene de la voluntad de un asesino...» La descripción de la escena seguía presente en la memoria de todos: al optar por golpear a Mary Lampson en la cabeza y desfigurarla, el asesino no sólo había matado a una joven deslumbrante, también había cometido un crimen contra la belleza.

—Mira a ése... —cuchicheó Geneviève al oído de Jean, señalando a Servières—. ¿No tiene cara de asesino?

La prueba de aquel funeral era tan dura para Jean que casi deseó que se produjera un error judicial. «Que detengan a alguien —suplicaba mentalmente— siempre que no sea a mí.»

—No tardarán en tener el resultado del análisis grafológico... —continuó Geneviève mientras sus vecinos de banco se indignaban al oír sus cuchicheos en semejante momento—. Te apuesto algo a que ese mismo día duerme en la cárcel...

La misa fue interminable... y Geneviève vivió uno de los momentos más importantes de su vida.

Lloraba de tal manera que un vecino, conmovido por su dolor, le rodeó los hombros con el brazo mientras ella se apretaba el pañuelo contra los labios. Jean, por su parte, se ruborizaba y estremecía. Cuando el órgano tocó el preludio en fa menor de Bach se echó a temblar creyendo que las vidrieras y las estatuas lo miraban y señalaban, y que el techo de la iglesia iba a derrumbarse sobre su cabeza.

A su lado, Geneviève se sonaba ruidosamente y murmuraba:

—Pobrecita, Dios mío, pobrecita...

Sólo durante esa misa, Jean perdió dos kilos.

Cuando ya estaban saliendo de la iglesia, de pronto se oyó un grito:

—¡Marie!

Era Adrienne Legrand, la madre, que se retorcía las manos llamando a su hija; luego intentó arrojarse sobre el ataúd mientras su marido la sujetaba como podía. Aquellos gritos desgarradores helaron a la multitud. Marcel Servières tenía un rostro espectral.

Al final consiguieron contener a la desventurada y apartarla.

La gente trataba de recuperar la calma: el incidente había conmovido hasta a los más enteros.

—Ha sido muy emotivo —comentó Geneviève.

Los flashes restallaban. Esa tarde la foto de Lola, la hermana menor de la difunta, a la que Servières estrechaba contra él, se vería en todas partes.

Geneviève y Jean se habían reunido con François en la escalinata mientras esperaban la salida del ataúd. François estaba pasmado de ver a su cuñada tan afligida como si se tratara de un miembro de su familia. Su carnet de prensa no le había abierto ninguna barrera y se preguntaba qué contacto de alto nivel habría permitido a su hermano y a su cuñada entrar en la iglesia y asistir a la misa. Bastante molesto, quiso preguntárselo a Jean, pero lo vio tan desamparado que se hizo otra pregunta: ¿conocía el matrimonio personalmente a la joven difunta? ¿Había algo que él no sabía?

—De todas formas —dijo Geneviève guardándose el pañuelo en el bolso y con los ojos ya totalmente secos—, la corona de flores de Servières era un poco pobre, ¿no te parece, Gordito?

17

Encontrarían las cartas de Étienne...

El viernes, cuando Étienne llegó a casa encontró un paquete y un sobre de papel Kraft delante de la puerta.

El paquete contenía las cartas que le había escrito a Raymond desde su partida y que Diem había conseguido recuperar. Lloró a lágrima viva. En cuanto al sobre, no fue capaz de abrirlo: era superior a sus fuerzas, se tambaleaba por el apartamento y lanzaba golpes rabiosos a la puerta del frigorífico, que los encajaba sin rechistar. Étienne acabó derrumbándose en la cama.

Joseph se había bajado del aparato y se había acurrucado junto a él. No ronroneaba, miraba el sobre.

—De acuerdo —dijo Étienne finalmente.

Al comandante Lachaume
Primer Regimiento de Cazadores Paracaidistas

Informe de la misión

La unidad a mi cargo se puso en camino en cuanto recibimos la información; es decir, el martes 9 de marzo de 1948 a las 14.55 h. Llegamos a la zona a las 15.34 h y luego, a las 15.40 h, di la orden de saltar a los paracaidistas de mi unidad en el lugar llamado el Valle de los Juncos.

[...]

*A todas luces, el enemigo Viet Minh había esperado a
que un avión de reconocimiento francés localizara el lugar
y comunicara su emplazamiento antes de pasar a la acción
para, a continuación, abandonar la zona.*

*Todos los soldados franceses muertos fueron sometidos
previamente a torturas, cada uno de una manera distinta.*

Al cabo primero Vertbois le [...].

Los búfalos que avanzaban hacia ellos eran animales pesados de paso cansino que agitaban sus grandes cabezas de arriba abajo haciendo sonar las campanillas fijadas al yugo.

Pasaron por los lados de los soldados enterrados (sus cascos les rozaron las cabezas) tirando de los pesados rastrillos, cuyos dientes, de la altura de una mano, removían el terreno dejando tras ellos cuatro profundos surcos de tierra oscura. Raymond fue presa del pánico.

[...]

Esa «puesta en escena» debe ser considerada una acción de represalia del Viet Mihn por lo sucedido en [...].

Teniente Falcone
Primer Regimiento de Cazadores Paracaidistas

Igual que sus compañeros, Raymond se debatió con todas sus fuerzas.

Y de pronto pensó en su correspondencia, que seguía en el campamento. Iba a morir: encontrarían las cartas de Étienne, se sabría que...

Pensar en eso era una estupidez, ¿qué importaba ya?

El rastrillo se clavó por debajo de la garganta del primer compañero y se detuvo un instante, pero, tras unos azotes, los búfalos agacharon la cerviz y redoblaron sus esfuerzos. La cabeza, por fin separada del cuerpo, rodó a un lado. Raymond vio los ojos parpadear una vez más y la boca abrirse: aquella cabeza sin cuerpo gritaba silenciosamente.

Notaba la vibración provocada por los cascos de los búfalos en la tierra. Sus grandes cuernos tan pronto apuntaban al cielo como a los tensos rostros de los prisioneros, como señalándoselos a la muerte.

El segundo compañero, justo delante de él, soltó un rugido ronco, desgarrador, y esa vez Raymond oyó con claridad el ruido que produjeron los dientes del rastrillo al hundirse en la parte baja del pecho y arañar las vértebras. La cabeza se alzó del suelo, pero, curiosamente, quedó enganchada al rastrillo con los ojos desorbitados.

Raymond vio cómo se acercaban los hocicos de los búfalos a ras de suelo mientras sentía en el estómago los golpes de sus pesadas pezuñas y oía los dientes del rastrillo destripando la tierra.

El cielo se apagó.

Raymond se desvaneció y no volvió a despertar.

SEGUNDA PARTE

Saigón, septiembre de 1948

18

La traen de Dinamarca

Vinh le agitaba el hombro con suavidad, ¿cuánto tiempo llevaba haciéndolo?

—Son las tres.

Étienne intentó levantarse, pero enseguida renunció y volvió a caer de espaldas.

Tenía dificultades para respirar, la boca pastosa, la lengua torpe. El dolor de cabeza que había empezado por las sienes y la frente en plena noche seguía allí, una migraña lacerante y despótica.

Se quedó mirando las tablas desiguales del techo, que en la oscuridad habían dibujado formas que ya no recordaba; pájaros, quizá...

—Grullas...

—Son las tres —repitió Vinh.

—Déjame... sólo unos segundos más... —añadió arrepintiéndose de su mal humor y tratando de reunir fuerzas.

Vinh, que era paciente, se limitó a darle palmaditas en la mano para que no volviera a dormirse. Étienne volvió la cabeza para mirarlo: era un muchacho de cejas finas y mirada viva, con un rostro tan inexpresivo e intemporal como una máscara veneciana. Había reaparecido como caído del cielo unos meses antes.

Dos semanas después de confirmar la muerte de Raymond, Étienne había autorizado el expediente que le había presentado el señor Qiao, el intermediario chino con cara de tortuga, relacionado con las obras en la casa de campo de Rambouillet.

Hundido en el opio, necesitaba dinero.

El señor Qiao le había llevado los diez mil francos prometidos, pero él se los devolvió: no firmaría la autorización por menos de quince mil... Al día siguiente fue el joven Vinh quien se presentó en su domicilio con el dinero y, tras entregarle el grueso sobre, se quedó allí plantado, dispuesto a hacer su trabajo. Étienne, con el sobre en la mano, le sonrió e hizo amago de cerrar la puerta.

—No... —le dijo—. Eres muy amable, pero no hace falta...

Vinh puso el pie en el hueco de la puerta. Tenía cara de pánico.

Si volvía sin haber cumplido su misión, tendría problemas.

—De acuerdo, entra... —dijo Étienne resignado—. ¿Sabes preparar té por lo menos?

Sabía prepararlo. Hablaron largo y tendido. Vinh le aseguró que tenía dieciocho años, pero a saber. Estaba solo en Saigón y se ganaba la vida como podía.

Entonces, ¿los estudios de hostelería?

—Friego platos en El Dragón Rojo...

Al ver acercarse a *Joseph* sonrió.

—¿Éste es otro dragón?

Hablaba un francés bastante correcto, pero no se arriesgaba a pronunciar grandes frases, lo que casaba con su carácter.

Durante un par de horas charlaron sobre Saigón y descubrieron que compartían el mismo odio al Viet Minh. El joven asiático, que procedía de la región de Tuyen Quang, al norte, le contó que los comunistas habían extorsionado al pueblo en el que vivía durante mucho tiempo y asesinado a varios miembros de su familia porque sospechaban, sin la menor prueba, que informaban al ejército francés.

Joseph se mantuvo a distancia, observando la escena sin manifestar ninguna emoción.

Finalmente llegó el momento de que Étienne se fuera al Ancho Mundo para perder la mitad de las comisiones de la semana anterior jugando a las tabas y al tai xiu antes de ir al fumadero a gastarse la otra mitad. Vinh lo acompañó. Una vez allí, se estrecharon la mano y se despidieron.

Después Vinh volvió a presentarse en su casa. Étienne no sabía si iba de parte del señor Qiao, pero no se lo preguntó. El chico volvió a hacer té y ordenó el apartamento, aunque no como lo haría un criado, sino porque aquel abandono, aquella dejadez, lo molestaba: estaba claro que habría hecho lo mismo en su casa. Apoyado en el Buda, *Joseph* se dedicó a observarlo con cautela desde lo alto del ruidoso frigorífico.

Al caer la tarde Vinh, de pie en la cocina, se quedó mirando a Étienne con un brillo de inquietud en los ojos. Él no dijo nada, se limitó a salir y a cerrar la puerta a su espalda.

En esa época iba a un lujoso local frecuentado por la élite de Saigón, con alcobas llenas de telas, cojines, veladores y grandes lechos tallados donde jóvenes silenciosas, hábiles como ellas solas, te hacían tumbarte y, después de ocuparse de que el cojín estuviera bien colocado bajo tu cabeza y ponerte las piernas en la posición ideal cogiéndote por los tobillos con sus delicadas manitas, por fin preparaban delante de ti, con tranquilidad y destreza, unas cuantas pipas de una droga idílica que te llenaba de un bienestar absoluto. En un principio, como fumador novato, Étienne necesitaba siete u ocho caladas para acabarse la pipa, pero poco a poco, gracias a la destreza de las jóvenes, había aprendido a alcanzar aquella plenitud sin ataduras, aquel universo sereno y como suspendido sobre el mundo con sólo tres profundas inhalaciones.

Cuando salió del fumadero en mitad de la noche, Vinh lo estaba esperando en la puerta. Paró un bicitaxi, lo llevó, tambaleante, a casa y lo ayudó a desnudarse y acostarse. Desde lo alto del frigorífico, *Joseph* contempló impertérrito la escena.

Siguió con la mirada a Vinh y vio, con los ojos entornados, cómo se sentaba junto a la cama y se quedaba esperando a que Étienne conciliara el sueño.

Hacia las tres de la madrugada, el gato se irguió al fin, se estiró, saltó al suelo, se dirigió hacia la segunda habitación, que siempre tenía la puerta abierta, y se quedó sentado en el umbral.

—De acuerdo —dijo Vinh levantándose a su vez.

Desenrolló una esterilla y se durmió.

Desde esos primeros días el tiempo no había transcurrido en vano: en seis meses habían cambiado muchas cosas.

Para empezar, Étienne iba camino de convertirse en el funcionario más venal de la Casa. En el Métropole se comentaba: «Cómo mete la mano ése», o bien: «Ése mete la mano como el que más.» El opio le salía más barato desde que se había cansado de los lujosos fumaderos que visitaba al principio y se había decantado por locales sórdidos frecuentados por esqueletos vivientes con los ojos hundidos y los huesos protuberantes, pero seguía gastando mucho dinero en el Ancho Mundo y sus salas de juego. Vinh no decía nada, pero observaba todo aquello con preocupación: el juego anunciaba la ruina y la degradación, y aquellos fumaderos olían a podredumbre y muerte; ¿era eso lo que buscaba Étienne?

Una noche Vinh se acostó a su lado en la cama y él acabó arrimándose al muchacho. Algunas veces lo abrazaba en sueños, como si fuera un almohadón, y Vinh le dispensaba leves caricias que parecían salidas de la nada. Nunca hablaban de ello. El sedoso calor de Vinh, su afectuosa y discreta presencia, tenía los mismos efectos lenitivos que el clima asiático, que se apodera de ti, te deja sin respiración, te agota...

Tenían un acuerdo tácito: el joven vietnamita se ocupaba del apartamento, hacía la compra y alimentaba a *Joseph* (se habían hecho muy amigos) con pescado y gambas. Por su parte, Étienne corría con todos los gastos. Por la noche se acostaban pegados el uno al otro y Étienne, agotado, se dormía al instante y se hundía en sueños agitados.

Aquel día, al ver cómo Vinh lo ayudaba a ponerse en pie y llegar a la calle, quiso mostrarle un poco de agradecimiento, pero le faltaron las fuerzas. «¡Ah, el hermoso perfil de este chico! —se dijo—. ¡Cuánto me gustaría enamorarme de él!» Le dolían las articulaciones.

Como de costumbre, Vinh pasó la cabeza por debajo de su brazo y lo sostuvo unos metros. Después todo iba mejor. Había que recorrer los laberínticos pasillos, pasar ante los compartimentos ocupados por cuerpos escuálidos que parecían haber sido arrojados y abandonados allí, dejar atrás la mugrienta mesa en la que el chino contaba incansablemente sus ganancias en billetes pegajosos y arrugados, y finalmente cruzar el portón. En esos momentos Étienne estaba agotado, pero conseguía recuperarse... salvo de aquella migraña...

—¿Cuántas? —preguntó en el momento en que Vinh levantaba el brazo para llamar a un bicitaxi. La noche era cálida y pesada, pegajosa. La estación de las lluvias se estaba retrasando, pero la atmósfera saturada de humedad anunciaba ya los diluvios por llegar. Uno no sabía qué era lo mejor, que lloviera o que no. Para no responder a su pregunta, Vinh fingió estar concentrado en la llegada del vehículo. Sentía como si el peso de Étienne, cuyas piernas temblaban, se derritiera sobre sus hombros—. Dime.

Hablaba con una voz autoritaria: una voz de anciano.

—Cincuenta y seis —murmuró Vinh.

Pero Étienne, que había preguntado con impaciencia, ya no mostró interés por la respuesta: miraba sorprendido las banderolas de la secta Siêu Linh, que se balanceaban flojas sobre la calzada.

Vinh lo metió como pudo en el remolque y se sentó a su lado. Étienne se derrumbó, la cabeza apoyada en el pecho del chico, que miraba la calle en una postura incómoda: como no le había dado tiempo a sentarse bien, el asiento le trituraba los riñones. Por suerte, el trayecto no era largo y, a esas horas, en las calles de Saigón ya sólo quedaban algunos militares de parranda, prostitutas tardías y europeos borrachos como cubas. De las casas salían, calmosa y pesadamente, hombres que se despedían susurrando con un ojo en la calle y el otro en sus coches, u observando con miradas equívocas las banderolas rojas divididas por una línea horizontal sobre la cual resplandecía un sol erizado de rayos dorados, el símbolo de la nueva secta de moda, Sîeu Linh, cuya procesión, el domingo siguiente, culminaría con la inauguración de su templo. Durante toda la semana se había visto a los adeptos llevando escaleras de mano y escabeles, dispuestos a desplegar sobre las calles, en las ventanas y hasta en los tejados, pendones, estandartes, gallardetes y banderas: los soles del Alma Suprema brillaban por todas partes sobre el horizonte celeste.

—Tengo curiosidad por ver a esos gilipollas —masculló Étienne.

Cuando el bicitaxi los dejó ante la puerta, tuvo que agarrarse para no perder el equilibrio. Cincuenta y seis pipas de opio en una noche, y si añadía las que se había fumado en casa sumaban cerca de setenta. Había adelgazado. Vinh se las ingeniaba para preparar alimentos reconstituyentes, pero él nunca tenía apetito. Salía hacia la Casa de la Moneda con el estómago vacío y, en la pausa del mediodía, no se le ocurría otra cosa que volver a casa para fumarse unas cuantas pipas...

Se habían mudado a otro apartamento, situado cerca de la sede de la Casa. A Étienne le había dado un ataque de locura: el alquiler superaba vergonzosamente el total de su sueldo mensual, pero él había recorrido como un conquistador las enormes habitaciones y la terraza, que dominaba toda la ciudad.

—Sí... ¡lo quiero! —repetía. Finalmente había señalado al agente inmobiliario, un vietnamita con un tres piezas raído y una flor escarlata del tamaño de una sopera en el ojal—. ¡Dile a ese paisano que me lo quedo, mi buen Vinh! ¡Haz que baje el precio un treinta por ciento y nos mudamos esta misma tarde!

Tras media hora de negociaciones, el alquiler sólo había bajado el quince por ciento, pero Étienne, impaciente, sacó un fajo de piastras arrugadas y se lo plantó en la mano al agente mientras, irritado a más no poder, exclamaba:

—¡Hala, largo de aquí!

En cuanto se habían mudado, había perdido todo interés por el apartamento.

Sólo ocupaban tres de las cinco grandes habitaciones disponibles. Aquel sitio era como el vestíbulo de una estación de tren abandonada. *Joseph* retomó su lugar sobre el frigorífico epiléptico en compañía de Buda y, cuando estaba sentado junto a la figura, era difícil saber cuál de los dos era el filósofo.

Étienne había quitado ya la foto de un Raymond sonriente, joven y lleno de vigor en un paisaje de montaña, junto a un tocón de partir leña y con un hacha a sus pies. En esa época debía de tener unos veinte años. Étienne no recordaba cómo había llegado aquella fotografía a sus manos; tenía otras más recientes que también había hecho enmarcar, pero el triste e inquietante espectáculo de las innumerables fotografías del escritorio de Jeantet lo había empujado a guardarlas todas en un cajón de la cómoda.

En sus sueños, veía a Raymond sufrir como en una fotografía animada... esas pesadillas eran su mayor terror. La escena era siempre la misma, con ligerísimas variantes: Raymond en poder de esos demonios del Viet Minh, de rostro pálido, que lo sometían a atrocidades inenarrables, y luego él mismo, cubierto de sudor, matando a machetazos a decenas de ellos con un hacha.

Muchos días el despertador lo sorprendía en ese proceso. Eran las ocho y cuarto y Vinh ya había preparado el té y cortado la fruta, comprada a un vendedor callejero, y el pescado fresco para *Joseph*, y entonces él tenía que sacudirse, aún jadeante, aquellas imágenes, además de secarse las lágrimas vertidas durante el sueño.

Del mismo modo que algunos alcohólicos bien entrenados son capaces de parecer frescos como una rosa tras una noche de borrachera, Étienne, que rara vez se acostaba antes del amanecer, seguía llegando con asombrosa puntualidad a la Casa de la Moneda: aparecía unos minutos antes de las nueve, pasaba ante el escritorio vacío de Gaston, de una impuntualidad parecidamente habitual, saludaba a Belloir por el camino y luego llamaba a la puerta del director, que estaba allí desde muy temprano, bebiendo té verde (algo que solía hacer a lo largo de toda la mañana) parapetado tras su ejército de fotos enmarcadas. A veces parecía que fuera a mostrarle alguna, incluso alargaba el brazo y abría la mano con una expresión de intensa reflexión, pero enseguida renunciaba negando con la cabeza.

—¿Todavía sin noticias? —le preguntaba él.

—Por desgracia... —respondía Jeantet con ojos de perro apaleado.

Diem había desaparecido dos días después de aprobada la disparatada transferencia para la importación de quinientas mil piastras de arroz de la Camarga. Habían quedado en verse al día siguiente, pero Diem no se había presentado. Pese a todo, él no empezó a alarmarse hasta una semana después, cuando, yendo hacia la rue Catinat, oyó el grito de una mujer y vio, a unos metros, una moto que arrancaba y se alejaba petardeando y arrojando humo.

Corrió hacia allí y descubrió a un hombre tendido en la acera en medio de un charco de sangre: le habían rebanado el cuello. Lo reconoció enseguida: era un intermediario al que había visto muchas veces haciendo negocios con Gaston, un asiático de unos sesenta años, rechoncho, siempre enfundado en un traje que le quedaba apretado.

Al instante pensó en Diem y en su extraña desaparición: ¿era así como podían terminar ciertas transacciones?

A la vista de la sangre, Étienne tuvo que contener una arcada, pero en la calle no cundió el pánico: la gente simplemente sorteaba el cuerpo y apresuraba el paso, nadie quería complicaciones.

—¿Cómo? ¿Hasta ahora no había visto nada parecido? —Se sorprendió Jeantet, que sonreía con toda naturalidad, como si su subordinado acabara de descubrir una tradición asiática—. ¡En Saigón todo el mundo tiene sicarios! Los banqueros chinos, los intermediarios, las empresas de importación y exportación, el Viet Minh, las sectas religiosas, los traficantes... ¡todo el mundo! —Lo decía con una jovialidad mezclada de conmiseración hacia aquellos pobres amarillos que tenían unas costumbres tan raras—. Aquí, un asesinato es un mensaje: los grupos hablan entre sí en un idioma que sólo ellos pueden entender, y los asesinatos forman parte de la sintaxis. —Puso cara de satisfacción ante su ocurrencia; le había rodeado los hombros con el brazo en un gesto casi paternal—. Pero Diem no le importa a nadie, mi joven amigo... tranquilícese, es un pez muy pequeño; ¿quién iba a interesarse por él?

El director creía que así lo tranquilizaba, pero él volvía a ver las estanterías llenas de Budas y Confucios con el culo lleno de residuos de opio y pensaba en las turbias relaciones que sin duda implicaban. Se sentía culpable porque, para preparar una transferencia de quinientas mil piastras como la que él le había sugerido a Diem, por lo general se requería movilizar una compleja red de complicidades, encontrar hombres de paja, direcciones, documentos y facturas... Era un asunto muy complejo, y al proponerle multiplicar por diez el montante de la transferencia solicitada debía de haber obligado a Diem a buscar socios (recordaba que el expediente se había tramitado a nombre de una compañía llamada Peeters & Renaud, que él no conocía) y ponerse de pronto a la cabeza de una transferencia enorme que sin duda había despertado la codicia de mucha gente.

—Lo que Diem pretendía... —dijo Jeantet como si estuviera pensando en lo mismo—. En fin, puede que tuviera más ojos que barriga...

La misma tarde del asesinato había ido a su casa; sin embargo, allí ya no vivía nadie: la vivienda estaba vacía. Dos gallinas se paseaban cacareando por las estanterías que antaño ocupaban las figuras. Preguntó a los vecinos, pero nadie sabía nada o quería decir nada.

También había ido a la rue d'Ayot, donde supuestamente estaba la sede de Peeters & Renaud, la compañía de importación y exportación, y no encontró oficinas, ni siquiera una placa. En el edificio, nadie había oído hablar nunca de esa empresa.

Por la tarde, después de hablar con Jeantet, volvió al barrio de Diem provisto de cierta cantidad de piastras en billetes pequeños, se plantó en el patio frente a la casa desierta y untó a todo el mundo: ancianos, niños y vecinos en general. Aceptaron el dinero, pero no le dijeron gran cosa. El viejo al que había encontrado sentado en un neumático la primera vez, y que lo había guiado hasta la casa de Diem, no estaba allí. Recordó que lo había visto hojear cupones del Juego de los Treinta y Seis Animales, así que cogió un taxi y se dirigió al Ancho Mundo, donde se celebraba el sorteo.

Era un local enorme situado en la rue des Marins, en el barrio chino de Cholon; una especie de bazar que albergaba salones de juego, salas de espectáculos, restaurantes, bares y tiendas. En ese lugar, al caer la noche, se congregaban todos los jugadores, noctámbulos, putas, malhechores, burgueses, campesinos y coolies de Saigón dispuestos a perder en unas horas lo que habían ganado en una jornada. También acudían algunos funcionarios que derrochaban lo que no habían podido transferir a Francia. A veces Étienne se tropezaba con Gaston, quien, para convocar a la suerte, le sacaba brillo a su sello antes de lanzar los dados, o con Georges Vaillant, el funcionario de segunda clase de la Oficina del Alto Comisionado, que deambulaba sosteniendo una copa de anís entre los temblorosos dedos.

Durante todo el día los «cuponeros» recorrían la ciudad vendiendo cupones del Juego de los Treinta y Seis Animales, que consistía en adivinar, tras leer una o dos frases enigmáticas relacionadas con las leyendas del Imperio Medio, el Animal al que se refería la historia y apostar por él comprando tantos cupones como pudieras. Por la noche una gran muchedumbre se apretujaba alrededor del estrado donde se desvelaba la solución («El ganador es... ¡el sapo!») y se convertía a unos pocos en ganadores y a una multitud en perdedores.

Étienne buscó con la mirada al anciano de las barbas de chivo aunque sabía que, entre tanta gente, tenía muy pocas posibilidades de encontrarlo. Sin embargo, mientras la resignada muchedumbre de los derrotados se dispersaba en dirección a las mesas de juego para perder lo poco que les quedaba, lo vio inclinado sobre sus cupones, hojeándolos como si no le importara lo más mínimo que correspondieran o no al sapo.

Sacarle información le costó cuarenta piastras.

—Se fueron de noche hace una semana —le explicó el anciano—. La familia entera subió en la plataforma de un camión, pero dejaron sus cosas: no se llevaron nada consigo.

De algún modo, el barrio entero había supuesto que no volverían muy pronto, así que de inmediato se habían lanzado a vaciar la casa, tarea que les llevó menos de un día completar.

Sobre el estado de ánimo de Diem o los motivos de tan repentina partida, Étienne sólo pudo averiguar que «parecía tener mucha prisa...».

Por supuesto que la causa podía haber sido el miserable tráfico al que Diem había forzado a toda su familia, incluidos los niños, o la famosa transacción que él mismo le había aconsejado, pero en su mente apareció otra posibilidad: Diem lo había ayudado a responder las preguntas que lo habían estado torturando desde su llegada a Saigón. ¿Habría sido esa gestión la causa de sus problemas? ¿Con quién habría tratado? ¿Cuál habría sido el precio de aquel favor?

La primavera y el verano habían quedado atrás: ya era septiembre, y él mismo, como Diem, había desaparecido, a su manera, en el gran cenagal de Indochina.

Se sentía tremendamente solo.

«Vuelve a casa...», le había escrito su madre al final de una de aquellas cartas de ocho páginas que le mandaba cada semana, donde le detallaba la vida cotidiana de Beirut vista desde la avenue des Français y le preguntaba una y otra vez por las circunstancias de la muerte de Raymond, como si él no pensara lo suficiente en eso. Muy probablemente presentía que no se lo había contado todo (tan sólo le había escrito: «Cayó durante un combate en el norte del país, pero me aseguraron que murió de inmediato, que no sufrió», así que era cierto). De hecho, su sensación de soledad se debía en gran parte a que no tenía con quién compartir una verdad tan monstruosa. Habría podido escribirle a su padre, pero sencillamente no había conseguido reunir fuerzas para hacerlo. En cuanto a sus hermanos François y Jean, vivían en París y sin duda tenían muchas otras cosas en que pensar. De vez en cuando les enviaba unas pocas líneas con información trivial y recibía de ellos respuestas apuradas y prudentes («Espero que poco a poco te recuperes de la pérdida de tu amigo», le decía Jean con su letra de escolar aplicado; «Qué bueno que hayas conseguido averiguar la verdad sobre la muerte de Raymond», le comentaba François, que sin duda estaba sobresaliendo en la Escuela Normal). Con Hélène, lo frenaba su juventud (aunque su hermana era lo bastante madura para percibir que él ya no era el joven alegre y enamorado que había visto partir hacia Saigón), además de la distancia y la lentitud del correo, que daba un aire de artificialidad a las cartas. Se limitaban a repetirse cuánto se querían, que era lo único profundo que podían compartir.

En todo caso, volver a Beirut no era una opción. Incluso se había asustado cuando su madre le había anunciado que viajarían a Saigón para el funeral. Por el tono del telegrama, en el que preguntaba la fecha del entierro, había temido que ya hubiera iniciado los preparativos, empezado a preparar las maletas... Le había respondido de inmediato:

CEREMONIA CELEBRADA STOP LLEVÉ FLORES AL CEMEN-
TERIO MILITAR DE VUESTRA PARTE STOP BESOS STOP

Jeantet, el director de la Casa de la Moneda, por su parte, había asistido en directo a la transformación de su subordinado: aquel joven en un principio rígido, moralista e incorruptible se había transformado, casi de la noche a la mañana, en el rey de los sobornos. Sin embargo, su forma de actuar lo divertía: pedía cantidades desmesuradas sin chistar y daba preferencia a las importaciones más extravagantes (sobre las piezas de maquinaria, por ejemplo, priorizaba la compra de biografías de músicos que nadie leería porque estaban en hebreo).

No dudaba en susurrarles propuestas a los intermediarios, que lo miraban con los ojos muy abiertos, preguntándose si les estaría tendiendo una trampa o si simplemente se había vuelto loco. Y cuando conseguía su objetivo, corría al despacho de Jeantet blandiendo un expediente y riendo de buena gana.

—¡Adivine lo que va a comprar éste!

Jeantet se recostaba en el sillón suspirando («A ver, suéltelo»).

—¡Una máquina quitanieves de trescientas mil piastras! La traerán de Dinamarca.

—Asombroso...

Y quince días después eran unas sierras para hielo, o unos toneles para salmuera destinados a la preparación del chucrut alsaciano. Étienne se partía de risa hasta el punto de dar manotazos sobre el escritorio. Después, hacia media tarde, desaparecía de la oficina y no volvía a aparecer hasta el día siguiente, exangüe y con los ojos vidriosos. No era raro que se derrumbara: a veces lo encontraban sobre los sacos postales, en un rincón del pasillo.

• • •

El domingo que tenía inquieto a todo Saigón desde hacía días y hacía que tuvieran lugar las discusiones más acaloradas en el Métropole, el de la procesión de la secta Siêu Linh, llegó por fin.

El jefe de la secta, un tal Loan, se había ganado una reputación de hombre astuto y desconfiado. Según se decía, mientras vivía como un ermitaño en el norte del país, había tenido una visión: el Alma Suprema se le había aparecido como un sol sobre el horizonte y le había ordenado consagrarse en cuerpo y alma a su servicio. Pronto había empezado a recorrer el país para acabar instalándose a unos cuarenta kilómetros al norte de Saigón. Una vez allí había ganado una multitud de adeptos después de curarles la fiebre a unos niños simplemente dándoles de beber agua con sus manos, y se aseguraba que, a lo largo de la gran marcha de la secta hacia Saigón, se les habían unido centenares de discípulos más, sin contar los que vivían en Saigón y habían empezado a adornar la ciudad desde diez días antes de la llegada de su líder.

Étienne había constatado la emoción que ese evento tan anunciado provocaba en Vinh: aquella secta ejercía una curiosa atracción sobre él.

—Van a inaugurar su templo —repetía.

Era un inmenso almacén situado cerca de los muelles que la secta había comprado recientemente y en el que un enjambre de discípulos trabajaba sin descanso cambiando el viejo portón de hierro oxidado por una enorme puerta con dos hojas de madera noble, o sustituyendo simples ventanas por coloridos vitrales... El caso era que, aparte de los fieles que trabajaban allí, nadie más había podido entrar. Sin embargo, a la llegada de la procesión se celebraría una gran ceremonia a la que estaban invitados todos los curiosos (Vinh quería ir), si bien la misa sólo estaría abierta a los fieles. Étienne se preguntaba cómo iban a distinguirlos.

Para el domingo señalado el Alma Suprema había tenido la amabilidad de ofrecer un tiempo aceptable y, desde primera hora de la mañana, las calles de Saigón se llenaron de una muchedumbre de curiosos instalados bajo los porches, ancianas sentadas en taburetes y niños revoltosos que intentaban alcanzar los cordeles de las banderolas. A mediodía las terrazas también estaban abarrotadas.

—¡Hombre! ¿Usted también ha venido? —exclamó Jeantet al ver llegar a Étienne a una terraza de la rue Catinat con la cámara en bandolera.

Gaston también estaba allí. Étienne, señalando la muchedumbre y las banderas, dijo:

—Parece una etapa del Tour de Francia, ¿no creen?

Primero se oyó el grave y majestuoso redoble de un centenar de tambores, luego aparecieron un montón de telas verdes y oro que el viento hacía flotar como una capa sobre los primeros vehículos, que avanzaban con una lentitud exasperante tirados por fieles de toga blanca. Étienne se puso a hacer fotos. Esperaba gritos y voces, pero lo que se oía era un silencio lleno de expectación: el ritmo de los tambores y la parsimonia de la marcha resultaban impresionantes, y las largas filas de adeptos hacían que el público se estremeciera como si marcharan por el lecho de un mar abierto que no volvería a cerrarse hasta que terminaran de pasar. Vestidos de riguroso blanco, silenciosos y recogidos, perfectamente sincronizados, daban la impresión de ser dos o tres veces más numerosos que los propios espectadores.

Como otros muchos grupos similares, la secta Siêu Linh había organizado un ejército, así que, flanqueando la procesión marchaban, machete al hombro, hombres de aspecto ágil y piernas musculosas...

El contingente era un fluido uniforme y homogéneo: era un solo hombre, una sola voluntad, un solo cuerpo en cuyo centro apareció de pronto, como si cabalgara a lomos de aquella inmensa serpiente humana, el gurú Loan, de pie en un carro tirado por varias decenas de adeptos. Se esperaba a un gigante, pero apareció un hombre más bien bajo ataviado con una casulla roja y dorada y tocado con un extraño gorro adornado con borlas también de color oro que se balanceaban cada vez que movía la cabeza. Sostenía un cetro de madera negra rematado por un sol amarillo y bendecía a la multitud con un sencillo y amplio ademán.

Ante la duda, algunos espectadores se acuclillaron al estilo oriental; enseguida muchos otros los imitaron. Hasta Vinh amagó con el gesto, pero se distrajo cuando notó que Étienne luchaba por no reírse mientras asomaba el ojo derecho al visor de la cámara.

—¡La madre que lo...! —masculló Jeantet.

—¡No puede...! —murmuró Gaston, atónito.

Al llegar adonde estaban, el papa Siêu Linh se volvió hacia ellos lleno de majestad y alzó la mano abierta en su dirección.

Étienne estalló:

—¡Ja, ja, ja!

Era Diem.

19

Ha llegado el momento de forrarse

Atravesar todo París para ir a cenar... Geneviève había propuesto que cogieran un taxi, pero Jean había hecho oídos sordos: la economía familiar estaba en su punto más bajo. Ella había cedido alzando las manos: «Muy bien, como quieras, iremos en metro...» Hacía dos días que él estaba irascible: aquella citación del juez de instrucción que lo esperaba a su regreso de un viaje de trabajo lo ponía muy nervioso.

Dos días antes la había encontrado sentada a la mesa como de costumbre, con un cigarro en la mano, maquillada y resplandeciente. Simplemente lo observó dejar la maleta en el suelo, sin mover un dedo, y luego le preguntó, como siempre:

—¿Ha ido todo bien? —Cada vez que volvía, le hacía la misma pregunta, y como él se limitó una vez más a mover la cabeza sin fuerza de derecha a izquierda, y su respuesta resultaba ambigua, Geneviève puntualizó—: Quiero decir... ¿ningún «incidente» importante?

Jean masculló un «no» apenas audible: ¿cuántas veces le había hecho ya aquella pregunta? ¿Qué se suponía que tenía que entender? En realidad, podría haber respondido a todas sus cuestiones, pero prefería actuar como si se tratara de un misterio más de aquel ser al que no comprendía en absoluto.

Aquella esposa era más misteriosa que una novia. Su madre había muerto repentinamente a principios de septiembre y habían tenido que mover cielo y tierra para que ella pudiera asistir al funeral. Se había ido a Beirut llorando como una viuda de guerra cargada de hijos: no había suficientes pañuelos para ella, daban ganas de tenderle una toalla de baño. Sin embargo, había vuelto a París extrañamente tranquila; Jean la había encontrado... «fresca»: ésa era la palabra que le había venido a la mente. Aquel curioso cambio de actitud —él lo comprendió más tarde— se debía a que sus tres hermanas, vestidas de luto, parecían más guapas que nunca; viéndolas, casi daban ganas de morirse, mientras que, a su lado, Geneviève, embutida en un vestido sin gracia y con un sombrero que rozaba el ridículo, le había parecido fea a todo el mundo, cuando sólo era normal y corriente. Al instante Geneviève había sentido un inmenso odio, no por sus hermanas (a las que ya detestaba), sino por su madre, que no había muerto más que para ponerla en esa situación humillante. Se había secado las lágrimas incluso antes de entrar en la iglesia y había acortado al máximo su presencia en el cementerio pretextando que tenía que visitar a su familia política. Pasó el segundo día deambulando por la jabonería mientras se atracaba de dulces.

Los repentinos cambios de ánimo de Geneviève siempre inquietaban a Jean. ¿Temía ser víctima de ellos algún día? Bueno, como se enfadaba con casi todo el mundo...

En esos instantes, sin embargo, sus pensamientos no giraban en torno a esa incierta perspectiva, sino alrededor de otro asunto infinitamente más inquietante: aquella citación del juez...

De no ser por la auténtica pasión con que su mujer se había implicado en el «caso Lampson», a esas alturas él ya ni siquiera lo recordaría, igual que no se acordaba de la primera chica a la que había «conocido» en Beirut («conocido» era la palabra que empleaba cuando pensaba en esas cosas, sin saber el significado bíblico) ni de la camarera del restaurante de aquel pueblo cuyo nombre también había olvidado. Pero de pronto, seis meses después del asesinato de la joven actriz, hete aquí que al juez de instrucción le daba por organizar una reconstrucción de los hechos en el cine Régent ¡con todos los testigos que se habían presentado a declarar! ¿Acaso querían tenderle una trampa? ¿Iba a caer en una emboscada urdida por la policía?

—Una reconstrucción debe de ser algo muy interesante, ¿no? —había dicho Geneviève encantada.

Había acogido aquella citación como una invitación a un baile de máscaras o a una boda: la encontraba excitante y divertida...

Del mismo modo que había encontrado encantadora la inesperada invitación de Georges Guénot.

Ya hacía cuatro meses que Jean trabajaba para él (acarreaba un baúl lleno de lencería, combinaciones, sostenes, etcétera, y salía de viaje dos veces al mes para pasar fuera unos doce días), pero «el señor Georges» (le gustaba que lo llamaran así) jamás había mostrado el menor interés por su subordinado, así que su invitación a cenar («Con su señora, por supuesto») resultaba insólita.

A Geneviève, por su parte, lo único que le importaba era la posibilidad de cenar en un restaurante.

Jean parecía nervioso y preocupado por llegar tarde, por eso ella le había propuesto lo del taxi, pero la verdad era que, con todo lo que estaba ocurriendo por aquellos días, no había un momento del día en que no estuviera angustiado, empapado en sudor, en que no tuviera ganas de abrir la ventana para tomar aire... o arrojarse al vacío.

Geneviève se negaba a avivar el paso: a su modo de ver, la prisa no era digna de ella.

Al verlos entrar, el señor Georges los miró rápidamente de arriba abajo, se levantó y les tendió a cada uno una mano que ellos cogieron sin percatarse de la dimensión imperial del gesto.

Era un hombre de unos cuarenta años con el pelo gris y las facciones estiradas hacia atrás, como si acabara de enfrentarse a una tempestad; de hecho, siempre tenía llorosos los ojos, que se secaba constantemente con un pañuelo que llevaba hecho una bola en la palma de la mano. Era prudente e inquieto y solía observar a sus interlocutores con una mirada fría, casi suspicaz, que impresionaba lo suyo.

Jean no tenía mucha imaginación, ni temas de conversación que proponer, así que, en cuanto empezaron a cenar, se puso a hablar sobre su último viaje de trabajo.

Lo contó todo con pelos y señales: los pedidos, los kilómetros, los clientes, cosas repetitivas y aburridas. El señor Georges lo dejó hablar y hacerse un lío con las visitas, las esperas, las excusas... se limitaba a asentir con una sonrisa un poco vaga en los labios, a saber qué significaba. Entretanto, Geneviève, sin levantar la cabeza del plato, comía por cuatro.

Sin hacer el menor comentario sobre la aburridísima perorata de Jean, el señor Georges se volvió de improviso hacia Geneviève y se interesó por ella. Todo parecía importarle: su infancia, su familia, su profesión. Geneviève estaba encantada: se sentía en el paraíso. Dado que aún no tenía el nombramiento en Correos, ¿buscaba trabajo? Ella se echó a reír y dio las gracias con un gesto: ¡oh, no, por suerte Jean se bastaba para mantenerlos! Mientras tanto bebía como el que más. Le gustaba el vino blanco; el señor Georges pidió otra botella.

Ver a su jefe interesarse por su mujer más que por él (había apoyado la barbilla en las manos y la miraba con ojos de carnero degollado) tranquilizaba a Jean: se sentía mucho menos inseguro, pero una vez terminado su laborioso informe de viaje y con el señor Georges distraído y a lo suyo, la otra cuestión que lo inquietaba volvió a emerger a la superficie: aquella citación, aquella reconstrucción, ¿qué escondían?

Tenía que estar al día siguiente a las diez... La mera perspectiva lo descomponía ¡y encima parecía que François y Geneviève se hubieran puesto de acuerdo! ¡Cualquiera habría dicho que era «su» caso, el gran acontecimiento de sus vidas, como si no hubiera otros sucesos criminales más apasionantes que ése! No había comida dominical en la que François no volviera a sacar el tema, en la que no hablara del juez Lenoir, de las peculiaridades del crimen, de la familia de la víctima... ¡si todo aquello era archiconocido por los artículos que había publicado él mismo! Y Geneviève no paraba de hacerle preguntas para reavivar la conversación cuando él se quedaba callado, y cuando respondía lo miraba con la barbilla apoyada en las manos, exactamente como el señor Georges la miraba a ella en esos momentos, mientras le hablaba de sus «amigos» de Beirut a los que tanto echaba de menos. Jean no tenía ni idea de a quién se refería, seguramente a las decenas de chicos a los que se la había chupado en el bosquecillo.

Jean prefirió servirse más vino a seguir escuchándola: en casa ya nunca tenían vino, pero un momento después se puso a observarla. Estaba sonrosada y con los ojos brillantes; su voz sonaba un tono más alta de lo habitual. Siempre le había parecido rara, incluso a esas alturas: no comprendía su forma de ver la vida y era incapaz de imaginar lo que tenía en la cabeza. Por la noche se ponía un picardías elegido entre los artículos que él llevaba y traía por toda Francia, se acostaba boca arriba con los brazos pegados al cuerpo y los puños cerrados (nunca leía antes de apagar la luz), se dormía ¡y no volvía a moverse en toda la noche! Aquello era como lo de su sitio en la mesa del comedor: se despertaba en la misma posición en la que se había dormido. De vez en cuando él la observaba dormir y aquella quietud lo impresionaba: parecía una estatua yacente. Desde el doloroso fracaso de sus relaciones sexuales al principio de su matrimonio, no se atrevía a acercarse a ella (que seguramente no se lo habría permitido), pero incluso si hubiera tenido deseos de hacerlo jamás habría podido tocarla, ¡aquel sueño estatuario daba miedo...!

—¿Tú qué dices?

Geneviève lo miraba con un ardor provocado en buena parte por el vino blanco, pero él estaba en la inopia. El señor Georges consideró que era mejor repetir la pregunta:

—¿Os tentaría abrir una tienda y vender ropa blanca?

Sin esperar la reacción de su marido, Geneviève se puso a batir palmas como una niña en Navidad. Según ella, siempre había soñado con ser comerciante. Jean se mostraba más circunspecto: era una propuesta repentina y él necesitaba tiempo para enfrentarse a las novedades. ¿De dónde sacarían el dinero? ¿Dónde conseguirían la mercancía?

—Yo tengo stocks de telas —continuó el señor Georges—, y hoy en día la mano de obra no es cara. Fabricar paños, manteles, servilletas o fundas de almohada no supondría gran cosa. Podría suministraros la mercancía a precio de coste y vosotros os encargaríais de la confección y la tienda. Invertiría el doble que vosotros, pero sólo me quedaría con el cincuenta por ciento de los beneficios.

Geneviève, entusiasmada, se cogió del brazo de Jean como lo haría una niña, pero Jean no se inmutó: pensaba en los términos del acuerdo. Comprarían «a precio de coste», pero el señor Georges determinaría esos precios y a ellos les sería imposible verificar que no ganaba un margen ya en esa fase. Por otra parte, él podría hacer trampas con los beneficios y, de ese modo, restablecer el equilibrio. Se robarían mutuamente: era una propuesta muy comercial.

El señor Georges lo había estudiado todo: los informó del precio medio del alquiler de una tienda en un barrio popular de París y del montante de los gastos adicionales; incluso había hecho una simulación de un trimestre de venta: una vez restada su parte de los beneficios, a Jean y Geneviève les quedarían cuatrocientos mil francos.

—¿Y qué telas tiene usted? —le preguntó Geneviève con avidez.

Tenía de todo: dril, batista, cretona y, sobre todo, algodón, pero también satén, popelina, felpa, fieltro e incluso telas elásticas y forradas con muletón. A medida que se alargaba la lista, Geneviève le apretaba el brazo a Jean un poco más.

—¿Y son stocks antiguos?

—De antes de la guerra, pero muy bien conservados, ¡ya me he encargado yo!

Geneviève escuchaba embobada al señor Georges, que les contaba la historia de los stocks del barrio de Sentier: el almacenamiento, los duros años de la guerra, el racionamiento de tejidos, etcétera.

Jean hacía preguntas técnicas, mencionaba los plazos... Geneviève saltaba de un tema a otro sin orden ni método, resultaba irritante.

Haría falta dinero, pensaba Jean. Y, aunque lo encontrara, ¿era eso lo que quería hacer? Pero ¿qué quería hacer? Nunca lo había sabido. Eufórica, Geneviève seguía vaciando la copa a gran velocidad: el señor Georges se había convertido en el hombre más apasionante del mundo. Jean empezaba a temer que directamente se metiera debajo de la mesa: había llegado el momento de llevársela a casa.

—Déjeme pensarlo —dijo escuetamente.

Tras darse unos toquecitos en los ojos con el pañuelo, el señor Georges les explicó que había pensado proponer el negocio a otras personas, pero que prefería trabajar con ellos.

—Una pareja joven y con muchos méritos... —añadió.

Jean no tenía ni idea de a qué méritos se refería.

En la acera, Geneviève cogió la mano del señor Georges entre las suyas: no se sabía si iba a irse con su marido o con el jefe.

Cogieron el metro. Esta vez, ella no rechistó.

Eran cerca de las once y pasaban pocos convoyes. De repente Geneviève se había puesto seria, ya sólo sonreía de forma mecánica. Como perdida en sus pensamientos, veía pasar los anuncios publicitarios, las estaciones, y miraba a los viajeros sin decir palabra. Jean no se atrevía a preguntarle nada, ¿la habría decepcionado al mostrarse menos entusiasmado que ella?

Como les ocurría a menudo, cada cual se encerró en sí mismo. Geneviève debía de verse ya como dueña de una tienda y al día siguiente lo habría olvidado.

Una vez en la Porte de la Villette tuvieron que andar. No habían abierto la boca desde que habían salido del restaurante, lo que no era nada excepcional.

Subieron los cuatro pisos, Geneviève colgó su abrigo.

—¿Les pedirás el dinero a tus padres para la tienda? —dijo dándose la vuelta y mirándolo fijamente.

Era una pregunta temible y, aunque la había previsto, Jean todavía no tenía la respuesta.

—Es que...

Ella lo interrumpió cogiéndole el brazo.

—Es un negocio redondo, cariño...

«Cariño»: era la primera vez que le decía algo así. Ni de novios le había dicho nada semejante jamás...

—¿Has comprendido bien de qué se trata? —insistió ella.

—Pues... de una tienda.

—No, Jean. ¿De qué se trata exactamente?

Jean no sabía adónde quería ir a parar.

Geneviève empezó a desnudarse y se puso el picardías de esa quincena.

—Me cae bien ese Guénot, ¡me hace reír! Le gusta que lo llamen «señor Georges», como si estuviera en un burdel... —Se volvió hacia Jean y se lo quedó mirando—. Y nos toma por gilipollas...

Jean estaba sorprendido, no comprendía nada. Geneviève había puesto a calentar agua para su aseo íntimo. En esos momentos, se daba por sentado que Jean se volvía y hacía otra cosa para no molestarla.

—El señor Georges compró stocks... —explicó mientras él se desnudaba a su vez mirando hacia la ventana—, pero no antes de la guerra, sino durante la guerra. Ese cabrón les compró sus stocks a los judíos del Sentier que necesitaban venderlos para poder huir, y te garantizo que no los pagó caros.

Luego los guardó durante toda la guerra, hasta puede que les vendiera una parte a los alemanes; y ahora que todo vuelve a la normalidad ha llegado el momento de forrarse. Se vacía el almacén, se confeccionan las prendas, se venden por cinco, diez, veinte veces lo que costó el material y se deja el veinte por ciento de las ganancias a unos panolis que están dispuestos a endeudarse para alquilar una tienda y pagar la fabricación de los manteles y los paños... —Jean la oyó vaciar el agua de la palangana y se volvió hacia ella—. Y eso es exactamente lo que vamos a hacer, Jean.

—Pero...

Geneviève pasó por delante de él, se sentó en la cama y se tumbó. Decididamente, era el día de las grandes iniciativas: dio unas palmaditas a su lado para invitarlo a tenderse junto a ella, cosa que Jean hizo con precaución, como si fuera a acostarse con una fiera. Los dos, rígidos y estirados, uno al lado del otro sin tocarse, miraban hacia el techo.

—Vamos a desplumarlo, Jean —dijo Geneviève en tono soñador—. Vamos a quitarle lo que robó: vamos a quitárselo todo a ese cabrón...

El insulto resonó largos instantes en la habitación y en la cabeza de Jean. Cuando al fin se atrevió a mirar, Geneviève, con los puños cerrados a ambos lados del cuerpo, dormía profundamente.

20

Me esperaba otra cosa

Tenían derecho a ir en taxi. Como el resto de los departamentos del *Journal*, el de finanzas se adaptaba a la actualidad y François tenía carta blanca porque Denissov estaba contento con la tirada. «Un buen tema es el que gusta a los lectores», decía. Aquél gustaba mucho: había una víctima atractiva, un crimen lo bastante horrible, un lugar y un momento inesperados, un sospechoso excelente en la persona del marido (que sin duda tenía una relación ilícita con Lola, la hermana menor de la víctima, aunque nadie podía probarlo), y todo ello envuelto en la atmósfera brillante y venenosa del cine.

Camino del Régent, François pensaba en las etapas recorridas.

Su entrada en la sección de sucesos, impulsada por Denissov, había sido espectacular. Realmente estaba dotado para aquello: sabía cómo enganchar a los lectores, intuía los intereses y los apetitos del público, le gustaba el drama... No habían hecho falta ni tres semanas para que sus artículos aparecieran en portada. Aquel caso Lampson había sido una bendición; le había permitido acceder a las columnas de la primera página, que de otra forma habría tardado meses, o tal vez años, en alcanzar.

El director de la sección, Malevitz, cuyos juicios se basaban única y exclusivamente en los resultados, lo admitía sin reparos: el novato tenía talento.

De paso, su sueldo había aumentado un tercio. No era algo espectacular, pero el reembolso a sus padres empezaba a ser factible. Pese a todo, su trayectoria no había seguido exactamente el curso esperado: se habría sentido más cómodo contándoles a sus padres que al final no había ingresado en la Normal, pero que se había convertido en un editorialista de prestigio; en cambio, le repugnaba confesar que se pasaba el día cubriendo crímenes pasionales, trágicas impugnaciones de herencias, atracos a sucursales bancarias y trapicheos en el mercado negro. En realidad, siempre había soñado con dedicarse a los temas sociales, a los grandes temas de la actualidad o a hacer reportajes en el extranjero... La crónica de sucesos era otra cosa: era un trabajo repetitivo y poco imaginativo, lo dejaba insatisfecho y lo obligaba constantemente a buscar un enfoque, a veces francamente artificial, para ganarse al público. Se preguntaba si no se habría metido en un callejón sin salida, si su talento para los sucesos no sería justo lo que lo condenaría a dedicarse a ellos.

El único suceso que aún le apetecía seguir era, por supuesto, el caso Lampson: había sido su trampolín hacia el éxito y seguía siendo su fetiche.

Seis meses después del asesinato, las investigaciones no habían avanzado ni un milímetro.

El análisis grafológico de la carta firmada por «M.» encontrada en el bolso de la joven había provocado una batalla entre expertos que había apasionado a la opinión pública. El juez Lenoir no había tenido más remedio que concluir que Marcel Servières, el marido, no era el autor. El abogado de Servières se había apresurado a proclamar a los cuatro vientos que Mary lo engañaba con el autor de la famosa carta, que sin duda la había dejado embarazada y quizá hasta asesinado.

Al instante el abogado de los padres había exigido un segundo peritaje, que había concluido que Servières «podía» ser el autor de la carta. Era el cuento de nunca acabar.

En cuanto al juez, habría estado encantado de poder utilizar por primera vez en su carrera el concepto de «íntima convicción» para determinar la culpabilidad de Marcel Servières.

La presunta relación del actor con la joven Lola, inexplicable para él, lo señalaba como un pervertido, partiendo de lo cual todo era posible, incluido el asesinato. Los expertos en grafología, que lo habían privado de una detención espectacular, lo habían decepcionado mucho.

François tenía la sensación de que la investigación se había estancado y de que el juez se veía superado no sólo por los acontecimientos, sino también por el impacto que el crimen había tenido en la opinión pública. Probablemente sus jefes estaban hostigándolo, y eso lo empujaría al inevitable naufragio...

Eso era lo que pensaba François en el taxi que lo llevaba al Régent.

A su lado, el joven fotógrafo, con la cámara sujeta entre las rodillas, leía su último artículo:

¿Asistirá a la reconstrucción el asesino de Mary Lampson?

*Hoy se realizará, en el cine Le Régent,
una reconstrucción del drama en presencia de todos
los testigos conocidos por la policía. Esta semana
el caso Lampson entra en una fase decisiva.*

¿A quién le interesaba eliminar a la joven actriz? ¿Por qué empleó un método tan brutal? Éstas son algunas de las preguntas que inquietan al juez Lenoir.

¿Recordará alguien de pronto un detalle que contribuya a aclarar este caso insólito?

Es posible que el culpable no haya querido delatarse y sea uno de los tres testigos ausentes, pero también es sabido que a veces los asesinos, fascinados por su propio crimen, no pueden evitar acercarse de nuevo al escenario de sus lamentables hazañas... Entonces, si el asesino se encuentra entre los doscientos veintiséis convocados, ¿hablará al fin?

Al llamar a los testigos de la tragedia, que no son otros que los espectadores de la funesta sesión del 28 de marzo de 1948 en el cine Le Régent, el juez intenta responder a algunas de estas preguntas. Entre los convocados, hay ciento noventa y cinco que se presentaron ante la policía justo después del asesinato, pero hasta doscientas treinta personas habían comprado una entrada para esa sesión. Quitando a la infortunada Mary Lampson, aún faltaban treinta y cuatro personas que la policía se esforzó en localizar durante meses. Interrogatorios, investigación entre familiares y conocidos, consultas a soplones... el comisario Templier no escatimó esfuerzos. Al final obtuvo su recompensa, puesto que treinta y un testigos más acabaron apareciendo. ¿Por qué no habían respondido inmediatamente a la llamada de la policía? Presos recién liberados, facinerosos que preparaban un golpe, personalidades que preferían la discreción... cada cual tenía sus motivos.

A fecha de hoy quedan tres testigos desconocidos para las autoridades... que no han dicho su última palabra.

Se habían colocado barreras alrededor de la entrada del cine para contener a la multitud de curiosos y aislar a los testigos, que se ruborizaban ante las preguntas de los periodistas, pero enseguida volvían a erguirse orgullosamente, como gallos de pelea.

El juez Lenoir avanzó hacia el grupo acompañado por el comisario de policía. Como era bastante bajo, le habían puesto un estrado que acabó produciendo el efecto contrario al deseado: elevado sobre el gentío, parecía aún más pequeño y paticorto.

El comisario Templier, no mucho mayor que el juez, tenía un carácter más tranquilo y mesurado. Su rostro cuadrado de piel tensa, casi reluciente, sus toscos rasgos y su pelo corto aplastado sobre el cráneo contrastaban sorprendentemente con su voz, tan aflautada, suave y femenina que provocaba el mismo malestar que los actores mal doblados.

Mientras el juez se subía como podía al estrado ante la mirada burlona del comisario, François se había acercado a Geneviève y a Jean. La situación los dispensaba de darse un abrazo, así que los dos hermanos se limitaron a saludarse como dos conocidos. Jean estaba pálido y se frotaba las manos sin cesar; Geneviève, impaciente, no podía parar quieta.

—¿Creéis que la reconstrucción incluirá los gritos y todo? —preguntó—. ¿Habrá un maniquí representando a la muerta?

Tenía la misma mirada brillante que François le había visto al embarcar en el *Jean-Bart II*.

Jean estaba más pálido de lo habitual y parecía febril.

—Es muy sensible —explicó Geneviève—: tener que entrar en la sala sabiendo lo que pasó ahí dentro lo descompone. —Posó en su marido una mirada protectora y apenada y, no conforme con eso, le acarició la mejilla diciendo—: ¿Eh, Gordito? ¿A que eres muy emotivo?

Jean ni siquiera pestañeó; tenía la mirada fija en la entrada de la sala.

—Entonces, ¿cómo irá la cosa? —insistió Geneviève.

—¡Gracias a todos por venir!

François no tuvo que responder: todo el mundo se volvió hacia el estrado. Lenoir disponía de un megáfono que tenía que sostener con ambas manos y le tapaba toda la cara. Para los testigos que aún no lo conocían, el juez de instrucción parecía un altavoz colocado sobre dos piernecillas.

—El objetivo de esta reconstrucción es refrescarles la memoria respecto de lo que sucedió en aquella sesión de cine cuando... En fin, en aquella sesión de cine. A la salida... quiero decir, al final de la reconstrucción... cualquier persona capaz de aportar algún dato que... bueno, cualquier dato nuevo... deberá presentarse ante mí para completar su declaración. A partir de ahora les pido que actúen... que vuelvan a hacer exactamente el mismo recorrido y... vaya, lo mismo que la vez anterior.

Se volvió hacia el comisario y, ansioso, lo interrogó con la mirada: «¿Me he explicado bien?» Templier respondió con un gesto que podía significar cualquier cosa, extendió la mano y cogió el megáfono para ponerlo en el suelo. La comitiva se puso en marcha.

A lo largo de las barreras, policías de uniforme se dirigían a los testigos y les pedían que volvieran a ocupar su lugar en la cola. El desbarajuste fue mayúsculo:

—Yo estaba ahí.

—¡No, no, usted estaba allí detrás!

—¿Ah, sí? ¿Está usted segura?

Jean y Geneviève, que habían llegado los últimos, se pusieron al final de la fila. Los espectadores, tras pasar ante la acomodadora, entraban en la sala y allí volvía a producirse la confusión:

—Yo estaba aquí.

—¡Perdone, pero quien estaba ahí era yo; de hecho, este señor alto no me dejaba ver, así que estaba detrás de él!

Seguido por el fotógrafo, François había remontado la cola tan deprisa como había podido para oír las declaraciones de los testigos, quizá incluso las del juez. Para poder entrar, había que presentar la citación y el carnet de identidad. El fotógrafo, que no estaba entre los convocados, tuvo que dar media vuelta mientras François se hurgaba en todos los bolsillos en busca de la maldita citación.

—¡Espera en la primera calle a la derecha! —le gritó al fotógrafo, que volvió la cabeza—. ¡Y estate preparado!

Un policía le cerraba el paso esperando que encontrara el documento, pero el juez, que se había acercado, intervino sonriendo:

—El caballero es de la prensa, puede entrar, aunque... sólo en calidad de testigo.

Las consecuencias de esa puntualización no estaban muy claras.

—¡Nosotros estábamos aquí! —exclamó Geneviève con satisfacción, como si se enorgulleciera del lugar que habían ocupado en su momento.

Jean no apartaba los ojos de la puerta de los aseos.

Las luces se apagaron y volvieron a encenderse tres veces. Empezó la proyección y la acomodadora tuvo que gritar «¡Socorro!» y luego «¡Al asesino!», al igual que la primera vez, aunque en esta ocasión consiguió hacerlo con voz más firme.

—¡Más fuerte! —gritó Geneviève desde la sala—. ¡No se oye nada! —Y, como dos personas se indignaron ante aquel grito intempestivo, añadió—: ¡Es que es verdad! Si no hay gritos no es lo mismo...

La reconstrucción duró una hora y media.

Cuando todo el mundo estuvo en su sitio, el juez Lenoir y el comisario Templier descubrieron, al primer golpe de vista, dos butacas vacías en el centro de la sala: los dos espectadores que las habían ocupado habían preferido no presentarse, pero era poco probable que tuvieran algo que ver con el crimen, que se había cometido en los aseos; es decir, en la otra punta del patio de butacas. Para dejar sus asientos y volver luego habrían tenido que hacer que se levantara media fila, y justo cuando la película acababa de empezar.

Se preguntó a los espectadores sentados a derecha e izquierda de las dos butacas vacías, pero nadie recordaba a quienes habían estado sentados ahí.

—Creo que una era una mujer bastante gruesa —dijo uno.

—De ninguna manera —repuso otro—, era una chica más bien delgada, con abrigo gris.

—No, no, no —aseguró el tercero—, y además, ¿qué clase de persona se pone a mirar al que está sentado a un lado mientras empieza la película?

Había otro sitio vacío al fondo de la sala, en el extremo de una fila, pero el juez tampoco sacó nada en limpio.

—Ni siquiera estoy totalmente seguro de si había alguien aquí cuando empezó la película —declaró un vecino de esa butaca.

François había aprovechado ese momento para subir a la cabina del proyeccionista, que, dada la modestia del Régent, no era otro que el propio dueño del cine, que también hacía de taquillero: un cincuentón de pelo blanco, cara ancha y grandes cachetes. Su boca, totalmente horizontal, era de tales dimensiones que no podías evitar preguntarte cuántos dientes podía tener. Él había sido quien había animado a Ginette, la acomodadora, a responder a las preguntas del *Journal*. El interés de François era esencialmente técnico: quería saber si, a través del ventanuco del proyector, se podía ver la sala al menos en parte. Respuesta: prácticamente no. Para sortear el enorme objetivo del aparato sería necesario hacer contorsiones.

—Y ni por ésas —añadió el proyeccionista enseñando todos los dientes—: cuando la sala está iluminada a lo mejor se ve algo, pero una vez a oscuras...

Contemplando la cabina, François comprendía que pudieras apasionarte por aquel oficio. Era un antro misterioso, acogedor, íntimo. Había una mesa de trabajo para reparar las películas y decenas de cajas que contenían bobinas; el aparato, de la altura de un hombre, parecía una máquina con la que se pudiera charlar.

—Desde los catorce años siempre quise hacer esto —dijo el proyeccionista-dueño-taquillero del cine.

François pudo comprobarlo: no llevaba alianza. Estaba casado con el Régent.

—¿Si necesitara...? —aventuró François.

El hombre le tendió la mano.

—Désiré Lenfant —dijo—, a sus órdenes.

A la cabina se accedía por una escalera de caracol de hierro que podía imaginarse dentro de un submarino. Los pasos resonaban en los peldaños y hacían vibrar la barandilla. Un niño iba subiendo, François se apartó.

—¡Buenos días! —dijo el chaval al llegar arriba.

—¡Es Roland, mi sobrino! —exclamó el proyeccionista. François se volvió para mirarlo.

—Él también tiene el gusanillo... —explicó Lenfant—. ¿A que sí, Roland?

El chico se puso rojo. François sonrió: aquel cine era todo un mundo.

—Bueno, tiene sólo once años, aún no puede ver todas las películas, pero cuando tiene tiempo libre me echa una mano, ¿verdad, Roland?

François recordaba perfectamente hasta qué punto ser elogiado en público puede resultar incómodo para un niño, que lo experimenta como un atraco afectivo. Él había vivido escenas parecidas con su padre: al señor Pelletier le encantaba hablar en nombre de sus hijos.

Durante la reconstrucción, cuatro personas habían levantado la mano para manifestar que deseaban ampliar su primer testimonio.

En cuanto el juez dio las gracias a los demás espectadores y los autorizó a abandonar la sala, François bajó corriendo a la salida de emergencia, pero la manija, que colgaba de su eje, casi se le quedó en la mano: la puerta ya sólo estaba allí de adorno, no había manera de cerrarla. François la empujó e hizo entrar a su fotógrafo discretamente.

—Dispara cuando yo te avise —le susurró—, no tendrás más que un segundo, ¿entendido? Sólo habrá una oportunidad porque nos echarán enseguida.

El juez recibía a los testigos en una esquina de la sala, cerca de la pantalla, acompañado por el comisario.

—Vamos, señores... —les decía desganadamente un policía de uniforme a los espectadores rezagados—. Dejen trabajar al señor juez, por favor.

Nadie se movía.

Un testigo declaró que no estaba seguro de haber localizado su asiento.

—¿Eso es todo? —le preguntó el juez desconcertado.

Era todo.

El segundo aseguraba que la acomodadora no había gritado «¡Al asesino!», según él, sus palabras exactas habían sido: «¡La han asesinado!»

El juez, cada vez más perplejo, se volvió hacia el tercer testigo, que ya no recordaba el motivo por el que había levantado la mano.

François, tan decepcionado como su señoría, miraba al comisario, que asistía a la escena con una vaga sonrisa cargada de socarronería.

—Yo estaba en los lavabos —declaró el cuarto testigo, Marthe Soubirot, una mujer de unos cincuenta años que se había vestido y peinado para la ocasión—. Me apresuraba a salir cuando un hombre que venía de la sala tropezó conmigo. Las luces ya estaban apagadas.

—¡Espere, espere! —exclamó el juez, atónito—. ¿Un hombre? ¿Y no lo dice hasta ahora?

La señora se sintió culpable, todos pudieron verlo en su expresión.

—No se acordaba usted, es normal... —terció el comisario.

La voz suave y cálida, casi femenina del policía la tranquilizó; se volvió hacia él y le habló como si el juez no estuviera con ellos:

—Recordaba haber ido al lavabo, pero no cuándo. Estaba impaciente por ver la película, ¿sabe? —Se volvió hacia un punto oscuro situado en alguna parte de la sala—. Ha sido mi marido quien ha hecho que me diera cuenta: «Fuiste justo en ese momento», me ha dicho. Entonces me he acordado. Tropecé con un hombre, pero la película estaba empezando, así que no le di importancia...

—¿Un hombre? —insistió el juez, que intentaba retomar las riendas—. ¿Cómo era?

La señora Soubirot lo miró con inquietud: Lenoir parecía un poco alterado.

—El señor juez quiere saber si podría reconocerlo —le explicó el comisario con voz tranquila.

—Tal vez —aventuró la mujer—. No estoy segura... pero bueno... tal vez... No lo sé...

—¡Ahora! —le susurró François al fotógrafo.

Un flash relampagueó en la sala y todo el mundo se volvió. El juez abrió la boca para reprenderlos, pero era demasiado tarde. François alzó las manos: «De acuerdo, de acuerdo, ya nos vamos...»

—¿La tienes? —le preguntó al fotógrafo mientras lo seguía hacia la salida.

—¡La tengo!

En la acera sólo quedaban Geneviève y Jean.

—A mí me ha resultado muy decepcionante —comentó ella—. Me esperaba otra cosa...

François detuvo un taxi.

—Lo siento, tengo que dejaros...

Durante el trayecto tomó notas febrilmente pensando en el titular. Al llegar a la rue Quincampoix, mandó al fotógrafo a revelar la foto.

—¡Y me la traes en cuanto la tengas!

Subió deprisa al despacho de Denissov y le tendió su libreta:

«Creo poder reconocer al asesino de Mary Lampson»,
afirma una testigo sorpresa.
La revelación debería obligar a la policía a organizar
una rueda de reconocimiento que quizá permita
desenmascarar al culpable.

—Tengo la foto de la testigo —añadió François—. ¡Es una exclusiva!

Denissov hizo un ruidito con la lengua que quería decir: «¡Bien hecho!»

Había sido una jornada agotadora para François.

Cuando salió del *Journal* con el artículo escrito, revisado y aceptado, creyó que su día había terminado por fin, pero no era el caso, ni mucho menos, porque, en la acera, con su maletita en la mano, lo esperaba Hélène.

21

Sólo soy un humilde servidor

Durante unos minutos Saigón pareció aturdido, como después de una gran tormenta. La procesión había finalizado con varias filas de tambores, platillos y matracas, y a esas alturas ya sólo se veían, a lo lejos, los colores de las túnicas flotando sobre el asfalto como vapores de una bruma de calor. Quienes habían presenciado el desfile hasta el final habían observado a los centenares de adeptos entrar en el inmenso almacén transformado en catedral de la secta. Los emblemas, pintados a tamaño sobrehumano, presidían el ajetreo de los coolies que cargaban y descargaban, encorvados bajo los fardos, los barcos del puerto.

La actividad se reanudó en las calles del centro entre comentarios sobre el espectáculo ofrecido por la secta Siêu Linh. Étienne todavía se reía al recordar la inesperada aparición de Diem transformado en gurú, y Gaston tampoco salía de su asombro. El señor Jeantet les había propuesto tomar un aperitivo y los tres estaban sentados en el velador de una terraza.

—Vaya con el viejo Diem... —murmuró Jeantet, que nunca se sorprendía de nada.

—¿Está metido en la piastra o qué? —preguntó Gaston, que, no sin motivo, asociaba todos los acontecimientos importantes de Saigón con la actividad de la Casa.

—Gracias a nuestro amigo —dijo Jeantet señalando a Étienne con un gesto protocolario—, Diem pudo transferir la bonita suma de quinientas mil piastras. —Era imposible saber si su alusión a semejante hazaña era mordaz o admirativa—. Más que suficiente para comprar un almacén en los muelles y convertirlo en una catedral.

Como experto que era, Gaston apreciaba la jugada maestra. Detrás de su resplandeciente sonrisa, Étienne estaba lleno de preguntas. El prestigio del gurú Siêu Linh era sorprendente, no se ajustaba para nada a la muy modesta reputación de Diem. ¿Cuál había sido el motivo de su repentina partida de Saigón, unos meses atrás? ¿Cómo podía hacerse pasar por alguien capaz de curar a los niños de la fiebre? ¿Había vivido como un ermitaño hasta tener una revelación divina? ¿Cuál era su verdadero propósito, tan sólo ganar dinero y sacar provecho?

Estaba sumido en estas reflexiones cuando apareció Vinh.

Nadie podía permanecer insensible a la gracia de aquel muchacho, ni siquiera quienes preferían a las mujeres. Su llegada sumía a las almas mejor templadas en una especie de vértigo que Étienne advirtió con regocijo en Gaston, y no por primera vez.

Vinh siempre mostraba un rostro sereno, casi distante. Se inclinó hacia Étienne:

—Al papa le gustaría conversar con usted unos instantes...

«¡El papa!» Étienne soltó una carcajada: definitivamente, aquel día estaba resultando asombroso. Vinh, en cambio, parecía ofendido, a juzgar por la sombra casi imperceptible que se había deslizado sobre su rostro. Había dicho «el papa» con respeto, y la risa de Étienne le resultaba francamente grosera.

—¡Señores, el deber me llama! —anunció Étienne levantándose—. Los dejo un momento para ir a hablar con el nuevo mesías —añadió apurando la copa de un trago—. Pero no se vayan: canto unas cuantas alabanzas, me postro, pido la absolución y vuelvo para seguir emborrachándome.

Sin mirarlo, Jeantet alzó la copa por encima de su cabeza.

—Tráiganos unas cuantas migajas de santidad e invito a la segunda ronda.

Étienne se imaginaba una catedral llena de fieles, pero la vio casi vacía. En todo caso, se quedó unos instantes en el umbral, pasmado ante las dimensiones del lugar y el imponente decorado. A ambos lados de un ancho pasillo central, altos biombos pintados formaban camarines, cada uno coronado con una figura alegórica en forma de animal real o mitológico. Étienne reconoció a la Abeja, el Pavo Real, el Buitre y la Gamba, entre muchas otras. Al pie de cada una de esas figuras había un altar con el emblema de la secta iluminado con lámparas de aceite. Miles de varitas de incienso se quemaban alrededor de bellos cuencos con ofrendas. Los vanos acristalados, a cuatro o cinco metros de altura, que antaño habían servido de tragaluces, se habían cubierto con vitrales que representaban escenas alegóricas apenas visibles tras la densa nube de incienso que flotaba en el techo y que contribuía a dar a la catedral el aspecto de un gran barco fantasma.

Lo más impresionante, sin embargo, eran las extraordinarias pinturas que adornaban los biombos, cada una de las cuales mostraba a un personaje histórico. Asombrado, Étienne reconoció a Marie Curie tendiendo un microscopio a la multitud; a Victor Hugo vestido de académico, más tieso que una estaca y más barbudo que nunca; a un Alejandro Dumas de pelo crespo escribiendo *Los tres mosqueteros* con una pluma de oca... Un poco más allá estaba Einstein con la cabeza ceñida por una corona de planetas; después, santa Teresa, en la cama, experimentando un orgasmo o pariendo un hijo, no estaba claro; Louis Pasteur alzaba una jeringa hacia el cielo; Cristo crucificado posaba entre Abraham Lincoln y Juana de Arco, no muy lejos de Mahoma y León Tolstói... Todos esos personajes, que uno jamás habría esperado encontrar en una iglesia, estaban retratados ante un fondo idéntico: un horizonte rectilíneo del que brotaba un sol resplandeciente.

El hecho de que allí no hubiera casi nadie aumentaba la sensación de majestuosidad que se sentía al entrar.

—¿Dónde se han metido esos idiotas? —se preguntó Étienne, apenas repuesto de la sorpresa. Se puso las manos alrededor de la boca a modo de megáfono y gritó—: ¡Diiiieeeem!

—¡Ji, ji, ji!

Étienne se dio la vuelta: allí estaba Diem, sonriente, vestido con la larga casulla roja y tocado con el bonete a juego, que parecía un molde para tartas, adornado con unas borlas terminadas en flecos de algodón que hacían pensar en cordeladas de cortina. El extraño tocado le recordó a Étienne los feces que había visto durante su infancia en Beirut, aunque era mucho más alto, sin duda para dar cabida a la cresta de gallo de Diem sin aplastarla. Su amigo, sin embargo, no tenía exactamente la cara que él recordaba: aunque los pómulos prominentes y lustrosos y los ojos risueños seguían en su sitio, se adivinaba en él una sobriedad afectada y una humildad que ocultaba una enorme satisfacción consigo mismo.

—Señor Étienne...

—¡Vaya con el bueno de Diem! Yo...

Diem lo detuvo con un rápido gesto de la mano.

—Loan, si no le importa...

—¿Loan? ¡Por supuesto, como usted desee!

El papa Siêu Linh se inclinó hacia él.

—Significa «fénix» —le susurró—: «el que renace de sus cenizas», ¡ji, ji, ji! Acompáñeme, señor Étienne.

En cuanto echaron a andar por el pasillo central, cubierto con una interminable alfombra verde y oro, Étienne se dio cuenta de que la catedral, que creía vacía, en realidad albergaba a innumerables fieles de toga blanca que, saliendo de los camarines, se postraban al paso de su santidad. Loan caminaba con una majestad casi bonachona; sus andares eran lentos, como si cada paso fuera el resultado de una reflexión o de una oración. Étienne se volvió y descubrió que Vinh, que se había quedado en la puerta, también estaba postrado y con la cabeza agachada...

Conforme se acercaban al coro de la iglesia, Étienne divisó unas gigantescas oriflamas que descendían del techo: representaban el agua, la tierra, el aire y el fuego.

Cuando al fin llegaron al fondo del edificio, subieron tres escalones y entraron en una gran sala con sillones tapizados de seda, cojines ricamente decorados, camas con armazones de madera exótica y mesitas bajas con incrustaciones de marfil, todo ello envuelto en un aroma en el que se mezclaban el incienso, el té, la pimienta e inequívocamente... el opio.

Cuatro dignatarios muy ancianos tocados con gorros con borlas, de rostros apergaminados y barbitas de chivo avanzaron hacia ellos con las manos y los brazos ocultos bajo las togas blancas, se prosternaron y después se retiraron, cruzándose con cuatro fieles de toga azul que portaban en silencio el té y una lámpara de aceite que soltaba un humo acre.

—La lámpara... ¿es imprescindible? —preguntó Étienne.

—Es la lámpara del conocimiento, señor Étienne.

—¡Caramba! Pues me viene de perlas, mi querido Di... mi querido Loan, porque hay dos o tres cosas que me encantaría saber.

Loan le señaló un sillón y tomó asiento en el suyo, colocado sobre un estrado que le proporcionaba una posición elevada, como si estuviera en un trono. Las borlas de su gorro se bambolearon unos instantes y por fin se quedaron quietas.

Uno de los fieles entró en silencio, se situó detrás de él y, con un gesto lleno de solemnidad, le quitó con ambas manos el gorro de fieltro dejando al descubierto unos mechones erizados y orgullosamente alzados hacia el cielo. Tras depositar con respeto el gorro con borlas en una mesita alta, el devoto seguidor desapareció.

Étienne levantó los dos pulgares en señal de admiración y se volvió en todas direcciones, como si contemplara un apartamento nuevo.

—Lo tenía por un representante de neveras. ¡Demonios!, con perdón, ¡a esto lo llamo yo progresar en la vida!

Loan se tapó la boca con la mano y soltó una de sus risitas:

—¡Ji, ji, ji!

—Veo que no ha renunciado a los jijís... En lo que a mí respecta, puede ahorrárselos. —Loan lo miró con sus ojillos risueños, pero no dijo nada—. Nos quedamos en el momento en que puso usted los pies en polvorosa... Fui a buscarlo, pero en su casa ya no había nadie: usted y su familia habían huido en medio del pánico...

—¡Oh, no, señor Étienne, nada de pánico! —Diem alzó la mano y dos discípulos entraron en la sala para servir el té con movimientos tan ceremoniosos como precisos—. Verá, cuando usted firmó la transferencia... —empezó a decir Loan en cuanto volvieron a quedarse los dos solos—. Por cierto, señor Étienne: no me dio tiempo a agradecérselo como debía... Bueno, el caso es que, si no quería que mis... socios sacaran más tajada de la cuenta era mejor que me marchara cuanto antes, ¿comprende?

Étienne se acordó de su visita a la empresa de importaciones y exportaciones Peeters & Renaud, con sede fantasma en la rue d'Ayot.

—A veces los socios tienen las manos muy largas: no hay que fiarse... Ahora puedo volver tranquilamente, ya no temo nada: soy el mensajero del Alma Suprema, ¿comprende?

Mirando a Diem, cuyos gestos hacían que su cresta se balanceara, Étienne tuvo que hacer esfuerzos para contener la risa.

—Y eso... ¿cómo ocurrió? —acertó a preguntar.

—Fue una revelación, sí, sí, sí. El Alma Suprema se me apareció y me dijo: «Deja de ocuparte de tareas vanas y anuncia la Verdad.» De ahí el nombre de nuestra Iglesia: Siêu Linh quiere decir «Alma Suprema».

—Y dígame, ¿eso fue antes o después de la transferencia?

Loan saboreaba cada sorbito de té dirigiéndole a Étienne sonrisas beatíficas y satisfechas por encima de la taza.

—Justo después. El Alma Suprema me había elegido hacía mucho tiempo, pero esperó a que tuviera los medios necesarios para transmitir su palabra.

—Muy prudente de su parte, sí señor; pero dígame otra cosa, Diem... perdón, Loan... por lo visto, montó su negocio...

—¡Mi Iglesia!

—Su Iglesia, disculpe... la montó en unas semanas, ¡qué rapidez!...

Loan dejó la taza y se inclinó hacia Étienne con la expresión de alguien que se alegra de poder abrir su corazón y su alma.

—En efecto, todo fue muy rápido, señor Étienne, ¿y sabe por qué?

Étienne respondió que no con un leve movimiento de la cabeza.

—El éxito fue inmediato porque creamos una religión de calidad superior: es de primera categoría, señor Étienne, será difícil superarla. El Alma Suprema nos explicó, a través de mi persona —dijo poniéndose modestamente la mano en el corazón—, que a lo largo de la historia había enviado a la tierra a numerosos mesías, pero que ahora por fin había llegado el tiempo de su reino...

—¡Ah! De ahí los retratos de Victor Hugo, Lincoln...

—¡Incluso Jesucristo! Todos ellos eran enviados del Alma Suprema. Siguiendo sus instrucciones, actuaron como benefactores de la humanidad, y ahora...

—¿Ahora el mesías es usted?

—No se burle, señor Étienne... Es verdad que me han nombrado papa, pero sólo soy un humilde servidor del Alma Suprema, nada más que su mensajero. Estoy en contacto con ella: me envía mensajes y yo los transmito a la multitud de los fieles, eso es todo. La Iglesia Siêu Linh es la culminación natural de todas las religiones, si lo prefiere así. ¡Una Iglesia unificadora! Los creyentes en todos los otros mesías pueden encontrarse en ella, sí, sí, sí.

—He oído decir que ha realizado usted sanaciones espectaculares... que curó de la fiebre a unos niños, ¿es verdad?

Loan bajó los ojos púdicamente.

—El Alma Suprema me autorizó a ponerme un poco de quinina en las palmas de las manos...

Étienne no pudo reprimir una gran sonrisa.

—Era por una buena causa —dijo.

—Sí, sí, sí —dijo Loan—, para ayudar a convencer a más fieles. Ahora ya no es necesario: unos invitan a otros...

Étienne estaba seguro de que en el aire flotaba un tenue olor a opio. Su conversación, interrumpida por numerosos silencios, parecía una partida de ajedrez en que cada jugador se tomaba su tiempo antes del siguiente movimiento.

—Y es a usted, al papa, a quien el Alma Suprema visita... supongo que en sueños.

—No, no, no, señor Étienne: ella me escribe.

—¿Y quién le trae las cartas? ¿El cartero?

—¡Claro que no! —Loan extendió la mano hacia una mesita con patas de grifo—. Ésta es la cesta de la Verdad: el Alma Suprema escribe sus instrucciones con el bolígrafo que está atado a ella y deja el papel dentro. Yo las leo e informo a los fieles; de esa forma no podemos equivocarnos, porque su palabra nos llega directamente.

Étienne señaló la mesita con el índice.

—¿Puedo? —preguntó.

Loan hizo un gesto amable invitándolo a acercarse. En la mesita había una sencilla cesta ovalada de mimbre con un bolígrafo atado a una de las asas. Étienne se volvió hacia el papa, que cerró los ojos en señal de aprobación; a continuación cogió con cuidado el bolígrafo y leyó lo que llevaba grabado: el nombre de la Casa Indochina de la Moneda. Era el modelo de bolígrafo con el que los clientes firmaban los documentos cuando acudían a solicitar una transferencia.

—Asombroso —dijo Étienne volviendo a su sitio—. Entonces, ¿le escribe en francés? ¿Puedo ver uno de sus mensajes?

Loan extendió la mano hacia el cajón de la diminuta consola lacada colocada a su derecha y, respetuosamente, sacó de él un trozo de papel. Étienne lo cogió con delicadeza, como si se tratara de una reliquia, y leyó: «Aliaros con los franceses.»

—¡Atiza! Esto sí que no me lo esperaba... no parece que la gramática sea el fuerte del Alma Soberana, pero...

—¡Suprema!

—¡Perdón! Me gustaría muchísimo presenciar el momento en que el Alma Superior le escr...

—¡Suprema, señor Étienne, el Alma Suprema! El hecho es que ese instante de revelación está reservado a los Grandes Iniciados.

—¡Ah! Y... ¿son muchos?

—De momento, sólo mi hermano, mi mujer y un antiguo vecino muy creyente: uno de nuestros primeros fieles, sí, sí, sí. El Alma Suprema es la única que puede señalar quiénes son los Grandes Iniciados.

De repente Étienne se levantó y Loan, sorprendido, dio un respingo, pero su amigo se limitó a susurrarle al oído:

—Oiga, ¿aquí no huele un poco a opio?

—Las cargas de esta Iglesia son tan pesadas, señor Étienne, que el Alma Suprema me autorizó a que me relaje un poco, siempre que no abuse.

Étienne bajó aún más la voz:

—¿Oiga, y no será, por casualidad, la hora de la relajación?

—Lo siento, señor Étienne, pero tengo que presidir la Ceremonia de la Palabra...

Étienne abrió unos ojos como platos.

—No podemos permitirnos —continuó Loan— privar de la palabra al Alma Suprema, ¿comprende? De modo que, durante una gran ceremonia ante los fieles reunidos, le cambio la carga al bolígrafo para que pueda seguir entregándonos sus mensajes.

—Muy previsor por su parte. Lástima que no tenga teléfono, ¿eh? —añadió apuntando al techo con el dedo.

—Me está tomando el pelo, señor Étienne...

—¡No, no, para nada! Oiga, y también he oído decir que dispone usted de un ejército...

—Es muy pequeño... y en realidad no es un ejército, sólo un puñado de fieles que se encargan de la seguridad de sus hermanas y hermanos.

—Un puñado...

—Poco más de cuatrocientos.

Étienne abrió la boca con admiración.

—Lo siento mucho, señor Étienne —añadió Loan—, pero la ceremonia no tardará en empezar. Tengo que prepararme.

Se levantó, bajó del estrado y, acto seguido, apareció un seguidor que volvió a ceñirle el gorro con borlas en la cabeza.

Los dos hombres se dirigieron a la salida.

—Una cosa más, si me permite... —dijo Étienne—, ¿creen sus fieles en todo eso? Quiero decir: ¿lo creen de verdad?

Loan se detuvo y dejó vagar su mirada unos instantes.

—El éxito de esta Iglesia también me ha sorprendido a mí, señor Étienne, no puedo ocultárselo, pero he comprendido que el Alma Suprema supo elegir a la perfección su momento: Francia ya no es una solución para Indochina... aunque aún no lo sabe. ¿Qué nos queda, entonces, frente al Viet Minh, que amenaza con implantar el comunismo? La religión. Allí donde está implantada, nuestra Iglesia ofrece protección a sus fieles. En Asia nadie puede vivir aislado, el grupo es indispensable, y el Alma Suprema abre sus brazos y protege a sus fieles: eso es lo que han comprendido quienes se han unido a nosotros.

Étienne volvió a ver fugazmente a los hombres que habían desfilado por las calles de Saigón machete al hombro, flanqueando la comitiva de los fieles... y se acordó de la explicación que le había dado Belloir: «Entre una Francia que coloniza y un Viet Minh que aterroriza, la secta es la única solución para tener un poco de paz.»

—Por último, dígame, ¿dónde ha estado usted durante todo este tiempo?

—En la región de Hien Giang; está a unas cuantas horas al noroeste de Saigón...

Loan sonreía pero, al ver a Étienne descompuesto, extendió la mano hacia él.

—¿Se encuentra mal, señor Étienne? —Parecía realmente preocupado.

—¡Sí, sí, estoy bien! Ha debido de ser el calor. —¿Estaba torturándolo Loan a propósito? Étienne quiso salir de dudas—. Fue... ¿sabe?, fue allí donde mataron a mi... primo, el legionario.

—¡Ay, perdón...! —exclamó Loan llevándose la mano a la boca—. Lo siento mucho, lo había olvidado...

—En el Valle de los Juncos.

—Sí, la llanura que está al norte de Hien Giang.

—¿Por qué eligió esa región? —preguntó Étienne mientras procuraba serenarse.

Loan abrió las manos.

—El Alma Suprema me condujo allí: es una zona que se ha vuelto complicada debido a la presencia del Viet Minh.

—¿Y...?

—Y allí la población sólo pide una cosa: ¡que la libren de esos comunistas que la extorsionan, la aterrorizan y la asesinan! De ahí que nuestra Iglesia esté tan bien implantada en aquellos lares: somos una solución más fiable que el Cuerpo Expedicionario.

Étienne entreveía la maniobra de Loan.

—Y, en consecuencia, usted ofrece sus servicios a Francia...

Loan soltó una de sus risitas, «ji, ji, ji», que Étienne interrumpió con un gesto de la mano. Sin ofenderse, el papa Siêu Linh adoptó su tono más zalamero para asegurar:

—El delegado del gobierno está muy contento de tenernos allí.

En resumen, el representante local del Estado francés se mostraba dispuesto a ayudar a la secta de Loan a asentarse en la zona.

—Y usted quiere que la Oficina del Alto Comisionado y el Cuerpo Expedicionario confirmen su acuerdo...

—Eso es.

—Le ofrece al gobierno francés una especie de franquicia, ¿no es así?

—«Una especie de franquicia», eso suena un poco vulgar, señor Étienne, pero... algo de eso hay. Nosotros nos implantamos en la zona y, con la ayuda de Francia, expulsamos al Viet Minh. Las dos partes salen ganando: nosotros seguimos siendo una religión independiente y Francia se saca esa piedra del zapato y sigue viendo ondear su bandera.

Ahora entendía mejor el porqué de aquella procesión por las principales calles de Saigón.

—Así que usted ha venido, con toda modestia, acompañado por unos cuantos miles de fieles para demostrarle al alto comisionado que cuenta con una fuerza capaz de cumplir ese compromiso.

Loan aplaudió en silencio y añadió:

—El Alma Suprema, que me guía, es muy lúcida, sí, sí, sí.

Cada vez que decía «sí, sí, sí», las borlas de su gorro parecían cobrar vida y danzaban alegremente.

—¡Y, curiosamente, muy buena estratega!

—¡Tiene una experiencia de miles de años, señor Étienne!

Cuando abrieron la puerta, Étienne quedó impresionado ante la auténtica muchedumbre que llenaba el templo. Loan lo retuvo agarrándolo del brazo.

—Señor Étienne, deseaba verlo porque quiero pedirle algo...

• • •

En el instante en que los gongs y las matracas empezaron a sonar, y el canto salmodiado de los fieles se elevó en el interior de la catedral, Étienne salió a la calle y se dirigió de vuelta a la terraza en la que Jeantet y Gaston ya empezaban a impacientarse.

—Estábamos a punto de irnos, muchacho. Sí que ha sido larga la... —al ver a Étienne, Jeantet se quedó sin palabras: la última cayó como una piedra en un lago— charla.

—Lo ha sido, pero ha merecido la pena —dijo Étienne, que llevaba un gorro azul y balanceaba la cabeza a derecha e izquierda para agitar las borlas.

El camarero, mirándolo con recelo, le tendió un cóctel helado que él levantó ante Jeantet y Gaston.

—Caballeros, pueden felicitarme: acaban de nombrarme nuncio apostólico.

22

Exigiré una reparación

—¿Esto cuesta sesenta mil francos?

Jean estaba hundido: era muy feo. Viejo, sucio y feo.

—No —respondió Geneviève—, sesenta mil francos es lo que les vamos a pedir a tus padres.

—¡Imposible!

Geneviève concebía el matrimonio como una guerra de ocupación: reprimir cualquier tentativa de independencia no era suficiente, también había que erradicar por anticipado la idea misma de rebelión.

—¿Cómo que «imposible»?

Jean utilizaba a menudo esa palabra ante las exigencias de Geneviève y, aunque rara vez le servía de algo, en esta ocasión estaba dispuesto a ser inflexible. En primer lugar, el proyecto no le agradaba; en segundo, aquel sitio era deprimente, y, por último, después de que sus padres lo hubieran ayudado a encontrar un primer trabajo en París y le hubieran dado el dinero para comprar el coche, no *podía* recurrir de nuevo a ellos (él, al igual que sus hermanos, también recalcaba ciertas palabras para defender su punto de vista: era un tic familiar heredado de la madre).

—Imposible —repitió.

—¡Hombre, pero si aquí está usted! —exclamó Geneviève como si no hubiera oído a su marido.

El agente inmobiliario era un hombre muy mayor, doblado por la cintura por una cifosis lumbar. Para mirar hacia delante tenía que ponerse de lado y torcer la cabeza, el resto del tiempo sólo podía mirarse los pies. A Jean le resultaba un espectáculo doloroso. Se preguntaba cómo demonios conseguiría orientarse.

—Tengo la llave en algún sitio... —dijo el hombre mientras rebuscaba penosamente en sus bolsillos.

—Dese prisa —gruñó Geneviève—, ¡no vamos a estar aquí todo el santo día!

—Ya voy, ya voy...

El agente se sacó al fin una gruesa llave del bolsillo. Aún tenía que abrir la puerta, algo difícil de hacer en aquella postura.

—Déjeme a mí —propuso Jean.

Geneviève torció el gesto: en su opinión, no era el cliente quien debía hacer esas cosas.

La puerta de cristal esmerilado chirrió sobre sus goznes y, en cuanto entraron, una tufarada a aire viciado, polvo, aceite, sosa cáustica, betún y lejía los envolvió.

—Era una tintorería... —explicó el agente.

—Imposible... —murmuró Jean.

El local medía unos cuarenta metros cuadrados, las baldosas hidráulicas del suelo se habían puesto amarillentas y las estanterías que una vez habían cubierto las paredes se habían derrumbado unas sobre otras como si la espera las hubiera agotado.

—Es perfecto... —murmuró Geneviève al pasar junto a Jean, y enseguida añadió en voz alta—: Mi marido tiene razón, es imposible.

—¿Qué tipo de productos planea vender? —preguntó el agente.

—Ropa blanca. ¿Cuánto cuesta el alquiler mensual?

—Treinta mil francos...

—Imposible: hay que hacer muchas obras. En fin, gracias, adiós.

Geneviève ya se alejaba con sus pasitos saltarines y decididos cuando el agente la detuvo:

—¡Espere!

Intentó alzar los ojos hacia ella, que erguía el cuerpo más que nunca, como si quisiera ganar unos centímetros.

Indiferente a la negociación, Jean se acercó al mostrador, lo rodeó y entró en la trastienda, donde había dos escritorios que sin duda se habían utilizado para las tareas administrativas. Todo era muy triste. Por el tragaluz se adivinaba un trozo del barrio: el muro de un edificio, un triángulo de cielo en lo alto y, si uno se ponía de puntillas, la otra acera de la calle. «El decimoctavo distrito es perfecto para nosotros —había decretado Geneviève—. Es un barrio popular, que es precisamente lo que necesitamos.»

Geneviève despreciaba todo lo popular, pero opinaba que no había nada mejor para el comercio.

—Imposible —se repetía Jean mientras volvía. Geneviève obligaba al agente a recorrer el local diciendo:

—¡Venga a ver, esta ventana está rota! Y esto... ¡acérquese, acérquese! ¡Esto también está roto! Y eso no es nada, ¡sígame! —Le señalaba toda clase de desperfectos en lo alto de las paredes—. Y fíjese en el techo... —El agente torcía dolorosamente el cuello para intentar ver lo que le indicaba, pero ella pasaba de inmediato a las molduras y luego a las vigas, etcétera.

Minutos después ella y Jean caminaban por el bulevar.

—Cuarenta mil francos cada dos meses —decía Geneviève—, y el reembolso de la mitad de los gastos de la reforma hasta quince mil francos...

Jean no dijo nada. El agente les había estrechado la mano y los dos lo habían visto alejarse, retorcido como un sarmiento, con paso lento y tambaleante.

—Y el barrio... ¡perfecto! —Miraba los alrededores como si acabara de heredarlos—. No encontraremos nada mejor.

Jean seguía callado.

—Es justo lo que te había dicho —añadió su mujer—: cuarenta mil de alquiler y quince mil en obras; sesenta mil clavados.

—Son cincuenta y cinco...

Jean lamentó su observación al instante: Geneviève había conseguido hacerlo salir del silencio en el que se había prometido atrincherarse. Estaban llegando al metro.

—Una carta tardará demasiado —decretó Geneviève—, es mejor que telefonees a tu padre de inmediato...

—Ya te lo he dicho: ¡quítatelo de la cabeza! Nos han ayudado mucho, no puedo pedirles sesenta mil francos más.

Geneviève frenó en seco.

—¡Sesenta mil no, trescientos mil!

Jean la miró con cara de pánico.

—¡Sesenta mil para la tienda y doscientos mil para la fabricación, que corre de nuestra cuenta!

—Eso hace doscientos sesenta... —dijo tímidamente.

Había cedido en lo fundamental, no tardaría en ceder respecto a la cantidad.

—Doscientos sesenta, trescientos... —dijo Geneviève—. Viene a ser lo mismo, y así estaremos más tranquilos.

—No puedo pedirles esa cantidad a mis padres, no es posible.

—Entonces, lo haré yo.

—¿Harás qué?

—Llamar a tu padre: le exigiré una reparación.

Jean no comprendía.

—Por la boda: por las falsas expectativas que me generaron. Me dijeron que iba a casarme con el heredero de la Casa Pelletier y he tenido que conformarme con un vulgar agente comercial que gana una miseria. Me aseguraron que tendría una buena vida en Beirut y una familia numerosa, como todo el mundo, y al final sólo dispongo de un cuchitril a las afueras de París y un marido impotente. Lo siento, pero las cuentas no cuadran. Voy a exigir una reparación de cien mil francos, ¡les pondré una demanda a tus padres!

Muy decidida, se dirigió a las escaleras del metro con su trotecillo vivo.

Jean miró su nuca: Geneviève tenía los brazos demasiado cortos para peinarse la parte de atrás; su cardado, mal hecho, dejaba al descubierto las raíces blancas: ahí era donde golpearía si un día se decidía a matarla.

23

¿Qué hago con ella?

Caminando juntos por la calle, François y su hermana Hélène parecían un viejo matrimonio a punto de llegar a las manos. La gente se volvía para mirarlos.

Hélène llevaba un abriguito que estaba bien para Beirut, pero que en París rozaba el ridículo. Parecía la hija de un aparcero. Ahorraremos al lector los «¡Tú estás loca de remate!» y los «Pero bueno, ¿es que no te das cuenta?» que le soltó François, quien siguió con sus preguntas retóricas:

—¿Qué quieres que haga contigo?

—¡No te pido que *hagas* nada conmigo! —Hélène recalcó exageradamente la palabra. François, para pincharla, estuvo a punto de decirle que hablaba como su madre, pero su hermana no le dio tiempo—: ¡Sólo te pido que me alojes una noche! ¡Una noche! ¿Tan complicado es eso?

François, como un marido engañado, había dejado que cargara ella misma con la maleta.

—¡Pues mira: sí, es complicado! ¡Yo también tengo una vida!

—Sí, ya lo veo... —Hélène se volvió hacia la entrada del *Journal*, desde cuyo umbral los observaban, guaseándose, varios compañeros de François. Sobre sus cabezas, el rótulo del periódico, negro y rojo, cubría la fachada del edificio—. ¿Es la nueva sede de la Escuela Normal?

—¡Ah, no; eso no! ¡No te permito que te metas en mi vida! —Echó a andar a grandes zancadas hacia el metro y su hermana corrió detrás de él como un ratoncillo. Unos pasos más allá, se volvió hacia ella—. ¿Y cómo me has encontrado, para empezar?

Soltaba cada frase como una bofetada, pero una de cada dos no daba en el blanco.

—¡Como si fuera tan difícil! ¡Tu portera sabe bastantes cosas sobre ti; de hecho, mucho más que nosotros!

François casi se avergonzó de su ingenuidad. Aquella Léontine Moreau no sabía tener la boca cerrada, ¡qué cruz!

—¡Vale, de acuerdo! —exclamó Hélène—. ¿No quieres ayudarme? ¡Pues ya me las arreglaré sola!

Dio media vuelta y empezó a alejarse. Con un suspiro de exasperación, François se lanzó a perseguirla y la detuvo agarrándola del codo. Era la tercera vez que daban media vuelta.

En la entrada del *Journal*, los compañeros de François fumaban cigarrillos y, sin quitarle el ojo a la pareja, hacían apuestas en voz baja.

—Diez contra uno a que dan media vuelta otra vez.

—Yo apuesto cien.

—Voy.

—¡¿Y a nuestros padres?! —gritaba ahora François—. ¿Qué les has dicho sobre tu partida?

—¡Que me alojaría en tu casa, pero voy a rectificar! ¡Les diré que me has puesto de patitas en la calle!

Lo que precedía al cambio de dirección era el momento en que Hélène se detenía, como dispuesta a dejar la maleta en el suelo. En la puerta del *Journal*, todos contenían la respiración.

—¡Vamos, vamos, pequeña, da media vuelta! —decía uno entre dientes.

—Sigue, venga, sigue... —mascullaba otro.

—¡No te pongo de patitas en la calle; no tengo sitio en casa, que es muy distinto!

—Para mí es lo mismo...

—¡Pero, Hélène, por Dios, uno no se va de casa de esa manera!

Ella soltó la maleta, que hizo un ruido sordo al aterrizar en la acera.

—Claro, en el cuarenta y uno no te fuiste tú de casa «de esa manera», ¿verdad?

Se había cruzado de brazos como una maestra gruñona.

—¡Me fui al frente, tonta del bote!

—Muy bien, soy tonta... —Volvió a coger la maleta—. Hasta la vista, y gracias por todo.

—¡Gané! —exclamó desde la puerta un compañero del *Journal*.

Y mientras el otro sacaba la cartera, François echaba a andar en la otra dirección, tras los pasos de su hermana.

—Y ¿cómo avisaste a nuestros padres, para empezar?

—Les mandé un telegrama desde el aeropuerto.

François se detuvo en seco.

—¡Un telegrama! ¿Como cuando se muere alguien?

ME VOY A PARÍS STOP ESTARÉ EN CASA DE FRANÇOIS STOP TODO ESTÁ BIEN STOP ESCRIBIRÉ PRONTO STOP HÉLÈNE STOP

El señor Cholet, el jefe de Correos, advertido por su operador de noche de la llegada del telegrama, había corrido a la avenue des Français. El señor y la señora Pelletier ni siquiera se habían dado cuenta de que Hélène no estaba en su habitación: la chica subía y bajaba, nunca sabías a ciencia cierta en qué rincón de la casa podía haberse metido, salvo que, cuando no tenía permiso para salir, solía estar ya en la cama a medianoche.

Fue Louis quien leyó el telegrama en voz alta, pero tuvo que soltarlo al instante para sujetar a su mujer, que se agarraba con una mano al respaldo de una silla.

—¿Tendría la bondad de llamar al doctor Doueiri? —le pidió al señor Cholet.

No es que esperara gran cosa del médico, pero estaba deseando perder de vista por fin al jefe de Correos, que desde la boda de su hija con el Gordito (considerada un fiasco por unos y otros) se alegraba ostensiblemente de todos los contratiempos que surgían en la vida de los Pelletier. Tras la partida («la huida», decía él) de Jean y Geneviève a París, el señor Cholet no había vuelto a hacer pareja en la belote con Louis, que se había visto obligado a formar equipo con el imbécil de Doueiri. Algunos miércoles eran un auténtico calvario.

Mientras esperaba al médico, Louis Pelletier se puso a reflexionar en silencio, como solía hacer cuando, hipnotizado, veía hervir el jabón en las calderas de la fábrica. Le había aconsejado a Angèle que se acostara y le daba palmaditas en la mano. Los dos guardaban silencio mientras pensaban en la nueva situación, que, previsible como era, los había cogido por sorpresa. Todos sus hijos se habían ido, entonces ¿debían resignarse a la vejez? ¿Qué tipo de anciana iba a ser Angèle? ¿Y él, qué clase de anciano marido sería?, se preguntaba Louis. ¿Cómo sería su matrimonio?, pensaba Angèle.

El doctor Doueiri, con el paso presuroso y el aire atrafagado que adoptaba cuando intuía que la situación iba a desbordarlo, no tardó en llegar. Le tomó el pulso a Angèle, como ya había hecho Louis, le examinó los ojos, que ya le había examinado su marido, recomendó el reposo que Louis ya había aconsejado y se fue: tenía que visitar a muchos pacientes.

—¿Qué ha dicho el doctor Doueiri? —preguntó Angèle cuando estuvieron solos.

—Cree que son síntomas de la menopausia.

Angèle cerró los ojos, abrumada.

Durante cerca de una hora, con una mano en la de su mujer, pasó las páginas de *L'Orient*, desplegado sobre la cama. Se disponía a levantarse para ir a la jabonería cuando la señora Pelletier, sintiendo que la mano de su marido se soltaba de la suya, se la asió con fuerza.

Louis, preocupado, esperó un buen rato sin mover un músculo, como un niño cogido en falta. Angèle murmuró algo que él no entendió. Se inclinó hacia ella.

—Louis... —decía.

Angèle abrió los ojos. El señor Pelletier conocía aquella mirada en la que volvió a encontrar, casi intacta, a la joven de la que se había enamorado tiempo atrás, con la que se había casado allí mismo, en Beirut, hacía veinticinco años, y a la que comprendía sin necesidad de que abriera la boca.

Así que se agachó y rozó sus labios con los suyos.

—Tranquila, cariño, no te preocupes. Tranquila... —se limitó a decir.

Durante toda su infancia Hélène había visto a su padre beber Cinzano; François estuvo a punto de decirle que ella no podía pedir eso a su edad, pero se contuvo a tiempo.

Habían entrado en Le Petit Albert, un café cercano a la casa de François. Hélène había dejado la maleta a un lado y tenía la expresión de una adolescente superada por las emociones. François la veía casi como una niña, pero había algo inequívoca y sorprendentemente adulto en ella.

—Puedes bebértelo tú... —dijo empujando la copa hacia su hermano.

No le gustaba el sabor, pero no quería tomar otra cosa: «No, gracias», indicó con un gesto. François se bebió el Cinzano de un trago. Él también detestaba aquella bebida. Le temblaba la mano. Rompió dos cerillas antes de encender el Gauloise. Pálido y encerrado en su ira, miraba la calle con el ceño fruncido, incapaz de asimilar la idea con la que tropezaba una y otra vez: hacerse cargo de su hermana menor, tener que convivir con ella, ser responsable de ella... No, aquello estaba por encima de sus fuerzas. La quería, por supuesto, pero no tenía edad para ser padre, y ése era el rol que le tocaría ejercer. Hélène tenía que volver a Beirut; debía convencerla de que lo hiciera, pero ahora que estaba allí...

Parecía que no la miraba, pero observaba su reflejo en el cristal de la terraza. Era muy guapa, eso desde luego. ¿Habría estado ya con algún hombre? El estremecimiento que lo recorrió ante la mera idea le confirmó que no estaba listo para afrontar esa cuestión. Hélène tenía que irse... mientras aún hubiera tiempo.

Ella, por su parte, miraba la copa vacía de su hermano (¡se había bebido el Cinzano de un trago!) y, como si la decepción ante el sabor de la bebida fuera un reflejo de su situación, empezó a llorar quedamente. No se arrepentía de su partida, lo que sentía era haber elegido París... Debería haberse ido a Saigón y reunirse con Étienne: él la habría entendido, mientras que allí...

Había dudado mucho tiempo, pero ¿qué habría hecho en Saigón? Allí, en París, podía plantearse ingresar en la facultad de Letras o en la de Bellas Artes. Era consciente de que se trataba de elecciones por defecto, de que pensaba en eso porque en algo había que pensar; en realidad, había elegido París porque tenía miedo de contagiarse de la tristeza de Étienne. Por mucho que él ocultara sus sentimientos y le escribiera todo tipo de cosas tranquilizadoras, lo conocía lo bastante bien como para tener la certeza de que era tremendamente desgraciado. Le había escrito tres veces que lo reconfortaba saber que Raymond no había sufrido, cuando habría bastado con una. A sus padres podía engañarlos, pero a ella no. Tampoco hablaba de la guerra; sin embargo, durante los seis meses que él llevaba en Saigón, ella había leído las noticias en *L'Orient*, y no había más que relatos de escaramuzas en las que morían soldados franceses; negociaciones suspendidas tras un atentado en una ciudad de nombre impronunciable; reportajes sobre una carretera del norte que el Cuerpo Expedicionario intentaba defender contra los comunistas chinos, que eran especialmente sanguinarios y parecían estar a punto de invadir el país...

En sus cartas, Étienne decía que se quedaría en Indochina hasta superar el duelo, y a ella le daba miedo reunirse con él.

Por desgracia, le bastaba con atisbar el perfil enfurruñado de François para comprender que París no le ofrecía perspectivas más halagüeñas...

Se sentía asustada, cobarde, indecisa, impotente... Al constatarlo, sus lágrimas se multiplicaron.

Desconcertado, François aplastó el cigarrillo en el cenicero, se levantó a regañadientes, rodeó la mesa e intentó estrecharla entre sus brazos, pero no sabía cómo hacerlo, se sentía torpe...

Farfulló unas frases estúpidas, como un amante que se disculpa por anunciar la ruptura.

—Hay que avisar al Gordito —dijo al fin.

A la torpeza le había añadido un comentario estúpido. Hélène alzó la cabeza. Ante lo absurdo de la propuesta, los dos se echaron a reír con una risa floja, insegura, y entonces comprendieron que en realidad no se conocían.

Lo poco que sabían el uno del otro se remontaba a su infancia, una época en la que se habían visto separados por la diferencia de edad (se llevaban siete años) y por la profunda y excluyente relación que ella mantenía con Étienne. Ahora Hélène miraba con ojos nuevos a aquel hombre de casi treinta años cuyas hazañas, contadas muchas veces por su padre (su participación en la guerra, su éxito universitario... había oído todo eso hasta el hartazgo), habían presidido su infancia como un modelo de conducta y, por tanto, como una amenaza. Mirándolo reír con cara de confusión, se dio cuenta de que ya no era el mismo François, sino otro hombre: un desconocido que tenía una voz y un rostro familiares. También tomó conciencia de la mentira sobre la que descansaba la vida de su hermano: aquella leyenda de la Escuela Normal... Eso la hacía sentirse aliviada. ¿Qué era peor, huir de casa de tus padres o mentirles durante dos años?

François, por su parte, tenía la sensación de que su relación no había hecho más que empezar.

—No puedo ocuparme de ti —dijo.

—No te pido nada parecido: sólo necesito que me alojes una noche, nada más.

—Y la siguiente, ¿dónde te meterás?

—Ya veré...

Dios mío...

—¿Cuánto dinero tienes?

Hélène se sintió tonta: se había gastado casi todo lo que tenía en el billete de avión.

—¿Al menos has comido algo?

François alzó la mano.

—¡Jean-Claude! —El camarero era un hombre mayor con las piernas arqueadas y el pelo cano aplastado en lo alto del cráneo, todo ello rematado por un rostro exhausto y unos párpados hinchados—. Y por supuesto —añadió François mirándola fijamente—, no tienes tiques de racionamiento...

Hélène bajó la cabeza y buscó su pañuelo. El camarero había llegado.

—No, gracias, no quiero nada, no tengo hambre.

François se masajeó la frente con ambas manos como si de pronto le hubiera entrado dolor de cabeza.

—Vale —dijo al fin—. Tú espérame aquí, vuelvo enseguida.

Hélène comprendió que había una mujer en la vida de François. Como nunca hablaba de ello en sus cartas y no lo había mencionado cuando le había pedido que la alojara, esa posibilidad sólo había sido un temor vago, lejano. En vez de llevarla a su apartamento, su hermano había decidido hacer un alto en aquel café, a treinta metros de su casa, y ahora la dejaba allí plantada diciendo: «Enseguida vuelvo.»

«¡Ha ido a pedirle a una mujer permiso para alojar a su propia hermana! ¡Qué falta de carácter!»

Esa constatación hizo que volviera a montar en cólera.

¿Y con él era con quien creía que podía contar?

Mientras tanto, François subía la escalera.

Era lunes, el día en que Mathilde, dependienta en La Belle Jardinière, no trabajaba. No tenía llave, pero Léontine, la portera, estaba autorizada a prestarle el manojo de servicio (Mathilde tenía que darle charla en la escalera durante veinte minutos: era el precio que había que pagar). Así que, a veces, cuando volvía por las noches, François encontraba a Mathilde oyendo la radio y comiéndose una lata de sardinas o una caballa al vino blanco en la mesa de la cocina. Comía mucho, daba igual cuándo y qué, pero no engordaba un gramo. Era una chica bastante rara. No tenía ningún rasgo físico destacable, ni la nariz, ni la boca ni los ojos; sin embargo, vete a saber por qué, el conjunto era tremendamente atractivo; no al primer golpe de vista, pero si la mirabas durante unos minutos era difícil no encontrarla deseable. Hablaba poco y escuchaba sin que pareciera hacerlo, y como apenas se expresaba él nunca sabía en qué estaba pensando.

Pero Mathilde no había ido al apartamento aquella noche. Era muy imprevisible. François se sintió aliviado: eso le proporcionaba tiempo para pensar en cómo le daría la noticia, que sin duda tendría consecuencias en su relación. Mathilde vivía con su hermano Gilbert: si ya no podían verse en su piso, ¿adónde irían? Se imaginó alquilando una habitación por horas en un hotel de mala nota... Rabioso, le dio una patada a la puerta.

Bajó las escaleras de tres en tres y entró en el café todavía encolerizado... pero Hélène ya no estaba allí.

—Se ha ido justo después de usted —dijo el camarero—. Le ha dejado la cuenta, son ocho cincuenta.

24

Yo también tengo una vida

Cuando llegó de nuevo a la estación de Saint-Lazare, sobre las nueve de la noche, Hélène estaba agotada y agobiada por la sucesión de malas decisiones que había tomado en un solo día. Al irse François, se había levantado, había cogido la maleta y, como estaba tan enfadada, cuando el camarero patizambo había tratado de detenerla para que pagara las consumiciones, le había soltado fríamente: «Arrégleselas con mi hermano.» Lo había dicho con tal furia y parecía tan decidida que el hombre dudó un segundo y, cuando quiso perseguirla, era demasiado tarde: ella ya se había alejado calle arriba y se disponía a bajar al metro.

Así había empezado una serie de calamitosas iniciativas, la primera de las cuales había sido ir a ver a su hermano Jean.

En cuanto se había reunido con ella en el portal del edificio, Geneviève le había abierto los brazos y la había besado en ambas mejillas con mucho cariño, pero un instante después una señal de alarma se había encendido en el cerebro de Hélène porque su cuñada había exclamado con una sonrisa:

—¡Qué detalle pasar a vernos! —Y como si Hélène hubiera anunciado que no podía quedarse, añadió—: ¡Seguro que tienes tiempo de tomar un cafetito con nosotros! ¡Venga, déjate de cumplidos!

El Gordito, muy alarmado, había besado a su hermana menor.

—¿Qué haces aquí? ¿Nuestros padres están de acuerdo?

No se le ocurría qué otra cosa preguntarle.

—Están informados —contestó Hélène.

Al Gordito, como a François una hora antes, ni siquiera se le ocurrió cogerle la maleta. Subieron los tres juntos al apartamento y aprovecharon los cuatro tramos de escaleras para reflexionar sobre la situación, de modo que, al llegar ante la puerta, todos tomaron la palabra al mismo tiempo, en una breve cacofonía a la que siguió un silencio confuso.

—¿Puedo ir al baño? —preguntó finalmente Hélène.

Aquel apartamento era tremendamente pequeño: la cama por sí sola ocupaba un montón de sitio. Hélène había oído muchas veces las quejas de Geneviève sobre las condiciones en que vivían, y lo cierto es que tenía razón...

—Es allí, querida...

Geneviève le había señalado el cuarto de baño desde el rellano con un gesto ceremonioso. Su tono, que imitaba el de una doncella de un gran hotel, insinuaba claramente: «Mira en qué cuchitril me veo obligada a vivir.»

Hélène tuvo que hacer contorsiones para entrar en el lavabo. Una vez sentada, casi tocaba la puerta con las rodillas. Al otro lado, el Gordito y Geneviève cuchicheaban. Sólo le llegaban retazos de la conversación, pero estaba claro que era una pelea. ¿Proponía el Gordito que se quedara?

Presentándose allí había provocado una inútil discusión de pareja, puesto que el apartamento era demasiado pequeño para que la acogieran ni siquiera una noche.

Cuando salió del baño, Geneviève dio un paso hacia la cocina, pero se detuvo de inmediato.

—Así que ya está: tú también has huido... No quiero ni imaginar cómo debe de sentirse tu madre...

Lo dijo regodeándose, como quien cuenta una historia divertida.

—Mamá está perfectamente, es muy amable por tu parte pensar en ella...

—Me alegro, me alegro... —dijo Geneviève—. Bastantes disgustos se ha llevado ya con sus hijos, ¿eh, Gordito?

Cuando usaba su apodo, solía hacerlo con un deje de ironía que Jean fingía no percibir.

—Me iré a casa de François —mintió Hélène.

—¿No te tomas un cafetito? —preguntó Geneviève.

El Gordito parecía aliviado.

—Sí, ir a casa de François es una buena idea... —dijo casi con entusiasmo y, como ya habían encontrado una solución, se relajó y le sonrió a su hermana por primera vez—. Bueno, ¿y qué vas a hacer en París?

—Instalarme.

—Sí, pero ¿qué harás? —preguntó Geneviève.

—¡Estudiaré Bellas Artes!

Ella misma se sorprendió ante esa afirmación espontánea. Delante de su padre la había formulado como una hipótesis, a Geneviève se la había lanzado como una bofetada, pero nunca había sido un proyecto serio.

Como era habitual en ella, la duda se expresaba en forma de provocación.

Geneviève, que había olvidado su propuesta de hacer café, se había sentado en su sitio habitual, la cabecera de la mesa, y miraba a Hélène como si fuera su hija.

—Y eso de las Bellas Artes, ¿para qué sirve exactamente?

—Sirve exactamente para hacer arte.

—No, quiero decir... ¿puede uno ganarse la vida haciendo eso?

—Hay más probabilidades de ganarse la vida haciendo eso que quedándose en casa.

Las dos mujeres se miraron sin añadir nada.

Jean, que buscaba con desesperación un modo de aliviar la tensión, exclamó con alegría:

—Bueno, ¿qué? ¿Tomamos ese café o no?

—No, gracias.

Hélène había cogido la maleta y ya estaba abriendo la puerta.

—¡Vuelve a pasarte cuando quieras! —exclamó Geneviève.

Jean salió corriendo al rellano para alcanzar a su hermana.

—Ya has visto lo pequeño que es esto, no podemos...

Hélène ya había bajado dos peldaños. Jean se retorcía las manos. «Una bola sebosa llena de angustia, eso es lo que parece», se dijo Hélène. La constatación la sacudió: siempre había visto a su hermano mayor como un ser desgraciado, avergonzado, sudoroso, pero de pronto le dio pena. Volvió a subir los dos peldaños, dejó la maleta en el suelo y lo rodeó con los brazos. Jean la dejó hacer. Era ella la que lo consolaba a él.

—¿Estás bien, Gordito?

Jean se limitó a asentir, las palabras no le salían.

Hélène vio que la puerta del apartamento estaba entreabierta. Adivinaba a Geneviève justo detrás, al acecho.

—Tengo que irme, Jean.

Besó a su hermano en la mejilla: la tenía húmeda.

Había aterrizado a las doce del mediodía y sólo eran las tres y media, pero ya había agotado las dos únicas posibilidades de alojamiento en las que había pensado al llegar.

Fue andando hasta la Porte de la Villette y allí cogió el metro en dirección a Grands Boulevards. Era un nombre que había oído cientos de veces en boca de su madre, que decía «los Grandes Bulevares» con una mezcla de nostalgia y envidia: el lugar prometía placeres inauditos que, según ella, no se encontraban en ningún otro sitio. Hélène no vio más que una avenida ancha y ruidosa llena de motocicletas, coches y camiones, y a una multitud que corría hacia el metro o se subía en marcha a los autobuses. Un muchacho gritaba:

—¡Compren *Le Journal du Soir*! ¡Caso Lampson: mañana la testigo sorpresa realizará la rueda de reconocimiento! ¡Compren *Le Journal du Soir*!

Los viandantes lanzaban monedas que el chico cazaba al vuelo. Los ejemplares se vendían como churros.

Hélène se detuvo. El caso Mary Lampson, aquel sorprendente y espantoso asesinato en el que François y Jean se habían visto indirectamente envueltos... Había sido Geneviève quien, el pasado marzo, les había contado en una carta, con todo lujo de detalles, aquella sesión de cine a la que habían ido y en la que, por un azar que sobrecogía, aquella joven actriz había sido salvajemente asesinada. Era sobre todo a través de ella que recibían noticias de los hermanos: Jean se limitaba a escribir: «Con cariño» al pie de las cartas, y Hélène por fin comprendía por qué François, que supuestamente aún estaba estudiando, escribía tan poco... condenado como estaba a añadir una mentira tras otra...

Hélène todavía recordaba su propia conmoción al enterarse de la muerte de Mary Lampson, a la que había descubierto en una película unos meses antes, y que le había parecido una actriz maravillosa. Que sus hermanos y su cuñada tuvieran alguna relación, por lejana que fuera, con aquel trágico suceso le había causado una fuerte impresión; París era una ciudad en la que podían pasar ese tipo de cosas. En la portada del *Journal* distinguió la foto de una mujer de unos cincuenta años tocada con un sombrero: la testigo sorpresa. Parecía muy normal. Quiso comprar el periódico, pero sólo lo hacían hombres, y debía tener cuidado con el dinero. No sabía lo que costaba la vida en París, y ahora que se veía obligada a arreglárselas sola...

Se acordó de que tenía hambre.

Pasó por delante de una gran cervecería en la que se veían parejas y no sólo hombres, como muchos cafés. Entró, dejó la maleta en el suelo y pidió un vaso de Vittel y un sándwich de jamón con pepinillos que se comió con voracidad. Una vez saciada, sintió renacer la esperanza. Tenía que buscarse un hotel para unos cuantos días mientras esperaba a que sus padres le mandaran un poco de dinero. El hecho de haber afirmado que iba a estudiar Bellas Artes la llenaba de entusiasmo. Estaba decidido. Trabajaría para pagarse el alojamiento. Fea no era: podía ganarse la vida posando para los alumnos de dibujo. De repente París era un lugar magnífico. El bullicio de la cervecería la llenó de bienestar, igual que los Grandes Bulevares, cuyo espectáculo, siempre cambiante y totalmente a la altura de su fama, contemplaba por la vidriera de la terraza. Bueno, ya estaba allí. Adiós a Beirut y adiós a la infancia: acababa de lanzarse al ancho mundo.

François cogió un taxi (le saldría caro, mala suerte) y dio la dirección del Gordito: era el único sitio al que podría haber ido Hélène. «¡Soy gilipollas!», se dijo, ¡dejarla irse así, en una ciudad que no conocía! ¡Y prácticamente sin dinero! Cuando pensaba que la encontraría en casa de Jean se tranquilizaba; cuando imaginaba que su hermana preferiría cualquier otra solución, se alarmaba. Hélène era como Étienne: no tenía término medio. Aquellos dos eran tal para cual...

De repente tuvo la visión de dos seres en peligro.

Étienne no le había escrito más que un par de veces. Su madre le había contado lo esencial. Por lo visto, había decidido quedarse en Saigón en plena guerra... Nadie sabía exactamente cómo había muerto Raymond, pero estaba muerto; ¿qué podía esperar su hermano de aquel país desgarrado que, un mes tras otro, rompía sus últimos lazos con Francia? Y ahora, Hélène se presentaba en París sin avisar a nadie: comportamientos incomprensibles, ilógicos...

Si al menos la encontrara en casa del Gordito...

Había ido apremiando al taxista. Sacó el dinero en cuanto éste redujo la velocidad y, cuando el coche se detuvo, saltó fuera de inmediato, pero no tuvo que subir los cuatro pisos porque, al abrir el portón del edificio, vio a su hermano sentado en el estrecho pasaje que llevaba al patio, donde había varios coches aparcados.

El Gordito negó con la cabeza, abatido.

—Pero ¿ha venido? —le preguntó François.

—Se ha marchado hace un cuarto de hora...

—¿Se ha marchado? ¿Adónde?

—A tu casa.

—No, no, venía de mi casa...

—Mierda...

Así que François se sentó a su lado. Sus hombros se tocaban.

Se quedaron allí, sin hablar, pensando en el desastre que habían provocado. Como cuando eran niños, habían hecho una estupidez y esperaban el regreso de sus padres y el castigo que les impondrían.

Pero esta vez no era un simple cristal roto: era Hélène, quien, a sus dieciocho años, se veía obligada a vagar sola por París porque ninguno de sus hermanos había querido acogerla.

El camarero pasó por su mesa y le dejó la cuenta como si tal cosa. El importe la dejó helada: ¡ciento veinte francos! Miró, a su alrededor, las enormes macetas con plantas y las lámparas de cristal de colores que colgaban del techo. No era de extrañar que le hubiera gustado esa cervecería: era bastante elegante. No había más que fijarse en la clientela... Viendo los vestidos de las mujeres y los trajes de los hombres se sintió avergonzada: con la ropa de Beirut y la maletita debía de parecer una sirvienta... Ciento veinte francos. No quería hacer el ridículo poniendo el dinero sobre la mesa para contarlo. A ojo, una vez descontado el billete de avión, debían de quedarle unos seiscientos francos... ¿Cuánto costaría una habitación de hotel? Se le había ido el tiempo volando, ya estaba anocheciendo... Pagó a toda prisa, salió, vio una señal que indicaba el camino a la estación de Saint-Lazare y se dirigió allí a pie porque hasta el precio de un billete de autobús le parecía un gasto innecesario.

Estaba empezando a sentir pánico. Llegó a la estación sudando y buscó la consigna.

¡Veinticinco francos!

¿Y ahora qué hacía?

Lo más urgente era encontrar alojamiento. La maleta empezaba a pesarle, la dejaría en la consigna con el dinero dentro, allí estaría seguro... Contó discretamente su capital, abrió la maleta y, antes de entregársela a la encargada de la consigna, metió cuatrocientos francos bien extendidos entre su ropa y cogió los restantes, unos cincuenta.

Empezó por los hoteles de los alrededores de la estación, evitando los que tenían un portero con librea que abría las puertas de los coches y cogía las maletas. A veinte minutos de distancia encontró establecimientos bastante más modestos; aun así, los primeros precios que vio en los tableros colocados junto a la entrada ascendían a ochocientos francos por noche; los más baratos, a seiscientos. Su miedo a no encontrar nada iba en aumento, ¿tendría que acabar durmiendo al raso como una vagabunda? Continuó su búsqueda eligiendo sistemáticamente las calles menos atractivas. Encontraba hoteles, pero no con habitaciones por menos de quinientos francos. ¡No tenía ni para pagar una noche! Por un momento pensó en volver a casa de François, pero enseguida supo que no lo haría por difíciles que se pusieran las cosas: no buscaría a ninguno de sus dos hermanos. Ni hablar.

Había oscurecido.

Alrededor de las ocho encontró al fin un establecimiento que ofrecía habitaciones por trescientos cincuenta francos. Cruzó la calle para ver mejor la fachada. Era un edificio con la pintura descascarillada; en las ventanas iluminadas, unas cortinas descoloridas traslucían una claridad pálida y amarillenta. Una mujer entró en el hotel seguida por un hombre con gabán y ella pudo atisbar el mostrador de recepción. Se percató de que la mujer esperaba mientras el hombre sacaba dinero de su cartera para coger una habitación. Eso significaba que había habitaciones libres. Si se gastaba trescientos cincuenta francos por esa noche no le quedaría gran cosa, pero al día siguiente sería otro día. Se apuntó la dirección: era el Hotel Hekla, en la rue de la Jonquière. Tardó algo más de tres cuartos de hora en volver a la estación de Saint-Lazare; no quería coger el metro: el billete de segunda para ir a casa del Gordito le había costado diez francos.

Recuperó su maleta. Se sentía vagamente aliviada. Era tarde, pero había encontrado un hotel al alcance de su bolsillo. No era el sitio más lujoso del mundo, pero podría dormir y... Pensó que debería haber preguntado si quedaban habitaciones: había visto a un hombre pagando en recepción, pero eso no quería decir que hubiera otras libres. A lo mejor le habían dado la última. La perspectiva de volver a empezar de cero la anonadó. Dejó la maleta en el suelo y justo en ese momento la empujaron con tanta fuerza que casi perdió el equilibrio. «Perdón, señorita», dijo una voz, pero cuando se volvió vio la silueta de un hombre que se alejaba corriendo con su maleta en la mano.

—¡Eh, usted! —gritó, y luego—: ¡Al ladrón!

Algunos viajeros se volvieron y una mujer le lanzó una mirada inquieta, pero siguió su camino. La estación estaba increíblemente vacía.

Hélène estaba paralizada, desesperada.

Con su maleta acababan de esfumarse todas sus posesiones, su ropa y sus cuatrocientos francos. Adiós a la habitación de hotel...

Las lágrimas asomaron en sus ojos.

Para no dar un espectáculo, echó a andar, salió de la estación y se sonó la nariz.

El reloj marcaba las nueve.

No podía hacer otra cosa que volver a casa de François o al piso de Jean. Sin embargo, quizá debido a su carácter, supo al instante que no lo haría nunca, nunca jamás: no volvería, aunque su vida dependiera de ello.

La noche parisina había empezado. Parejas o grupos corrían hacia los teatros, los restaurantes, los cines... Caminaba como una autómata repitiéndose inútilmente «nunca jamás». Había tomado la dirección de la rue de la Jonquière, como si esperara encontrar allí su maleta y su dinero... ¿Dónde dormiría? Pensó en volver a la estación: en la sala de espera había bancos. Pero el robo de la maleta la hacía sospechar que no saldría indemne de un sitio así... «Nunca jamás», se repetía. En ese momento se le ocurrió una idea.

Encontrar un hombre para esa noche.

Era aterrador y a la vez evidente, pero ¿cómo encontrabas un hombre que te dejara quedarte con él toda la noche? ¿Qué debía hacer? No tenía la menor idea de lo que debería aceptar. ¿Sería como con Lhomond? ¿Un hombre le pagaría para abofetearla antes de darle la vuelta y empujarla brutalmente contra la pared? ¿Conseguiría de esa manera un lugar donde dormir por una noche? Esa hipótesis ocupó sus pensamientos un buen rato; las imágenes se sucedían: todo lo que sabía sobre esas cosas se movilizó ante la perspectiva de alquilarse por una noche. El hombre que se imaginaba no era más que una sombra robusta y amenazadora, un peso enorme sobre ella... sólo de pensarlo le entraban sudores. Por fin llegó frente al hotel Hekla. Fue entonces cuando comprendió cómo se habían encadenado sus ideas hasta llevarla allí. Vio a la misma mujer de hacía unas horas, seguida esta vez por un hombre con un impermeable beis, pero que hacía exactamente lo mismo que su predecesor: se acercaba al mostrador y sacaba la cartera mientras ella, con un codo en la barandilla de la escalera y un pie ya en el primer peldaño, lo esperaba. Ver a aquella pareja la hizo comprender que acababa de fantasear con algo desagradable, excitante, práctico y escandaloso, pero que jamás se atrevería a hacer. Siguió plantada enfrente del hotel, la pareja acababa de subir. Se preguntó cuánto se tardaba en hacerlo en un hotel: eso no tenía nada que ver con una habitación ni con dormir.

En las lágrimas que volvían a asomarle a los ojos había tanta desesperación como cansancio.

No tenía más remedio que aceptar lo inaceptable, volver a casa de François, llamar a la puerta y decir: «Me han robado la maleta.» ¿Habría alguien en su cama?

Bajó al metro y se detuvo ante el plano de las estaciones. Estaba intentando averiguar cómo volver al barrio de su hermano cuando sus ojos se posaron en la estación Europe: place de l'Europe, Hotel de Europa, la señora Ducrau, «la amante de tu padre...».

El señor Pelletier era un cliente conocido: le fiarían por una noche.

¡Puede que hasta por dos!

Aún tenía su documentación: podía demostrar que era la señorita Pelletier, incluso figuraba su dirección en Beirut.

Era su último recurso. Si allí no la aceptaban, iría a llamar a la puerta de François... ¡y si tenía a una chica en la cama, la pondría en la calle! ¡Tenía tanto derecho como ella a dormir en casa de su hermano!

Eran las diez.

El Hotel de Europa era un sitio muy limpio, ni punto de comparación con el Hekla. Al entrar, un botones joven con uniforme rojo y gorrita la miró intrigado: las viajeras sin equipaje debían de ser poco habituales. Era muy posible que así, sólo con el bolso de mano, pareciera una fulana.

—¿Deseaba usted algo?

Hélène se volvió; era realmente joven, tendría unos quince años.

—¡Déjala pasar, Gabriel!

Era una voz de mujer. Estaba detrás del mostrador de recepción. La señora Ducrau, sin duda. No tenía edad para ser la amante de su padre: parecía muy mayor, pero era una mujer sonriente, e iba acicalada y maquillada a pesar de que ya era tarde.

—¿Es usted Hélène? ¡Adelante! ¡Venga, venga!

Al oír que la llamaban por su nombre de pila en aquel hotel en el que nunca había estado, se asustó e hizo amago de volverse para huir, pero antes de que pudiera hacerlo la hostelera exclamó:

—¡Ha llegado su hija, señor Pelletier!

Y del salón anexo, en el que Hélène no había reparado, salió su padre con el traje azul que se ponía para viajar y para los entierros, sonriendo también.

—¿Qué? ¿A que he hecho bien reservando la mesa para las once?

25

¡Valija diplomática, *natürlich*!

En teoría eran cinco horas en camión, pero durante el trayecto podían pasar mil cosas, y muchas pasaban. Aunque Saigón había vivido varios días totalmente secos, de pronto la estación de las lluvias había decidido recuperar el tiempo perdido. Cuando la pequeña columna de siete vehículos arrancó, el agua que corría por las calles ya cubría las ruedas hasta la mitad.

Los aguaceros, anunciados por un viento frío, duraban una o dos horas, rara vez más, y daban paso a amplios intervalos soleados, calurosos y húmedos sobre los que se lanzaba con ansia toda la actividad de la ciudad. Aquella mañana, sin embargo, a la luz del amanecer, la lluvia era tan densa que era imposible ver más allá de unos pocos metros. Sólo los faros traseros permitían distinguir el vehículo que iba delante, al que había que pegarse para no perderlo de vista.

—¿No esperamos a que deje de llover? —había preguntado Étienne ingenuamente.

El capitán Moinard, un hombre con bigote de gendarme y una cara de lo más vulgar, había insistido en partir con las primeras luces del día.

—Por despacio que vayamos, el camino hecho, hecho estará.

Su lógica también era de gendarme.

—¡Adelante, adelante! —urgía mientras la columna avanzaba a paso de tortuga bajo la tromba de agua.

Las ruedas patinaban en el barro, tan abundante que, si tenías que bajar para aligerar el camión atascado, te llegaba hasta las pantorrillas.

—¡Alto! —gritaba de pronto el capitán, aunque el camino parecía despejado en los próximos quinientos o seiscientos metros.

Luego hacía parar a la columna y equipar a cuatro exploradores con granadas y explosivos a los que luego daba instrucciones innecesarias, puesto que, como viets prisioneros, su trabajo consistía en abrir camino aun a riesgo de sus vidas.

Detrás de ellos (lo bastante lejos como para tener tiempo de actuar en caso de ataque), la columna era un conjunto bastante peculiar formado por marroquíes, chadianos, auxiliares vietnamitas (reconocibles por su ropa andrajosa y sus zapatos gastados) y un rutilante escuadrón de soldados de la secta Siêu Linh; en total, una treintena de hombres repartidos en siete vehículos del ejército francés. Para Étienne, esa heterogeneidad reflejaba bastante bien el carácter de aquella guerra en la que Francia lo había intentado prácticamente todo sin conseguir casi nada, viéndose obligada a improvisar sin cesar frente a una voluntad política que se movía como las aguas de un torrente y con medios que era necesario encontrar sobre el terreno en condiciones algunas veces ilegales y siempre acrobáticas.

Los reyes de la fiesta eran los soldados de la secta Siêu Linh, que, por sí solos, representaban la mitad de los efectivos. El papa Loan había exigido que se les proporcionara un uniforme nuevo y correctamente cortado, botas de su talla y armamento operativo de verdad, tres condiciones que a menudo no se cumplían ni siquiera en el caso de las tropas que acudían en apoyo del Cuerpo Expedicionario, como bien sabían los auxiliares contratados temporalmente por el ejército francés.

—Será escoltado por una unidad de élite, señor Étienne —le había asegurado Loan haciendo bailar las borlas de su gorro.

El recién nombrado papa Siêu Linh le había pedido ayuda para conseguir unas cuantas transferencias suplementarias en beneficio de la secta, lo que lo convertía en un invitado de honor.

—De acuerdo —había respondido Étienne—, pero quiero un gorro con borlas... como el de ellos —había añadido señalando a los venerables dignatarios con barbas de chivo y toga blanca, cuya testa estaba coronada por un magnífico molde para tartas de fieltro azul.

—Lo siento, señor Étienne; es el tocado de los dignatarios de la Iglesia...

—Entonces, nómbreme dignatario.

—¡Me pone usted en un aprieto, señor Étienne! Le he pedido ayuda porque luchamos contra el Viet Minh. Es una buena causa, ¿no?

—Es la mejor, santidad; no les dé cuartel. Los odio: son unos asesinos.

—¿Entonces? ¡Ésa es su recompensa, señor Étienne! ¡Ayuda a una causa santa!

—Es posible, pero precisamente porque es una causa santa tengo derecho a un birrete de dignatario.

—Con todos los respetos, señor Étienne, elevar a un francés al rango de cardenal Siêu Linh sería muy mala idea para nosotros: los fieles no lo entenderían...

—Lo comprendo, pero ¿qué quiere que le diga? Me chiflan esos gorros azules.

Como ya sabemos, Loan era un hombre sumamente pragmático.

—Quizá pueda arreglarlo —anunció victorioso, aunque siempre modesto.

Y así fue como, a cambio de un gorro con borlas que se había comprometido a no llevar nunca en público, Étienne se había convertido en un nuncio apostólico confidencial Sieu Lihn.

—Secreto, oculto y subterráneo, santísimo padre —había declarado Étienne—. Le doy mi palabra de honor. No escupo al suelo, pero ganas no me faltan.

Se había puesto el gorro ecuménico para dejar boquiabiertos a Jeantet y a Gaston, pero luego ya no lo había llevado más que en casa, bajo los ojos divertidos de *Joseph* y la mirada reprobatoria de Vinh, que veía en ello una intención blasfema.

Étienne bromeaba, pero ya no consideraba en absoluto inmoral firmar transferencias de piastras para ayudar a la secta porque eso equivalía a luchar contra el Viet Minh. Dado el caso, estaba dispuesto a creer (como muchos de sus compañeros de la Casa) en las virtudes pacificadoras de las transferencias de moneda, incluso si perjudicaban gravemente a la economía francesa.

Cuando Loan y su ejército de fieles se disponían a regresar a Hien Giang con la garantía del alto comisionado de que Francia ayudaría a la Iglesia a implantarse en el territorio, Étienne no había podido aguantar más.

—El nuncio apostólico tiene que conocer la zona —había declarado—. Deseamos visitarla.

Desde su nombramiento, cuando hablaba de sí mismo delante de Loan en calidad de nuncio apostólico solía usar el plural mayestático.

—Pero es muy peligroso, señor Étienne.

—Lo comprendemos, pero estamos decididos: si no hay Hien Giang, no hay sello.

Loan no dio su brazo a torcer.

—Lo siento, señor Étienne. Es un riesgo demasiado grande: si le ocurriera algo no me lo perdonaría nunca...

—Bien, entonces vamos a escribirle al Alma Suprema.

—¿Perdone?

—Si el Alma Suprema escribe cartas, sin duda también puede recibirlas, ¿no?

Loan lo miraba intensamente, la inquietud fruncía las pequeñas arrugas de su entrecejo.

—¿Qué pretende hacer?

—Celebrar una misa, santísimo padre. Me pongo mi gorro azul, agito las borlas y convoco a los fieles para consultar al Alma Perfecta...

—¡Suprema!

—Eso. Le pido que me confirme por carta si un servidor tiene prohibido el turismo apostólico, y si lo hace, lo acato.

Loan soltó un largo suspiro. Estaba a punto de ceder. Étienne se estaba divirtiendo pero, en el instante de la victoria, lo embargó la emoción; al fin y al cabo, aunque las maneras fueran cómicas, el asunto era muy serio.

—Como ya sabe, Loan, fue allí donde murió... mi primo, en Hien Giang... —En su voz había una vibración cercana al sollozo—. Si no aprovecho su protección —añadió—, jamás podré ir hasta allí.

—Pero... ¿qué espera encontrar?

No lo sabía con exactitud, pero sentía que no podría superar la pérdida de Raymond hasta que no hubiera visto el lugar en que había muerto.

—No tengo otra tumba a la que ir a rezar...

Loan cerró los ojos como si le pidiera perdón al Alma Suprema por la mala acción que iba a consentir.

Y así fue como, tres semanas antes de la partida de la secta hacia Hien Giang, tras pedirle una semana de permiso a Jeantet, rodeado por una escolta de élite de soldados Siêu Linh y bajo la protección del capitán Moinard, Étienne inició un viaje que era a la vez una peregrinación y una posibilidad de venganza.

Las dos cosas eran risibles, aunque la segunda un poco menos que la primera porque aquel periplo bastaba para multiplicar por diez el odio que albergaba hacia aquel lúgubre ejército capaz de despedazar vivos a unos soldados antes de destrozarles la cabeza con rejas de arado.

Si la infantería de la secta se había tenido que conformar con los camiones y la marcha en columna para trasladarse a Hien Giang, Loan había hecho el viaje en avión. Efectivamente, la secta había rescatado un Lockheed Vega reformado unos doce años antes y repintado con los colores Siêu Linh. Era uno de los mayores orgullos de su santidad. Él mismo lo había bautizado *Chim ung*.

—Significa «águila» —había explicado con satisfacción.

Para Étienne, el parecido de aquel vetusto Lockheed Vega con un águila era puramente metafórico.

Pero a Loan eso le importaba bien poco, y viajaba en él siempre que podía. Unos fieles colocaban una alfombra azul real hasta lo alto de la pasarela y el papa ascendía majestuosamente sobre ella, era un bonito espectáculo. Pero el caso es que Loan había querido hacer el viaje a Hien Giang con gran pompa, es decir, por vía aérea, haciendo oídos sordos al argumento de que el punto más cercano para aterrizar estaba a unas seis horas de su destino por carretera, con lo que, al final, tardaría más cogiendo el avión que yendo en camión como el resto.

Unas semanas antes Étienne había sido invitado a la inauguración por todo lo alto del noble aparato; incluso había disfrutado de un bautismo de vuelo bajo el mando de un antiguo piloto de Lufthansa despedido por alcohólico al que Loan había contratado por cuatro perras y dos cajas de botellas de ginebra. Los dos dignatarios que lo acompañaban temblaban de pies a cabeza, pero Étienne gritaba de júbilo con el rostro azotado por el aire que penetraba por las grietas de la carlinga, en medio del petardeo del motor, que hipaba de forma permanente e inquietante.

De todas formas, y a pesar de que el bautismo de vuelo le había encantado, no estaba en absoluto descontento de hacer el viaje a Hien Giang en camión.

Veinte minutos después de salir, la lluvia que al principio había acompañado al convoy cesó de pronto, pero el capitán

Moinard, que había tenido razón al dar la orden de partida, no presumió de su acierto: él se limitaba a realizar su trabajo.

Tras la brillante reaparición del astro rey, ni los más insensibles consiguieron permanecer indiferentes a unos paisajes de belleza sobrecogedora. Aquel país, que combinaba la jungla impenetrable, océanos de arrozales y montañas azules, era a la vez infernal y paradisíaco.

Mientras admiraba los arroyos envueltos en bruma que ondulaban entre campos de un verde profundo, Étienne comprendió que la gente luchara por él, aunque su belleza no fuera la principal motivación de quienes lo hacían.

Una hora más tarde los camiones empezaron a sufrir: la ruta estaba llena de profundos baches que obligaban a complicadas maniobras. Cuando se veían forzados a reducir la velocidad, el miedo a una emboscada atenazaba a las filas. Aquella rodada, ¿no parecía hecha a propósito? Aquella sucesión de agujeros dispuestos al tresbolillo, ¿no parecía artificial? Aquel árbol medio tumbado sobre la pista, ¿había caído por sí mismo? El capitán Moinard se atusaba el bigote con cautela y, de pronto, como si saliera bruscamente de una larga meditación, ordenaba parar, bajaba a inspeccionar el sitio, hablaba largo y tendido con los auxiliares, que conocían bien la región, y, según el caso, hacía poner pie a tierra para inspeccionar los alrededores u ordenaba a los exploradores que se adelantaran mientras los vehículos roncaban al ralentí y las ametralladoras apuntaban a los cuatro puntos cardinales.

No era raro que los camiones patinaran en el denso barro alimentado por las lluvias torrenciales, hecho que a veces los obligaba a parar más de una hora.

Étienne había frustrado rápidamente las tentativas de conversación del capitán Moinard, quien, por otra parte, sólo lo había intentado por educación, pues prefería el silencio. Mientras el convoy se internaba en la jungla, atravesaba pantanos y bordeaba rebosantes arrozales y torrentes furiosos e hinchados por la lluvia, Étienne permanecía mudo, convencido de estar reviviendo algo parecido a lo que Raymond debía de haber experimentado. Oía el aguacero repiquetear en el techo del camión como debía de haberlo oído él; caminaba por el barro como habría hecho él cuando había que aligerar el peso de un vehículo... Casi deseaba que el Viet Minh atacara: lo apresarían, lo torturarían, lo despedazarían a él también... Así que sufría dos veces, por seguir siendo desgraciado y por fantasear frívolamente con la muerte de otro.

Habían partido con las primeras luces del alba, pero no llegaron a Hien Giang hasta última hora de la tarde.

—Sin disparar un tiro —dijo escuetamente el capitán Moinard, tras ponerse firmes ante el coronel Philippe de Lacroix-Gibet, que había acudido a recibir al invitado de Saigón.

Además del coronel, estaban presentes Loan, con una toga recién planchada, hipócrita y devoto, frotándose las manitas como si se las estuviera lavando, y uno de esos funcionarios que se presentan anteponiendo un «señor» a su nombre, una forma de subrayar que esperan respeto hacia su persona y su cargo.

—Soy el señor Grandvalet Philippe, delegado de la Oficina del Alto Comisionado.

Extendió una mano delgada y blanca, de una pulcritud casi sospechosa (daba la impresión de que se hacía la manicura cada mañana). De hecho, todas las manos de los presentes lanzaban un mensaje; las de Loan decían: «Gracias, caballeros, por haber acudido a mi invitación»; la del coronel, tendida hacia Étienne, murmuraba: «Así que éste es el soplapollas que me va a tocar las pelotas toda la semana...», y las del delegado del gobierno afirmaban: «Yo represento la ley y la autoridad, puede comunicar la buena nueva.»

Era evidente que el coronel despreciaba al delegado, que le pagaba con la misma moneda, y que a Loan habría podido atropellarlo un camión sin que ninguno de los dos moviera un dedo. Ese ambiente agradó de inmediato a Étienne que, sin dudarlo un segundo, respondió a la comitiva con un escueto:

—Gracias por su recibimiento, caballeros; ¿no les sobrará un poco de opio?

Todos pusieron cara de sorpresa, pero en lugar de ofenderse se echaron a reír: el puesto de Étienne en la Casa de Saigón excitaba la codicia. Cada uno de ellos parecía tener, escondida detrás de la espalda, una solicitud de transferencia preparada para recibir el divino sello.

Loan dio un paso hacia Étienne y, con un saludo respetuoso y las manos sobre el pecho, dijo:

—Señor Étienne, lo dejo con sus anfitriones. ¿Puedo esperar su noble presencia en la misa de pasado mañana?

—¡Ah! ¿se celebrará el domingo, como la misa de los católicos? Qué poco original, ¿no? ¿No está el Alma Superior por encima de eso?

—El Alma Suprema... Siêu Linh es una religión sincrética, señor Étienne, cogemos lo mejor de todo lo que nos ha precedido y anunciado.

Étienne se inclinó hacia el oído de Loan.

—¿Podré lucir mi gorro con borlas, o tampoco?

Ante la mueca de Loan, Étienne cerró los ojos en señal de resignación.

—De acuerdo, iré de incógnito. —Y aprovechando el aparte, añadió—: Santidad, ¿sería abusivo si le pidiera...?

Sustituyó el final de la frase por un guiño.

—Está previsto, señor Étienne: no le faltará de nada.

El Cuerpo Expedicionario ocupaba una especie de fuerte un tanto tambaleante, hogar de soldados de diferentes unidades tan desastrados en su indumentaria como decididos en sus acciones. Aquello era una extraña miscelánea de torsos desnudos, tatuajes, ojos azules, pieles morenas, uniformes descoloridos, ropa interior tendida en cuerdas, pulsos sobre cajas de madera, armas engrasadas, toldos sostenidos por estacas bajo los que se jugaba a las cartas en cuclillas, y, paseándose entre todo aquello como si nada, un capellán sorprendente, mitad legionario con una imponente barba Garibaldi, mitad cura con una enorme cruz dorada adherida al torso como el número del maillot de un corredor ciclista.

Étienne se detuvo un momento.

Un poco más allá, un hombre acababa de darle la espalda, y aun así él lo había reconocido: era el legionario cincuentón, más bien bajo y ancho de espaldas, de rostro rectangular y ojos azules, que le había confirmado la muerte de Raymond a apenas unos pasos de la terraza del Camerone, en Saigón.

Étienne estaba convencido de que el legionario también lo había reconocido, pero había preferido evitarlo.

Lo que lo había llevado allí era la esperanza inconsciente de ver a aquel hombre que quizá le indicaría el lugar donde habían hallado a Raymond y a sus compañeros, el valle despejado que se mencionaba en el informe militar. Por supuesto, no era cuestión de pedírselo oficialmente a Philippe de Lacroix-Gibet o al delegado del gobierno, ya que se suponía que él no había leído aquel informe.

Sí, aquel soldado discreto pero esquivo era su única esperanza. Sin embargo, no tardó en enterarse por los militares de que aquella unidad de la Legión había finalizado su misión en Hien Giang y se disponía a partir en unas horas hacia Saigón. El veterano no sólo se había mostrado esquivo; además, se iba precisamente cuando él acababa de llegar.

Había hecho el viaje en balde.

La lluvia había anegado el patio unas horas antes, pero el calor había vuelto enseguida y la inmensa explanada de tierra batida estaba salpicada de charcas fangosas entre las que la gente zigzagueaba, saltaba, resbalaba y maldecía.

En el extremo posterior del fuerte se alzaba una construcción de dos pisos que albergaba la administración militar en la planta baja y, en la superior, la enorme vivienda del coronel, en la que Étienne se alojaría. Guiado por un cabo, recorrió un laberinto de pasillos en los que te asabas de calor y subió a la zona reservada a los escasos visitantes: un gran dormitorio colectivo provisto de un ventilador de techo y mantenido en penumbra por los postigos cerrados, supuestamente para protegerlo del calor. Aun así, incluso a esa hora, olvidada ya la lluvia, aquel espacio resultaba asfixiante y bochornoso.

—El coronel Philippe de Lacroix-Gibet estará encantado de verlo durante la cena. Será a las ocho.

Era una orden. De hecho, el cabo se fue sin esperar la respuesta de Étienne, que, en cuanto estuvo solo, se quitó la ropa, accionó la bomba manual y se duchó con agua tibia. Después, muerto de cansancio, se tendió desnudo en la cama, cuyo jergón se hundía en el centro, y echó una siesta tardía de la que sólo lo sacó el sordo repiqueteo de la lluvia en el techo. Por la ventana vio que en el gran patio, desierto y ya inundado, caía un aguacero denso, opaco y vertical.

La cena del coronel empezaría en unos minutos. Se vistió a toda prisa y salió del dormitorio. Estaba desorientado, ¿había pasado antes por allí? Avanzaba unos metros, creía reconocer el lugar, volvía atrás... pero no había nadie. Oyó voces un poco más allá; una puerta estaba abierta. Al instante se sintió aliviado: era el cabo que lo había acompañado al dormitorio, charlando con un compañero. Estaba sentado ante una pequeña mesa cubierta de mapas del Estado Mayor salpicados de chinchetas de colores.

—Me he perdido...

—Normal, no se apure, es un poco complicado. La primera vez siempre te haces un lío. Lo acompañaré...

—¿Es de verdad? —bromeó Étienne al ver un cráneo de pequeñas dimensiones que servía de pisapapeles y parecía una referencia shakespeariana en medio del decorado administrativo.

—¡Ya lo creo! Es de un viet, del año pasado. Yo mismo le corté la cabeza, ¿verdad, Jeannot?

—Afirmativo.

Étienne miró a los dos hombres, que sonreían como si estuvieran rememorando una anécdota pintoresca un tanto lejana y casi entrañable.

—Cómo chillaba el condenado, ¿te acuerdas? —El cabo alzó el índice—. Porque, en las películas, pegan un sablazo y la cabeza cae, *¡plof!*, como en la guillotina. En realidad las cosas son muy distintas, créame: golpeas en las vértebras, pruebas más arriba, más abajo, en una dirección, en la otra; es una cabronada, parece que no vas a acabar nunca...

Étienne lo miró y luego observó el cráneo... Empezaba a encontrarse mal.

—¡Y eso no es nada! Para tener un cráneo bonito y bien limpio antes hay que limpiarlo bien. Éste lo herví durante cuatro horas; increíble, ¿no? Y le aseguro que no fue suficiente: tuve que rascar lo que quedaba con un cuchillo...

—Vas a hacer que el señor llegue tarde a la cena —dijo el tal Jeannot.

Étienne los oía como si estuvieran lejos o le hablaran a través de un tabique, pero lo suficiente como para preguntar:

—Le cortó la cabeza... ¿vivo?

Aquello se parecía cada vez más a un diálogo onírico: veía nítidamente, pero el sonido le llegaba acompañado de un eco.

—Pues... entre nosotros... el generador había dejado al pobre para el arrastre... —Señaló una dinamo: una maletita rectangular provista de dos grandes pedales, como una bicicleta, que descansaba en una esquina del despacho—. Le habíamos colocado los electrodos en las pelotas, se lo había hecho todo encima, ya no hablaba, ¿qué podíamos hacer? Ya había dicho lo que sabía, ¿no es verdad, Jeannot?

—Estás entreteniendo al señor... —insistió el otro.

—Sí, claro, tienes razón...

Étienne ya no sabía muy bien qué hacía allí: la imagen del cráneo puesto a hervir en una cacerola le revolvía el estómago...

—Lo acompaño —dijo al fin.

Étienne, conmocionado, tardó unos minutos en serenarse mientras lo guiaban hasta los aposentos del coronel.

—¡Vaya, veo que ya conoce al cabo Couchet!

El suboficial se había cuadrado, pero el coronel ya no lo miraba; cogió del hombro a Étienne y se lo llevó al comedor.

—Será una cena informal, como suele decirse. Mi mujer se ha ido a Francia con los niños y no volverá hasta dentro de un mes, así que no espere demasiado de la cocina ni del servicio...

Estaban allí el señor Grandvalet Philippe, el delegado, y un comandante cuyo nombre y cometido Étienne olvidó enseguida porque seguía muy impresionado por lo que acababan de contarle.

Philippe de Lacroix-Gibet era un hombre alto y delgado, un aristócrata que hacía alarde de una cierta vulgaridad para ganarse a la gente; tenía el pelo rojizo y ondulado y la actitud de un propietario falsamente campechano. Era uno de esos hombres que, como nunca han carecido de nada, nunca han tenido dudas y, aunque se las daba de bonachón, en realidad era un esnob. Te lo imaginabas haciendo equitación y saltando obstáculos, a medio camino entre un oficial del ejército de la India y el último vástago de una estirpe noble. Te servía whisky sin preguntar si querías y te señalaba tu sitio en la mesa; en cuanto entrabas, te sentías bajo su autoridad.

Un soldado de uniforme provisto de un delantal les llevó pescado frío con mayonesa y, con sus manos de luchador, intentó servirlo con elegancia y distinción. En otra situación, esa ceremonia sin mujeres habría resultado divertida, como un cabaret de travestis.

—Bueno, señor Pelletier, ¿cómo va todo por Saigón?

El vino empezó a fluir tanto como la conversación. Después del pescado frío llegó el pescado caliente; la charla giraba alrededor de la metrópoli, territorio ocupado por ingenuos e incompetentes. Al camarero se le caían los cubiertos, que recogía con un gesto que pretendía ser refinado para volver a dejarlos en la mesa...

Étienne respondía mecánicamente. Ya se había tranquilizado un poco y se esforzaba en mostrar interés, en comer y en beber. De algún modo, el cabo había vuelto a salir en la conversación.

—¡Ah, nuestro cabo Couchet! —exclamó el coronel riendo con regocijo—. ¡Si no lo tuviéramos, no sé cómo nos las arreglaríamos! ¿Verdad, Grandvalet?

—Desde luego.

—¿Qué hace exactamente? —preguntó Étienne—. Quiero decir, ¿cuál es su cometido?

—La información. En ese terreno es un hacha...

—Sí, ya lo he visto. Y dígame, ¿cómo corta las cabezas, con sable o con machete?

—¡Ah, sí, su cráneo! Es verdad: está muy orgulloso de él... —El coronel hablaba como si no hubiera percibido la intención sarcástica de Étienne—. Con machete, ¿no? —añadió con cara de intrigado—. Aquí no tenemos sables...

El comandante asintió: «Sí, con machete, seguro.» El delegado del gobierno también asintió, muy serio, sin dejar de masticar. Étienne tardó unos segundos en comprender que estaban tomando su ironía por mera curiosidad técnica: aquella gente estaba orgullosa de lo que hacía.

—Muchos critican al ejército —dijo el coronel—, incluso se mofan de nosotros, pero este conflicto demuestra nuestra extraordinaria capacidad de adaptación. Nosotros esperábamos una guerra, ¿comprende, señor Pelletier? ¡Una guerra con un frente y combates cuerpo a cuerpo! No teníamos ni idea de cómo son los amarillos. Son una raza pérfida por naturaleza, ¿sabe usted? No son valientes, pero sí tenaces, así que se han inventado un método que sustituye el enfrentamiento por el hostigamiento: ¡la guerrilla! Nuestros enemigos no tienen uniforme, se diría incluso que no tienen ejército: están en todas partes, mezclados con la población como peces en el agua. Aparecen de repente, diez o quince, atacan, cortan las cabezas y se van tan deprisa como han venido. No es un ejército de soldados, sino una banda de asesinos. Bueno, pues ¿qué cree usted que hemos hecho nosotros? Nos hemos adaptado: a su guerra revolucionaria oponemos una guerra contrarrevolucionaria, ¡ja, ja, ja!

—¿Y la estrategia consiste en ponerles una dinamo en los testículos y cortarles la cabeza con un machete?

—¡Principalmente! Contra los asesinos, es decir: contra los terroristas, el arma fundamental es la información. Cuando encontramos a uno de ellos no lo tratamos como a un soldado enemigo, sino como a un criminal, eso lo cambia todo...

Era difícil determinar si el coronel era un temible polemista capaz de ignorar el tono de la pregunta para centrarse en su contenido o si estaba tan convencido de tener razón que sólo oía aquello que coincidía con lo que él pensaba.

—¿Y no le preocupa que sus soldados se hayan transformado en torturadores? —preguntó Étienne mientras volvía a servirse vino.

La pregunta hizo reaccionar al delegado, que alzó la cabeza ofendido. El comandante, por su parte, soltó el tenedor, que cayó ruidosamente dentro del plato de porcelana. Una vez más, Philippe de Lacroix-Gibet mostró su superioridad:

—Es una elección estratégica, señor Pelletier, nada más. No hacemos más que adaptarnos a los métodos del enemigo. Para empezar, contratamos informadores y guerrilleros en los mercados y las tiendas, y elegimos a nuestros exploradores e intérpretes entre los propios amarillos: ¡divide y vencerás! Y recurrimos a sus técnicas, que volvemos contra ellos. De lejos puede parecer un poco sanguinario, pero fíjese bien y verá cómo enseguida lo comprende. Hace unos meses... ¿cuándo fue?, a finales de febrero, ¿no?

El comandante, que prácticamente no había abierto la boca, asintió muy serio.

—Una unidad del Cuerpo Expedicionario cayó en una emboscada aquí mismo, en Hien Giang, ¡hombres valientes!

—Étienne había querido provocar al coronel y ahora la trampa se cerraba sobre él—. Los viet los torturaron durante unos diez días y, al final, ¿sabe qué les hicieron? —Étienne quiso gritar que sí, pero no tuvo tiempo ni energía—. Cuando encontramos a nuestros pobres camaradas, uno tenía las manos cortadas, otro todas las articulaciones rotas y un tercero tenía el cuerpo despedazado y en carne viva. No le quedaban más que unos cuantos jirones de piel, el resto se lo habían arrancado, seguramente usando una navaja de afeitar, y las...

Étienne pegó un violento puñetazo en la mesa que hizo rebotar todos los cubiertos. Una botella vacía cayó sobre el mantel y tiró un vaso. El coronel sonreía con modestia.

—Sí, tiene razón, es un enemigo tremendamente cruel... —Se volvió hacia el soldado mayordomo—. Sirva el café y los licores en mi despacho, por favor. —Se levantó—. Caballeros, no quiero presumir, pero creo poder ofrecerles los mejores habanos de toda Indochina. Me los consigue mi cuñado. ¡Valija diplomática, *natürlich*!

Durante el resto de la velada Étienne ya no consiguió volver a la realidad, volver a ser él mismo, pensar de forma normal. Sumido en una especie de estupor en medio del humo de los habanos, asistió sin reaccionar a la charla en el despacho del coronel. Más tarde se echó en la cama sin desnudarse siquiera y permaneció despierto, esperando que las lluvias torrenciales acabaran derrumbando tejados y techos y lo ahogaran en su pena.

Odiaba aquella guerra con todas las fibras de su cuerpo y, sin embargo, sin saber por qué, no se decidía a irse, como si siguiera esperando algo, pero ¿qué?

Al lado de su cama había encontrado todo lo necesario para fumar. La larga pipa llevaba grabado el emblema de la secta Siêu Linh en un costado. El opio era de una calidad poco habitual y había de sobra: al menos en eso el papa Loan había cumplido su promesa.

Se durmió bastante tarde y no soñó, pero a la mañana siguiente no se sentía muy descansado. Era como si, escondido en el fondo de su embotada memoria, se agazapara el recuerdo de una escena desagradable que su memoria no conseguía precisar.

En el patio, una escuadra perfectamente equipada del ejército Siêu Linh se preparaba para salir en misión junto a una unidad del Cuerpo Expedicionario. Desde su triunfal desfile por las calles de Saigón, y tras el anuncio de que las fuerzas francesas la ayudarían a reconquistar la región, varios pueblos se habían unido a la secta, que había empezado así a tejer una prometedora red geográfica. Gracias a los confidentes, espías y demás informadores, la tropa aislaba las zonas ocupadas por el Viet Minh y los obligaba a retroceder hacia la frontera de la región. Después, gracias a una estrategia que combinaba la conquista colonial y la toma del poder por parte de la mafia, la secta Siêu Linh comenzaba a cobrar un impuesto patriótico destinado a financiar la protección de los pueblos que se sometían a su influjo.

Étienne bajó al patio. El sol, que ya pegaba fuerte, iba consumiendo los grandes charcos de la noche, evaporándolos poco a poco. Por todas partes se veían volutas de vapor blanco, brumas algodonosas que se alzaban del suelo y se fundían sobre tu cabeza. Para llegar al portón, tuvo que dar vueltas y más vueltas y bordear, sobre una especie de improvisado suelo de tablones, una serie de edificios con las puertas cerradas. De pronto, una mano lo agarró del brazo y, antes de que pudiera reaccionar, ya eran dos, cuatro manos las que lo arrastraban al interior de una habitación en la que olía fuertemente a especias y a pescado seco, y donde no se distinguía nada porque todo estaba envuelto en penumbras. Debían de ser al menos tres individuos. El primero le clavó el puño en el estómago y él cayó de rodillas al suelo; luego, mientras el segundo le sujetaba los brazos, un tercero le pateó las costillas.

Fue un ataque breve, inesperado, tremendamente rápido y eficaz.

Unos segundos después jadeaba e intentaba desesperadamente coger aire mientras vomitaba en el suelo de tierra batida. Cuando alzó la cabeza, la silueta del fornido legionario de ojos azules se recortaba como una sombra chinesca en el marco de la puerta.

—En Saigón me arriesgué a proporcionarle una información confidencial sobre nuestro camarada Raymond Van Meulen. Nuestros mandos nos prohíben comunicar ese tipo de cosas; deben de tener sus motivos: no soy hombre que discuta las órdenes. El caso es que decidí decirle la verdad porque Raymond era... era un buen compañero. No me gustaría tener que lamentarlo. —Étienne aún intentaba coger aire—. Sólo quería asegurarme de que era consciente de ello...

Mientras Étienne intentaba incorporarse apoyando un codo en el suelo, el legionario cerró la puerta a sus espaldas y se alejó tranquilamente.

Había estado más de una hora retorciéndose en la cama con el cuerpo doblado.

El dolor se había ido apagando al tiempo que, en el estómago y en el torso, iban apareciendo las marcas moradas de las puntas de las botas que lo habían golpeado y crecía en su interior un sentimiento de humillación que iba convirtiéndose en rabia.

De pronto, se levantó.

Ésa era la señal que esperaba.

Aquel país no era para él, tenía que irse... pero ¿adónde? Eso era lo de menos.

Tenía que irse.

Ya mismo.

Estaba recogiendo sus cosas cuando la puerta se abrió de par en par: era el coronel, muy tieso pero con una gran sonrisa en los labios.

—Era necesario que comprendiera... perdone, no lo he saludado... —y sin tenderle la mano añadió—: ¡Acompáñeme!

Seguía sonriendo de oreja a oreja, acostumbrado, como todos los caracteres dominantes, a ser obedecido.

—Regreso a Saigón —dijo Étienne metiendo más ropa en su bolsa.

—¿Cómo? ¿Ya? Ah, como prefiera...

El coronel estaba desconcertado, incluso decepcionado, pero, ante el rostro inexpresivo de Étienne y el ligero encorvamiento de su espalda, comprendió que había pasado algo que era preferible no saber.

—Bien, pues nos ocuparemos de ello. Hoy ya es tarde, pero mañana cuente con que le organizaré una escolta. —Iba a irse, pero volvió sobre sus pasos—. ¿No será nuestra velada de ayer lo que...?

—No, en absoluto —se apresuró a responder Étienne en un tono frío y distante—. Al contrario, todo el mundo se mostró muy... civilizado.

El coronel, que no era ningún idiota, lo miró atentamente.

—Bien, partirá mañana.

Ya no era un ofrecimiento, sino una orden.

—Entretanto... había venido para mostrarle una curiosidad: hemos localizado una fábrica viet a unos cincuenta kilómetros al norte.

—Otra vez será.

—Salimos dentro de veinte minutos hacia el Valle de los Juncos, pero si no le apetece...

Étienne se había erguido rápidamente.

El Valle de los Juncos... el sitio en el que había muerto Raymond.

Y así fue como, minutos después de haber decidido dejar el país, Étienne se vio a bordo de un todoterreno que abría camino a una columna de cinco camiones llenos de soldados fuertemente armados y con uniforme de camuflaje.

Una hora y media después llegaron a la orilla de un canal. Los exploradores habían conseguido sampanes en los que se cargaron las armas y las cajas de munición. Reinaba un silencio activo, tenso, como si la tropa temiera despertar a la jungla, que se volvió más densa en cuanto las embarcaciones se alejaron de la orilla e iniciaron un lento periplo hacia el norte. La selva alzaba a uno y otro lado grandes murallas de vegetación oscura, chorreante. El ambiente, saturado de humedad, dificultaba respirar. El canal iba cubriéndose de juncos y lotos, las márgenes se transformaban en ciénagas, el olor a putrefacción se agarraba a la garganta. Durante una hora nadie fumó ni dijo nada. Étienne tenía la sensación de que la jungla se cerraba tras ellos: aquel viaje empezaba a parecer la travesía de la laguna Estigia... De repente los sampanes se detuvieron; alguien había hecho una señal silenciosa. Todo el mundo se puso en alerta. Étienne no comprendía qué miraban, qué esperaban; nada se había movido... Las pequeñas embarcaciones reanudaron su avance, todavía más lento; a la derecha, la cima de una pequeña montaña asomaba por encima de la espesura. Luego, a lo lejos, se oyó una señal de alarma, el aullido de una especie de sirena y, al instante, detrás de los árboles, a uno o dos kilómetros, todo se agitó. Empezaron a oírse explosiones, como si se estuviera produciendo una batalla.

—Se acabó —dijo el coronel en tono filosófico—: nos han localizado. Nos acercaremos, pero es demasiado tarde.

Los sampanes se apresuraron a abordar la orilla y los soldados, arrancados de su sopor, bajaron rápidamente armas y municiones. Se pusieron en marcha por senderos embarrados y fangosos en los que a veces te hundías hasta los tobillos. Caminaron más de tres cuartos de hora.

El coronel parecía estar divirtiéndose.

—Queman todo lo que no pueden llevarse —dijo—, pero lo tienen todo preparado para el traslado desde el primer día. Construyen fábricas que pueden desmantelarse en una hora. Ya lo verá, no quedará nada.

Se quedó pensativo y poco después añadió:

—Pero que todos se hayan ido... eso lo dudo.

Llegaron al fin a un poblado en el que las chozas acababan de quemarse. Había profundas rodadas semejantes a raíles que llevaban a un brazo escondido del río: habían arrastrado la maquinaria y el material hasta las embarcaciones. Sólo quedaban trozos de hierro rotos a martillazos, piezas desmontadas, bidones de productos químicos rajados o volcados, cajas de alimentos rociadas con gasolina que ahora soltaban un humo acre y denso, y, aquí y allí, herramientas artesanales, embalajes rotos...

Alrededor, hasta donde alcanzaba la vista, pantanos, juncos y árboles nudosos que parecían flotar sobre raíces a flor de agua. La tropa ocupó el lugar recelosa y alerta, registrando lo que quedaba.

—No se han ido todos —dijo el coronel—. Primero, el material; los hombres después: ése es su lema.

—¿Qué era esto?

—Una fábrica con maquinaria, torres, generadores... En sitios así, fabrican granadas artesanales para arrojarlas en los mercados y a las tiendas de los comerciantes rebeldes, y minas que colocan en las carreteras por las que pasamos. —Escrutaba el pantano, divertido—. Delante de usted hay decenas de viets. Usted no los ve porque están debajo del agua. Pueden aguantar horas y horas así... pero si se queda el tiempo necesario, cuando les falte el aire podrá abatirlos uno tras otro como en una barraca de feria. —Miró a su alrededor—. Pero no podemos quedarnos: no tardaríamos en vernos rodeados; un montón de viets nos atacarían por todas partes. Sería una verdadera masacre. Es la tercera vez que intentamos sorprenderlos; seguiremos intentándolo, eso es todo.

Étienne se había acercado a una de las pocas chozas que no habían sido incendiadas, seguramente porque no tenía dentro nada importante. Vio un revoltijo de zapatos, trapos, cordones, botellas... parecía un vertedero. Empujó con el pie unos cuantos cacharros de cocina roñosos y un montón de ropa agujereada y, cuando ya iba a marcharse, le llamó la atención un trozo de papel, una nadería, una simple etiqueta que asomaba fuera de una caja de munición vacía. La cogió y la leyó.

Kaler & Valesco, importación y exportación.

Rebuscó en su memoria: aquel nombre le sonaba.

Y recordó una solicitud de transferencia para la importación de porcelana de Limoges: más de un millón de francos a la salida, casi tres a la llegada.

¿Qué hacía allí aquella etiqueta?

—Tenemos que irnos, amigo mío... —Era Philippe de Lacroix-Gibet, que había ido a buscarlo. Étienne se guardó la etiqueta en el bolsillo—. ¿Se encuentra bien? ¿No estará enfermo?

—No, todo bien —murmuró Étienne siguiéndolo.

Aunque lo que seguía sobre todo era el hilo de sus pensamientos.

Mientras avanzaba hacia el camión ataba cabos y calibraba las consecuencias de aquel descubrimiento.

Si aquella etiqueta estaba allí era porque la mercancía correspondiente le había llegado al Viet Minh.

Y procedía de una importación tramitada por la Casa de la Moneda.

Gracias a la guerra, los franceses traficaban con la piastra; las empresas y el capitalismo local aprovechaban ese tráfico para enriquecerse, para forrarse, pero eso no era lo peor.

El Viet Minh había conseguido entrar en el sistema.

Y aprovechaba el tráfico de la piastra para equiparse.

Esto sólo podía significar una cosa, una cosa terrible y trágica a la vez.

En la guerra que los enfrentaba, Francia, sin saberlo, financiaba al Viet Minh.

26

Yo que tú me pasaría por allí

Un taxi dejó a Hélène y a su padre ante el Grand Café Capucines, el local al que acudían los espectadores de los teatros cuando terminaban las representaciones.

Era un sitio ruidoso, animado, alegre, bonito. Precedida por el camarero, Hélène cruzó una gran terraza pavimentada con baldosas de cemento. Su padre había pedido que los pusieran en la segunda sala. Pasó bajo el techo de recuadros de vidrio anaranjado y, cuando el camarero retiró la mesa, se sentó en el banco de terciopelo rojo. A la luz de los apliques murales con tulipa roja, su hermoso rostro acusaba el cansancio del día.

En el taxi, su padre le había explicado que había salido de Beirut tan sólo seis horas después que ella.

—Tú cogiste el avión de medianoche —dijo—, yo cogí el siguiente.

Al llegar había ido a casa de François, pero no lo había encontrado. Sólo estaba la portera («pero llámeme Léontine»), que gustosamente habría estado de cháchara con él el resto del día.

Después había ido a casa del Gordito.

Hélène no sabía si, al final, había encontrado a alguno de sus hermanos: estaba tan enfadada que ni siquiera se lo preguntó.

—Diría que no te ha ido demasiado bien con ellos, ¿me equivoco?

—No —respondió Hélène fingiendo estar concentrada en la carta—. Yo empezaría con unas ostras, ¿qué te parece?

—¡Adelante con las ostras!

Después de pedir la comida, Louis volvió a guardarse las gafas en el bolsillo de la camisa. Hélène quería saber cómo se había producido aquel milagroso encuentro.

—¡Oh, no se trata de un milagro! Te fuiste sin mucho dinero, así que me dije: «Si no se aloja en casa de uno de sus hermanos, seguro que irá al Hotel de Europa.»

Con la bandeja de ostras, Louis había pedido una botella de muscadet, que llegó en una cubitera.

Mientras él probaba el vino ante la paciente y confiada mirada del camarero, Hélène sintió que estaba descubriendo al hombre que su padre había sido en su juventud, y lo encontró no sólo atractivo, sino también conmovedor. De pronto se vio sorprendida por la fugaz, dolorosa y tranquilizadora sensación de que, mientras su padre estuviera allí, no podía pasarle nada. Sea como fuere, en cuanto él dejó la copa en la mesa y exclamó: «¡Perfecto!», ya había vuelto a ser su padre.

—Así que mamá te pidió que vinieras a buscarme...

Hélène había dicho la frase en un tono cortante y agresivo que Louis fingió no percibir.

—No, no es eso lo que me pidió. —Señaló las ostras—. Están buenas, ¿eh?

—Mamá es...

—Ya sabes cómo es... ¿no comes?

—¡Sí, sí! Entonces, si no has venido a buscarme...

Louis chasqueó la lengua con discreción tras dar otro sorbo de vino blanco.

—Es excelente... Mira, tu madre sabe exactamente a qué atenerse: un hijo que se va de casa no vuelve jamás. Ya ha pasado por eso tres veces.

—Pero tratándose de chicos...

—Sí, por eso estoy aquí.

Hélène no comprendía a qué se refería. Su padre dejó los cubiertos en la mesa y la miró fijamente.

—Lo único que queremos tu madre y yo es estar seguros de que tu situación es estable y saber que estás a salvo.

—Y... ¿más concretamente?

—Más concretamente no lo sé, pero lo esencial es eso.

—Lo encuentro un poco abstracto.

—Las cosas esenciales siempre son abstractas. Bueno, dime, ¿qué piensas hacer aquí?

Louis había pedido riñones al vino. Como para justificarse, exclamó: «¡Tu madre nunca los hace!» Hélène optó por el magret de pato. En la sala flotaban aromas de carne asada, de mar y de vino fresco mezclados con el humo de los cigarrillos. El rumor de las conversaciones, en medio del último servicio, había aumentado. Las risas llegaban en oleadas repentinas. Hélène tenía la mente llena del decorado de aquel restaurante, de aquel día desquiciado, de su padre, que le sonreía con tranquilidad, por no hablar del muscadet... Eran demasiadas emociones juntas.

También para Louis, en realidad: nunca había cenado a solas con su hija. La encontraba tremendamente guapa, hecho que le dolió horrores porque le vino a la cabeza la foto de su hija desnuda en la pared de Xavier Lhomond. Se sintió manchado por esa imagen. No porque su hija se hubiera prestado a ese juego perverso, ni porque en aquella foto hubiera adoptado una mirada provocativa hasta la vulgaridad, ni siquiera por haber visto su cuerpo de ese modo... No, si se sentía así era porque Hélène se había convertido en una mujer adulta y se había iniciado, sin que él se diera cuenta, en el trato carnal con los hombres...

Ya no se encontraba ante su hija, sino ante la mujer joven en que se había convertido, a la que no conocía.

—¿Perdona?

—Te preguntaba qué quieres hacer en París.

—He pensado matricularme en Bellas Artes...

Louis asintió. Hélène esperaba que no lo aprobara, pero se llevó un chasco.

—¿No es un poco tarde para matricularse?

Hélène estaba atónita.

—¿Eso es todo lo que tienes que decir?

Louis entrecerró los ojos un instante.

—¡Ah, sí, perdona, cariño! Debería decir: «¿Cómo? ¿Bellas Artes? ¡Jamás! ¡O te casas con un farmacéutico o te desheredo!» Tienes razón: qué decepción.

Hélène no pudo evitar sonreír.

—Mamá...

—Tu madre se acostumbrará. Los hijos nunca responden a nuestras expectativas. Mira al Gordito: yo esperaba que se pareciera a mí, y ya ves...

Por el tono de su padre, Hélène comprendió que ese asunto aún lo hacía sufrir. Le dieron ganas de cogerle la mano. El señor Pelletier era muy cambiante: hacía apenas unos instantes le había parecido un hombre atractivo, pero ahora lo encontraba tan enternecedor como sólo puede serlo un padre anciano.

Louis seguía sumido en pensamientos que lo entristecían. Tardó unos segundos en volver al tema de las Bellas Artes.

—Yo que tú me pasaría por allí. Quizá ha habido anulaciones, bajas, nunca se sabe...

—¡Papá! ¡Para entrar hay que pasar un examen!

—Pues enséñales lo que sabes hacer...

Tanta ingenuidad la dejó pasmada. De pronto lo encontró francamente viejo, y más cuando añadió:

—Dame ese gusto, anda: ve a preguntar mañana mismo si hay plazas. ¡Para ganar hay que jugar!

El señor Pelletier había ido a París para ayudarla y, de hecho, había llegado como el Mesías y le había reservado una buena habitación («¡La más amplia que tenga, señora Ducrau! ¡Es para mi hija!»). Pese a que, al enterarse del robo de la maleta, la dueña del hotel le había proporcionado un neceser con productos básicos, su padre le había dicho: «¡Mañana vas a La Samaritaine y compras todo lo que necesites!» Se había portado impecablemente, de modo que ella no tuvo corazón para negarse.

—De acuerdo, iré a la facultad de Bellas Artes a preguntar si hay plazas —dijo a regañadientes, sabiendo en su fuero interno que ni siquiera lo intentaría porque no quería hacer el ridículo.

Louis había pedido profiteroles porque «tú madre nunca los hace». Las emociones, aquella velada, el vino... Hélène notaba que se le cerraban los ojos. Lo único que la mantenía despierta era el humo del cigarro de su vecino de la derecha.

En el taxi, se durmió sobre el hombro de su padre. Él la acompañó hasta su habitación y la tumbó en la cama tras quitarle los zapatos, ella se espabiló un poco y se dispuso a desnudarse, pero antes de que su padre se retirara discretamente, lo llamó.

—¿Sí?

—Te quiero, papá.

—Yo también, corazón.

Hélène no se lo esperaba: era el apelativo que usaba su padre tiempo atrás, cuando ella era una niña.

27

Todo el mundo sabe a qué me refiero

Jean estaba aliviado: se había quitado un peso de encima. El horizonte se despejaba y aquella mala temporada tocaba a su fin. El artículo de François confirmaba que la rueda de reconocimiento tendría lugar el viernes a las seis de la tarde en la comisaría de policía. Habían escogido y citado a sesenta y cuatro hombres. Lo decía el *Journal* con todas las letras: «Citado.»

Y él no había recibido nada.

Faltaba un día y el cartero había pasado ya. Nada.

Sintió un alivio semejante al que había experimentado cuando su padre le había dicho: «Me parece que la jabonería no es para ti.»

Aunque nunca mencionaba el tema delante de Geneviève, estaba tan contento que no pudo evitar decírselo.

—No me han citado.

—Ya lo sé —respondió ella.

Ante su tono y su mirada, a Jean le entró tal flojera que tuvo que agarrarse al marco de la puerta. Conocía de sobra esa manera de hablar, con la barbilla horizontal, los ojos muy abiertos y una sonrisa hiriente en los labios. Invariablemente, presagiaba una de aquellas catástrofes que sólo ella era capaz de provocar. Nunca había habido una excepción.

Ella también había estado al acecho del cartero. Luego, Jean la había visto vestirse, detenerse ante el espejo para ajustarse el sombrero y salir sin pronunciar palabra dejándolo muerto de preocupación.

Geneviève había ido al Palacio de Justicia para solicitar una entrevista con el juez Lenoir. No iba a poder ser, el juez estaba muy ocupado, la recibiría otra persona.

—¡De eso nada! ¡Dígale que es muy importante! ¡Es sobre el caso Lampson! ¡Soy una testigo!

—¿Señora...?

—Pelletier. ¡Soy la esposa del señor Jean Pelletier y me gustaría saber por qué no han citado a mi marido para esa sesión de reconocimiento!

Aquello era muy sorprendente: el juez no estaba seguro de haber oído bien.

—¡Porque, en fin —prosiguió Geneviève—, como ciudadano de la República, tiene derecho a colaborar con la justicia de su país!

Lenoir se las había visto con gente dura de pelar, pero tuvo la sensación de que con la señora Pelletier habían roto el molde.

—Su marido no está en la lista, señora.

Según su lógica, el argumento administrativo prevalecía sobre cualquier otro: era el arma definitiva, lo había comprobado en muchas ocasiones.

—¿Qué lista?

—La de los hombres citados.

—De acuerdo, ¿quién hizo esa lista?

—Yo.

—Entonces, explíqueme por qué razón mi marido no figura en ella.

Habían vuelto al punto de partida, así que había que cambiar de lógica.

—No cumple los criterios. Ahora, señora, debo dejarla...

Lenoir había dado un paso a la derecha, Geneviève dio un paso a la izquierda.

—¡Está usted obstruyendo a la justicia, señora!

—¡Muy bien! ¡Entonces, iré a explicárselo a su ministro!

En la vida administrativa, era una constante que inculpados, cómplices y ciudadanos recalcitrantes amenazaran con recurrir a las «altas instancias». Sin embargo, la furia de aquella mujer le hizo pensar en el lento pero inexorable avance de una máquina de obras públicas. Se asustó: ese tipo de situaciones podían salirse de madre, escapar a cualquier control y convertirse en una especie de tren desbocado.

—¡Y, por supuesto, informaré a la prensa! —añadió Geneviève—. ¡Soy la esposa del señor Jean Pelletier, pero también la cuñada del señor François Pelletier, un destacado reportero de *Le Journal du Soir*, que lo sepa! ¡Le contaré cómo lleva usted la investigación! ¡Usted tiene listas y criterios, yo tengo la justicia, caballero! Y puedo...

—Es una cuestión de peso.

El juez se justificaba. Geneviève supo al instante que iba a salirse con la suya, pero optó por ser prudente.

—¿Es decir...?

—El testigo ha sido muy claro, el hombre con el que se cruzó delante de los aseos era delgado.

—¿Es que mi marido le parece gordo?

Había ganado la partida. El juez Lenoir también lo comprendió.

—Mire, no tiene sentido, pero si se empeña, yo...

—¡Sí, nos empeñamos!

Un enorme cansancio se apoderó de Lenoir.

—Muy bien, entonces haré que citen a su marido, y ya está.

Al enterarse de la noticia, Jean palideció.

—Ese juez de pacotilla ha tenido que bajarse del burro...

—Pero, Geneviève... —farfulló Jean—. Sabes perfectamente que...

—¿Que qué?

Se había plantado delante de él con los brazos cruzados y la cabeza alta.

—Que... esa tarde, yo...

Jean volvía a estar sumido en la duda.

¿Se habían entendido mal?

¿Acaso Geneviève no había comprendido nada desde el principio...?

La magnitud del malentendido le embarulló las ideas.

—Geneviève, fui yo quien...

Lo interrumpió el timbre de la puerta. Geneviève fue a abrir y Jean estuvo a punto de desmayarse: era un policía de uniforme.

Sólo acudía a traer la citación.

—¡Bueno, ya era hora! —exclamó Geneviève arrancándosela de la mano.

Luego firmó en nombre de su marido. El policía no se atrevió a protestar.

Cuando su mujer volvió a cerrar la puerta, Jean se había derrumbado en el sillón. Geneviève dejó la citación en la mesa y se acercó a él. Jean alzó la cabeza. Estaba empapado, las gotas de sudor le perlaban las raíces del pelo, le resbalaban por las sienes y rodaban por su cara hasta quedar colgando de la punta de la barbilla.

Geneviève se arrodilló delante de él y le sonrió con complicidad.

Con una mano le acariciaba la mejilla, como a un niño al que se quiere hacer entrar en razón; la otra mano se había posado en su entrepierna.

—Te preocupas por nada... Si fueran capaces de encontrar a ese terrible asesino, hace tiempo que lo habrían hecho, Gordito mío.

• • •

El señor Pelletier tenía muy claro que no había mejor hotel en París que el de la señora Ducrau, y también que, para ir de compras, La Samaritaine no tenía rival, así que Hélène decidió ir a La Belle Jardinière. Su padre le había dado diez mil francos. A ella le había parecido una cantidad generosa pero, una vez más, no había contado con los precios de París: un par de medias valía doscientos cincuenta francos. Para comprar lo esencial (productos de aseo, ropa interior, faldas, una blusa, etcétera), tuvo que moderarse y escatimar. Vivir allí sería una lucha constante.

Cuando se reunió con su padre a media tarde, el señor Pelletier vio que los paquetes llevaban el logotipo de La Belle Jardinière, pero no dijo nada. La señora Ducrau les había reservado una mesa cerca de la ventana; «el rincón de los enamorados», había dicho.

—¿Tú sabes qué pasa con Étienne?

La brusquedad con la que su padre había hecho la pregunta (ella acababa de relatarle su día de compras) sugería que no tenía otra cosa en la cabeza desde hacía rato. De hecho, la miraba con una intensidad inusual, como si estuviera al acecho de la mentira que iba a contarle, de las cosas que intentaría ocultarle.

Hélène acabó de comerse el trozo de tarta y volvió a servirse té.

—No quiere volver.

—Eso ya lo sabemos: nos lo dijo por carta. No, lo que me preocupa es... cómo vive.

En la avenue des Français habría sido distinto, pero allí, en aquel sitio que era sólo de su padre, Hélène no tuvo valor para mentir.

—Lo único que sé es que no le dice la verdad a nadie, papá. Ni siquiera a mí. Me ha escrito solamente cosas tranquilizadoras sobre la muerte de Raymond: todo suena a falso. No sé cómo sobrelleva su dolor; ya lo conoces, enseguida cae en el exceso...

—Crees que deberíamos habernos reunido con él cuando murió Raymond, ¿verdad?

—No, eso no habría cambiado nada: habría seguido fingiendo, como en casa...

Louis quería ser un buen padre, pero sabía que criar más o menos correctamente a cuatro hijos no bastaba para preciarse de serlo. Sin duda, había estropeado en parte la vida del Gordito, temía que el futuro le revelara que no lo había hecho mejor con François, quizá no había comprendido nunca a Étienne, y en cuanto a Hélène...

—Quizá no estoy hecho para ser padre...

Lo había murmurado con la nariz metida en la taza de café.

—¡Ay, papá! —exclamó Hélène, y, como su padre acababa de encender un cigarrillo, sacó el paquete de cigarrillos estadounidenses que se había comprado.

Louis, que nunca había visto fumar a su hija, no dijo nada; le acercó la llama del encendedor por encima de la mesa.

Consultó su reloj.

—He pedido un taxi para las siete...

En la vida del señor Pelletier nunca habían sido las trece horas, ni las veintitrés: después de mediodía venía la una, luego las dos y así sucesivamente, hasta «las once de la noche».

—Geneviève ha propuesto que nos viéramos allí. No sé si es una buena idea...

—¿Crees que durará mucho?

Hablaban de la rueda de reconocimiento como de una sesión de cine o del horario de un espectáculo.

Cuando llegaron a la cervecería cercana al Palacio de Justicia, encontraron a una Geneviève sobreexcitada.

—¡Ya está! —anunció—. ¡Ha entrado! —Señalaba el reloj de pared muy orgullosa—. Si son puntuales, acaban de empezar... Cómo me gustaría verlo por un agujerito... —De pronto miró al señor Pelletier, y fue evidente para todos que cambiaba mentalmente de tema—. Acérquese, querido papá. Ya que tenemos un momento... —Louis fue a sentarse a su lado— tengo que hablarle de un asunto relacionado con su querido hijo.

La policía había formado grupos de seis hombres. Jean estaba en el cuarto. François había negociado pasar con los primeros para tener tiempo de hacer su reportaje sobre los demás participantes. El juez Lenoir confiaba en que ese artículo mostrara su mejor cara.

«Dios mío —pensó François viendo el rostro descompuesto de su hermano—, Geneviève tiene razón, ¡qué sensible es!»

Durante los meses precedentes, el descubrimiento por parte del equipo del comisario Templier de los treinta y un testigos que no se habían presentado espontáneamente había dado lugar a una serie de artículos tan absorbentes como las entregas de un folletín. Cada nuevo testigo proporcionaba una historia y un culpable en potencia. Denissov se frotaba las manos desde hacía seis meses. «Espero que el culpable sea el último», decía a veces en el consejo de redacción, en el que a menudo invitaban a participar a François.

Era él quien había tenido la ocurrencia de bautizar a los testigos que la policía aún no había logrado encontrar como «los Tres», una idea astuta que los demás periódicos se habían apresurado a adoptar.

Por el momento todo llevaba a pensar que el asesino formaba parte de ese trío, pero, si no era así, estaría entre los testigos citados ese día, y no era imposible que la mujer con la que había tropezado en el cine lo reconociera y lo desenmascarara.

El juez Lenoir había explicado el procedimiento pero, como lo había hecho a su manera, el comisario Templier le recordó las instrucciones a cada nuevo grupo. Curiosamente, aunque ninguno de los presentes tenía nada que reprocharse, en la sala en la que los habían reunido reinaba un silencio abrumador. El espectro del error judicial planeaba sobre sus cabezas: la testigo, Marthe Soubirot, era un manojo de nervios. Podía equivocarse, así que ninguno de ellos tenía la certeza de que esa noche no dormiría en la cárcel... Los primeros grupos se sucedieron; al salir, los participantes tenían mal aspecto, como si hubieran ido al parque de atracciones y acabaran de bajarse de la montaña rusa.

Cuando llegó su turno, Jean, que sudaba bajo la ropa y se secaba discretamente la frente con la manga de la chaqueta, avanzó con otros cinco hombres. Tras identificarse de nuevo y enseñar su documentación, ocupó su lugar: era el segundo por la derecha. Todos se volvieron hacia los numerosos policías alineados detrás de la única silla, en la que la testigo, con sombrero, se mordía las uñas. El juez le hablaba en voz baja con gesto apremiante. Una intensa luz cegó a los hombres que esperaban en el pequeño estrado. Tuvieron que volverse a la derecha, luego a la izquierda y de nuevo al frente, y esperar a que el comisario dijera:

—Gracias, caballeros, pueden salir.

Pero ninguno de ellos podía marcharse a casa todavía: todo el mundo tenía que esperar hasta el final.

Lo que parecía un trámite, sin duda engorroso pero comprensible, se convirtió, a medida que se sucedían los grupos, en una amenaza sorda.

Se rumoreaba que la testigo tenía dudas sobre uno de ellos.

—No está segura, pero quizá... —le cuchicheó François a su hermano, que, lívido, se había acercado para informarse.

—¿Quizá qué?

—Quizá lo ha reconocido, aunque ya te digo que no se sabe.

La puerta se abrió y salió el último grupo. La espera se alargó otros veinte minutos.

El calor que desprendían las casi setenta personas congregadas, el humo de los cigarrillos, la palpable inquietud... todo hacía que la atmósfera fuera casi irrespirable. La gente pidió que abrieran las ventanas, el comisario se negó («motivos de seguridad»), pero cambió de parecer cuando un hombre se tambaleó, a punto de desmayarse: era Jean. Le llevaron un vaso de agua y un policía le dio unas palmaditas en las mejillas.

El menudo juez Lenoir apareció con un papel en la mano.

—Señores Klein, Nalliers, Jeunet, Nagéar, Pelletier y Cageot...

Se armó un gran revuelo. Instintivamente, muchos hombres se apartaron, aliviados.

—¿Qué pasa? —preguntó un cincuentón—. ¿Por qué me llaman?

Jean seguía sentado en la silla, a punto de echarse a llorar.

—Es una simple verificación, señores —dijo el comisario Templier—, nada más. Hacemos una última tanda y todos a casa.

Esta vez, tres agentes, además del comisario, comprobaron la identidad de cada cual y su puesto en la fila. Jean volvía a ser el segundo por la derecha. Estuvieron mucho más tiempo de frente que la vez anterior.

La mujer se balanceaba en la silla como si le urgiera ir al lavabo. A la orden del policía, los testigos se volvieron de lado. Cuando les dijeron que se pusieran otra vez de frente, para Jean fue como recibir una descarga eléctrica: sintió que las piernas se negaban a sostenerlo, cerró los ojos y estuvo a punto de posar la mano en el hombro de su vecino de la derecha.

—Abra los ojos, señor Pelletier —ordenó el comisario, prácticamente invisible tras la luz de los focos.

Todo el mundo permaneció inmóvil largos instantes; Jean murmuró:

—No puedo más.

Aflojó el cuerpo. Sentía que su vejiga estaba a punto de explotar...

—Gracias, caballeros, hemos terminado —dijo el comisario.

Jean nunca supo cómo había conseguido bajar del estrado y volver a la sala. Los demás testigos se habían marchado, sólo François, en compañía de una decena de policías uniformados, esperaba a los últimos en salir mientras tomaba notas. El juez Lenoir apareció, muy concentrado, y se colocó cerca de la puerta.

—Muchas gracias, señor Klein... —dijo.

El hombre salió y Jean miró al juez, que le tendía la mano diciendo:

—Muchas gracias, señor Pelletier...

—¿Puedo irme? —preguntó él.

—Sí, para usted ya se ha acabado —respondió el juez.

François se había quedado atrás, pero no miraba a su hermano; charlaba discretamente con el comisario Templier.

Lo que cruzó el bulevar entre bocinazos y entró en la cervecería era una especie de ectoplasma.

—¡Ah! —exclamó Geneviève—. ¡Aquí está el Gordito!

Jean vio a su padre y a su hermana sentados ante sendas consumiciones.

—¡Madre mía, estás sudando a chorros! —comentó Hélène dándole un beso.

El señor Pelletier no dijo nada.

Jean tuvo la sensación de que molestaba, de que interrumpía una conversación entre su mujer y su padre que no le concernía. Era humillante, pero Geneviève ya estaba pidiéndole que les contara cómo había ido; lo acribillaba a preguntas, reclamaba detalles. Mientras escuchaba el entrecortado relato de su marido, se volvía de vez en cuando hacia su suegro o su cuñada, como diciendo: «Es fantástico, ¿no?»

¿Habían detenido a alguien?

—No —repuso Jean—, a nadie, creo.

—Entonces, ¿no ha servido para nada? —preguntó Geneviève decepcionada. Luego pasó la mano por la mejilla húmeda de Jean y añadió—: No importa, ya lo conseguirán la próxima vez.

—¿François no estaba contigo? —preguntó el señor Pelletier, inquieto por la reserva en el restaurante.

—Se reunirá con nosotros allí —contestó Jean, y se bebió la cerveza de un trago.

—Lo siento —dijo François.

—¡Hemos tenido que empezar sin ti! —gritó Jean.

Ya no era el hombre que había pasado por la comisaría: estaba colorado y alegre, hablaba a voces.

—Lo mismo —le dijo François al camarero señalando el plato de su hermana.

El señor Pelletier le sirvió vino y alzó su copa, todos lo imitaron.

Nadie se sentía realmente cómodo. Hélène porque era una fugitiva y lo que se iba a debatir era su situación (y no estaba dispuesta a dejar que nadie, ni siquiera su padre, tomara decisiones sin contar con ella, así que estaba muy tensa), los dos hermanos porque habían faltado a sus deberes para con su hermana menor, Geneviève porque su suegro había respondido con evasivas a su petición de dinero...

—No todos los días tengo la oportunidad de invitaros en París... —dijo Louis—. Brindo a la salud de nuestro querido Étienne, el gran ausente. Todos estamos muy tristes por lo que le ha ocurrido...

Un brindis así habría podido aguarles la fiesta, pero todos levantaron la copa, aunque Geneviève un poco menos que los demás.

—Se puede estar triste —dijo en un tono frío—, y no por ello olvidar los deberes familiares. —Y como los otros la miraron sin comprender muy bien adónde quería ir a parar, añadió terminante—: Al Gordito no es que le escriba mucho... ¡y después de todo es su hermano mayor!

«¡Ah! —se dijeron todos—, ¡no es más que eso!» Hasta Jean se sintió aliviado: una rabieta de Geneviève era como una nube de verano, no sobreviviría al aperitivo y a la primera botella de Burdeos.

Como estaban con asuntos de familia, el señor Pelletier había buscado un momento para mandarle un telegrama a Angèle y tranquilizarla.

—Mamá os envía besos —dijo.

Llegó la carne. Entre plato y plato, fumaron y pidieron otra botella. La que menos hablaba era Geneviève. Jean la miraba a hurtadillas; se imaginaba el reproche que le haría en cuanto llegaran a casa («En esa familia no soy más que un pegote...»), pero bebía y sentía un alivio infinito. Había dado por terminado aquel asunto dos veces, aquélla era la tercera y definitiva. Iba a servirse de nuevo; sin embargo, Hélène se lo impidió amablemente cuando quiso coger la botella otra vez.

—Tienes que contarme cómo te va en la Normal, ¿eh? —le decía el señor Pelletier a François, que se puso rojo, cogió la copa para disimular y respondió que sí, que ya lo hablarían... y cambió de tema.

—¿Te quedarás muchos días en París, papá?

—¡No, no! No quiero dejar a vuestra madre sola mucho tiempo. Aprovecharé para hacer algunas visitas para la Federación —François tardó unos instantes en comprender que hablaba de su asociación de antiguos combatientes— y me iré. He reservado un vuelo para pasado mañana.

Todo el mundo estuvo de acuerdo en pedir la *omelette* noruega propuesta por el señor Pelletier («Vuestra madre nunca la hace»). Cuando el camarero la flambeó, todos aplaudieron, como en un cumpleaños. Mientras la degustaban en silencio, Louis aprovechó para decir:

—Bueno, nuestra pequeña Hélène ha decidido quedarse en París para continuar sus estudios, ¿no es así, cariño? —Hélène asintió silenciosamente—. Pero París es una gran ciudad, y vuestra hermana sólo tiene dieciocho años...

—Diecinueve, papá.

—Casi diecinueve, pero eso no cambia nada. Mamá y yo no queremos estar preocupados por ti, sino seguros de que estás a salvo, protegida... Todo el mundo sabe a qué me refiero...

Jean y François adivinaban adónde quería llegar. Ni el uno ni el otro tenían la posibilidad de alojarla, así que iba a pedirles que «la vigilaran». Era lo típico. En esos momentos, aunque les había resultado imposible acogerla, los dos estaban dispuestos a ocuparse de ella como pueden hacerlo dos hermanos mayores, es decir, interesándose por su vida, dándole consejos, etcétera, pero lo que su padre tenía en mente no era eso en absoluto.

—Como no es razonable que Hélène conviva con un joven matrimonio, propongo que la aloje François...

Indignado, François soltó la cuchara.

—¿Cómo? ¡Pero bueno!

El señor Pelletier alzó un índice imperativo, lo que no era habitual en él, y siguió hablando como si no lo hubieran interrumpido:

—Y como eso no es posible en el estudio que ocupas, François, he pasado la tarde yendo de puerta en puerta y he encontrado justo lo que necesitáis: un apartamento de tres habitaciones, así cada uno podrá tener la suya y...

—Pero ¿cuánto cuesta eso? —preguntó François alarmado.

—He pagado un año completo, no tendrás que preocuparte por el alquiler, sólo por tu hermana pequeña... ¿Y no adivinas dónde está el apartamento? —François lo vio venir; no quería creérselo, pero lo presentía. Cerró los ojos y su padre soltó una risita cómplice—. En la rue des Arquebusiers, no muy lejos del *Journal*. Te quedará cerca del trabajo, ¿qué mejor, no crees?

François se subía por las paredes: si su padre lo sabía, significaba que alguien se había ido de la lengua y lo había traicionado. ¿Hélène? ¿Jean? ¿Geneviève? Su padre había llegado a París apenas el día anterior: no había aparecido ningún artículo firmado por él, y el *Journal* todavía no se distribuía en el extranjero...

—Si estás conforme, grandullón —dijo Louis—, lo mantendremos en secreto. De momento no se lo diremos a tu madre: ahora mismo está un poco delicada...

François asintió con firmeza, como diciendo que sí a todo.

Se sentía avergonzado, pero también aliviado: su padre, que no parecía habérselo tomado mal, pronto se encargaría de oficializar la situación ante su madre y, después, todo volvería al fin a la normalidad. Además, un apartamento más grande le permitiría verse más cómodamente con Mathilde: bastaría con buscar un encaje con los horarios de Hélène. Dirigió a su hermana una sonrisa forzada. No, se decía, Hélène no podía haberlo traicionado. Entonces se volvió hacia Jean... al mismo tiempo que su padre.

—Por supuesto, tú también tendrás que cumplir con tu parte, Jean. Y tú, Geneviève. Hélène tiene que poder contar con vosotros.

—Y eso quiere decir... —preguntó Jean con voz pastosa.

—Eso quiere decir que tiene que encontrar consejo y apoyo en todos vosotros.

—¿Ah, sí? —exclamó Geneviève en un tono algo chillón—. Nos está pidiendo que asumamos la carga moral de su hija, ¿no es eso, querido papá?

—Sí, Geneviève, lo has resumido muy bien. Y estoy seguro de que sabréis hacerlo con buena voluntad e inteligencia. —Geneviève estaba a punto de levantarse: ¡ah, aquel viejo idiota la iba oír, suerte que lo tenía delante...! Pero el señor Pelletier prosiguió con su voz más tranquila—: Y para responder a tu pregunta, mi querida Geneviève, por supuesto que os prestaremos el dinero que necesitáis para la tienda, faltaría más.

Acto seguido miró a su hija y comprendió que estaba intentando imaginarse su nueva vida. Faltaba decir lo más desagradable. Se lanzó:

—En cuanto a ti, Hélène, te pido que obedezcas a tus hermanos. Son mayores, saben más que tú de la vida y conocen París. En caso necesario, debes consultarlos y escuchar sus consejos. —El rostro de Hélène se había endurecido: estaba a punto de explotar. El señor Pelletier remachó el clavo—. Si todo va bien entre vosotros, acabarás tus estudios aquí y luego elegirás tu camino, nadie te obligará a nada. En caso contrario, volverás inmediatamente a Beirut y ya hablaremos. —Había dicho lo que tenía que decir, pero no quería que pareciera una lección de moral en público. Se inclinó hacia su hija y murmuró—: Te quiero.

Hélène lo miró con lágrimas en los ojos y le rodeó el cuello con los brazos. De repente le daba miedo que se fuera, que no estuviera allí para ayudarla. Percibió el olor a jabón y a tabaco que impregnaba su ropa. No iba a llorar delante de sus hermanos, eso jamás: no les daría ese gusto. Se irguió y los miró fijamente.

—¿Nos vamos? —propuso con voz alegre.

Las penalidades no se habían acabado para Jean. El día había sido agotador, pero todavía no había terminado.

Cuando el señor Pelletier pidió los abrigos, François les anunció:

—He llegado tarde porque tenía que acabar el artículo. La testigo, Marthe Soubirot, ha reconocido formalmente a un sospechoso, un tal Germain Cageot: fue él quien mató a Mary Lampson.

Todos se quedaron petrificados.

Entonces, todo aquello había acabado, ¡se había aclarado el asunto!

—¿Y por qué la mató? —preguntó Hélène.

—Aún no se sabe.

El señor Pelletier estaba ayudando a Geneviève a ponerse la chaqueta.

—Gracias, papá —dijo ella.

«Mira que es tonta...», pensaba Louis.

—¿Ha confesado? —preguntó mientras se dirigía a la salida.

—Todavía no —respondió François—. Pero, en mi opinión, no tardará en hacerlo.

Atribuyeron la palidez de Jean al exceso de alcohol.

Geneviève se volvió hacia él con una sonrisa radiante.

—Qué bien ha ido el día, ¿verdad, Gordito mío?

28

Es lo que le interesa a la gente

El consejo de redacción del *Journal*, que se reunía todas las mañanas a las nueve y media, seguía un ritual estricto. Los siete jefes de departamento y de sección tomaban asiento en las siete sillas colocadas frente al escritorio de Denissov, quien permanecía de pie, de espaldas a la ventana, un poco a contraluz.

Stan Malevitz, responsable de la sección de sucesos, ocupaba el extremo izquierdo del semicírculo de sillas, y su enemigo jurado, Arthur Baron, encargado de la sección de política nacional e internacional, el extremo derecho.

Era sorprendente que aquellos dos hombres se odiaran tanto porque, físicamente, estaban cortados por el mismo patrón. Malevitz tenía el pelo blanco y las cejas negras; Baron, justo al revés, el pelo negro y las cejas y la barba blancas pero, aparte de eso, medían casi lo mismo, les sobraban más o menos los mismos kilos, iban igual de despeinados y tenían parecida labia. Durante los consejos de redacción, el primero, que se jactaba de haber sido ciclista (veinte años atrás había participado una vez en los Seis Días del Velódromo de Invierno, aunque no había aguantado ni cuatro horas), empleaba un francés coloquial con toques de argot. Sólo por llevarle la contraria, Baron se expresaba en una lengua exageradamente pulida. Cuando volvían al pasillo o a sus respectivas secciones, los dos hablaban con absoluta normalidad, más o menos de la misma manera. Nada ilustraba mejor el método de dirección de Denissov: aquellos dos jefes de sección eran sus manos derecha e izquierda, y su recíproca aversión los hacía sumamente manipulables. El dueño del *Journal*, sumido en una batalla sin cuartel con los otros grandes rotativos parisinos, había importado al edificio de la rue de Quincampoix una competitividad («espíritu de emulación», la llamaba él) que constituía un poderoso instrumento de dominación.

Ese sábado por la mañana lo que se estaba debatiendo era el lugar que ocuparían en la portada dos asuntos de actualidad: el anuncio de la huelga de los mineros del Norte y la sorpresiva detención de Germain Cageot. Esta última noticia había permitido a François participar en el consejo como apoyo de Malevitz.

—Mañana, esa huelga puede desencadenar una guerra civil —pronosticó Baron.

—¿Y por qué no mundial, ya puestos? —replicó Malevitz.

Denissov guardaba silencio y esperaba. Las dos noticias saldrían en portada, pero una de las dos sería el gancho, el titular que los vendedores pregonarían por las calles de París y que convertiría esa edición en un éxito o un fracaso. Era una batalla permanente que acababa con la última edición y se reanudaba un día después, con la preparación de la siguiente.

Baron soltó un profundo suspiro: parecía harto de tener que explicar cosas que allí, alrededor de aquella mesa, deberían estar asumidas desde hacía mucho tiempo.

—El Partido Comunista y la Confederación General del Trabajo han movilizado a todo el mundo: al Socorro Popular para ocuparse de los heridos, a la Unión de Mujeres para dar de comer a los manifestantes... La red de las alertas y de los piquetes de huelga está más que lista, *L'Humanité* hace un llamamiento para que las distintas reivindicaciones converjan en una sola.

—Eso no es una guerra civil —dijo Malevitz—: es una mani como cualquier otra, con sus correspondientes trifulcas, como ocurre cada dos por tres.

—Por su parte, el gobierno, que espera ese movimiento social desde hace meses, ha depurado a la Guardia Republicana de sus miembros izquierdistas. Al mismo tiempo, ha suprimido el derecho de huelga de la policía y ha enviado a centenares de agentes al Norte para contar con una fuerza de choque en caso necesario.

François había seguido ese movimiento social que hundía sus raíces en las huelgas del año anterior, en las que varios obreros habían acabado muriendo. La bajada de los salarios y el trabajo a destajo, que iban a reducir drásticamente el nivel de vida de los mineros, así como el regreso obligado a la mina de los obreros oficialmente enfermos de silicosis, se habían visto como provocaciones.

—¿No nos dijiste ya lo mismo hace un año? —preguntó Malevitz—. Llevamos doce meses sacándole jugo al asunto, ya no hay más que rascar.

Baron le lanzó aquella mirada de superioridad, vagamente despectiva, que solía usar con él y la gente de su sección.

—Me parece que no acabas de entenderlo... No es un mero enfrentamiento entre el gobierno y los sindicatos: es el sector comunista en pleno que se lanza al asalto del gobierno francés. A eso se lo llama «insurrección». Cuando queramos darnos cuenta, estaremos bajo la bota comunista, como los checoslovacos...

—Lo entiendo muy bien. Es la propaganda que oímos todos los días. Pero esto no es el periódico del gobierno: *Le Journal du Soir* no es el *Diario Oficial*.

La discusión se había salido de madre. Denissov la presenciaba como un aficionado a las corridas de toros. En unos instantes silbaría el final del partido. Baron y Malevitz, que lo conocían bien, lo comprendieron.

—¿Tienes algo mejor? —preguntó el primero.

—¡Germain Cageot, amiguito! Creo que, si les dan a elegir, los lectores preferirán a Mary Lampson antes que a Maurice Thorez.

Se volvió hacia François: «Venga, todo tuyo.»

—Cageot es un individuo violento —dijo François—. Lo han detenido cuatro veces por agresión, siempre a mujeres. La única testigo, que lo vio saliendo de los aseos en los que asesinaron a Mary Lampson, lo ha reconocido.

—Es un suceso —dijo Baron—, no una noticia de relevancia social.

—Es lo que le interesa a la gente.

—Bueno, Stan, ya vale... —dijo Denissov en tono cansado.

Ciertamente, aquel debate era tan viejo como el *Journal*. Miró a François.

—¿Tú qué opinas?

Desde luego, sabía hacer preguntas embarazosas con estilo. Porque esa vez François no estaba de acuerdo con su jefe de sección.

Desde su punto de vista, los mineros, convertidos en héroes por el gobierno cuando éste los había necesitado, entre los años 1945 y 1947, para librar la «batalla del carbón», y elevados a la categoría de «mejores trabajadores de Francia», ahora eran despreciados.

La humillación vivida antaño tras la guerra en Siria hacía que François fuera muy sensible a la ingratitud y el cinismo de los gobernantes. Pero no estaba allí para darle la razón a Baron.

Muy a su pesar, declaró:

—La huelga es importante, pero no empieza mañana, sino el lunes. Si la sacamos en portada, nos acusarán de echar leña al fuego. Además, ¿qué podemos decir que no hayamos dicho ya? El caso Lampson apasiona a nuestros lectores, la detención de un sospechoso nos...

—¿De un sospechoso o de un culpable? —lo interrumpió Baron exasperado.

—De un sospechoso que ha sido detenido porque el juez lo cree culpable.

—¿Qué tenemos? —preguntó Denissov.

—Una foto tomada ayer tarde durante la rueda de reconocimiento, su historial delictivo y una entrevista con los padres de Mary Lampson, con los que me reúno dentro de una hora. Voy a preguntarles cómo se sienten tras la detención.

Hubo un silencio.

—Adjudicado —dijo Denissov levantando la sesión.

François miró a Baron.

Ahora era un enemigo que debería tener en cuenta.

29

Esas ideas no son buenas...

—¿Ya se va, querido amigo?

Loan había acudido en cuanto se había enterado. Étienne estaba nervioso y se paseaba por la habitación ligeramente encorvado (le dolían las patadas en el estómago). Había acabado de prepararse la bolsa. El rugido del motor de los camiones se colaba por la ventana abierta. La escolta organizada por Philippe de Lacroix-Gibet estaba lista y lo esperaba en el patio.

—Es domingo... —añadió el papa.

Se notaba entre decepcionado e inquieto.

Desde primera hora de la mañana, Étienne había sufrido una angustia imposible de refrenar: aquella etiqueta de una empresa de importación y exportación de Saigón sugería una verdad estremecedora cuyas consecuencias era incapaz de imaginar... Había reflexionado mucho sobre el asunto intentando ser lógico y riguroso: ¿no se estaría precipitando? Pero todo lo conducía de nuevo a una sospecha aterradora: si el Viet Minh había encontrado un medio indirecto de sacar provecho del tráfico de la piastra, estaba haciendo pagar una parte de su esfuerzo de guerra contra Francia al propio gobierno francés.

Y si eso era verdad, era una bomba.

—Domingo o no, me vuelvo a Saigón.

—Señor Étienne, si puedo hacer algo...

Étienne, que acababa de coger la bolsa, lo miró fijamente.

—Sí puede —dijo sentándose en la cama—. Puede darme su opinión.

—Pero, señor Étienne, ¿quién soy yo para opinar sobre...?

—Déjese de pamplinas y responda: ¿es posible que el Viet Minh haya conseguido sacar partido del tráfico de piastras?

Loan arqueó los labios y apoyó el índice en el labio superior.

—¿Cómo dice? Me parece muy improbable...

—¿Por qué?

Loan se sentó con aire reflexivo en la cama.

—Mire, las transferencias son una obra maestra del capitalismo y los comunistas odian el capitalismo. Tienen una moral muy estricta... De hecho, ésa es su fuerza: nadie puede socavar su dialéctica ni hacer que sus convicciones se tambaleen. La piastra no tiene ninguna posibilidad con ellos.

—Son bastante pragmáticos, ¿no?

—¡Uy, ya lo creo! —Loan soltó una de sus cristalinas risitas y las borlas de su sombrero se bambolearon—. ¡Extremadamente pragmáticos! Pero ante todo son ideólogos, y la piastra no entra en sus esquemas.

—Ah, ¿no estaba de vacaciones? —le preguntó Jeantet al verlo aparecer el lunes.

—Lo echaba mucho de menos, señor director.

—Juo, juo, juo...

Era la forma de troncharse de Jeantet, una especie de mugido sordo y contenido.

—Con esta lluvia, ¿qué quiere? —arguyó Étienne—. Más vale que reserve mis días libres para hacer un viaje de verdad...

Aún no eran las diez de la mañana, pero Jeantet, que acababa de llegar, se disponía a marcharse. ¿A casa? ¿A algún otro sitio? Su método de trabajo era incomprensible.

—Hay días —dijo cerrando la puerta del despacho y señalando las salas destinadas al público— en que se me hinchan las narices, ¿comprende?

Con él, algunas conversaciones rayaban en lo esotérico.

Por lo demás, no esperó respuesta: cruzó la oficina con aire cansino y desapareció.

—Pero ¿qué haces aquí, muchacho?

Gaston Paumelle también se mostró sorprendido. Étienne le endosó la misma excusa de la lluvia.

—¡Uy, sí, qué asco de estación!

Consideraba que su compañero había hecho bien volviendo a la oficina: él nunca se iba.

Étienne se pasó el día en el archivo.

La anciana asiática, a la que no había visto en meses, estaba como siempre, con las mismas arrugas que antes, quizá porque no le cabía ni una más. El único cambio en aquel lugar, que probablemente llevaba dos siglos inalterado, era su visera de celuloide, que había pasado a ser de color verde botella.

—Bonito color —mintió Étienne y, cuando vio que la funcionaria no se inmutaba, se apresuró a entregarle una lista de los expedientes que quería consultar. Ella la leyó atentamente y se alejó arrastrando los pies por un pasillo del archivo.

La escena se repitió varias veces, cada vez con una nueva lista de expedientes que la anciana le proporcionaba con perfecta calma y sin hacer el menor comentario. Estuvieron así toda la mañana.

No encontró mucha información sobre la compañía Kaler & Valesco, o al menos no la suficiente para iniciar una investigación o proceder a una búsqueda más exhaustiva. Durante los últimos meses, la empresa había hecho numerosas transferencias de cantidades modestas para importar todo tipo de artículos, pero nada que pudiera relacionarse con productos destinados al Viet Minh. Nada de eso era lo que había temido o esperado.

A la hora de comer, Gaston le palmeó el hombro con su familiaridad habitual.

—¡Oye, cualquiera diría que estás colado por Annie!

Étienne se hizo el sorprendido y Gaston se frotó las manos con una sonrisa pícara.

—Que te pases tanto rato allí arriba con ella resulta un poco sospechoso... —Le dio un codazo en las costillas—. ¡Aprovecha, que dentro de nada la jubilan!

Étienne comprendió que sus pesquisas intrigaban a todo el mundo. Aunque la archivista no le hubiera preguntado nada, la jefatura no tardaría en pedir explicaciones.

A pesar de todo, en cuanto volvió de comer se fue otra vez al archivo. De nuevo, listas y más listas y pesquisas tan infructuosas como las de la mañana.

—¿Té?

La anciana archivista tenía en la mano una tetera roja de hierro y le ofrecía una taza sin asa, de esas con las que uno se quema los dedos. Fiel a sí misma, no sonreía. Ya eran casi las cuatro.

—¿Qué está usted haciendo? —le preguntó mientras le servía.

Tenía una voz increíblemente juvenil y muy poco acento.

—Estadísticas: el señor Jeantet necesita cifras, curvas y porcentajes... para el ministerio.

—Más bien está haciendo listas —añadió la mujer fríamente mirando la que Étienne había desplegado sobre el mostrador.

—Hay que empezar por ahí...

Se dio cuenta de que ya era la hora de la salida y, en un visto y no visto, dobló la lista y se la guardó.

—Sírvase más... —dijo la archivista dejando la tetera delante de él.

—Es suficiente, gracias...

—Sírvase.

El tono era inapelable, pero la anciana se alejó y él intentó escabullirse. Sin embargo, cuando ya posaba la mano en la manija de la puerta para salir, la archivista apareció una vez más a sus espaldas. Sostenía tres carpetas bastante gruesas atadas con cordeles.

—Heurtin Hermanos —dijo.

Étienne dudó.

—Es una filial de Kaler & Valesco.

Étienne extendió la mano.

—Los expedientes no pueden salir del archivo —le dijo Annie—, está prohibido. —Tras recordarle la norma, alzó los ojos hacia el reloj de pared—. Lo siento, pero ya es la hora.

Le había dejado las carpetas en las manos y lo empujaba hacia la puerta. Étienne no tuvo tiempo ni de abrir la boca: un instante después ya estaba en el pasillo con los expedientes encima. Oyó el ruido de la llave, que dio dos vueltas en la cerradura.

Esa noche *Joseph* se mostró extrañamente inquieto. Había bajado de su trono frigorífico y daba vueltas nerviosas alrededor de él, quien, desde la cama, le dictaba a Vinh fechas, cantidades, suministros... Finalmente el gato se sentó y observó con atención a los dos hombres mientras trabajaban. De vez en cuando miraba fijamente la ventana o la puerta y se volvía de nuevo hacia la cama.

—¿Qué te pasa, *Joseph*? —le preguntó Étienne.

El gato no respondió: se quedó allí, observándolos, enigmático y silencioso.

La compañía Heurtin Hermanos se había beneficiado de numerosas transferencias. Entre pedidos de material de cocina se veían de pronto remesas de botas de montaña; entre pedidos de juguetes y juegos de mesa, una solicitud de novecientas linternas y emisores-receptores de radio a varias empresas francesas. Habían importado vendas, lonas para tiendas de campaña, piezas para generadores eléctricos... y los documentos atestiguaban la llegada de todo ese material a Saigón, donde se suponía que los importadores lo entregarían a los comercios de la zona, pero era muy probable que todo aquello hubiera acabado en las «fábricas viet» como la que Philippe de

Lacroix-Gibet estaba intentando desmantelar desde hacía meses...

Un dato crucial, para Étienne, era que la mayoría de aquellas transferencias habían sido autorizadas por Gaston Paumelle.

Esa noche no fue al Ancho Mundo, y tampoco al fumadero: fue Vinh quien le preparó las pipas de opio. Étienne se deslizó hacia el nirvana pero, al contrario de lo que era habitual, en vez de sumirse en una beatitud serena y relajada, sintió vibrar en su interior una cólera que la droga no consiguió diluir.

Al día siguiente volvió al archivo preguntándose con inquietud si no habría malinterpretado las intenciones de Annie, pero la anciana no le reclamó los expedientes de Heurtin Hermanos: se suponía que habían desaparecido.

—Oiga, Annie, ¿hay alguna manera de buscar expedientes a partir del firmante de la transferencia?

—Debe de haberla —gruñó la mujer.

Así que, a última hora de la tarde, Étienne volvió a pasarse por el archivo, del que salió con dos cajas apretujadas dentro de su bolsa de viaje.

Pasó la velada hojeando los expedientes tramitados por Gaston, pero no consiguió encontrar nada sospechoso.

No tenía más que lo que había encontrado el día anterior; ¿había errado el camino?

La oscuridad había llegado y, con ella, la lluvia. Vinh había empezado a preparar las pipas de la noche, Étienne estaba tendido de costado y oía crepitar la bolita de opio bajo la llama. Su cuerpo ya anticipaba la relajación que iba a producirle la primera bocanada cuando, de pronto, se incorporó y se abalanzó sobre los expedientes de Gaston desparramados por la cama.

Si el Viet Minh había estado aprovechando el tráfico de piastras para importar el material que necesitaba para su guerra de guerrillas, seguro que no se había conformado con eso.

Buscaría dinero.

Para comprar armas.

Empezó a rastrear transferencias que no hubieran exigido una importación física de mercancías, sino tan sólo el envío a Francia de piastras, que, a su llegada, se habrían transformado en francos, y a continuación, multiplicadas por dos, habrían permitido hacer pedidos de armas.

Desde ese nuevo ángulo, los expedientes de Gaston resultaban muy reveladores.

Una parte del tráfico de piastras se basaba en la declaración de «daños de guerra».

Las empresas presentaban informes de la policía, la gendarmería o incluso el ejército que daban fe de saqueos en los cultivos de caucho, algodón o gusanos de seda, o robos en obras o almacenes, achacables al Viet Minh, acompañados de estimaciones económicas de peritos de seguros, y el Estado francés las pagaba en su mayor parte. Incluso había reclamos que se remontaban a perjuicios causados por la ocupación japonesa entre 1940 y 1945 y, pese a la imposibilidad práctica de comprobar su verdadero origen, se certificaba su existencia y se cobraban las reparaciones.

Étienne sumó las cifras: los daños de guerra reflejados en los expedientes de Gaston ascendían a más de ciento veinte millones de piastras.

Más de dos mil millones de francos que luego se habían volatilizado y nadie sabía adónde habían ido a parar.

Étienne estaba muy entusiasmado por su descubrimiento, pero también comprendía su inutilidad. Porque esos daños de guerra podían haberse producido realmente y, si no, de todas formas, era imposible probar que ese dinero hubiera ido a parar al Viet Minh del modo que fuera.

El azar quiso que, a la mañana siguiente, se cruzara con Gaston. Seguía llevando el anillo cuya piedra aumentaba de tamaño en proporción a las gratificaciones que recibía, pero ahora lucía otro más.

—¿Es nuevo? —le preguntó Étienne señalándolo.

—Sí. —Gaston sonrió beatíficamente—. El truco del anillo es genial, pero tiene un inconveniente: ¡no puedo pasearme por ahí con una piedra de dos kilos! Así que diversifico. Cuando tenga un anillo en cada dedo de la mano, volveré a París a vivir de rentas.

Agitaba los dedos como un titiritero.

—Es muy ingenioso... —admitió Étienne—. Oye, Gaston, tengo un expediente de daños de guerra para un armador: una bomba le destrozó el almacén...

—Cosas que pasan.

—Aporta certificados, informes de los peritos... ¿cómo los verifico?

Saltaba a la vista que Gaston nunca se había planteado nada semejante.

—¿Por qué quieres verificarlos?

—Porque es la función de la Casa...

—¡No, no! ¡Nuestra función no es verificar, sino pedir las indemnizaciones para que la economía prosiga su trabajo civilizador!

Jeantet le dijo algo parecido al día siguiente:

—Bah, daños de guerra ha habido muchos y sigue habiéndolos todos los días, ¿cómo quiere que los verifiquemos?

Resoplaba como una foca y se abanicaba con todo lo que pillaba: una hoja de papel, su sombrero, una carpeta...

Étienne había previsto esa objeción.

—Acudiendo al lugar, preguntando a los testigos...

—Sí, claro, pero nos pondríamos en una situación complicada. Piénselo bien: hay certificados, informes... están los gendarmes y las aseguradoras... si investigáramos por nuestra parte sería un «contraperitaje», lo que equivaldría a dudar de la honradez de los expertos, a ponerlos en entredicho. —Jeantet inclinó la cabeza—. Además, ¿por qué íbamos a hacerlo?

Étienne se lanzó al agua.

—A veces me pregunto si el Viet Minh no podría tener la tentación de utilizar la piastra para equiparse con material, armas...

Jeantet se levantó de un salto. Se había puesto rojo.

—Usted hace conjeturas... cómo decirlo... —Buscó un calificativo, pero no lo encontró—. ¡No voy a iniciar una investigación para cuestionar las declaraciones de los gendarmes y peritos!

—¿Por qué no?

—¡Porque me tiene harto con sus historias, por eso! ¡Aquí firmamos transferencias porque el gobierno nos pide que las firmemos! ¡El día que nos pida investigar sobre los daños de guerra, ya hablaremos! —Tenía el cuello hinchado, como los pavos que quieren impresionar a un adversario. Cogió un pequeño marco de madera y se lo tendió a Étienne—. Es mi ex mujer, creo que ya se la enseñé. Era una...

—...verdadera zorra.

—¿La conoce?

Su ira se había esfumado de golpe para dar paso a una excitación juvenil. Tenía los ojos abiertos como platos, como ante una revelación maravillosa.

—Personalmente, no —dijo Étienne.

—¡Ah!

Con aire pesaroso, Jeantet volvió a dejar la foto en la mesa. Miraba fijamente a Étienne, como si no recordara cuál era el tema de la conversación. Pero sólo lo parecía porque, cuando éste se disponía a salir, le soltó:

—Y sobre esa historia... guárdesela para usted, ¿de acuerdo? Esas ideas no son buenas... Bastante complicado es ya todo. —Y, tan enigmático como siempre, se señaló y añadió—: Míreme a mí.

Étienne tardó varios días en comprender que Jeantet tenía razón: el puñado de indicios que había encontrado carecía de valor. Podía significar mil cosas. En el fondo, aquel arrebato no era más que otra fase del duelo, una nueva manifestación de su deseo de vengar la muerte de Raymond, la prueba de que seguía estando enfermo de ausencia, de que no se acostumbraba.

Volvió al Ancho Mundo más exaltado que nunca y perdió casi todo lo que poseía. Luego, en los fumaderos, se llenó de deudas que tendría que pagar con sus «gratificaciones».

Cerca de las tres de la madrugada, Vinh se disponía a ayudarlo a subir a un bicitaxi, pero un individuo enorme y obeso que se movía balanceando todo el cuerpo como si en vez de piernas tuviese zancos le dio un tremendo empujón. Quedó tendido en la calzada, inconsciente, a los pies de aquel gigante.

Étienne, adormilado y trémulo, lo vio acercarse: era un chino sin cuello, tan mofletudo que sus ojos casi desaparecían en la masa de sus mejillas y su frente. Sin mediar palabra, el chino lo aplastó violentamente contra un portal, le plantó el antebrazo en la garganta y sacó un afilado cuchillo.

Étienne se ahogaba, intentaba liberarse con golpes y patadas, pero el chino era tan enorme, y estaba tan pegado a él, que no conseguía sacárselo de encima. En un momento dado le rasgó la camisa y empezó a pasarle la hoja del cuchillo por el pecho como si escribiera o dibujara algo, a saber qué. Entonces, de pronto, todo terminó. El gigantón aquel lo soltó, se guardó el cuchillo y le sonrió amablemente, como si nada hubiese ocurrido. Dio media vuelta y se alejó con lentos pasos de paquidermo.

Étienne se miró el pecho: el chino le había trazado con el cuchillo una cruz a la altura del corazón.

No pegó ojo en toda la noche, y Vinh tampoco. Se quedaron acostados uno junto al otro sin hablar: una amenaza se había deslizado entre ellos. Étienne hizo y deshizo veinte veces la lista de las personas que estaban al corriente de sus indagaciones: Loan, Jeantet, Gaston, Annie... cualquiera de ellos podía haberlo mencionado ante alguien que, a su vez... En fin, la cadena de las posibilidades se extendía hasta perderse de vista.

Al amanecer, mientras la lluvia azotaba la ventana, Étienne rompió al fin el silencio.

—Yo tenía razón —dijo.

Vinh asintió sin mirarlo.

Era una victoria triste pero, de alguna manera, se sentía mejor habiendo confirmado sus sospechas. Más allá de la muerte de Raymond, aquella sangrienta guerra que había movilizado a todo un pueblo y a dos países, y que costaba una desorbitada cantidad de dinero, descansaba sobre un vicio de forma, sobre una perversión del sistema. Él no era de esas personas que se creen llamadas a cumplir una misión, pero sentía la necesidad de contar lo que sabía, y Vinh lo comprendía sin necesidad de que se lo explicara, de modo que ambos tenían miedo de las consecuencias.

—¿Qué vas a hacer? —le preguntó el chico.

Por toda respuesta Étienne cerró los ojos con tristeza, pero a la mañana siguiente subió lentamente la ancha escalinata de la Oficina del Alto Comisionado y pidió hablar con un responsable. Ya no era el tímido recién llegado que se había presentado allí meses antes, esta vez era él quien traía noticias.

—Trabajo en la Casa de la Moneda y tengo que transmitirle al alto comisionado una información de vital importancia.

Lo había recibido un secretario, un joven vestido con un traje cruzado al que veía a menudo en el Métropole. Su aspecto era extraordinariamente refinado (de diplomático, sin duda) con excepción de las uñas, tan mordidas que los extremos de sus dedos parecían salchichas. Fingía la calma olímpica que le habían inculcado. Era un personaje importante, así lo indicaban su solemnidad y su cautela.

Había abierto el expediente que le había llevado Étienne y lo había examinado sin hacer ninguna pregunta durante quince minutos.

—Admito que algunas de estas importaciones son, si no sospechosas, al menos un poco extrañas...

—Yo también lo creo...

—Pero aparte de eso... se trata principalmente de indemnizaciones por daños de guerra. No acabo de ver por qué concluye usted que, detrás de esas operaciones totalmente legales, se esconde el Viet Minh.

—Desde luego, no tengo ninguna prueba, por eso he venido a verlo.

—No entiendo...

El joven secretario se llevó el pulgar a los labios: se moría de ganas de morderse las uñas.

—Ninguno de esos supuestos daños de guerra se verificó a fondo —le hizo notar Étienne—, y nadie sabe adónde fue a parar el dinero de las reparaciones. Una investigación permitiría...

—Lamento decírselo, señor Pelletier, pero las cosas funcionan justo al revés: no podemos abrir una investigación para buscar pruebas, más bien partimos de las pruebas: ése es el procedimiento.

—Sin pruebas no hay investigación, pero sin investigación no hay pruebas...

El joven dejó escapar una risa que lo sorprendió a él mismo. «Es más o menos así, en efecto», pensó, pero vio a Étienne levantarse y empezar a desabotonarse la camisa y se imaginó que lo había ofendido y que habría pelea. Se levantó de un salto y, en vez de llamar a un guardia, cerró los puños y los blandió en una posición de boxeo.

Étienne, bastante desconcertado, se limitó a exhibir la cruz trazada a cuchillo en su pecho.

—Como puede ver, he sufrido amenazas.

—¡Ah, claro, aquí en Saigón es de lo más habitual! A mí, sin ir más lejos...

Étienne no se enteró del final de la anécdota porque recogió el expediente y abandonó el despacho.

Alguien más estaba al tanto de sus pesquisas: también eso era pescadilla que se mordía la cola.

Fue en ese momento, mientras caminaba por la calle, cuando pensó en Vinh.

De pronto la posibilidad de que el joven vietnamita estuviera en el origen de la filtración lo llenó de angustia, sobre todo porque en ningún momento se había permitido sospechar de él. Pero lo cierto era que, aparte de que su familia vivía en el norte del país, lo que ni siquiera había comprobado, apenas sabía nada de su vida. Y había llegado a su casa por medio del señor Qiao, un intermediario implicado en incalculables asuntos turbios...

Vinh, que era muy intuitivo, se dio cuenta enseguida de que Étienne parecía incómodo desde que había vuelto de la Oficina del Alto Comisionado, y también adivinó que la sospecha súbitamente instalada entre ellos no tenía nada que ver con el fracaso de su gestión.

Comieron en silencio.

Étienne había hablado con su colega Gaston y con su jefe. Luego, ante la falta de respuesta, había ido al escalón superior: el alto comisionado, obteniendo idénticos resultados. Así que decidió seguir la pista del señor Qiao y al día siguiente volvió al archivo, donde lo recibió un joven anamita con una visera de celuloide azul que sonreía tímidamente.

—¿No está Annie?

El chico le tendió la mano.

—Me llamo Thien.

Étienne no se la estrechó.

—¿Dónde está Annie?

El chico respondió sin incomodarse en absoluto:

—Se fue a casa la semana pasada: cogió la jubilación... La he sustituido yo. Es prima de mi padre, ella me ha conseguido el empleo.

Tenía los ojos brillantes: «¡Archivista en la Casa de la Moneda...!»

—Lo encuentro muy raro... —murmuró Étienne.

Esta vez el joven dejó de sonreír: estaba desconcertado.

—¿Y se fue así, sin avisar?

—No, no, caballero: ¡su partida estaba prevista desde hace mucho tiempo!

Era verdad: Gaston se lo había dicho, pero la precipitación de la partida y la amenaza que ahora pesaba sobre él lo hacían temer que Annie estuviera en el origen de la filtración y que hubiera preferido alejarse de inmediato tras haberlo delatado.

Étienne comprendió que esa hipótesis era absurda: había sido precisamente Annie quien le había entregado aquella documentación comprometedora que señalaba a la compañía Heurtin Hermanos...

No, era mucho más probable que Annie se hubiera convertido en una víctima colateral de su reciente iniciativa. En Saigón, el asesinato era tan habitual como en los bajos fondos de Chicago...

—Estaba deseando volver a Bac Kan, ¿sabe? —continuó el joven archivista—. Está en el Norte, somos de allí. Quería ocuparse de su hija menor después de tantas desgracias...

Y fue así como Étienne se enteró de que los dos hijos de Annie habían muerto a manos del Viet Minh tres años antes por negarse a pagar un impuesto local.

—¿Es usted el señor Étienne, quizá?

Antes de que pudiera responder, el chico había ido a cerrar la puerta del archivo y, en ese preciso instante, estaba sacando una carpeta de debajo del mostrador.

—Annie me dijo que era su regalo de despedida...

Había una nota muy breve escrita a pluma con una letra muy elegante: «No se preocupe por mí. Annie.»

El expediente contenía los datos de todas las transacciones efectuadas durante los últimos seis años por el señor Qiao.

30

¡Si llueve, bajamos el toldo!

Tras la detención de Germain Cageot, Jean se había sentido aliviado, pero pronto empezó a pensar que incriminar así a un inocente no estaba bien, que era injusto. En su opinión, deberían haber archivado el caso. No se sentía culpable en absoluto: aquella chica estaba muerta, era lamentable, pero ¡vaya, si se hubiera caído al metro, no habrían encarcelado al conductor! ¡Si se hubiera arrojado por una ventana, no habrían inculpado al arquitecto! En el fondo, si un inocente estaba en prisión era porque la administración era ciega, sorda y terca.

Por su parte, Geneviève encontraba aquel caso cada vez más apasionante. Se había lanzado a la calle a comprar el periódico para leer los últimos detalles en el artículo de François.

—Ese tío resulta muy sospechoso...

—¿Quién? ¡¿François?! —preguntó Jean.

—No —respondió su mujer sin levantar los ojos del *Journal*—, el tal Germain Cageot al que han detenido, el culpable...

—Culpable, culpable...

—Tú ya me entiendes. —Dejó el periódico en la mesa—. ¡De todas formas, vaya tío! —exclamó.

—¿El culpable?

—No, tu hermano. ¡Qué carrerón!

La admiración cada vez más ferviente que Geneviève mostraba por François tenía preocupado a Jean: se preguntaba si ese entusiasmo no se extendería como una mancha de aceite, alcanzaría a Hélène y acabaría formando un gran círculo del que sólo él quedaría excluido.

El día anterior, domingo, François no había conseguido encontrar una excusa para evitar la inexorable «comida en familia» a la que tanta importancia daba Geneviève.

Mientras la señora Faure cargaba con la responsabilidad de un estofado de buey a la borgoñona, Geneviève, más reinona que nunca, había abierto el *Journal* por la página del artículo en el que François relataba su entrevista con los padres de Mary Lampson.

Por algún motivo incomprensible para los demás, quiso leerlo entero en voz alta, como si lo hubiera escrito ella misma y deseara mostrar su estilo, pese a que el propio François se oponía («¡Pero si yo me lo sé de memoria, Geneviève!») y Jean aseguraba haberlo leído ya (algo que su hermano dudaba; a saber qué oscuro secreto ocultaba aquel matrimonio, aunque ese tema era un pozo sin fondo...).

Así pues, Geneviève empezó:

Una humilde casita en Noisy-le-Sec... tapetes de ganchillo por doquier...

Por consejo de su abogado, los padres de Mary se habían negado hasta ese momento a conceder entrevistas, limitándose a soportar la situación en la que se habían visto envueltos sin posibilidad de escapar. Pero François gozaba de un estatus especial desde el comienzo de la investigación porque estaba presente en el cine el día de la tragedia y porque siempre iba un paso por delante de sus colegas, así que, en cuanto se había enterado de la detención de Germain Cageot, había llamado al matrimonio y les había solicitado una entrevista arguyendo que quizá ya empezaba a verse la luz al final del túnel...

Los Legrand le habían añadido a su casita, construida con piedras de molino, un anexo encalado que le daba al conjunto un curioso aire de improvisación.

—Es una habitación de invitados con su cuarto de baño —explicó el señor Legrand—: la construimos con el dinero que nos dio nuestra hija...

La presencia de un fotógrafo junto a François los ponía nerviosos.

—Sólo les hará un par de fotos, ¿de acuerdo? Luego nos dejará hablar tranquilos...

Los Legrand habían hecho bien en seguir los consejos de su abogado y no hacer ninguna concesión a la prensa hasta ese momento precisamente porque no sabían decir que no: fue fácil hacerlos posar en el salón sosteniendo una foto de Mary y tomar varias instantáneas de la habitación de invitados en la que nunca se alojaba nadie. François sentía el corazón encogido.

—Con eso bastará —le dijo al fin al fotógrafo, que no paraba de ametrallar la vivienda y que no dejó de hacerlo hasta que estuvo en la calle.

Había tapetes de ganchillo por doquier, figuritas por doquier, fotos de las dos hijas por doquier, y la entrevista fue aún más penosa de lo que había temido: tenía ante sí a un matrimonio completamente devastado por los acontecimientos.

Los Legrand han perdido a sus dos hijas —escribió en el *Journal*—: *tras la muerte de la mayor, la menor se enfadó con ellos y no les dirige la palabra desde que consideraron sospechoso a Marcel Servières...*

François sabía que parte de ese enfado se debía a la escasa competencia del juez Lenoir.

¿La detención de Germain Cageot?

—No entendemos por qué lo hizo: ni siquiera la conocía...

¿El pleito con su hija Lola?

—Ahora que todo el mundo sabe que no fue Servières podría volver, ¿no?

Mirara adonde mirase, François veía fotos de Mary recortadas de los periódicos y enmarcadas, y grandes objetos nuevos, inesperados en aquel decorado: regalos de Mary, que había ganado dinero.

—El televisor fue cosa suya—explicó Adrienne Legrand—. No sabemos muy bien cómo funciona, mi marido prefiere el periódico.

«No nos devolverá a nuestra razón de vivir»,
declaran los padres de Mary Lampson
tras la detención de Germain Cageot

François, contagiado por la espantosa tristeza del matrimonio Legrand, habría preferido olvidar el reportaje, así que la lectura íntegra de su artículo por parte de Geneviève le pareció eterna y dolorosa.

Y más teniendo en cuenta que, apenas abierto, el paréntesis en la investigación acababa de cerrarse: como no se habían presentado cargos contra él, Germain Cageot había quedado libre.

También Geneviève se sentía liberada... y francamente contenta. El día anterior había ido a comprar una máquina de escribir y, después de cenar, había metido una hoja en el carro y se había puesto a teclear muy lentamente (con un solo dedo), alzando la vista después de apretar cada tecla para comprobar (con satisfacción) el resultado.

No se equivocaba con el señor Georges: tres días después lo convocaron a la delegación de Hacienda, donde lo esperaba un funcionario que se presentó tendiéndole la mano:

—Eugène Terret, Comité de Confiscación de Beneficios Ilícitos.

A Guénot se le cayó el alma a los pies.

Había empezado a revender productos, a medida que quedaban eximidos del racionamiento, desde 1946. Lo hacía en cantidades homeopáticas y tomando mil precauciones: así había conseguido llegar a 1948 sin hacerse notar ¡y lo cazaban justo cuando el sector textil se iba liberando paulatinamente y la Depuración se calmaba a ojos vista, cuando los comités creados tras la Liberación no eran ni sombra de lo que habían sido! ¡Apenas a unos metros de la meta! No se lo merecía.

Esos comités, creados en 1944, habían hecho caer a una cantidad impresionante de ventajistas «que habían comerciado con las potencias enemigas» o «habían sacado provecho de operaciones lucrativas». Le había llegado el turno al señor Georges.

El funcionario le comunicó que no lo interrogarían hasta más tarde porque, en ese mismo instante, la comisaría de su barrio estaba llevando a cabo un registro de sus oficinas, y añadió que examinarían a fondo sus pedidos y contabilidad.

Georges Guénot guardó silencio.

La cosa pintaba mal.

Sobre las veinte horas le llevaron un sándwich y lo dejaron beber agua en los aseos del primer piso. Luego lo condujeron, a falta de un sitio mejor, a la celda de desintoxicación de la comisaría, donde se vio obligado a dormir con los borrachos y los vagabundos. Al día siguiente, hacia las diecisiete horas, cuando, exhausto y angustiado, entró al fin en el despacho de Terret, vio, repartidos por las mesas, sus registros, sus libros de pedidos, sus archivos... y la carta mecanografiada que había provocado aquello, lo bastante bien documentada como para atraer la atención sobre un hombre desconocido para el comité, cosa poco frecuente.

Tratándose de cartas anónimas, lo previsible era que contuvieran tanto datos verificables como suposiciones febriles pero, desde la Liberación, la balanza se había decantado claramente del lado de la verdad, cuando menos hasta el punto de atraer la atención del comité sobre bastantes misivas. En este caso se trataba de una carta breve, pero con datos muy precisos.

—Posee dos almacenes muy bien surtidos de tejidos —dijo Terret; Guénot intentó responderle, pero no le dio tiempo—. Ayer se hizo una primera revisión de lo que contienen y luego se les colocó un precinto. Hemos encontrado tantísimos productos textiles y pieles que necesitaríamos meses para hacer un inventario en forma, y eso contando con el personal necesario, así que hemos decidido partir de la premisa de que este registro refleja la realidad... —Era el libro «oficial», en el que Georges Guénot sólo anotaba parte de lo que compraba; empezaba a respirar—. Pero como parece haber una diferencia importantísima entre lo consignado en este libro y lo que hemos podido ver en sus almacenes, multiplicaremos las cantidades por diez.

—¡No! —Fue un grito desgarrador. Terret había oído muchos parecidos y sabía hasta qué punto resultaban reveladores: su estimación no debía ir muy desencaminada—. ¡Son tejidos comprados legalmente! —Guénot se indignó—. ¡No hay nada irregular!

Terret asintió: parecía estar de acuerdo.

—Efectivamente. —Cogió una carpeta y la abrió por completo—. Todas sus facturas de compra están aquí; bueno, cuando digo «todas» es una suposición, por supuesto, pero en todo caso no importa: las que tenemos nos bastan para comprobar que esos productos se compraron muy por debajo de su precio normal. ¿Puede explicarme por qué motivo, señor Guénot?

—Pues... son productos adquiridos a... comerciantes que deseaban deshacerse de ellos, eso es.

—Una vez más es cierto. —Terret examinó unas cuantas facturas—. Dreyfus e Hijo, Casa Cohen, Tejidos Herschel, Textiles Reichelberg... todos ellos negocios ubicados en el barrio del Sentier... y que en su mayoría ya no existen.

—¡Comprar allí no tiene nada de extraño! —exclamó Guénot con una risa forzada—. ¡Es el barrio textil!

Terret dejó el libro de registro en la mesa, esperó unos segundos y luego, despacio pero con firmeza, declaró:

—Señor Guénot, usted se aprovechó de los comerciantes judíos amenazados por las fuerzas de ocupación. En el momento de huir, no tenían otra posibilidad que malvender sus existencias, y está claro que usted obtuvo beneficios muy por encima del margen razonable de una negociación justa.

—¡Comprar mercancía no es delito, ni siquiera cuando los precios son bajos!

—Vuelve a tener razón, señor Guénot: esa práctica no es ilícita, pero haber obtenido grandes beneficios revendiendo parte de esas mercancías al invasor...

—¡Por Dios! ¡Veinte metros de paño aquí o allá!

¡Tres veces! ¡Solamente les había vendido telas a los alemanes tres veces en cinco años! ¡Nadie había sido tan prudente como él!

—¡Desde luego, no se me puede comparar con los que traficaron durante toda la guerra!

—Por supuesto que no... por eso vamos a conformarnos con confiscar los productos que le quedan...

—¡¿Cómo?! ¡No puede estar hablando en serio!

—Voy a explicarle lo que va a pasar exactamente, señor Guénot: dentro de un momento abriré la puerta y usted saldrá contento y aliviado porque el Estado, al que represento, va a conformarse con confiscar esos productos y le permitirá seguir con su actividad. Es un golpe de suerte para usted, téngalo en cuenta porque, si decide oponerse a esa oferta, que yo calificaría de extraordinariamente generosa, no me quedará otro remedio que ordenar que lo detengan y lo lleven ante el juez. Permanecerá en prisión durante la instrucción del sumario, que tardará mucho mucho tiempo, pasado el cual será juzgado por beneficios ilícitos y condenado a una sanción cinco veces superior a las ganancias obtenidas, que acto seguido se multiplicará por tres debido a su colaboración con el enemigo. Después de eso será declarado indigno por el Estado y castigado con una muy larga prohibición de ejercer cualquier actividad comercial, que es lo único que usted sabe hacer; además...

Guénot alzó las manos en señal de rendición.

Miró sus libros y registros: la mesa en la que descansaban parecía una ciudad bombardeada.

Iba a salir sin decir palabra, pero Terret lo detuvo.

—Una última cosa, señor Guénot: si descubrimos que ha vuelto a meterse en un negocio sucio, que está implicado en el menor escándalo o ha dado el más mínimo paso en falso, el milagro no se repetirá: será llevado ante la justicia y acabará en prisión.

Durante varios días Jean vio a Geneviève levantarse temprano, arreglarse y salir. Iba a las oficinas del Fondo de Confiscación. La empleada que la atendía le tenía simpatía por acicalada y sonriente: se notaba que no quería molestar. Tras contarle que iba a montar una tienda de telas, Geneviève le había preguntado cuándo habría una subasta. De momento, no había nada.

—Pero puede haber alguna de un día para otro —le había dicho la empleada—. A veces no hay nada durante semanas y luego, de buenas a primeras, se ponen a la venta las existencias de algún comercio en quiebra, embargos...

Y la empleada estaba en lo cierto.

—Creo que por fin tengo algo para usted... —le dijo en voz baja unos días después—. ¡Dos almacenes enteros! Aunque no saldrán a subasta enseguida porque hay que hacer inventario, figúrese.

Pero al cabo no hubo inventario.

Geneviève y Jean pidieron cita con el funcionario encargado de la valoración: le propusieron comprarlo todo.

—Es que puede que el precio total ronde los cuatrocientos mil francos...

Geneviève ofreció la tercera parte, Jean se miró los zapatos.

—¿Ciento treinta mil?

El funcionario se atragantó, pero sólo por guardar las formas: para que se viera que se preocupaba por la defensa del interés común y que los tesoros de la República no se malvendían. En realidad, le parecía un negocio redondo: no habría que hacer inventario, movilizar empleados, ejercer controles, organizar transportes, preparar la subasta, vender en lotes durante varios meses con el peligro de quedarse con lo que nadie quisiera... Cierto, aquellos dos sólo ofrecían un tercio, pero pagaban al contado...

Sólo había que comprobar que, jurídicamente, los lotes confiscados ya no pertenecían a su propietario, sino al Estado.

—Tengo que consultar al señor Terret...

—¿Quién es? —pregunto Geneviève sonriente.

—El inspector de la Comisión de Confiscación de Beneficios Ilícitos.

Al día siguiente Terret confirmó que Georges Guénot ya no tenía ningún derecho sobre lo que había robado.

Geneviève y Jean pagaron los stocks de Guénot con el dinero que había aceptado prestarles el señor Pelletier. Se sentían eufóricos, al menos hasta la mañana siguiente, cuando fueron al local que habían alquilado. Geneviève no dijo nada porque había sido ella la que había insistido en que se quedaran con ese local, pero ahora que planeaban instalar el mobiliario necesario para la tienda se daba cuenta de que el espacio era francamente muy reducido, y ya no se podía dar marcha atrás: habían firmado el contrato, comprado los stocks de telas...

Jean se había percatado de buen principio, pero no tenía la energía necesaria para enfrentarse a Geneviève, que nunca lo escuchaba.

Cuando tomaron medidas con el ebanista para el futuro mostrador de venta, no hubo más remedio que reconocer que casi no quedaba sitio para moverse entre los expositores de ropa. En la tienda, a lo sumo, podrían caber media docena de clientes, poco más.

—Lo mejor es que vendamos fuera —dijo Jean.

—¡¿En la acera?! —exclamó Geneviève horrorizada.

—Sí, no veo otra solución...

—¿Fuera, como en el mercado? ¡No estamos en un zoco!

Jean, impermeable por una vez al desprecio de su mujer, se mantuvo en sus trece con absoluta calma, y fue precisamente eso lo que descolocó a Geneviève.

—Si funciona en los mercados, ¿por qué no va a funcionar aquí, en la acera?

—Pero... ¡es una tienda, Jean, una tien-da!

—Lo importante es vender la mercancía, ¿no?

Era un argumento decisivo; sin embargo, Geneviève no se dio por vencida.

—Y cuando llueva, ¿qué? ¿Cerramos? ¡Tendremos que rezar para que haga buen tiempo! ¡Más nos hubiera valido instalarnos en África!

—Hay que instalar un toldo —dijo Jean—. Un toldo bien grande, que cubra buena parte de la acera. Y ponemos fuera los expositores. Salvo las sábanas y la ropa de cama en general, todo en el exterior, ¡y si llueve bajamos el toldo!

Geneviève tenía que reconocer que era la única solución práctica, pero resultaba ofensiva para ella: no coincidía para nada con su estética de futura comerciante. Ya le parecía poco distinguido vender ropa para el hogar: habría preferido ofrecer vestidos y blusas a la moda, pero encima hacerlo en la acera... Sin embargo, por mucho que rezongara, el calendario no le permitía seguir poniendo reparos. No tenían tiempo.

El toldo fue lo más caro. Gastaron un poco en carpintería, en el revoco de las paredes y, sobre todo, en limpieza, pero la mayor parte del presupuesto para el acondicionamiento del local se lo comió aquel inmenso toldo. Era tan ancho como la tienda, sobresalía más de cuatro metros de la fachada, pero consiguieron los permisos del ayuntamiento...

Por una vez Jean parecía estar en su elemento: dibujó a escala un perímetro que incluía la tienda y la parte de la acera que les había concedido el municipio (que en su mente formaban un todo) y luego se puso a recortar y distribuir cuadraditos de papel que representaban los muestrarios y los expositores de venta.

Geneviève miraba esos preparativos con cierta repugnancia: con aquel hombre siempre había que rebajar las expectativas, nada salía jamás como estaba previsto. El ideal de tienda de su marido era un mercadillo, se sentía manchada.

Además, se daba cuenta de que Jean se entretenía con aquel proyecto de acondicionamiento y retrasaba el momento de salir a buscar subcontratistas.

—¡Pues los manteles y las sábanas no se fabricarán solos! —exclamó con aquella voz de pito que a Jean le taladraba los tímpanos.

A regañadientes, dejó de lado el lápiz y los recortes y se puso en camino hacia el norte de Francia.

Entretanto, Hélène y François se habían mudado a la rue des Arquebusiers.

Era un piso estupendo, con un largo balcón desde el que se veía hasta el cementerio de Père-Lachaise. Tenían una habitación amplia para cada uno y compartían un salón luminoso y una cocina lo bastante espaciosa para usarla también como aseo... porque el retrete estaba en el rellano, aunque era de uso privado.

Fue el mejor periodo de sus relaciones.

Lástima que sólo durara una semana.

Hélène había ido a la Escuela de Bellas Artes, en la rue Bonaparte, con nulas esperanzas y temerosa de quedar como una tonta, pero se lo había prometido a su padre, qué se le iba a hacer...

Sin embargo, lejos de mandarla a paseo, la recibió un responsable del departamento de estudios: el señor Ferdinand Graux, un hombre de unos cincuenta años, regordete, con los ojos azules, el bigote rubio y una cara tan alegre, una sonrisa tan radiante, que casi esperabas ver aparecer una aureola sobre su cabeza en cualquier momento.

—No he hecho el examen de dibujo... —empezó a decir Hélène dispuesta a dar media vuelta.

—Sí, es una lástima...

El señor Graux hojeaba la carpeta que había preparado Hélène: un currículo de media página y cuatro dibujos hechos muy deprisa la noche anterior. Era un desastre absoluto, pero el señor Graux asentía con su hermosa cabeza redonda, siempre contento.

—Llegué a París hace sólo unos días, ¿sabe? No tenía previsto... Lo digo por la carpeta...

—Sí, es una lástima... —repitió el señor Graux—. ¿En qué especialidad quería matricularse? ¿Arquitectura? ¿Escultura?

—Pintura...

—Comprendo.

El señor Graux cerró la carpeta, se cruzó de brazos y miró fijamente a Hélène durante unos instantes.

—No podemos admitirla en la Escuela sin examen... —Hélène, aliviada por acabar de una vez, iba a levantarse—. Pero, si le interesa, puede asistir a clase como oyente. Es algo que cayó en desuso antes de la guerra, ¡y me refiero a la Primera! Así que quizá...

Y le explicó a la atónita Hélène que la figura del oyente, ideada para estudiantes extranjeros deseosos de adquirir los conocimientos que proporcionaba la Escuela para luego darlos a conocer en su país de origen, había caído en el olvido, aunque nunca había sido suprimida oficialmente.

—Podría asistir a clase. Desde luego, no se le permitiría presentarse a los exámenes, pero después de todo un curso, sin duda el año que viene podría hacer el examen con muchas probabilidades de éxito...

Al instante Hélène se puso en guardia y empezó a mirar al señor Graux con desconfianza.

Allí, como en todas partes, las mujeres no solían conseguir lo que perseguían más que cediendo al deseo de los hombres. Era algo que aprendían muy pronto, una regla de vida inherente a su condición. Se disponía a ponerse el abrigo, pero algo la hizo detenerse: Ferdinand Graux era tan abiertamente homosexual que, o su teoría era falsa, o Graux actuaba en nombre de otro, o incluso por una razón más secreta. Aquella sombra de aureola encima de su cabeza, ¿no sería más bien la marca del hipócrita, del pérfido, del perverso?

Graux intuyó lo que estaba pensando y se ofendió.

—Señorita, si hubiera venido hace una semana la habría mandado a casa con un palmo de narices —dijo buscando en su bandeja de correo y sacando una hoja— pero, mire por dónde, el consejo de administración de ayer por la tarde —especificó para subrayar la enormidad de la coincidencia— cayó en la cuenta de que esa figura había quedado en desuso y nos ha pedido que la reactivemos, por así decirlo. Parece que hay que «expandirse».

Paseaba los ojos por la hoja e iba seleccionando determinadas palabras que leía en voz alta como si estuvieran escritas en otro idioma.

—«Expandirse», «ampliarse», «diseminar los conocimientos»... —Dejó el papel en la bandeja—. Así que, si quiere usted... participar de esa «expansión», señorita, puedo entreabrirle las puertas de la Escuela de Bellas Artes.

En esos momentos la convivencia con François era aún una especie de luna de miel: se divertían cocinando juntos, bromeaban de una habitación a otra... Su hermano subió jadeando con las compras que ella le había encargado y, para celebrar que la hubieran aceptado, hicieron una cena de gala con sardinas y mantequilla del mercado negro, en el transcurso de la cual a sus padres debieron de silbarles los oídos de lo lindo. Luego pasaron al Gordito y a Geneviève, un tema fácil. Hubo un cuarto de hora de emoción cuando llegó el turno de Étienne y Hélène leyó en voz alta unas cuantas líneas de sus cartas. Todo iba bien entre ellos; no era difícil imaginar que las cosas se iban a torcer, pero era imposible prever hasta qué punto y a qué velocidad se degradarían.

Para empezar porque a Hélène le bastó una semana de clases para comprender que, aunque la pintura podía ser un camino para ella (y eso estaba por ver), desde luego no lo era aquella escuela rabiosamente masculina ni aquel taller académico de ambiente tóxico. A modo de bienvenida, René Chevalier, el responsable de uno de los talleres, le había recordado la norma de la casa: «Ni mujeres, ni perros, ni política ni religión», y esa norma se respetaba al menos en lo tocante a los perros y las mujeres. Había otros talleres en los que sí había mujeres, pero los primeros contactos con ella se habían saldado con un rechazo: todas estaban convencidas de que sólo un trato de favor podía explicar que hubiera entrado sin examen y gracias a una figura inexistente hasta el día anterior, y creían comprender cómo se lo había ganado. El caso es que no fue bien recibida, ni siquiera aceptada. Además, el trabajo con modelos clásicos la aburría, la competencia (que empezaba cada día con una auténtica batalla para acomodar los numerosos caballetes) le desagradaba y los pocos alumnos que se interesaban por ella lo hacían por motivos completamente ajenos al arte, así que enseguida se sintió perdida. Para colmo, el espíritu de la Escuela, que flotaba sobre las clases y los talleres como un manto invisible, fomentaba una especie de corporativismo: por mor de ser reconocidos en aquel mundillo muchos alumnos reverenciaban la máxima según la cual los nuevos «sólo deben hablar cuando les toca, y no les toca nunca».

Hélène acababa de entrar en la Escuela y sólo pensaba en una cosa: salir de allí.

Las miradas insistentes de los alumnos, las bromas de mal gusto y las manos largas de algún tutor confirmaron su decepción.

Comprendió que nunca había creído seriamente en aquello.

Las bellas artes no eran un proyecto, sino sólo una idea; no abrigaba suficiente pasión por el dibujo o la pintura como para tener ganas de luchar contra la institución. Se sentía vacía, perdida; el piso compartido con François empezó a parecerse a un internado y su habitación a una celda. Tenía ganas de salir, pero no sabía adónde ir; fumaba mucho y sentía tanta rabia como en Beirut sin que pudiera volcarla en sus padres. Había cometido un error yendo allí y se había quedado sin un lugar adonde poder huir.

Dejó de asistir a clases aunque, por pereza y ganas de provocar, siguió yendo al Café de las Artes, un local frecuentado por los estudiantes de la Escuela, que la consideraban una holgazana con aires de sultana lánguida, sexi y escandalosa que siempre estaba allí, fumando y dejándose invitar a cafés... La veían sentada en el fondo de la sala a media mañana y no era raro que volvieran a encontrársela en el mismo sitio a la hora de cenar. Todos los hombres se preguntaban si captaba clientes, y su belleza simple y familiar sólo multiplicaba la naturaleza escandalosa de los rumores que corrían por doquier. Daba la sensación de que bastaba con extender la mano para tocarle los pechos o el trasero, pero nadie se animaba a hacerlo. Su actitud avergonzaba a los que se las daban de inconformistas. Charlaba con los peores elementos de la Escuela, los que faltaban a clase o huían de los talleres para ir allí a beber pastís.

Había conocido a un tal Jonsac (Bernard de Jonsac, para ser exactos), antiguo alumno de la Escuela, como ella, que se ganaba la vida suministrando a los todavía alumnos todos los productos ilegales con los que podían soñar. Solía ir acompañado de algún amigo (Max Bernat o Ferdinand Lagre) que actuaba como mera comparsa. «Mis productos responden a la moda —afirmaba—. Ahora es el momento de la Metedrina.»

Aquellas pastillas le procuraban a Hélène latigazos agradables, y tampoco le disgustaban los pequeños trastornos que causaban en su ritmo cardiaco. Como no tenía dinero, negociaba con Jonsac: lo que él pedía no era exorbitante, se hacía en un momento y, mientras no pasara de ahí...

Se escribía con Étienne, al que le contaba (casi) todo. Le hablaba de su pleito permanente con François:

No para de darme la tabarra con las Bellas Artes cuando él no ha puesto un pie en la Normal y hace gacetillas para el Journal...

Y de la falta de carácter de Jean:

No te imaginas lo cobarde que puede llegar a ser, y su Geneviève es inaguantable...

Aunque otras veces, como no tenía mal fondo, sino sólo rabia, añadía sobre François:

Es él quien se encarga de cubrir aquel asunto que te comenté, el caso Lampson; escribe artículos formidables ¡y salen en portada!

Y sobre Jean:

Está a punto de abrir una tienda de ropa blanca con Geneviève: al menos ya no tendrá que pasarse semanas enteras en la provincia.

Étienne también le enviaba cartas.

Pienso regalarle unos cascabeles a su santidad Loan I para que sustituya las borlas de su molde para tartas: se lo oirá venir de lejos como a las vacas con cencerro.

Aunque ella conocía demasiado bien a su hermano como para no darse cuenta de que sus bromas podían esconder penas profundas. Intentaba saber lo que estaba viviendo realmente y, cuanto más frívolo se mostraba, más se preocupaba ella por lo que pudiera estar ocultándole.

> *Así que nuestro héroe de 1941 ha preferido* Le Journal du Soir *a la Escuela Normal; ¡si tú no conseguiste matar a nuestra madre yéndote de Beirut, François lo conseguirá el día en que ella se entere!*

A veces mostraba alguna inquietud, pero sobre cosas que no parecían afectarlo directamente:

> *Es un país muy violento. Parece que aquí todo el mundo tiene asesinos a sueldo, y basta con ir a Cholon para encontrar a alguien que, por unas cuantas piastras, te libra prácticamente de quien quieras...*

Sin embargo, la seriedad nunca duraba mucho:

> *Si el Gordito viene a pasar unos días aquí con su costilla, no le costará encontrar a alguien que lo ayude a quedarse viudo...*

Pero incluso las cartas de Étienne eran motivo de discusión con François.

—Ah, ¿te ha escrito? ¡Qué bien! —decía su hermano, molesto, cuando llegaba carta de Saigón.

—No me ha escrito, me ha respondido —se excusaba Hélène fingiendo que estaba absorta en la lectura de la carta.

François también le guardaba rencor a su hermana por haberlo delatado ante su padre, algo que ella negaba:

—¿Y cómo se enteró si no fue por ti?

—¡Yo qué sé! ¡Por el Gordito! ¡O por la zorra de Geneviève!

Respecto a ese tema, François estaba en una posición complicadísima puesto que cabía sospechar lo mismo de su hermano y hermana que de su cuñada. Seguramente nunca sabría la verdad, y tener que vivir con esa incertidumbre le resultaba penoso porque, al final, sólo podía culparse a sí mismo.

Entre Hélène y él, el trato era de todo menos distendido y fraternal: apenas acordadas por ambos, las normas de convivencia saltaron en mil pedazos. El desorden natural que rodeaba a Hélène se extendió al salón y a la cocina y ella se saltaba sus turnos de limpieza, no hacía la compra cuando le tocaba...

Se peleaban constantemente.

En realidad, sólo hacían eso las pocas veces que coincidían, porque ella solía dormir hasta media mañana («El taller empieza tarde...», decía con voz perezosa) y nunca volvía antes de las dos de la madrugada, si no a las tres.

Siempre cogía desprevenido a François, quien, sin saber qué actitud tomar, oscilaba entre las amenazas y los ruegos.

—¡Hay que ver qué duro es hacer de padre! —le decía Mathilde burlona.

Desde luego, François había temido que la convivencia con Hélène complicara sus momentos de intimidad con Mathilde, pero no había tardado en tranquilizarse: cuando su hermana volvía, hacía un siglo que su amiga se había ido.

Menos de dos semanas después de la mudanza, François había llegado a casa dispuesto a trabajar cuando se dio de bruces con Vladimir Oulov, alumno del mismo taller que su hermana, que se hacía pasar por un revolucionario ruso en el exilio (había nacido en Romorantin y debía su apellido a un abuelo cuya única proeza en la vida había consistido en casarse con una moza de granja antes de que lo aplastara un carro tirado por bueyes). François lo miró como si fuera un zoólogo y le dio la mano con reticencia. Era un chico flaco, con la tez y los dientes amarillos, que no paraba de rascarse el cuero cabelludo, del que extraía una sustancia blanca que luego lanzaba al suelo con un golpe de uña. Instantes después Hélène se encerró en su habitación con él y François oyó girar la llave en la cerradura.

Se sintió totalmente impotente.

Se había sublevado contra los horarios de Hélène, se había preocupado al ver que no salía hacia la Escuela por las mañanas, se había quejado de su desorden y su nula disposición a limpiar... pero hasta ese momento no había tenido que enfrentarse a la cuestión que más temía. ¿Su hermana era virgen? Suponía que sí porque, vaya, no tenía más que dieciocho años... Vale, de acuerdo, casi diecinueve, ¡pero eso daba lo mismo! ¡A esa edad las chicas no se acuestan con hombres!

—Tú, a su edad, ¿ya habías estado con hombres? —le preguntó a Mathilde, que fumaba lánguidamente en la cama con un codo sobre la almohada, acariciándole el vello del pecho y el del vientre.

Ella se cruzó de brazos y siguió fumando.

Pasó un minuto, dos...

Apagó el cigarrillo y encendió otro, enfurruñada. Su silencio inquietó a François; ¿la había ofendido con aquella estúpida pregunta?

—Quiero decir... —farfulló—. Tú, a los diecinueve años, ¿ya habías estado con algún...?

—¡Cállate de una vez, que estoy contando!

Los dos se echaron a reír, François le lanzó el almohadón a la cara.

Sobre Hélène tampoco había averiguado nada más. Estaba terriblemente molesto con su padre. ¡Cómo se le había ocurrido confiarle a una chica de esa edad sin informarlo de nada!

Miraba la puerta de la habitación en la que se habían encerrado Hélène y Oulov.

Tendría que haber reaccionado de inmediato, ya era demasiado tarde. ¿Haría el ridículo si se decidía a llamar a la puerta? ¿Le correspondía a él el papel de aguafiestas? Aquella cría era un verdadero desastre...

Se puso a trabajar.

Como sabemos, Germain Cageot, detenido tras la rueda de reconocimiento, había sido puesto en libertad de inmediato porque, además de que no existían pruebas contra él (ni siquiera una hipótesis decente de cuál podría haber sido el móvil), la testigo se había retractado de su declaración diciendo que ya no estaba segura, o más bien que estaba segurísima de que se había equivocado. El juez Lenoir intentó mantener detenido al sospechoso, pero el tribunal superior le ordenó soltarlo y él no era un hombre acostumbrado a desobedecer.

Así que a François se le había ocurrido entrevistar a Marcel Servières, el viudo de Mary Lampson.

Lo había encontrado crispado, muy alejado de aquella imagen tan extendida de actor guapo y de elegancia parisina que bordaba los papeles de seductor. Iba sin afeitar, llevaba un batín descolorido y zapatillas de andar por casa, y fumaba un cigarrillo detrás de otro.

François lo invitó a hablar sobre su primer encuentro con Mary y de sus respectivas carreras, y él le respondió de forma mecánica, como si repitiera una serie de parlamentos con el fin de memorizarlos. Aceptó que el embarazo de su mujer lo había dejado en shock, pero barrió con el dorso de la mano los rumores de divorcio.

Al cabo, François no había averiguado nada: tenía material para un artículo, pero seguía sin respuesta para las numerosas preguntas que aún se planteaba el público.

¿Era cierto que Mary quería divorciarse? ¿Por qué? ¿O era Servières, al contrario, quien lo deseaba? ¿Tenía él una amante? ¿O ella? Y en tal caso, ¿de quién era el hijo que llevaba en sus entrañas? ¿Era o no Servières el autor de la carta encontrada en el bolso de la difunta?

François estaba reflexionando sobre esas cuestiones cuando lo distrajo un siseo.

No, no era un siseo: eran... ¡suspiros! ¡Jadeos! Y procedían de la habitación de Hélène.

Se sonrojó.

¿Lo que estaba oyendo era a Hélène... haciendo el amor?

Estaba de pie, rígido, indeciso. ¿Tenía derecho a pegar el oído a la puerta? No, no podía... sin embargo...

Era una respiración ronca mezclada con un resoplido... y ese ritmo regular, obsesivo...

François se retorcía las manos; no lo habría pasado peor si hubieran estado violando a Hélène y él no hubiera podido acudir en su auxilio.

Apoyó la mano en el pomo, pero ya sabía que no haría nada. Los jadeos aumentaron... era una respiración masculina... François se acercó aún más, atento a los ruidos. ¡Era él! ¡No era Hélène quien jadeaba de esa manera, sino el ruso! ¡Eso era más repugnante todavía!

Lo asaltó una imagen: el ruso tumbado encima de Hélène y gruñendo como un jabalí; eso lo volvió loco... Cogió la libreta, las notas y la máquina de escribir y corrió a encerrarse en su habitación, pero los jadeos, aunque amortiguados, lo persiguieron hasta allí. Empezó a teclear el artículo canturreando fuerte, con una voz rabiosa, para ahogar aquellos gemidos. Lo que más temía era que uno de los dos se pusiera a gritar: a Mathilde y a él les pasaba a veces, se olvidaban de todo. Cantó cada vez más fuerte.

No podía seguir así.

Realmente, no podía seguir viviendo con Hélène.

31

Parece bastante complicado

La relación de las transacciones efectuadas por el señor Qiao durante los seis últimos años tenía unas cuarenta páginas que Étienne revisó en menos de una hora.

Gracias a la firma de Gaston, pero también de otros funcionarios de la Casa de la Moneda, Quiao había organizado la fuga de numerosos capitales hacia Francia. Sin embargo, los comprobantes sólo permitían seguir el recorrido del dinero hasta bancos de Hong Kong o Singapur; después desaparecía del campo de visión de la administración francesa.

Si Étienne estaba en lo cierto, ese dinero debía de haberse transferido a continuación a empresas comerciales que proporcionaban armas al Viet Minh.

Pero ahí no acababa la cosa.

Dos documentos mostraban que las transferencias más elevadas autorizadas por la Casa (grandes sumas que se habían duplicado gracias al tipo de cambio oficial) habían ido a parar... a cuentas personales en bancos de París.

Los destinatarios figuraban con sus iniciales: E.N., P.R., D.F., A.M. y S.R.

Fueran quienes fuesen, esas personas eran especuladores de guerra.

Sólo que...

Aunque todo lo que sospechaba era probablemente cierto, Étienne carecía de pruebas: no tenía más que un listado de operaciones autorizadas por la Casa de la Moneda.

El material que había conseguido reunir prometía un huracán político, pero no tenía ni una posibilidad entre un millón de provocarlo porque era incapaz de demostrar nada.

Vinh, sentado en una silla cerca de la mesa, volvió la cabeza; *Joseph* se había erguido en lo alto del frigorífico y, tras estirarse, había saltado al suelo y se había quedado sentado a un metro de él, mirándolo con insistencia. A veces tenía intuiciones que convenía atender... Étienne sintió una especie de angustia, como si lo amenazara un accidente, como si fuera a ocurrir algo grave y él no pudiera hacer nada para evitarlo.

Se sentía superado, y su incapacidad para actuar o reaccionar le producía una dolorosa frustración.

Raymond no acababa de morirse. Había sido el juguete de fuerzas oscuras: su tortura y su muerte no habían servido para nada...

Del mismo modo que, en la estación de las lluvias, la llegada de un nuevo aguacero puede pasar inadvertida, Étienne no notaba que las lágrimas le resbalaban por la cara. Vinh y *Joseph* seguían mirándolo. Era una situación muy triste. Vinh se levantó al fin, fue a sentarse junto a Étienne y se puso en las rodillas la carpeta con el membrete de la Casa Indochina de la Moneda en Saigón.

—Estás en peligro —dijo escuetamente.

Ésa era la paradoja: aquella carpeta, que no servía para nada, debía de verse como una amenaza por el simple hecho de estar en su poder. Vinh le confirmó lo que había oído mil veces: el Viet Minh estaba en todas partes y tenía los medios para verlo todo, para enterarse de todo...

A Étienne, esa idea que circulaba por Saigón le parecía tan folclórica como la conspiración de la pólvora o las maquinaciones de los Beati Paoli pero, aunque Vinh fuera lo bastante ingenuo como para tomarse en serio las actividades del papa Siêu Linh, había que reconocer que en este caso la ingenuidad consistía en ignorar su advertencia: los asesinatos en plena calle y las innumerables emboscadas tendidas al Cuerpo Expedicionario probaban sobradamente que el Viet Minh disponía de redes muy sólidas. Pero eso no era todo: sin duda alguna, Philippe de Lacroix-Gibet tenía razón al afirmar que en aquella guerra la información era el arma definitiva. En sentido estricto, el Viet Minh no tenía ejército, sólo grupos armados, y su permanente hostigamiento a las tropas francesas se apoyaba en un entramado de informadores, confidentes, espías y soplones que probablemente no tenía equivalente en el mundo occidental.

Étienne sintió miedo no por sí mismo, sino porque no podría terminar la tarea iniciada, porque todo aquello iba a hundirse para desaparecer por completo en las sucias aguas de aquella guerra.

Y además, su candor, su puerilidad, también habían puesto en peligro a Vinh y a *Joseph*.

—Tenemos que irnos —dijo Vinh.

—Ni hablar.

Lo había dicho espontáneamente. No se le ocurría ninguna manera de seguir adelante con su proyecto de denuncia pero, si huía, se sentiría como un desertor. No se veía capaz de renunciar.

—Tenemos que irnos —repitió Vinh.

Étienne se levantó y se acercó a la ventana. La ciudad nunca le había parecido tan siniestra y cenagosa. Negó con la cabeza, sorprendido por su propia determinación.

—Imposible, no me iré de aquí hasta haber... —No sabía cómo decirlo—. Hasta haber contado la verdad. —Se arrepintió enseguida: era una frase grandilocuente, impropia de él. La verdad le importaba un pito, lo que quería era justicia. Pero incluso esa idea le parecía libresca. En la vida, era imposible utilizar palabras así, él no las decía nunca. Pero Vinh debió de comprenderlo, porque se levantó a su vez y cogió en brazos a *Joseph*—. ¿Crees que encontrarías una manera de que pudiéramos irnos los tres?

El joven asiático no lo miraba: acariciaba la cabeza de *Joseph*, que cerraba los ojos como si las cosas empezaran a tomar el rumbo que deseaba, que aconsejaba.

—El señor Qiao es mi tío político, así que tengo acceso a su casa. Quizá pueda conseguirte los documentos que necesitas, pero en ese caso será necesario que todo esté listo: no podremos quedarnos ni un minuto más en Saigón. Necesito que me des tu palabra.

En ese instante Étienne se dio cuenta de que la sospecha de traición que había albergado respecto a Vinh seguía presente en un rincón de su cerebro como un veneno latente. Ahora el joven asiático le estaba ofreciendo, con calma y decisión, el mejor antídoto posible: el riesgo a cambio de la confianza.

—Te lo prometo —respondió—. Loan es lo bastante poderoso como para organizar nuestra partida con total discreción. En agradecimiento a la ayuda que le he prestado, nos apoyará.

Vinh asintió: aceptaba el trato. Puso a *Joseph* en el suelo y éste volvió a trepar de un salto a lo alto del frigorífico y se hizo un ovillo. Para él, era asunto concluido.

Sin embargo, Vinh añadió:

—Si no cumples tu palabra, estamos muertos.

Lo había dicho con toda sencillez, y eso complicaba las cosas.

A ojos de Étienne, Vinh había ido presentando caras muy diferentes. Primero había sido el adolescente asustado y dócil que se le había ofrecido como regalo y cuyo sacrificio él había rechazado; después, el joven tranquilo y decidido que lo cuidaba sin reprocharle nada, ni siquiera cuando lo ponía en peligro; también había adoptado el rostro del acompañante cotidiano, y Étienne se arrepentía de no haber mirado lo suficiente a aquel hombre grácil, delgado pero vigoroso, que se deslizaba bajo las sábanas como un manantial fresco y calmante... porque acababa de sorprenderlo otro rostro más: un Vihn dispuesto a poner en peligro su vida y que sólo le pedía a cambio que le permitiera irse con él...

Estaba emocionado, al borde de las lágrimas.

Sin pensárselo dos veces, Étienne le confió al capitán Moinard una carta apremiante para el papa Loan:

Venga sin falta y hágalo pronto. Necesito su ayuda urgentemente, pero por favor no le diga a nadie que viene por mí, ya le explicaré...

Tres días después su santidad se presentó en Saigón.

—¿Qué le pasa, querido amigo?

Encontró a Étienne hecho un manojo de nervios. Se veía demacrado y exhausto: con pretextos diversos, iba cada vez menos a la Casa, y cada noche fumaba una cantidad increíble de pipas de opio que se preparaba él mismo porque Vinh, buscando sin duda la forma de acceder a los documentos de su tío, pasaba más tiempo con su familia y sólo hacía breves apariciones.

Étienne le cogió las manos.

—Loan, no puedo decirle cómo, pero en cuestión de días, de horas quizá, tendré las pruebas definitivas de que el Viet Minh aprovecha el tráfico de piastras para comprar armas.

Loan soltó un profundo suspiro: nunca había creído en aquella historia.

—Mi querido amigo...

Pero Étienne no lo dejó seguir.

—¡Créame: son pruebas irrefutables! Necesito que nos ayude a salir del país.

—¿«Nos»? ¿Quiénes son los otros?

—Se lo diré en su momento, pero sepa que sólo usted puede ayudarnos...

Desde siempre Étienne solía tener la sensación de que se olvidaba de algo importante que acabaría provocando una catástrofe. Esta vez no era la excepción.

Loan, impresionado por la urgencia que transmitía su joven amigo, se rascó la cabeza.

—Bueno...

Étienne estaba pendiente de sus labios.

—Vamos a hacer una cosa...

—Dígame...

—El avión de nuestra Iglesia está estacionado en el aeródromo Georges-Guynemer, en Bien Hoa, a unos treinta kilómetros de aquí. La región es segura: el Viet Minh no se arriesga a aparecer por esa zona. Le conseguiremos un coche para que se desplace al aeródromo con total discreción y nuestro avión lo llevará a un aeropuerto comercial.

El recuerdo de su bautismo de vuelo y el rostro borroso del piloto alcohólico atravesaron la mente de Étienne como un relámpago. Prefirió no darle muchas vueltas.

—En cuanto al dinero...

—¡Por Dios, amigo mío! —lo cortó Loan de inmediato—. Eso, entre nosotros, no tiene importancia: le debo mucho... Y Loan está, hoy, en condiciones de pagarle lo que en su día hizo por Diem.

Llevados por un impulso, los dos se fundieron en un abrazo. Loan se dijo que no debía dejarse llevar por las emociones.

—Pero, a todo esto, ¿adónde quiere ir?

—A París.

Al comentarle que François trabajaba en *Le Journal du Soir*, Hélène le había proporcionado a su hermano una última esperanza: la de que algún periodista se interesara por aquel asunto y diera a conocer la verdad. Lo malo era que también lo había confundido con sus comentarios hasta el punto de que no tenía idea de qué hacía François en el periódico: aunque en una misiva le había asegurado que cubría un asunto importante («¡y en portada!»), en otra había afirmado, sin disimular su desprecio, que se encargaba de las gacetillas («¡imagínate!»). En cualquier caso, y fueran cuales fuesen sus funciones, François tenía que conocer a gente a la que pudiera interesarle el «dosier Qiao»: un escándalo semejante no podía dejar indiferente a un periódico de gran tirada.

Tardó dos días en conseguir contactar con su hermano en el *Journal*: lo llamó desde un despacho vacío de la Casa, luego desde la central de Correos, después desde una sucursal... No se fiaba de nada ni de nadie. Por fin consiguió hablar con él, pero al principio lo encontró muy distante: esa historia del tráfico de piastras en Indochina, por lo demás bastante difícil de comprender, estaba a años luz de sus preocupaciones. No veía qué pintaba él en un asunto que no pertenecía a su sección, aunque el tono apremiante de su hermano, aquella urgencia tan atípica en él, lo conmovía e inquietaba. Étienne, por su parte, encerrado en una cabina telefónica que requería continuamente monedas y más monedas, veía agotarse su salario al mismo tiempo que sus argumentos.

—¡Lo que ganan los traficantes de piastras lo paga íntegramente el Estado francés!

—Sí, ¿y?...

—Que eso no es lo peor: ¡el Viet Minh se beneficia de ese tráfico, François! ¡Francia subvenciona el armamento de su enemigo! Un chino llamado Qiao presenta expedientes totalmente amañados en la Casa de la Moneda para que el Viet Minh saque provecho de las transferencias a Francia.

Étienne estaba muy alterado y hablaba muy deprisa: François había entendido «un chino llamado K. O.», lo que parecía bastante raro. ¿O sería Quéhago? Todo era muy confuso.

—Tu historia es un poco enrevesada...

—¡Por el amor de Dios, François!

—¡Vale, vale, no te sulfures!

No estaba muy entusiasmado...

—Eso que me cuentas... no es lo mío: yo estoy en sucesos, y lo que pasa en Indochina corresponde a la sección de política internacional. Además, esa guerra queda muy lejos, ¿comprendes? No apasiona al público...

Étienne no quiso evocar el recuerdo de Raymond: temía que esa nota patética diera a su propuesta de denuncia la apariencia de una revancha mezquina, que acabara rebajando el escándalo a una dimensión pueril. Abatido, estuvo a punto de renunciar, pero en el último momento se le ocurrió añadir:

—Parte del dinero acaba en París, en cuentas bancarias de personajes importantes...

—¿De quiénes estamos hablando?

Étienne respiró hondo, su hermano había mordido el anzuelo.

—Están implicados al menos cinco personajes importantes de los que sólo conozco las iniciales: E. N., P. R., D. F., A. M. y S. R. Sin embargo, no debería ser difícil identificarlos: se trata de personas que tienen alguna relación con Indochina y disponen de los medios necesarios para aprovecharse del sistema. ¡Lo que han percibido asciende a varios millones de francos, y eso sólo este año!

François sabía que una noticia sobre el tráfico de piastras y la guerra en el lejanísimo Oriente no los ayudaría a vender ni diez ejemplares más que de costumbre, pero que ciertas personalidades francesas estuvieran beneficiándose resultaba mucho más prometedor: quizá fuera su oportunidad de dejar los sucesos y tratar temas más amplios, más serios, más estimulantes...

—¿Qué tienes sobre ellos?

Étienne pensaba tan deprisa como podía. Comprendió que, en esos momentos, mostrar seguridad importaba tanto como la solidez del material.

—Es difícil de explicar por teléfono... tengo las cantidades, las fechas, las iniciales... sólo falta descubrir los nombres.

—No me has entendido, Étienne. ¿Qué documentos tienes?

Étienne mintió:

—Notas tomadas por los pagadores... por eso sólo aparecen las iniciales. —Intuyó que eso no era suficiente—. Esas personas tienen cuentas en los bancos Godard o Hopkins Brothers.

François lo apuntó.

—¿Puedes mandarme una copia?

—¡Por supuesto que no! ¡No pienso desprenderme de nada, François, olvídate de las copias! Te lo llevo todo y tú lo publicas, ¿de acuerdo?

—Espera, espera, antes tengo que comprobar que es publicable...

—Pero...

François notaba, en su voz, en sus arranques, que Étienne estaba muy tenso. Había que calmarlo.

—Si es convincente no habrá ningún problema, Étienne. ¿Estás seguro de tus fuentes?

—Absolutamente: mi fuente es el propio sobrino del señor Qiao.

«Otra vez ese chino», se dijo François, y además seguía sin entender cuál era su papel en aquel asunto.

—Y ese sobrino, ¿quién es?

—Mi... criado.

François cerró los ojos: todas las semanas veía historias en las que intervenían sirvientes, fregonas y porteras, y siempre olían a denuncias infundadas, a viejas rencillas...

—Necesito pruebas sólidas, ¿comprendes?

François había hecho la pregunta en un tono que expresaba profundas dudas, pero Étienne no parecía haberlo percibido.

—Sí, lo entiendo. Entonces, si te llevo las pruebas, ¿lo publicarás? ¿Me lo prometes?

Si todo aquello se sostenía, el tratamiento periodístico no dependería de él, sino de Arthur Baron y de Denissov: el asunto dejaría de estar en sus manos. ¿Cómo se lo explicaba a Étienne? Renunció a hacerlo porque en esos momentos era la solución más práctica.

—Prometido.

Hubo un largo silencio.

—Gracias, François; es muy importante, ¿sabes?

—Lo comprendo...

—Organizo mi viaje a París y te llevo el dosier.

—De acuerdo.

—¿Va a venir a París? —había preguntado Hélène.

—Eso dice...

—¿Y cuándo?

—No lo sabe, parece bastante complicado...

Ante la insistencia de su hermana, François tuvo que explicárselo todo con detalle y responder a sus apremiantes preguntas. A medida que lo hacía, se iba asustando: ¿no se había comprometido demasiado pronto? Si el dosier era concluyente, ¿se lo arrebataría Denissov?

Hélène no acababa de entender qué pintaba Étienne en algo así: la política y las finanzas nunca le habían interesado. Imaginarlo en el centro de un escándalo político-financiero le resultaba absolutamente sorprendente.

Al compartir con ella los pormenores de lo que había alcanzado a comprender, François no pudo ocultarle que el asunto era delicado.

—¿Está en peligro? —le preguntó Hélène.

La respuesta era «sí».

—¡Claro que no! Qué cosas se te ocurren...

Sonaba falso.

—¿Y qué piensas hacer? —quiso saber su hermana.

—Esperar a que venga, estudiar su dosier y, si es convincente...

—Te repito la pregunta: ¿qué piensas hacer? Étienne está en peligro en Indochina, ¿y tú no avisas a nadie, no pides ayuda en ningún sitio y esperas a que llegue a París para ver si vale la pena sacar su dosier en un breve de la página ocho?

Volvieron a discutir.

Hicieran lo que hiciesen, fuera cual fuese el tema, siempre acababan así, ya no se soportaban.

Un discípulo de la secta se presentó en casa de Étienne para hacerle entrega del «evangelio» Siêu Linh. Era un bonito opúsculo en papel satinado que incluía un relato de la Revelación que había tenido Loan (con un retrato del papa alzando los ojos hacia el horizonte: se notaba que aquel hombre estaba inspirado por algo), las hagiografías de los santos reconocidos por la secta y sus principios (paz, progreso y fraternidad presentados en todas sus variantes). A todo aquello le seguía una lista impresionante de prohibiciones para los hombres (matar, desear a la mujer del prójimo —y, con mayor motivo, cepillársela—, robar, abusar del alcohol, entregarse al juego, comer carne, blasfemar, proferir amenazas, hablar mal de los demás, etcétera) y para las mujeres (mentir, ser coqueta, seducir al vecino —y, con mayor motivo, cepillárselo—, condimentar el pulpo, enseñar los tobillos, etcétera).

Para Étienne, que gente en sus cabales suscribiera un credo que te prohibía casi todas las cosas buenas de la vida era un misterio, aunque pensándolo bien las religiones occidentales no ofrecían muchas más alegrías o placeres que la secta Siêu Linh.

El discípulo se despidió del nuncio apostólico con una profunda inclinación y se retiró.

Pegada a la última página del cuadernillo había una pequeña nota escrita a mano: «Destino Phnom Penh; luego, avión de línea hasta París. Nuestro aparato esperará su llegada al aeródromo Guynemer durante diez días, pasado ese tiempo, ya veremos. Si necesitan que los lleven hasta allí, dígamelo. Cuídese.»

Estaba firmado «Su amigo Loan.»

32

¡Asesino!

La entrevista con los padres de Mary Lampson había tenido un gran impacto entre el público, Denissov estaba encantado. Y ahora, menos de dos semanas después, otra exclusiva. Desde luego, las cosas no podían ir mejor. Esta vez, a la vista de ciertas fotos, en especial una de la boda de Mary con Marcel Servières, la señora Soubirot (a la que la prensa seguía llamando «la testigo sorpresa» pese a que se había equivocado en lo relativo a Germain Cageot) fue categórica: no lo había pensado hasta ese momento, pero el hombre con el que se había cruzado al salir de los lavabos del Régent minutos antes del asesinato bien podía ser Servières.

—¿Está segura? —insistió el juez Lenoir, que sólo deseaba ver la luz al final del túnel.

—Bueno...

Era extraño: la señora Soubirot siempre se mostraba muy firme al principio y luego se sumía de inmediato en la duda.

—El señor juez —terció el comisario Templier con su voz aflautada— le pregunta si está absolutamente segura.

—Hombre, absolutamente...

El comisario se llevó aparte al juez.

—Su testigo no parece demasiado convencida...

—¡Es por la emoción!

—El análisis grafológico no...

—Ya he pensado en eso. Vamos a repetirlo: se lo encargaré a otro perito.

El comisario Templier tenía la cara de alguien que, de pie en mitad de la vía, ve con fatalismo cómo se acerca un tren a toda velocidad.

—Yo propongo... —empezó a decir pacientemente.

Pero el juez ya se había precipitado sobre el sumario para comprobar las declaraciones de Marcel Servières.

Entretanto, el comisario Templier se inclinó caritativamente hacia la señora Soubirot, que decía: «Sí, creo que... no estoy segura, pero me parece que...»

«Las divergencias entre el juez Lenoir y el comisario Templier», señalaba François en su artículo, «se aprecian en su vocabulario: mientras que el policía se refiere simplemente a "las actividades" de Marcel Servières, el juez habla de "su coartada"».

«Ese domingo estaba jugando al billar», había explicado Servières.

La afirmación había sido confirmada por quienes lo acompañaban en la sala donde jugaba de forma habitual, pero se había ido hacia las 15.30 h y había llegado a su domicilio en Neuilly a las 16.45 h, cuando ese trayecto, en domingo, se hacía en media hora. Así pues, se planteaba la cuestión de los cuarenta y cinco minutos de diferencia.

—Recorrí varios estancos buscando cigarrillos estadounidenses de la marca Silver Star, pero como era domingo estaban cerrados. De hecho, me fui a casa sin tabaco.

El juez, que hasta entonces se había conformado con esa respuesta, de repente la encontraba sospechosa.

—Cuesta bastante imaginar que fuera al Régent a asesinar a su mujer... —le hacía notar el comisario Templier.

Pero el juez Lenoir ya tenía su hueso y estaba decidido a roerlo hasta el final.

—La testigo lo ha reconocido y...

—Reconocerlo, lo que es reconocerlo...

—Y en su coartada hay una laguna... ¡de cuarenta y cinco minutos! ¡Tiempo de sobra!

Al instante dictó una orden de comparecencia para Marcel Servières.

El comisario Templier había obedecido al juez, soportado los flashes del fotógrafo del *Journal* que montaba guardia ante la casa del actor, respondido con evasivas a las preguntas de François Pelletier y conducido al sospechoso al Palacio de Justicia. Sólo entonces el juez empezó a reflexionar sobre la complejidad de la situación: era cierto que los dueños de los estancos abiertos en domingo en el itinerario de Servières no recordaban haberlo visto por allí («Haga un esfuerzo: no es alguien que pase desapercibido, ¡su cara está en todos los periódicos!», rezongaba el juez), pero eso sólo constituía una prueba negativa. Para colmo, el comisario Templier le hizo notar que Servières no habría dispuesto de cuarenta y cinco minutos para matar a su mujer, sino sólo de quince.

—¿Cómo que quince?

Cuando quería mostrarse indignado, se ponía de puntillas. El comisario no se inmutó.

—Servières habría tardado media hora en ir de los billares al Régent. Y si calculamos otra media hora para trasladarse desde el cine hasta Neuilly, no quedan cuarenta y cinco minutos, sino quince.

—¡Aun así, es factible! —decidió el juez.

—Sí, pero haciendo malabarismos. Tendría que haber aparcado, haber entrado en el cine sin que lo reconocieran, haber encontrado a su mujer, haberla matado, haber salido del cine, haber vuelto al coche... Hacer todo eso en quince minutos es una verdadera proeza.

—¡Toda una proeza, sí! —confirmó el juez, impermeable como siempre a la ironía del comisario.

Una visita al lugar confirmó que la salida de emergencia no funcionaba y que se podía entrar o salir con facilidad. Y Servières estaba al corriente del ritual de su mujer, consistente en esconderse hasta que empezaba la película. El recorrido desde la salida de emergencia hasta los lavabos permitía evitar las miradas de los espectadores, así que Marcel Servières podría haber salido tan discretamente como había entrado.

Para Lenoir, el caso estaba casi cerrado: había hecho detener al actor y no daba su brazo a torcer respecto a su culpabilidad. ¿Quién más sabía que la joven víctima había ido a ese cine y no a otro? ¿Quién estaba informado de la sesión que había elegido? El juez pospuso estas y otras preguntas; de momento, para él, lo importante era saber con qué calzador metería su teoría en la caja de Pandora que había abierto.

El *Journal* había titulado:

Novedades sobre el asesinato de Mary Lampson.
Marcel Servières, detenido.
Se convierte en el sospechoso número uno.

Por supuesto, quedaba la cuestión del móvil.

—¡Mary Lampson quería divorciarse y Servières estaba loco de rabia! —alegó el juez.

—Era un rumor, ella no había iniciado los trámites...

—Estaba celoso. ¡La forma en que mataron a esa mujer demuestra que su asesino actuó movido por la pasión! —Ante la expresión dubitativa del comisario Templier, el juez añadió—: ¡Ella quería divorciarse, tenía un amante, lo asegura el propio Servières! ¡Estaba celoso, eso es impepinable! Si no tenía un amante, ¿por qué no le dijo a su marido que estaba embarazada? —remachó exultante.

—¡Para asegurarse! Sólo estaba de dos meses, quizá no quería darle falsas esperanzas.

Aquel supuesto amante había sido objeto de búsquedas en el entorno de la joven actriz, se habían examinado con lupa sus relaciones e investigado a todos aquellos cuyo nombre de pila empezaba por «M», pero había sido en vano. Que el juez diera por segura su existencia consternaba al comisario Templier.

François acertaba al destacar que los dos hombres no se ponían de acuerdo sobre las hipótesis pero, tras presentar sus argumentos, el policía, consciente de que era el brazo armado de la Ley y no un colega del juez Lenoir, acabó alzando las manos al cielo: «Adelante, haga lo que le parezca.»

—¡Para saberlo, lo mejor es hacer la prueba!

—¿Matar a una mujer?

—No —respondió el juez, para quien la ironía era un país extraño—: Tratar de hacer el mismo recorrido.

François tituló:

¿Asesinó Marcel Servières a Mary Lampson?
Una reconstrucción de su itinerario en coche
confirmará si tuvo tiempo... o no.

Hélène llevaba sentada más de una hora en el fondo de la sala del Café de las Artes. Empezaba a impacientarse. Desde que había sabido por François que Étienne acudiría a París, estaba hecha un manojo de nervios. Parecía evidente que su hermano corría peligro en Indochina, pero no conseguía imaginar de qué peligro concreto podría tratarse. ¿Se habría hecho enemigos? Estaba segura de que François no le había dicho todo lo que sabía... y, si le pasaba algo a Étienne, ella nunca lo superaría. Una pastilla de Metedrina le vendría de perlas.

Esa idea multiplicó por diez su irritación; se puso a dar palmaditas nerviosas sobre la mesa sin apartar los ojos de la entrada: Jonsac le había asegurado que estaría allí hacia mediodía, pero nunca lo había visto llegar puntual.

Un cliente había dejado un ejemplar del *Journal* en un banco. El caso Lampson, que debería haberse resuelto en unos días, llevaba meses coleando. Era lo único que le interesaba a la gente, sobre todo a François, y entretanto Étienne corría peligro... Había estado a punto de pensar: «Corría peligro de perder la vida.» ¿Por qué se ponía siempre en lo peor?

Leyó el artículo de François y se sorprendió contemplando la foto de Marcel Servières que aparecía en portada. Se correspondía bastante con el tipo de hombre que menos le gustaba: tenía un aire a lo Lhomond, de futuro galán caduco. Desde la última vez con Lhomond, no había intimado con nadie más: no había chica más virtuosa que ella. Desde luego, Vladimir Oulov (que había desaparecido de la circulación) habría podido ser la excepción. Cuando lo había llevado a su habitación, estaba decidida. No le gustaba, pero tenía la ventaja de no parecerse en nada a su profesor de matemáticas: no la abofetearía ni la humillaría. Sin embargo, esa tarde se había lanzado a una interminable perorata sobre los méritos de Lautréamont y Baudelaire, y había acabado durmiéndose vestido. Y como padecía una especie de apnea del sueño, durmiendo no hacía más que gruñir, gemir, chillar... Sin duda tenía sueños eróticos. Le fue imposible pegar ojo: había pasado la noche en vela.

La segunda excepción podría haber sido Jonsac. Aunque el pobre se conformaba con poco, desde hacía unos días planeaba sobre su relación una especie de duda, una pregunta... Por cierto, allí estaba, entrando en el café, esta vez solo, sonriente, relajado, con un chaleco de flores y una corbata bastante ridícula. El conjunto le confería el aspecto de un payaso disfrazado de artista, que es lo que era. Al pasar, iba repartiendo apretones de manos y besos a algunas chicas a las que estrechaba en sus brazos con efusión. Ella habría jurado que se entretenía aposta, que se hacía desear, ¡como si ella pudiera desear a un hombre así!

—¿Tú lees esas cosas?

Al sentarse, Jonsac cogió el *Journal* y lo lanzó a un extremo de la mesa, como quien aleja algo cuyo olor le molesta. Hélène se ofendió, pero no dijo nada.

—Dame una pastilla, anda... —le susurró.

—Es que...

No la miraba: tenía los ojos fijos en el otro extremo de la sala. De pronto se volvió hacia ella.

—En fin, se han convertido en un producto escaso... —Con el alivio de haber trasladado su mensaje, continuó en el tono de un tendero—: Maxiton, Corydrane, Preludin... falta de todo. Por cierto... —Las antenas de Hélène se pusieron en funcionamiento. Jonsac bajó la voz, pero seguía sin mirarla— vamos a ir a buscar suministros.

—¿«Vamos»? ¿Quiénes?

—Bernat, Lagre, yo... y puede que tú. Quiero decir...

Hélène no sabía qué quería decir, pero le quedaba claro que no sería algo muy recomendable. Decidió no ayudarlo, pero no respondió: ahora era ella quien guardaba silencio y miraba a otro lado.

—Se trata de una farmacia, ¿comprendes? Es un golpe seguro: ¡estamos conchabados con el ayudante de laboratorio, que sólo se queda el quince por ciento! ¡Ahí dentro tienen de todo!

—¿Y cómo entraréis?

—No puedo explicártelo... por seguridad... —respondió Jonsac con aires de conspirador—. Pero la cuestión es que necesitamos a alguien para que vigile.

Rebuscó en uno de sus bolsillos, sacó una pastillita rosa y se la ofreció con el puño cerrado. Ella se limitó a negar con la cabeza.

Momentáneamente desconcertado, Jonsac alargó la mano para coger la jarra de la mesa de al lado y echó un dedo de agua en la taza de café vacía de Hélène. Se formó un líquido muy poco apetecible, pero él, que no era nada escrupuloso, se tragó la pastilla con el contenido de la taza.

—No tendrás que hacer casi nada: te dejamos en un sitio estratégico para que vigiles los alrededores y, si se acerca alguien, silbas y te largas. Eso es todo, no tienes que hacer nada más.

—No sé silbar.

—Te daré un silbato.

—¿Como el de los polis?

—Igualito.

Hélène iba a mandarlo a paseo, fue la taza vacía lo que la hizo cambiar de opinión. De repente ya no le apetecía la pastilla; podía pasar sin ella, era posible que no volviera a tomarlas jamás, así que ya no había motivo para negarse.

—Cinco mil francos.

—¡Pero bueno! ¿Quién te crees que eres?

—¡Soy quien vigilará para que tres ladrones de farmacias que se van a forrar no acaben en una celda de La Santé!

—De todas formas, cinco mil francos... —dijo Jonsac negando con la cabeza.

Por su tono, Hélène comprendió que podría haber pedido más, pero daba igual: tenía ganas de hacerlo, le apetecía arriesgarse. «Por gusto», se decía. Robar en una farmacia le parecía aún más excitante que un puñado de comprimidos de Metedrina.

—¡Pues yo estoy segura de que tuvo tiempo de ir a matar a su mujer!

Geneviève odiaba a Marcel Servières por una razón que Jean nunca había conseguido descifrar. ¿Ponía en duda seriamente su culpabilidad?

—No me gusta su cara —añadió ella—: va de guaperas, pero me huelo que es un pervertido...

Jean estaba en la oficina de Correos de Lamberghem, un pueblo de unos pocos centenares de habitantes situado al norte de Béthune. Allí había una pequeña empresa familiar a la que había esperado poder confiar la confección de la ropa blanca.

Desde que había llegado, no paraba de llover. A través de los cristales de la cabina telefónica se veía un cielo plomizo del que caía un chaparrón que, barrido por el viento, azotaba las ventanas y hacía correr regueros sinuosos por los cristales.

—Van a hacer una simulación...

Jean no comprendía, Geneviève tuvo que explicárselo.

—¡Para saber si Servières tuvo tiempo de ir a matar a su mujer, hombre de Dios! ¿Lo entiendes o no? Cogerán un coche y cronometrarán el recorrido, así sabrán...

—No ha funcionado —la interrumpió Jean.

—Aún no se sabe, lo harán esta tarde.

—No, eso no: la negociación en Lamberghem no ha funcionado.

Hubo un largo silencio. Geneviève estaba encajando el golpe.

—No sé qué les habrás dicho... ¿Tanto trabajo tiene esa gente que rechaza pedidos?

Jean había preparado su defensa, pero no pudo exponerla porque se lo impidieron los camiones del ejército que pasaban por la calle haciendo temblar la calzada y las paredes de la oficina de Correos. Como se hace mecánicamente al paso de un tren, Jean empezó a contar los vehículos: diez, doce, quince... aquello no acababa nunca. Toda la zona estaba en ebullición: la huelga de los mineros se había descontrolado, el gobierno había alzado el tono, el conflicto adquiría proporciones de guerra civil... Tras la policía, habían mandado al ejército, y los dos bandos, enzarzados, rivalizaban en brutalidad y se culpaban mutuamente de hechos que escapaban a cualquier control. Los huelguistas expulsaban a los esquiroles, incluso los echaban de sus casas; había mujeres a las que les habían rapado la cabeza... El gobierno socialista enviaba vehículos blindados contra los manifestantes, a los que veía como comunistas decididos a derribar a la República. Los huelguistas levantaban barricadas delante de las instalaciones de las minas y obligaban a las centrales térmicas a parar. La corriente eléctrica estaba cortada en varios lugares, y los cortes eran imprevisibles. Decenas de miles de personas desfilaban por las calles de Verquin, de Béthune... Los antidisturbios lanzaban granadas lacrimógenas, estrenadas el año anterior contra otros huelguistas. Pocas veces se había visto a tantos gendarmes, policías, antidisturbios y soldados lanzarse al mismo tiempo contra los manifestantes: todo el mundo estaba al límite. Ésa era la región que había tenido que atravesar Jean.

—¡Aquí, en cambio, todo va como la seda! —replicó Geneviève con sequedad—. Las obras de la tienda están muy avanzadas, ¿sabes?

En resumen, ella hacía su trabajo, no como él.

—En los últimos meses han tenido que despedir a mucha gente —explicó Jean—, así que ahora no tienen suficiente personal para atender un pedido como el nuestro...

Miró a la empleada de Correos: una chica bastante joven con una cara vulgar y tez macilenta. La puerta plegable de la cabina de madera cerraba tan mal que debía de estar oyendo todo lo que hablaban. Era una sustituta, se lo había dicho ella misma mientras batallaba para comunicarlo; había tenido que intentarlo tres veces, pero en esos momentos ni siquiera se molestaba en fingir que trabajaba: con la barbilla apoyada en la mano, asistía a la conversación como si se tratara de un espectáculo. Jean le dio la espalda y bajó la voz.

—Más fuerte, Gordito, ¡no oigo nada! —gritó Geneviève.

—No tenían suficiente personal...

—¿Les has dicho que podrían hacer una subcontrata?

—Pues... no. No se me ha ocurrido...

—¡¿Qué?! ¡Pero articula, por Dios! ¡Ar-ti-cu-la!

Jean soltó un suspiro y volvió a susurrar:

—He pensado que...

—¡Vaya! ¿Ahora piensas? ¡Estamos apañados!

—Esta tarde voy a Berquieux...

Seguía susurrando.

—¿Adónde? ¡No te oigo!

—Ber-quieux... —repitió en un murmullo.

—Y luego, si eso no funciona, ¿adónde irás? ¿A Bélgica? ¿A Holanda? ¿Al Polo Norte?

—En Berquieux tienen más personal...

—¿Serás capaz de convencerlos?

Jean tenía ganas de colgar: sentía la mirada de la empleada en la espalda, pero la oficina de Correos estaba completamente vacía y la chica no tenía otra cosa que hacer. ¿Oiría también lo que decía Geneviève?

—Todo irá bien —balbuceó—, te aseguro que...

—¡Eres un completo inútil!

Geneviève había colgado.

Jean, paralizado por la brusca interrupción, fingió que la conversación continuaba.

—Sí, sí... de acuerdo... bien...

Hacía largos silencios a propósito, durante los que fingía asentir a lo que le decían. Y, para hacer más creíble la comedia («Muy bien, se lo diré, de acuerdo...»), se volvió hacia la empleada, que sonreía de oreja a oreja y le mostraba, al final de un cable azul celeste, la clavija del teléfono, que había desconectado hacía rato, en cuanto Geneviève había colgado.

Jean se puso rojo como un tomate y, sin saber qué hacer, añadió fingiendo poner fin a la conversación:

—De acuerdo, tengo que dejarte, adiós...

Seguía con el auricular en la mano y se quedó mirando las paredes de la cabina (cubiertas de números de teléfono garabateados con bolígrafo y de frases diversas, ingenuas u obscenas) y el listín del Pas-de-Calais, manchado por manos de todo tipo y cuyas páginas, medio arrancadas, colgaban arrugadas o con dobleces en las esquinas...

Ya no tenía ánimos para nada.

—¡Cerramos! —dijo la empleada de Correos.

Jean soltó el auricular, que se balanceó al final del cordón, y apartó la puerta de la cabina, que chirrió. Estaba bañado en sudor.

—¿Cuánto le debo?

Fingió que rebuscaba en el monedero el importe exacto. No conseguía alzar los ojos hacia la empleada: adivinaba su sonrisa, sentía casi físicamente la mofa de que era objeto. La empleada y Geneviève tenían razón: se comportaba como un imbécil. Pagó. Tenía ganas de morirse. Se dirigió hacia la puerta.

—Adiós...

Era la empleada, con voz burlona.

La luz de la oficina de Correos se apagó a su espalda.

Seguía lloviendo a cántaros. Se quedó en el umbral, viendo caer el agua que desdibujaba el paisaje de la calle, la alcantarilla desbordándose sobre la acera.

Se subió el cuello del impermeable, se volvió y vio a la empleada con el abrigo puesto. Tras cerrar de un portazo, buscaba en el manojo la llave de la oficina; probaba una, la siguiente... Él se acercó, como pretendiendo ayudarla, pero en vez de eso abrió la puerta y la lanzó al interior con un brusco empujón en la espalda. Ella dio un traspié, trató de agarrarse al mostrador, manoteó, resbaló, se torció el tobillo, perdió el equilibrio y cayó al suelo pesadamente. Para entonces Jean había cerrado la puerta a su espalda y se había precipitado sobre ella. El azar había querido que la pobre empleada cayera delante de la cabina telefónica, así que él agarró el auricular negro que colgaba del cable y la golpeó en la cabeza varias veces con todas sus fuerzas. La sangre empezó a manar, pero siguió golpeando hasta hundirle el cráneo en varios sitios... Con los impactos, el cuerpo se volvió hacia un costado; él tiró del auricular, pero el cable no era lo bastante largo, así que se detuvo. Observó la nariz aplastada, los ojos ocultos por los arcos superciliares hinchados y la boca con todos los dientes partidos: el rostro de la empleada era irreconocible. La sangre formaba un charco. Soltó el auricular y se levantó pesadamente. La oficina estaba en penumbra. Fue tambaleándose hasta la puerta y la abrió. Se quedó un instante en el umbral: seguía lloviendo mucho. Cerró de un portazo, se subió el cuello del impermeable y se dio cuenta de que tenía sangre en el dorso de la mano... Buscó con los ojos algo para limpiarse, pero no encontró nada, así que se puso en cuclillas en el borde de la acera y metió las manos en un charco. Después echó a andar por la calle vacía, la cruzó y caminó unos minutos por la otra acera hasta el coche. Se sentó al volante y encendió el motor. Los limpiaparabrisas no servían de mucho; por dentro, el cristal estaba cubierto de vaho, así que lo limpió con la mano.

El mapa de carreteras estaba desplegado sobre el asiento del acompañante. Se tomó un momento para consultarlo.

Berquieux sólo estaba a unos diez kilómetros: seguro que allí encontraría un hotel.

A François no le resultó difícil determinar con certeza el itinerario que seguiría la reconstrucción del recorrido de Servières entre la place de la République y el Régent y, después, entre el cine y Neuilly. Sin duda optarían por el más corto.

Había hecho un plano esquemático de las principales calles por las que pasaría el coche, Malevitz lo cogió con escepticismo.

—No es un dibujo muy... fotogénico, ni nada claro, ¡y menos para la portada!

Denissov miró el plano a su vez, pero su reacción fue totalmente distinta. Con uno de los gruesos lápices azules y rojos que utilizaba para podar los artículos demasiado largos o escribir rabiosamente anotaciones que él mismo consideraba ilegibles, trazó grandes flechas acusadoras en las calles y rodeó con círculos los principales cruces. De lejos, el plano tenía un aspecto dramático y amenazador que casi hacía pensar en una carta anónima. Apareció, dibujado como es debido, en la portada, donde quedó francamente bien: daba la sensación de que en aquellas calles iba a pasar algo.

Eso mismo pensaba Geneviève, que abrió su plano de París y estudió el itinerario con detalle. Una vez realizado el examen, señaló con el índice un punto concreto y exclamó:

—¡Aquí!

Miró su reloj y consideró que podía permitirse dar un rodeo y pasar por una tienda de artículos de pesca antes de dirigirse hacia la place de la République...

Entretanto, François y numerosos colegas se disponían a seguir al grupo que partiría de la rue des Filles-du-Calvaire. Los fotógrafos ametrallaban a un Marcel Servières pálido y tenso rodeado por sus tres abogados. También estaban allí el juez Lenoir, que ya no daba más de sí, y el comisario Templier, quien, impávido, daba instrucciones a los policías motorizados y comprobaba que el itinerario estuviera correctamente señalizado.

La idea era que Servières condujera su propio coche, en el que irían el juez, el comisario y uno de los abogados. Lo precederían dos motoristas encargados no tanto de abrir paso (había que hacer el recorrido en las condiciones reales de circulación) como de asegurarse de que ningún obstáculo inesperado hiciera peligrar la exactitud de la reconstrucción.

El comisario Templier se volvió y miró la hilera de coches que se disponía a seguirlos (abogados, prensa, curiosos...). Se lo estaba pasando en grande.

El juez no pudo evitar acercarse a los periodistas para explicarles su propósito. A juzgar por la sonrisa de satisfacción que le iluminaba la cara, era un gran día para él. Habló de «la justicia que actúa», del «rigor de su instrucción» y de «la verdad en marcha», tras lo cual, henchido de orgullo, subió al coche y dio la señal de salida como si aquello fuera una carrera automovilística.

Llevaba consigo un enorme cronómetro que debía de haber comprado para la ocasión. El recorrido se haría dos veces para validar los tiempos obtenidos.

Servières embragó, metió la primera y arrancó sin decir esta boca es mía.

La comitiva se puso en marcha... y empezaron los problemas, en el primer semáforo en rojo.

Como no querían arriesgarse a que Servières los dejara muy atrás, varios periodistas lo adelantaron para esperarlo al otro lado del cruce, lo que provocó un embotellamiento que los motoristas tardaron en deshacer. Tomando notas febrilmente, el abogado declaró que aquellos contratiempos «serán importantes si vamos a juicio». El juez Lenoir palideció cuando varios vehículos volvieron a adelantar al coche para fotografiar a Servières al volante. Un periodista que viajaba de pasajero en una moto le preguntó a gritos:

—¡Marcel, ¿sus impresiones...?!

El abogado protestaba y el juez gritaba: «¡Déjennos! ¡¿Será posible?!», y se volvía hacia el comisario, al que hacía responsable de aquellos numeritos.

—¡No hay suficientes agentes del orden, señor comisario!

—Los hay delante, detrás y a lo largo de todo el recorrido, pero si quería un operativo como para la visita del rey de Arabia, sólo tenía que decirlo: habría pedido refuerzos. —Y, como el juez ya abría la boca para replicar, añadió—: Esto pasa por avisar a la prensa en vez de hacer las cosas discretamente, y por hacer la reconstrucción entre semana, cuando el asesinato se cometió un domingo, con una circulación sin duda mucho más fluida...

Este comentario sumió al juez en el estupor más absoluto. Había cometido dos errores: ceder a la tentación de que la prensa observara su trabajo y alabara sus cualidades como magistrado, y olvidar que era sábado y no domingo. Se volvió hacia el abogado, que se había guardado la libreta y miraba con indiferencia el paisaje parisino. Para él, aquella reconstrucción ya era un fracaso: no tendría el menor valor el día del juicio... si es que ese día llegaba alguna vez.

El juez Lenoir constataba impotente los zigzagueos de los motoristas alrededor del coche, las mandíbulas apretadas de Servières, que apartaba el rostro en cuanto se acercaba una cámara, los bocinazos de los automóviles... Aquel recorrido se convirtió rápidamente en un viacrucis para él, y su punto culminante fue la estación de la République.

Porque, cuando Servières se detuvo en el siguiente semáforo, una mujer estaba sentada en una silla plegable en la acera de enfrente.

—¡Asesino! —le gritó, y todo el mundo se volvió hacia ella, empezando por el propio Servières—. ¡Cerdo! ¡Asesino!

El semáforo había sido cuidadosamente elegido: era el más largo del recorrido.

—Por el amor de Dios... —murmuró Servières.

—¡A la guillotina con él! ¡A la guillotina!

El abogado quería bajarse, Servières también; el juez se puso a patalear.

—¡No se muevan! —gritó volviéndose hacia el comisario—. ¿Y usted qué? ¿No hace nada?

—Si ordeno que se lleven a esa mujer, perderemos un tiempo que falseará toda la reconstrucción... pero como usted quiera.

Sentada tranquilamente en su silla plegable, Geneviève continuaba con sus gritos:

—¡Asesino! ¡Canalla! ¡A la guillotina!

El juez se asomó.

—¡Dios bendito!

Era la buena mujer que había ido a exigirle que su marido participara en la rueda de reconocimiento. Gritaba de tal manera y profería tal cantidad de insultos que no conseguía recordar su nombre... ¡Pelletier, eso era: Pelletier! ¡Aquella mujer lo perseguía!

—¡Asesino! ¡Cerdo! ¡El pueblo te arrancará la piel!

El juez buscaba en su memoria los artículos del código que aquella mujer estaba violando, pero no los encontraba: si se llevaban por la fuerza a aquella loca, a aquella histérica, no se la quitaría de encima en semanas, en meses; se convertiría en su cruz.

—¡Cállese! —dijo con una vocecilla casi inaudible que evidenciaba la envergadura de su fracaso.

Servières había subido el cristal de la ventanilla y miraba fijamente la luz roja del semáforo con ojos rabiosos. Pero la cosa no había acabado.

—¡Cerdo! ¡Te cortarán la cabeza! —se oía gritar en la acera.

Detrás, en la caravana, habían oído los gritos, pero era difícil saber de dónde procedían y nadie quería bajar para ir a echar un vistazo por miedo a perder su sitio en la fila.

Por fin, el semáforo se puso en verde.

La comitiva reanudó la marcha.

Cuando el coche de François cruzó la calle, Geneviève ya había plegado tranquilamente la silla de pescador y se había marchado con su pasito vivo y satisfecho.

33

Si nadie lo ayuda, será el fin

Étienne dormía poco, fumaba mucho opio y se hundía inexorablemente en un delirio paranoico que lo volvía excitable y sombrío. Acechaba los ruidos y las sombras; pasaba mucho tiempo en la ventana, vigilaba los alrededores y limitaba sus desplazamientos a lo estrictamente necesario. *Joseph* había decidido que era mejor quedarse en lo alto del frigorífico y, apoyado en el Buda, contemplaba a su agitado dueño y suspiraba.

Étienne no paraba de dar vueltas y más vueltas a las condiciones fijadas para su partida.

Ya al segundo día lo asaltó una duda relacionada con el desplazamiento hasta el aeródromo de Bien Hoa. Había pensado pedirle un coche a Loan, pero, si la fecha de su partida se filtraba de algún modo, sería justo durante ese trayecto cuando intentarían interceptarlo, y fuera cual fuese la forma que tomara esa operación no se le ocurría cómo podría escapar con un simple turismo. Esos treinta kilómetros eran, a su modo de ver, el talón de Aquiles de su plan.

Pasó dos días reflexionando y finalmente cogió casi todo el dinero del que disponía, dejó solo a *Joseph* (cada vez que salía lo cogía en brazos y se despedía de él, el gato empezaba a estar un poco harto) y se dirigió al Camerone, donde su entrada causó sensación.

Al reconocerlo, los dos soldados que lo habían molido a palos unos días antes en Hien Giang se echaron a reír. A él le pareció oír un «viene a por más», pero no les hizo ningún caso y se fue directo hacia el veterano de los ojos azules que, a diferencia de sus compañeros, no sonreía, seguramente porque intuía que una lógica superior, un motivo grave, había arrastrado a Étienne hasta allí. Se levantó, salieron a la terraza y se alejaron unos pasos, pero el tipo siguió sin decir nada: esperar era su estilo.

Étienne le explicó la situación en pocas palabras pero, curiosamente, no se indignó como él había esperado.

—La piastra y el Viet Minh... claro: es un rumor que circula desde hace varios meses. Si es cierto resulta muy triste porque significa que estamos dando nuestras vidas por nada y por nadie. Confiaba en que fuera falso.

Por una parte, parecía aceptar la posibilidad de que aquella información fuera verdad, por otra miraba a lo lejos, sin duda asaltado por un montón de imágenes.

—Tendré las pruebas en unos días —insistió Étienne—, quizá en unas horas; pruebas concluyentes. Pienso llevarlas a París, donde las publicará un periódico importante. Muchos de sus camaradas han...

El soldado hizo un gesto fatalista.

—¡No me venga con sensiblerías! —lo interrumpió mirándolo directamente a los ojos—. Soy un soldado, no le servirá de nada.

—No se trata de sensiblerías, sino de justicia: a los soldados (evitó decir «camaradas») de la Segunda Compañía los mataron con armas pagadas por el gobierno francés. Voy a denunciar esa... —hizo una pausa—, en fin, que necesito una escolta para ir hasta el Aeródromo Guynemer, en Bien Hoa. Son treinta kilómetros, una media hora de viaje. Si quieren interceptarme, lo harán durante ese recorrido. Si consigo llegar allí, me espera un avión.

—Le deseo buen viaje.

Eso fue todo. El soldado le hizo un leve gesto con la cabeza y volvió al bar, donde desapareció. Étienne oyó que las conversaciones se reanudaban, animadas, alegres, salpicadas de risas: había fracasado.

Volvió a su primer plan.

El día de su partida, Vinh se marcharía primero con la cesta de *Joseph*. Él saldría después con los documentos. No cogerían nada: ninguna maleta, ninguna bolsa, nada llamativo. Se encontrarían en la rue Catinat, donde cogerían un taxi, luego otro y, si hacía falta, un tercero antes de indicarle al conductor el destino final: Bien Hoa.

Mientras volvía a su apartamento (no se había hecho muchas ilusiones sobre el resultado de su tentativa), se interrogaba a sí mismo: ¿era prudente ir a comprar un arma? No lo asustaba buscarla, sino que, en aquella ciudad donde todo se acababa sabiendo, la adquisición de una pistola (¿o un revólver?, no sabía la diferencia) atraería la atención... Su mente, sin embargo, se había vuelto impermeable a la razón, a la lógica, así que se internó en las callejuelas que llevaban a los fumaderos que había frecuentado tiempo atrás y habló con un individuo que lo puso en contacto con otro que, a su vez, lo remitió a un tercero. Dejó su rastro por todas partes.

Finalmente consiguió un Nagant M1895 por el que pagó las dos terceras partes de lo que poseía. Estaba decepcionado porque era un revólver (él esperaba un arma plana, como en las películas de espionaje, y aquélla parecía más bien de *cowboy*), para colmo fabricado en Rusia (intuitivamente, no se fiaba de un arma comunista), y porque sólo le habían dado seis balas (no pensaba hacer frente a un asedio pero, aun así, seis balas... Si descontaba las que desperdiciaría...).

No es fácil explicar lo que pasó después porque todo ocurrió muy deprisa.

Poco antes de las veinte horas, *Joseph* se levantó de pronto y saltó del frigorífico al suelo y de ahí al alféizar de la ventana. Al cabo de un instante llegaron al apartamento ruidos de pasos irregulares, de pies que golpeaban rápidamente los peldaños de la escalera.

En el acto, *Joseph* bajó de la ventana y se metió en su cesta.

Étienne pensó enseguida que alguien iba a buscarlo; su asesino, quizá. Se apresuró a levantar las dos tablas del entarimado bajo las que había escondido el revólver y buscó febrilmente las seis balas seguro de que las había dejado allí...

Acababa de localizarlas cuando entró Vinh, jadeando, asustado. Llevaba un gran dosier de color gris y tenía la cara crispada de un niño que se pregunta: «¿Qué he hecho?»

No pronunció una sola palabra, ni siquiera conseguía recobrar el aliento.

Étienne miró el dosier y, sin poder evitarlo, pensó: «Espero que esté todo ahí.» No lo dijo pero, pese a su agotamiento y su miedo, Vinh lo adivinó de inmediato.

Étienne guardó el revólver, cogió el dosier, corrió a la mesa y desató el cordel.

Dentro había facturas con los membretes de empresas indochinas, pero también francesas, recibos de transferencias bancarias, extractos de cuentas, cartas... Había nombres, direcciones, firmas: aquel dosier era pura dinamita... Hojeando nerviosamente, descubrió órdenes de compra de armas a compañías de Bangkok y Manila. Habría que traducir muchos de los documentos del chino o del vietnamita, pero todo estaba allí. El señor Qiao, como intermediario precavido, guardaba constancia del recorrido del dinero obtenido con las transferencias porque recibía comisiones sobre cada transacción. Los beneficios totales debían de ser enormes.

Cerró el dosier y volvió a atarlo con el cordel.

—Tenemos que irnos...

Pero cuando se volvió, Vinh estaba sentado en el suelo con la espalda apoyada en la pared; el sudor le resbalaba por la cara, tenía los puños apretados... ¿Cómo había conseguido el dosier? Su pánico hacía pensar que ya había alguien pisándole los talones...

Étienne lo cogió de las axilas, pero no logró ponerlo de pie.

—Se te pasará enseguida... —murmuró.

Pero no se le pasaba: Vinh estaba desmadejado, casi inerte.

—Voy a buscar un coche —le dijo—. Tú espérame aquí, no te muevas, ¿de acuerdo? —Vinh no parecía comprender lo que le decía—. No te muevas... —le repitió. Miró el dosier, corrió a meterlo debajo de los listones del entarimado y le puso el revólver entre las manos a Vinh, que ni siquiera podía sostenerlo—. Si viene alguien, dispara...

Era una estupidez: para hacerlo, tendría que levantar el percutor con el pulgar, alzar el arma y apuntar, y no parecía capaz de sostener el revólver ni siquiera con las dos manos.

De todas formas, salió al rellano y un instante después ya estaba en la escalera.

Llegó a la acera sin aliento. No obstante, procuró caminar a un paso normal; quizá algo apresurado, pero normal. La animación de la rue Catinat le produjo angustia: había demasiada gente, demasiado riesgo; le daban ganas de olvidarse de todo, pero era demasiado tarde.

Avanzaba pegado a los escaparates, lejos de la calzada. Tardó unos diez minutos en llegar a la parada de taxis.

No había ningún vehículo esperando clientes. Era muy sorprendente: nunca había visto aquella parada sin toda una hilera; los conductores se juntaban para fumar, y cuando había que avanzar unos metros empujaban sus coches con las manos para ahorrar gasolina.

¿Debía interpretarlo como una señal? Pero ¿una señal de qué? No quería que lo vieran allí, esperando un taxi, así que se paseó lentamente por la otra acera, fingiendo indiferencia cada vez que se volvía hacia la parada. Al cabo de unos minutos llegó una unidad; no obstante, el primer taxista no le inspiró confianza, y tampoco el segundo. Era totalmente irracional. En unos instantes hubo media docena de vehículos alineados, pero no acababa de decidirse: algo se resistía en su interior, algo que le decía que diera media vuelta. «Hay que parar esto, es una locura...»

Lo que lo hizo decidirse fue pensar en Vinh sentado en el suelo del apartamento con el revólver inútil entre las manos, y en *Joseph* esperando en la cesta: los dos dependían de él.

Así que se lanzó, le preguntó a un taxista si estaba libre y se subió al vehículo, que arrancó de inmediato.

El chófer era un viejo anamita que conducía deprisa y mal, él se bamboleaba en el asiento trasero, pero no tardaron en llegar.

—Aquí —dijo, y el taxista frenó en seco.

Étienne se precipitó hacia el porche, torció a la derecha y subió los escalones de tres en tres.

De pronto se detuvo.

La puerta del apartamento estaba entreabierta...

La empujó.

Vinh yacía en el suelo en medio de un charco de sangre, con el cuello rebanado. De la yugular, que aún palpitaba, le brotaban chorros de sangre negra.

Étienne cayó de rodillas en el umbral y empezó a sollozar.

El apartamento había sido sometido a un rápido registro: el revólver, que Vinh, sin duda, no había utilizado, había sido lanzado de un puntapié lejos de él; la cesta de *Joseph* estaba vacía.

Étienne gateó hasta el chico y extendió la mano. Su cuerpo aún estaba caliente, y sus ojos muy abiertos, aunque fijos, velados...

Se dejó caer al suelo pero, instintivamente, se tapó la boca para impedirse gritar. Invadido por la pena y el terror, quería morir también. Cuando intentó levantarse, tenía las manos pegajosas, llenas de sangre, así que volvió a avanzar a gatas, como si temiera que le dispararan a través de la ventana, y se acercó a los listones del entarimado, que levantó...

El dosier seguía allí.

Eso lo empujó a decidirse. Cogió el dosier, se lo apretó contra el pecho, rodeó el cuerpo de Vinh y buscó a *Joseph* con la mirada, pero no lo vio.

¿Dónde estaba? De pronto encontrar a su gato se convirtió en una necesidad perentoria:

—¡*Joseph*! ¡*Joseph*! —Podemos imaginar la escena: Étienne llorando, con las manos llenas de sangre y arrastrándose por el piso en busca de su gato... Ver el revólver lo devolvió a la realidad: para ir en busca del taxi se había ausentado... ¿cuánto?, ¿veinte minutos? Aquella gente había llegado nada más irse él, ¡había estado a punto de cruzarse con ellos! El apartamento era grande, pero apenas había muebles: no habrían necesitado mucho tiempo para registrarlo—. ¡*Joseph*!

¿Cuántos hombres se habrían arrojado sobre Vinh?

«No han perdido el tiempo interrogándolo —pensó—. Han comprendido que soy yo quien tiene lo que están buscando, lo que deben recuperar a toda costa. ¡*Joseph*! Han deshecho la cama, han desgarrado el colchón con un machete, ¿dónde se habrá escondido *Joseph*?»

¡Un ruido en la escalera!

Étienne se vuelve hacia la puerta. Tiene tanto miedo que no puede evitar orinarse encima: es la misma sensación de calor que si estuviera sangrando en abundancia.

Es una mujer que, de pie en el umbral, asoma discretamente la cabeza al interior. Se ha cruzado algunas veces con ella en el edificio, pero no la conoce.

La mujer mira el cuerpo de Vinh, tendido en medio del charco negro que ha seguido extendiéndose y que ya se acerca a la puerta. Alza los ojos hacia Étienne y, sin decir una palabra, desaparece.

No quiere problemas.

O ha ido a avisar a alguien.

Tambaleándose, Étienne llega a la escalera y empieza a bajar con paso vacilante, abrazado al dosier, saltándose peldaños y agarrándose a la barandilla para no caer...

Volverán: lo están buscando. Recorren las calles, preguntan a sus contactos, afilan los machetes, ponen patas arriba la ciudad, contratan a asesinos.

Llega abajo y, al doblar la esquina del pasillo, pega la espalda a la pared.

Lo había olvidado: el taxi está aparcado junto a la acera.

¿Lo estarán acechando a unos metros del porche? No puede hacer otra cosa, así que echa a correr, abre la puerta a toda prisa y se lanza al asiento trasero.

—¡Al Camerone!

El viejo taxista arranca a toda velocidad.

El dosier le resbala entre las manos, se abre y su contenido se desparrama por el suelo. Étienne recoge los documentos torpemente. El taxista ha visto de todo, pero aquel chico que hace malabares con papelajos y lleva el pantalón meado y las manos manchadas de sangre no le gusta un pelo.

Desde que ha descubierto el cadáver de Vinh y ha perdido a *Joseph*, Étienne se siente solo en el mundo. Ya no reflexiona, ya no piensa: se deja llevar por su subconsciente, que es el que ha dictado esa dirección: el Camerone. Sobre el papel es una buena idea. El taxista no tardará en contar su aventura, los asesinos ya lo están buscando por todo Saigón, han saltado las alarmas. Sin escolta, está muerto. Si nadie lo ayuda, tendrá que arrojarse al río, será el fin.

Mientras las calles que llevan al bar desfilan por la ventanilla, las náuseas se apoderan de él, que baja el cristal a toda prisa. El coche sigue rodando mientras echa hasta la primera papilla; el taxista ni siquiera reduce la velocidad: no ve el momento de dejar a aquel molesto cliente en su destino.

¡Ya está!

El taxista ni siquiera pestañea, Étienne rebusca en sus bolsillos, encuentra un puñado de billetes arrugados, los arroja al asiento del acompañante, coge el dosier y abre la puerta. Cuando el taxista arranca, apenas ha acabado de cerrarla.

En la terraza hay soldados.

Han visto el taxi y lo han visto bajarse de él. Uno de ellos se ha precipitado al interior y casi al instante aparece el veterano, tan tranquilo y silencioso como siempre. Agarra del hombro a Étienne y lo lanza al interior del bar, donde aterriza sobre una silla y suelta el dosier, del que escapan unas cuantas hojas. Étienne las recoge del suelo y las devuelve a su sitio. Está a cuatro patas y muerto de frío por el pantalón mojado.

A su alrededor, silencio.

Los hombres sostienen copas, cigarrillos. Ninguno habla, todos se limitan a observarlo mientras recoge los malditos papeles y llora sin lágrimas. Cualquiera diría que tiene un ataque de nervios.

Una mano poderosa lo sujeta en el instante en que se desmaya.

Un vaso de agua en la cara.

Teme ahogarse, coge aire, se sienta.

—Ahora hay que ponerse en marcha.

Es el veterano, de pie frente a él.

Étienne, aturdido, recuerda: está en el Camerone. Oye un rumor de conversaciones, pero no se parecen a las que ha oído en el bar: son voces bajas, casi cuchicheantes.

—Levántese —le dice el soldado.

Lo coge de las axilas, lo pone de pie a la fuerza y lo obliga a avanzar hasta la sala, que Étienne reconoce en ese momento.

El ambiente es muy distinto al que había cuando ha llegado. Hay una docena de hombres armados con metralletas y, cuando lo empujan hacia la puerta, oye un ronroneo de motores: son tres vehículos, dos de los cuales están equipados con ametralladoras. Suben a Étienne al asiento trasero de uno de ellos, le empujan la cabeza hacia abajo, lo obligan a tumbarse en el suelo y lo tapan con una manta.

—Guynemer, Bien Hoa, ¿verdad?

La columna se pone en marcha.

Étienne no puede saber si van deprisa o no, pero el vehículo traquetea de lo lindo. Le falta el aire; sin embargo, se obliga a permanecer inmóvil. Vuelve a ver el cuerpo de Vinh con el cuello rebanado, sus ojos sin vida... Le dan palpitaciones. ¿Y *Joseph*? ¿Habrá conseguido escapar o habrán arrojado su cuerpo destripado por la ventana?

Los vehículos frenan en seco.

Le quitan la manta de un único tirón. Lo levantan, lo ponen de pie.

Es un pequeño aeródromo con una sola pista. Lo obligan a caminar hacia un edificio bajo, iluminado: es una especie de cantina de oficiales, pero a la mísera escala de un aeródromo construido provisionalmente hace veinte años.

Étienne está en el centro de un grupo de ocho legionarios armados que protegen toda la zona a su alrededor. Los que van detrás caminan de espaldas. El veterano llama a la puerta y, sin esperar, la abre.

—¡Vaya! ¿Ya?

Es la voz cavernosa del piloto alemán. Étienne lo ve levantarse de la mesa situada en medio de la sala, sobre la que descansan, de pie o tumbadas, varias botellas de cerveza vacías. Hay otro hombre, un asiático de rostro cincelado a buril y pelo gris, tocado con un curioso gorro verde, el labio inferior le cuelga un poco: es muy difícil saber si está borracho o es idiota.

El piloto alemán se planta ante los legionarios como si tal cosa.

—Bueno, venga, vamos allá... —dice con voz estropajosa.

Sale del comedor tambaleándose ligeramente.

Vuelven sobre sus pasos en dirección al viejo aparato, que Étienne ni siquiera había visto.

En el suelo se encienden dos guirnaldas de luces que trazan un pasillo rectilíneo en la pista. Sin duda, quien maneja la iluminación es el compinche del piloto, y probablemente lo hace desde la cantina porque no hay torre de control.

Al llegar al aparato, Étienne se vuelve hacia los legionarios. Quiere decir algo. El veterano le dirige una sonrisa muy leve y le guiña el ojo señalando al piloto, atareado sobre el aparato.

—No se preocupe, creo que ha pilotado más veces estando trompa que sereno: está más que entrenado.

Étienne le tiende una mano sucia. Sin decir nada, le hace una pregunta que el soldado interpreta bien, pero que se niega a responder.

—Bueno, no hay más que decir —murmura, y les hace una señal a los demás.

Un segundo después, los legionarios se dirigen a sus vehículos para regresar a Saigón.

El motor del aparato ya ha empezado a girar entre estertores y hace vibrar toda la carlinga, a la que Étienne se ha aupado como ha podido. Está agotado.

El piloto le señala una de las cuatro plazas disponibles y se sienta ante los mandos. Aunque tiene la mirada borrosa y parece atontado, sus movimientos son asombrosamente precisos. Se vuelve y pronuncia unas palabras inaudibles, pero por sus gestos Étienne comprende que debe ponerse el cinturón de seguridad; no lo encuentra, renuncia.

El avión tiembla como una hoja y, poco después, se pone en marcha despacio. Se detiene un instante en mitad de la pista, el motor ruge, luego se desacelera progresivamente y, tras una sacudida, empieza a rodar despacio y por fin coge velocidad.

Pese al agotamiento, Étienne siente un confuso alivio, como si alrededor de su pecho se estuviera aflojando un torno. Está helado de pies a cabeza. Aprieta el dosier contra el pecho.

El avión rueda y despega.

Instantes después, a través del ojo de buey, Étienne ve desaparecer bajo sus pies la pista del aeródromo y, con ella, el edificio iluminado.

Un poco más lejos, distingue los vehículos militares estacionados; se adivina que todo el mundo tiene la cabeza alzada hacia el aparato.

El avión traza una amplia curva para dirigirse hacia el oeste y vuelve a sobrevolar el edificio. Justo detrás, bajo los árboles, hay un coche aparcado: los faros encendidos lo delatan.

Es una especie de limusina.

Que está esperando.

El avión ya está a varios cientos de metros de altura, Étienne se acerca al ojo de buey y sigue con la mirada al coche aparcado.

Una limusina de lujo.

Están a demasiada altura para ver a los ocupantes, pero Étienne no lo duda ni un momento.

Es el señor Qiao...

Y entonces comprende lo que va a pasar y se vuelve hacia el piloto.

En ese preciso instante se produce la explosión.

La violenta sacudida de la carlinga apenas le da unos segundos para ver la cabina del piloto, cuyas ventanillas caen en mil pedazos hacia la oscuridad de la noche. A la derecha de Étienne, la puerta ha salido volando; todo revolotea por la carlinga como en medio de un vendaval. La cabeza del piloto está inclinada hacia atrás, el aparato cae en picado hacia el suelo con una trayectoria que rápidamente se convierte en vertical.

De pronto Étienne rueda por el suelo hasta estrellarse contra los restos del tabique de separación. El golpe lo deja semiinconsciente. En la carlinga, el ruido del viento, del motor, de la hélice, es ensordecedor.

Por un breve instante ve a su madre, que le coge la cara entre las manos y le pregunta: «¿Cuándo vas a conformarte con lo que te ofrece la vida, Étienne?»

No tiene tiempo de responder.

En el momento en que los restos del aparato se estrellan contra el suelo y explotan, sigue abrazado al dosier.

TERCERA PARTE

Octubre de 1948

34

Ojalá cogiera el avión más a menudo

Mientras caminaba pesadamente, Louis se dio cuenta de que abría un poco la boca cada vez que inspiraba, como si le faltara el aire. «Como los viejos», pensó. No se llega a los sesenta sin haber superado unas cuantas pruebas, y él se había enfrentado a más de una («¡Ya lo creo que sí!», solía decir sin precisar nunca en qué habían consistido), pero la muerte de un hijo... no había nada peor. Sin embargo, fue sólo entonces, después de haber encajado el golpe con Angèle, después de haber ido a Correos, de haber llamado a Saigón y luego a François mientras regresaba a la avenue des Français, cuando al fin rompió a llorar; allí, en mitad de la calle.

La violencia y la abundancia de esas lágrimas lo cogieron desprevenido; tuvo que detenerse, buscó un sitio... Había un hueco entre dos escaparates, se acercó y, con la cara apoyada en el antebrazo, en la postura de los niños que juegan al escondite, dio rienda suelta a las lágrimas y al dolor murmurando:

—Étienne, Étienne...

No conseguía decir más que eso: el nombre de su hijo, que acababa de morir.

Había sido el señor Cholet, el padre de Geneviève, jefe de Correos, quien se había desplazado en persona para llevarles el telegrama. Esta vez Cholet, que siempre se alegraba de los reveses que sufría la familia Pelletier, no supo qué decir y, en cuanto se abrió la puerta, con un nudo en la garganta, se limitó a tenderle a Louis el telegrama de la Oficina del Alto Comisionado de Saigón.

La cara de su consuegro, el telegrama que temblaba en su mano, todo le indicaba a Louis que había ocurrido una catástrofe...

Sólo podía ser algo relacionado con sus hijos, de lo contrario, ¿qué había que temer?

Y supo al instante que se trataba de Étienne, como si siempre lo hubiera esperado, como si en aquel chico hubiera una fragilidad, una porosidad a la desgracia que lo predestinaba a la tragedia.

Louis cogió el telegrama y, sin decir nada, cerró la puerta delante de su consuegro, que se sintió aliviado de no tener que hablar.

Angèle, que salía de la cocina secándose las manos en el delantal a cuadros, se apartó un mechón de pelo de la cara, abrió la boca al ver a su marido, dejó caer los brazos y miró el telegrama: aquella bomba de relojería que, en unos segundos, les destrozaría la vida. Ninguno de los dos se movía. Por fin Louis bajó la vista, abrió el telegrama y leyó el contenido. Angèle no hizo el menor gesto, esperó el veredicto. «¿Cuál de ellos ha muerto?», se preguntaba, porque no podía ser otra cosa.

Jamás volverían a hablar de ese momento, pero lo cierto es que también Angèle sabía de algún modo que se trataba de Étienne.

Louis no necesitó ponerse las gafas.

—Es Étienne —dijo sin levantar la vista del telegrama—. Ha muerto.

A continuación dejó el papel en la mesa, avanzó hacia su mujer y la rodeó con los brazos. Angèle se refugió en su pecho sin parar de llorar.

—¿Cómo, cómo ha muerto? —repetía.

—En un avión: ha sido un accidente de avión...

Louis la había abrazado largo rato. Después, ella se había apartado: no quería que la viera en ese estado. Se había ido al dormitorio (él no se había atrevido a seguirla) y había cerrado la puerta con suavidad. Aquel leve *clic* le había partido el corazón.

Notó una mano en el hombro.

Trató de rehacerse. Estaba en el bulevar, a cien metros de la oficina de Correos...

Se volvió, pero había llorado tanto que ya no veía con claridad. Una voz preguntaba:

—¿Se encuentra bien?

Buscó el pañuelo y se secó los ojos. Era una mujer más bien bajita, joven, de unos treinta años, que no tenía nada de particular pero que estaba pendiente de él.

—Es Étienne —dijo Louis—. Ha muerto.

La mujer asintió como si le hablaran de alguien conocido, de una antigua relación demasiado lejana para llorar como él, pero lo bastante presente como para sentirse apenada. Negó lentamente con la cabeza y luego, satisfecha su curiosidad, siguió su camino. Sabía por qué aquel anciano lloraba de ese modo en plena calle y se iba tranquila.

ÉTIENNE PELLETIER FALLECIDO STOP ACCIDENTE DE AVIÓN STOP SINCERAS CONDOLENCIAS STOP

Se había sentado a la mesa del comedor, anonadado, sin saber qué hacer. Había sido Angèle, mucho más tarde, quien había ido a buscarlo. Se había quitado el delantal, se había cambiado y vuelto a peinar, y ahora se limitaba a sentarse y a coger el telegrama como si quisiera comprobarlo: accidente de avión.

—Hay que avisar a los chicos...

Había estado a punto de decir «a los otros chicos». Se había sentado mirando hacia la ventana, impenetrable. Louis comprendió que no hablarían en ese momento, así que se levantó, cogió la chaqueta y se metió el telegrama en el bolsillo.

En la oficina de Correos, Louis había pedido el número del periódico de François. Aunque las noticias tardaban en llegar, tenían que estar al tanto de un accidente de avión en Indochina.

Luego había cambiado de opinión.

—¿Puede ponerme con Saigón?

No era una petición frecuente: la empleada no sabía cómo hacerlo.

Sí, por supuesto —dijo, y se volvió hacia un compañero mayor, que se levantó y se acercó al mostrador.

Louis hizo un rápido cálculo: en Saigón debían de ser las tres de la tarde.

—Con la Oficina del Alto Comisionado de Saigón, por favor. No tengo el número.

Lo que temía era que lo mandaran de despacho en despacho, tener que dar explicaciones: «¿Hay alguien que esté al corriente de la muerte de mi hijo?» Tener que decir: «Étienne Pelletier» una, diez veces...

Pero no fue necesario.

—Señor Pelletier...

Era la voz de alguien con autoridad; una voz tranquila, mesurada, joven.

—Reciba mis condolencias, señor Pelletier.

Hubo un breve silencio. El hombre hablaba despacio, como si Louis fuera un extranjero y no dominara el idioma.

—Su hijo abordó un avión con destino a Phnom Penh en Bien Hoa, a unos kilómetros de Saigón. Era un aparato turístico y se desplomó poco después de despegar.

«Se desplomó...» Su interlocutor no quería decir que se había estrellado.

—¿Ha habido muchas víctimas?

—Según nuestra información, pocas.

—¿Es decir...?

—Creemos que en el aparato sólo viajaban el piloto y su hijo, señor Pelletier. Nadie más.

Étienne, ¿solo en un avión? ¿Podía permitirse alquilar un aparato? Puesto que se trataba de un avión turístico, quizá el piloto lo había enredado para hacer un viaje privado...

Cuando Étienne había recibido la noticia de su contratación en la Casa de la Moneda de Saigón, Louis había consultado el mapa: Phnom Penh se encontraba en Camboya, al oeste de Saigón, ¿no era allí donde estaban los templos de Angkor?

—¡Claro, papá, por supuesto! —había respondido Étienne riendo—. ¡Es una de las ocho maravillas del mundo!

—¿No eran siete?

—Sí, papá, pero como sólo queda una en pie y el turismo necesita nuevas atracciones, han sustituido las viejas por otras nuevas, así hay más donde elegir. La próxima vez tu jabonería tiene muchas posibilidades.

«Este Étienne tiene respuesta para todo», solía decir Louis.

—¿Hola? ¿Sigue usted ahí, señor Pelletier?

—Sí, sí... ¿cómo fue... el accidente?

—Era un aparato bastante viejo, un Lockheed Vega retirado del servicio hace ya once años...

—¿Retirado del servicio?

—Sí, ¡pero es algo muy habitual! El hecho de que un avión esté retirado no significa que ya no pueda volar... Simplemente, conviene hacerle revisiones más a menudo.

—Entonces, ¿por qué se estrelló?

—Aún no lo sabemos, señor Pelletier, habrá que esperar el resultado de la investigación pero, prefiero decírselo ya, no será tarea fácil.

Louis intentaba encajar las piezas: un avión retirado de la circulación, revisiones, una investigación que no sería fácil llevar a cabo...

—El avión cayó en una zona de difícil acceso y, además, bastante inestable desde el punto de vista militar.

—¿Y el cuerpo de Étienne...? ¿El cuerpo de mi hijo?

Ésa era la diferencia entre Angèle y él: sin duda, eso sería lo primero que ella habría preguntado.

—Pues... acaba de salir una misión para... encontrar la carlinga... —El funcionario sopesaba cada sílaba— y repatriar los restos.

—Bien, llegaremos enseguida.

—¡No será necesario, señor Pelletier! En cuanto regrese la misión, trasladaremos los restos de su hijo a Beirut; es ahí donde viven ustedes, ¿verdad?

—Sí, pero, de todas formas me pregunto si...

—¿Qué haría usted aquí, señor Pelletier? Si desea enterrar a su hijo en Saigón, claro, venga. Pero si prefiere que descanse... no sé, en un panteón familiar, entonces es mejor dejar actuar a las autoridades.

A Louis le costaba pensar. Enterrar a Étienne en Saigón... Angèle nunca lo consentiría.

—Sí, quizá tenga razón.

—Le propongo lo siguiente, señor Pelletier: en cuanto tengamos el cuerpo de su hijo aquí, en Saigón, le enviaré un telegrama de inmediato y procederemos a trasladarlo a Beirut, ¿le parece bien?

Louis colgó, salió de la cabina, fue a pagar la llamada y se marchó.

En su mente iban apareciendo imágenes: Étienne subía sonriente en un avión turístico, el piloto era un amigo, unas pocas horas de viaje y estarían en Camboya... en los templos de Angkor.

La última imagen memorable que Louis tenía de su hijo era la de aquella cena: había elegido con esmero las palabras del brindis, se creía muy listo alzando su copa «¡por Saigón!». Después, Étienne se había enterado de que su amigo Raymond había muerto y ahora era él quien había perdido la vida allí. ¡Tendría que haberse abofeteado!

Estaba a medio camino de casa cuando se acordó de que tenía que avisar a sus otros hijos.

Se sentía realmente cansado. Rogó al cielo que François estuviera en la calle, haciendo un reportaje. Le dejaría un mensaje, no le quedaban fuerzas para más.

—Toma, bébete esto —dijo Denissov tendiéndole un vaso de whisky.

François hizo un gesto de rechazo: odiaba el whisky. «Estás delante de tu jefe —se decía—, no te pongas así», pero la situación era tan tan violenta...

No había tenido elección, cuando le habían pasado la llamada estaba en el despacho de Denissov hablando del caso Lampson.

—Es el padre de François —había dicho Monique asomando la cabeza—. Parece que se trata de algo muy urgente...

Denissov le había tendido el teléfono.

—Étienne ha muerto —le había dicho su padre con voz inexpresiva.

El despacho había empezado a dar vueltas.

Sentado al otro lado del escritorio, Denissov parecía flotar, balancearse de izquierda a derecha, disolverse en el aire. Conocía esa sensación: la había experimentado tiempo atrás, en la guerra, cuando el pánico se apoderaba de él.

—¿Que ha muerto...? ¿Cómo? —balbuceó—. ¿Cómo es posible...?

Se le quebró la voz.

Denissov se levantó, hizo como que buscaba algo y abandonó el despacho. François se dejó llevar por la emoción y se derrumbó en el sillón reservado a las visitas. El cordón era demasiado corto, el aparato cayó al suelo. Lo recogió a toda prisa.

—Papá, ¿estás ahí?

—Sí —dijo el señor Pelletier—. Fue en un accidente de avión cuando se dirigía a Angkor...

Hubo un largo silencio.

—¿Cuándo murió?

Louis no lo había preguntado.

—Nos hemos enterado hace un rato... —Era todo lo que podía decir—. Repatriarán el cuerpo a Beirut...

«Entonces, es verdad», pensó François, ¡Étienne estaba muerto!

—En cuanto nos digan cuándo lo tendremos con nosotros te mando un telegrama.

La frase era un poco confusa, pero François comprendía las dificultades de su padre para expresarse.

—Avisa a Hélène y al Gordito, por favor.

«¡Eh!», iba a exclamar François, pero su padre ya se estaba despidiendo.

—Tengo que ir a ocuparme de tu madre. Un beso, grandullón.

Colgó.

François estaba aturdido.

Denissov, de regreso en el despacho, rodeó el escritorio.

—Mi hermano —creyó necesario decir François.

Le daba vergüenza llorar de aquel modo delante del director del periódico, pero era incapaz de levantarse, de salir; se sentía expuesto. Fue en ese momento cuando Denissov le tendió el vaso de whisky: el equivalente estadounidense del pañuelo, que François rechazó con un gesto. Temía vomitar, sólo le faltaba eso.

—¿Cómo ha muerto?

—En un accidente de avión... en Camboya.

Aquello fue el detonante.

Si hubiera estado solo en casa, ni siquiera se le habría ocurrido, pero allí, en el despacho del jefe, la información adquiría un alcance totalmente distinto. «Accidente de avión» significaba «accidente de avión» en todas partes menos allí, en aquel despacho y en esas circunstancias. Tenía que explicárselo todo a Denissov: que su hermano le había prometido un informe, una exclusiva, un escándalo político-financiero; que gente importante se embolsaba las ganancias del tráfico de la piastra en Indochina... Pero sabía que todo aquello carecía de base, sobre todo ahora que el dosier de Étienne debía de haber desaparecido con él. «No pienso desprenderme de nada, François, olvídate de las copias...»

—¿Era militar?

—No, trabajaba en la Casa de la Moneda de Saigón.

—Si quieres un permiso para ir...

—No, no, pero se lo agradezco... Enviarán el cuerpo a casa de mis padres... quiero decir, a Beirut... —Decididamente, él tampoco conseguía expresarse como era debido: era imposible encontrar las palabras adecuadas—. Tengo que avisar a Hélène, mi hermana, y a mi hermano mayor.

Había conseguido ponerse de pie.

—Por supuesto —dijo Denissov—. Informa a Malevitz y vete con tus hermanos, muchacho. Tómate tu tiempo.

Salió diciéndose que la muerte de Étienne resultaba un poco menos cruel porque él podía pensar en ella de otra manera, desde el ángulo de un suceso trágico que quizá no había sido un accidente...

Nunca se sabía a qué hora llegaría Hélène, ni con quién, ni en qué estado.

François fumaba un cigarrillo tras otro sin pensar siquiera en abrir la ventana: el aire de la habitación estaba en consonancia con la confusión que reinaba en su mente. Ya se sentía responsable del desorden de la vida de Hélène pero, con la muerte de Étienne, temía que su hermana se hundiera aún más en los excesos que le atribuía: su aliento, habitualmente cargado de alcohol y de tabaco, pero sobre todo sus ojos, brillantes y con las pupilas dilatadas, y su humor a menudo belicoso, lo hacían temer que estuviera coqueteando con vicios más letales, sin duda agravados por su tendencia a la provocación.

Había decidido esperarla y empezar por contárselo a ella porque, en esos momentos, era lo que menos esfuerzo le exigía. Se sentía agotado, vacío por dentro. Luego iría a la Porte de la Villette y le daría la noticia al Gordito.

No había encendido la luz. Estaba inmóvil, como fundido con el sillón, inundado por aquel vacío que lo dejaba sin fuerzas. Le venían a la cabeza imágenes de Étienne: sólo se llevaban un año, pero siempre habían estado distanciados, lo que había llevado a Étienne a acercarse a Hélène, que era cinco años menor.

Volvió a ver a su hermano en la escuela, donde siempre había estado tan solo. No eran de la misma pandilla, o más bien Étienne no era de ninguna, y a él, en ese momento, le producía un profundo dolor acordarse de la soledad de su hermano, de aquella eterna sonrisa que, con su muerte, adquiría visos infinitamente dolorosos. Casi nunca jugaban juntos: lo avergonzaba la distancia que había mantenido con su hermano porque su «lado delicado», como lo llamaba su madre, ofendía a su joven virilidad. Por supuesto, en el patio era consciente de las bromas, que enseguida rayaban en el insulto y que fingía no oír. «¡Yo lo defendía!», se dijo para disculparse, y era cierto que nunca había dejado a Étienne solo ante la adversidad, pero siempre lo hacía en el último momento y casi a regañadientes, y cuando le pegaba a otro chico que había insultado a su hermano, mentalmente era a su hermano a quien golpeaba, por eso lo hacía con tanta fuerza...

La muerte de Étienne era irreparable: ya no podría decirle cuánto lo lamentaba, cuánto se arrepentía. El remordimiento era como un puñal clavado en sus entrañas.

De pronto alzó la cabeza, una luz blanquecina bañaba la habitación.

Alguien llamaba a la puerta.

Hélène.

Se levantó con dificultad. El timbre volvió a sonar, impaciente, y él avanzó doblándose ya por el peso de la tarea que le correspondía hacer. Fue sólo al posar la mano en el pomo de la puerta cuando cayó en la cuenta de que su hermana tenía llave, de que nunca llamaba al llegar a casa.

Abrió: no era Hélène.

Era Geneviève, que, hecha un basilisco, entró por las bravas, dio tres pasos rabiosos por el apartamento y se volvió hacia él.

—¡Bueno, ya veo que la familia no tiene ninguna importancia!

François no comprendía...

Con el brazo extendido, su cuñada agitaba un papel que él no conseguía distinguir.

—¡Estoy harta de menosprecios, ¿comprendes?! ¡Sé que para vosotros nunca he sido más que una advenediza, que me despreciáis, que apenas me soportáis, que no cuento para nada! —Avanzó hacia François como si fuera a empujarlo por la ventana, y no se detuvo hasta que estuvo pegada a él, expeliendo rabia por todos sus poros—. En cuanto al señor, ¡como escribe en un periódico cree que puede mirar por encima del hombro a todo el mundo, incluido su hermano mayor! ¡Bueno, pues no, querido, esto no quedará así!

—No comprendo... ¿de qué me...?

—¿Ah, no? ¿No comprendes? —Geneviève seguía agitando el papel y se paseaba de un lado a otro de la habitación: parecía que fuera a romperlo todo—. Porque Jean no tiene derecho a saberlo, ¿no es eso? ¿Acaso este tipo de cosas están reservadas a los demás? ¡A Jean se lo desprecia, y a su mujer con él!

—¡Pero ¿de qué hablas, maldita sea?!

François había gritado, pero Geneviève no se amilanó.

—¡De la muerte de vuestro hermano! ¿Es que Jean no tiene derecho a saberlo? ¿A ti te parece normal? ¡Hombre, muy bonito! ¡Es el mayor, te lo recuerdo! ¡Avisar a Jean debería ser tu prioridad, tu única prioridad! ¡Y en vez de eso estás aquí, babeando y fumando en tu sillón! ¿Esperando a qué? ¿A que las ranas críen pelo?

Lo que tenía en la mano era un telegrama, por fin se había dado cuenta mientras su cuñada trotaba por el salón como un pavo colérico.

—De todas formas, Jean es un blando: siempre se ha dejado manejar por toda la familia... ¡Un cobarde, eso es lo que es! ¡Ay, de haberlo sabido! ¡Pero por supuesto se cuidaron mucho de decírmelo cuando se habló de matrimonio! ¡Bien contentos que estaban de endosarle a alguien a aquel imbécil!

François había recuperado la sangre fría. De modo que, a aquella mujer, al enterarse de la muerte de Étienne, no se le ocurría otra cosa que armar un escándalo por...

—¡Menos mal que tengo un padre! —seguía diciendo Geneviève—, y una familia, porque...

—¡Cierra el pico de una vez! —gritó François en el colmo de la exasperación.

«Ahora mismo la pongo de patitas en la calle», se dijo, y avanzó hacia ella con paso decidido, pero Geneviève miraba detrás de él. François se volvió: era Hélène, con los ojos brillantes.

—Se os oye desde abajo —dijo.

La escena le parecía extraña: nunca había visto discutir a esos dos, ¿qué había pasado para que hubieran acabado tirándose los trastos a la cabeza?

—¿Ah, sí? —dijo Geneviève con voz chillona—. ¡Bueno, pues me alegro mucho de que nos oigan! Que se entere todo el mundo de que tu hermano es un... —Se ahogaba, buscaba las palabras, no las encontraba... Hubo un silencio. Arrojó el telegrama al suelo—. ¡Ojalá vuestro Gordito cogiera el avión más a menudo!

Hizo un gesto que pretendía ser digno, como si se envolviera en una toga imaginaria, y, tras una enérgica torsión del busto, con paso tan decidido como a su llegada, salió del piso dando un portazo.

La mirada de Hélène iba y venía entre François y el telegrama, que yacía en el suelo. Avanzaron a la vez, pero Hélène fue más rápida.

Leyó, se puso pálida y rompió en sollozos.

Se abalanzó sobre François y empezó a aporrearle el pecho con los puños.

—¡Étienne, no; no quiero, Étienne...!

Cogiéndola por los hombros y con la barbilla levantada para evitar los golpes, François la dejó hacer. Al cabo de unos segundos Hélène aflojó, se acurrucó contra su hermano y lloró largamente. Luego se apartó de él de golpe, corrió a su habitación y cerró de un portazo.

El telegrama quedó en el suelo.

François no pudo evitar recogerlo de nuevo.

ÉTIENNE PELLETIER MUERTO STOP ACCIDENTE AVIÓN SAIGÓN STOP CUERPO REPATRIADO A BEIRUT PRÓXIMAMENTE STOP SEÑOR PELLETIER LLAMARÁ A FRANÇOIS QUE AVISARÁ HÉLÈNE Y JEAN STOP PAPÁ STOP

Estaba claro que, en la oficina de Correos de Beirut, el señor Cholet no pagaba los telegramas.

35

Étienne no era así

Incluso el tiempo se había entrometido: desde el día anterior un viento colérico y glacial barría la ciudad y te abofeteaba en cuanto ponías un pie en la calle. Para Louis Pelletier, ese clima caótico y violento, que chocaba con su necesidad de orden y estructura, era una especie de símbolo de la situación.

Todo había empezado con la llegada de los restos mortales de Étienne.

Angèle, bañada en lágrimas, tenía ganas de matar a todo el mundo. Incluso había tenido que detenerla porque los restos de Étienne llegaron en un ataúd de madera reciclada que parecía recogido de un vertedero. Los empleados de la funeraria se apresuraron a hacerlo desaparecer, pero Angèle no paró de llorar en todo el día.

A él lo obsesionaba otra cuestión: ¿qué había en aquel ataúd? ¿Qué quedaba exactamente de su hijo? ¿Pedazos metidos en bolsas precintadas? Le daba una pena infinita pensar que Étienne estaba allí, en aquella caja de madera barata, y ni siquiera entero, sino sólo los trozos que hubieran podido encontrar.

Ése fue el principio de una larga y compleja serie de acontecimientos que se sucedieron sin ningún orden porque eran fruto de decisiones improvisadas que, para colmo, no provenían de nadie en particular, sino del caos circundante.

Por ejemplo, la idea de que el cortejo fúnebre saliera de casa. Eso lo había decidido Angèle, y lo había expresado con tal firmeza, en un tono tan tajante, que parecía que fuera lo que más le importaba. Él había cedido, desde luego, y, en consecuencia, la familia no había dejado de estorbarse con los empleados de la funeraria mientras amigos, vecinos y conocidos se apelotonaban en la escalera hasta que un empleado fue a pedirles amablemente que esperaran en el exterior, donde hacía un frío que pelaba. El apartamento era grande, pero igualmente habían tenido que maniobrar con el ataúd para hacerlo entrar por la puerta, y Louis lo había pasado muy mal pensando que, al sacarlo, se verían obligados a probar ora así, ora asá (y ya puestos, ¿por qué no de pie, también?).

Luego había surgido el tema de la misa.

Étienne no había pisado una iglesia desde su primera comunión, y el resto de los miembros de la familia, si bien se habían enterado de un modo o de otro de la llegada de un nuevo párroco al templo más cercano, aún no le habían visto la cara, lo que daba la medida de lo practicantes que eran. Pese a todo, Angèle había decidido que habría una misa; así que, ¡marchando una misa!

A Louis le había tocado encargarse de comprar la plaza en el cementerio y la tumba, y no lo había hecho con mejor criterio: aunque no se notara tanto como en el caso de su esposa, él también tenía el corazón roto. Nunca había pensado en comprar una tumba, ni siquiera para él mismo, que era el más viejo de toda la familia, y el destino había querido que tuviera que hacerlo para el menor de sus hijos. La cosa es que la tumba para Étienne se había convertido rápidamente, para él, en el «panteón familiar», y había tomado las dimensiones correspondientes: era tan enorme como el letrero que rezaba MAISON PELLETIER ET FILS en la entrada de la fábrica, más o menos del tamaño que Louis atribuía a la «dignidad» de la familia. Angèle no se había quedado callada.

—Es muy pretencioso —le había dicho ella al ver la fotografía del monumento que le gustaba a Louis en el catálogo del marmolista.

—Es lo que toca —había respondido él.

Uno podía adivinar más o menos lo que quería decir.

Pero para Angèle había algo aún más inquietante: que ese panteón familiar no sólo los albergaría a Louis y a ella, sino a todos sus hijos, que morirían algún día, a lo mejor incluso prematuramente. Era una idea que sencillamente la estremecía.

Aun así, acabó cediendo.

El sepulcro tenía forma de templo griego con enlucido blanco y un frontón triangular. Dos peldaños llevaban a un pequeño pórtico con verja de hierro forjado y un estilóbato sobre el que se alzaban tres columnas (estriadas, con volutas, hojas de acanto, etcétera, etcétera), y en el tímpano, esculpidas en altorrelieve, las letras FAMILIA PELLETIER con grandes mayúsculas. Sin duda era pretencioso, pero cada cual llevaba su duelo como podía y, por tanto, los hijos tampoco se opusieron.

Luego todo fue más prosaico. En el cementerio, bajaron el ataúd con ayuda de un juego de cuerdas. El sacerdote que había acompañado al cortejo estaba muy decepcionado porque, en la misa, ni uno solo de los miembros de la familia había acertado a sentarse, levantarse, arrodillarse, cantar, responder, santiguarse o darse golpes de pecho cuando tocaba: aquella gente no era religiosa, se veía a la legua; ¡el padre había estado observando a los Cholet, que eran expertos en la materia, y se limitaba a imitarlos! Presenciar aquel desorden y aquellas vacilaciones había sido bastante duro, así que, una vez en el cementerio, apenas se avino a decir unas palabras, considerando que su presencia era una concesión más que suficiente.

Después empezó el desfile.

Los empleados de la funeraria no lo habían mencionado porque para ellos era de cajón, pero toda la familia casi se sintió flotar cuando se formó una cola de (Dios mío, ¿cuántos serían?) decenas, quizá hasta un centenar de personas que irían pasando para arrojar una flor al ataúd o simplemente para asomarse al agujero y luego estrechar las manos de toda la familia mientras les susurraban cosas sin sentido. Para Angèle fue demasiado.

—Llévame a casa —le dijo a Louis cogiéndose de su brazo.

Hélène, por su parte, agotada por el llanto, se agarró al otro brazo y los tres se alejaron lentamente, con pasos cortos y vacilantes.

Los dos hijos varones se quedaron allí, de pie junto a la tumba, solos, desorientados, superados por la situación, pero Geneviève, que estrenaba su conjunto de luto, extendió el brazo hacia la primera persona de la fila, inclinó la cabeza con cara de pena y recibió el pésame con un afligido cuchicheo de agradecimiento. Jean se volvió hacia ella para insinuarle que aquello quizá no era...

—Déjalo, Jean —lo atajó ella—, es mi deber.

Así, Geneviève terminó recibiendo decenas, quizá hasta un centenar de pésames y abrazos que recibió con una indescriptible expresión de *mater dolorosa*.

Dada la urgencia, los dos hermanos y Geneviève habían viajado desde París en avión. Louis había pagado los billetes, como siempre, aunque en esta ocasión no había podido evitar preguntarse cuándo se las arreglarían por su cuenta. El problema no era el dinero, simplemente le habría gustado saber que al menos se encaminaban a ser independientes.

Que Angèle aceptara encargar la comida a un restaurante indicaba claramente que no estaba bien. Al cabo, se fue a la cama sin cenar y Hélène prefirió acompañarla.

Así, los tres hombres de la familia (Geneviève se había ido a pasar la noche en casa de sus padres); los tres hombres, decía, se quedaron solos en el salón. El padre se apresuró a preguntarle a François qué tal iba la convivencia con su hermana y éste se apresuró a responderle que todo iba bien simplemente para evitar el tema (porque habría habido mucha tela que cortar); luego, se interesó por el asunto de la tienda de ropa blanca de Jean, que francamente no le inspiraba mucha confianza, no tanto por el proyecto en sí sino porque, en su opinión, un hombre que no había tenido éxito vendiendo jabón jamás triunfaría en nada.

—Todo va bien —respondió Jean imitando a su hermano.

Nada podía inquietar más a Louis.

Después, cuando hasta los temas más intrascendentes decayeron, se pusieron a fumar y cada cual contempló su copita de aguardiente sumido en sus pensamientos.

En el dormitorio, Angèle y Hélène se habían sentado una al lado de la otra en la cama.

—Ni siquiera te he preguntado, cariño... ¿qué tal la Escuela de Bellas Artes? ¿Te gusta?

—Mucho. —Lo había dicho sin dudarlo, mintiendo con toda la energía de la que era capaz—. Pero ahora no tengo muchas ganas de hablar de eso...

—Claro —dijo Angèle conciliadora.

Aquella respuesta le bastaba: tenía la cabeza en otra parte.

Hélène, que había seguido a su madre para hacerle compañía, acabó quedándose dormida mientras Angèle le sostenía la mano y pensaba en su difunto hijo.

«¿Qué habrá sido de sus cosas?», se preguntaba. En la Oficina del Alto Comisionado les habían asegurado que lo averiguarían, pero no habían vuelto a dar señales de vida. Sin embargo, Étienne tenía un baúl, ropa, objetos que le pertenecían... Louis le había prometido que llamaría de nuevo a Saigón, aunque ¡había habido tantas cosas que hacer! Se sentía exhausta, así que dejó vagar su mente y le vino a la cabeza aquel día en que, después de la «peregrinación» a la fábrica, Étienne había posado la cabeza en su regazo mientras *Joseph*... «¡*Joseph*! —pensó—. ¡Nadie ha vuelto a acordarse de él! ¿Qué habrá sido del pobre animal?»

En ese momento, Hélène se despertó sobresaltada.

—Perdona, mamá, me he quedado traspuesta...

Como era natural que el tema les viniera a la mente a todos, y como aquellos momentos de relativa calma se prestaban a ello, los tres hombres en el salón y las dos mujeres en el dormitorio se enfrascaron en la misma conversación.

Las causas de la muerte de Étienne.

François le contó a su padre que su hermano lo había llamado, que le había pedido que escribiera un artículo y que pensaba viajar a París unos días más tarde para llevarle un dosier con pruebas sobre un escándalo político-financiero...

—¿En relación a qué?

—A la paridad de la piastra y el franco.

Louis abrió los ojos de como platos.

—¿Qué puede tener eso de escandaloso? En fin. De todas maneras, Étienne no era así... —aseguró.

—¿No era cómo?

—¡El tipo de persona que denuncia escándalos! Étienne era un poeta, no un quijote.

—Entonces, ¿por qué me llamó para hablar de eso?

—Puede que tuviera cosas que decir al respecto, pero ¿tú te lo imaginas haciendo de detective?

Esa duda había corroído a François desde el principio: siempre había tenido muchas reservas en relación a ese escándalo y a la capacidad de su hermano para reunir pruebas sobre un asunto semejante.

—¿Y dices que pensaba viajar a París? —preguntó Louis—. Entonces, ¿por qué cogió un avión turístico para ir a ver los templos de Angkor?

En la habitación de al lado, la fogosidad de Hélène y su convicción de que Étienne había sido víctima de alguna maquinación siniestra hicieron que a Angèle le entraran dudas, igual que a su marido.

Aunque, sabiendo que su hijo volaba solo con otro hombre (el piloto), se olía más bien la enésima historia de amor...

—Deberías intentar dormir, cariño.

36

Volvía a estar en un callejón sin salida

Los hijos regresaron a Francia con opiniones divididas.

Jean, quien ni siquiera sabía que la piastra era una moneda y no veía por qué aquello podía constituir un escándalo, se inclinaba por olvidarse de esas especulaciones de asesinato. Hélène, en el otro extremo, estaba furiosa y poseída por un ímpetu vengador: urgía a François a investigar, a movilizar a toda la redacción del *Journal*, aunque, en su opinión, su hermano era un pusilánime y, por tanto, nada iba lo bastante rápido.

François empezó por investigar sobre la moneda indochina y bien pronto confirmó que lo que Étienne le había dicho sobre la paridad respecto al franco era cierto. Resultaba fácil imaginar la tentación que suponía enviar piastras a Francia, donde su valor se multiplicaba por dos como por arte de magia.

A partir de ese momento tuvo mala conciencia: se daba cuenta de que aquél podía ser uno de esos asuntos con los que sueña todo periodista y sentía que se estaba aprovechando de la muerte de su hermano. Fuera como fuese, no quería alertar al *Journal*, que le exigiría que exhibiera de inmediato las pruebas tangibles que él sabía bien que sólo podría conseguir con los recursos de la redacción: era la pescadilla que se mordía la cola.

Durante su estancia en Beirut y el viaje de regreso, no dejó de darle vueltas a esa cuestión, y de leer y releer la lista de iniciales que le había dado Étienne (E. N., P. R., D. F., A. M. y S. R.), supuestamente pertenecientes a cinco personalidades que se beneficiaban del tráfico de piastras. Todo el asunto era demasiado vago.

Decidió hablar con un compañero, André Lucas: un perro viejo que lo había visto todo en el mundo del periodismo y que se movía como pez en el agua en el cenagal de la política desde los años veinte. Además, era un tío majo que respondía a todas las preguntas. Pero no estaba en la redacción, así que se dispuso a irse.

—¿Por qué lo buscas? —le preguntó Baron, que se sentaba al escritorio de al lado.

—Por nada, sólo quería unos datos...

—Entonces sí que lo buscabas por algo, ¿no?

—Bueno, quería información sobre...

—¿Sobre qué?

—Sobre los bancos Godard y Hopkins Brothers.

Baron enarcó las cejas.

—¿En relación a qué?

François se limitó a sonreír y Baron aceptó su muda respuesta, aunque no le devolvió la sonrisa.

—Son bancos privados —explicó—, pero inaccesibles al común de los mortales. El banco Godard exige un primer depósito estratosférico simplemente para abrirte sus puertas, aunque a cambio te garantiza la opacidad absoluta de todas tus transacciones. Hopkins está vinculado con toda la gentuza de la Bolsa y sus beneficios ilícitos. Para los tiburones de las finanzas internacionales carentes de escrúpulos, esos dos bancos son de lo mejor.

La musiquilla que François había empezado a oír en aquel asunto acababa de subir de volumen.

—¿Piensas abrir una cuenta? —preguntó Baron.

—Exacto —dijo François fingiendo reírle la gracia, lo que le permitió salir del despacho sin darle más explicaciones.

Como no tenía la menor posibilidad de conseguir una lista de los clientes de esas entidades (ni siquiera Hacienda lograría algo así), volvía a estar en un callejón sin salida.

Había pegado encima de su escritorio la lista de las iniciales, pero ya casi nunca la miraba: se la sabía de memoria. La recitaba maquinalmente, como una cantinela, e incluso cuando quería olvidarse de ella volvía a su mente una y otra vez de forma misteriosa y obsesiva.

Fue una mujer joven, de unos treinta años, quien consiguió quitársela de la cabeza.

Lo esperaba en la acera. Un compañero del periódico le había dicho que François saldría enseguida.

—Mire, ahí lo tiene. —Se lo señaló en cuanto apareció en el portal.

La joven se acercó con una prudencia que François atribuyó a la timidez. Aferraba la correa de su bolso de mano y tenía cara de inquietud.

—Señor Pelletier...

Hablaba en voz baja y miraba a su alrededor como en busca de ayuda. Era más joven de lo que François había creído en un primer momento; tendría unos veinticinco años, puede que menos, y de cerca era francamente bonita. Vestía con buen gusto, pero con sencillez, sin ánimo de llamar la atención. Parecía estar interpretando un papel: era una mujer joven disfrazada de esposa.

François tuvo esa sensación al instante.

—Venga —le dijo cogiéndola del brazo: era preferible que nadie la viera—, un poco más adelante hay un café.

La chica se dejó llevar dócilmente. Cuando se volvía hacia ella («Es aquí mismo, llegaremos en nada»), François tenía la sensación de que iba a echarse a llorar. Avivó el paso y, mientras caminaba, iba pensando a toda velocidad. Las estrategias empezaban a bosquejarse en su mente.

Eligió una mesa al fondo del local.

—Por favor... —dijo invitándola a sentarse.

Le cogió el abrigo y lo dejó en la silla de al lado. La joven llevaba un perfume sutil. Cuando la vio sentada frente a él acabó de convencerse: era francamente bonita. Sus cejas parecían dos alas largas y finas sobre una mirada intensa, y tenía una boca pequeña y admirablemente dibujada.

—De modo que, el día en que murió Mary Lampson, usted estaba en la sala del Régent, ¿no es así?

Ella abrió la boca y formó una «O» tan perfecta como era de esperar.

—¿Qué puedo hacer por usted? ¿Cómo se llama?

La joven tragó saliva.

—Mire...

Resultaba paradójico: hablaba muy bajo, era exasperante de puro discreta, pero lo miraba con una extraña intensidad.

—¡Ah! No quiere dar su nombre... —dijo François—. ¿Por eso no ha ido a la policía?

Al instante pareció aliviada. Sonrió. Y qué sonrisa, Dios mío...

—Me llamo Nine. Bueno, en realidad... en fin, que todo el mundo me llama Nine...

Hablaba tan bajo que François tuvo que inclinarse hacia ella. Se percató y alzó ligeramente la voz. Había cruzado las manos sobre la mesa (no llevaba alianza). Cuando apareció el camarero, alzó los ojos y François aprovechó para bajar los suyos hasta sus pechos. Lo que se adivinaba...

—Quería pedirle consejo...

¿Tenía acento?

—¿Por qué a mí?

—Porque cubre el caso para el *Journal*. Conoce al juez...

¿Acento holandés? ¿Nórdico? Hablaba a trompicones, si no la ayudaba se pasarían todo el día allí.

—Quiere saber si el juez aceptaría su testimonio de forma anónima, ¿es eso?

La joven asintió.

—¿Con quién estaba en el Régent, Nine? —Era cruel por su parte, pero se lo imaginaba y tenía ganas de hacerle un poco de daño. Sin embargo, cuando no respondió la incomodidad cambió de bando. Para disimular, sacó una libreta y un bolígrafo y los puso sobre la mesa, pero ella no dejó de mirarlo a la cara. Se sintió casi intimidado—. Hábleme del asesinato, ¿vio algo de lo que no se haya hablado aún?

—¡No, nada en absoluto! También es por eso por lo que no he ido a... ¿comprende?...

Cuando hablaba de forma espontánea se le notaba más el acento, que, sin embargo, él seguía siendo incapaz de identificar.

—¿Y su...? La persona que la acompañaba...

—Tampoco vio nada: oímos el grito de la mujer y salimos a toda prisa del cine, como el resto de la gente.

François podía comprender que no hubiera hablado con la policía, pero no entendía por qué había acudido a él. Nine volvió a sonrojarse. Sus dedos temblaban levemente sobre el asa de la taza.

—¿Es por su acompañante por lo que...?

François no podía resistir el impulso de ayudarla. Ella asintió. Para él, lo demás carecía de importancia: entre Nine y su amante las cosas ya no iban bien, ella se sentía culpable por no haberse presentado ante la policía y quería liberarse de esa carga.

En el otro extremo de la sala, cerca de la barra, el camarero dejó escapar un vaso que se hizo añicos contra el suelo.

—¡Mierda!

Todo el mundo se volvió hacia el lugar donde se había originado el ruido, pero Nine lo hizo con un movimiento brusco e inquieto, como si temiera que la sorprendieran.

—De acuerdo —dijo François cuando logró tranquilizarla—, iré a ver al juez e intentaré conseguir que la identidad de ambos se mantenga en secreto. Su amigo... en fin, él también tendrá que presentarse ante el juez, ¿comprende?

Lo comprendía. Qué ojos, Dios mío...

—Eso si lo consigo... —continuó François.

—¿Y si no?

—Permanecerá usted en la sombra, como hasta ahora.

—¿Y si lo consigue?

¡Ay, cómo le habría gustado ser capaz de decirle: «Si lo consigo, se viene usted a pasar una noche conmigo»! Sólo de pensarlo se le hizo un nudo en la garganta.

—¿Qué debería darle a cambio? —insistió Nine.

Claro: el tema de la contrapartida. François intentó sonreír.

—Puede pagar los cafés.

La joven no ocultó su desconcierto: todo favor exige una compensación y él la colocaba en una posición difícil porque no podría liquidar su deuda. Los dos se sintieron incómodos. Él se levantó.

—¿Tiene un número de teléfono en el que pueda dejarle un mensaje?

Mientras lo decía, depositó unas monedas en el platillo; la situación era tan artificial que ella no hizo nada por impedírselo.

Dudaba, miraba aquí y allá, luego lo miraba a los ojos como si fuera a responder, pero no lo hacía...

—Si no tiene ni teléfono ni dirección... —dijo al fin François en un tono brusco— llámeme mañana a la redacción del periódico. —Lo enfurecía que, pese a haberse comportado bien con ella, insistiera en desconfiar—: No la comprometeré.

Nine le tendió la mano y él se la estrechó a regañadientes, sólo para poder sentir su mano, para tocarla.

37

Las ganas de hacerle daño

—¡Ni hablar! —dijo el juez.

Sin embargo, al ver que François aceptaba su veredicto y se dirigía de inmediato a la puerta, se quedó desconcertado.

—Espere —se limitó a murmurar el comisario.

François hizo oídos sordos y cruzó el umbral.

—¡Deténgase! —El juez lo había seguido hasta el pasillo corriendo sobre sus cortas piernas seguido por el policía, que avanzaba con amplias y tranquilas zancadas—. ¡Esa persona tiene que presentarse ante la justicia! Es... —Buscó la palabra. Se volvió hacia el comisario, que no estaba dispuesto a ayudarlo—. ¡Es su obligación!

—Bueno, pues vaya a decírselo —replicó François.

—¡Pero yo no sé dónde encontrarla! ¡No sé quién es!

Siempre tomaba como testigo al comisario Templier, que se limitaba a mirarlo fijamente, lo que aumentaba su malestar.

—Ya se enterará por el *Journal* —soltó François sin dejar de avanzar hacia la escalera.

—¡Espere!

De algún modo, el juez lo adelantó y se plantó delante de él para cerrarle el paso.

—¡Usted...! ¡Usted no tiene derecho!

François intercambió una breve mirada con el comisario, que observaba la escena aguantándose la risa.

—¿Qué espera de ese testimonio, señor juez? Los dos testigos que le faltan, y que le estoy sirviendo en bandeja, estaban sentados en medio de la sala.

El juez entrecerró los ojos: volvía a ver el Régent el día de la reconstrucción y aquellas dos butacas vacías.

—¿Cree usted —prosiguió François— que hicieron levantarse a un montón de personas para ir a matar a Mary Lampson o que vieron algo que pasó desapercibido a espectadores sentados mucho más cerca que ellos de la puerta de los lavabos?

Cuando se quedaba sin palabras, el juez Lenoir resultaba más conmovedor que nunca. En esos momentos sus rasgos adquirían honduras insospechadas, como las que se ven en las caras de los imbéciles.

—Le diré lo que va a pasar —concluyó François—: publicaremos la historia de esas dos personas advirtiendo a los lectores de que les hemos cambiado los nombres y usted se enterará de lo que tienen que decir al mismo tiempo que el resto del mundo.

El juez comprendió que lo habían vencido una vez más.

La reconstrucción en el Régent no había sido ningún éxito y la del recorrido de Servières había fracasado por completo: la mala suerte se ensañaba con él.

Se limitó a asentir para aceptar las condiciones que le proponían: hasta la palabra «sí» estaba por encima de sus fuerzas.

La joven no llamó al periódico, sino que se presentó allí directamente. François se la encontró en la misma acera de la primera vez, retorciendo nerviosamente las asas del bolso con las manos enguantadas, sin embargo esta vez ella no fue quien se acercó, sino él. Ella, eso sí, lo miró con aquella intensidad tan suya.

—Discúlpeme...

Su voz le provocó un nudo en el estómago.

—El juez la escuchará. Su anonimato está garantizado —le dijo François, aunque no pudo evitar añadir—: Si no se presenta ningún cargo contra usted, claro...

—¿Cómo? ¿Un cargo?

—Yo sé lo que me dijo a mí, pero no lo que tiene pensado decirle al juez...

Las ganas de hacerle daño eran terribles, mucho más fuertes que él.

—Pues... ¡lo mismo!

—Entonces, perfecto.

François esperó, pero nada: un largo silencio.

—Se lo agradezco mucho —dijo ella al fin.

«¡Vaya, menos mal!»

—De nada, no tiene importancia. Adiós.

Mathilde tenía un lado autoritario e impaciente que lo irritaba. «En el fondo —se decía—, detrás de ese aire de indiferencia hay una mujer dominante...» Era pura mala fe: ella simplemente tenía ganas de hacer el amor y, en esos casos, era muy persuasiva.

—Prefiero tu fisiología a tu psicología —le dijo—, es a ella a quien me dirijo ahora.

Y mientras lo decía se inclinó sobre él, que se sintió invadido por un deseo involuntario. Intentó apartarse, pero ella lo ignoró. Él acabó cediendo, pero la cara de Nine se le aparecía, impidiendo cualquier tentativa de abandonarse.

—Vale —dijo Mathilde incorporándose. Se acomodó la falda y la blusa. Sonreía: aquello no tenía mayor importancia—. Creo que será mejor que me marche...

—¡Espera!

François la atrajo hacia él y ella no se resistió, pero tampoco dejó de vestirse. Finalmente se puso el abrigo y le dio un beso en los labios. François la vio salir sin saber si se sentía aliviado, frustrado o triste; todo aquello era muy confuso.

Tenía en la cabeza la última imagen de aquella chica de la que sólo conocía el apodo: no sabía ni cómo se llamaba ni dónde encontrarla; de hecho, no sabía nada de ella, y esa ignorancia sólo multiplicaba su interés. Era frustrante. Se sentía atrapado entre dos misterios: aquella joven turbadora y las recalcitrantes iniciales.

Todo iba rematadamente mal: no se había repuesto de la brutal e inquietante muerte de su hermano; Hélène, más irritable e imprevisible que nunca, había vuelto a vagabundear; apenas iniciada, su investigación sobre el asunto de las piastras se había atascado, y ahora Mathilde se largaba...

Le había comprado una botella de muscadet («¡Para después!», había dicho) que no habían llegado a abrir. Ya estaba tibia, pero daba igual. Sin embargo, como no estaba acostumbrado, la cabeza empezó a darle vueltas a la tercera copa.

Apagó la luz y se tumbó. La oscuridad se puso a girar a su alrededor, tuvo que sentarse en la cama para no sucumbir al mareo. ¿Iba a vomitar?

La silueta de Nine bailaba ante sus ojos... ¡cómo deseaba a aquella mujer! Algo así te amargaba la vida... Tuvo que levantarse y dar unos pasos, le costaba mantener el equilibrio. Pero aún estaba más perdido que borracho... La cara de Nine se superponía a las iniciales que Étienne le había dado y a las que intentaba desesperadamente dar algún sentido.

Como era de los que piensan mejor cuando escriben, no paraba de reproducir aquella serie de letras, pero nunca sacaba nada en claro. De todas formas, tras servirse una taza de café, había vuelto a coger la libreta y reanudado la lista:

E, N, P, R, D...

—¡Mierda!

Un gesto torpe y la taza se había estrellado contra el suelo. Se levantó, fue a buscar una bayeta, secó el parquet, recogió los pedazos... Aquello lo había puesto de mal humor.

Volvió a sentarse y miró fijamente la libreta:

E, N, P, R, D...

La idea le llegó como una bofetada porque aquel movimiento torpe había interrumpido el dictado y provocado una separación en la serie de iniciales:

E, N, P, R, D...

Trataba de recordar lo que le había dicho Étienne: «Hay cinco personas implicadas...» ¿De dónde había sacado que esas iniciales correspondían a cinco personas, y él, por qué había apuntado las letras de dos en dos?: «EN», «PR»... ¿Se las había dictado así Étienne?

Porque, desde luego, había otra posibilidad: «EN – PRD» y «FA – MSR», y el resultado era completamente distinto.

No podía reconstruir las breves y agitadas conversaciones con Étienne, pero aquella solución cobraba cada vez más fuerza en su mente.

PRD: Partido Radical Democrático.

MSR: Movimiento Social y Republicano.

Dos partidos de gobierno.

Fue hasta la vieja cómoda que utilizaba para archivar todo tipo de papeles que amontonaba de cualquier manera sin clasificarlos jamás. Allí tenía que haber un directorio administrativo. Lo malo era que los gobiernos se sucedían rápidamente (ese año ya iban por el cuarto) y los miembros del gabinete cambiaban a toda velocidad, pero nunca se sabía... En todo caso, quería asegurarse aunque estuviera dando palos de ciego. Llegado un punto, empezó a arrojar los papeles al suelo y por fin encontró un directorio de 1946: no era tan antiguo.

En lugar de ir al escritorio, se quedó allí, sentado en el suelo con las piernas cruzadas, y hojeó febrilmente el listado de miembros de los distintos gobiernos de ese año, tarea pesada y quizá un poco por encima de sus posibilidades después de un intento fallido de hacer el amor y tres copas de muscadet tibio.

En ésas estaba cuando llegó Hélène.

—¿Te pasa algo? —le preguntó él.

Estaba muy pálida.

—No, es el cansancio nada más.

La excusa fácil. Volvió a enfrascarse en sus papeles.

Ella también olía a alcohol.

Todo iba rematadamente mal.

—¿Qué haces? —le preguntó Hélène.

No esperó la respuesta: se asomó a su habitación, arrojó el abrigo encima de la cama, volvió a salir, fue directa al lavabo y se arrodilló ante la taza del váter para vomitar.

Momentos antes había visto a un hombre leyendo el *Journal* y había leído un titular:

Nuevo robo de la Banda de las Farmacias.
Un muerto en un establecimiento de la place des Ternes.

Al ver que no salía del baño, François se preocupó. Tenía que hacer algo, ¿qué pasaba, Dios mío?

Sin embargo, justo cuando iba a levantarse descubrió algo. Resiguió un nombre con el dedo:

Edgar de Neuville – Partido Radical Democrático.

«E. N. – PRD.»

Sesenta y cuatro años, efímero subsecretario de Estado de Asuntos Exteriores en 1946, pero, si remontabas el curso de su carrera, lo encontrabas en Asuntos Coloniales, con destino en Saigón, durante diez años.

—¿Qué haces?

Hélène había salido tras enjuagarse la boca. Tenía un nudo tremendo en el estómago, pero intentaba poner buena cara. ¿Qué hora era? Se volvió hacia el reloj de pared: las cuatro. Se había saltado la comida, tenía el estómago vacío y dolorido.

François leyó en voz alta:

—Félix Allard, Movimiento Social y Republicano: «F. A. – MSR.»

Allard había sido, durante cinco años, secretario general de la Oficina del Alto Comisionado de Francia en Indochina.

Hélène leía por encima de su hombro.

—¿Tiene que ver con Étienne?

François le explicó lo que creía comprender. La escena era curiosa: hermana y hermano, ambos un poco borrachos, mirando aquellas iniciales como si fueran un código que esperaban descifrar y que, quizá, explicaría la muerte de su hermano.

—Tengo que acabar de pensarlo —dijo François.

No estaba muy seguro. Su hermana tenía muy mala cara.

—No te encuentras muy bien, ¿eh?

Hélène se acurrucó tímidamente contra él.

Aquel muerto de la farmacia de Ternes...

Y lo que le había propuesto Bernard de Jonsac...

¿Esa muerte había tenido algo que ver con ella? En su cabeza todo se confundía.

—Añoro tanto a Étienne... —dijo con suavidad.

François la estrechó un poco más entre sus brazos.

38

Ay, qué pena...

François no esperaba que Baron, celoso guardián de su territorio, se quedara de brazos cruzados tras su breve conversación sobre los bancos Godard y Hopkins Brothers, pero no sabía de dónde llegaría el golpe. ¿Del propio Baron? ¿De Denissov?

Llegó de Malevitz.

—¿Has ido a ver a Baron? —le preguntó el jefe de su sección—. ¿Qué gilipollez es ésa?

Fruncidas, las cejas negras le daban un aire luciferino que, si no lo conocías, impresionaba. François estaba decidido a decir lo menos posible: si tenía un notición, nadie se lo quitaría; si no tenía nada, no quedaría como un idiota.

—Tengo algo, pero es un poco pronto.

—¿Nos afecta a nosotros?

El «nosotros» aludía a la sección de sucesos, pero podía interpretarse también como un plural mayestático. Para Malevitz, la crónica de sucesos era el alma del *Journal*, y no le faltaba razón: era una de las novedades que había llevado Denissov de Estados Unidos. «El lector necesita historias con las que identificarse», solía decir, y el cometido de Malevitz consistía en descubrir y resaltar lo que a menudo era el gancho de la edición, lo que llamaría la atención del público. Así que

Malevitz se consideraba a sí mismo como el corazón del alma del *Journal*.

—Puede —respondió François—, aún no lo sé.

Era la clase de respuesta que el jefe de sección detestaba.

—Pues muy mal, porque nuestro trabajo consiste precisamente en saber. Si no lo sabes, pasas a otra cosa, ¿entendido?

François fingió sentirse apenado.

De acuerdo.

—¿Y sobre el caso Lampson?

En relación a ese tema, Malevitz reconocía que su pupilo «se lo curraba». François había conseguido publicar varias crónicas por entregas, distribuyendo la información en sucesivas ediciones, y siempre iba un paso por delante de la competencia. Le anunció que habían aparecido dos nuevos testigos de los tres que faltaban, pero enseguida aseguró que se trataba de un vulgar asunto de adulterio entre gente sin interés del que no sacarían nada.

—Aunque Lenoir ha dicho una gilipollez —añadió—; no sé si reproducirla...

—Si se publicaran todas sus gilipolleces, saldría en portada a diario. ¿Qué ha sido esta vez?

Aquello era una estrategia muy poco profesional de parte de François: para ocultar tras una cortina de humo la entrevista del juez con Nine (¡ni siquiera sabía cómo se apellidaba!), a la que Malevitz habría podido agarrarse, destacaba un hecho secundario.

—Se trata del último testigo, el que aún no han localizado: el juez está convencido de que es el asesino.

François tenía auténtico talento. Aquella expresión, «último testigo», olía a tinta de imprenta. Los ojos de Malevitz se iluminaron.

Aquello había ocurrido en el despacho del juez, después de que Nine y su amante hubieran hecho su declaración. En principio François había aparecido por ahí sólo para asegurarse de que no había información nueva, pero secretamente había esperado cruzarse otra vez con Nine y, sobre todo, con su amante: quería saber qué cara tenía...

—¿Cómo se explica usted esto? —le había preguntado el juez Lenoir—. ¿Cómo se explica que, al final, sólo un testigo haya dejado de presentarse?

Era de una sinceridad conmovedora. Obtener respuestas de él resultaba fácil: no sabía callarse.

—Yo no me lo explico —respondió François—, ¿y usted?

—Yo creo que fue él.

—¿Me permite? —le preguntó sacándose la libreta del bolsillo.

El mensaje estaba claro: «Tiene usted delante a un periodista que va a escribir un artículo.» Lejos de alarmarse o, al menos, de preocuparse, el juez se galvanizó.

—¿Qué motivo tiene para permanecer oculto? ¡Es el único de los doscientos veintinueve espectadores presentes en la sala que no ha querido colaborar con la justicia! Si no tiene nada que esconder, ¿por qué no se ha presentado?

Había tantos motivos posibles como los de todos aquellos que sólo habían testificado a última hora, pero a François no le interesaba señalarlo. Seguro que el comisario Templier lo habría hecho de haber estado presente, pero solo, cara a cara con él, el juez Lenoir estaba a su merced.

—No lo había pensado desde ese punto de vista... —dijo tomando notas.

El problema de Lenoir (bueno, uno de sus problemas, porque tenía muchos) era que decía lo que pensaba con mucha facilidad y, lo que era aún peor, siempre acababa creyéndose lo que había dicho.

No hizo falta nada más: Lenoir se puso a pasear por el despacho y también a hacer comentarios que tomaba por pensamientos.

—Después de la convocatoria de los testigos, las reconstrucciones y las ruedas de reconocimiento, ¿quién no está al corriente de este caso?

Se precipitó al escritorio y cogió dos recortes de prensa. Una revista alemana había dedicado un breve artículo al suceso, pero el que blandía el juez era el otro, publicado por un periódico italiano, porque iba acompañado por una foto suya.

—¡Toda Europa conoce este caso! ¿Y va a ser ese testigo, el último testigo, el único que lo ignora? ¡Vamos, hombre!

—Sí, ¿qué motivo puede tener?

—Sólo hay un motivo posible, amigo mío, no sé si me explico...

Al día siguiente François tituló:

Los interrogantes del juez Lenoir:
¿Por qué se empeña ese último testigo silencioso
en permanecer oculto?

François había decidido dar la información con cuentagotas, como si se tratara de un folletín, y Malevitz se había frotado las manos.

Al día siguiente la segunda entrega revelaría que, para el juez de instrucción, no cabía duda de que el testigo que faltaba era el culpable.

Esa prórroga permitía a François concentrarse en lo que más le preocupaba en esos momentos.

—Stan —dijo—, me gustaría coger dos días de permiso, ¿puede ser?

Por pudor, Malevitz no le había preguntado por la desgracia que lo había golpeado.

—Tengo a mi hermana menor a mi cargo, y no lo está pasando nada bien... En fin, ya se lo puede imaginar...

—Por supuesto, vete, pero permanece localizable, ¿vale?

En el metro, François sacó la libreta y tomó notas sobre las tareas que tenía por delante.

Primero, reconstruir los hitos fundamentales de las carreras de Edgar de Neuville y Félix Allard. Tratar de delimitar su entorno.

Luego, investigar un poco su tren de vida: si se embolsaban grandes cantidades de dinero, era posible que las ocultaran en el extranjero, pero también que las utilizaran. ¿Habían casado a una hija por todo lo alto en los últimos meses? ¿Comprado un coche de lujo? ¿Una mansión? Paralelamente, habría que intentar echar la red en las entidades bancarias. ¿Podría encontrar a algún empleado del que fuera posible obtener información? Si el asunto prometía, Denissov liberaría los fondos necesarios para comprar una o dos conciencias... Tenía que poner en marcha el asunto, comprobar que allí había algo tangible, para vendérselo a Denissov.

Porque, después, sólo habría una forma de investigar.

Para comprender cómo había muerto Étienne, habría que hurgar en la Casa de la Moneda.

Y tirar del hilo.

Y para eso, sólo había un camino posible.

Tendría que ir a Saigón.

La primera entrega de mercancías destinadas a la tienda de lencería y complementos Dixie se produjo por esas fechas.

Toda una camioneta llena de cajas y embalajes.

Geneviève, de pie en la acera, seria y tiesa como una estaca, parecía querer cerrar el paso al repartidor. Antes de que descargara, exigía ver muestras.

—¿En serio?

Era el señor Steuvels, el dueño de la pequeña empresa de Berquieux, que hacía las entregas con su hijo.

—¡Pues sí, señor mío! —dijo Geneviève secamente, como si respondiera a una crítica—. ¡Porque, si el trabajo no está perfecto, ni usted descargará ni yo pagaré!

El señor Steuvels se echó atrás la gorra para rascarse la frente y miró a Jean, que no sabía dónde meterse.

—Bueno, como usted quiera...

Para sacar una sábana de aquí y una toalla de allí, hubo que hacer malabarismos.

—¿Y las fundas de almohada? —preguntó Geneviève—. ¿Y los manteles y las servilletas? ¿Dónde están?

Habían extendido las prendas sobre el mostrador de venta, en la tienda desierta, y se notaba que el señor Steuvels encontraba aquellas exigencias un poco excesivas. Saltaba a la vista que habían hecho un buen trabajo, no se le podían poner pegas.

Ya hacía casi una hora que movía cajas para sacar un par de sábanas o unos pañuelos a cuadros, estaba claro que empezaban a hinchársele las narices.

—Bien —dijo al fin Geneviève con tono de gran señora—, puede descargar.

—Propongo que antes arreglemos cuentas.

Se mostraba prudente.

Geneviève y él se inclinaron sobre el pedido y el albarán de entrega y se pusieron a revisar línea por línea: aquello era el cuento de nunca acabar. Geneviève terminó extendiendo un cheque que el señor Steuvels se guardó con cuidado en la cartera.

Jean tuvo que estrecharle la mano, estaba sudando a mares.

El ambiente, muy tenso hasta ese momento, se relajó un poco. Al acabar la descarga, clientes y proveedor casi se habían hecho amigos, hasta tal punto que Geneviève, que se volvía más roñosa a medida que se convertía en comerciante, propuso que fueran a tomarse «una copita» al café de al lado, el Balto.

El chaval del señor Steuvels pidió un zumo de granada. Cuando le llegó el turno a Jean, su mujer puso mala cara, así que optó por una modesta agua mineral Vittel y se dedicó a mirar al señor Steuvels y a Geneviève mientras saboreaban sus vermuts. Cuando ya habían agotado los temas de conversación relacionados con el comercio y la confección de la ropa blanca, el señor Steuvels se volvió hacia Jean y le preguntó:

—¿Cuánto hace que fue usted a hacernos el pedido?

Jean apretó el vaso. Fue un gesto instintivo: veía que las cosas podían torcerse.

—Sobre el 20 de octubre, ¿no? —intervino Geneviève—. ¡Jean, que te están hablando!

—Sí, eso es, sobre el 20.

Tenía la boca seca pese al agua mineral.

Por su parte, el señor Steuvels iba asintiendo pensativamente.

—Bueno, pues poco después de irse usted, nos enteramos de una gran desgracia...

—¡No me diga! —lo animó Geneviève, que se excitaba en cuanto oía hablar de un drama ajeno.

—Mi sobrinita... y digo sobrinita porque sólo tenía veintidós años... la hija de mi hermana.

Geneviève vio que Jean enrojecía y se volvía hacia la sala de billar, como si lo estuvieran llamando para jugar una partida y dudara en levantarse.

—Bueno, y entonces, ¿qué le pasó a esa joven? —preguntó Geneviève.

—La asesinaron, señora. Aún no me lo puedo creer. Estaba haciendo una sustitución en la oficina de Correos de Lamberghem y, una hora después del cierre, cuando su madre ya empezaba a preocuparse, la encontraron muerta en la oficina... tal como lo oye. Era la hija mayor de mi hermana, se iba a prometer... No me diga que no es una desgracia...

—Y... ¿cómo? —se atrevió a preguntar Geneviève.

—De una forma salvaje...

Jean acababa de levantarse. Indicó con un gesto que iba al lavabo y se alejó.

—Salvaje, pero ¿cómo?

Geneviève había bajado la voz.

—Le destrozaron la cabeza, señora; no se puede decir de otra manera.

—¡Dios mío! Pero... ¿de qué forma?

—Con el auricular del teléfono de la cabina pública. La policía dijo que recibió más de diez golpes. Al parecer, murió en el acto.

—Mire, en cierto modo, mejor... pero ¿quién pudo hacer semejante barbaridad?

—¡Aún no se sabe! En aquella gendarmería no hay más que vagos e inútiles. Un día dicen una cosa y al siguiente... ¡Incluso fueron a buscar las cosquillas al prometido de la chica, y hasta a su hermana!

—¡Qué vergüenza!

Jean volvió del aseo.

—¿Has oído, Jean! ¡Qué horror! —En vez de sentarse, se quedó allí plantado, esperando que terminaran de una vez—. Han asesinado a la sobrina del señor Steuvels... ¿Cuántos años ha dicho usted que tenía?

—Veintidós.

—Asesinada en la oficina de Correos... con el teléfono... bueno, golpeándola con el auricular.

Hubo un largo silencio mientras cada cual reflexionaba sobre el terrible suceso.

—Pero dígame, señor Steuvels... —Geneviève era presa de una duda, de una inquietud, se le notaba en la cara—. Dígame... a esa chica... ¿la violaron?

Jean abrió la boca, pero el señor Steuvels se le adelantó.

—¡No, Dios mío! Por suerte no, señora Pelletier. ¿No es bastante terrible que la asesinaran?

—¡Desde luego, desde luego! —dijo Geneviève, que había recuperado su saludable color de granjera normanda.

—Al menos tienen huellas —dijo Steuvels terminándose el vermut.

—¡¿Cómo? ¿Huellas? ¿Qué tipo de huellas?! —exclamó Jean.

El señor Steuvels atribuyó su excitación a la importancia de la noticia que acababa de revelar, y no se equivocaba.

—Encontraron las huellas dactilares del asesino en el auricular. Por eso exone... en fin, así supieron que su prometido no lo había hecho, ¿comprenden?

Jean miró a Geneviève, que tenía los ojos entrecerrados como si quisiera ajustar la vista a una nueva perspectiva.

—¡Pero en una oficina de Correos puede haber centenares de huellas! —dijo.

—¡Es verdad! —coincidió Jean.

—¡Por no decir miles! Y sé de qué hablo: mi padre es jefe de Correos.

—¡Ja! —exclamó Jean triunfal.

—Sí —dijo el señor Steuvels—, sólo que en este caso... —Mantuvo el suspense. Jean tenía la boca entreabierta, Geneviève, los ojos entrecerrados—. En este caso son huellas con rastros de sangre de la chica, ¿comprenden? Por fuerza tienen que ser del asesino.

Geneviève abrió los ojos como platos.

—Bueno, y entonces ¿por qué no lo han detenido?

—Creo que tienen las huellas, pero todavía no saben de quién son.

—Ay, qué pena... —murmuró Geneviève.

Parecía tan decepcionada como el propio señor Steuvels.

Jean seguía teniendo la boca seca y las manos húmedas. Habría dado diez años de su vida por un vaso de agua, pero era incapaz de moverse.

—Bueno, basta de charla —dijo al fin Steuvels apoyando las manos en las rodillas—. Tendremos que ponernos en marcha, ¿no, hijo?

Geneviève seguía apilando las sábanas y los manteles en los compartimentos de las estanterías pero, en realidad, aquella tienda le resultaba repulsiva: no se parecía en nada a lo que había soñado. Debido a la falta de espacio que los obligaba a vender en la acera, en vez de recibir a una clientela elegante ante la que desplegar con mimo manteles y colchas, se verían forzados a amontonar la ropa de cualquier manera en mesas de mercadillo, ¡qué vergüenza! Geneviève culpaba a Jean porque acusarlo de todo se había convertido en una costumbre, aunque en esos momentos comprendía su ansiedad y procuraba no agobiarlo demasiado.

—Pero bueno, ¿qué te pasa? —le preguntaba cuando se le caía algo o chocaba con un mueble como si estuviera bebido. Pero no le gritaba como siempre: se lo decía con una voz maternal y paciente, casi alegre—. ¡Trae, anda! ¡Ya lo hago yo!

En una de ésas, Jean se derrumbó en una silla, muerto de angustia.

El descubrimiento de sus huellas sanguinolentas en la oficina de Correos de Lamberghem lo torturaba. El resto del día fue espantoso: le entraban sudores, se le nublaba la vista, tenía que agarrarse a los muebles y, sobre todo, se veía asaltado por un sinfín de imágenes: lo habían detenido, entraba en el despacho de un juez... era Lenoir, pero diez veces más imponente que en la realidad. Se inclinaba sobre él y le ordenaba: «Enséñeme las manos...», él extendía las palmas relucientes de sudor y el juez, como si fuera un quiromante, decía: «Veo que estas manos han sostenido el auricular de un teléfono... ¿Me equivoco?», todo esto con dos enormes gendarmes de bigote negro flanqueándolo...

Cuando acabó de colocar unas sábanas, Geneviève se sentó también. Lo hizo con las rodillas separadas, como las campesinas cuando ordeñan.

Jean, cerca de la puerta, miraba la calle como si temiera la llegada de alguien.

—Estaba pensando en la sobrina del señor Steuvels... —dijo ella.

Jean se volvió instantáneamente y vio a su mujer negando con la cabeza con cara de pesimismo.

—No encontrarán a ese fulano así como así...

—Tienen sus huellas —consiguió decir Jean con un nudo en la garganta.

—¡Bah! ¡Si estuviera fichado, hace tiempo que le habrían echado el guante! Y en mi opinión, ahora se andará con ojo. ¡No volverán a encontrar huellas, te lo digo yo!

Esa noche, mientras estaba tumbada en la cama, tiesa como un poste y con los brazos extendidos a lo largo del cuerpo, Jean, tendido boca arriba a su lado, la oyó decir:

—Al menos tú tienes la suerte de viajar... pero ni siquiera me cuentas cuando pasan cosas un poco especiales en la provincia...

Esta vez no lo había dicho con la voz seca y metálica que empleaba cuando le hacía reproches, sino en un tono regocijado, travieso, casi mimoso.

Lentamente, deslizó la mano debajo de la sábana.

—Y sin embargo pasan, ¿eh, Gordito mío?

39

Ni ahora ni nunca

Le faltaba técnica. Era un crack para los sucesos, pero ahora no se trataba de entrevistar a testigos o de encontrar el detalle que impactaría al público: había que realizar una investigación en entornos que desconfiaban de la prensa, y eso sólo se podía hacer con una red de contactos, algo que él no tenía.

Gracias al archivo de la Asamblea, a los anuarios del senado, a los folletos de los partidos políticos y a los documentos disponibles en la Biblioteca Nacional, había conseguido reconstruir las trayectorias profesionales de Félix Allard y Edgar de Neuville; sabía los apellidos de soltera de sus mujeres, el nombre y la edad de sus hijos, los diferentes puestos que habían ocupado, pero eran cosas que cualquiera podía averiguar y que no lo llevarían a ninguna parte. Al cabo, apenas podía describir a esos dos hombres sin echar mano de la imaginación.

A su modo de ver, Edgar de Neuville no era más que un pequeño terrateniente a quien la boda con cierta señorita Gendreau-Balthazar le había abierto las puertas de la administración colonial gracias a la intervención de su suegro. Lo interesante era su estancia, bastante prolongada, en Saigón, en un puesto que sin duda le había proporcionado, aparte de un buen conocimiento de las relaciones entre Indochina y Francia, una lista considerable de amistades de todo tipo. Era miembro del Partido Radical Democrático, un comodín bastante práctico que le había permitido llegar a senador.

Félix Allard, por su parte, había llegado al país un par de años después de que de Neuville lo abandonara y, como funcionario de la Oficina del Alto Comisionado de Francia, también debía de haberse convertido en un experto en los asuntos indochinos y debía de haber hecho algunos contactos. Tras múltiples cargos, había alcanzado lo que parecía la cima de su carrera: un acta de diputado.

En resumen, al final del primer día de pesquisas, François sabía dos cosas. La primera, que estaba como al principio y, la segunda, que tenía muy pocas posibilidades de llegar más lejos.

Se había pasado la noche analizando su fracaso desde todos los ángulos y había concluido que sólo había una solución: lanzarse a la piscina.

Por la mañana llamó al secretario del diputado Allard. Estaba en provincias, pero regresaría al día siguiente. En cambio, la suerte quiso que, excepcionalmente, Edgar de Neuville sí se encontrara en París, un milagro que François no supo valorar por falta de experiencia. Cuando lo tuvo al teléfono, lo llenó de halagos por sus conocimientos sobre Indochina.

—Preparo un gran artículo sobre lo que está ocurriendo allí, señor senador. Estoy hablando con expertos en el tema, por eso me he tomado la libertad de llamarlo. Usted conoce perfectamente la región...

El senador se aclaró la garganta. Probablemente nunca le pedían su opinión, se sentía muy halagado.

—¿Que cuándo podríamos quedar? Veamos, veamos...

—Lo siento, señor senador, pero pretendemos publicarlo mañana por la mañana y lamentaría muchísimo que no pudiéramos contar sus opiniones sobre la materia. Me bastaría con media hora de su tiempo para...

—¡Bueno, de acuerdo! ¿Cuándo le viene bien?

Así que, a media tarde, François se dirigió al domicilio particular del senador. Al entrar, se sintió francamente incómodo ante la sobriedad de la vivienda. En conjunto, el apartamento no era ni el triple de grande que el que ocupaba él mismo. En el despacho, bastante modesto, situado al final del pasillo, costaba acomodarse entre la librería de caoba y un escritorio anticuado cubierto de papeles y ceniza sobre el que descansaba un soporte con una veintena de pipas. El humo tardó en disiparse cuando, en atención al visitante, el senador abrió la ventana.

De Neuville parecía aún más corpulento en aquella exigua habitación. Robusto, ancho de espaldas como un campesino, con rasgos enérgicos, nariz grande, cejas enmarañadas y bigote tupido, tenía un físico que impresionaba por su serenidad. François pensó que iba mal encaminado: ¿qué relación podía tener aquel hombre con un sórdido asunto de tráfico de piastras? Saltaba a la vista que tenía gustos sencillos para los que su sueldo de senador debía de ser más que suficiente.

No obstante, era vanidoso: le gustaba escucharse a sí mismo, y verse solicitado en calidad de experto alimentaba su ego, como lo demostraba la sonrisa presuntuosa con la que acogió las preguntas del joven periodista.

Al principio de la conversación, Neuville había leído en voz alta el titular de la última edición del *Journal*:

Entrevista al juez Lenoir:
**«*Ese último testigo silencioso es, sin duda,*
el asesino de Mary Lampson.»**
Una exclusiva de François Pelletier.

—Usted es ese François Pelletier, ¿no?

El tono era interrogativo; François no se lo esperaba.

—En el *Journal* toco dos palos: los sucesos y las investigaciones excepcionales.

«Excepcionales.» El senador estaba encantado. Eso lo tranquilizaba, incluso confirmaba su importancia.

—Ha empezado la caza del hombre, ¿no es así? —dijo con aires de experto mientras volvía a doblar el periódico—. Todos sus colegas se lanzarán tras él...

François aceptó el elogio con modestia.

Había preparado un puñado de preguntas espigadas de las columnas del *Journal*. El senador no se extrañó en ningún momento de su carácter extremadamente general, ni tampoco de que lo consideraran un referente de primer orden en un tema sobre el que nadie lo había consultado en diez años. Con la libreta sobre las rodillas, François escribía mucho, pero no apuntaba nada; nada, aparte de una única frase que tenía planeado pronunciar y que, a esas alturas, en aquel despacho, le parecía ridícula.

Edgar de Neuville se explayó a gusto sobre las decisiones militares de Francia, que tanto habían beneficiado a Indochina, y sobre la amenaza que representaba el comunismo chino para el conjunto del continente asiático.

François cerró la libreta.

—Señor senador, le agradezco enormemente estas declaraciones tan clarificadoras. Serán de gran utilidad para el artículo y para nuestros lectores.

—¿Dice usted que aparecerá mañana?

—¡Bueno, eso es lo que me ha asegurado el redactor jefe!

Se levantó. El senador rodeó el escritorio para acompañarlo a la puerta.

François miró el pasillo y eligió el sitio en el que se daría la vuelta: dos metros más adelante, ni muy cerca ni muy lejos de la puerta.

Así pues, se detuvo y adoptó la expresión inquieta de quien acaba de acordarse de algo.

—Quería preguntarle una última cosa, señor senador... ¿tiene usted una cuenta a su nombre en los bancos Godard o Hopkins Brothers?

La reacción del senador fue inmediata: encajó aquella brusca pregunta como si le hubieran dado un bofetón. Su ancho rostro se ensombreció, sus facciones se endurecieron y sus labios se hicieron más finos.

—¿Perdón?

El cerebro del senador analizaba a toda velocidad la situación, la respuesta que debía dar y el incalculable número de consecuencias que conllevaba la simple formulación de esa pregunta.

François la repitió palabra por palabra.

—¡Por supuesto que no! —gritó el senador.

—¿Y nunca la ha tenido?

—Pero, pero... ¿por qué querría usted...?

—Se supone que esas entidades permiten a determinadas personas beneficiarse ampliamente, y sin justificaciones, de un tipo de cambio muy favorable entre la piastra y el franco. Hablando claro: participar en un tráfico de capitales muy provechoso a costa del contribuyente francés.

Negar la mayor es una actitud frecuente entre los poderosos, el equivalente del argumento de autoridad en una conversación.

—No tengo ni he tenido cuenta alguna en ninguna de esas entidades, ni ahora ni nunca, caballero.

Para François, era una victoria.

Mientras bajaba la escalera (Neuville le había cerrado la puerta sin darle la mano), se preguntaba qué hacía el senador con su dinero. ¿Tenía amantes? ¿Vicios ocultos? ¿Jugaba? Tal vez lo empleaba para reflotar las arcas de su partido...

Eufórico, respiraba a pleno pulmón para calmar su ritmo cardiaco, que se había acelerado vertiginosamente.

Volvió a llamar a la oficina del diputado Allard, expuso el tema de su artículo, soltó otra vez el cuento de que necesitaba un experto en la cuestión indochina y solicitó oficialmente una entrevista para el día siguiente, cuando el señor diputado hubiera vuelto a su despacho.

Si aquellos dos se conocían, ¿avisaría Neuville a Allard? Daba igual: de ser así, el diputado tendría que hacer malabarismos para no recibirlo, algo que resultaría tan revelador como una mentira.

La maquinaria estaba en marcha.

François pensó en Étienne como si por fin estuviera en condiciones de pagar la deuda que creía haber contraído con él por no haberlo comprendido nunca.

François había esperado que la muerte de Étienne, el viaje a Beirut para las tristes exequias, el encuentro con los padres y el posterior regreso a París sirvieran para reconstruir un poco la relación con Hélène. Su hermana le había dado las gracias con la mirada cuando su padre les había preguntado cómo iban las cosas en la Escuela de Bellas Artes y él le había mentido diciéndole que todo iba bien, aunque en realidad no sabía si seguía yendo a clase; aunque, de hecho, no sabía nada de su vida porque Hélène se lo ocultaba todo.

Había creído que, tras haberla cubierto delante de su padre, ella le correspondería con su gratitud o al menos con un poco de tranquilidad.

A los dos días de su regreso ya se había desengañado.

Aunque Hélène, agotada por el llanto y la pena, se había mostrado al principio más amable de lo habitual, no había tardado en convertirse de nuevo en la chica hipersensible, excitable y colérica con la que era imposible vivir, y François no sabía a qué achacar ese cambio, excepto al temperamento tempestuoso de su hermana.

Sin embargo, su actitud cuando él le contó que estaba convencido de que Edgar de Neuville era el hombre oculto bajo algunas de las iniciales que le había proporcionado Étienne, y que creía que estaba implicado en aquel asunto de las piastras, volvió a abrir una ventanita de esperanza.

Hélène, por su parte, se había ido a acostar angustiadísima por las noticias del robo en la farmacia de la place des Ternes y sus consecuencias, y había pasado una noche espantosa. Al día siguiente procuró tranquilizarse, ¡después de todo, no tenía nada que ver con aquel asunto! Eso sí: sabía que había sido obra de la banda de Bernard de Jonsac y probablemente debería ir a la policía. Si la interrogaban, aseguraría que no había pensado que Jonsac hablara en serio, ¡decía tantas cosas...!

Intentó pensar en las implicaciones de lo que le había contado François: la posibilidad de que la muerte de Étienne estuviera conectada con aquel escándalo económico. Sin embargo, la portada del *Le Jounal du Soir* la devolvió de golpe a una realidad mucho más concreta, palpable y urgente. Palideció.

¡El jefe de la Banda de las Farmacias, Bernard de Jonsac, delata a sus cómplices!

Pensó que se desmayaría.

Tras un discreto seguimiento que habría durado más de seis meses, y un día después de un robo durante el cual el señor Bouvet, farmacéutico en la place des Ternes, murió asesinado, la Banda de las Farmacias está a punto de ser desarticulada. Bajo el mando de Bernard de Jonsac, antiguo alumno de Bellas Artes y cocainómano probado, esta vasta red es responsable de más de veinticinco robos en farmacias de París y sus alrededores en los últimos dos años. Bien organizada y con una clara división de tareas entre sus miembros (unos investigaban a las posibles víctimas, otros forzaban la puerta mientras otros vigilaban que no apareciera la policía, algunos más transportaban lo robado o lo revendían), la banda habría robado y luego revendido ilegalmente productos valorados en varios millones de francos. Al parecer, sus clientes preferidos eran los drogadictos del barrio de Saint-Germain, donde se ha

*logrado la incautación de una buena cantidad de anfeta-
minas.*

*El jefe de la banda, Bernard de Jonsac, menos teme-
rario ante la policía que ante los escaparates de las farmacias, habría delatado a todos sus cómplices, quienes, como
él, se enfrentan a largas condenas por tráfico de estupefa-
cientes, organización criminal, robo, etcétera. La pasada
noche se llevó a cabo un amplio operativo de busca y cap-
tura que permitió detener a una decena de cómplices, pero
se esperan más detenciones en los próximos días y horas.*

A partir de ese momento la vida de Hélène se convirtió
en una sucesión de sustos y escalofríos. Su primer impulso
fue huir, pero ¿adónde? ¿Y con qué dinero? ¿Pedirle ayuda a
François? ¡Tenía el mismo dinero que ella! Irían a buscarla,
pero ¿por qué no lo habían hecho aún? De todas formas, ¿qué
había hecho ella, en el fondo? ¡Nada! Tendría que haberse encargado de la vigilancia pero, al morir Étienne, se había marchado de París, ¡de modo que no había participado en nada!
¡No tenía nada que reprocharse! Aun así, la policía querría
oírla: tendría que explicarse... ¿Había consumido estupefa-
cientes? ¿Los había comprado? ¿A quién? Descubrirían la
mala reputación que se había creado en el Café de las Artes.
Habría un montón testimonios. Y el propio Jonsac, para salir
del paso, denunciaría a todo el mundo sin distinción. ¿Cómo
puede uno demostrar lo que no ha hecho? ¿Se atrevería Jonsac
a contar lo que ella hacía con él para conseguir pastillas? Lo
considerarían un delito. Estaba aterrada.

Paralizada por el miedo, no salió en todo el día. Miraba
por la ventana cada cinco minutos.

François le hacía preguntas, pero ella las desdeñaba con un
gesto de exasperación.

40

Un asunto muy embarazoso

Jean había estado observando a Geneviève mientras dormía. Aquella inmovilidad mortuoria le parecía la prefiguración de su propio destino. Era noche cerrada y, al amparo de la oscuridad, el descubrimiento de sus huellas en la oficina de Correos de Lamberghem se había convertido en un peso insoportable sobre su pecho. Dio ochenta mil vueltas buscando una postura que aliviara la angustia que lo oprimía; se levantó, volvió a acostarse... Geneviève siguió durmiendo: nada podía turbarla. Y se despertaba igual que se dormía, de golpe; se incorporaba en la cama, apartaba la colcha y se levantaba: el día había empezado.

Jean se levantó antes que ella, al amanecer.

Todavía en pijama, vio salir el sol por la ventana de la cocina. El cielo había adquirido un tono rosáceo con largas estelas blancas y la ciudad empezaba a despertarse: se oía el entrechocar de los cubos de la basura, los autobuses que pasaban por la avenida, los primeros bocinazos de los coches... Y todo eso hacía que Jean se estremeciera y contribuía a agrietar el frágil caparazón con que se enfrentaba a las agresiones externas. La policía tenía sus huellas. «¡Si el asesino estuviera fichado, hace tiempo que le habrían echado el guante!», había asegurado

Geneviève, y tenía razón: después de tres semanas, ¿no deberían haber ido ya a detenerlo?

Si en el futuro se repetía, desgraciadamente, un incidente como el de la oficina de Correos (y Jean estaba sinceramente convencido de que eso no ocurriría), procuraría por todos los medios no dejar huellas.

Pero esas cosas no funcionaban así... ¡esas precauciones las tomaban quienes premeditaban sus actos! Y desde luego, no era su caso: lo suyo era repentino, inmediato, compulsivo; no pensaba en nada, sólo daba rienda suelta a su rabia... ¡Como para ser cuidadoso con las huellas!

En realidad, pensándolo bien, incluso era un milagro que la policía no hubiera encontrado antes sus huellas o cualquier otra cosa. No recordaba con mucha claridad las otras veces: siempre tenía que reflexionar un buen rato para encontrarlas en la memoria porque su mente las ahuyentaba enseguida... Con excepción del caso Lampson, por supuesto, porque todo el mundo a su alrededor hablaba de él, porque François llevaba la batuta periodística y a Geneviève le apasionaba...

—¿No has hecho café?

Su esposa se había levantado y estaba estirando las sábanas.

Oyente fiel de Radio Luxemburgo (no se perdía un episodio de *La Famille Duraton*), Geneviève encendía el aparato en cuanto se despertaba. Tras hacer el café, Jean oyó distraídamente las noticias mientras ella acababa de vestirse. Volvió a la ventana.

Y en ese momento los vio.

La patrulla policial, blanca y negra, se había detenido ante el portón y había estacionado en mitad del paso bloqueando la salida. Tres agentes de uniforme se habían apeado con la porra blanca colgando del cinturón. Se quedó petrificado.

—¿Has oído, Jean? —decía Geneviève a su espalda—. ¡Hay que ver cómo es la gente!

Los agentes habían desaparecido: acababan de entrar en el edificio, subían.

Se agarró al pomo de la ventana, la vista se le nubló, su corazón enloqueció... Se dio la vuelta muy lentamente: creía oír los pasos presurosos de los policías en la escalera. Geneviève, atenta a la radio, se servía café y repetía:

—¡Hay que ver cómo es la gente!

—Genev...

No pudo acabar, dio un paso vacilante y se derrumbó en la silla.

Muy lejos, en el fondo de su cabeza, su mente le susurraba: «A lo mejor no es por ti...»

Pero en la puerta ya habían empezado a sonar golpes imperativos.

—¡Vaya! ¿Quién puede ser? —preguntó Geneviève, que nunca se levantaba para ir a abrir, sino que siempre se lo dejaba a Jean.

Pero él no se veía capaz.

Geneviève lo miró: tenía el rostro descompuesto por la inquietud. Se oyó una voz de hombre:

—¡Policía! ¡Abran!

—Pero bueno, ¿qué demonios es esto?

Abrió la puerta gritando:

—¡Un poco de paciencia, que no somos salvajes!

Los policías no se esperaban algo así.

—¿Es que quieren romper la puerta o qué? ¡Primero se pregunta!

Los dos hombres que estaban frente a ella se miraron desconcertados.

—Buscamos al señor Pelletier, ¿es aquí?

—¿Qué quieren de él?

Geneviève se cruzó de brazos. Estaba claro que la policía tendría que pasar por encima de su cadáver. Los agentes miraban a Jean que, detrás de ella, seguía derrumbado en la silla, mirándolos asustado.

—¿Es usted el señor Pelletier? —aventuró uno de los agentes, que tenía un papel en la mano—. Es una orden de comparecencia: tengo que pedirle que nos acompañe de inmediato.

—¿Por qué motivo? —preguntó Geneviève, que seguía bloqueándoles el paso y sujetando la puerta, lista para cerrársela en las narices.

—No lo sabemos... Mire, señora, nosotros sólo tenemos orden de llevarnos al caballero.

—¡Pero bueno! ¡Esto es increíble! ¿Se llevan a la gente sin saber por qué? ¡¿En qué país vivimos?!

—Mire, señora, lo mejor será dejarnos de historias...

—¿Ah, sí?

La situación empezaba a ponerse fea. De pronto se oyó la débil voz de Jean:

—Ya voy —murmuró.

Temblando, dejó su taza vacía en la mesa y se incorporó. Ese movimiento creó una especie de distensión; los agentes se miraron, satisfechos del nuevo giro de los acontecimientos.

—Muy bien —dijo Geneviève—. ¡Siendo así, iremos con ustedes!

Jean se había puesto la chaqueta y se acercaba.

—Esto... no, señora —dijo el policía—. El único que debe acompañarnos a la comisaría es el caballero, usted no está...

—¿No estoy qué?

Todos los presentes pensaron que el agente acababa de echar otra moneda en la máquina. Geneviève ya había vuelto a cruzarse de brazos con un pie ligeramente adelantado. A Jean, la palabra «comisaría» le había provocado una descarga nerviosa; la sangre se le heló en las venas, cogió una silla y volvió a sentarse con el rostro demudado.

—Vamos a ayudarlo, caballero —dijo el agente al mando.

Consiguieron rodear a Geneviève, entrar en la vivienda y levantar a Jean agarrándolo por las axilas. Le pusieron la orden delante de la cara.

—¿Qué comisaría, para empezar? —preguntó Geneviève con su voz de falsete.

—La del decimonoveno distrito, en la rue Augustin-Thierry.

—¡Exijo acompañar a mi marido! —Geneviève se había puesto en medio y, con absoluta contundencia, declaró—: ¡Soy su mujer ante Dios!

Era un argumento inesperado.

Los agentes se miraron. No obstante, cuando avanzaron hacia la puerta, Geneviève se apartó.

—¡Pienso presentar una queja!

Jean, con los hombros caídos, el paso lento y el corazón en la boca, inició el lento descenso hacia el patio. Por el camino, los vecinos iban entreabriendo las puertas; se veían caras, miradas; luego volvían a cerrar silenciosamente.

Arriba, Geneviève seguía amenazando:

—¡Me quejaré! ¡Los degradarán!

Una vez en el patio, los agentes ayudaron a Jean a meterse en el coche.

Y sin explicación lógica, porque el patio estaba despejado y la circulación en la avenida era fluida, el conductor creyó necesario arrancar accionando la sirena.

Jean recibió ese nuevo golpe como un clavo en el corazón.

No quedaba ni café ni pan en la alacena. Nadie hacía la compra, ni François, muy atareado con el comienzo de su investigación, ni Hélène, perturbada por aquellos artículos periodísticos y por la amenaza de que Jonsac... en fin, prefería no pensar en ello.

François llamó discretamente y oyó un «sí» apagado que sin duda llegaba de debajo de las mantas. Se decidió a abrir la puerta y su hermana emergió de entre las sábanas:

—¿Qué pasa, qué hora es?

—Voy a desayunar abajo, aquí no tenemos nada. Si quieres venir...

En el mes y medio que llevaban viviendo juntos, había intentado veinte veces la misma maniobra que siempre se saldaba con un rechazo. Para su sorpresa, Hélène aceptó. Se sentía muy débil y nerviosa, necesitaba compañía.

—Dame un par de minutos.

Tardó diez. François hervía de impaciencia no porque lo irritara esperar, sino porque tenía un largo día de trabajo por delante y estaba lleno de ideas. Experimentaba la excitación típica del periodista que tiene ante sí un tema prometedor. Hélène salió de la habitación; nada la favorecía más que la falta de arreglo, François lo constató dolorosamente: la veía tan joven y tan frágil...

—Venga, vamos —le dijo.

Se sentaron en la primera sala del Petit Albert.

Allí era donde habían hecho un alto el día que ella había llegado a París. No era un buen recuerdo. Hélène pensó en el camino recorrido desde entonces: era una cuesta empinada por la que había bajado rápidamente y que no sabía cómo remontar.

François, por otro lado, dudaba de si hablarle de su investigación. En parte, por superstición: por el temor a que eso le trajera mala suerte, pero además porque Hélène se sulfuraba enseguida... Como era algo que afectaba a Étienne, su hermana empezaría a agobiarlo con su impaciencia...

No, hablaría con ella cuando el asunto hubiera avanzado un poco, cuando hubiera ido a ver a Denissov y éste le hubiera dado luz verde... En su opinión, el encuentro con el diputado Félix Allard pondría en marcha la investigación porque, en fin...

—¿Señorita Pelletier?

François no había visto acercarse a aquellos dos hombres muy parecidos entre sí y con impermeables. Policías.

Estaba a punto de levantarse cuando vio la cara de Hélène. Al instante comprendió que su hermana se había metido en un lío.

—Sí —respondió ella mirando al suelo.

—Tengo que pedirle que nos acompañe.

—Pero ¿qué es lo que...? —François no acabó la frase: su hermana se había vuelto hacia él llorando. Era muy triste.

Hélène se levantó, ni ella misma supo de dónde había sacado las fuerzas.

—¡Eh, un momento! —exclamó François cuando vio que la esposaban.

Su hermana no había hecho un solo gesto para resistirse, eso equivalía a una confesión, pero ¿de qué?

—Hélène, ¿qué está pasando?

Mientras se alejaba hacia la puerta, se volvió hacia él. Su desamparo era absoluto. En unos segundos desapareció en el interior de un coche de incógnito aparcado delante del café y que arrancó de inmediato. Se quedó petrificado.

¿Era grave? ¿Qué iba a decirles a sus padres?

—¿Qué gilipollez habrá hecho?

Era Jean-Claude, el camarero. No se dirigía a él: estaba mirando la puerta vidriera por la que había salido Hélène. Era una reflexión expresada en voz alta.

¿Adónde la llevarían? Ni siquiera se lo había preguntado a los agentes.

Tenía que ir al *Journal*: los confidentes no tardarían en notificarles la detención de una joven y allí podría enterarse de la comisaría a la que la habían llevado... Le pediría a Denissov la dirección de un buen abogado defensor. Tenía el corazón en un puño, ¿qué gilipollez habría hecho su hermana?

No estaban en la comisaría del decimonoveno distrito, aquello parecía el departamento de la policía judicial... Jean no se había fijado: lo habían metido en un edificio, habían subido dos pisos, habían recorrido un pasillo con salas a ambos lados pero muy poca gente, sólo bancos vacíos a lo largo de la pared.

—Siéntese aquí —le habían ordenado.

Después, nada más. No pasaba casi nadie: sólo había visto a una mujer con una carpeta bajo el brazo, a dos hombres hablando en voz baja que ni siquiera lo habían mirado... Se preguntó si podría huir. Se levantaría, caminaría tranquilamente hasta el final del pasillo, bajaría la escalera... si lo paraban, diría que estaba buscando el lavabo y, si llegaba abajo, entonces... entonces nada. ¿Adónde iría? ¿Con qué dinero?

No llevaba el reloj ni tenía modo de saber la hora. Le daba la sensación de que llevaba horas allí.

Lo que no entendía era cómo habían encontrado sus huellas. Tenía que haber una explicación, no te detienen si no saben lo que has hecho...

La idea se le ocurrió de pronto.

¿Y si estaba allí por la chica anterior?

Reflexionó un instante. No, la actriz no... la de antes... la del restaurante de aquel pueblo. Pero de eso hacía tanto tiempo... no, era imposible...

Entonces, la actriz.

No podía ser otra cosa.

La policía lo había citado dos veces, para la reconstrucción en el cine y luego cuando aquella buena mujer había creído reconocer a un hombre al salir de los aseos.

¿Qué había averiguado la policía que no supiera entonces?

François no había tenido tiempo de subir a la redacción, lo habían cazado justo en la entrada.

Una detención fulminante: parecía un secuestro.

Ni siquiera le habían preguntado el nombre, unas manos lo habían sujetado por las axilas y antes de que pudiera reaccionar ya lo estaban empujando al interior de un coche. Se golpeó la cabeza en el montante, pero no se hizo daño. Aún no se había repuesto de la sorpresa y ya tenía las muñecas esposadas y estaba sentado en el asiento trasero entre dos hombres anchos de espaldas que miraban al frente. Los que iban delante parecían gemelos.

Era inútil hacer preguntas: no era un secuestro, sino un arresto sin duda relacionado con el de Hélène, hacía apenas una hora. Si lo habían detenido a él también de esa manera fulminante no podía tratarse de un asunto menor. «Soy periodista», se repetía, pero no tenía suficiente experiencia para saber hacer valer esa condición, ni siquiera de qué lo protegería.

Sólo pensaba en una cosa: exigir que le dejaran hacer una llamada y hablar con Denissov.

Él sabría qué hacer.

Circulaban por los bulevares exteriores. Nadie había abierto la boca desde que se habían puesto en marcha. A la altura del bulevar Mortier, el vehículo giró bruscamente hacia la acera y cruzó un portón. Entraron en un patio inmenso y se detuvieron delante de una puerta de dos hojas. Cuando lo hicieron bajar, estuvo a punto de perder el equilibrio por culpa de las esposas: no podía agarrarse a ningún sitio. Entraron en el edificio, le quitaron las esposas y, extrañamente, desaparecieron.

Se quedó solo en un pequeño vestíbulo, totalmente desorientado.

¿Sería que podía irse?

No había nadie. Se dio la vuelta. Oyó el coche que lo había llevado hasta allí arrancar y salir del patio.

Se volvió a derecha e izquierda frotándose las muñecas, era una situación desconcertante.

—Hacen daño las cabronas esposas, ¿eh?

Era un hombre de unos cuarenta años con un traje de color antracita, bastante elegante y muy sonriente. Se dirigía a él como si fuera su amigo. Le puso la mano en el hombro y lo invitó a seguirlo. Hablaba con naturalidad y con voz clara:

—Tendremos que subir andando: nunca ha habido dinero para un ascensor...

Subieron por unos escalones de piedra desgastados en el centro y llegaron a un largo pasillo.

—Me llamo Lagrange.

No lo había dicho a modo de presentación, sino como un detalle pintoresco. Parecía un tipo bastante cordial.

Abrió la puerta de un despacho bastante pequeño cuyas paredes estaban cubiertas de estanterías y dosieres. Parecía un archivo. Dentro había otro hombre, también trajeado, muy ancho de hombros, con un rostro plano y unos ojos saltones que parecían completamente inmóviles. Si no hubiera parpadeado, François lo habría tomado por una figura del museo de cera.

—Éste es mi compañero Arnould.

Allí no se estilaba estrechar la mano.

—¿Puedo saber...? —empezó a decir François con una voz que pretendía ser firme.

No le dio tiempo a seguir: Lagrange ya había abierto una puerta que daba a un enorme despacho con dos mesas.

Allí, de pie uno al lado del otro, estaban Jean y Hélène, a cuál más pálido. Detrás de ellos había un hombre que desapareció de inmediato a una señal de Lagrange. El que respondía al nombre de Arnould se situó al fondo del despacho con las manos sobriamente cruzadas.

—No hacen falta presentaciones —dijo al fin Lagrange con una amplia sonrisa—. Bueno, creo que podemos empezar, ¿no les parece?

Le señaló un sillón a Hélène, pero él permaneció de pie.

—Señor Pelletier, usted nos plantea un problemilla... —comentó cuando François se disponía a sentarse.

—¿Quién es usted?

Lagrange se volvió hacia su compañero como si hubiera previsto la pregunta y hubiera ganado una apuesta. En lugar de responder, desarrolló su idea:

—Ha metido usted las narices en un asunto delicado y estamos aquí para disuadirlo de seguir por ese camino.

Hélène y Jean se volvieron al unísono hacia François: «Así que se trataba de eso...»

—¿Étienne? —preguntó Hélène.

—¿Qué asunto? —quiso saber Jean.

Eran preguntas, sí, pero los tres tenían motivos para sentirse súbitamente aliviados.

Jean porque su miedo a que lo hubieran descubierto parecía injustificado; Hélène, porque no la habían detenido por el asunto de la farmacia y François, porque tenía la confirmación de que iba por buen camino.

Lagrange seguía sonriendo.

—El señor Pelletier sabe muy bien de qué hablo, ¿no es así?

François sonrió a su vez.

—Soy periodista. Tengo derecho a realizar una investigación y usted no puede impedirlo.

Lagrange hizo una mueca para mostrar su incomodidad.

—Sobre el papel tiene razón, pero...

—¿De qué está hablando? —preguntó Jean.

—... creo que usted mismo detendrá esas pesquisas.

—No veo cómo podría obligarme a hacerlo...

Lagrange los miró a los tres, uno tras otro, y le hizo un gesto con la cabeza a Arnould, que abandonó el despacho en silencio.

Lagrange rodeó el escritorio y se sentó frente a ellos. Su sonrisa se había esfumado, de pronto estaba muy serio.

—Acabamos de... —consultó rápidamente su reloj—. Hace ya tres horas, hemos procedido a detener a su padre y a su madre. En estos momentos viajan hacia Francia en aplicación de los acuerdos de extradición que tenemos con el Líbano y, teniendo en cuenta el abultado pasado criminal de sus padres, señor Pelletier, si insiste usted en investigar, ambos se enfrentarán a la guillotina.

François se echó a reír.

—Pero ¿de qué está hablando?

Los tres hermanos se miraron, impresionados por aquella noticia. ¿Era posible que hubieran detenido a sus padres? ¿De verdad estarían de camino a Francia?

—¿A quién se refiere usted?

Era Jean quien había hecho la pregunta pertinente. Porque los tres daban por sentado que se había producido un error, pero no sabían qué hacer para aclararlo.

En ese momento Arnould volvió a entrar y le dijo algo al oído a su compañero.

—Me confirman que el señor Maillard y su esposa, o sea, sus padres, viajan en avión con destino a París —les comunicó Lagrange.

—¡Ah, Maillard! —exclamó François, aliviado—. ¡Nosotros nos apellidamos Pelletier! ¡Se han equivocado ustedes!

Hélène y Jean estaban igual de aliviados. Los tres volvieron a respirar, lo único que querían era que el asunto se aclarara y que los dejaran salir de allí.

De todas formas, a François le parecía extraño que aquellos hombres supieran perfectamente cómo se llamaba cada una de las tres personas sentadas en aquel despacho y, sin embargo, hubieran cometido aquel error.

Aquello era absurdo.

—¿Has oído eso, Arnould? Dicen que nos hemos equivocado...

El hombre ancho de espaldas había regresado a su sitio. François se volvió hacia él: estaba allí plantado, con las manos cruzadas por delante. Con aquella cara chata y aquellos ojos saltones, parecía más un guardia de seguridad apostado a la salida de un salón de baile.

—Es posible —respondió escuetamente Arnould.

Preocupado, Lagrange cogió una carpeta en la que nadie había reparado.

—¡Vaya, hombre! Ésta sí que es buena... —Buscó en el bolsillo superior de su chaqueta—. La vejez, ya saben... —Se disculpó calándose unas gafas con una gruesa montura de carey—. Bueno, vamos a comprobar todo eso y, si nos hemos equivocado, rectificaremos, ¿verdad, Arnould?

—Por supuesto.

Lagrange volvía a estar muy sonriente.

—Bueno, vamos a ver... empezaremos por usted. —Alzó la cabeza hacia Jean, que sintió un escalofrío correr a lo largo de su espalda—. Se llama usted Jean Albert Gustave Pelletier, nacido el 11 de febrero de 1921 en Beirut. Es usted licenciado en Química, se casó con la señorita Geneviève Cécile Henriette Cholet el 26 de abril de 1943 en Beirut y fue director general de la Casa Pelletier...

Cada vez que se interrumpía se quitaba las gafas y apoyaba los antebrazos en el escritorio, como si esperara el postre.

—Bueno, parece que como amo del cotarro no se lució mucho, ¿no? —Hizo una pequeña mueca como si eso lo apenara—. En fin... —dijo volviéndose a poner las gafas—. Hasta hace poco trabajaba usted como viajante para la empresa de tejidos Guénot, pero lo dejó para montar un negocio de ropa blanca con su señora: una tienda llamada Dixie... —Volvió a quitarse las gafas—. Por cierto, ¿Dixie acaba en «y» o en «ie»?

—Mmm... en «ie».

—¡¿Qué te había dicho, Arnould?! ¡Dixie va con «ie», como el estilo musical!

—Lo corregiremos.

—¡Eso espero! Entonces, aparte de ese pequeño detalle, ¿estamos de acuerdo?

Jean se limitó a asentir.

—Bien... —Sin dejar de sonreír, Lagrange se volvió hacia François—. Según la información que tenemos... y digo «según la información que tenemos» porque igual estamos totalmente equivocados, ¿eh, Arnould?

—Es posible.

—Usted es François René... ¡como Chateaubriand! Igual lo de la pluma, lo de escribir, el periodismo, le viene de ahí, ¿no? Vaya, digo yo... Pues eso: François René Auguste Pelletier, nacido el 14 de junio de 1923. Bachiller. El 13 de mayo de 1941 se alistó en la 1.ª División Ligera de la Francia Libre a las órdenes del general Legentilhomme. Participó en la Batalla del Levante... —Se quitó las gafas—. Qué cosas, ¿eh?

Franceses luchando contra franceses... ¡qué triste, Dios mío! Bueno, ¿por dónde iba?

—Legentilhomme —dijo una voz.

—Exacto, gracias, Arnould. En la actualidad trabaja usted para *Le Journal du Soir* como reportero...

—Periodista —lo corrigió François.

—¿Ah, sí? Ya lo has oído, Arnould. El caballero dice que no es reportero, sino periodista.

—Lo corregiremos.

—¡Eso espero, porque no es lo mismo reportero que periodista! Acuérdate, Arnould. Trabaja usted en la sección de sucesos a las órdenes de Stanislas Malevitz. Oiga, por cierto, el viejo Stan y Arthur Baron, ¿siguen llevándose a matar? Imagino que Denissov, que cambia de opinión como de camisa, no habrá hecho nada para arreglar las cosas...

—¿Cómo sabe usted todo eso?

—Usted se dedica a la información y nosotros a la inteligencia; hacemos casi el mismo trabajo, así que tenemos la misma regla: mantener en secreto nuestras fuentes. —Volvió a concentrarse en la carpeta—. Bueno, ha llegado su turno, señorita. Se llama usted Hélène Pauline Gertrude Pelletier, nació el 23 de abril de 1930 en Beirut. Es bachiller y alumna de la Escuela de Bellas Artes de París... Bueno, tampoco se la ve mucho por allí, ¿no? Diría que no le gusta tanto como esperaba... Por eso... en fin, no hablaré de sus amistades, aunque si quiere mi opinión debería elegirlas con más cuidado, usted ya me entiende... —Iba a cerrar la carpeta, pero cambió de opinión—. Por supuesto, queda el gran ausente, el pobre Étienne Pelletier, fallecido el pasado 25 de octubre en Indochina. Que Dios lo tenga en su gloria.

Los tres hermanos estaban estupefactos. François fue el primero en recuperar un poco la calma.

—Bueno, entonces, ¿qué es ese asunto de los Magnard?

—Magnard no: Maillard. ¿No se lo ha contado su padre? —Los tres volvieron a mirarse—. ¿Has oído, Arnould? No les ha contado nada.

—Qué pena.

—Bien, pues lo vamos a remediar. Yo les contaré la historia. Su padre se llama en realidad Albert Maillard, luchó con valentía en la guerra del catorce, pero luego tuvo algunos problemillas para... readaptarse. Así que se le ocurrió algo muy ingenioso: empezó a vender monumentos funerarios por catálogo. A cambio de un elevado anticipo hacía un descuento muy atractivo sobre el precio de venta. Vendió centenares de monumentos a ayuntamientos, asociaciones, colegios, instituciones... y el 14 de julio de 1920... puso pies en polvorosa con las ganancias acompañado de su amiguita de aquel entonces, la señorita Pauline Maudet. Viajaron al Líbano bajo el apellido Évrard y allí adoptaron una nueva identidad: Pelletier. Y con el dinero de la estafa compraron una jabonería, el resto ya lo saben.

La revelación dejó anonadados a los tres hermanos, que no conseguían reponerse de la impresión: les estaban contando una historia que no tenía nada que ver con la que ellos conocían ni con los padres que los habían criado.

—Si lo que dice es cierto, ¿por qué no los detuvieron? —preguntó François.

Lagrange se inclinó hacia él por encima de la mesa, como si fuera a hacerle una confidencia, y bajó la voz.

—Era un asunto muy embarazoso, ¿sabe? Esa estafa se cobró muchas víctimas, los ánimos estaban muy alterados. Traer de vuelta a los culpables suponía reabrir heridas; el país tenía otras preocupaciones... y, para serle sincero, el gobierno de la época no las tenía todas consigo porque todo el mundo se habría hecho la misma pregunta: ¿cómo era posible que nadie lo hubiera visto venir, que nadie hubiera hecho nada para evitar ese timo... monumental, si me permite el juego de palabras?

Poco a poco aquella historia, inverosímil hacía apenas unos minutos, empezaba a cobrar fuerza, a volverse creíble...

—Pero ustedes sabían que estaban en el Líbano...

A François se le hacía cuesta arriba imaginarse a sus padres como estafadores.

—Desde luego que sí: nunca los perdimos de vista y nos felicitamos por esa precaución porque esa información nos será de mucha ayuda ahora.

—¿Para qué?

—Para hacerlo entrar en razón, señor Pelletier. Lo siento en el alma, pero va a tener que elegir entre su investigación sobre ese asunto de la piastra; que, dicho sea de paso, no le interesará a nadie; y la libertad de sus queridos padres.

—¿Dice usted que fue en 1920?

Lo había preguntado Jean, del que nadie se acordaba, como de costumbre.

—Sí, huyeron el 14 de julio. Tenían un gran sentido de la oportunidad.

—Entonces, todo eso ha prescrito.

Lagrange abrió la boca, pero se quedó mudo. Alzó los ojos hacia su compañero.

—¿Has oído eso, Arnould?

—Lo he oído.

—Entonces sólo puedo decir... ¡bravo, señor Pelletier! ¡Bravo! ¡Tiene usted razón, ha prescrito!

—Así que no sé qué hacemos aquí... —repuso Jean.

—A decir verdad, no lo habíamos pasado por alto, de modo que hemos tenido que cambiar de estrategia. Y vaya, tengo la sensación de que, al final, la prescripción no es un problema tan grande porque se nos ha ocurrido algo mejor, ¿verdad, Arnould?

—Mucho mejor.

—Vamos a exponer ante la opinión pública... ¡a toda la familia Pelletier! Una magnífica campaña de prensa, ¡a usted le va a encantar, François! Empezaremos contando la historia de su padre y confirmando que su delito ha prescrito y que, por tanto, está a salvo de cualquier acción de la justicia. Al gran público le sentará fatal. En un juicio, siempre puedes tomar partido por el acusado, pero la gente odia la impunidad. Pondremos a la familia Pelletier en la picota. La jabonería de su padre llevará la etiqueta «fundada por un especulador de guerra», no volverá a recibir un solo pedido y tampoco podrá vender su negocio: su empresa estará maldita, será como la casa de un ahorcado que nadie quiere comprar. A usted, François, lo echarán del periódico por presiones políticas; quedará marcado a fuego. Si acaso encuentra trabajo, será en algún periodicucho de provincias y, cuando cumpla los cincuenta, seguirá encargándose de las gacetillas. Usted, Hélène, estará condenada a chupársela a todos los Bernard de Jonsac que se crucen en su camino, y en cuanto a usted, Jean, su tienda no venderá ni un calzoncillo: la familia Pelletier se hundirá en la miseria, empezando por los padres y acabando por los hijos.

En la mente de los tres hermanos resonaban determinadas palabras.

«¿Ha dicho "chupársela"?», se preguntaba François. ¿Había oído bien?

Jean, aliviado en un primer momento al saber que no estaba allí por el asunto de sus huellas, veía hundirse la tienda en la que había cifrado sus esperanzas de triunfar. ¿Cómo reaccionaría Geneviève?

—¡Ustedes mataron a Étienne! —gritó de pronto Hélène.

—Ni mucho menos, señorita. No es el estilo de la casa, ¿verdad, Arnould?

—No, desde luego.

—Para serle sincero, señorita, nuestros compañeros de Indochina no nos habían transmitido información sobre su hermano: no estábamos al corriente de sus actividades.

—¿Qué quieren ustedes? —preguntó François.

—Queremos silencio, señor Pelletier: su silencio. Tire todas sus notas a la papelera y vuelva a ocuparse de los robos de bicicletas. Si no lo hace, si intenta ser más listo que nosotros o trata de confiar el asunto a otra persona, en resumen, si vuelve a meter las narices en esto una sola vez, una sola, sacamos la artillería y mandamos a todos los Pelletier al infierno, padres e hijos.

Hélène y Jean se volvieron hacia su hermano.

—¡Dejad de mirarme así! —les gritó François.

Lagrange se limitó a cerrar la carpeta y a recostarse en la silla para esperar tranquilamente el veredicto, del que no tenía ninguna duda.

—¿Dice usted que han detenido a nuestros padres? —preguntó Hélène.

—Era una forma de hablar, señorita. Gracias por ofrecerme la oportunidad de rectificar. Hablando con propiedad, no están detenidos: se los ha instado con vehemencia a venir a París.

—¿Para...?

—Verá, señorita Hélène, los padres suelen dar buenos consejos, aunque sean ladrones. Hemos pensado que sin duda su padre ayudará a su hermano a tomar la decisión correcta.

—Y hasta que lleguen, ¿somos prisioneros?

—¡Prisioneros! ¿Has oído eso, Arnould?

—Lo he oído.

—Pues claro que no, en absoluto. ¡Qué cosas se le ocurren! Sus padres llegarán a última hora de la tarde para que puedan charlar y decidir como adultos. Entretanto usted, señor Pelletier, no mueva ni una pestaña. Será una especie de moratoria: usted se abstiene de hacer tonterías que podría lamentar y, por nuestra parte, nosotros cargamos los cañones, pero no encendemos la mecha. ¿Estamos de acuerdo?

François asintió. «Estamos de acuerdo.»

41

Sin falta

Estaban en Chez Luigi, un restaurante italiano de la rue La-marck en el que hacían una pasta riquísima, pero que, ade-más, disponía de una segunda sala donde uno podía hablar sin miedo a que lo oyeran otros clientes porque las mesas estaban bastante separadas («¡Caramba, señor Pelletier! —ha-bía exclamado Luigi—. ¡Dichosos los ojos!», pero era lo que le decía a cualquier cliente al que no hubiera visto por ahí en una semana).

Nadie tenía ganas de bromear. Más bien, había leído la carta con circunspección porque sabían que aquella comida iba a estar plagada de malas caras.

Angèle parecía exhausta: Étienne no llevaba ni quince días muerto y era evidente que seguía llorándolo, y ahora aquel viaje obligado a París, y remover todas esas viejas historias... Estaba callada, reconcentrada, preocupada. Hacía casi treinta años que se habían instalado en Beirut y había acabado cre-yendo que no tendría que dar explicaciones, de hecho; ya casi no pensaba en aquello y de pronto el pasado regresaba con aquel olor a podrido... A decir verdad, estaba avergonzada: aquello no era una simple mesa de restaurante, era el banqui-llo de los acusados. Tener que explicarse ante sus hijos la acongojaba. Louis comentaba la carta y hacía recomendaciones que ninguno de ellos escuchaba; François estaba colérico, Hélène furiosa, Jean agobiado. En cuanto a Geneviève, su marido no había querido explicarle nada: «Ya te enterarás esta noche», le había dicho, y estaba molesta, se notaba en su rigidez. Presidía la mesa, como siempre, pero con los labios fruncidos, como una reina ofendida.

Impresionada por el silencio y las caras serias de los comensales, la camarera tomó nota como se la habría tomado a un grupo en el que todo el mundo se hubiera peleado poco después de llegar. Nadie sabía cómo se desarrollaría la conversación ni quién la iniciaría. Fue Louis: apenas les sirvieron el vino mientras esperaban los entrantes, François hizo amago de querer decir algo, pero su padre ya había dejado la copa en la mesa y se había lanzado:

—Mi verdadero nombre es Albert Maillard, y el de vuestra madre Pauline Maudet. Llegamos a Beirut en 1920 utilizando el apellido Évrard. Allí compramos documentación a nombre de Pelletier: nos costó veinticuatro mil francos.

—¡Por Dios, Louis! —exclamó Angèle, que encontraba esos detalles sumamente vulgares.

Reinaba un silencio extraño. No era un agente de los servicios de información quien les largaba aquel relato delirante amenazándolos con la ira de la justicia, sino su padre, y estaba contándoles sus orígenes, su historia común. Todos escuchaban y veían avanzar una narración que, viniendo de cualquier otro, no se habrían creído, una narración protagonizada por personajes cuyos rostros conocían, pero cuyos papeles ignoraban.

El más secretamente satisfecho era, sin duda, Jean: su padre exponía ante los ojos de todos un asunto vergonzoso, era su turno, qué bien le sentaba oír todo aquello.

—Cuando volví del frente... gracias, señorita —Angèle posó la mano en su antebrazo: notaba que su marido despachaba las copas de vino blanco a una velocidad que no era normal—, fue muy duro porque no había sitio para nosotros. Habíamos ganado aquella guerra en la que nos habíamos dejado la salud, la juventud, a nuestros camaradas, y al volver era imposible encontrar trabajo, simplemente no lo había. Ni siquiera nos pagaban las pensiones. Yo tenía otro soldado a mi cargo: eran dos bocas que alimentar. Vivíamos en un pequeño alojamiento en el pasaje...

—¡Aligera, Louis! —exclamó Angèle—. A este paso, mañana aún estaremos aquí.

—Sí, tienes razón.

—Bien, pues mi camarada y yo nos metimos en un negocio... En esa época había más dinero para los monumentos que para los ex combatientes... Total, que los ayuntamientos los compraban ya hechos; prefabricados, como si dijéramos. Así que imprimimos un catálogo con diseños de monumentos. Los había para todos los bolsillos, vendimos muchísimos, pero en vez de fabricarlos y entregarlos... nos largamos con el dinero, ni más ni menos.

Louis vació la copa.

—¿Cuánto dinero...? —preguntó Geneviève con los ojos brillantes—. ¿Cuánto dinero...?

Louis se volvió hacia su mujer, que le respondió con una mirada. «Ya puestos...»

—En francos de hoy, diría que... unos treinta millones.

Todos se quedaron estupefactos.

Ninguno de los presentes había tenido la sensación de vivir en una familia rica: el nivel de vida de los Pelletier era el de la alta burguesía, nada más.

Abandonando su actitud altiva, Geneviève había apoyado la barbilla en la palma de la mano y se comía a su suegro con los ojos. «¡Qué hombre, pero qué hombre!», parecía decir.

—Con eso compramos la jabonería... El resto ya lo sabéis.

Louis les habló del éxito de la empresa, de las sucursales en Trípoli, Alepo, Damasco... El capital de partida debía de haberse multiplicado, todos trataban de comprender dónde estaba todo ese dinero... ¿Había una fortuna escondida en algún sitio?

Angèle se inclinó hacia su marido y le dijo algo al oído.

—Sí, por supuesto... La jabonería marchó bien desde el principio, así que en 1922 creé la Federación de Antiguos Combatientes en el Extranjero para reagrupar a todos los camaradas que vivían fuera de Francia, y os aseguro que era mucha gente. Gente que estaba con la mierda hasta el...

—¡Louis! —exclamó Angèle—. Por favor...

—¡En tan mala situación como los demás! La Federación sirvió para pagar operaciones quirúrgicas y los alquileres de los más necesitados, y para crear un fondo de pensiones que aún sigue pagando la jubilación de los que ya son ancianos... El dinero procedía de distintas fuentes, pero, como a nosotros nos iba bien, durante mucho tiempo fuimos los principales donantes, ¿eh, Angèle? En veinte años donamos casi el triple de lo que habíamos ganado...

—¡Robado! —farfulló Jean sin levantar la cabeza del plato.

—¡Pero bueno, Jean! —exclamó Geneviève—. ¿No te acaban de decir que lo devolvieron?

—El Gordito tiene razón —dijo Angèle—. Eso no quita que fuera un robo: las cosas no son tan sencillas.

—Vale —gruñó Geneviève—, pero no es lo mismo devolverlo que no.

Nadie sabía qué más decir. Lo que había quedado de la fortuna inicial era lo que siempre habían visto, el círculo se había cerrado.

Jean estaba decepcionado: su padre volvía a ser un gran hombre y él, el cero a la izquierda de siempre. Por un instante se preguntó si la maldición que pesaba sobre su vida no sería el castigo por los pecados de su progenitor.

—Según mi experiencia —añadió Louis—, los ex combatientes preferían subsidios a monumentos, pero en fin: es sólo una opinión... —Volvió a vaciar la copa—. Y ésa es la historia... —añadió dejándola en la mesa.

Hubo un largo silencio.

—Pero entonces... —Era Jean, que, con los ojos clavados en el mantel, parecía enfrascado en una ardua reflexión. Miró a su padre—. Entonces, la historia de los Pelletier, lo del mariscal Ney y demás...

Louis se volvió hacia su mujer, que hizo un pequeño gesto. «Apáñatelas tú, ya te había avisado.»

—Pues esa historia es verdad... y no. Bueno, nosotros somos Pelletier recientes, si te refieres a eso. ¡Pero Pelletier es un apellido corriente! ¡Muy corriente, diría yo! Apuesto a que alrededor de Napoleón había unos cuantos... De todas formas, lo que os contamos...

—¡Lo que tú les contaste! —puntualizó Angèle.

—Sí, como quieras. Lo que os conté es en gran parte verdad.

Se ventiló otra copa. Viéndolo, parecía que estaba todo dicho, y sin embargo...

—Desde el punto de vista legal, el asunto ha prescrito —dijo François—, pero nos amenazan con desacreditarnos, ¡esto no acaba aquí!

—¡No, no! —respondió Louis negando con la cabeza—. Mañana iré a ver a Andrieu, lo solucionaremos.

—¿Andrieu? ¿Robert Andrieu?

—Sí, tengo una cita con él, todo se arreglará.

Una vez más, todo el mundo estaba estupefacto. Robert Andrieu, alto funcionario, había dirigido varias administraciones y, en esos momentos, era prefecto de la policía de París.

—¿Lo conoces?

—Bastante, sí. Cuando creé la Federación, Robert fue uno de los fundadores. En esa época estaba destinado en Djedda.

—En El Cairo —dijo Angèle.

—Sí, tienes razón, en El Cairo.

—¿Y conoces a más gente? —preguntó Hélène.

Era la primera vez que hablaba, su voz tenía un aire de recelo.

—¿Qué quieres decir?

—Me refiero a gente importante, ¿conoces a más?

—Verás, entre los ex combatientes siempre hay una especie de solidaridad... La mayoría de los que han ocupado cargos o se han ido a vivir al extranjero pertenecen a la Federación, y no son pocos, ¿comprendes?

—No muy bien.

—Quiero decir que conozco a un montón de gente...

Nadie comprendía la lucha soterrada que enfrentaba a padre e hija. Ella lo miraba con una severidad aún mayor que cuando les había contado sus hazañas de la posguerra.

—¿Conoces a alguien en Bellas Artes?

No era una pregunta. Louis se volvió hacia su mujer en busca de apoyo, pero Angèle estaba pensando en otra cosa.

—Bueno, de hecho...

—¿A quién conoces? —insistió Hélène en tono cortante.

—Te vas a reír...

—Lo dudo mucho.

—A Alain de Breuille, el director. Es un camarada: estuvimos juntos en el Somme. Nos perdimos de vista, pero volvimos a coincidir en la Federación cuando lo destinaron a...

—Varsovia —dijo Angèle.

—Sí, eso es. Cuando hablaste de matricularte en Bellas Artes, lo llamé por teléfono, y como la matrícula estaba cerrada se le ocurrió desempolvar un viejo artículo del reglamento, ¿comprendes?

Hélène asentía con firmeza. «Sí, perfectamente.» Así que le debía a su padre el «milagro» de que la admitieran en Bellas Artes sin examen, en calidad de jodida oyente. Ya no tenía importancia porque la escuela le había resultado odiosa y había terminado huyendo, pero aun así le molestaba que su padre se hubiera metido en su vida. ¿Por qué siempre tenía que...?

La rabia la hizo apartar el plato con un gesto brusco, pero volvió a la carga de inmediato:

—¿Y Étienne? ¿También fuiste tú?

Angèle empezó a llorar en silencio. Hélène lamentó haber ido tan lejos, sobre todo porque quien respondió no fue su padre, sino su madre.

—Fui yo —dijo Angèle entre sollozos—, fui yo quien le pedí a vuestro padre que interviniera para que lo contrataran en Saigón: ¡Étienne tenía tantas ganas de reunirse con Raymond!

Hélène se levantó y rodeó a su madre con los brazos.

François pensaba en todo lo que perdía con aquel asunto, Jean recordaba su llegada a París a finales del año anterior y el empleo que le había conseguido su padre en la empresa del señor Couderc.

—¿Qué vamos a hacer ahora? —preguntó François.

Louis había cogido la carta de los postres.

—Iré a ver a Andrieu y luego volveremos a hablar, ¿os parece?

Andrieu abrió los brazos en cuanto vio a Louis y, mientras se abrazaban, murmuró:

—Siento mucho lo de tu hijo, Louis...

Él se limitó a asentir.

Entraron en un inmenso despacho por cuyas ventanas se veían unos enormes plátanos deshojados por el invierno.

El prefecto de policía señaló el sillón reservado a las visitas, Louis se sentó a su lado.

—Aparte de eso, ¿cómo va todo?

Se habían conocido en 1923: la guerra aún era una experiencia reciente. Habían estado en el mismo frente tres veces (el Somme, la segunda Batalla de Flandes y el Aisne), pero sin jamás intercambiar miradas. Eso los unió de un modo curioso: cada uno pensaba que, si seguía con vida, era porque el otro había estado allí, presente como una especie de ángel guardián en la sombra.

Luego se volvieron a ver varias veces, principalmente en París, donde Andrieu había estado destinado en diferentes ministerios, y siempre que se encontraban tenían la sensación de reanudar la conversación en el punto en que la habían dejado.

Esta vez el encuentro era un poco distinto: ninguno de los dos se sentía con ánimo para iniciar la conversación; prefirieron entregarse al ritual de las trivialidades, pero la agenda de un prefecto siempre está abarrotada y Louis no tardó en percibir en su amigo algo parecido a la impaciencia.

—Entonces, Robert, dime, ¿dónde estamos?

—¡En ningún sitio, espero! —dijo el prefecto con una risa forzada—. El asunto está zanjado, ¿no, Louis?

—Eso depende de lo que me pidas.

Andrieu tenía sesenta años, un rostro falsamente bonachón y una sonrisa falsamente afable. Era un animal político, y Louis comprendió de inmediato que su tono era firme.

—He tenido que disparar al aire para que tu hijo parara, ahora podemos hablar. François pretendía desenterrar un asunto de tráfico de piastras que...

—¿Un asunto real? —lo interrumpió Louis.

—Real o no, ¿qué más da? ¡En estos momentos no necesitamos nada parecido, eso es todo!

Se oyó el tictac del reloj de péndulo de bronce sobre la repisa de la chimenea. Representaba a un soldado dirigiéndose al frente con el fusil al hombro.

—Y tú propones un intercambio de escándalos, ¿no es así? —preguntó Louis—. El vuestro por el mío.

—Algo así. Si tu hijo deja de investigar, nosotros mandamos a los perros a la caseta por tu asunto de los monumentos funerarios. Porque, si no, ¿qué va a pasar, Louis? Desenterrarán tu pasado, te pondrán en la picota.

—Bueno, después de treinta años y con una guerra de por medio, a todo el mundo lo traerá sin cuidado. Con lo que he donado a la Federación de Antiguos Combatientes incluso quedaré como un Robin de los Bosques.

—Tienes razón, Louis, pero el apellido de tu familia quedará manchado para siempre. Son tus hijos quienes pagarán el pato. Nosotros también tendremos que enfrentarnos a un escándalo, sí, pero no será el primero ni el último: se creará una comisión para enterrar el asunto, lanzaremos alguna noticia para distraer al público y dos meses después todo quedará sepultado en el olvido. Entretanto, vosotros lo habréis perdido todo.

El reloj dio las nueve.

Louis había intentado luchar por François, pero había sido en vano. Alzó los ojos hacia Andrieu.

—¿Desde cuándo sabes lo de...?

—¿Los monumentos? Sinceramente, lo descubrí al llegar aquí: forma parte de los secretos de la República, que pasan de prefecto en prefecto... —Louis lo miró fijamente sin decir nada—. ¿Qué?

—¿Tuvisteis algo que ver con la muerte de mi hijo?

—Nada en absoluto, Louis. Le pregunté al ministro del Interior y puedo darte mi palabra de que...

—¿Y cuánto vale tu palabra?

—Lo mismo que la tuya.

—¿Piastra más, piastra menos?

El prefecto sonrió.

—Si quieres, sí: piastra más, piastra menos.

Los señores Pelletier se alojaban en el Hotel de Europa, propiedad de la señora Ducrau, «la amante de vuestro padre». Angèle estaba tan agotada tras los recientes acontecimientos que, al llegar, apenas se había fijado en la propietaria. Fue al volver de comer cuando realmente la vio, y no pudo menos que sonreír: Louis no exageraba mucho al decir que era bicentenaria.

Angèle se había propuesto echarse una siesta cuando su marido se fuera a ver al prefecto, pero siempre le pasaba lo mismo: esperaba con impaciencia el momento en que por fin podría echarse a dormir y luego no conseguía pegar ojo.

Que les hubieran explicado todo a sus hijos le producía un oscuro alivio. En otras circunstancias, ¿cuándo se habrían decidido a hacerlo? Lamentaba que Étienne no hubiera estado allí para oírlo. Se lo imaginaba muerto de risa...

En los momentos difíciles, la mente a veces se agarra a detalles insignificantes. Desde el entierro, no paraba de darle vueltas a la desaparición del pobre *Joseph* y al asunto del baúl y las demás pertenencias de Étienne, que nadie les había enviado.

Tenía que volver a hablar con Louis de ese baúl, sin falta. Se durmió pensando en eso, completamente vestida, y su mente debió de quedarse atascada en esas dos palabras, «sin falta», porque cuando despertó, un rato después, todavía las tenía en la cabeza.

Debía recuperar las cosas de su hijo: hasta que no las tuviera consigo algo seguiría inconcluso.

Era a principios de noviembre y anochecía temprano. Una claridad crepuscular, blanca y azul, bañaba la habitación. Comprendía que su marido se alojara en ese hotel cuando iba a París: la habitación no era grande, pero sí cálida y acogedora. Ella habría podido pasar el resto de su vida allí. En esos momentos casi no le habría importado morir.

Habían quedado con los chicos en volver a reunirse en el saloncito de la planta baja a última hora de la tarde para que Louis les explicara lo que le había dicho el prefecto.

«¿Qué hora debe de ser? Dios mío, ¡las seis!» El tiempo justo para lavarse un poco y ponerse una pizca de maquillaje. «Madre mía, qué pinta tengo, y ya deben de estar todos abajo, esperándome...»

Geneviève siempre se las ingeniaba para retrasarse un poco: le gustaba hacerse esperar, así que se llevó un chasco al ver que su suegra llegaba unos minutos después que ella. «Lo ha hecho adrede para humillarnos —se decía—. Estoy segura.»

Louis relató su encuentro con Andrieu.

El asunto estaba zanjado.

François no hizo ningún comentario, se miraba los zapatos.

—Robert me ha asegurado que los servicios secretos no tuvieron nada que ver con la muerte de Étienne.

—¿Y tú te lo crees? —preguntó Hélène con sequedad.

Su padre la miró a los ojos largamente.

—Sí, Hélène, me lo creo.

Asunto concluido.

Quisieron picar algo, pero la señora Ducrau no tenía gran cosa. Se conformaron con lo que había. Luego, sobre las siete, Angèle empezó a bostezar.

—Nosotros nos vamos —dijo Jean levantándose.

—¿Ya? —preguntó su madre.

Jean no quería dar a entender que culpaba a su madre por sentirse cansada, así que se justificó:

—Sí, nos vamos a casa... Ha sido un día largo, ¿verdad, Geneviève?

Ella también se había levantado, más ofendida que nunca, como si la estuvieran echando de allí. Había empezado a despedirse de todo el mundo con dos besos que no llegaban a rozar la piel: «Venga, Jean, ¿no querías irte?, pues vámonos», era tan penoso...

—¡Mira que llega a ser cargante! —soltó Hélène.

—¡Hélène! —exclamó su madre, que pensaba lo mismo.

—François... —dijo el señor Pelletier en ese momento—. ¿Tienes un par de minutos?

Dejaron a Angèle y a Hélène en el saloncito y salieron a la acera, donde encendieron sendos cigarrillos.

—Hijo, imagino lo duro que debe de ser para ti renunciar a tu investigación, a ese escándalo que habrías podido utilizar para...

—¡También lo hacía por la memoria de Étienne!

—Sí, también —dijo Louis—. En fin, es un sacrificio, y quería decirte que te estoy muy agradecido, todos lo estamos.

—Para lo que me sirve eso...

Se arrepintió al instante. Louis hizo como si no le doliera.

—También quería decirte...

Señaló la ventana de la planta baja del hotel, a través de la cual se distinguían las siluetas de Angèle y de Hélène.

—No quiero que pienses que Hélène o Jean te traicionaron, que nos contaron lo de la Normal y el *Journal*... No tuvieron nada que ver.

—¡Yo nunca he pensado eso!

—¡Claro que sí! Y yo en tu lugar habría pensado lo mismo. Lo de la Normal, sin embargo, lo supe enseguida: nos dijiste por carta que habías «superado las pruebas con notas excepcionales», y ya sabes lo vanidoso que soy: ¡quería tener la hoja de calificaciones, enseñársela a los amigos del Café des Colonnes! Soy un gilipollas; puedes decirlo, no me ofenderé. El caso es que la Escuela Normal me respondió que tu nombre no figuraba en la lista de aprobados. Me quejé, pero entonces me mandaron la lista de los inscritos para el examen, en la que tampoco estabas.

—¿Y por qué me cuentas todo eso ahora?

—Porque seguramente piensas que ayudo más a tu hermana y tu hermano que a ti. Sí, no lo niegues: piensas que le encontré trabajo a Étienne en Saigón, que le compré un coche a Jean y le di dinero para montar su tienda, que me las arreglé para conseguir que tu hermana entrara en Bellas Artes y que, en cambio, no he hecho nada por ti. Por eso te cuento todo esto ahora. Pese a que me enteré enseguida de que no ibas a la Normal, de que ni siquiera te habías presentado al examen, seguí enviándote dinero como si no lo supiera porque confío en ti y en tus decisiones. Y, como sin duda tu sueldo en el *Journal* no es ninguna maravilla, seguiré enviándotelo, y lo haré con gusto. Sólo quiero que dejes de sentirte el peor tratado de mis hijos.

François arrojó el cigarrillo al suelo. Le habría gustado abrazar a su padre o que éste lo abrazara, pero en vez de eso dijo:

—Te lo agradezco, papá.

—Venga, entremos —repuso Louis.

—Sólo una cosa... —François lo agarró del brazo—. Lo de la Normal lo he entendido, pero ¿cómo te enteraste de que trabajaba en *Le Journal du Soir*?

—Cuando vine a buscar a Hélène, primero pensé que habría ido a tu casa. No estabas, pero me topé con tu portera, ¿cómo se llama? Ah, sí: Léontine. Mira que es charlatana, ¿eh? Cuando lle...

—Ya —dijo François con una sonrisa—, no digas más.

Volvieron a entrar.

Jean, agotado por las emociones, habría dado diez años de su vida por acostarse inmediatamente, pero había que esperar a que Geneviève hiciera lo que a veces llamaba «mis abluciones», una palabra bastante nueva para él, quien la relacionaba con una práctica íntima y vagamente vergonzosa a la que no era decente referirse.

—Yo tenía razón —refunfuñaba su mujer.

Jean cerró los ojos. Había salido de casa escoltado por dos policías de uniforme, convencido de que acabaría en la guillotina, y había vuelto indemne, pero su mujer no había dicho una palabra sobre eso, ni siquiera desagradable.

—Yo tenía razón. Me lo imaginaba...

Jean sabía que seguiría repitiendo esa frase hasta que él cediera, por cansancio o por irritación, y le preguntara en qué tenía razón. Pero esta vez no estaba dispuesto a rendirse: a veces le daba por ahí, no sabía por qué. Quizá porque se sentía aliviado de la angustia de los últimos días y eso le daba fuerzas.

—¡Me lo imaginaba desde el principio!

No, no estaba dispuesto a ceder.

Se desnudó cuidándose mucho de no volver la vista, ni siquiera de forma involuntaria, hacia el sitio en el que Geneviève se lavaba. Las veces que había ocurrido, ella se había puesto a gritar como si la estuviera violando.

Dobló la ropa cuidadosamente. Estaba un poco mareado, había abusado del vino blanco.

Geneviève siempre se metía en la cama la primera, con mucho movimiento de nalgas y mucha contorsión de hombros; luego, se subía la colcha y las mantas hasta la barbilla entre suspiros y él tenía que conformarse con lo que quedaba.

—Lo sabía...

Acabó cediendo: quería descansar de una vez por todas, así que de acuerdo:

—¿Qué es lo que sabías?

—¡Que tu familia tenía dinero! ¡Pero ni siquiera nos han invitado a cenar, qué vergüenza!

—Mamá estaba cansada...

—¡Y lo que es peor, no nos quieren dar dinero, cuando hay de sobra!

Esta vez Jean se indignó: aquella acusación le había encendido la sangre.

—¿Cómo puedes decir eso? Me compraron el coche para que pudiera trabajar, nos han dado lo que necesitábamos para la tienda...

—No...

—¿Cómo que no? ¿No nos han dado el dinero para la tienda?

—¡No: nos lo han prestado, que es muy distinto!

Jean se atragantó. Era tremendamente injusto. ¿Acaso los Cholet les habían dado algo? Nada de nada, siempre eran los Pelletier los que tenían que aflojar la mosca.

Rabioso, se volvió hacia ella.

—Déjame dormir —dijo Geneviève cerrando los ojos—, he tenido un día agotador.

• • •

—Es una lástima que el Gordito no se haya quedado con nosotros —opinó Angèle.

Se habían sentado en un restaurante que estaba a doscientos metros del hotel.

—¿Nos pueden servir enseguida? —había preguntado Louis.

Había pocos clientes. Sólo pidieron un plato y una botella de vino y, por primera vez, hablaron de Étienne sin llorar.

Más tarde Louis pidió la cuenta.

—Bueno, hijos... —dijo—, vuestra madre y yo nos vamos mañana temprano y...

—No, cariño —repuso Angèle—. He cambiado de opinión: no vuelvo contigo, me voy a Saigón a buscar las cosas de mi hijo.

Hélène se volvió hacia su madre.

—Me gustaría ir contigo...

42

Tiene razón

Se lo prohibía a sí mismo pero, pese a los sobresaltos de los últimos días, no dejaba de pensar en la tal Nine. No había vuelto a dar señales de vida, probablemente su apodo era su primera mentira.

Tras presentarse ante la justicia, se había volatilizado.

Se había planteado muchas veces manipular al juez Lenoir para saber más de ella, pero siempre renunciaba, aunque luego se arrepentía.

Lo peor era que ya no recordaba su bello rostro. Lo poco que podía evocar: la forma de sus cejas, la intensidad de su mirada, su boca («Dios mío, su boca»), su silueta... aparecía y desaparecía al instante. Simplemente no lograba reconstruir una imagen completa, vívida y realista. Estaba enamorado de un fantasma.

Había salido de la redacción a última hora de la tarde. Le gustaba volver en metro porque aprovechaba para leer las páginas que no había podido ojear antes del cierre.

Bajó del vagón, torció a la derecha y avanzó hacia la salida.

Ella estaba allí, en el andén, caminando en dirección opuesta a la suya.

Los dos se pararon. François aún estaba pensando en cuántas coincidencias habrían sido necesarias para que semejante encuentro se produjera. No merecía la pena: la chica se había puesto roja como un tomate, su presencia no era en absoluto casual. Como si acabara de renunciar a poner un pretexto, se acercó a él.

Le temblaba la voz.

—Quería darle las gracias...

La gente empezaba a invadir el andén para esperar el siguiente convoy, ellos se apartaron un poco.

—Por favor —dijo François—, no tiene que agradecerme nada.

Nine lo miraba con la misma intensidad que en sus encuentros anteriores.

—Y me preguntaba... —El metro entró en la estación y su ruido de chatarra invadió todo el espacio, así que Nine esperó unos instantes—. Bueno... quizá si usted...

—¿Sí?

Le proponía quedar para dar un paseo por los muelles del Sena o por las Tullerías. A él le valían las dos cosas...

—Podemos encontrarnos en la rue Bayard, si le parece bien... —propuso ella.

Cerca de los Campos Elíseos, un barrio muy elegante.

—¿Vive por allí?

François lamentó su indiscreción, pero ella se echó a reír.

—Sí, no muy lejos, pero no sería... ¿cómo dijo usted? Comprometedor.

Una primera cita en la calle, el día del aniversario del armisticio de la Gran Guerra, cuando el parte anunciaba niebla, no era lo que se dice una cita romántica, pero él no lo dudó ni un momento.

—Sí, claro...

Había respondido enseguida.

—Perfecto —repuso ella sonriendo, y se despidió sin estrecharle la mano.

François la observó mientras se alejaba, ella debía de sentir su mirada en la espalda.

· · ·

Llegó con cuarenta y cinco minutos de antelación. El parte no había mentido, pero las espesas brumas de la mañana se habían disipado hacia el mediodía.

Había mucha agitación. Los antiguos combatientes tenían previsto depositar una corona de flores en la tumba del soldado desconocido, bajo el Arco de Triunfo, y muchos miembros de las Juventudes Republicanas, la Federación de los Trabajadores Deportados, la Unión de Sindicatos y varias organizaciones comunistas y feministas pasaban delante de él portando banderas y pancartas plegadas. Como tenía tiempo, se dejó llevar por la curiosidad y se acercó para echar un vistazo.

Entre los contingentes que convergían camino de la estación Franklin-Roosevelt reinaba una atmósfera a la vez optimista y tensa. Abordó a un joven que avanzaba con paso decidido y se enteró de que la prefectura había prohibido a la manifestación transitar por un largo tramo de los Campos Elíseos.

—¡Pero no cederemos! —le aseguró el joven, que desapareció enseguida entre la presurosa multitud.

François supo al instante que, efectivamente, no cederían. Sacó la libreta (no podía evitarlo) y empezó a tomar nota de lo que creía comprender y que comprobó al llegar al metro: ¡los manifestantes estaban autorizados a ir al Arco del Triunfo, pero no podían pasar de Franklin-Roosevelt! Era una decisión extraña, por no decir absurda, pues se permitía el acceso a un sitio y al mismo tiempo se cerraban las vías de acceso. François comprendió rápidamente que, para muchos manifestantes, la ofrenda de la corona al soldado desconocido era sólo un pretexto. Los eslóganes «¡Ayudad a los mineros! ¡Donad para los mineros!» no dejaban lugar a dudas sobre las intenciones reivindicativas de aquella muchedumbre soliviantada por el cierre de la glorieta de los Campos Elíseos. El despliegue policial era impresionante. Guardias republicanos armados y con casco se alineaban a lo ancho de la avenida formando una barrera. Empujado por todas partes, François apuntaba los eslóganes con los oídos saturados por los gritos de la multitud.

Miró su reloj: el tiempo había pasado más deprisa de lo que pensaba. Tenía que volver hacia la rue Bayard y la presencia tumultuosa de unos tres mil manifestantes vociferantes y agitados iba a dificultarle la tarea más de lo previsto. Habían aparecido banderas tricolores y, a lo lejos, unos militantes arrancaban adoquines del pavimento con palancas... Alguien aseguró que habían levantado una barricada en George-V; la noticia se difundió enseguida, un hombre llegó jadeando de esa dirección.

—¡Han desmontado un andamio en la rue Bassano, delante del Crédit Commercial! —anunció con admiración.

Aquello estaba ocurriendo un poco más adelante. Para François, era una situación inexplicable: había manifestantes concentrados en dos puntos opuestos de la avenida y la policía, situada entre ambos, supuestamente tenía que impedir que unos subieran y otros bajaran. Parecía difícil de conseguir... Seguía garabateando en la libreta, pero la pluma no paraba de resbalar por el papel porque lo empujaban constantemente.

Y, de pronto, sin que se supiera cómo ni por qué, todo se aceleró.

—¡Están cargando! —gritó una voz, y todo el mundo echó a correr intentando alcanzar las calles adyacentes o subir hacia la place de la Concorde. Se oyeron disparos, ¿eran fusiles?

Absurdamente, François seguía sosteniendo la libreta, aunque también corría. Acabó tropezando con una pancarta abandonada en el suelo y cayó con todo su peso sobre su cadera. A su alrededor, las pisadas resonaban en el pavimento de granito. Alguien lo agarró del brazo para ayudarlo a levantarse y luego desapareció. Las fuerzas del orden avanzaban porra en mano, pero él apenas podía correr. Se agarraba la cadera y arrastraba un poco la pierna. Tuvo miedo y cruzó la avenida. Los policías cargaban por doquier, algunos manifestantes se desplomaban pesadamente, todo el mundo gritaba... Había llegado a la esquina de una calle cuyo nombre no pudo leer. En ese instante vio a un chico con una cazadora de cuero y un jersey de cuello alto perseguido por un pequeño grupo de policías. Cayó y, aunque se levantó enseguida, había perdido tiempo: sus perseguidores lo agarraron de los brazos y lo arrastraron hasta un portal... Él se quedó petrificado un instante, pero luego, sin reflexionar, corrió hasta el edificio. «¡Déjenlo! —gritaba—, ¡déjenlo!» El chico tenía la cara ensangrentada, un policía se volvió hacia François:

—¿Tú qué coño haces aquí?

Levantó la porra. Sin tiempo de buscar el carnet de prensa en sus bolsillos, François blandió la libreta. Era ridículo.

—¡Periodista!

El policía le arrancó la libreta de las manos.

—¿Y a mí qué cojones me importa?

Y le dio un fuerte golpe en la cabeza. Él cayó intentando protegerse el cráneo, pero la cosa no había acabado.

Tenía los ojos al nivel de la acera.

Vio cuatro botas a su alrededor y sintió una lluvia de golpes, uno de los cuales lo alcanzó en la región occipital.

Y perdió el conocimiento.

Se despertó tendido en un suelo de baldosas, desorientado.

La cabeza le dolía horrores, se la tocó suavemente. Un vendaje la rodeaba por completo.

—De todas formas, habrá que hacer una radiografía —dijo alguien.

Una voz pausada, un hombre de unos cuarenta años enfundado en una bata manchada de sangre: un farmacéutico. Al incorporarse sobre un codo, François vio, delante de unas estanterías, tres sillas en las que estaban sentados unos hombres. Uno tenía las manos vendadas; otro, una pierna entablillada con evidente improvisación; el último, gasas y esparadrapo en la cara. El lugar olía a alcohol y a pomada. La farmacia no estaba propiamente abierta; en el interior reinaba una claridad débil, la persiana de hierro estaba a medio levantar. Por lo que podía verse a través del escaparate, la calle estaba tranquila.

—¿Cómo se llama usted?

El farmacéutico estaba pasando los dedos separados delante de la cara de François.

—François, François Pelletier.

—Cuente mis dedos...

—Cuatro...

—Bien...

Alzó la cabeza hacia el reloj de pared: las cuatro de la tarde.

—¡Mierda!

¡Nine! ¡La cita era una hora antes! Ya estaba de pie, pero tuvo que agarrarse al hombro del farmacéutico, la cabeza le daba vueltas.

—¿Estará bien?

Se dirigió hacia la puerta de salida rígido y vacilante como un borracho que quiere disimular al abandonar la taberna. ¡Nine se habría ido seguro! Estaba desesperado, colérico consigo mismo. Volvió junto al farmacéutico, que se estaba ocupando de algún otro, y le tendió la mano.

—Gracias.

El hombre de la bata se irguió y se la estrechó.

—¿Le debo algo? —preguntó François.

—No, nada. Hágase una radiografía, por si acaso.

Estaba en la esquina de la rue Jean-Mermoz. Echó a correr, aunque ya era inútil. Vio que ese tramo de la avenida de los Campos Elíseos había quedado despejado. Aquí y allá había grupos de policías montando guardia, pero la manifestación se había desplazado varios cientos de metros más arriba. Aún había bastante agitación, se oían gritos... No se entretuvo, corrió hacia la rue Bayard, donde por supuesto no había nadie. No tenía forma de localizarla: creería que la había dejado plantada. Sí, vale, era verdad, pero en fin, no había sido eso... las razones se agolpaban en su garganta.

Cuando cogió el metro era un hombre derrotado.

¿Por qué había cedido a la tentación de ir a ver qué pasaba un poco más lejos cuando había quedado con una chica?

Nunca antes había sentido un deseo tan impaciente, tan febril por una mujer, y aun así había faltado a la cita con ella, ¿cómo podía haber hecho semejante cosa?

Fue mientras se dirigía al *Journal* cuando cayó en la cuenta de que lo sucedido en la manifestación era algo nuevo: era la primera vez que la policía impedía a un periodista que hiciera su trabajo, que lo golpeaba. Volvió a pensar en el dispositivo policial... y, como siempre, empezó a escribir en su cabeza. Por lo general, redactaba los artículos mentalmente: imaginaba frases, párrafos enteros que luego simplemente pasaba en limpio en la página. Tenía fama de redactar deprisa porque reflexionaba mucho antes de poner manos a la obra.

Se instaló en una mesa en la rue Quincampoix, vertió su artículo en el papel y subió al despacho de Denissov.

—Tengo algo sobre la manifestación de los Campos Elíseos.

El jefe del *Journal* frunció el ceño.

—No entiendo... habíamos mandado allí a Vanacker...

Denissov le tendió una hoja.

Desde donde estaba, François pudo leer el titular:

Sangrientos altercados en los Campos Elíseos.
Los manifestantes se enfrentan
violentamente a las fuerzas del orden.
Se contabilizan más de cien heridos.

Se acercó a Denissov y le tendió su texto.

—Esto no es un artículo, es un editorial...

Denissov estaba tan sorprendido que estuvo a punto de echarlo de su oficina. ¡Un editorial! ¿Desde cuándo un reportero de sucesos redactaba el editorial de portada?

Cogió la hoja, se puso las gafas y leyó:

¿Qué República queremos?

No es la primera vez que la violencia de la policía nos alarma. Recientemente, en Firminy, hemos comprobado el grado de brutalidad que puede llegar a mostrar. Si bien es cierto que, algunas veces, las fuerzas de seguridad no tienen más remedio que enfrentarse a algunos manifestantes, en especial a los activistas violentos, no está de más recordar que su cometido es mantener o restablecer el orden, no avivar el fuego. Sin embargo, esto último es exactamente lo que acaba de suceder en los Campos Elíseos de París este 11 de noviembre. Porque bloquear entre dos estaciones de metro un desfile de los FFI, los FTP y la Unión de Antiguos Combatientes no es sólo una táctica estúpida y vejatoria, es un error estratégico que sería imperdonable incluso para unos novatos. Cuando se quiere impedir una manifestación, se prohíbe. Pero autorizarla y después obligar a varios cientos de personas a renunciar a ella es elegir deliberadamente la provocación.

Si el saldo de semejante maniobra sólo hubiera supuesto unas decenas de heridos, ya sería algo muy grave, pero cuando la policía se siente autorizada, e incluso estimulada, a actuar de forma brutal, hasta el punto de impedir a la prensa que informe de los hechos arrancando el carnet de las manos a un periodista y golpeándolo primero de pie y luego en el suelo, la pregunta que hay que hacerse es muy distinta.

Cuando quienes deben preservar la paz sólo preservan el orden establecido, cuando la libertad de prensa se ve amenazada o atacada, todos los demócratas deben preguntarse: ¿para esto sirvieron la Resistencia y la Liberación?

Los poderes públicos harían bien en reflexionar y recordar que el pueblo francés no soportó tantos sacrificios para ver su República pisoteada, a su policía como un ejército contra la contestación y a su gobierno imitando los métodos de los regímenes totalitarios.

Denissov se quitó las gafas.

—Tiene razón, está muy bien. —Dejó el papel en el escritorio—. Editorial, en portada.

François se quedó boquiabierto. Se limitó a asentir: era la segunda vez que lo dejaban noqueado ese día.

Cuando las pruebas llegaron al escritorio de Malevitz y François se precipitó sobre ellas, el editorial estaba en su sitio, pero firmado por... Adrien Denissov.

—¡Será cabrón! —dijo François, que al instante se lanzó al pasillo.

Pero Malevitz se interpuso y lo empujó con las dos manos.

—¡No hagas gilipolleces, muchacho! ¡Ya va siendo hora de que aprendas las reglas! ¿Qué esperabas?

François se disponía a empujarlo a su vez cuando Malevitz le soltó:

—Tienes dos minutos para perder tu puesto en *Le Journal du Soir* o volver al trabajo y tratar de merecerte tu firma en portada. —Volvió a su sitio a seguir revisando las pruebas y gruñó entre dientes—: Ahora, haz lo que quieras.

François sintió que los ojos se le llenaban de lágrimas. Iba de fracaso en fracaso. Salió de la redacción sin decir palabra.

43

Sin pruebas no hay investigación

Más de treinta grados, una humedad del noventa por ciento... Angèle no estaba preparada para aquel ambiente, para aquella mezcla de olores a cerdo asado, a vainilla, a pescado ahumado, a combustible, para el extraño torbellino abigarrado, ruidoso, anónimo y apresurado que animaba la ciudad, para los coolies, las chicas que cruzaban las calles riendo, los comerciantes en las puertas de sus tiendas, los vendedores ambulantes de sopa gesticulando entre el humo de su calderos, las mujeres cargadas de víveres con la chiquillería agarrada a sus túnicas multicolores... Se limitaba a repetir: «Dios mío...»

Hélène, por su parte, se imaginaba a Étienne llegando a esa ciudad y abriendo los ojos como platos ante aquel mundo nuevo. Ciertamente su hermano había ido allí para reunirse con Raymond, al que nunca volvería a ver, pero en ese momento Saigón debía de haberle parecido un lugar mágico.

En París, la empleada de la agencia de viajes le había asegurado a Angèle que Saigón «sólo dispone del Métropole y el Cristal Palace, poca cosa más». Luego, se había inclinado hacia ella para susurrarle:

—Y el Métropole es un poco... no sé si me entiende...

Y había vuelto a erguirse satisfecha de haber advertido a su clienta como era debido. Así que Angèle, ante la duda, había optado por el Cristal Palace.

—Es la decisión correcta, señora Pelletier, sobre todo para una mujer como usted.

Pero ya la primera noche Angèle se tomó un pastís en el Métropole acompañada de Hélène y el establecimiento le pareció encantador, con sus grandes plantas verdes, su orquesta femenina, su selecta y ruidosa clientela y sus acrobáticos camareros. A saber por qué la empleada no lo creía adecuado para «una mujer como ella». Si no hubiera estado allí por Étienne, incluso habría disfrutado.

Hélène llamaba la atención. Era la primera vez que Angèle salía no con su hija, sino con una joven mujer que además era su hija. «¿Hasta dónde habrá llegado con los chicos?» Se equivocaba de pregunta, y lo sabía; la correcta era: «¿Hasta dónde habrá llegado con los hombres?». De todas formas, ella no podía responderla: sólo Hélène lo sabía. «¿Era yo tan guapa a su edad?», se preguntó entonces.

En otro sitio y en otro momento habría temido sentirse vieja ante una duda semejante, pero no era el caso: se sentía orgullosa. Ese pensamiento le hizo comprender que llevaba bien su edad.

También Hélène miraba a su madre de un modo distinto. Intentaba superponer la imagen que tenía de ella y lo que acababa de descubrir sobre su pasado. Le resultaba difícil imaginarse a aquella mujer huyendo a los veinte años con una maleta llena de millones robados y comprando una identidad falsa bajo la cual había criado a sus hijos. No lo conseguía: aquélla era otra persona, alguien a quien nunca conocería del todo.

Respecto del Cristal Palace, pensaba Angèle, la empleada de la agencia de viajes no se había equivocado: era un establecimiento bastante lujoso. Desde la terraza en el último piso se dominaba toda la ciudad. Estaba segura de que Étienne conocía bien esos sitios, ¡le gustaba tanto salir! Todo lo que veía volvía a recordarle la pérdida de su hijo.

Decidieron que lo más sencillo sería dirigirse a la dirección que tenían de Étienne: seguramente allí habrían dejado sus cosas.

—Si es que las han encontrado —añadió Angèle.

Lo había dicho en un tono fatalista que sorprendió a Hélène: parecía dar a entender que, ahora que estaba allí, recuperar aquel baúl ya no tenía tanta importancia.

No les costó dar con el edificio. En el instante en que entraron en el portal, empezó a llover a cántaros. Los goterones que tamborileaban en las carrocerías de los coches, los tejados, los balcones y la acera producían un ruido de fondo que parecía el estruendo de un trueno, sólo que interminable.

Así que allí era donde había vivido Étienne... Angèle buscaba con la mirada algo de él, aunque era consciente de que era una estupidez. Ancha escalera de piedra, rellanos enormes, paredes con la pintura descascarillada... el edificio parecía haber conocido tiempos mejores. Reinaba un olor a pescado frito y a moho mezclado con la humedad de la lluvia que se filtraba por todas partes.

Angèle llamó bastante fuerte porque dentro del piso se oían voces, gritos, conversaciones animadas o discusiones, cualquiera sabía.

De pronto un niño de cuatro o cinco años abrió la puerta de par en par y desapareció en cuanto las vio, corriendo y gritando como si acabara de ver al diablo. Al final del pasillo se distinguía una habitación amplia y luminosa con una ventana que daba a una terraza.

El esplendor que en otro tiempo habría vivido aquel apartamento era ahora un recuerdo lejano: se veían prendas en el suelo, utensilios de cocina en sillas cojas (como si allí comieran sentados en el suelo), el perfil de un enorme frigorífico estadounidense...

Una gran mancha oscura destacaba en el suelo, a unos pasos de la entrada.

Una mujer recelosa e inquieta avanzó hacia ellas llamando a alguien a su espalda. Apareció un hombre; le faltaban varios dientes y lanzaba abundante saliva mientras gritaba: allí todo el mundo parecía tener miedo.

—¿Hablan ustedes francés? —preguntó Angèle con la mejor de sus sonrisas—. ¿Alguien habla francés?

Si hubiera vendido enciclopedias no habría sido más cordial.

El hombre agitaba la mano delante de él como si estuviera quitando el polvo, era sin duda una señal de rechazo: «Váyanse.»

—Étienne Pelletier —insistió Hélène—. Vivía aquí, ¡aquí!

Dos o tres adolescentes habían llegado al rescate con un grupo de chiquillos metiéndose entre sus piernas. Angèle y Hélène tenían delante a toda la tribu, que les cerraba el paso, daba gritos, les hacía gestos e incluso conseguía ahogar el estrépito de la lluvia que rebotaba en el techo.

Angèle tuvo miedo, dio un paso atrás.

Hélène habría querido hacer otra intentona, pero su madre ya había puesto un pie en el primer peldaño y se disponía a bajar sin dejar de mirar a la alborotada familia, como si temiera que le dispararan por la espalda.

La lluvia parecía formar parte de la escenografía: igual que había surgido de pronto a su llegada al edificio, desapareció en cuanto alcanzaron el portal. Estaban un poco aturdidas. No se dijeron nada. ¿Habían viajado allí de tan lejos para ver cómo les daban con la puerta en las narices?

De pronto Hélène soltó un grito:

—¡Mamá!

Angèle se volvió rápidamente.

—¡Es *Joseph*!

Era él. Estaba en los huesos, pero las miraba con ojos expresivos, frotándose ya contra sus piernas.

Las dos mujeres lo cogieron entre sus brazos y se echaron a llorar. *Joseph* cerraba los ojos y ronroneaba. En la rue Catinat, torrentes de agua inundaban las alcantarillas y las aceras relucían.

—¿Nos rendimos? —preguntó Hélène.

Angèle llevaba a *Joseph* debajo del abrigo, acurrucado contra su pecho como si fuera un bebé, y lloraba a moco tendido.

—No puedo... —decía mientras buscaba un pañuelo.

—Pásame a *Joseph* —dijo Hélène también sollozando.

Angèle le tendió al gato. Mientras se secaban las lágrimas, se sonaban y lloraban de nuevo diciendo «*Joseph, Joseph*», llegaron al Cristal Palace.

—Lo siento, señora: los animales de compañía no están permitidos en nuestro hotel.

El recepcionista era un hombre orgulloso de su porte, de su uniforme con botones y de su función de cancerbero. Miraba fijamente, como si le inspirara cierto temor, al gato que asomaba fuera del abrigo.

—Puede llamar a la policía para que me desaloje —dijo Angèle cogiendo la llave con irritación—. Me encontrarán en la habitación. —Sin esperar respuesta, se dirigió hacia los ascensores, pero a medio camino se volvió hacia el mostrador—. Diga que me suban pescado crudo. Mientras llega la policía voy a darle un poco de comida a este pobre animalito.

En cuanto entraron en la habitación, *Joseph* saltó sobre la cama y se ovilló en ella.

—¡Qué delgado está!

—No —dijo Angèle—, no nos rendimos.

Hélène tardó unos instantes en comprender que su madre estaba respondiendo a la pregunta que le había hecho media hora antes. Angèle colgó el impermeable y siguió hablando:

—Me creí la historia del accidente de avión, pero si el asunto que había removido Étienne era tan inofensivo, no acabo de entender por qué el gobierno de la República se ha tomado tantas molestias. He venido a buscar las cosas de Étienne, pero también a enterarme de cómo murió... y por qué.

—Papá dice que el gobierno no tuvo nada que ver... ¿tú te lo crees?

Angèle fue a abrir la puerta. Era una camarera que llevaba la comida de *Joseph*.

—Me lo creo, sí... Gracias, señorita. Mira, *Joseph*, ven a comer, chiquitín... —Y cuando el gato se acercó a ella, añadió—: Conozco bastante a Robert Andrieu... —Se sonrojó ligeramente—. En otros tiempos me tiró los tejos a espaldas de tu padre... de un modo honorable, ¿eh? No lo considero un hombre capaz de mentir sobre algo así.

—¿Entonces...?

Angèle se había sentado en el suelo y estaba acariciando al gato, que devoraba el pescado crudo.

—La verdad es que me da igual que haya sido el gobierno o los traficantes, quiero saber si van a encargarse de buscar a la persona que mató a mi hijo.

—¿Diga? —dijo Hélène acercándose a la puerta.

Esta vez era un botones que le tendió un sobre.

Hélène hurgó entre sus cosas buscando el monedero, sacó una moneda y se dirigió de nuevo a la puerta para darle la propina al chico. Cuando se volvió, su madre, que había cogido el sobre y lo había abierto, dijo con fingida solemnidad:

—Cariño, su santidad Loan, papa de la secta Siêu Linh, estaría encantado si le hiciéramos el honor de visitarlo.

La invitación era para última hora de la tarde. Las dos mujeres decidieron que antes irían a la Casa de la Moneda.

Había que coger un tique y sentarse, ya las llamarían.

—¿Y cuánto rato tendremos que esperar? —le preguntó Angèle a su hija entre susurros—. ¿No hay otra manera?

Desde el enrejado que protegía el mostrador hasta el rostro serio de los funcionarios, desde el reloj de pared, que desgranaba ruidosamente los segundos, hasta el fatalismo de las decenas de personas que esperaban a que las llamaran, aquel organismo presentaba todos los signos de una rigidez inconmovible. Hélène recordaba el nombre del director: «Jeantet es un tipo curioso y desconcertante —le había escrito Étienne—. Colecciona fotos de perros muertos y de ex mujeres...» Era un retrato muy misterioso, pero al menos tenían un nombre por el que preguntar. Se armó de valor y se acercó lentamente, casi de puntillas, a una mujer que ocupaba la ventanilla de uno de los extremos del mostrador.

—¿Tiene cita con él? —preguntó la funcionaria sin levantar la mirada.

—Pues... no, pero... es decir...

—¡Hay que pedir cita!

—¿A quién?

La pregunta desconcertó a la empleada, que la miró fijamente.

—¿De qué se trata? —dijo una voz—. ¿Puedo ayudar?

Era un joven alto con una camisa llamativa, nariz grande, pelo rubio aplastado sobre el cráneo y una mirada de superioridad que se transformó en lujuria en cuanto vio mejor a Hélène. Llevaba varios anillos en la mano derecha, con piedras de diversos colores.

—Esta señorita pregunta por el señor director.

Se veía a la legua que era de los que te tocaban el culo antes de saber cómo te llamabas. Instintivamente, Hélène comprendió que era su oportunidad, porque aquel individuo tenía la típica actitud de los imbéciles.

—Me llamo Hélène Pelletier, soy la hermana de Étienne Pelletier, que...

No pudo acabar, el rostro de Gaston se había transformado.

—Usted es... la hermana del bueno de Étienne... —Estaba patidifuso—. ¡Venga, venga!

Le habría gustado rodearle los hombros con el brazo como si estuviera enferma, pero se contuvo.

—Estoy con mi madre...

—Ah...

El tal Gaston pareció decepcionarse.

Angèle se acercó y él le estrechó la mano.

—Mi más sincero pésame, querida señora —dijo, pero no podía dejar de mirar a Hélène: estaba fascinado.

Avanzaron por un pasillo. Al pasar, Hélène y Angèle vieron mesas atestadas de carpetas y funcionarios absortos, y se preguntaron cómo había podido soportar Étienne semejante ambiente. «No es muy alegre —le había escrito a su madre—. Más que la Casa de la Moneda, parece la Casa de las Momias.» Cuánta razón tenía...

—Señor director, le presento a la señora Pelletier, la viuda de... esto... no, no, su madre...

Jeantet ya se había levantado de su sillón y estaba rodeando el escritorio.

—Señora —dijo dando un taconazo como si fuera un oficial de caballería—, le presento mi más sincero pésame. Con la muerte de su hijo, la Casa ha perdido a uno de sus empleados más brillantes. Puede estar orgullosa del celo que puso en servir, a través de la Casa, a la administración de Indochina en su conjunto.

Hélène se preguntó si acabaría con un «¡Viva la República! ¡Viva Francia!», pero no, se limitó a separar los tacones y a sostener las manos de Angèle entre las suyas inclinando la cabeza a un lado para subrayar su conmiseración y cerrando los ojos con mudo dolor. Luego, como si Gaston, que estaba detrás de él, hubiera pulsado un interruptor para hacerle cambiar de tema, enderezó el cuerpo.

—¿Les apetece un té verde?

Era desconcertante.

Gaston se había acercado y estaba mirando a Hélène con ojos de carnero degollado.

—La señorita es la hermana del bueno de Étienne... de nuestro llorado compañero.

Sonrió de oreja a oreja, orgulloso de las palabras que había empleado. Jeantet se precipitó hacia la joven y le cogió las manos como acababa de hacer con su madre. Cabía temer que repitiera su marcial discurso fúnebre, pero en vez de eso dijo:

—¡También hay café!

Hélène paseó la mirada por la increíble cantidad de fotos enmarcadas que cubrían su escritorio pero, a diferencia de su hermano, no lo dudó un momento: cogió la que tenía más a mano y le dio la vuelta. Gaston reprimió un grito de estupefacción y se retorció las manos mirando ansiosamente a su jefe.

Era un retrato banal de una mujer.

Lejos de ofenderse ante esa familiaridad, Jeantet esbozó una sonrisa admirativa.

—Mi primera esposa —explicó—. Una zo... una mujer única. ¡Si yo le contara! Pero hablemos, hablemos... siéntense.

Ya se le había olvidado su ofrecimiento de un té verde.

—Creo que ya conocen a Gaston Paumelle... —dijo el director. Luego se quedó mirando a su subordinado como si intentara decirle algo.

Pero Gaston estaba demasiado fascinado por Hélène para pensar siquiera en abandonar el despacho.

Ella se acordó de una carta de Étienne: «Mi compañero Gaston Paumelle es un claro ejemplo de esos típicos cabronazos que suelen encontrarse en todos los organismos que conceden autorizaciones, aunque en su caso hay que sumarle el cinismo, la vileza y la estupidez. Sí, son muchas cosas, pero es que cabronazos como él no se ven todos los días.»

Angèle y Hélène se habían hundido en los asientos reservados a las visitas, unos sillones cuyas patas habían sido rebajadas por orden del director, quien, sentado en el suyo, te miraba desde arriba, lo que te producía enseguida una difusa sensación de inferioridad.

—Mi hijo —dijo Angèle— murió...

—En trágicas circunstancias, lo sé...

—...mientras llevaba a cabo una investigación sobre el tráfico de piastras. Tengo sobrados motivos para temer que su muerte haya estado relacionada con esa investigación.

—¡Ah, sí! Su historia sobre el tráfico, sí... —De pronto Jeantet parecía muy cansado—. Era casi una obsesión —añadió.

—¿Y...?

—Y... —Alzó los ojos hacia Gaston, que miraba la nuca de Hélène y parecía estar a punto de quitarse los pantalones—. Y... no sé, señora, no sé... Su hijo rebuscaba en los expedientes, hacía listas, ¿qué quiere que le diga?

—Siendo usted el director de la Casa de la Moneda, ¿ese asunto del tráfico de piastras no le despertaba ningún interés? ¿Cree que era un mero producto de su imaginación?

—No presentó ninguna conclusión, señora Pelletier. Nadie sabe a qué resultado llegó, ni siquiera qué buscaba exactamente, ¿no es verdad, Gaston?

—¡Sí, sí! —respondió Gaston, que ni siquiera había oído la pregunta.

Tenía la cabeza inclinada hacia Hélène para intentar verle las piernas.

Angèle iba a tomar la palabra de nuevo, pero Jeantet se levantó, cogió una silla y se sentó junto a ella.

—Es una historia muy compleja y, de ser cierta, sin duda implica a personas poderosas e influyentes. Su hijo gozaba de la protección de su amigo Loan y de la secta Siêu Linh, y a pesar de eso...

La mirada del director iba sin cesar de Angèle a Gaston, quien, delante de la puerta, se contorsionaba para examinar sin pudor la parte visible del físico de Hélène: la estaba evaluando. De pronto Hélène se hartó, se volvió hacia él y le lanzó una mirada asesina a la que Gaston correspondió con una sonrisa, como si hubiera recibido una invitación.

Jeantet posó su mano en la de Angèle.

—Su hijo... —En esas simples palabras había una emoción contenida—. Lo siento mucho, señora Pelletier, pero aquí no encontrará a nadie que pueda ayudarla.

A Hélène se le hizo un nudo en la garganta.

Su madre se volvió hacia ella con los ojos arrasados en lágrimas. «Nadie» era una forma de referirse a la Casa y a su director.

Las dos mujeres se levantaron sin decir palabra. Jeantet cogió una foto y quiso enseñársela, pero lo pensó mejor: era una imagen de su difunto perro, y mostrársela a una madre que había perdido a su hijo no habría sido muy delicado. Volvió a dejarla en el escritorio con un suspiro. Se sentía un incomprendido.

Angèle y Hélène volvieron a bajar con Gaston pisándoles los talones. Les dio la mano a las dos, pero retuvo la de Hélène unos instantes más. ¡Ay, qué ganas tenía de arrojarse sobre ella! Se limitó a dirigirle una sonrisa insistente. Tenía los dientes amarillos.

Por teléfono, el joven funcionario de la Oficina del Alto Comisionado se había mostrado muy empático. «Sí, fui yo quien cumplió la triste tarea de comunicarles...» Había redactado el telegrama, que no era precisamente un alarde de compasión, y también se había encargado de organizar el traslado de los restos de Étienne.

«Por supuesto, si viene a Saigón, estaré encantado de recibirla, señora Pelletier», había asegurado.

Educado, preciso, eficaz, burocrático... aquel tipo se parecía tremendamente al lenguaje que utilizaba. Debía de tener la misma edad que Étienne, pero a Angèle no le habría gustado tener un hijo así: tan seguro de sí mismo, impermeable a la duda. Se llamaba Germain Rouet-Babarit. Había rebuscado en un cajón de su escritorio para sacar unas tarjetas de visita y a Angèle le pareció más interesado en darle una a su hija que a ella, pero ésa no era la cuestión.

—Quisiera saber en qué punto se encuentra la investigación sobre la muerte de mi hijo.

—Avanza según lo previsto, señora Pelletier.

—¿Es decir...?

—Hemos recogido sobre el terreno numerosos restos del aparato. Sin duda ya sabe que se trataba de un avión bastante viejo... retirado de la circulación. Nos disponemos a mandar todo ese material a una agencia de peritaje. Una muy seria, me apresuro a subrayar.

—¿Y por qué no lo han hecho aún?

—La administración, señora, no siempre es tan ágil como desearíamos. El envío se realizará durante esta semana, tiene usted mi palabra.

—¿Los resultados se sabrán pronto?

—Me temo que habrá que esperar un poco. Las agencias serias no abundan y ésta se encuentra en Burdeos, pero puedo asegurarle que es la mejor.

Cada vez que creía haber dado la respuesta adecuada, le sonreía a Hélène.

—Eso no responde a mi pregunta —insistió Angèle—. ¿Cuánto deberemos esperar?

—Entre ocho y doce meses; más bien doce.

Las dos mujeres se quedaron boquiabiertas.

—¿Y entretanto? —se atrevió a preguntar Hélène.

El joven funcionario frunció el ceño.

—Y entretanto, ¿qué hacen ustedes? ¿Investigan? —insistió ella.

—¡No, señorita, claro que no! ¿Qué quiere que hagamos sin la valoración de los peritos? ¡No sabríamos qué dirección tomar! No obstante, en cuanto dispongamos de sus conclusiones tomaremos todas las medidas necesarias, no lo dude ni un segundo.

Rouet-Babarit no era tonto y comprendía que estaba dando muy malas noticias a sus interlocutoras, así que decidió «limar asperezas», según la expresión que había oído durante su formación administrativa.

—¿Le he dicho que tuve el placer de conocer a su difunto hijo, señora Pelletier?

—¿En qué circunstancias?

—Su hijo sospechaba que existía un tráfico de piastras del que podría haberse beneficiado el Viet Minh. Me pareció bastante obsesionado con ese asunto. Quería que se abriera una investigación, pero no aportaba ninguna prueba que nos permitiera iniciarla y, como le dije entonces, sin pruebas no hay investigación. Es bastante lógico.

—Da usted la misma respuesta a todas las preguntas...

—¿Perdone?

Pero Angèle ya se había levantado y le estaba haciendo una señal a Hélène para que la siguiera. Allí no podían esperar ningún tipo de ayuda, igual que en la Casa de la Moneda.

Ya estaban en la puerta cuando Germain Rouet-Babarit alzó la voz para decir:

—Esto... señora Pelletier... —tenía un sobre en la mano— es el memorando de la Oficina del Alto Comisionado para la repatriación de los restos mortales de su hijo.

Angèle rompió el lacre. Hélène leyó por encima de su hombro y se puso roja de repente. Iba a decir algo, pero su madre se anticipó:

—No pagaré, señor mío.

—¡Es el reembolso de los gastos asumidos por la administración!

—Pretenden dejar que la investigación sobre la muerte de mi hijo quede en nada —respondió Angèle tranquilamente—, me enviaron sus restos en una caja de zapatos ¿y pretenden cobrarme veinticuatro mil francos por eso?

Le tendió la factura sin decir nada más y como él no hizo ademán de cogerla, la dejó caer al suelo.

El joven miró a aquella mujer tan tranquila y decidida.

Y le quedó claro que jamás pagaría.

44

Cada cual se las apañaba como podía

Louis cogió el metro para ir a Montmartre. Había pospuesto el regreso a Beirut para acompañar a Angèle y Hélène al aeropuerto y, luego, como nunca había tenido ocasión de hacerlo, había invitado a sus dos hijos a comer.

—¿Con Geneviève? —preguntó el Gordito.

—Bueno, digo yo que una comida entre hombres tampoco estaría mal, ¿no?

La reacción de Geneviève era fácil de adivinar...

—¡Ah, vaya! ¿Así que las mujeres estamos excluidas? ¡Seguro que vais a un burdel! Pues ¡ole! Le dices a tu padre de mi parte que...

Era el cuento de nunca acabar.

Habían quedado en la boca de metro de Lamarck. Cerca, en una pequeña caseta, un antiguo combatiente de unos sesenta años vendía billetes de la lotería nacional. Debía de ganar unos céntimos por billete, poco más que su pensión de invalidez.

Jean llegó puntual.

Mientras esperaban a François, se dispusieron a tomar un café.

—Mira, no, son las once y media, yo voy a pedir un Cinzano, ¿y tú?

Como Geneviève lo acompañaba a todas partes, hacía tiempo que a Jean no se le presentaba una oportunidad así.

—Un Saint-Raphaël...

—¿Van bien las cosas con Geneviève? —le preguntó su padre chocando la copa con él.

—Muy bien, sí. Gracias, papá.

Intercambiaron una sonrisa apurada y se abstrajeron unos instantes en la decoración del café y en la escalera que bajaba a la placita, donde estaba la estación de metro.

«Ha engordado», se dijo Louis. Pronto resultaría violento llamarlo «Gordito»; cuando estaba un poco rellenito, vale, pero ahora... La cuestión del peso de su hijo lo intrigaba; no se imaginaba a Geneviève sirviéndole grandes platos: lo único que esa mujer sabía hacer era presidir la mesa como si fuera la reina de Saba... Entonces, ¿qué? ¿Acaso el Gordito se ponía las botas en los restaurantes en cuanto tenía ocasión?

Se había tomado el vermut de un trago, ¿pedían otro?

—François no tardará —dijo.

Por su parte, Jean se arrepentía de haber aceptado la invitación; debería haber puesto una excusa, haberlo pensado mejor... A solas con su padre se sentía incómodo.

—Hijo, quería decirte que...

—¿Qué? —se apresuró a preguntar Jean.

Cómo le sudaban las manos...

Louis frunció el ceño. Por más que lo había intentado, desde la partida de Jean nunca habían estado los dos solos, así que nunca habían hablado de aquel periodo negro en el que el Gordito... ¡ay, qué difícil era decirlo!

Jean hacía girar la copa nerviosamente sobre la barra de zinc.

—Es sobre la jabonería, ¿sabes? —Jean se puso rojo como un tomate—. Lo siento mucho —le aseguró Louis—, fue culpa mía.

—No, no, fui yo... debería haber... no sabía...

«Ya está —se dijo Louis—, los dos nos echaremos la culpa de todo y será como si no hubiéramos hablado». Se volvió con decisión hacia su hijo, pero enseguida contuvo el impulso de decir nada más. Al ver a Jean, se le encogió el corazón: estaba muerto de angustia. «Dios mío, ¿cómo puede vivir así?»

Le puso la mano en el hombro.

—Ya está —dijo—, ya está, grandullón... —Jean parecía ido—. Ahora todo se arreglará, ¿eh? Todo se arreglará...

Jean empezó a llorar silenciosamente y su grueso rostro, más hinchado aún por el llanto, hizo que Louis tuviera ganas de desaparecer.

Le daba palmaditas en la espalda repitiendo frases inútiles. Buscó en su bolsillo y le tendió su pañuelo impoluto y perfectamente doblado (era Angèle quien se ocupaba de esas cosas). Jean se sonó ruidosamente.

—Parece que lo de vuestra tienda pinta bien, ¿no?

Había adoptado un tono jovial.

Jean asintió: «Sí, sí.» Volvió a sonarse.

—Sí, creo que funcionará...

No tenía ni idea: hasta entonces todo le había salido mal, no veía por qué iban a arreglarse las cosas ahora...

Era más o menos todo lo que eran capaces de decirse. A Louis le daba vergüenza, ¡mira que no ser capaz de hablar con su propio hijo!

Le hizo una seña al camarero para que les llevara otra ronda.

—¡Hombre, aquí está!

François acababa de aparecer jadeando debido al retraso. Notó que había pasado algo: el Gordito se sorbía la nariz y tenía los ojos rojos, qué familia...

Como estaban delante su padre, los hermanos se dieron un beso.

—Pero bueno, ¿qué te ha pasado? —preguntó al instante Louis señalando la cabeza de François.

De forma instintiva, él se tocó la zona que el farmacéutico había tenido que rapar para ponerle tres puntos de sutura.

—Una mala caída...

No le apetecía dar explicaciones.

—¿Comemos aquí? —preguntó para cambiar de tema.

—No, vamos a buscar otro sitio, este barrio está lleno de restaurantes.

Cuando Louis hubo pagado las consumiciones, los tres abandonaron el café.

—En realidad —dijo—, quería enseñaros... —se detuvo— aunque no sé si aún habrá algo que ver... puede que ahora todo aquello...

Jean y François estaban a cuál más intrigado.

Caminaron unos minutos y llegaron a la rue Ramey.

—Es justo aquí —dijo Louis adelantándose a ellos.

François alzó la cabeza y leyó: PASAJE PERS.

Hacia la mitad del callejón se alzaba una de aquellas sólidas casas de piedra moleña que se construían antes de la Gran Guerra. Estaba separada del pasaje por un murete de cemento rematado por una verja de forja pintada de verde.

—En mis tiempos había una valla de madera —explicó Louis.

La fachada principal no daba al callejón, sino a un pequeño patio en el que había una especie de granero y un huertecito. El terreno no era muy grande, pero estaba bien cuidado. Las hileras de hortalizas eran cortas, pero parecían trazadas con tiralíneas y no había un solo hierbajo. Junto a unas cuantas herramientas de jardín colocadas con cuidado se veía una regadera de hierro.

Louis señaló la casita. Lo que tenía aspecto de ser un granero era en realidad un cobertizo de dos pisos. Habrían podido derribarlo, pero lo habían reparado. Estaba emocionado porque era más una reliquia que una vivienda.

—Ahí es donde vivíamos Édouard y yo —dijo, y de pronto se volvió hacia sus hijos—. No quiero que os quedéis con la idea de que vuestro padre es un mangante ¡y menos aún vuestra madre!

1918: el regreso a casa después de la guerra.

—Édouard y yo alquilamos el piso de arriba, sofocante en verano y gélido en invierno. Incluso comer era difícil: las pensiones no llegaban. No voy a daros la tabarra con eso, no quiero parecer un viejo idiota pero, desde luego, habíamos luchado en una guerra fea de verdad...

Louis había apoyado un pie en el murete y se había agarrado a la verja con las dos manos.

Su compañero era uno de los muchos mutilados que el conflicto había dejado por toda Francia. Le faltaba la mandíbula inferior.

—Realmente, estábamos en la miseria... yo hacía trabajillos, él no podía hacer gran cosa. En fin, para contar la historia del pobre Édouard se necesitaría tiempo.

Su amigo había ideado la estafa de los monumentos funerarios y diseñado el catálogo y él, que entonces se llamaba Albert, se había encargado de llevarla a cabo...

Negó con la cabeza: aquellos recuerdos lo entristecían porque era allí donde había empezado todo y, pasadas tres décadas, la vida lo devolvía a aquel lugar en compañía de dos de sus hijos. No quería que ellos se quedaran con una mala imagen de él.

—Aquella estafa... La verdad es que en aquellos tiempos cada cual se las apañaba como podía.

François y Jean se miraron. Pocas veces se habían sentido tan cerca el uno del otro.

—Vuestra madre y yo nos habíamos conocido poco antes. Luego hubo que huir a toda prisa. Édouard... Édouard murió antes, simplemente... —Ahuyentó algunos recuerdos con un movimiento de cabeza—. La casa —añadió señalando el edificio principal, cuya entrada daba al patio— la ocupaba la señora Belmont.

Allí era donde vivía Louise, la niña enamorada de Édouard. Tenía once años y era bonita como una flor, callada y seria. Era una huérfana de guerra y sólo le quedaba su madre, una pobre mujer que había perdido el habla tras la muerte de su marido, en 1916. Louis le dio un poco de dinero antes de poner pies en polvorosa.

Pero eso se lo guardaba para él. Era curioso, había llevado allí a sus hijos para que comprendieran las estrecheces que había sufrido entonces, pero aquella casa, bastante bonita ahora, con el cobertizo remozado y el pequeño huerto... transmitía más bien una sensación de tranquila felicidad.

—Bueno, ya entendéis lo que quiero decir...

François y Jean comprendieron que era una pregunta.

—¡Sí! —repuso Jean—. ¡Sí!

François posó la mano en el hombro de su padre.

—Venga, vámonos... —dijo Louis.

François lo cogió del brazo y Jean contempló la posibilidad de hacer lo mismo, pero renunció: no habría sido nada fácil andar así.

—¡Yo tengo hambre! —exclamó Louis de pronto—. ¿Vosotros no?

No sabía qué otra cosa decir.

Volvieron hacia la rue Ramey. Justo enfrente del pasaje Pers había un restaurante: La Petite Bohème.

—¿Por qué no? —respondió François a la muda pregunta de Louis.

Empujaron la puerta y el olor a buey a la borgoñona los envolvió al instante. Era un restaurante muy bullicioso. Todas las mesas estaban ocupadas excepto una.

—Ésta los esperaba con los brazos abiertos —dijo un hombre bastante mayor tocado con una boina redonda, parecida a un gorro militar.

El mostacho blanco le daba aspecto de morsa y el delantal intentaba en vano disimular su enorme barriga, que explicaba sus andares lentos y bamboleantes.

Los tres hombres se sentaron al fondo de la sala, cerca de la cabina telefónica.

—De primero tenemos huevos duros con mayonesa y paté de foie de la casa. Me quedan dos puerros a la vinagreta, ¡puerros del huerto, cuidado! —puntualizó, y alzó el pulgar por encima del hombro. Louis se preguntó si se refería a las hileras de hortalizas que habían visto en el pasaje. ¿Sería él quien vivía en la casa que había sido de la señora Belmont?—. Después, hay buey a la borgoñona y blanqueta de ternera. Ustedes dirán.

Su voz era profunda y vibrante.

En el camino de vuelta a la barra y la cocina se detuvo un momento.

—¿Cómo puedes dejarte todo eso? ¿No te gusta mi blanqueta?

Se lo había dicho con voz atronadora al más joven de los dos obreros que ocupaban una mesa.

—¡No te dejes avasallar! —exclamó su compañero riéndose ante su cara de pánico.

—¡Ya te daré yo...! Dejarse semejante blanqueta... —gruñó el anciano, y siguió su camino hacia la cocina.

Cuando Louis iba a París, uno de sus placeres consistía en retomar el contacto con las tabernas de la capital. Aquélla le gustaba mucho. No recordaba que fuera un restaurante en su época. Quizá no se había fijado nunca porque no tenía medios para comer fuera. Una botella de beaujolais le fue de gran ayuda para ahogar su melancolía, los chicos lo acompañaron sonriendo.

—¿Qué tal, papá? —le preguntó el Gordito.

—¡Qué bien sienta!

No estaba claro si hablaba de la visita al pasaje Pers o del vaso de vino que acababa de vaciar de un trago.

Fue una comida alegre.

—Oye —le dijo Louis a François—, he leído el editorial de tu jefe; ¿cómo se llama, Dirissov?

—Denissov.

—¡Eso, Denissov! Sobre las manifestaciones del día 11... ¡qué artículo! ¡Hay que ver cómo escribe ese hombre!

—Sí —dijo François—, no lo hace mal.

Louis tuvo la confusa intuición de que había tocado un asunto delicado y no insistió.

Hablaron de Étienne, pero no fue triste, y de Hélène, lo que resultó un poco más embarazoso.

—¡Bah! —dijo Louis—. Ya sé que os esforzáis con ella, pero ya es mayor, no se puede hacer nada.

Las mesas se habían ido vaciando, hacia las dos sólo quedaban ellos. La lentitud del servicio habría resultado exasperante sin el espectáculo ofrecido en la sala: el señor Jules, el dueño, era un hombre gruñón, tajante y lenguaraz, que durante todo el servicio mantenía un diálogo con el conjunto de la sala. En aquel espacio, era el señor Jules contra el resto del mundo. No había dejado títere con cabeza: el racionamiento, los especuladores de guerra, el alza de los precios, la calidad del tabaco, la arrogancia de los estadounidenses, la huelga de los taxistas, los alquileres regulados, el Salón de las Artes Domésticas...

—Es un espléndido sustituto del periódico, encuentro yo —bromeó Louis.

Justo en ese momento el señor Jules se acercó a su mesa.

—¿Qué tal? Sí, lo sé, el servicio es bastante lento...

—¡No, no, qué va! —se apresuró a decir Louis.

—Qué simpático es su padre... —dijo el señor Jules mirando a los jóvenes. Luego se volvió hacia Louis—. Es que yo aquí estoy de sustituto. Vengo sólo los viernes, así que he perdido un poco de práctica.

—Con la blanqueta no, desde luego... —aseguró François.

—La blanqueta es algo que se lleva en la sangre, no se puede explicar.

Louis pagó. Se levantaron y, cuando estaban a punto de coger los abrigos del perchero al lado de la puerta, entró una joven acompañada por una niña pequeña que corrió a arrojarse, riendo, a los brazos del señor Jules.

—¡Abuelito gordo!

—No estoy gordo, cariño, sólo un poco rellenito...

La joven le preguntó:

—¿Puede quedarse con la niña una hora mientras...?

No acabó la frase, la niña ya estaba montada a horcajadas sobre los hombros del señor Jules. Ella sonrió y se volvió hacia la puerta.

—¡Louise! —la llamó el anciano.

—¿Sí?

Louis estaba a unos centímetros de ella, boquiabierto.

Era ella.

La reconocía perfectamente: aquella belleza seria, aquella mirada...

Era Louise, la pequeña Louise.

Estuvo a punto de echarse a llorar.

—Te vas a quedar sin café —dijo el señor Jules—, ¡ya es la segunda vez que te lo recuerdo!

—No diga tonterías: ayer traje café. En la despensa hay ocho paquetes.

—Ah, claro... —gruñó el señor Jules volviendo la cabeza para mirar a la niña encaramada encima de él—. Tu madre nunca me dice nada y después quiere que lo sepa todo...

—Adelante...

Louise sostenía la puerta abierta para los tres clientes.

—Gracias... —murmuró Louis.

Al mirar a su padre, Jean y François creyeron ver que tenía los ojos brillantes.

Mientras caminaban por la calle, Louis rebuscaba en sus bolsillos y refunfuñaba, «¿dónde habré metido el dichoso pañuelo, por Dios?».

El senador de Neuville había dado en el clavo: la entrevista que François le había hecho al juez Lenoir había sido devastadora.

Su convicción sobre la culpabilidad del último testigo en el caso Lampson había sido recogida y comentada en todos los periódicos. El juez no paraba de telefonear a la redacción preguntando por François, que al final no tuvo más remedio que devolverle la llamada.

—Señor juez...

—¡Ah, señor Pelletier, señor Pelletier! —Estaba desesperado, la voz le temblaba de la emoción—. ¿No nos precipitamos un poco?

A François le habría gustado poder ayudarlo. Al pobre juez sólo le quedaba la esperanza de haber acertado, confirmar que aquel último testigo era el culpable... o confiar en que el caso se alargara lo suficiente para que sus prematuras declaraciones cayeran en el olvido.

—¿Cómo que «nos»?

—Pues sí, nosotros barajamos hipótesis que, en fin...

—Señor juez, me permito recordarle que las hipótesis y las frases son suyas, yo me limité a...

—Lo sé, lo sé, pero compréndame...

Aquello no era una conversación, era una sesión de terapia.

De hecho, François dejó de escuchar y se limitó a soltar síes, noes y algún que otro «no se preocupe». Su mente estaba lejos. Cuando había pensado: «Espero por su bien que el caso se eternice...», le había venido una idea a la cabeza, pero ahora no conseguía recordarla.

El pobre juez acabó de exponer sus temores y sus dudas y por fin comprendió que ahora estaba totalmente solo y que su pasión por hablar con la prensa acabaría costándole muy cara; François colgó.

Y todo el resto de la tarde estuvo intentando recuperar esa idea fugaz, que había desaparecido apenas formada.

De pronto miró su reloj.

La idea acababa de reaparecer en su mente, ¿acertada o no?

Para saberlo, lo mejor era coger un taxi e ir al Régent.

Había una sesión en marcha. La taquilla estaba cerrada, pero François se coló en la sala y subió a la cabina de proyección. Désiré Lenfant se volvió hacia él, todo sonrisas.

—¡Ah, señor Pelletier! ¿Qué lo trae por aquí?

Sentado ante la mesa de reparaciones, su joven sobrino, encorvado sobre unas tiras de fotogramas, alzó los ojos hacia el inesperado visitante.

—Espera... —dijo François—. Roland, ¿verdad? —El chaval se puso rojo. François sonrió y se acercó—. ¿Qué tal, Roland? ¿Todo bien? —Luego se volvió hacia Désiré Lenfant y le preguntó—: ¿Puedo llevármelo unos minutos?

45

No es el fin del mundo

No era difícil encontrar la sede de la secta Siêu Linh en Saigón: el antiguo almacén de los muelles convertido en catedral estaba coronado por el reluciente emblema de la secta, de hierro forjado, que se veía desde lejos. Por las calles que rodeaban la Santa Sede pululaban monjes que caminaban a paso vivo con las manos metidas en las mangas de sus togas blancas. Las anchas puertas del templo estaban cerradas, pero se entreabrieron como por arte de magia cuando Angèle y Hélène llegaron ante la escalinata. Un dignatario con toga y gorro azules avanzó hacia ellas.

—Esperábamos su llegada, señoras. Si tienen la bondad de seguirme...

El interior las impresionó mucho. Las inmensas vidrieras en lo alto derramaban una claridad opalescente que aureolaba las mesas repletas de lámparas de aceite y varitas de incienso, y unas luces difusas iluminaban discretamente los retratos de cuerpo entero de los Grandes Anunciadores, que el dignatario saludaba con una leve genuflexión al pasar. Avanzaban por la interminable alfombra verde y oro que conducía al altar mayor mientras, a uno y otro lado, decenas de fieles permanecían prosternados con la frente pegada al suelo.

El sonido de un gong detuvo súbitamente al dignatario, que se arrodilló y agachó la cabeza. El papa acababa de hacer su aparición. Con los brazos extendidos hacia las dos mujeres, se acercaba con pasitos tranquilos y medidos, destinados a subrayar su serenidad. Un ancho collar de gemas y topacios adornaba su toga roja, y llevaba un gorro de dos pisos con borlas que hacía pensar en dos moldes para tarta superpuestos, o mejor: en un pastel de bodas.

No parecía en absoluto el hombre cordial y sonriente que Étienne había descrito en sus cartas, más bien se veía tenso y concentrado.

Cuando el papa llegó hasta donde estaban, ni Angèle ni Hélène supieron cómo reaccionar. Ante la duda, cada una le cogió una mano; Angèle se la llevó a los labios, mientras que Hélène se limitó a estrechársela un momento y enseguida la soltó.

—Señora Pelletier, señorita Hélène... ¿cómo expresarles...? —Tenía un nudo en la garganta—. Vamos, no se queden ahí —se apresuró a decir—, vengan, vengan...

Las condujo a un salón que recordaba bastante a un templo budista. Mullidos sillones estaban colocados frente a un pequeño estrado en el que destacaba el trono de su santidad. Allí un dignatario subido a un taburete esperaba estoicamente al papa, que se acercó. Cogió el alto gorro con respeto y lo levantó para aliviar a Loan. En aquel instante apareció lo que quizá era la razón de ser de aquel nuevo sombrero: ahora la cresta de pelo medía unos veinte centímetros y estaba formada por finas trencillas alzadas con orgullo hacia el cielo. El gorro había tenido que adaptarse y aumentar de altura para no aplastar aquel peinado y atentar contra el símbolo de elevación que debía representar. Hélène y Angèle se quedaron impresionadas ante aquel voluminoso y expresivo peinado que, como dicen los peluqueros, tenía «movimiento», es decir, que acompañaba graciosamente cualquier inclinación de la cabeza del papa subrayando así la importancia de sus gestos.

Una vez liberado de su gorro con borlas, Loan condujo a sus invitadas a un espacio más íntimo situado en una esquina del salón y provisto de pufs y cojines, donde se instaló sin formalidades frente a ellas. Tenía un semblante austero, ni siquiera su voz había recuperado su timbre habitual.

—En cuanto me enteré de que habían llegado, me permití invitarlas... ¡Ah, señora Pelletier! —exclamó volviendo a apoderarse de las manos de Angèle—. ¿Qué puedo decirle? Yo quería muchísimo al señor Étienne, ¿sabe usted? Había sido muy bueno conmigo. Si puedo hacer algo... Es terrible... —¿Se iba a echar a llorar? Por un momento Hélène estaba convencida de ello—. Debo confesarle un gran pecado...

Aunque estaba un poco apartada de ella, Hélène notó que su madre se ponía rígida. Por su parte, Loan asentía lentamente y sus trencillas se balanceaban como espigas maduras.

—No creí a su hijo, señora Pelletier; ése es mi pecado, sí, sí, sí.

Ninguna de las dos intervino, pero Loan se quedó callado y con la mirada perdida, así que Hélène se lanzó:

—Mi hermano trataba de huir con pruebas sobre un tráfico de piastras...

—Y yo no lo creí. Es un pecado porque quizá habría podido salvarlo... Sí, ya sé que es un poco confuso, perdónenme. Lo que el señor Étienne llamaba «tráfico» es en realidad una práctica muy corriente aquí, tan corriente que todo el mundo recurre a ella tarde o temprano. Para ser sincero, hasta nuestra Iglesia sacó provecho de ella en algún momento del pasado. Pero el señor Étienne estaba seguro de que ese tráfico también beneficiaba al Viet Minh, lo que sería el colmo, ¿verdad? Y yo no lo creí. Lo ayudé porque era mi amigo, pero no tomé suficientes precauciones.

—¿Y hoy piensa que Étienne tenía razón?

Loan se limitó a asentir repetidamente y las espigas oscilaron de delante atrás.

—Estoy convencido de ello...

—Pero ¿cómo...? ¿Era su avión el que...?

Angèle avanzaba palabra a palabra.

—Sí, señora Pelletier, y no puedo creer que fuera un accidente.

—Era un aparato antiguo, ¿no?

—¡Sí, pero pasaba revisiones con regularidad! Cumplía todos los requisitos técnicos. ¡Prácticamente explotó en pleno vuelo, señora Pelletier! ¡Oh, perdone...!

Angèle estaba llorando a lágrima viva.

Hélène se acercó a consolarla. Con un gesto, Loan llamó a unos fieles, invisibles hasta ese momento, que llegaron en silencio con pañuelos, una bandeja con té y toallas empapadas en agua tibia aromatizada con jazmín.

—Gracias, gracias... —decía Angèle como disculpándose y defendiéndose a la vez.

Les sirvieron té, Angèle se sonó.

—Estoy bien, por favor, no se preocupen por mí...

Loan dejó pasar un momento en silencio y después continuó:

—Además, aunque no hubiera estado perfectamente revisado, ¡y no era el caso!, si surge una avería, un avión en dificultades intenta aterrizar, pero nuestro piloto no tuvo la menor oportunidad: en unos segundos el aparato había desaparecido por completo... sí, sí, sí...

Loan esperó a que la joven adepta en toga blanca acabara de servir el té y se alejara con pasitos presurosos.

—Pero hay más. El señor Étienne, creo, obtuvo pruebas a través de un chico que... que vivía con él... y hacía... hacía labores de criado o mayordomo, ¿comprenden?

Las dos lo comprendían perfectamente.

—Era sobrino del señor Qiao, un intermediario chino muy... muy próximo al Viet Minh.

—¿Quiao, dice usted?

Hélène recordaba la sorpresa de François cuando Étienne había pronunciado aquel nombre. François había entendido

«K. O.» o «Quéhago», «pero no puede ser», había concluido, «ya lo veremos cuando llegue Étienne»...

—Sí, Qiao. Su sobrino le robó documentos comprometedores y fue asesinado poco antes de que Étienne consiguiera huir. Sin duda, el Viet Minh sabía que yo había puesto nuestro aparato a su disposición y, al no poder interceptar a su hijo en Saigón, saboteó mi avión...

Hélène empezaba a ver la película de lo sucedido: el dosier robado, la muerte del chico, la huida de Étienne, el aeródromo, el avión...

—¿Y ese señor Qiao...? —preguntó Angèle con los labios casi cerrados.

—Es la tercera cosa que me hace pensar que, desgraciadamente, estoy en lo cierto: fue hallado muerto al día siguiente de la desaparición del señor Étienne. Su cuerpo apareció flotando en un canal al norte de Saigón.

La película llegaba a su final.

El hombre a quien habían robado las pruebas había sido asesinado a su vez: todos los protagonistas habían desaparecido. La historia había acabado y la bobina giraba inútilmente.

—¿Conocía usted al señor Qiao? —preguntó Hélène—. ¿O a su sobrino?

—A su sobrino, sí: frecuentaba nuestra Iglesia. Era un chico muy dulce, muy tranquilo, muy creyente, sí, sí, sí. A su tío no lo conocía; para mí, era un individuo próximo al Viet Minh, de modo que... —La confesión le había sentado bien—. Nosotros seguimos rezando por el señor Étienne...

—Sí, sí —dijo Angèle, que se irritaba con ese tipo de cosas: ¿acaso los rezos iban a devolverle a su hijo?

—Voy a pedir que les sirvan más té.

—No, no, gracias.

Angèle se levantó, el ambiente de aquella sala la agobiaba.

Su hija, que también se había puesto en pie, no pudo evitar una última pregunta:

—¿Cómo viajó mi hermano hasta el aeródromo?

—No lo sé. Yo le había ofrecido nuestros servicios, pero él prefirió hacerlo a su manera. Supongo que pidió un taxi. No volví a verlo.

Loan las precedió hasta la puerta que llevaba a la nave, pero se detuvo un momento ante el taburete donde el dignatario de la toga azul, que debía permanecer largas horas subido a él a la espera de su santidad, le puso el gorro de dos pisos. Las borlas iniciaron de inmediato sus movimientos epilépticos.

El tamaño, la opulencia de aquella catedral, su vibrante silencio, su atmósfera olorosa a incienso, abrumaban a Angèle, que se agarró al brazo de su hija.

—Si puedo hacer algo más... —dijo Loan.

—Puede que sí. Mire, mi madre y yo no hemos podido recuperar las pertenencias de Étienne en su antiguo domicilio...

—Oh, me ocuparé de eso de inmediato. No sé si lo encontraremos todo, claro, pero haré lo imposible, sí, sí, sí.

Parecía muy decidido y los rápidos movimientos de las borlas confirmaban la firmeza de sus intenciones.

—El miércoles es el aniversario de la revelación de la que el Alma Suprema me hizo depositario y habrá una procesión nocturna de nuestra Iglesia. He decidido dedicarla a la memoria del señor Étienne, ¿nos harían el honor de asistir?

Angèle imaginó la procesión, el espíritu de su hijo flotando sobre la multitud... no se veía con fuerzas.

—Gracias, pero realmente no creo que pueda soportarlo... Si pudiéramos recuperar el baúl de Étienne...

—Yo me ocupo, sí, sí, sí...

Cuando llegaron a la puerta llovía a cántaros.

—¡Haré que las acompañen! —dijo Loan.

—Gracias, pero no es necesario.

Se quedaron allí los tres, bajo el enorme toldo con el emblema de la secta Siêu Linh, viendo caer aquel denso y pesado aguacero, ruidoso como un tren.

Varios bicitaxis a la caza de clientes se acercaban ya a toda velocidad.

Refrescadas por la lluvia torrencial, liberadas del ambiente opresivo de la catedral, en la que nadie salvo el papa parecía realmente vivo, y extenuadas por la confirmación de sus temores respecto a la muerte de Étienne, Angèle y Hélène ya no coincidían en sus expectativas.

La primera no veía el momento de recuperar las pertenencias de su hijo y marcharse, abandonar aquella ciudad, aquel país que odiaba con toda su alma. Había ido a averiguar la verdad sobre la muerte de Étienne, la había descubierto y ahora no sabía qué hacer con ella, así que lo único que quería era volver a casa y dormir.

Hélène, tanto por su juventud como por su carácter, se negaba a darse por vencida, y no dejaba de preguntarse si no se podría hacer algo más.

De vuelta en el Cristal Palace, Angèle preguntó por los horarios de los vuelos.

—Mañana, pasado mañana —añadió...

Costó más de media hora encontrar billetes a Beirut.

Angèle percibía en su hija un sordo rencor.

—Pero ¿qué quieres hacer, Hélène? El hombre que encargó el asesinato de Étienne murió asesinado a su vez... En esta historia ya no hay más que muertos.

Hélène no quería renunciar, pero no tenía nada que proponer. Torcía el gesto, enrocada en un silencio acusador y tozudo que Angèle encontraba bastante infantil.

Loan cumplió su palabra: el baúl de Étienne llegó al final de la tarde.

Reconocieron de inmediato al hombre desdentado que les había ladrado en el antiguo piso de Étienne, pero ya no tenía en absoluto la misma actitud: avanzaba con los hombros encorvados y mirando al suelo. En cambio, el joven que sujetaba la otra asa no mostraba ni de lejos la misma sumisión; pese a las circunstancias, caminaba muy tieso, con el orgullo provocador y grotesco de un torero, y sostenía deliberadamente las miradas de Angèle y Hélène.

En cualquier caso, ambos hombres desaparecieron sin decir palabra: el papa de los Siêu Linh era respetado y temido.

El baúl era de hierro, como los que utilizaban los militares en campaña. Angèle lo había comprado en Beirut y, desde entonces, había recibido muchos golpes. A juzgar por el poco esfuerzo que reflejaban las caras de los dos hombres que lo habían trasladado hasta allí, debía de contener pocas cosas, pero Angèle y Hélène lo veían casi como una amenaza: abrirlo era como llamar de nuevo a la tristeza y el llanto, y ninguna de las dos quería ser la primera en hacerlo.

Oyeron gritos en el pasillo; una voz chillona, apremiante, vehemente: la que les habían arrojado a la cara en el apartamento de Étienne. Alzaron la cabeza para escuchar y después se miraron. Angèle se disponía a abrir para ver qué pasaba cuando la puerta se abrió de golpe y, en el umbral, apareció el joven que había ayudado a cargar el baúl. Rojo de cólera, arrojó algo en mitad de la habitación y volvió a irse dando un portazo. Era la cámara fotográfica de Étienne. Hélène abrió la funda de cuero. El aparato no parecía dañado. Lo dejó en la cama.

Luego levantaron la tapa del baúl.

No quedaba gran cosa: menos motivos para llorar.

Prendas de ropa, entre otras un jersey de invierno que había tejido la propia Angèle («¡Mamá! —le había dicho Étienne riendo—. No me voy a esquiar, ¡me voy a Saigón!»), camisetas y calzoncillos... En los pillajes, lo primero que vuela es la ropa. También había una figurita de Buda...

—Me habló de ella en una de sus cartas —recordó Hélène.

...y la cesta de *Joseph*.

—¡Mira, *Joseph*, esto es tuyo!

El gato se metió dentro enseguida y luego se sentó como si esperara con impaciencia el momento de la partida.

Por último encontraron un librito Siêu Linh del que cayó una nota que decía: «Destino Phnom Penh; luego, avión de línea hasta París...» Estaba firmada: «Su amigo Loan.» Al leerla, Angèle volvió a preguntarse cómo habría ido Étienne al aeródromo. «Si necesitan que los lleven hasta allí, dígamelo», había escrito Loan. «Sí —se dijo—, un taxi, sin duda.»

Hasta ese momento Angèle y Hélène lo habían llevado bien, pero cuando aparecieron las cartas que una y otra le habían escrito a Étienne, no aguantaron más y se echaron a llorar.

—Te vas a reír de mí —dijo Angèle sonándose—: me he traído las cartas que él me escribió.

—Yo también... —confesó Hélène.

Era lo bastante ridículo como para hacerlas sonreír.

—¿Por qué no pides una botella de vino blanco? —propuso Angèle.

Pasaron la velada leyéndose pasajes de las cartas que les había enviado Étienne. Bebían y reían.

—Espera, escucha esto —dijo Hélène—: «He hecho muchos progresos con el encuadre: ahora, casi siempre saco al menos la mitad del modelo. Creo que se abre ante mí una nueva carrera.»

—¿Y esto? —comentó Angèle—: «Loan, el papa Siêu Linh, planea entablar relaciones con las otras Iglesias, pero considera a Pío XII y al arzobispo de Atenas colegas de categoría menor, lo que no facilitará las cosas.»

Al final de la velada se quedaron dormidas completamente vestidas, pero Angèle se despertó hacia medianoche y decidió ponerse el camisón. Antes de acostarse de nuevo, volvió a leer la nota que Loan le había escrito a Étienne:

«Si necesitan que los lleven hasta allí, dígamelo.»

¿Cómo se las había arreglado Étienne, perseguido por la gente que había matado al joven que vivía con él, para llegar al aeródromo?

• • •

—¿Para qué quieres ir allí? —preguntó Hélène.

Estaba rebobinando la película de la cámara de Étienne, una Leica con un objetivo de 50 mm que producía un curioso ruido mecánico. Ya intentaría encontrar carretes nuevos en alguna parte de la ciudad.

—Es verdad, en el instituto hiciste fotografía... —dijo Angèle mientras se vestía.

—Si tú lo dices... —murmuró Hélène lo bastante bajo para que su madre no la oyera.

¿Le había gustado la fotografía o lo poco que había aprendido de ella? Sostenía la cámara de Étienne con las dos manos y tenía una extraña sensación de familiaridad: era como si sus dedos hubieran encontrado su sitio de inmediato, como si aquel gesto fuera habitual en ella, cuando ni siquiera sabía cómo se revelaba una foto...

—¿Para qué quieres ir allí? —repitió.

—¿Qué más nos queda por hacer? ¿Visitar la ciudad?

Lo preguntaba como si fuera una posibilidad absurda: estaba claro que Saigón le parecía un lugar odioso.

Hélène se cuidó de responder que a ella no le habría importado recorrer las calles, ir al puerto; hacer fotos, quizá.

—El aeródromo está a una hora de aquí, no es el fin del mundo.

46

Era muy doloroso

Ya sólo faltaban unos días para la apertura de la tienda, de modo que Jean estaba aún más nervioso que de costumbre y Geneviève más amargada.

—Parece un puesto de bebidas del mercado —gruñía al ver los expositores apilados, listos para ser instalados en la acera.

Acababa de llegar el último pedido, pero Jean había alegado que le dolía la espalda para quedarse solo en la trastienda: no se sentía capaz de afrontar la mirada del señor Steuvels.

Geneviève pasó cuentas con el proveedor y luego llamó a Jean y lo invitó a salir para presenciar la partida de la camioneta. En ese momento, en la acera de enfrente, descubrieron a Georges Guénot con los puños apretados en los bolsillos de una cazadora de piel forrada de borreguillo.

Jean, agotado por el ajetreo de la mañana, no se sintió con ánimos para enfrentarse a su antiguo jefe. Sin embargo, cuando se disponía a refugiarse de nuevo en el interior de la tienda, vio a Geneviève en la acera con los brazos en jarras.

Estaba claro que tenía ganas de plantarle cara a aquel visitante inesperado, que ahora cruzaba la calle con paso rabioso exclamando:

—¡Fue usted!, ¿verdad?

Geneviève lo miró a los ojos.

—Alguien me denunció —añadió Guénot—, ¡y sé que fue usted! —El señor Georges parecía terriblemente seguro de lo que decía—. ¡Nadie más estaba enterado!

Geneviève se volvió hacia Jean, que no sabía cómo reaccionar, y luego bajó la cabeza.

Parecía reflexionar muy profundamente.

—Sígame —dijo al fin.

Y sin esperar respuesta dio media vuelta y empujó la puerta de la tienda, que mantuvo abierta para dejar pasar a Guénot.

Éste entró y contempló las decenas de cajas apiladas unas sobre otras. Sin embargo, lo que más le llamó la atención fueron las sábanas, las toallas y los manteles alineados sobre el mostrador de ventas: conocía lo bastante bien su stock como para reconocer aquellas telas.

—¡Todo esto es mío!

—Ahora es nuestro —respondió tranquilamente Geneviève. No lo miraba, sino que iba y venía por el poco espacio que quedaba libre. Jean y Guénot tardaron en comprender que estaba alineando expositores cerca de la puerta, aunque no sabían para qué—. Fuimos nosotros quienes compramos sus stocks, señor mío —añadió.

Acto seguido desapareció unos instantes. Cuando volvió, enarbolaba un trozo de madera que Jean reconoció enseguida: era un pedazo de viga retirado por los ebanistas. Guénot retrocedió de inmediato, dispuesto a defenderse, pero Geneviève ya había levantado el trozo de viga por encima de su cabeza y se había puesto a golpear uno de los expositores de hierro con todas sus fuerzas hasta doblarlo.

—¡Por Dios! —exclamó Jean.

Pero Geneviève no se inmutó, dio un paso a un lado y volvió a alzar el trozo de viga, con el que golpeó un segundo expositor.

Esta vez Jean se quedó mudo, petrificado.

En cuanto a Guénot, permanecía cerca de la puerta, listo para salir corriendo.

Geneviève se volvió hacia él.

—Usted ha venido aquí acusándonos de haberlo denunciado calumniosamente, ha montado en cólera y ha empezado a romperlo todo.

—¿Cómo?

—Ha destrozado gran parte de la tienda y, cuando mi marido ha intentado interponerse, lo ha golpeado, ¿verdad, Jean? —Jean no sabía qué debía responder. De todas formas, Geneviève no esperaba nada de él—. Ha roto tantas cosas que no podremos abrir la próxima semana, como estaba previsto. Reclamaremos daños y perjuicios.

—¡Espere, espere!

Geneviève destrozó el tercer expositor. Luego dejó caer el trozo de viga a sus pies.

—Vamos a presentar nuestra denuncia al señor... ¿cómo se llamaba? ¿Perret? ¿Ferret? ¡Terret, eso es! ¡Terret, del Comité de Confiscación!

Guénot estaba pálido como un sudario. ¿Cómo conocía al inspector aquella mujer? Pero una voz resonó en su cabeza barriendo esa pregunta: «...si descubrimos que ha vuelto a meterse en un negocio sucio, que está implicado en el menor escándalo...».

—Espere... —dijo Guénot extendiendo las manos como para impedir que Geneviève se acercara.

«...o ha dado el más mínimo paso en falso, el milagro no se repetirá...»

—¡Ya me voy, ya me voy!

Abrió la puerta.

«...será llevado ante la justicia...»

—Diez mil francos.

Guénot se volvió hacia Geneviève.

—¿Perdón?

—Denos diez mil francos —repitió Geneviève señalando los expositores destrozados—. Si nos indemniza, no lo denunciaremos, ¿verdad, Jean?

—Pero diez mil...

Guénot no daba crédito a sus oídos.

—Es el precio.

—Es... ¡es imposible!

—¿Usted cree?

Geneviève lo miraba a los ojos.

«...y acabará en prisión.»

Guénot estaba hundido.

—Sólo tengo ocho mil... —balbuceó.

Geneviève lo miró fríamente y se limitó a extender la mano.

François sabía que iba a pasar un mal rato en el despacho del jefe, pero no pensaba aceptarle a Baron y Malevitz lo que a veces le toleraba a Denissov.

Cuando llegó, allí estaban los tres; eso sí: Baron y Malevitz, que habitualmente eran como hermanos enemistados, parecían estar en el mismo bando: el de los buenos... y el malo era él.

Seguía afectado por las revelaciones sobre el turbio pasado de sus padres, así que, en cuanto cruzó la puerta, no pudo evitar decir:

—¡Vaya! ¿Esto es un tribunal? No sabía que...

Comprendió su error al instante.

—Perfectamente podría serlo... —le había respondido Denissov cortante—. Hace unos diez días le preguntaste a Arthur por dos antros de corrupción, los bancos Godard y Hopkins Brothers, sobre los que nos encantaría poder escribir. Tres días después, sin avisar a nadie, fuiste a entrevistar al senador Neuville, así que contéstame: ¿eres un periodista independiente o un reportero del *Journal*?

François se jugaba el puesto: no había visto las cosas así... Era lógico, pero no había tenido tiempo para reflexionar, para hacerse las preguntas adecuadas y buscar las respuestas aceptables. Y si lo echaban del *Journal*, no volvería a levantar cabeza.

—Volveremos a empezar, ¿de acuerdo? —propuso Denissov—. ¿Qué tal por Godard y Hopkins Brothers?

—No —respondió François—, no podemos enfocarlo así: se trata de un todo.

Denissov se arrellanó en el sillón: «Te escucho.»

—Mi hermano estaba investigando, en Saigón, un tráfico de piastras autorizado por el gobierno francés del que podría haberse beneficiado el Viet Minh.

Los tres hombres comprendieron de inmediato el potencial devastador de semejante noticia.

—Y por lo visto sospechaba que esos fondos pasaban por Godard o por Hopkins Brothers.

—¿Y cómo lo sabía? —preguntó Baron.

La agresividad con la que había formulado la pregunta era un abuso de posición dominante. «Si salgo de ésta, me las pagará», pensó François.

—No lo sabía, lo creía.

—Tanto da. ¿Por qué lo creía?

A partir de ese punto tenía que desviarse de la verdad sin dejar de resultar creíble.

—Por una confidencia que alguien le había hecho en la Casa de la Moneda de Saigón, donde trabajaba. El problema es que no tenía pruebas.

—¿Y el senador Neuville era uno de los implicados?

El margen de François se estrechaba por momentos: un paso en falso y caería al agua, y nadie le lanzaría un salvavidas. Sabían que había ido a ver a Neuville, supuso que ignoraban por qué.

—Eso es otro asunto.

—¿Quieres decir que no hay relación entre la investigación de tu hermano y tu visita a Neuville?

—Claro que la hay. Pese a que mi hermano no tenía pruebas, murió en circunstancias bastante sospechosas...

—¿Y qué pinta en todo eso el gilipollas de Neuville? —lo interrumpió Baron irritado.

François iba a apurar el cáliz hasta las heces: para salir del atolladero, tendría que fingir que él también era un gilipollas.

Miró a Denissov. Admiraba a aquel hombre, había soñado con trabajar con él y lo había conseguido, pero si no se avenía a pasar por un gilipollas quedaría fuera de juego y no podría volver jamás... La congoja hizo que se ruborizara.

—Me habían dicho que conocía bien Indochina: estuvo destinado allí unos años... Quería pedirle su opinión sobre la muerte de mi hermano, saber si la teoría del accidente le parecía plausible...

—¡¿A Neuville?!

Lo que se temía: Baron soltó una carcajada y Denissov tuvo que contenerse para no hacer lo mismo. El único que estaba incómodo era Malevitz: que su polluelo quedara como un idiota también era humillante para él.

—¡Menudo chiste! —exclamó Baron—. ¡Ese tonto nunca ha comprendido nada de lo que ocurre en Indochina! ¿Quién te dio semejante idea?

Esa pregunta era un problema para François porque francamente no tenía ni idea de qué responder. Por suerte, Denissov lo sacó del apuro:

—Eso es lo de menos; ¿estás de acuerdo en que fue una idea de bombero?

—Cuando hablé con él, lo comprendí, pero...

¿Estaba amainando la tormenta?

—Cuando uno no sabe nada sobre un tema —dijo Baron—, lo deja para quienes son de ese sector...

—Cierra el pico, Arthur.

Era la primera frase de Malevitz desde el comienzo de la reunión. La había dicho en el tono de alguien que acepta la derrota, pero que no estaba dispuesto a tolerar la humillación.

Una vez más, Denissov prefirió calmar los ánimos: todo el mundo tenía claro que François pensaba que podía haber topado con un asunto importante y había cometido algunos errores de novato.

—En definitiva, ¿no tienes nada?

En ese instante François tenía la opción de respaldar a Étienne y dar luz verde al gobierno para poner en la picota a toda su familia...

—No: mi hermano no me proporcionó ningún documento, ningún elemento tangible, nada que pudiera permitirnos escribir sobre el asunto, ni siquiera investigar; no tenía nada sólido.

—¿Y respecto a su accidente?

—Hay una investigación en marcha, pero era un aparato antiguo y sin duda en mal estado...

Era una derrota. Todos lo percibieron, pero no se golpea a un hombre que ya ha caído al suelo. Hasta Baron prefirió quedarse callado.

François había bajado varios peldaños en la estima de Denissov y de Malevitz, era muy doloroso.

Pero había algo que le podía servir de consuelo.

—Bueno, reconozco que he actuado como un gilipollas... aun así, creo que no soy totalmente inútil aquí, ¿no?

Le tendió su propuesta de titular a Denissov, que soltó una carcajada.

—¡Bravo! —dijo pasándoles el papel a Malevitz y a Baron—. ¡Buen trabajo!

Caso Mary Lampson.
El «último testigo» no era otro que Roland,
el sobrino de 11 años del proyeccionista.
El niño bajaba a la sala para ver a escondidas
las películas que le prohibía su tío.

François Pelletier acababa de reincorporarse a la sección de sucesos.

47

¡Es un zorro!

Delante del Cristal Palace, Angèle y Hélène cogieron un taxi con destino a Bien Hoa, al noreste de Saigón, y el conductor, que era un charlatán, se dedicó a contarles (en vietnamita, por supuesto) toda clase de detalles y curiosidades sobre monumentos que ni siquiera alcanzaban a ver. Les bastó la media hora del viaje para acabar completamente exhaustas.

Y sin embargo, había árboles de un verde más intenso que ningún otro que hubieran visto, grandes extensiones de agua, arrozales, aldeas y calles, carreteras que más parecían caminos, por las que avanzaban carretas tiradas por búfalos y conducidas por niños, y cuyos pasajeros, con las piernas colgando en la parte posterior, te miraban lánguidamente mientras acariciaban a las gallinas que tenían sobre las rodillas.

De vez en cuando Hélène le daba una palmadita en el hombro al taxista para que parara el coche. Entonces ella bajaba a hacer una o dos fotos, sobre todo retratos. Era una joven bonita y graciosa, así que nadie se negaba a posar.

Cuando llegaron, el taxista esperaba una buena propina por sus servicios como guía turístico espontáneo, pero Angèle abrió su bolso, sacó el primer billete que encontró y se lo tendió por encima del hombro diciéndole: «Cállese.» De todas formas, el buen hombre se quedó satisfecho porque consiguió su propina.

El aeródromo Guynemer estaba en el lindero de la jungla y sólo disponía de una pista bastante corta en apariencia y quizá peligrosa porque terminaba abruptamente ante unos grandes árboles. En caso de mal tiempo, los aterrizajes serían sin duda de lo más acrobáticos. Había un pequeño edificio de una sola planta que debía de servir como centro de control (no se veía ninguna torre). Un avión turístico estaba estacionado cerca del único hangar.

Entraron en el edificio mientras el taxista aparcaba en un lugar adecuado en previsión de la lluvia, que amenazaba con estallar desde la partida.

Era una especie de comedor de oficiales con un bar centenario, condecoraciones en las paredes, trofeos polvorientos, banderines descoloridos, banderas apolilladas y una vitrina con los cristales sucios en la que se distinguía una copa de latón con dos alas en lugar de asas. En la sala, de techo bastante bajo, flotaba un leve olor a picadura y a puros baratos. El conjunto tenía el aire siniestro y mustio de esos lugares cuyo momento de gloria ha pasado y que sobreviven milagrosamente a una esperanza de vida superada hace mucho; más que el centro de control de un aeródromo privado, parecía la sede de un antiguo club de fútbol de quinta división. En el lado derecho estaba la mesa de mandos, cuya rusticidad resultaba evidente incluso para el más profano: un micrófono, un altavoz, unos cuantos botones y un enorme extintor rojo. Junto a la mesa estaba el operador, un asiático con una raída gorra verde, la cara surcada de arrugas (tendría unos sesenta años) y la boca entreabierta de forma permanente. Por lo visto, también ejercía como técnico de mantenimiento, gerente y barman. Su labio inferior, que colgaba aparatosamente, esbozaba una mueca curiosa que le daba un aire desdeñoso.

—¿*Dí?* —preguntó.

Quería preguntar: «¿Sí?», pero apenas movía los labios al hablar. Su voz era la típica voz rasposa de los fumadores.

Angèle se presentó, aunque no estaba segura de que el hombre comprendería todo lo que iba a explicarle.

De hecho, mientras ella le contaba lo que sabía sobre el vuelo de Étienne, el operador-barman se dedicó a mirar a Hélène, que tomaba fotos aquí y allá, algo que no parecía hacerle ninguna gracia.

—*Dí, dí* —repetía.

Cuando Angèle terminó, le preguntó:

—¿*Pada* qué es?

Angèle estaba desconcertada, ¿no había sido clara?

—El joven que iba en el avión... era mi hijo —insistió.

—*Dí, pedo ¿pada* qué?

El pobre hombre era idiota o había sufrido un derrame cerebral.

Hélène acudió al rescate.

—¿Cómo llegó aquí? ¿En taxi?

—En *dip.* —Las dos mujeres se miraron: ya no tenían claro en qué lengua hablaba—. En *dip* —repitió—. Con *doldados* de la *ledión.* ¿*Dé* les *dirvo?*

—Yo me tomaría una cerveza —dijo Hélène—. En jeep, ¿no? Con la Legión...

—*Dí.*

Para Angèle era demasiado. Sus ojos iban y venían entre su hija y el operador-barman.

—Lo trajeron unos amigos de Raymond, por seguridad... —tradujo Hélène. Había empezado a sonreírle al tipo, que la miraba encantado.

—Ah, era eso... —murmuró Angèle.

—*Dí* —dijo el operador-barman, que había dejado tres botellas de cerveza en la barra y ya había empezado la suya.

Su labio inferior caído no le permitía beber directamente de la botella, así que echaba la cabeza atrás y, con la boca muy abierta, dejaba caer la cerveza con extraordinaria habilidad, produciendo el ruido de una cisterna al vaciarse.

Hélène había descubierto cómo hacerlo hablar, lo que les permitió reconstruir los últimos instantes de Étienne: su llegada al aeródromo con un pequeño grupo de legionarios, el encuentro con el piloto de la secta Siêu Linh, que esperaba desde hacía varios días (y dormía en el hangar cuando no estaba acodado en la barra), el despegue sin pérdida de tiempo, la espera de los legionarios a que Étienne subiera al aparato antes de emprender el regreso a Saigón...

Y la limusina.

Estacionada entre el centro de control y el hangar.

—Una limusina... —murmuró Hélène sonriendo.

Con aquel hombre, su sonrisa era un poderoso catalizador de la conversación.

—*Dí.*

Angèle iba por la mitad de su cerveza, a Hélène le quedaba poco de la suya; el barman, por su parte, estaba empezando la cuarta.

Hasta ahí, el cuadro se correspondía (salvo en lo de la Legión) con la idea que se habían hecho de la precipitada partida de Étienne. Sin embargo, la presencia de aquella limusina era una novedad. Para quedarse tranquila, Hélène salió y observó el lugar con atención. Un coche entre esos dos edificios no era un coche estacionado: era un coche escondido.

—El señor Qiao vino en persona a supervisar el accidente —dijo Hélène mientras se acercaba de nuevo al bar.

Angèle se limitó a sonarse. Hélène le puso las manos en los hombros.

—¿Quieres que regresemos ya? —preguntó.

Luego se volvió hacia el operador-barman.

—Gracias por su amabilidad, caballero.

—*Do* hay *bor qué* —dijo el hombre alzando la botella cordialmente.

Las dos mujeres levantaron la cabeza hacia el techo.

Se ha desatado el aguacero. La lluvia cae a cántaros sobre el tejado y resuena de tal manera que hay que alzar la voz para hacerse oír.

Hélène se aleja del bar, abre la puerta, ve la cortina de agua y se asoma para ver al taxista y hacerle señas de que se acerque.

Entretanto, Angèle sonríe tímidamente al operador-barman con el bolso apretado contra el pecho, intentando mostrar aplomo.

El barman eructa ruidosamente, se inclina hacia ella y, en tono confidencial, le dice:

—No *eda* el *deñor* Quiao. *Eda* Loan, de los *Dieu* Linh.

Hélène, que ha oído desde la puerta lo que ha dicho el barman sin que ella misma sepa cómo, corre hacia la barra.

—¿Era Loan? ¿El papa Siêu Linh? ¿Está seguro?

—¡*Degudísimo!*

El hombre deja la botella en la barra y, sonriendo, se pone las dos manos en lo alto de la cabeza con los dedos muy separados para imitar el extravagante peinado de Loan.

El taxi surcaba lentamente la carretera, como una barca. El ruido de la lluvia dificultaba la conversación, pero ni Angèle ni Hélène tenían ganas de hablar. Intentaban, cada una por su lado, calibrar las implicaciones de aquella información: Loan estaba presente durante el despegue del aparato que había puesto a disposición de Étienne.

Hélène se inclinó hacia su madre.

—Nos aseguró que no había vuelto a ver a Étienne.

—Y que no sabía cómo había ido tu hermano al aeródromo —dijo Angèle—, ¡y resulta que estaba allí!

—Ha hecho recaer todas las sospechas sobre ese chino, Qiao... —añadió Hélène.

—...que ofrece la enorme ventaja de estar muerto.

A medida que reflexionaban, Loan pasaba de ser cómplice a ser el culpable.

¿Por qué? ¿Qué motivo tenía el papa Siêu Linh para organizar aquel atentado contra Étienne?

—Puede que haya un modo de averiguarlo —concluyó Hélène.

El primer intento no había bastado.

—¿Tiene cita? —preguntó la mujer que atendía al público en uno de los extremos del mostrador.

Hélène sólo esperaba una cosa: no toparse otra vez con Gaston Paumelle. Pero Gaston, como los perros de caza, olía a las jóvenes desde lejos.

—¡Señorita Pelletier! —exclamó estrechándole la mano con una insistencia repulsiva.

—¿Puede preguntarle al señor director si podría recibirme unos minutos?

La presencia de aquella chica... las sensaciones que experimentaba Gaston eran abrumadoras. Se pasó la larga y enjoyada mano por la frente.

—Si no, puedo ir a preguntárselo yo misma...

—¡No, no, faltaría más!

Mientras avanzaban por el pasillo, se habría dicho que Gaston iba barriendo el suelo por donde pasaría Hélène, pero todo era una estrategia: antes de llegar a la puerta del director, se pondría detrás de ella para verle el trasero. Hélène llevaba un vestido estampado que lo volvía loco; creía percibir su perfume (no: ¡su olor!).

¡Ay, qué ganas tenía de darle la vuelta y empujarla contra la pared allí mismo!

—¿Señor director?

—Sí, ¿qué?

Gaston se apartó y dejó pasar a Hélène.

—Es la señorita Pe...

Hélène no le dio tiempo a acabar, se volvió hacia él y lo empujó amablemente hacia el pasillo.

—Gracias, señor Paumelle, ya he llegado.

Cerró la puerta y se volvió hacia Jeantet.

—Necesitaba verlo...

Debería haberse disculpado por aquella visita inesperada, pero su voz dejaba traslucir una urgencia, una inquietud.

—Ah, sí, yo también estaba pensando... —farfulló Jeantet.

—¿Perdón?

—Es pegajoso, ¿eh? —Señalaba la puerta. Hélène sonrió—. Pues aún tiene usted suerte —añadió— porque, si necesitara algo de él...

Estaba atareado ordenando sus fotos, una operación que era una mezcla de rompecabezas y juego de las sillas. Hélène se había acercado. De pronto el director agitó la foto de un pastor alemán delante de ella.

—*Itsou*, tuvimos que ponerle una inyección...

—Debería hacer lo mismo con el señor Paumelle.

Jeantet no la había oído. Frotó el cristal de la foto con la manga de la chaqueta, la dejó en el escritorio y recolocó otra.

—Sí, por su hermano, por supuesto...

—Me ha parecido que, sin la presencia del señor Paumelle, usted quizá podría decirme algo más...

Jeantet abrió un cajón de su escritorio, sacó una gamuza y se lanzó a una gran operación de limpieza: cogía una foto, le pasaba el paño, volvía a dejarla...

—Sí, sí... algo más, lo comprendo.

Hélène tuvo la certeza de que aquel hombre estaba completamente ido.

—Es sobre Loan —aventuró—, el papa Siêu Linh.

—Ah, ya, Loan, nuestro viejo amigo Loan...

—¿Sabe usted si Loan conocía bien al señor Qiao?

El nombre del intermediario chino surtió un gran efecto en Jeantet, que dejó la gamuza en el escritorio, se precipitó hacia Hélène, la cogió de los hombros y la obligó a sentarse en el sillón de las visitas, donde ella volvió a hundirse como la vez anterior. Pero el director, como había hecho entonces con Angèle, se agachó junto a ella, y fue él quien se encontró en una posición de inferioridad.

—Su hermano... ¡era un purista! ¡Era un purista, señorita: puede usted estar orgullosa de él!

¿Iba a entonar de nuevo su cantinela republicana?

Jeantet lanzó una mirada a la puerta y bajó la voz.

—Eran uña y carne, diría yo.

Hélène no lo seguía del todo.

—Loan y Qiao eran uña y carne. En otros tiempos habían hecho muchos negocios juntos, luego... cuando el viejo Diem... quiero decir... cuando Loan fundó su Iglesia ya no necesitó tanto al chinito, ¿comprende? Pero antes... sí... ¡Su hermano era un purista! ¡Un purista!

Hélène sabía que había que dejarlo divagar; si no, perdía el hilo.

—Qiao era un tipo importante, ¿sabe? En cambio, Diem... quiero decir, Loan... ¡nunca me acostumbraré!... al principio era sólo un muerto de hambre. Trabajaba para el chinito, a comisión. Pero ¿por qué me lo pregunta?

—Intento comprender qué era lo que buscaba mi pobre hermano. Usted es, por definición, el hombre mejor informado de la Casa... así que me pregunto si el señor Qiao...

—Murió, ¿no lo sabía?

—Sí, precisamente por eso: la coincidencia de su muerte con la de Étienne es bastante llamativa...

Jeantet estaba desconcertado; «¿cómo?, ¿cómo?», murmuraba posando los ojos aquí y allá en busca de un asidero.

—Usted apreciaba a mi hermano, ¿verdad?

—¡Era un purista!

—Entonces, intente ayudarme a entender todo esto: ¿organizaba el señor Qiao transferencias en beneficio del Viet Minh?

—¡Ésta sí que es buena! —exclamó Jeantet levantándose. Agitaba los brazos y miraba el despacho como si se estuviera inundando—. Pero ¿qué quiere que le diga?

Hélène guardó silencio.

—Todo el mundo hace chanchullos, ¿sabe? Es un desastre. Todo el mundo. No veo por qué los viet iban a ser una excepción...

Hélène se levantó a su vez. Jeantet frunció el ceño: de pronto la encontraba muy alta.

—Dígame... ¿a Loan podría interesarle llevarse bien con el Viet Minh?

Jeantet abrió los ojos como platos... y se echó a reír.

—¡Evidentemente! ¡Su Iglesia necesita mantener buenas relaciones con todo el mundo! Con el gobierno francés, que le ha concedido territorios, y con el Viet Minh, del que, llegado el día, será un poderoso aliado. ¡El viejo Loan no le hace ascos a nada! ¡Es un zorro!

Angèle y Hélène habían ido a tomar algo al Métropole, dos mujeres sombrías en un escenario deslumbrante. Antes de salir habían estado hablando largo y tendido en la habitación.

Loan les había mentido repetidas veces.

Conocía muy bien al señor Qiao.

«Evidentemente» mantenía buenas relaciones con el Viet Minh.

Estaba en el aeródromo en el momento en que Étienne había despegado a bordo de su avión, que podía sabotear mejor que nadie.

Sabía perfectamente cómo se había trasladado Étienne a Bien Hoa, pero había preferido ocultarlo.

La investigación de Étienne amenazaba con cortar una importante fuente de financiación del Viet Minh, y Loan se había alineado con sus socios contra su amigo.

Todo empezaba a encajar, incluida la forma en que Loan había maniobrado para hacer recaer las sospechas sobre un hombre ya desaparecido contra el que no se podría hacer nada, acerca del que nunca se sabría nada...

Angèle le daba sorbos al cóctel.

—Me dan ganas de matarlo —dijo Hélène.

—Y a mí, cariño, y a mí. Sólo nos queda un día en Saigón, después volveremos a casa y todo habrá terminado... —Bebió otro sorbo—. Todo habrá terminado.

48

Se acabó

Hélène se pasó toda la noche reconcomiéndose, presa de la rabia. La sombra de Étienne clamaba venganza, suplicaba que le hicieran justicia, la llamaba: «Hélène, no me abandones —decía—, Hélène...»

Mataba a Loan una y otra vez, y se despertaba sobresaltada, bañada en sudor, desorientada. Pese a la extrema violencia que empleaba, nunca conseguía matarlo del todo: era un fénix, renacía sin cesar, siempre sonriente, con la sombra de sus trencillas proyectando siluetas serpenteantes sobre las paredes de la catedral.

En tres ocasiones tuvo que levantarse y dirigirse con paso vacilante al cuarto de baño para echarse agua en la cara. Estaba agotada.

Cuando pasaba por la habitación de su madre, oía su respiración tranquila y distinguía el perfil de su cuerpo, sumido en el sueño, y eso la indignaba; ¿cómo podía dormir tan tranquila después de lo que acababan de averiguar?

Joseph, harto de tantas idas y venidas, había ido a acostarse en su cesta de viaje: él tampoco veía el momento de volver a casa.

Angèle, con los ojos cerrados, se había abandonado a la noche. Cuando uno está a punto de morir, debe de ser parecido: te relajas y la muerte se apodera de ti. ¿Cuántas veces se había preguntado qué había sentido su hijo, si había tenido miedo? ¿Por qué no había podido morir ella en su lugar?

En tres ocasiones oyó que Hélène se levantaba, se detenía en el umbral de su habitación y observaba cómo dormía. Desde la cama, percibía el rencor de su hija, su ira, aquella hostilidad hacia ella que se había atenuado durante el luto, pero que volvía ahora más intensa que nunca. No se movía, se esforzaba en respirar con el ritmo tranquilo y lento de quien está dormido: necesitaba estar sola.

Todas las noches terminan.

La de Hélène acabó cuando el día ya había empezado. Eran las ocho pasadas. La cama de su madre estaba vacía. Se lavó, se vistió y, como su madre seguía sin aparecer, bajó a recepción.

—La señora Pelletier nos ha pedido que le dijéramos que está en la ciudad —le comunicaron.

El resentimiento del recepcionista seguía intacto desde que Angèle había impuesto la presencia del gato en su habitación. hablaba en un tono seco y con los labios fruncidos.

—¿Ha dicho adónde iba?

Para el recepcionista, era duro cumplir con su deber, responder a gente como aquélla.

—Ha preguntado por la dirección de Lecoq & d'Arneville, es todo lo que puedo decirle.

Ya había cumplido con su obligación, así que se volvió para consultar el tablero de las llaves con cara de concentración.

Hélène acababa de desayunar cuando llegó su madre. Se había comprado un impermeable de un amarillo chillón, un paraguas y un bolso.

—¿Dónde estabas?

—He ido de compras.

Aunque la había visto dormir profundamente, le pareció que tenía cara de cansancio.

—Has ido a Lecoq.

¿Era una pregunta? El tono era acusatorio. Angèle fingió no percibirlo.

—Sí, andaba escasa de dinero.

—Pero si nos vamos mañana...

—El hotel es más caro de lo que pensaba. ¿Qué vas a hacer hoy?

Al instante Angèle lamentó haberlo dicho: Hélène siempre reaccionaba ante esa pregunta como si su madre se estuviera entrometiendo en su vida.

—¿Y tú?

Era más o menos como en casa, réplicas en un tono agrio.

—Voy a dejarte a tu aire, cariño. Estoy cansada...

—¡Pues has dormido estupendamente!

Angèle sonrió. «Sí, de maravilla.» Luego añadió:

—Puede que vaya a dar una última vuelta por la ciudad, no lo sé. Nunca volveré aquí, y es donde vivía Étienne, así que...

Hélène hizo un gesto dubitativo: no acababa de entender qué significaba eso.

—Propongo que nos encontremos para cenar, ¿qué te parece?

La propuesta de ir cada una por su lado les venía bien a las dos.

Así que Hélène salió del hotel con la cámara en bandolera y fue a comprar unos carretes, pero seguía teniendo en mente la idea de ir en busca de Loan. ¿Qué podía hacer? ¿Matarlo? ¿Presentarse con un cuchillo como los que se exponían en aquel escaparate, clavárselo en el estómago y ver cómo se retorcía de dolor?

Por supuesto, no habría sido capaz de hacerlo, lo sabía muy bien. Entonces, ¿qué? ¿Abofetearlo? Era ridículo: Loan se defendería, los adeptos acudirían de inmediato, la rodearían, la echarían, llamarían a la policía...

Eso era lo que odiaba de su madre, se decía, su fatalismo, su debilidad... Un defecto que ella misma había heredado, puesto que tampoco hacía nada.

Siguió caminando.

Iba a ser el único día despejado del que disfrutaría en toda su estancia en Saigón. La lluvia se había alejado hacia el norte, aunque el cielo seguía nublado y el ambiente, húmedo. La ciudad, por su parte, continuaba igual: los cambios del tiempo no modificaban en absoluto su ritmo.

Sus pies la habían llevado por sí solos a las inmediaciones de la catedral, donde a media mañana empezaron los preparativos para la procesión nocturna. Los monjes estaban tendiendo telas de un lado a otro de las calles y colocando banderas y oriflamas, hacendosos como hormigas.

Hélène temblaba de ira al pensar en lo que había dicho aquel cabrón: «He decidido dedicar esa procesión a la memoria del señor Étienne.»

Se sentía asqueada, mezquina, malvada; le hacía fotos a la gente como si la abofeteara. La cámara era la encarnación de su estado de ánimo.

Caminó por los muelles y las afueras, llegó hasta el río y volvió para echarse una siesta en el hotel, donde temía encontrarse con su madre, pero no fue así: Angèle no estaba, así que se acostó completamente vestida, durmió un par de horas y, cuando despertó, ya estaba anocheciendo. Siguió tumbada, no tenía ánimos. ¿Qué habría hecho su madre? No la había visto en todo el día.

Fue la noche de los desencuentros. Hélène esperó a su madre, que llegó cuando ella acababa de irse. Estuvieron a punto de cruzarse en el vestíbulo del hotel pero, al final, no se encontraron hasta bastante tarde. El ambiente no era alegre.

Fueron a cenar al Métropole, comieron poco, bebieron demasiado, evitaron hablar de lo esencial, sufrieron en silencio sin saber qué decirse, y luego, al regresar al Cristal Palace, pasaron bajo los estandartes y banderas Siêu Linh como si no los vieran y finalmente subieron a su habitación. Habían pedido un taxi con destino al aeropuerto para las cinco y media de la mañana.

—Estoy rendida —dijo Angèle mientras acababa de lavarse.

Por primera vez, besó en la frente a Hélène, como hacía su padre.

—Buenas noches, mamá.

Y ya las tenemos a cada una en su habitación, con la puerta de comunicación cerrada. Hélène sólo se nota las piernas un poco pesadas, pero ha subestimado su cansancio. Apenas se echa, se queda dormida.

¿Qué hora es cuando abre los ojos?

Las luces del bulevar se filtran por las cortinas. Son las once menos cuarto de la noche. La ha despertado la música, unos tonos sordos e insistentes, el sonido de los gongs que llega desde la calle, cerca de la catedral: la procesión.

Vuelve a hundir la cabeza en la almohada: va a tener que levantarse para ir al lavabo pasando por la habitación de su madre.

Avanza de puntillas, cierra la puerta del baño a su espalda y luego se dispone a regresar. La cama de su madre está abierta, pero vacía. *Joseph* duerme a los pies, sobre la colcha plegada.

—¿Mamá?

Su voz resuena en el vacío. Hélène mira la silla, da unos pasos, abre el armario de su madre. ¿Habrá salido? Su impermeable no está, ni su bolso...

—¿Mamá?

Sus gafas no están en la mesilla.

¿Adónde ha ido?

A la procesión, sin duda. Sin duda. Seguro que no ha podido parar de llorar.

Los ecos del cortejo de fieles la habrán obsesionado, habrá ido a ver, o quizá al contrario: se habrá alejado para dejar de oírlos. Volverá cuando haya acabado, así que ya no se acostará, será casi la hora del taxi, del aeropuerto, de la partida.

Es la palabra «partida» lo que la lleva a acercarse al pasillo de entrada, donde se encuentra el equipaje. Entreabre el baúl de Étienne. El buda envuelto en papel de periódico, la correspondencia... las cartas... Están desordenadas: la de encima está fechada en los días en que su hermano acababa de llegar a Saigón. Palidece, alza la cabeza.

Pero ¿qué...?

«Es un país muy violento. Parece que aquí todo el mundo tiene asesinos a sueldo, y basta con ir a Cholon para encontrar a alguien que, por unas cuantas piastras, te libra prácticamente de quien quieras.»

La visita de su madre a Lecoq & d'Arneville.

Su ausencia durante todo el día.

Hélène no espera más, se abalanza sobre su ropa, coge sus cosas, baja la escalera a toda velocidad a medio vestir y, esta vez, pasa ante el mostrador de recepción sin detenerse, sin preguntar si han visto salir a su madre porque ya lo sabe...

Corre empujando a la gente sin disculparse, corre sin parar. La música lúgubre, fúnebre, llena las calles.

Sigue corriendo.

Cerca de la catedral, las luces resplandecen. Innumerables antorchas; una inmensa multitud silenciosa, recogida, obediente; los tambores, los gongs y los címbalos; los fieles, alineados en las aceras. El centro de la calle está despejado para permitir el paso de los dignatarios y los monjes. A lo lejos se oye la cabeza de la procesión.

El ritmo de la música se acelera.

Hélène ya no sabe hacia dónde ir. Avanza, se desliza entre la gente hacia la plaza de la catedral, que ya tiene a la vista. Están saliendo los dignatarios.

Busca a su alrededor. No muy lejos ve dos cajas de madera abandonadas en la acera. Echa a correr, las coloca una sobre otra, se sube encima; está un poco más alta que la gente, ve a Loan en traje de gala rojo y oro, con su alto gorro con borlas.

El papa encabeza la marcha seguido de cerca por cinco dignatarios con toga azul. Detrás de ellos, la inmensa muchedumbre de fieles que sale de la catedral avanza lentamente haciendo ondear banderas y estandartes, golpeando tambores, caminando en medio de la lenta y solemne vibración de los tam-tams, los címbalos y las estridentes flautas. El olor a incienso inunda la calle. El gentío se arrodilla al paso de Loan, que mira extáticamente hacia un horizonte lejano, hacia un ideal.

Ahora Loan está a unos treinta metros, y es entonces cuando Hélène ve a su madre, con su impermeable amarillo. Entre el grupo de gente que la rodea, es la única que no se arrodilla en el momento en que el papa llega hasta donde está.

Angèle sigue de pie, se siente fuerte.

Loan camina despacio con los ojos fijos en aquella mancha amarilla que atrae su atención.

Vuelve muy ligeramente la cabeza.

Y cuando reconoce a Angèle, de pie entre el puñado de fieles prosternados, ya no puede apartar los ojos de ella; incluso anda un poco más despacio. Se repone de la sorpresa, pero sigue fascinado por aquella mujer que lo mira. Va a pasar algo...

Y cuando el papa Siêu Linh ralentiza el paso, todo el mundo comprende que, en efecto, algo va a pasar.

Abre la boca. ¿Quiere gritar? ¿Llamar a alguien?

La ralentización del cortejo contagia a los instrumentos de percusión, que, uno tras otro, enmudecen. Las luces de las antorchas vacilan.

Angèle y Loan se miran a los ojos.

Él sin duda quiere expresar algo, y ella se da cuenta, porque niega muy lentamente con la cabeza.

La bala alcanza al papa en ese preciso instante.

La detonación reverbera en la calle.

Se oyen gritos incluso antes de que Loan, que se sujeta el pecho con las dos manos, se derrumbe y caiga al suelo de rodillas, mirando a su alrededor en busca de ayuda mientras la sangre brota a chorros entre sus dedos. El gorro con borlas ha rodado hasta la acera. Los fieles lo pisotean al precipitarse hacia él.

Algunas cabezas se vuelven hacia los edificios de ambos lados de la calle. Han disparado desde una ventana. ¡Hay tantas! ¿El tiro venía de lejos? ¿De ahí mismo?

Todo el mundo corre hacia el papa, que yace en la calzada en medio de un charco de sangre.

Hélène busca el impermeable amarillo, pero ha desaparecido.

Baja de las cajas e intenta correr, pero tiene que abrirse paso entre la multitud desorientada, los aspavientos, los gritos, los lamentos.

Tarda casi un cuarto de hora en llegar al Cristal Palace.

De pronto se detiene ante el gran ventanal del hotel. Delante del mostrador de recepción, su madre saca de su bolso un grueso sobre y se lo entrega al recepcionista que hace el turno de noche. Le da instrucciones. El hombre asiente, coge el sobre y se vuelve para abrir la caja fuerte empotrada en la pared.

Hélène se queda en la calle y espera. La ciudad está agitada, la gente sigue convergiendo a toda prisa hacia la catedral como si temiera llegar tarde. Están atónitos, preocupados; algunos viandantes preguntan: «¿Un disparo, de verdad? ¿El papa Siêu Linh... ha muerto?»

Unos diez minutos después Hélène ve entrar en el vestíbulo del Cristal Palace a un hombre vestido de negro. Unos cuantos mechones asoman bajo su sombrero de fieltro gris.

Se detiene ante el mostrador y el recepcionista lo mira fijamente.

El hombre se limita a esperar, saca un paquete de cigarrillos, enciende uno.

Entonces el recepcionista se vuelve hacia la caja fuerte, la abre y le tiende el grueso sobre que acaba de recibir de Angèle.

Cuando sale, Hélène vislumbra la fría mirada del desconocido, que parece no tener labios.

El hombre se guarda el sobre en un bolsillo con un gesto preciso y desaparece entre la multitud.

Cuando llega a su habitación, Hélène camina de puntillas hasta el cuarto de baño, pero sale enseguida.

En la penumbra, distingue la silueta de su madre.

Está estupefacta: su madre ha llevado a cabo lo que ella no se ha atrevido a hacer.

Embargada por la emoción y con los ojos llenos de lágrimas, se contiene para no lanzarse a sus brazos y decirle que...

Regresa a su habitación llorando en silencio.

Joseph duerme sobre la colcha.

Ella se tumba en la cama sin desnudarse.

Se acabó.

EPÍLOGO

18 de noviembre de 1948

49

Hiciste bien

Louis no había podido hacer otra cosa: tras ausentarse varios días de la jabonería, el trabajo se había acumulado tanto para Angèle como para él, pero, como había vuelto solo, le había tocado encargarse de todo. Así que, cuando supo la hora a la que llegaba su mujer, comprendió que no podría ir a recogerla por mucho que quisiera. Decidió enviar al aeropuerto a su mejor capataz y corrió a verificar las remesas y a controlar las entregas.

No contaba con que el avión se retrasara. Ya estaba en casa cuando Angèle llegó al fin: eran las once de la noche pasadas. El capataz dejó el baúl de Étienne en su antigua habitación, Louis desvió la mirada.

Tras abrazar a su marido largos instantes, Angèle se quitó el sombrero y lo colgó en el perchero.

—¿Ha ido todo bien? —le preguntó Louis.

—Sí, bien, muy bien.

—Debes de estar cansada...

—Un poco.

El señor Pelletier había preparado una ensalada de tomate, era lo único que sabía hacer.

—No te preocupes, es perfecto —le aseguró Angèle.

Louis también había descorchado una botella de vino blanco. Angèle se sentó a la mesa.

—Y a ti ¿cómo te fue con los chicos?

—Bueno... no estuvo mal.

Hacía casi treinta años que vivían juntos y siempre habían sido felices.

Ni siquiera las últimas semanas, marcadas por la muerte de uno de sus hijos y por el retorno de un pasado que creían enterrado, habían hecho mella en su relación.

—Quería explicarte... —empezó a decir Angèle sirviéndose ensalada sin mirarlo.

Louis asintió con la cabeza, «¿sí?».

—Estuve en Lecoq & d'Arneville... —Cortaba el pan sin levantar la mirada—. Gasté mucho dinero, Louis.

Louis guardó silencio unos instantes. Después, con voz tranquila, preguntó:

—¿Mucho? ¿Quieres decir realmente mucho?

—Sí, cariño, es lo que quiero decir.

Louis asintió.

Le venían a la mente muchas imágenes, pero en realidad ninguna se correspondía con lo que una mujer como Angèle podía llamar «mucho dinero». Entre otras cosas porque siempre había sido ahorrativa e incluso —y no lo decía como una crítica— bastante remirada en ese aspecto. No parecía muy decidida a explicarle en qué había gastado lo que, según ella, era una pequeña fortuna.

—¿Al menos le diste un buen uso? —le preguntó.

Ella lo miró a los ojos.

—Eso creo.

—Entonces hiciste bien, Angèle.

—Te quiero, Louis.

—Y yo a ti, cariño, ya lo sabes.

• • •

Había dos temas con los que cualquier periodista habría conseguido salir en portada, escribir artículos e incluso todo un folletín.

El caso Albert Maillard («¡Se ha encontrado al hombre que en 1920 estafó treinta millones de francos vendiendo monumentos funerarios inexistentes!») y el caso de la piastra («Gracias a un vergonzoso tráfico de piastras, personalidades políticas de primera fila se enriquecen a costa de los franceses»), y los dos se le habían escapado.

¡Incluso le habían robado el editorial!, pensó François.

Desde 1941 nada le salía bien. ¿Estaría maldito?

Fue un ordenanza quien le llevó el sobre de color malva. Letra de mujer, grande y elegante...

Supo al instante de quién era. Rasgó el sobre.

«¿Rue de Rambuteau, 64, ahora mismo?»

Se abalanzó sobre el perchero, cogió la chaqueta, estuvo a punto de estamparse en el suelo al girar por el pasillo, bajó las escaleras de tres en tres, salió a la calle, torció a la derecha, «¡no, a la izquierda!» Corría, corría, jadeando, «la primera esquina...» Ahí está Nine, con las manos cruzadas modosamente por delante. François se detiene.

—Le he hecho correr, perdone...

—¡No, no, en absoluto! Quería decirle... siento mucho lo de... déjeme explicárselo...

Pero Nine no le da tiempo, se arroja sobre él y lo besa con una pasión que lo deja sin aliento. Tiene unos labios sedosos, cálidos, una boca pequeña que François podría chupar como si fuera una fruta; ella se aprieta contra él y luego lo aparta con suavidad.

—Ven...

Su acento es ahora más pronunciado. François alza los ojos: el 64 es el Hotel Mercator.

Nine le coge la mano y lo arrastra al interior.

—¿Tienen habitaciones? —le pregunta al recepcionista.

El empleado mira a aquella chica sonriente, abierta, y coge una llave sujeta a un llavero grande con forma de pirámide.

—La 12, en el primer piso.

Ya están en la escalera, Nine sigue tirándolo de la mano con impaciencia, con mucha impaciencia...

Está tan nerviosa que no consigue meter la llave en la cerradura y se echa a reír. François hace amago de ayudarla, pero la puerta se abre al fin.

—Ven —le dice ella. Se desnudan febrilmente, los zapatos vuelan por los aires, Nine le desabrocha el cinturón... todo es caótico, torpe, apresurado, François la ha desnudado pero, como si no fuera lo bastante rápido, Nine se inclina para quitarse ella misma las bragas—. Ven. —Tira de él hacia la cama, lo empuja por los hombros para obligarlo a tumbarse y enseguida se tiende encima de él; busca con la mano, lo ayuda a penetrarla, grita, lo muerde en el hombro—. Me corro —susurra, y llora al mismo tiempo.

Dos horas más tarde la habitación olía a amor tierno y a tabaco: Nine fumaba con una delicadeza que a François le parecía maravillosa.

«Sedosa», ésa fue la palabra que le vino a la cabeza: todo en ella era sedoso.

Nine estaba sentada en la cama; entre sus pechos aún relucían minúsculas gotas de sudor. François también la había mordido a ella, junto a la axila. Nine se levantó.

Vio la chaqueta de François, que yacía en el suelo, y cogió el ejemplar del *Journal* que asomaba por un bolsillo.

El juez Lenoir, apartado del caso Lampson
tras el descubrimiento del último
espectador del Régent.

—Le pusiste la soga al cuello... —dijo dándole una calada al cigarrillo.

—No me necesitaba para resbalar y pegársela.

—Un juez nuevo...

—No.

—Es lo que pone...

—Nombrarán a otro juez para cubrir el expediente: ahora que todos los testigos posibles han declarado y no hay ningún sospechoso, el nombramiento de un nuevo juez equivale a archivar el caso. A menos que se produzca una revelación inesperada, todo se habrá terminado. Mary Lampson acaba de morir por segunda vez.

—Oh... —murmuró Nine.

Había empezado a vestirse. Se había puesto lo de arriba, pero todavía nada abajo; era tremendamente impúdico y absolutamente natural.

—No, no conocía este hotel.

—¿Por qué lo dices?

—Porque me lo vas a preguntar, sólo es cuestión de tiempo. Lo he elegido porque está al lado de tu trabajo. He esperado a verte entrar en el *Journal* para entregar la carta en recepción diciendo que era urgente, eso es todo.

Acabó de vestirse sin dejar de mirarlo. François se decidió a hacer lo mismo.

—Tú puedes quedarte —dijo Nine—. Yo tengo que volver a casa, pero tú puedes quedarte un rato.

Volvía a hablar tan bajo que a él le costaba entenderla.

Verla irse, desaparecer, lo hacía sentir un nudo el estómago. Nine garabateó algo en una esquina del periódico.

—Es el número de mi portera, transmite bien los mensajes —le susurró.

Su aliento era un condensado de sus juegos eróticos, apasionados y violentos.

—¡Espera! —gritó François, y la abrazó como si quisiera asfixiarla.

—Tengo que marcharme —dijo ella.

François aflojó los brazos.

—Yo... ¡no sé nada de ti!

Era ridículo. En dos horas sin duda había averiguado más sobre ella que la mayoría de la gente que la conocía desde hacía lustros, pero la afirmación no hizo sonreír a Nine.

—Tenemos tiempo. —Dio un paso hacia la puerta y se volvió hacia él—. Yo no soy así, ¿sabes?

Nine respondía por adelantado a una pregunta insidiosa que ya había empezado a envenenar la mente de François, la pregunta que se habría hecho cualquier hombre: Nine... ¿era «así»? ¿Fácil? ¿De las que se acuestan con el primero que aparece?

Miraba a François a los ojos como si esperara una respuesta. Él se encontraba atrapado en una sensación incómoda, contradictoria, típicamente masculina, de la que, ante la mirada limpia y directa de Nine, se avergonzaba un poco.

Un beso estampado en sus labios y Nine ya no estaba.

Había moqueta en los pasillos. Ni siquiera la oyó bajar la escalera.

De repente, en el silencio de la habitación había algo extraño y opresivo.

Se vistió lentamente. Algo le daba vueltas en la cabeza: una palabra, una idea.

—La señorita ha pagado la habitación —le dijo el recepcionista.

François se detuvo en la acera. De pronto, y sin que pudiera explicarse por qué, las piezas del puzle empezaron a encajar unas con otras en su mente. Nine se expresaba siempre en voz muy baja, como si tuviera miedo no de que la oyeran, sino de hablar demasiado alto. François sintió que se le encogía el corazón. Estaba inmóvil en mitad de la acera, la gente tenía que sortearlo.

No es que su acento fuera extranjero: sufría un trastorno del habla.

Y si siempre había preferido concertar un encuentro en lugar de dar un número de teléfono era porque no habría podido responder a la llamada.

Y si lo miraba con tanta intensidad, no era para admirarlo, sino para leerle los labios.

Nine era sorda.

Hélène colgó del hilo la octava foto. Debía de ser Vinh, un chico muy guapo y de aspecto tímido. Posaba junto a un enorme frigorífico, ¿no era el que habían visto cuando los nuevos inquilinos del apartamento de Étienne habían abierto la puerta? Estaba claro que aquella foto la había hecho su hermano: el chico estaba cortado a partir del hombro izquierdo, le faltaba hasta la oreja.

El cuarto de baño del apartamento que compartía con François era muy pequeño: tenía que estar muy atenta para no derramar ninguno de los líquidos. Montar sus cosas y luego recogerlas era casi como hacer un traslado. En otros tiempos habría sido otro motivo de discusión con François, pero la tensión entre ellos se había atenuado, los acontecimientos familiares habían cambiado las reglas del juego. Habían acordado que Hélène sólo revelaría las fotos cuando François no necesitara el baño.

En el resto de las fotos colgadas del hilo, procedentes del carrete que había encontrado dentro de la cámara de su hermano, se veían calles torcidas, la mitad de la cabeza de *Joseph* asomando en su cesto, coolies transportando sacos de arroz...

La siguiente foto se estaba revelando en la amplia bandeja. Ése era el momento mágico, el instante en el que las formas parecían emerger de la nada.

Hélène se quedó petrificada: era Loan, con su gorro con borlas, subido en una especie de carroza durante una procesión, con una gran sonrisa de satisfacción en los labios...

François y el Gordito le habían preguntado por su estancia en Saigón, y ella les había hablado de las entrevistas en la Casa de la Moneda y la Oficina del Alto Comisionado, pero nada más. Para ellos, Étienne había sido víctima de las represalias del Viet Minh debido a su investigación. Tampoco estaban tan lejos la verdad y, en todo caso, no se sentía autorizada para ir más allá.

Volvió a encender la luz, cerró las botellas de ácido y guardó las hojas de papel fotográfico. Tenía que transportarlo todo de vuelta a su habitación.

Se había gastado casi todo su dinero en aquel laboratorio precario y provisional, ahora tendría que ponerse a buscar trabajo.

François llegó. ¿Volvería del *Journal*? ¿De hacer un reportaje? Parecía cansado e inquieto y exhalaba un olor que ella no reconocía.

Su hermano había abierto una botella de vino con gesto concentrado, absorto en sus pensamientos.

—¿Quieres? —le preguntó.

—Pues claro.

Se sentó con él a la mesa, *Joseph* saltó sobre sus rodillas y se ovilló en su regazo.

Hélène alzó su copa.

Brindaron.

—Quería preguntarte... —dijo ella de pronto—. En *Le Journal du Soir*, ¿no contratan fotógrafos?

El 18 de noviembre, día de la inauguración de la tienda, Jean instaló los expositores de hierro en la acera, bajo el toldo totalmente desplegado.

—Igualitos que los de las verdulerías... —rezongó Geneviève.

El parecido con los puestos del mercado se debía también a las pequeñas pizarras en las que se veía el nombre de «Dixie» caligrafiado en azul. Jean se había esmerado mucho en esa tarea, dibujando las letras con un pincel bajo la mirada desdeñosa de Geneviève. A ella, todo aquello le parecía francamente vulgar. Igual que el nombre, Dixie. Jean decía que funcionaría muy bien: «Suena a estadounidense, y eso siempre atrae a la gente.» Había utilizado pizarras para poder poner los precios con tiza y, en su caso, cambiarlos de un día para otro.

Los expositores invitaban a los transeúntes a curiosear. Lo único que había en el interior eran las sábanas y los juegos de cama grandes.

—Los precios son bajos. Tenemos un margen de beneficio muy pequeño, pero sobre muchos productos.

Decir que los artículos eran baratos era quedarse corto. Fue lo primero que notaron los clientes: realmente no era un sitio caro.

—¡No vamos a ganar nada! —había pronosticado Geneviève.

Jean no veía otra solución.

—No tenemos ni los medios ni los productos para aspirar al comercio de lujo, así que hacemos como en el mercado: la gente revuelve el género, elige y paga. Compra toallas como si fueran patatas y manteles como si fueran coliflores.

Para Geneviève, era una comparación ofensiva, pero no lo fue por mucho tiempo.

Abrieron a las siete de la mañana. Las mujeres que se dirigían al metro aflojaron el paso a la ida y se detuvieron sin dudarlo a la vuelta. La tienda cerraba tarde, a las siete y media. Durante las horas intermedias, otras mujeres se entretuvieron mirando el género y en cuanto hundieron las manos en la primera cesta se animaron a comprar. Casi una de cada dos se convirtió en clienta enseguida.

Las existencias de servilletas se agotaron en dos días, las toallas y los guantes de crin, en tres. La tarde del cuarto día sólo quedaba la tercera parte de las sábanas y algunas fundas de almohada, lo demás había volado.

Jean y Geneviève cerraron la tienda, prácticamente no quedaba nada para vender. Estaban agotados, mareados por aquel torbellino, por el éxito de su empresa.

Geneviève hizo los cálculos. La compra de los stocks por el tercio de su valor y la técnica de venta inspirada en el mercado, conjugada con la política de precios muy bajos, había dado frutos: un beneficio de ochocientos mil francos. Dos veces más de lo que Guénot había pronosticado.

—Propongo que vayamos a un restaurante —dijo.

Las críticas por el método de venta y por el parecido con un puesto de mercadillo habían quedado olvidadas: los Pelletier habían descubierto un modelo de negocio. Comprarían tejidos baratos en grandes cantidades, lo que haría bajar las tarifas de la confección, y luego venderían a precios reducidos.

—El secreto es la rotación de las mercancías —diagnosticó Jean.

«Para encontrar mercancía y subcontratistas, habrá que viajar a menudo», se dijo.

Geneviève sonreía beatíficamente. Pidió media botella de muscadet para ella; Jean, que prefería el tinto, dudó: ¿podía pedirlo para él solo?

—Pues claro —lo animó ella—. Date un capricho: no todos los días se celebra un gran acontecimiento.

—Es verdad —convino Jean—, ¡no todos los días se obtiene semejante beneficio!

—No me refería a eso, Jean...

Estaba muy sonriente. Antes de salir de casa se había vuelto a maquillar. No presidía la mesa, reinaba sobre la pareja.

Jean no sabía cómo interpretar esas palabras, pero no se ofendió: entre ellos, los malentendidos eran algo habitual.

—¡Tienes razón, es todo un acontecimiento! —admitió.

—Se trata de algo más importante...

La sonrisa de Jean se congeló.

Geneviève había posado las manos a ambos lados del plato.

—Estoy embarazada: vamos a tener un hijo.

El rostro de Jean se descompuso, estaba blanco como la tiza.

—Pero... —balbuceó. Luego extendió la mano y cogió la de Geneviève apretándola con fuerza—. Es... es maravilloso, amor mío.

Fontvieille, 2021

Deuda de gratitud

La historiadora Camille Cléret me ayudó, aconsejó y documentó de principio a fin con tanta amabilidad como eficacia. En especial, me señaló las libertades que me tomaba con la historia; a partir de ahí, la decisión era mía.

Quiero agradecer a Valérie Tesnière, directora de la biblioteca, museo y archivo La Contemporaine, y a todo su personal, que me permitieron zambullirme en la colección del periódico *France-Soir* que conservan en sus instalaciones del campus de la Universidad de París-Nanterre.

En el terreno bibliográfico, debo reconocer una deuda especial con determinados libros.

El lugar más destacado lo ocupa la trilogía de Lucien Bodard sobre la guerra de Indochina: *L'Indochine* (Grasset, 1997). Sinceramente, no esperaba que me resultara tan apasionante. Se sostiene, de punta a cabo, en la crudeza de la narración de Bodard, en su gran arte a la hora de retratar a los personajes históricos y en su enorme talento literario. Le debo, por ejemplo, la fábrica viet del capítulo 25, los asesinos a sueldo de Saigón y muchas otras cosas.

La obra *Le Trafic des piastres* (Deux Rives, 1953) de Jacques Despuech fue una mina a la hora de novelar ese tráfico de divisas bien conocido por los historiadores y respecto al cual no inventé gran cosa...

La muerte de Étienne Pelletier está inspirada en el accidente mortal del periodista y corresponsal de guerra François-Jean Armorin (*Son dernier reportage*, Véziant, 1953, con prólogo de Joseph Kessel).

Los sucesos del 11 de noviembre de 1948 proceden en parte de una carta dirigida por Georges Suffert, presidente de los Estudiantes Católicos, al director de *Combat*. El editorial de François Pelletier está inspirado directamente en el artículo de Claude Bourdet aparecido en ese periódico el 12 de noviembre de 1948.

Para la cuestión de la tortura en Indochina, recurrí principalmente al famoso testimonio de Jacques Chegaray («Les tortures en Indochine», incluido en *Les Crimes de l'armée française*, La Découverte, 2006), a las obras de Andrée Viollis (*Indochine S.O.S.*, Gallimard, 1935) y del coronel Trinquier (*La Guerre moderne*, Economica, 1961) y a una entrevista a Marie-Monique Robin (en la revista *Hommes et libertés*, n.º 128, octubre-diciembre de 2004).

Leí con provecho *La Nuit indochinoise* de Jean Hougron (Robert Laffont, 2004), *Soldats perdus et fous de Dieu* de Jean Lartéguy (Presses de la Cité, 1986), *Rue de la soie* (Le Livre de Poche, LGF, 1996) y *La Dernière Colline* (Le Livre de Poche, LGF, 1999) de Régine Deforges, pero también obras de referencia como *Indochine, la colonisation ambiguë, 1858-1954* de Hémery y Brocheux (La Découverte, 1994), *La Guerre d'Indochine* de Jacques Dalloz (Le Seuil, 1987), *Indochine 1945-1954* de Patrice Gélinet (Acropole, 2014), *La Guerre d'Indochine* de Ivan Cadeau (Tallandier, 2015) o *La France du marché noir 1940-1949* de Fabrice Grenard (Payot, 2008).

El Métropole y el Cristal Palace de la novela difieren bastante de los locales que los inspiraron, pero deben su ambiente a obras como *Continental Saigon* de Philippe Franchini (Olivier Orban, 1976), *Saigon 1925-1945* (Autrement, 2008) o *Le Roman de Saigon* de Raymond Reding (Éditions du Rocher, 2010).

El breve paso de Hélène por la Escuela de Bellas Artes de París está en deuda con Isabelle Conte («Les femmes et la culture d'atelier à l'École des beaux-arts», en la revista *Livraisons d'Histoire de l'Architecture*, n.º 35, 2018), y algunos de sus malos hábitos se inspiran en Ludivine Bantigny (*Le Plus Bel Âge?*, Fayard, 2007).

El origen de las desventuras de Georges Guénot debe buscarse en François Rouquet y Fabrice Virgili, *Les Françaises, les Français et l'Épuration* (Gallimard, 2018).

Para *Le Journal du Soir* recurrí a *Lazareff et ses hommes* de Robert Soulé (Grasset, 1992) y a *Histoire de la presse en France* de Christian Delporte (Armand Colin, 2016), así como a las memorias de Jean Ferniot (*Je recommencerais bien*, Grasset, 1991) y de Daniel Morgaine (*L'un d'entre eux*, Jean Picollec, 1983).

En lo que respecta a Vietnam, Sylvain Ouillon me hizo el favor no sólo de responder siempre con amabilidad y competencia a mis preguntas, sino de no reírse, lo que aprecié enormemente. Lo mismo puedo decir de Pierre Josse, que me permitió beneficiarme de su extraordinario conocimiento del sudeste asiático.

En cuanto a Beirut, Alexandre Najjar, autor del *Dictionnaire amoureux du Liban* (Plon, 2014), tuvo la amabilidad de ser mi cicerone.

Por último, debo a mi traductor al vietnamita, Nguyên Duy Bình, datos inestimables sobre la secta Siêu Linh.

Quiero dar las gracias calurosamente a los cuatro.

En otro de mis libros, tuve ocasión de citar el prólogo de H. G. Wells a su novela *A propósito de Dolores*. Quisiera volver a hacerlo ahora: «Tomas un rasgo de esta persona, otro de aquélla, coges algo prestado de un amigo de toda la vida, o de alguien a quien apenas has visto en el andén de una estación mientras esperas el tren. A veces, incluso aprovechas una frase o una idea de la crónica de sucesos del periódico. Así es como se escribe una novela. No hay otra forma.»

Seguramente hay muchas otras formas de escribir, pero resulta que la de Wells es también la mía, y a veces, mientras escribo, me percato del origen de algunos de esos «rasgos». En esta novela, proceden de Louis Althusser, Louis Aragon, Margaret Atwood, Gérald Aubert, Saul Bellow, Michel Blanc, Pierre Bost, Georges Brassens, Jérôme Cahuzac, Alexandre Dumas, Maurice Druon, Gustave Flaubert, René Goscinny, Elizabeth Jane Howard, Eugène Ionesco, Michel Jobert, LSD La Série Documentaire, John le Carré, Jean-Pierre Melville, Lisa Moore, Yolande Moreau, Claude Nougaro, Marcel Proust, George Sand, Cécile Scordel, Antonio Scurati, Gédéon Tallemant des Réaux, Bertrand Tavernier, Heimito von Doderer y Deric Washburn.

Hay también un guiño a Georges Simenon, que, según creo, sus lectores sabrán apreciar.

Como de costumbre, algunos amigos (Pierre Assouline, Gérald Aubert, Catherine Bozorgan, Nathalie Cohen —a quien debo «Los años gloriosos»—, Thierry Depambour, Camille Trumer y Perrine Margaine) tuvieron la amabilidad de leer el manuscrito y compartir conmigo observaciones muy pertinentes y sabios consejos. Se lo agradezco de todo corazón.

Gracias, por último, a Philippe Robinet y a mi editora, Caroline Lépée, así como a Camille Lucet, Patricia Roussel, Anne Sitruk, Valérie Taillefer y, en general, a todo el equipo de Calmann-Lévy.

Contenido

PRIMERA PARTE
Beirut, marzo de 1948

SEGUNDA PARTE
Saigón, septiembre de 1948

TERCERA PARTE
Octubre de 1948

EPÍLOGO
18 de noviembre de 1948